野林正路 著

詩・川柳・俳句の
テクスト分析

語彙の図式で読み解く

和泉書院

目　　次

第Ⅰ章　詩のテクスト構成と作者の実存
——語彙（志向）図式で読み解く

1. 魯迅の散文詩「影の別れ」〈1〉 …………………………………………… 1
2. 魯迅の自己反照——影の彷徨〈2〉 ………………………………………… 3
3. 仮象としての存在者「魯迅」〈3〉 ………………………………………… 8
4. 魯迅の実存と分身——固有種と媒介種に裂開した「魯迅」〈4〉 ……… 10
5. 存在間の近接項関係の構成——見分けの鈍い力 ………………………… 15
   5.1　光明下に共属し競合する分身——読書人と小影〈5〉 …………… 15
   5.2　暗黒下に沈み競合する分身——小影と失意の放浪者〈6〉 ……… 21
   5.3　非光明下に共属し競合する実存と分身——巨影と失意の放浪者〈7〉 ……… 24
   5.4　非暗黒下に共属し競合する実存と分身——巨影と読書人〈8〉 … 28
6. 存在間の遠隔項関係の構成——見分けの鋭い力 ………………………… 31
   6.1　固有種の分身の取り合わせ——読書人と失意の放浪者〈9〉 …… 31
   6.2　媒介種の分身と実存の取り合わせ——小影と巨影〈10〉 ……… 35
7. 語彙（志向）図式のネットワーク＝行列^{マトリックス}——実存と分身を読む〈11〉 …… 37
8. ブリッジ型語彙（志向）図式による連関の回収〈12〉 ………………… 41
9. 意識連関から存在連関〜間存在連関へ——主観の客観化 ……………… 43
   9.1　主観的な意識連関から客観的な存在連関〜間存在連関へ〈13〉 ……… 43
   9.2　間存在連関の3類型〈14〉 ………………………………………… 45
10. 分身と実存が馴染む客体的事実存在〈15〉 ……………………………… 52
11. 語彙（志向）図式が拓く存在の地平と「底」への通路〈16〉 ………… 55
12. 語彙（志向）図式の通路を辿り実存へ還った魯迅〈17〉 ……………… 58

第Ⅱ章　川柳のテクスト構成
　　　——語彙(志向)図式で読み解く

1．川柳作品の複眼の視野〈18〉…………………………………………67
2．事実存在の在り処——場所と場〈19〉………………………………71
3．事実存在の定立と連関の場(テクスト)の開示〈20〉………………73
4．眼差しの交差で拓く意味の磁場(テクスト)〈21〉…………………77
5．仮象を事実存在に開く便法——限定修飾表現と装定〈22〉………78
6．(述語)判断図式——語彙(志向)図式の造形力〈23〉………………81
7．取り合せ・モンタージュによるテクスト構成〈24〉………………83
8．文化装置——語彙(志向)図式の分有〈25〉…………………………87
9．作者と読者が落ち合う場所——「底」〈26〉………………………91
10．川柳作品のテクスト構成3類型………………………………………95
　10.0　文化装置——語彙(志向)図式の普遍性〈27〉…………………95
　10.1　ブリッジ型語彙(志向)図式を用いたテクスト構成……………96
　　10.1.1　事実存在の分布と意味の磁場1〈28〉……………………96
　　10.1.2　逆対称性連関中の共約と両義性連関の発生〈29〉………98
　10.2　入れ子型語彙(志向)図式を用いたテクスト構成………………103
　　10.2.1　事実存在の分布と意味の磁場2〈30〉……………………103
　　10.2.2　意義や視点にとって固有の存在〈31〉……………………104
　　10.2.3　究極の心の在り処「底」——場所Ⅲ〈32〉………………106
　10.3　エコー型語彙(志向)図式を用いたテクスト構成………………109
　　10.3.1　事実存在の布置と意味の磁場3〈33〉……………………109
　　10.3.2　二つの心の在り処——場所Ⅰ(間)と場所Ⅲ(底)〈34〉…110
11．地平(場)の拡張と融合——散文への道〈35〉………………………113

第Ⅲ章　芭蕉の発句のテクスト構成
——語彙(志向)図式で読み解く

第1節　発句の語彙(志向)図式

0．図式として見た俳句……………………………………………………………119
　0.1　最小の語彙(志向)図式を用いた俳句のテクスト構成〈36〉……………119
　0.2　芭蕉の発句に見る語彙(志向)図式の6類型〈37〉………………………122
1．標準-入れ子型語彙(図式)のテクスト構成…………………………………125
　1.1　作品₁「初しぐれ」のテクスト構成〈38〉…………………………………125
　1.2　磁場化する事実存在連関の場〈39〉………………………………………126
　1.3　発句の複眼性——取合せと継合せと打延べ〈40〉………………………128
　1.4　取合せと緊張の緩和——標準-入れ子型語彙(志向)図式〈41〉………132
　1.5　眼差しの交差で場所の境界条件を確定——「真言」の意味を責める1〈42〉
　　　………………………………………………………………………………133
　1.6　標準-入れ子型語彙(志向)図式のテクスト構成——その要件…………137
　　1.6.1　二組の連鎖　事実存在——叙述の結合〈43〉………………………137
　　1.6.2　大・小複合命題の結合と連鎖の形成〈44〉…………………………138
　　1.6.3　標準-入れ子型語彙(志向)図式の構成要件〈45〉…………………140
2．存在-入れ子型語彙(志向)図式のテクスト構成……………………………142
　2.1　作品₂「五月雨を」のテクスト構成〈46〉…………………………………142
　2.2　眼差し(関心)の交差と事実存在の取り合せ〈47〉………………………143
　2.3　鋭い両価性と鈍い偏価性の斥力の結合——事実存在の遠・近布置〈48〉…145
　2.4　意味の織布——テクスト内事実存在連関の場の開示〈49〉……………149
　2.5　眼差しの交差で場所の境界条件を確定——「真言」の意味を責める2〈50〉
　　　………………………………………………………………………………151

2.6　存在-入れ子型語彙(志向)図式の構成要件〈51〉………………151
3．標準-ブリッジ型語彙(志向)図式のテクスト構成………………………154
　　3.1　作品₃「荒海や」のテクスト構成〈52〉………………………154
　　3.2　磁場化するテクスト——事実存在の遠隔項関係への取合せ〈53〉………156
　　3.3　磁場化するテクスト——事実存在の近接項関係への継ぎ合せ〈54〉………157
　　3.4　磁場化するテクスト——事実存在の逆対称・両義性の連関〈55〉………159
　　3.5　眼差しの交差で場所の境界条件を確定——「真言(まこと)」の意味を責める3〈56〉
　　　　………………………………………………………………………162
　　3.6　標準-ブリッジ型語彙(志向)図式の構成要件〈57〉………………164
4．入れ子・ブリッジ型語彙(志向)図式のテクスト構成……………………166
　4 a．作品₄ₐ「海くれて」のばあい……………………………………166
　　4 a.1　作品₄ₐ「海くれて」のテクスト構成〈58〉…………………166
　　4 a.2　語彙(志向)図式の抑制と拡張 a〈59〉………………………168
　　　4 a.2.1　標準ブリッジ型語彙(志向)図式の抑制〈60〉……………170
　　　4 a.2.2　標準-入れ子型語彙(志向)図式の拡張〈61〉……………171
　　4 a.3　取り合せと打延べの両用〈62〉………………………………172
　　4 a.4　眼差しの交差で場所の境界条件を確定——「真言(まこと)」の意味を責める4 a〈63〉
　　　　………………………………………………………………………174
　　4 a.5　地平超越の視座——作者と読者の出逢いの場所「底」〈64〉………174
　　4 a.6　入れ子・ブリッジ型語彙(志向)図式の構成要件〈65〉………177
　4 b．作品₄ᵦ「塩鯛の」のばあい……………………………………179
　　4 b.1　作品₄ᵦ「塩鯛の」のテクスト構成〈66〉…………………179
　　4 b.2　語彙(志向)図式の抑制と拡張 b〈67〉………………………181
　　4 b.3　磁場化するテクスト——事実存在の遠隔項関係への両価性の見分け〈68〉
　　　　………………………………………………………………………182
　　4 b.4　磁場化するテクスト——事実存在の近接項関係への偏価性の見分け〈69〉
　　　　………………………………………………………………………186
　　4 b.5　磁場化するテクスト——事実存在間の逆対称・両義性の連関〈70〉…188

目　次　v

  4 b．6　眼差しの交差で場所の境界条件を確定──「真言(まこと)」の意味を責める4 b〈71〉
    ……………………………………………………………………………189
  4 b．7　「軽み」の一理解〈72〉……………………………………………192
  4 b．8　語彙(志向)図式の縮減──「ほそみ」化〈73〉……………………194
5．エコー型語彙(志向)図式のテクスト構成………………………………………196
  5.1　作品₅「ひごろにくき烏」のばあい〈74〉……………………………196
  5.2　眼差しの交差で場所の境界条件を確定──「真言(まこと)」の意味を責める5〈75〉
    ……………………………………………………………………………198
  5.3　エコー型語彙(志向)図式の構成要件〈76〉……………………………200
6．有意連関の基調「台」の事実存在………………………………………………201
  6.1　台(風)の事実存在選定のてがかり〈77〉………………………………201
  6.2　台(風)の事実存在の選定──その実例〈78〉…………………………203
  6.3　台(風)の事実存在の選定──補説〈79〉………………………………206

第2節　蕉風の変容──語彙(志向)図式の類型から見た変化

7．蕉風における各語彙(志向)図式類型の展開……………………………………209
  7.1　類型₁　標準-入れ子型図式の展開──作品₁「初しぐれ」系〈80〉……209
  7.2　類型₂　存在-入れ子型図式の展開ほか──作品₂「五月雨を」系・ₐ「石山の」系〈81〉
    ……………………………………………………………………………214
  7.3　類型₃　標準-ブリッジ型図式──作品₃「荒海や」系〈82〉……………219
  7.4　類型₄　入れ子・ブリッジ型中間図式──作品₄ₐ「海くれて」・₄ᵦ「塩鯛の」系〈83〉
    ……………………………………………………………………………223
  7.5　類型₅　エコー型図式──作品₅「ひごろにくき」系〈84〉……………227
8．後期蕉風と図式類型₄──「取合せ」と「打延べ」の結合〈85〉………………228
9．芭蕉の発句作品の図式類型とテクスト構成要件への配意……………………228
  9.1　図式類型と構成要件の行列(マトリックス)〈86〉………………………228
  9.2　テクスト構成への配意連関〈87〉………………………………………229
  9.3　語彙(志向)図式類型の間存在連関〈88〉………………………………234

エピローグ——語彙学を統一科学の開けの海へ　……………………………………241
　　　　　経験を類型化する語彙構成体〈89〉　複眼・多声の遠近法に働く図式語彙〈90〉　マエカケ・エプロン類の図式語彙〈91〉　矛盾の交差でテクストを紡ぐ図式語彙〈92〉　文化装置としての図式語彙〈93〉　生活世界固有の学への通路——図式語彙〈94〉　ラングに震撼した学知〈95〉　パラダイムをとらえる複眼のまなざし——図式語彙〈96〉　ラングはパラダイムとシンタグムの媒介装置〈97〉　1組の図式語彙でつくられる俳句・川柳〈98〉　内向きの言語を開放する図式語彙〈99〉

〈参考資料〉言語活動のモデル図——「構成意味論」から見た〈100〉　……………255

参考文献……………………………………………………………………………265
索　　引……………………………………………………………………………285
謝　　辞……………………………………………………………………………319

　　　　　　　　　　　　　　　＊見出し末尾の〈番号〉は、本文の「文段通し番号」

第Ⅰ章　詩のテクスト構成と作者の実存
——語彙(志向)図式で読み解く

1．魯迅の散文詩「影の別れ」〈1〉

　わたしが参加している会に、「意味論研究会第Ⅱ」[1]というのがある。その第114回（通算377回）の会（2011年7月23日）の帰路だった。「今日の会は、実り深いものだった」と言ったのは、画家で、幼児画の研究者、海野阿育氏である。筆者も同感だった。後日、発表者の鄧捷氏（現代中国文学、関東学院大学准教授）からも、「納得できる分析を得た」との感想が寄せられた。

　当日、鄧氏は、魯迅の作品「影の別れ（影的告別）」のテクスト分析を試みた。中国と日本における先行研究を紹介の上、中国古来の問答形式「形影相随」の介在を指摘した。なお、同氏は、〈構成意味論〉[2]の方法を用いて、作品中に表現されている"事実項（主語や客語）——叙述（述語）"連鎖(ネクサス)を網羅的に記述した。魯迅が、この作品の制作に際して構えたと考えられる「志向（判断・語彙）図式」のネットワークを行列(マトリックス)に記述して、再構成した。氏の、この研究は、その後、補正を施して、公開された[3]。

　1924年作成の詩「影の別れ」は、魯迅の詩集『野草』1927所収の、つぎのような散文詩である。引用は丸尾常喜1997による。

1．人が眠りにおちて時の消えるとき、影が別れを告げに来ては、こんなことをいう

　　——人睡到不知道時候、就会有影来告別、説出那些話——。

2．おれの気に入らぬものが天国にあるから、おれは行きたくない。おれの

気に入らぬものが地獄にあるから、おれは行きたくない。おれの気に入らぬものがおまえたちの未来の黄金世界にあるから、おれは行きたくない。だがおまえこそはおれの気に入らぬものだ。

友よ、おれはおまえについて行くのがいやになった。

おれはいやだ。

ああ、おれはいやだ。おれは地なきところをさまよったがいい。

> 有我所不楽意的在天堂裏、我不願去・，有我所不楽意的地獄裏、我不願去・，有我所不楽意的在你們将来的黄金世界裏、我不願去。
> 然而你就是我所不楽意的。
> 朋友、我不想跟随你了、我不願住。不願意！
> 嗚呼嗚呼、我不願意、我不如徬徨于無地。

3. おれはただの影だ。おまえと別れて暗黒のなかに沈もう。けれども暗黒もおれを呑み込むだろう。けれども光明もおれをかき消すだろう。

けれどもおれは明暗の境をさまよいたくはない。おれは暗黒のなかに沈んだがいい。

> 我不過一個影、要別你而沈没在黒暗裏了。然而黒暗又会吞併我、然而光明又会使我消失。然而我不願徬徨于明暗之間、我不如在黒暗裏沈没。

4. けれどもおれはやはり明暗の境をさまよっている。それが黄昏なのかそれとも夜明けなのか知らない。おれはとりあえず灰色の手を挙げ、一杯の酒を飲み干す真似をしよう。おれは時の消えるときひとり遠くへ発とう。

ああ、もし黄昏ならば、暗夜はむろんおれを沈めるだろう。さもなくば白昼にかき消されるだろう、もし夜明けならば。

> 然而我終于徬徨于明暗之間、我不知道是黄昏還是黎明。我姑且挙灰黒的手装作喝乾一杯酒、我将在不知道時候的時候独自遠行。
> 嗚呼嗚呼、倘若黄昏、黒夜自然会来沈没我、否則我要被白天消失、如果現是黎明。

〈1〉〈2〉

5．友よ、時は近づいた。
　おれは暗黒を目指して地なきところをさまよおう。おまえはおれになお贈り物を求めるのか。おれに何をささげることができようか。
　ぜひにというのであれば、やっぱり暗黒と虚無のほかはない。しかしおれはねがう、暗黒だけはあるいはおまえの白昼に消されることを、虚無だけは決しておまえの心を占めないことを。

> 朋友、時候近了。
> 我将向黒暗裏徬徨于無地。你還想我的贈品。我能献你麼呢？
> 無已、則仍是黒暗和虚空而已。但是、我願意只是黒暗、成者会消失于你的白天・，我願意只是虚空、決不占你的心地。

6．おれはこうねがうのだ。友よ。
　おれはひとり遠くに発つ。暗黒のなかには、おまえばかりか、ほかの影もない。おれだけが暗黒に沈められ、その世界はすっかりおれのものになる。

> 我願這樣、朋友 ── 我独自遠行、不但没有你、併且再没有別的影在黒暗裏。只有我被黒暗沈没、那世界全属于我自己。

　　　＊各「段落」「連」の文頭につけた番号は、説明の便宜上、筆者によるもの。

2．魯迅の自己反照──影の彷徨〈2〉

　発表後の討議で、わたしは、この「別れ」を告げに来た「影」の行く手には、魯迅本来の自我に当たる「実存」Existentz, exitence の読み取りが可能ではないかと指摘した。ニーチェ言う「超人」Übermensch はもとより、ハイデッガーが強調した、日常的に投げられた「現存在」Dasein や、本来の「現存在」、いわゆる、「実存的現存在」existenziell Dasein が待ち受けているように思われたからである（→ニーチェ1883〜85『ツァラトゥストラはこう語った』第4部〈影〉[4]、ハイデッガー1927『存在と時間』9・58節……）。
　海野氏は、その「影」を「光明（白天）」と「暗黒（黒夜）」の時を分ける媒

介的な存在ととらえては、どうか？　と言い、野林靖彦氏（文法学、麗澤大准教授）は、魯迅は、作中での「影」の「別れ（分離）」を契機に、自らをいくつかの「事実存在」exitentia にとらえ分けているのではないか？　と指摘した。

その結果、この作品には、魯迅による自己反照の展開といった解釈可能性が浮上してきた。魯迅が自分を、いくつかの種類の人格的事実存在に裂開させてとらえ分けている可能性が濃厚である（→〈4〉磁場図 a 、〈16〉磁場図 b　＊数字は本文の「文段通し番号」を示す。以下同）。

わたしは、この作品では、魯迅が自己を事実存在としての3個の分身と、1個の実存に見分けたと見た。「存在者（＝単語で呼び止めて据え立てた存在するもの）」Seindes としての自己の「存在」Sein を3種類の人格的事実存在の「我（分身）」と、1個の人格的事実存在、本来の「自我（超越的自我）」とに分けて、その全体を関連づけながら、対象化したと見た。その際に、魯迅がキーワードとも言うべき2個の述語「光明（白天）である」、「暗黒（黒夜）である」にもとづく計2種類の述語判断の基準「光明（白天）下の存在か？」、「暗黒（黒夜）下の存在か？」を同時に適用している点にも注目した。さらには、彼が、その自己分解の可能性の全体を円環（弧）状に繋ぎ合わせてとらえ分けている点にも留意した。

なお、わたしは、魯迅が、その2種類の複合的な述語判断の肯定面ばかりではなく、否定面をも棄てることなく、同時に併せ適用することで、その内省を、つぎの〈フレーム表1〉に示すように円環状に図式化させている点に、とりわけ、注目した。

作品「影の別れ」の第2〜3連、および、第5〜6連を、あらためて、見ていただきたい。

まず、第1連での「我」は、どんな「我」なのだろう？　ただし、この人物を指す人称代名詞は、第1連には、見当たらない。すくなくとも、第2連から、第5連、そして、末尾の一文を除いた第6連にかけて頻出する［小さな影の我］ではあり得ない。第1連の「我」は、その頻出する［影なる我］に、「友（朋友）よ」とか、「你（おまえ）」とか呼びかけられ、「別れ」のことばを投げ

〈2〉

〈意識の構え(図式)のフレーム表1〉:4種の事実存在「我」Ⅰ〜Ⅳ——判断基準：光明
(白天)⌒暗黒(黒夜)
　＊光明(白天)⌒暗黒(黒夜)の記号「⌒」:媒介種を介在させて、「ブリッジ型」図式に連関する
　　ことを表す。

―〈場所Ⅱ(姿)〉：一般・固有種Ⅱ相当の人格的事実存在「我(魯迅)Ⅱ」：［まったく影
　　のない光明］下で、［平均的に世俗化(頽落)］している［読書人としての我(魯迅)
　　Ⅱ)である者がある］場所がある。
―〈場所Ⅰ(間)〉：特殊・媒介種Ⅰ相当の人格の存在「我(魯迅)Ⅰ」：これまで、付き
　　随ってきた［読書人(我Ⅱ)］を離れて、［光明］から［暗黒］へと至る［境界(無
　　地)領域］を［彷徨する］、［小さな影の我(魯迅)Ⅰ)である者がある］場所がある。
―〈場所Ⅳ(台(風))〉：一般・固有種Ⅳ相当の人格的存在「我(魯迅)Ⅳ」：［彷徨する小
　　さな影の我Ⅰ］を棄てて、［黒夜に沈み］、もはや、［光明なき］、［闇］の存在と
　　化した［(ペシミスティックで、虚無的な)我(魯迅)Ⅳ)である者がある］場所があ
　　る。
―〈場所Ⅲ(底)〉：超越的・媒介種Ⅲ相当の実存的な人格的存在「**我(魯迅)Ⅲ**」：［影(我
　　Ⅰ)］を打ち返すようにして［超越し］、［暗黒］から［光明］へと至る［境界(大
　　地・故郷)］に還った、［実存としての我(魯迅)Ⅲ］。種Ⅰの［小さな影(我Ⅰ)］
　　とは異なり、［大いなる影］を負うて、［読書人(我Ⅱ)］も［失意の放浪者(我
　　Ⅳ)］も、さらには、［小さな影(我Ⅰ)］も視野に収めて定立させ、［了解する］
　　ような［世界の創造者としての自己である者がある］。その構成する世界、［大い
　　なる地平(場・磁場・テクスト)］を拓くことのできる回心の場所、原点を得た
　　［本来の自分］、［巨影(我Ⅲ)］。［事実性］と［実存性］とを兼ね備えた「実存的
　　な、人格的事実存在としての我(魯迅)Ⅲである者がある］場所がある。

掛けられている当の存在なのである。
　一方、第6連末尾の一文に関わるような「我」もある。いったい、この存在
は、どんな「我」なのか？　頻出する［影なる我］とも異なれば、第1連の
「我」とも異なる存在と考えられる。
　わたしは、第1連の「我」を［読書人］としての魯迅の1側面を象徴する存
在と読み取った。日常的に世間に身を投じ、曝して、その公開性に富んだ世界
で、いっぱしの地位を得て、それを保ち続けている、ある意味での彼の代表的
な一面と見た。
　いま、この［読書人］としての魯迅を種Ⅱの事実存在「我Ⅱ」が成立する場
所Ⅱに置いたとしよう[5]。ハイデッガーは、日常的事実存在としてとらえた、

このような類いの人格的存在を、一般に、「現存在」Dasein と呼んで、「客体的な事実存在」から区別した。

　注目すべきは、この詩の第1連での主人公が「影」ではなくて、［読書人］としての「我Ⅱ」だということである。わたしは、魯迅は、まずは、我が身を、この日常的で、平均的な人格的存在（現存在）、自らの分身とも言うべき［読書人］、「我Ⅱ」に投げ置いて対象化したのだと見た。その魯迅の、公開化して、世間にかなりの程度に馴染みきっている分身、種Ⅱの人格的事実存在［読書人］を嫌がって、その存在を突き離すようにして"呼び声"をあげ、さまよい出たのが、ほかならぬ、彼の、これまた、別の分身、種Ⅰの人格的事実存在「小さな影（我Ⅰ）」である。

　この人格的事実存在、分身［小さな影（我Ⅰ）］の発する"呼び声"——実は、後述の実存的事実存在［巨影（我Ⅲ）］が、それを発させているのだが——をたよりに、この「小影（我Ⅰ）」の去就を追ってゆけば、どうなるか？　魯迅が、この詩作を通じて自己を反照し、自らをいくつかの人格的事実存在（現存在、以下も）の「我」に裂開させてゆく意識の流れを読み取っていくことができるようになるだろう。自己の分身［小影（我Ⅰ）］の言動や、その存在を成り立たせている空間や時間、……その他、そのつど、関わりを持ってくる、もろもろの客体的事実存在への解釈を通路にして、彼が自己本来の人格的存在である実存（実存的現存在）を見出し、その在り処へと還り着く内省の展開をつかめるようになってくるのである。

　なお、わたしは、魯迅が、その自己観照の意識の流れに「図式」を挿しこんでいるとも見た。彼は、自己の分身［影（我Ⅰ）］の言動をとらえ、それを辿ることによって、己を解釈的に定位していったと見る。その解釈意識の通路の保障装置として、「図式」を用いたと見るのである。

　作品中には、キーワードとも言うべき2個の述語が認められる。1つは、「光明（白天）（である）」で、もう1つは、「暗黒（黒夜）（である）」である。魯迅が、この2個の述語を選び抜いて、卓立して用いている点に注目しなければならない。

この2個の述語ないし、それで、それぞれ、一口に呼んで、素朴に据え立てた2個の仮象「光明（白天）下（なる存在）」、「暗黒（黒夜）下（なる存在）」がある。彼は、この2個の「仮象」Scheinへの関心焦点を、それぞれ、引きつけたかたちの述語「光明（白天）（下である）」と、「暗黒（黒夜）（下である）」にもとづき、肯・否を見分ける自らの判断に"交差"を与えて、組み合わせているのである。

その複合性の述語判断の"交差"を見て、わたしは、彼が「語彙（志向）図式」を編成したと理解した。魯迅が、この作品の制作を通じておこなったと見られる自己反照に、その語彙（志向）図式を挿しこんで用いたと見た。その図式が予断的に示す、自己の分身間の有意連関の全体を、彼が内省の地平（現象野・場・テクスト・象徴世界）、（→下段注）として、まずは、自分自身に対して開示したと見たのである。さしづめ、彼が自己へ向かって拓かれた、その現象地平（同前、以下も）の奥処、そのとりわけ、カナメをなす位置に、本来の自己「超越的自我」、「超越的主観」、「実存」を見出して、そこへ還ったと見たのだと言ってもよい。

あたかも、"故郷の大地"を見出しでもしたかのように[6]……。

　　*「地平」Horizont 概念は、文脈により、"内なる「世界」、「テクスト」、「現象野」、「場」、……"などと、呼び換えることができる。端的には、"内なる世界・場"のことを言う。存在了解のため、先取（予見）的眺望を持って構成された"内なる視野"である。
　　その"内なる地平"には、脱自的、超越的な自我、ここで言う「実存」によって、遠・近関係に布置されて拓かれた「場所」が画定している。その場所には、それぞれ、その境界条件に見合う事実存在が囲い込まれて、連関し合うかたちに定立されている。認識者が、このような、自らに向かって開放されて現れ出てくるような"内なる地平"を構成するには、自らを、脱自的、超越的な自我「実存」へ還帰させつつ、たんなる、仮象に過ぎない「存在者（＝単語で一口に呼び据えた、存在するもの）」を「事実存在」へと開示し、その"地平"に定着させて、了解しなければならない。
　　してみれば、彼は、自らの"内なる地平"内に在って、その内外を繋ぐような、微妙な場所——わたしは、そこを「底」と呼んだ——に、自己

を還帰させねばならないことになる。そのためには、その還帰への通路を保障するような「図式」を用いる必要がある。いきおい、「地平」自体が図式化されていなければならない。ここに言う"内なる世界・場"、「地平」は、「図式地平」の姿を呈することになる。

　図式は、概念枠に働くフレームを持っている。そのフレームを、わたしは、"交差"をふくむ述語判断——「矛盾複合命題」——と見た。"交差"をふくむ述語判断は、外形的には、「(類語) 語彙図式」の姿を呈するだろう。"内なる世界・場"、「地平」は、形相的には、「図式語彙」の形態を持った志向図式として構成される。「地平」は、「語彙」のすがたを持つ「図式地平」として認識される (→〈16〉〈19〉〈28〉)。

3．仮象としての存在者「魯迅」〈3〉

　前掲の〈フレーム表1〉を見ていただきたい (→〈2〉)。〈表〉中の2段目、特殊・媒介種Ⅰの人格的事実存在が成立している場所Ⅰに注目しよう。……

　そこには、魯迅の分身［小影（我Ⅰ）］が来ている。この作品中の立役者——実は、たんなる、"媒介的脇役"にすぎないのだが——と言ってもよい。この人格的存在を、時として、"呼び声"をあげて、自己反照へと、自らを誘い出す魯迅自身の一面と見ることもできるだろう。この存在は、後述、種Ⅲの、もう一つの人格的事実存在［大いなる影（巨影）］に比べれば、きわめて「小っぽけな影」でしかない。そこで、わたしは、この存在を、「小影」と記述した。魯迅も作品中の第3連では、この存在を「ただの影」と表現している。

　この［小影］の存在を、わたしは、目下、拓かれた現象地平内で、"(曖昧な) 両義性"を発揮しつつ、1段目の一般・固有種Ⅱ［読書人（我Ⅱ）］の自分と、3段目の一般・固有種Ⅳ［失意の放浪者（我Ⅳ）］の自分の、両人格的事実存在を「取り持ち」、「取り囃す」、"媒介的な演技者"、特殊・媒介種の、もう一つの自分とみなした。言ってみれば、［(カウンターの存在としては表立った、だが、総じて内向きな) トリックスター］という見立てである。

　ところで、先述したが、わたしは、魯迅が自己の分身を、まずは、［日常的で、平均的な］事実存在としての、種Ⅱの［読書人（我Ⅱ）］に見出したのだ

3. 仮象としての存在者「魯迅」

と理解した。そのばあいの「魯迅」は、よくよく考えてみれば、わたし自身もふくめてだが、自然的な態度を取る観察者が据え立てがちな「魯迅」でしかない。この抽象的で、一般的、平均的な、存在者としての「魯迅(なる者)」は、「仮象」Scheinとでも呼ぶべき、一種の表象、極端に言えば、幻像にも等しい、不確定的な存在でしかない。それは、1個の名称（名・語・述語）、たとえば、*luxun*、あるいは、ロジンで、素朴に、一口に呼び止めて据え立てたところの存在者（＝存在するもの）としての魯迅である。けっして、事実存在としての魯迅ではない。

　仮象は、そのままでは、"虚構の存在"としての存在者と見ざるを得ない。*luxun*、あるいは、ロジンといった、1個の名称や呼称の"仮面"*persona* をかぶせて据え立てた、それは、非実体的な表象でしかない。強いて、その存在をと問えば、せいぜい、それは、言明上の道具的存在としての語ないしは、名称（呼称）、あるいは、述語とでも答えざるを得ない。公開性に富んではいても、存在の根を払って据え立てた、それは、不確定的な表象でしかないのだ（→〈20〉〈21〉〈42〉〈71〉）。

　したがって、ここでは、仮象としての存在者の魯迅は、さしあたりは、カッコ付きの「(魯迅)」、または、「(彼)」とでも表記するよう努める必要があるだろう。観察者としてのわたしたちが考慮しておかねばならないのは、事実存在として対象化すべき「魯迅」を、ふつうは、*luxun*、あるいは、ロジンというように、単語並みの仮象「(魯迅)」としてしか据え立て得ないという事実だろう。会話や談話などではなく、論証に傾きがちな、われわれの説明文や言明文では、言表の1回性の制約がより強く働くために、1語で指定することができないような事実存在を、直接には、語ることができないようになっている。

　観察者が、もし、そのまま、「*luxun* は、〜である」、「ロジンは、〜した」、……というように、部分的な所見にしかもとづかない判断を、即、命題化して、言明的に言い立てたとすれば、どうなるか？　すでに、自らの考察の軸足の一歩を、さしづめ、一般・固有種Ⅱの［読書人（我Ⅱ）］が成立する場所Ⅱ（「姿」相当の）に置いてしまうことになるだろう。その判断内容や言明は、すでに、

公開性を帯びて単線条化しており、排他的な、それでいて、伝達性の濃い、専断的な性格を、より強く帯びてしまっているのである。

4．魯迅の実存と分身——固有種と媒介種に裂開した「魯迅」〈4〉

そうだとすれば、仮象としての存在者の「(魯迅)」についてではなく、事実存在としての「魯迅」について考察したり、述べたりしようと思えば、どうしたらよいのか？

否が応でも、その表現には、語彙（志向）図式——図式語彙でも——を用いねばならないだろう（→ニーチェ1906『権力への意志』515〈引用番号は、クレェナー・ポケット版での番号〉、ハイデッガー1961『ニーチェ』第1巻Ⅱ-1、同1927『存在と時間』39節）。さもなければ、その図式を網目化させて、言明とは異なるタイプの話（会話・談話・語り・物語）を繰り広げる必要があるだろう。その仮象としての存在者の事実存在を、せめて、「語り」によって、縷々、開示する必要に迫られることになる（→ハイデッガー1927『存在と時間』33節、野家啓一2007『増補科学の解釈学』〈プラグマティズムの帰結〉）。

種Ⅰの［小影（我Ⅰ）］は、仮象「(魯迅)」にとっては、両義的な、特殊な存在に当たる。「(魯迅)」が、目下、曝されている選択「光明下の存在（自分である）か、どうか？」と、「暗黒下の存在（自分である）か、どうか？」については、その、いずれもを容認するような、"両義的"な存在なのである。

このばあいの選択2基準は、「(魯迅)」の自己反照の関心焦点ともみなし得るもの。その認識関心の焦点には、ニーチェによって浮き彫りにされた、かの、古代ギリシアにおけるアッティカ悲劇の精神［アポロン的なもの］と、［ディオニュソス的なもの］とを重ね合わせることもできるだろう（→ニーチェ1872『悲劇の誕生』）。

この自己への2種類の関心焦点を載せた眼差しの、"交差"にもとづく複線化が認識の、引いては、表現の図式化を可能にしていくことになる。その図式化された述語判断、認識が仮象の、それこそ、"真の本質存在"*essentia*とで

も言うべき、確定性に富んだ、実象としての事実存在 existentia の定立を可能にするのである。定立されて開示されてきたその事実存在は、もはや、自然的態度で、素朴に措定された、はじめの仮象ではなくなっている。

わたしは、「(魯迅)」が、この詩「影の別れ」の制作を通じて、自己の事実存在の裂開的な開示を図式を用いておこなったと見た。前述のように、両義的で、媒介的な性格を持った特殊・媒介種Ⅰ（間）相当の人格的事実存在に、わたしは、「(魯迅)」の分身［小影（我Ⅰ）］を充てて、その存在を了解した（→ 3）。それが目下の選択基準［光明下の存在（自分）か？］にとっては、その［(辺境に相当する）境界領域（無地）］を［彷徨する］存在だからである。この存在は、その世界の一般・固有種Ⅱ（立ち姿）相当の人格的事実存在、分身［読書人（我Ⅱ）］を離れて、もう一方の一般・固有種Ⅳ（台・風）相当の人格的事実存在、分身［失意の放浪者（我Ⅳ）］が沈殿する［暗黒（黒夜）］へと彷徨い出たのである。

わたしは、種Ⅱ（姿）相当の事実存在［読書人（我Ⅱ）］や、種Ⅳ（台や風）相当の事実存在「失意の放浪者（我Ⅳ）」を、いずれも、「一般・固有種」と呼びとらえた。種Ⅰ（間）に来る事実存在［小影（我Ⅰ）］を「特殊・媒介種」と呼ぶのに対してである。種Ⅱ（立姿）の分身［読書人（我Ⅱ）］と、種Ⅳ（台・風）の分身［失意の放浪者（我Ⅳ）］とを、いずれも、それぞれ、目下、迫られている述語判断基準にとっては、ごくありふれた「固有種」の存在とみなしたからである。

ところで、一般・固有種Ⅱ（姿）の事実存在、分身［読書人（我Ⅱ）］や、一般・固有種Ⅳ（台・風、以下も）の事実存在、分身［失意の放浪者（我Ⅳ）］に軸足を置いて、それぞれ、仮象としてとらえた存在者の「(魯迅)」から見れば、特殊・媒介種Ⅰ存立の場所（間）に彷徨い出た事実存在、分身［小影（我Ⅰ）］は、きわめて"曖昧"で、"特殊な"存在と映ってくるだろう。

そこで、わたしは、分身［小影（我Ⅰ）］を特殊・媒介種Ⅰ（間）相当の事実存在ととらえ、そのハネ返りで、固有種Ⅱ相当の分身［読書人（我Ⅱ）］や、固有種Ⅳ相当の分身［失意の放浪者（我Ⅳ）］を、一般・固有種Ⅱ（姿）と、一

般・固有種Ⅳ（台・風）の人格的事実存在ととらえたのである。

〈フレーム表1〉中の、とりわけ、事実存在への意味特性の配分を見てほしい。一般・固有種Ⅱ（姿）相当の分身［読書人（我Ⅱ）］と、一般・固有種Ⅳ（台・風）相当の分身［失意の放浪者（我Ⅳ）］とは、たがいに、対局に位置して、相容れない存在だというのがわかるだろう（→〈2〉）。

その両人格的事実存在に、いずれも、"即かず離れず"のかたちで接触しているのが、ほかならぬ、特殊・媒介種Ⅰ、その両者の「間」を埋める事実存在、分身［小影（我Ⅰ）］である。この［惑い］、［迷い］、［声を上げ］て［騒い］でやまない「(魯迅)」の分身「小影」が、その、それこそ、「間」を「取り持」ち、「取り囃し」て「共約している」と見るのである。

つぎに、〈フレーム表1〉中の、場所Ⅲにも注目してみてほしい。……

わたしは、そこへ来るべき、「(魯迅)」本来の人格的事実存在には、種Ⅲ（底）相当の［巨影（我Ⅲ）］を想定した。これは、「取り持ち」役のパフォーマー、特殊・媒介種Ⅰ（間）相当の分身［小影（我Ⅰ）］を、まるで、打ち返しでもしたようなイメージを持った、本格的な人格的事実存在に当たる[7]。

わたしは、この［巨影］の存在を、「実存」と見た。目下、拓かれた現象地平（種Ⅰ～種Ⅳの有意連関の世界）内の日常的、現実的な分身の、地平の内側へと、外側への、さらなる裂開を企てる、当の本格的な人格的事実存在と見た。その上で、この脱自的で、脱地平的な事実存在を、〈解釈学〉的には、"別格、本来の媒介者"、"本格的なパフォーマー"ともとらえかえした。場所Ⅲに位置する、この［巨影（我Ⅲ）］こそは、特殊・媒介種Ⅰとして、「間」に彷徨い出た事実存在（我Ⅰ）をも超越し、「底」に、しっかりと根づく、本来の媒介役としての人格的事実存在と見たのである。したがって、わたしは、この事実存在［巨影（我Ⅲ）］を、「実存」、「超越的媒介種」とも呼んだ。

超越的媒介種Ⅲ（底）相当の事実存在［巨影（我Ⅲ）］は、自らの選択によって拓いた目下の地平（場・磁場・テクスト・象徴世界）内に投げ込まれた（投げ込んだ）自己の分身、いくつかの人格的事実存在を、いずれも、確定的に成立させて、自らに向かって開示している。そればかりではない。その際の選択の

一々を猶予することで、定立すべき事実存在間に、可能性をもふくんだ、円環状の有意連関を構成し、それら現実化の可能性を持った各存在の成立する場所、その境界条件までを、連関のうちに確保して了解しているのである。さらには、その自らが現象させ、己に向かって開示した地平内の事実存在群と、地平外の事実存在群のあいだにもまた、有意連関の架橋をおこなって、地平の融合も図っているのだ。世界構成に、自らを裂開させて投げ企てる、この［巨影（我Ⅲ）］の払う、図式化された配意こそは、それこそ、超越的な媒介種、「実存」にふさわしい働きと言わねばならない。

この［巨影（我Ⅲ）］を通した「（魯迅）」の自己省察が拓く作品内世界の地平（場・テクスト）の部分的全容は、たとえば、つぎのような〈場所の布置図〉に描いて示すこともできる。この〈布置図〉を「磁場図」と呼んでおこう。

わたしは、軸足を、まずは、場所Ⅱに置いた、仮象としての存在者「（魯迅）」が作品「影的告別」の制作を通じて、己の実存［巨影（我Ⅲ）］の在り処へと還る旅に出たと見た。その分身の１つ、脇役的なパフォーマー、特殊・媒介種Ⅰ（間）の事実存在［小影（我Ⅱ）］の言動に触発されて、図式（→〈２〉フレーム表１）が示す通路を辿る自省の旅へ出たと見たのだと言ってもよい。その挙句に、目指す在り処を探り当て、自らの軸足を、今度は、場所Ⅲ——そこを「底」と呼ぶ（→〈８〉〈10〉〈26〉〈32〉〈64〉）——の"大地（故郷）"に、しっかりと踏み据えたのだと理解した。

わたしは、場所Ⅲを、実存［巨影］の位置する「底」「大地」「故郷」と見た。それに対して、［巨影］が超越した、当の［小影］の位置する場所Ⅰは、「間」ととらえた。仮象としての存在者、［読書人］としての「（魯迅）」が位置する場所Ⅱは、どうか？［世間化した］、さしあたりの「（彼）」を代表する「姿（立ち姿）」のスタンド・ポイント（お立ち台）と見立てた。それに対して、場所Ⅳは、場所Ⅱへ来る「（立ち）姿」とは、うって変わって、［失意の放浪者］として、貼りつくようにして生きる、まさに、「（踏まれて、沈みきった）踏み台」と見た。別の見方をすれば、目下、拓かれた世界地平の、有意性の基調をなす、「風」になった存在と言ってもよい。

[小影]の存立する場所Ⅰは、[読書人]のスタンド・ポイントの場所Ⅱ（(立ち)姿）と、[失意の放浪者]の貼りついた「(踏)台・風」の、それこそ、「間」に位置している。これらは、いずれも、基本的には、目下の選択によって拓かれた世界（現象・図式）地平の書き割りの呼称である。だが、これらの呼称を、わたしは、そのそれぞれの場所に来て成立する、事実存在の種別（Ⅰ～Ⅳ）の呼称としても用いたい（→〈24〉〈39〉〈41〉〈77〉〈78〉）。

〈磁場図１ａ〉を見てほしい。……

仮象「(魯迅)」にとっての実存、「底」に位置する超越的媒介種Ⅲの［巨影（我Ⅲ）］が目下の選択——ここでは、「光明下の存在（自分）か？」、「暗黒下の存在（自分）か？」——に対して、いずれも、それを否定し、拒んでいる点に注目しなければならない。この存在は、むしろ、選択以前への初期化の力を発揮して、脱自的、脱地平的に、自らの拓いた世界地平をリセットせんばかりに振る舞うのである。観察者は、この［巨影（我Ⅲ）］を回心性に富んだ人格的

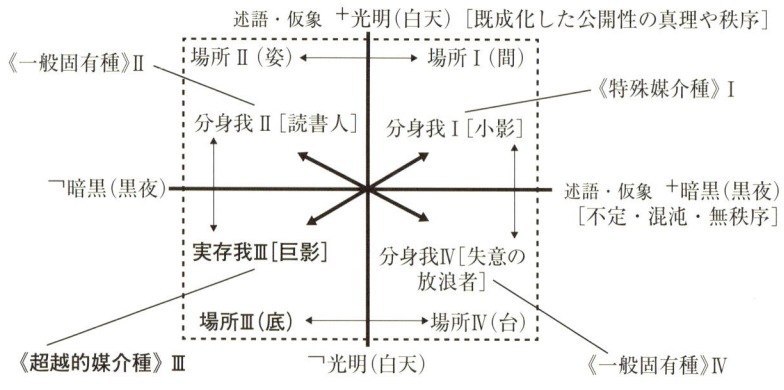

〈磁場図a〉
「(魯迅)」による自己存在の反照的裂開―基準：光明(白天)⌒暗黒(黒夜)

*　Ⅰ～Ⅳ：いずれも「場所（セット）」、ないし、そこへ成立する、種のレベルの事実存在。
*　⟷：" 強(鋭)い斥力 "にもとづく、両価性の、反義的な遠隔項関係
*　⟷：" 弱(鈍)い斥(引)力 "にもとづく、偏価性の、類義的な近接項関係
*　この作品の制作過程で、「(魯迅)」が仮象としての「(我)」を巡り、場所Ⅱ→場所Ⅰ→場所Ⅳ→場所Ⅰ→場所Ⅲと、「弧（円環）状」に揺れ動いた自己反照の果てに、場所Ⅲ(底)に位置する、本来の自己「実存」としての［巨影］に還ったと見る。

〈4〉〈5〉　　　　　　　　　　5．存在間の近接項関係の構成　15

存在と見る必要があるだろう。この種Ⅲ（底）に位置する［巨影（我Ⅲ）］は、場所Ⅱ（姿）に在って、公開性に富んだ、カッコ付き、一般・固有種Ⅱ相当の事実存在「読書人（我Ⅱ）」や、その対極に位置して場所Ⅳ（（踏）台）の土俗世界に沈みきり、苦悶している、同じく一般・固有種Ⅳ相当の事実存在「失意の放浪者（我Ⅳ）」に対しては、目下の選択以前の"生の現実"を再現して突きつけているのだ。と同時に、分身の彼らが、目下、迫られている選択以外の、可能な選択を予告する、積極的な回心力も見せつけているのである。

　この脱自的、脱地平的、超越的な媒介種Ⅲ（底）に根差す［巨影（我Ⅲ）］こそは、カッコの付かない、真正の大文字の「**我**」、「**魯迅**」と呼ぶにふさわしい存在である。わたしは、「(魯迅)」が特殊・媒介種Ⅰ（間）相当の事実存在、分身［小影］の［彷徨］に寄り添いつつも、その存在を大きく超えて、［巨影］、言ってみれば、ニーチェの言う「超人の影」を迎え入れたのだと理解した。

　その意味では、場所Ⅲに来る種Ⅲ（底）相当の人格的事実存在「巨影（我Ⅲ）」を、〈存在論〉的には、日常性や地平性を脱却し、超越性や原点性、回心性に富んだ「(魯迅)」の「超越的自我」、「超越的主観」、端的には、「実存」と見るのが適切と考える（→〈7〉〈8〉〈10〉〈26〉〈64〉）。それは、事実存在の上に、実存性をも加えて、他の人格的事実存在や客体的事実存在群の存立（「図」 *figure* 化）の成否を扼する、それこそ、別格の存在と見なければならない[8]。この［巨影（我Ⅲ）］を、ハイデッガーは、「実存的現存在」*existenzial Dasein* と呼びとらえた（→ハイデッガー1927『存在と時間』9・39・58・69節）。

5．存在間の近接項関係の構成——見分けの鈍い力

5.1　光明下に共属し競合する分身——読書人と小影〈5〉

　前掲の〈磁場図１ａ〉に戻ってみよう（→〈4〉）。この〈図〉には、"鋭（強）・鈍（弱）"二様の見分けの力が働いている。その力の配分が図式化されている点には、とりわけ、注目する必要があるだろう。……

　立ち位置を場所Ⅲ（底）に得た実存（本来の現存在・超越的自我）を、わたし

は、[巨影] を負うて、その在り処（故郷）へと還った、本来の「(魯迅)」と見た。[巨影（我Ⅲ）] を負うた「(魯迅)」が見分けの力を図式の示す通路に沿って配分しつつ、その内面に、自己の存在了解の地平（場・磁場・テクスト・象徴世界）を拓いて、自らに向かって開示したと見るのである。

そのばあい、自己の分身、日常的な人格的事実存在（現存在）を場所Ⅳ（台）や場所Ⅱ（姿）、あるいは、場所Ⅰ（間）へと裂開させて投げ置いてゆくのに、わたしは、「(彼)」が語彙（志向）図式——述語判断図式（→〈2〉フレーム表1、〈4〉磁場図1a）でも——を用いたとも見たのである。

その〈磁場図1a〉中の、細線の矢印部分に注目してほしい。……

この地平内の事実存在は、1組の固有種と、もう1組の媒介種、計2組のペアから成っている。「(魯迅)」の実存による、その計4種類の人格的事実存在への自己の見分けに際しての力の配分は、どうなっているか？　具体的には、隣接し合う分身ないしは、実存を、それぞれ、つぎのように、2項ごとに見比べいってみよう。……

　　場所Ⅰ(間)の特殊・媒介種Ⅰ [小影(我Ⅰ)] ～／場所Ⅱ(姿)の一般・固有種Ⅱ [読書人(我Ⅱ)]

　　場所Ⅰ(間)の特殊・媒介種Ⅰ [小影(我Ⅰ)] ～／一般・固有種Ⅳ [失意の放浪者(我Ⅳ)]

　　場所Ⅲ(底)の超越的媒介種Ⅲ [巨影(我Ⅲ)] ～／一般・固有種Ⅳ [失意の放浪者(我Ⅳ)]

　　場所Ⅲ(底)の超越的媒介種Ⅲ [巨影(我Ⅲ)] ～／一般・固有種Ⅱ [読書人(我Ⅱ)]

　　　　　　＊記号「～／」：ここでは、「最小の差異性を含む同一性を介在させた、類義的近接項関係の対立」を表す。

〈磁場図1a〉で、まずは、「(魯迅)」の分身、特殊・媒介種Ⅰ（間）相当の [小影（我Ⅰ）] と、一般・固有種Ⅱ（姿）相当の [読書人（我Ⅱ）] の両存在が

〈5〉　　　　　　　　　　　　　5．存在間の近接項関係の構成　17

隣接し合っている様相に注目しよう。……

　自らのカッコを外し、実存へと還った「(魯迅)」が「ブリッジ型」の語彙(志向)図式を用いて、"類義性"の有意連関をつくり出しているのがわかるだろう(→〈2〉フレーム表1、〈4〉磁場図1a、〈28〉、……)。場所Ⅱ(姿)と場所Ⅰ(間)の境界条件ないし、一般・固有種Ⅱ(姿)相当の事実存在、分身［読書人(我Ⅱ)］の意味特性と、特殊・媒介種Ⅰ(姿)相当の事実存在、分身［小影(我Ⅰ)］のそれとは、"類義性"を示し合って近接している。［読書人］と［小影］の両事実存在では、「(魯迅)」の注意の比重は、［読書人］の側に傾いて、偏価的に見分けられ、近接項関係がつくり出されているようにも見えてくる。

　この点を、もう少し詳しく見てみよう。わたしは、場所Ⅲ(底)に還った超越的媒介種Ⅲの実存［巨影(我Ⅲ)］を負うた「(魯迅)」が、この詩作品の制作過程では、自己反照的に、分類2基準(関心焦点・視点・意義)、［光明(白天)下の存在か？］と［暗黒(黒夜)下の存在か？］を採用して組み合わせたと見た。作中の表面的な立役者は、特殊・媒介種Ⅰ(間)の事実存在、パフォーマーの［小影(我Ⅰ)］である。この分身的事実存在の［小影］が、それこそ、［光］と［闇］の"両義性"を帯びて、解釈のてがかりの大半を提供しているのである。

　ただし、この［小影(我Ⅰ)］の存在に、そのてがかりを提供させているのは、［小影］自身ではない。それは、この［小影］を超えて、場所Ⅲ(底)へと還った超越的媒介種Ⅲの事実存在［巨影(我Ⅲ)］なのである。観察者は、［巨影］を負うて、本来の自己へ還った「(魯迅)」の実存が、［小影(我Ⅰ)］に「呼び声」*Ruf* を上げさせていると見なければならない(→ハイデッガー1927『存在と時間』57・58節)。

　もし、*luxun*、ロジン、……と、その名で、素朴に——いわゆる、「自然的態度」*natürliche Einstellung* にもとづき——呼び止めて、即、据え立てた仮象「(魯迅)」を通しての観察者の注意なら、一般・固有種Ⅱ(姿)相当の事実存在、分身［読書人(我Ⅱ)］の側に傾くだろう。この事実存在が、日常的にも、「一般的」で、「固有」とも言うべき、馴染み深い存在だからである。加えて、特

殊・媒介種Ⅰ（間）相当の事実存在、分身［小影（我Ⅰ）］は、"両義"的な存在でもあり、「特殊性」や「奇異性」を帯びて、過剰に有標化されているのだ。

　では、場所Ⅱに成立する一般・固有種Ⅱ（姿）相当の事実存在、分身［読書人（我Ⅱ）］に与えられている意味特性は、何だろう？　その特性は、「（魯迅）」自身による、目下の選択２基準（関心焦点・視点・意義・語義）に対する述語判断の複合でつくられていると見てよい。基準の１つ［光明（白天）下の自己の存在（分身）か？］については、それを完全に容認する判断内容と、他の１つ［暗黒（黒夜）下の自己の存在（分身）か？］については、それを完全に否認する判断内容との複合でつくられているのだ。

　一般・固有種Ⅱ（姿）相当の事実存在、分身［読書人（我Ⅱ）］が成立する場所Ⅱの境界条件で言えば、どうか？　目下、与えられた上記２種類の意義特性（関心焦点・視点・意義・語義）の、やはり、複合でつくられている。つまり、その特性は、［既成化した真理や、秩序下に置かれた存在（自分）が存立する場所である］と、［秩序不定の、混沌下に置かれた存在（自分）が存立する場所ではない］の、２種類の判断内容の複合でつくられているのだ。言ってみれば、実存として、種Ⅲ（底）の場所に位置づいた人格的事実存在の［巨影（我Ⅲ）］が［光明（白天）下の存在］である一般・固有種Ⅱ（姿）相当の事実存在、分身［読書人（我Ⅱ）］を、世間的にも認められた一定の身分として、さらには、「（彼）」の人格の、日常的に色濃く投げ込まれた一面として、容認的に意味づけていると見るのである。

　それに対して、場所Ⅰにさ迷い出た特殊・媒介種Ⅰ（間）相当の事実存在、分身［小影（我Ⅰ）］に与えられている意味特性は、何だろう？　これまた、目下の選択２基準、２種類の意義特性（関心焦点・視点・意義・語義）に対する、「（魯迅）」自身の述語判断内容の複合でつくられている。目下、迫られた選択２基準については、いずれも、それを容認する判断内容の複合でつくられているのである。特殊・媒介種Ⅰ（間）の事実存在、分身［小影（我Ⅰ）］の成立している場所Ⅰの境界条件で言えば、どうか？　その条件の、やはり、複合でつくられている。つまり、［既成化した真理や秩序に服している存在（自分）で

ある]と、それとは逆の条件［秩序不定の混沌下に沈む存在（自分）である］との"両義"の複合でつくられているのである。言ってみれば、実存としての種Ⅲの事実存在［巨影（我Ⅲ）］は、特殊・媒介種Ⅰ（間）相当の事実存在、分身［小影（我Ⅰ）］を、日常的に［既成化した真理や秩序］に沿って生きる「(魯迅)」の分身、［読書人（我Ⅱ）］の驥尾に付しつつも、それに嫌気がさして離れたがっている、［迷える］存在として意味づけられているのだ。

　いきおい、一般・固有種Ⅱとして、世間的な「(立ち)姿」を際立たせている事実存在［読書人（我Ⅱ）］と、特殊・媒介種Ⅰ（間）相当の［迷える］事実存在［小影（我Ⅰ）］の両分身は、ミニマムな差異性を介在させて、密接な"類義関係"で結ばれたかたちとなる。わたしは、両分身間には、意味特性や、その成立場所の境界条件に関しては、部分的な同一性を前提に、高度の"類義関係"が構成されたと見た。

　ただし、このばあい、覚醒した「(魯迅)」の注意（関心）――正確には、場所Ⅲ（底）に位置した種Ⅲの実存［巨影（我Ⅲ）］の配意であることは、指摘した――なら、より強く、後者に焦点化するだろう。後者、特殊・媒介種Ⅰ（間）相当の事実存在、分身［小影（我Ⅰ）］が上記の両分身間を繋いで連関させるべく、"両義性"を発揮しているからである。また、この前者が"両義性"を発揮する、その特殊性のゆえに、濃厚に有標化されているからでもある。

　したがって、観察者としては、仮象としての存在者ではなく、その事実存在、とりわけ、実存的事実存在としての「魯迅」が、視座「底」に立つことによって、種Ⅱ（姿）相当の事実存在［読書人（我Ⅱ）］と、種Ⅰ（間）相当の事実存在［小影（我Ⅰ）］の両分身を、認識関心が前者［小影（我Ⅰ）］の側に傾く近接項関係に結び合わせたと理解する必要があるだろう。

　その結果、一般・固有種Ⅱ（姿）相当の事実存在［読書人（我Ⅱ）］と、特殊・媒介種Ⅰ（間）に来た事実存在［小影（我Ⅰ）］の両分身間には、判断基準［光明（白天）下の存在（自分）か?］を容認する条件［既成化した秩序下に服属する存在（自分）である］が共有されたかたちとなった。

　ところが、特殊・媒介種Ⅰ（間）を埋める事実存在、分身［小影（我Ⅰ）］は、

もう一方の判断基準［暗黒（暗夜）下に蠢動する存在（自分）か？］についてもまた、それを容認するのに対して、一般・固有種Ⅱ（姿）を際立てる事実存在、分身［読書人（我Ⅱ）］のばあいは、それを、けっして、容認しないのである。

　いきおい、特殊・媒介種Ⅰ（間）に［迷い出］た事実存在、分身［小影（我Ⅰ）］は、つぎのように、一般・固有種Ⅱ（姿）相当の事実存在、分身［読書人（我Ⅱ）］とは、競合し合う近接項関係に結ばれることになるだろう。ただし、単用語としての述語「光明である」ないし、それが「語義」として引きつけたかたちとなる、容認性の関心焦点［光明（白天）下の存在（自分）である］には、つぎのように、「入れ子型」図式に共属しつつも、競合し合う関係に入ることになる。

　　　　　　　　　　　┌─⊂一般・固有種（場所）Ⅱ（姿）の事実存在・分身［読書人（我Ⅱ）］
述語　光明［白天下の存在］─┤
　　　　　　　　　　　└─⊂特殊・媒介種（場所）Ⅰ（間）の事実存在・分身［小影（我Ⅰ）］

　　　＊記号「⊂」：「左項が右項を「入れ子型」図式に包摂し、右項が左項に「入れ子型」
　　　　図式に包摂される」と読む。

　ここでは、事実存在間に、「ブリッジ型」連関を開示する語彙（志向）図式が、その内部に、あらかじめ、「入れ子型」の語彙（志向）図式をふくみ持っている点に留意する必要があるだろう。

　もし、それが事実ならば、事実存在間の「入れ子型」図式を示す意味連関は、その上位に位置する「ブリッジ型」の語彙（志向）図式（→〈２〉フレーム表１、〈４〉磁場図１ａ、〈28〉、……）によって回収されて確保されないかぎり、単用の述語、言い替えれば、単語に吸収されてしまうことになるだろう。

　「ブリッジ型」類型に仕組まれた語彙（志向）図式は、そもそも、事物や人物、事象や出来事、……の事実存在をヨコ繋ぎに連関させて定立させ、現象させて開示する、地平（場・磁場・テクスト・現象世界）の融合や拡大に働く。そればかりではない。その維持にも働くのである。

〈5〉〈6〉　　　　　　　　　5．存在間の近接項関係の構成　21

　理解すべきは、単用の述語、つまり、単語が不確定的にではあるが、ともかくも、措定し得る事実存在が、少なくとも、複数個はあるという事実だろう。ここでは、単語「光明」が、まがりなりにも、措定している2個の事実存在を吸収し得る可能性が明らかになった。そうだとすれば、「ブリッジ型」の語彙図式で回収しないがぎり、「光明」なる語は、それが不確定的にしか指定していない一般・固有種Ⅱ（姿）相当の事実存在［読書人］と、特殊・媒介種Ⅰ（間）相当の事実存在［小影］を、いずれも、吸収せざるを得なくなるだろう。

　この事実は、単用の述語の外延に相当する集合「クラス」class では、その「元（成員）」として集合を形成する、種としての単一の事実存在を確定的には指定できないことを物語る。観察者は、単一の述語の外延は、複数個の「セット（このばあい、確定的な集合）」を不確定的にふくみ持っていると見なければならない。「クラス」では、単一の「セット（同前）」set を確定的には指定できないのである。つまり、単用の述語、即ち、単語では、けっして、事実存在を、確定的には指定できないと見きわめておかなければならないことになる（→ウィトゲンシュタイン1953『哲学探求』65〈家族的類似性〉）。

5.2　暗黒下に沈み競合する分身——小影と失意の放浪者〈6〉

　〈磁場図 a〉に戻っていただきたい（→〈4〉）。こんどは、特殊・媒介種Ⅰ（間）相当の事実存在、分身［小影（我Ⅰ）］と、一般・固有種Ⅳ（台・風）相当の事実存在、分身［失意の放浪者（我Ⅳ）］のあいだの隣接関係の様相を見てみよう。……

　ここでも、「ブリッジ型」の語彙（志向）図式の適用によって、事実存在間には、"類義性"の有意連関が拓かれているのがわかるだろう。特殊・媒介種Ⅰ（間）相当の人格的事実存在、分身［小影］と、一般・固有種Ⅳ（台・風）としての人格的事実存在、分身［失意の放浪者］が"類義関係"に結ばれて近接し合っている。場所Ⅰ（間）と場所Ⅳ（台・風）の境界条件、あるいは、特殊・媒介種Ⅰ（間）の存在［小影（我Ⅰ）］の意味特性と、一般・固有種Ⅳ（台・風）の事実存在［失意の放浪者（我Ⅳ）］のそれとが、偏価的にではある

が、高い"類義性"ふくんで近接し合っているのである。

　仮象としての存在者「(魯迅)」を通した目からでは、このばあいの隣接し合う両存在は、注意の比重が後者の側に傾く、偏価性の近接項関係に結ばれているように見えてくるだろう。だが、自己反照に徹した［(魯迅)］の実存、超越的媒介種Ⅲ（底）に根差す事実存在［巨影（我Ⅲ）］の配意を通した眼からでは、その逆に見えてくるのである。この点については、述べた（→〈5〉）。

　その点を、もう少し詳しく見てみよう。特殊・媒介種Ⅰ（間）相当の事実存在、分身［小影（我Ⅰ）］に見出し与えられている意味特性は、前述した（→〈5〉）。それは、目下の選択２基準［光明（白天）下の存在（自分）か？］、［暗黒（暗夜）下の存在（自分）か？］について、それを、いずれも、容認する判断内容の複合でつくられていた。この事実存在、分身が成立する場所Ⅰ（間）の境界条件で言えば、条件［既成化した真理や秩序下に服している存在（自分）が存立する場所である］と、条件［秩序不定、混沌下に置かれている存在（自分）が存立する場所である］の"両義"の複合でつくられているのである。そうした意味特性や境界条件を引き付けた人格的事実存在（現存在）を、わたしは、［既成化した真理や秩序］に沿いつつも、なお、それからは離れようとしている、もう一つの分身と見た。

　それに対して、一般・固有種Ⅳ（台・風）相当の事実存在、分身［失意の放浪者（我Ⅳ）］に与えられている意味特性は、いかなるものか？　それは、目下の選択基準の１つ［光明（白天）下の存在（自分）か？］については、それを否認する述語判断の内容と、もう１つの基準［暗黒（暗夜）下の存在（自分）か？］については、それを容認する述語判断内容との複合でつくられている。一般・固有種Ⅳの事実存在、分身［失意の放浪者（我Ⅳ）］が成立する場所Ⅳ（台（同前、以下も））の境界条件で言えば、条件［既成化した真理や秩序下に服した存在（自分）が存立する場所ではない］と、条件［秩序不定の混沌下に沈んでいる存在（自分）が存立する場所である］との複合でつくられているのである。

　わたしは、この一般・固有種Ⅳ（台）相当の人格的事実存在（現存在）を

「(魯迅)」の分身［失意の放浪者（我Ⅳ）］に象徴的に見て取った。この存在は、同じく一般・固有種Ⅱ（姿）相当の事実存在、分身「読書人（我Ⅱ）」の相貌をかなぐり棄ててしまっている。［既成化した秩序や制度］には、ことごとく疑いを入れて、否認を投げかけているのである。その存在は、あたかも、ギリシャ神話の「エディプス王」のように盲いて、呻吟の旅を続ける、言ってみれば、「(立ち)姿」を際立てた、「読書人（我Ⅱ）」としての「(魯迅)」が"踏み台"にしているような、もう1つの分身なのである。

　いきおい、場所Ⅰ（間）ないし、そこへ［彷徨い］出た特殊・媒介種Ⅰの事実存在［小影（我Ⅰ）］と、場所Ⅳ（台）ないし、それを担い、呻吟する一般・固有種Ⅳの事実存在［失意の放浪者（我Ⅳ）］の両分身間にも、高い"類義関係"が認められるようになってくる。両存在は、境界条件や意味特性について、部分的な同一性［暗黒（黒夜）下に沈んでいるか、沈もうとしているかの存在である］を前提に、ミニマムな差異性を研ぎ合って、密接な近接項関係に結ばれているのである。

　このばあいも、「(魯迅)」本来の自己、超越的媒介種Ⅲ（底）に根付いた人格的事実存在、実存「巨影（我Ⅲ）」の配意（関心）を透かせば、その認識関心は、［迷い］の領域を［彷徨う］前者の側に偏って注がれていると見ることができるだろう。両存在、両分身間には、前者の側に傾く、偏価性の"類義関係"が認められる。名で呼んで素朴にとらえた、仮象としての「(魯迅)」の眼を通した見方——まさに、公開性空間に投げ込まれた仮象「(魯迅)」のそれ——からは、注意が、この真逆の側へと傾いた様相に見えてくる点については、述べた（→〈5〉）。

　その結果、「台」と「間」に、それぞれ、生い立つ両人格的事実存在、両分身間には、判断基準［暗黒（黒夜）下に沈む存在（自分）であるか？］を容認する場所の境界条件が共有されたかたちとなる。両者が生い立つ条件［秩序不定、混沌の渦中に沈むか、沈もうとする存在（自分）が成立するような場所（台）である］が共有されるのである。ただし、特殊・媒介種Ⅰ（間）の人格的事実存在、分身［小影（我Ⅰ）］は、判断基準［光明（白天）下の存在（自分）

の存立する場所(姿)である]も容認するのに対して、一般・固有種Ⅳ(台)の人格的事実存在、分身[失意の放浪者(我Ⅳ)]は、それを容認することがない。

いきおい、「台」と「間」の両事実存在、両分身どうしは、つぎのように、述語「暗黒(下の存在である)」ないしは、その語義[暗黒(黒夜)下に沈む存在(自分)である]に、まずは、つぎのように、「入れ子型」図式に共属しつつ、かつ、競合し合う近接項関係に結ばれることになるだろう。

述語 暗黒[黒夜下の存在]─┬─⊂(一般)・固有種(場所)Ⅳの事実存在・分身[失意の放浪者(我Ⅳ)]
　　　　　　　　　　　　└─⊂(特殊)・媒介種(場所)Ⅰの事実存在・分身[小影(我Ⅰ)]

このばあいの両存在・両分身間の「入れ子型」図式の共属関係もまた、事実存在間に、「ブリッジ型」連関を開示する語彙(志向)図式によって回収されて、確保されないかぎりは、単用の述語、つまり、単語、ここでは、「暗黒(下の存在である)」に吸収されてしまう運命にある(→〈5〉)。

　　＊したがって、自然的態度でしか、ものを見ないような観察者は、存在者の存在を単語で一口に呼んでしまい、事実存在ではなくて、仮象を据え立てて対象化することになるだろう。

5.3　非光明下に共属し競合する実存と分身──巨影と失意の放浪者〈7〉

引き続き、〈磁場図１ａ〉を見ていただきたい(→〈4〉)。「底」に来た超越的媒介種Ⅲの実存[巨影(我Ⅲ)]と、「台」に沈む一般・固有種Ⅳの分身[失意の放浪者(我Ⅳ)]の、両人格的事実存在間の隣接関係の様相を見てみよう。……

ここでも、定立された事実存在間には、「ブリッジ型」の語彙(志向)図式によって開示される、"類義性"の連関構成が認められる。場所Ⅲ(底)と場所Ⅳ(台)、それぞれの境界条件ないし、超越的媒介種Ⅲ(底)相当の人格的事実存在、実存[巨影(我Ⅲ)]に見出し与えられている意味特性と、一般・固

有種Ⅳ（台）を担う人格的事実存在、分身［失意の放浪者（我Ⅳ）］に見出し与えられているそれとが、高密度の"類義性"をふくんで近接し合っている。わたしは、この両存在もまた、いずれも、関心の比重が前者の側に傾く、偏価性の近接項関係に結ばれていると見た。

　具体例に沿って、その点を確かめてみよう。場所Ⅲ（底）を画定させている境界条件、あるいは、そこへ成立している超越的媒介種Ⅲの人格的事実存在、実存［巨影（我Ⅲ）］に見出し与えられている意味特性は、どのようなものか？　その特性は、目下の2種類の選択基準［光明（白天）下の存在（自分）であるか？］、［暗黒（黒夜）下の存在（自分）であるか？］については、いずれも、それを完全に否認する述語判断内容の複合でつくられている。この実存が存立し得る場所Ⅲ（底）の境界条件で言えば、条件［既成化した真理や秩序には、服属するような存在（自分）が存立する場所ではない］と、［秩序不定、混沌下に沈んでいる存在（自分）が存立するような場所でもない］といった、徹底して否定的な"両義性"でつくられているのである。

　わたしは、この超越的媒介種Ⅲ（底）相当の人格的事実存在、実存［巨影（我Ⅲ）］に、本来の「（魯迅）」の配意が動くのを見た。目下の選択を初期化させることで、選択可能性、それ自体を網羅的に確保せんとする、それは、原点回帰への配意と言ってもよい。この人格的事実存在（現存在）は、［光明（白天）下に、既成化した真理や秩序］も、また、［暗黒（黒夜）下に渦巻く混沌］も、ともに、否定している。その否定に徹した配意を、わたしは、［大いなる超人の影］を負うて、我が身にとっての［真理や秩序を構築しなおそう］とする「（魯迅）」本来の、創造的な働きを志向する意識と受け取った。

　そこで、わたしは、この回心性や原点回帰性に富んだ人格的事実存在を、いわゆる、「（彼）」の「実存」、「実存的現存在」と見たのである（→〈4〉〈8〉〈10〉〈26〉〈64〉）。その実存が［小影（我Ⅰ）］を通じて、「（魯迅）」に、密かに、そして、執拗に回帰を"呼び掛け"、促しているのだと理解した。

　それに対して、場所Ⅳ（台）に成立する一般・固有種Ⅳの人格的事実存在、分身［失意の放浪者（我Ⅳ）］に与えられている意味特性は、どのようなもの

か？ その特性は、目下の選択基準［光明（白天）下の存在（自分）であるか？］については、それを否認する述語判断と、もう１つの基準［黒夜（暗黒）下の存在（自分）であるか？］については、それを容認する述語判断との複合でつくられている。この存在の成立する場所Ⅳ（台）の境界条件で言えば、条件［既成化した真理や秩序に服属するような存在（自分）が存立する場所ではない］と、［秩序不定、混沌下に沈みきった存在（自分）が存立する場所ではある］との"両義性"を示すものでつくられているのである。

その結果、場所Ⅲ（底）ないし、そこへ根付く超越的媒介種Ⅲの実存［巨影（我Ⅲ）］と、場所Ⅳ（台）ないし、そこへ来る一般・固有種Ⅳの分身［失意の放浪者（我Ⅳ）］の両人格的事実存在間には、高度の"類義性"を帯びた近接項関係が認められるようになる。両事実存在は、境界条件や意味特性の面では、部分的な同一性を前提に、ミニマムな差異性を研いで対立し合い、接近し合う、類義・類縁関係で結ばれた。

ここでも、「（魯迅）」本来の、覚醒した自己、実存「巨影（我Ⅲ）」の配意を通して見れば、その関心が前者に偏る、偏価性の近接項関係が構成されているのがわかってくる。そこでは、両人格的事実存在間には、見方にもよる——否定性の述語を認めれば——が、否定の述語「光明（白天）ではない」、あるいは、その述語にもとづく否定性判断［光明（白天）下の存在（自分）ではない］が共有されたかたちになっている。ただし、超越的媒介種Ⅲ（底）相当の人格的事実存在、実存［巨影（我Ⅲ）］の方は、もう一方の述語判断基準［暗黒（暗黒）下の存在（自分）であるか？］も否認するのに対して、この一般・固有種Ⅳ（台）相当の事実存在、分身［失意の放浪者（我Ⅳ）］の方は、それを、積極的に容認するという点では、対立を示すのである。

その結果、［暗黒世界］にとって、超越的媒介種Ⅲ（底）相当の実存［巨影（我Ⅲ）］と、一般・固有種Ⅳ（台）相当の分身［失意の放浪者（我Ⅳ）］の両人格的事実存在は、否認性の述語「光明（白天）ではない」ないし、それにもとづく否定性判断［光明（白天）下の存在（自分）ではない］に、つぎのように「入れ子型」図式に共属しつつ、かつ、競合し合う近接項関係に結ばれたかた

〈7〉　　　　　　　　　　5．存在間の近接項関係の構成　27

ちとなる。

述語　非光明［光明下の存在ではない］─┬─⊂一般固有種Ⅳ(台)の事実存在、分身［失意の放浪者(我Ⅳ)］
　　　　　　　　　　　　　　　　　　　└─⊂**超越的媒介種(底)Ⅲの事実存在、実存［巨影(我Ⅲ)］**

　ただし、このばあいの「入れ子型」図式の有意連関は、単用の述語に吸収されることはない。述語、あるいは、それが引きつけて持っている述語判断の内容自体が、そもそも、否定性を帯びているからである。単用の述語、語は、肯定的なものにかぎられているのだ。
　この超越的媒介種Ⅲ（底）相当の［巨影（我Ⅲ）］こそは、まさに、「実存」と呼ぶにふさわしい存在と言ってもよい。この存在は、一般・固有種Ⅳ（台）相当の事実存在、分身「失意の放浪者」の一面を持ちつつも、その存在へも疑いを入れている。否定の態度を投げかけることで、固有種Ⅳ（台）を担う分身［失意の放浪者（我Ⅲ）］の沈みきった境遇を脱し、高嶺へ、あるいは、大地、「底」へと還って行って、そこへ根付くのである。
　実存としての［巨影（我Ⅲ）］は、仮象としての存在者「（魯迅）」が精神の葛藤を経てはじめて見出し、回帰し得るような、それこそ、"高嶺の存在"である。わたしは、この種Ⅲ（底）へ還った事実存在［巨影（我Ⅲ）］を"超越的で創造的、本格的なトリックスター"と見た。特殊・媒介種Ⅰとして、「間」を［彷徨する］分身的事実存在［小影（我Ⅰ）］に対しても、その裏を取るかたちで、我が身を投げ企てて、人格的事実存在、ここでは、「（魯迅）」の分身らが布置さるべき現象地平（場・磁場・テクスト・象徴世界）を創出していくのである。
　観察者は、このような人格的事実存在をこそ、"大いなる見地（同意）"〔アーメン〕へと超越して、原点回帰を果たす、回心性に富んだ「（魯迅）」の実存と見なければならない。

5.4 非暗黒下に共属し競合する実存と分身——巨影と読書人〈8〉

ここで、〈磁場図1a〉に戻ってみてほしい（→〈4〉）。今度は、超越的媒介種Ⅲ（底）に還った事実存在、実存［巨影（我Ⅲ）］と、一般・固有種Ⅱ（姿）相当の事実存在、分身［読書人（我Ⅱ）］の隣接関係の様相を見てみよう。……

そこでも、両人格的事実存在間には、「ブリッジ型」の語彙（志向）図式を用いた"類義性"の連関構成が認められるだろう。「(魯迅)」の実存［巨影（我Ⅲ）］と、分身［読書人（我Ⅱ）］が近接項関係を示し合って、密接に結ばれている。場所Ⅲ（底）と場所Ⅱ（姿）を、それぞれ、画定している境界条件、あるいは、超越的媒介種Ⅲの事実存在、実存［巨影（我Ⅲ）］と、一般・固有種Ⅱの事実存在、分身［読書人（我Ⅱ）］とに、それぞれ、見出し与えられている意味特性が、いずれも、高い"類義性"をふくみ合っているのがわかってくる。わたしは、この両事実存在についてもまた、認識関心の比重が超越的媒介種Ⅲ（底）の存在、実存（「我Ⅲ」・「巨影Ⅲ」）の側に偏るかたちの近接項関係に結ばれていると見た。

その点を具体例で確かめてみよう。超越的媒介種Ⅲ（底）相当の人格的事実存在、実存［巨影］に与えられている意味特性は、何だったか？……

この存在が根付く場所Ⅲ（底）を画定している境界条件は、否定的な意味特性の複合でつくられていた。目下の選択2基準［白天（光明）下の存在（自分）が成立する場所であるか？］、［黒夜（暗黒）下の存在（自分）が成立する場所であるか？］について、それをいずれも否認する述語判断内容の複合でつくられている。意味特性で言えば、特性［既成化した真理や秩序下の存在（自分）ではない］と、特性［秩序不定、混沌下の存在（自分）ではない］の複合でつくられているのである。

そこで、わたしは、この「底」に潜む"裏の、大いなる媒介者"、［巨影］に、脱自的、脱（目下の）地平的、超越的な「(魯迅)」の実存を読み取った。「超人の影」を負い、あらためて、［地平秩序の再構築を図り］、個々の選択の猶予を企てる、「(彼)」本来の自我、「我Ⅲ」を読み取ったのである。

それに対して、一般・固有種Ⅱ（姿）相当の人格的事実存在、分身［読書

人］に見出し与えられる意味特性は、どのようなものか？　この存在を根付かせた場所Ⅱ（姿）を画定している境界条件は、目下の選択基準［暗黒（黒夜）下の存在（自分）であるか？］については、それを否認する述語判断内容と、もう一つの選択基準［光明（白天）下の存在（自分）であるか？］については、それを容認する述語判断内容との複合でつくられている。意味特性で言えば、［秩序不定の混沌下などに沈んでいる存在（自分）ではない］と、［既成の地平秩序に服属している存在（自分）である］との、言ってみれば、矛盾概念の複合でつくられているのである。

　そうだとすれば、開示された地平の「底」を担う超越的媒介種Ⅲの事実存在、実存［巨影（我Ⅲ）］と、地平内にあって、その「（立ち）姿」を際立たせている一般・固有種Ⅱの事実存在、分身［読書人（我Ⅱ）］とのあいだには、"類義性"の高い近接項関係が認められることになるだろう。両事実存在は、いずれも、存立すべき場所の境界条件と、そこへ、それぞれ来て、引き付けるべき意味特性の部分的同一性とを前提に、ミニマムな差異性を介在させた近接項関係に結ばれることになるのである。

　わたしは、ここでも、「（魯迅）」が、迎え入れた己の実存「巨影（我Ⅲ）」の配意を通して、自らの認識関心を前者、本来の自己の側へと傾けて、偏価的に注いでいるものと見た。

　その結果、超越的媒介種Ⅲ（底）相当の実存［巨影（我Ⅲ）］と、一般・固有種Ⅱ（姿）相当の分身［読書人（我Ⅱ）］の両存在間には、１個の意味特性が分有されたかたちとなった。述語判断基準［暗黒（黒夜）下の存在（自分）か？］を否認する意味特性［秩序不定、混沌下に沈むような存在（自分）ではない］が共有された。ただし、前者、「底」に根付く実存［巨影］は、もう１つの判断基準［白天（光明）下の存在か？］についても、それを否認する意味特性を引きつけるのに対して、後者、地平内にあって、独り「（立ち）姿」を際立てようと図っている分身［読書人］の方は、それを容認する意味特性を引きつけて対立を示すのである。

　結果的に、「底」に潜んだ実存［巨影（我Ⅲ）］と、「姿」に固執する分身

[読書人（我Ⅱ）］の両事実存在は、偏価性の近接項関係に結ばれることになるだろう。ここで、あえて、否認性の述語を認めるとすれば、両存在が否認性の述語「非暗黒である」ないしは、それにもとづく否認性の述語判断［暗黒（黒夜）下の存在（自分）ではない］に、つぎのように「入れ子型」図式に共属しつつ、競合し合う、偏価性の近接項関係に結ばれることになるからである。

述語　非暗黒[黒夜下の存在ではない]─┬─⊂一般・固有種Ⅱ（姿）の事実存在、分身[読書人（我Ⅱ）]
　　　　　　　　　　　　　　　　　　└─⊂超越的媒介種Ⅲ（底）の事実存在、実存[（巨）影（我Ⅲ）]

「（魯迅）」にとっての、目下の現象地平（場・磁場・テクスト・象徴世界）、その「底」に来た"裏の策士的媒介者"、実存的事実存在「我Ⅲ」が、「（立ち）姿」を際立てて、日常的に世間に投げ込まれてしまっている一般・固有種Ⅱの事実存在、分身［読書人］の「我Ⅱ」とは、「失意の放浪者などではない」という一面を共有している事実は、争えない。にもかかわらず、「我Ⅲ」は、過度に世間化した分身［読書人（我Ⅱ）］の置かれた、［（なにがしかの）名利に充たされた境遇］には、強い拒否（否定）の意志を投げかけているのである。
　わたしは、その日常的に世間化した「（魯迅）」が「良心の呼び声」（→ハイデッガー1927『存在と時間』57節)[9]を上げ続ける──実は、上げ続けさせられているのだが──分身［小影］に寄り添いつつも、なお、その存在をも超越して［巨影］を負い、本来の自己、実存的事実存在の「我Ⅲ」へ還ったと見るのである。その存在は、「読書人」のように、頽落していたり、［失意の放浪者］のように、没落していたりするといった、分身群の［境遇］からは離脱しており、すぐれて、脱地平的であり、超越的である。「（彼）」は、この作品「影の別れ」のテクスト（場・磁場・現象地平・象徴世界）化を通じて、語彙（志向）図式を頼りの自己反照の果てに、通路を拓いて、本来の在り処［大地・故郷（場所Ⅲ）］へと還った。［精神の高嶺（場所Ⅲ）］への登り詰めを果たしたのである（→

〈8〉〈9〉〈4〉〈7〉〈8〉〈10〉〈26〉〈63〉）。

　作品の第6連、最終行に注目していただきたい。そこで言う「その世界はすっかり俺のものになる」の「俺」とは、いったい、誰なのか？　仮象としての存在者「(魯迅)」にとっては、このくだりの「俺」こそは、件(くだん)の「実存的事実存在」とも言うべき［巨影（我Ⅲ）］にほかならないのである。

　では、その実存としての「俺」が言う「その世界（那世界）」の「その（那）」とは、何だろう？　「件(くだん)の」、「問題の」、「彼(か)の」、……とでも解し得るような、それは、指示詞である。わたしは、この指示詞「その（那）」を、自己の実存成立の場所Ⅲ（底）をもふくむ、場所Ⅱ～場所Ⅰ～場所Ⅳを円環状に繋ぎ通した現象地平（場・磁場・テクスト・象徴世界）の全体を指していると解釈した（→〈4〉〈7〉〈8〉〈10〉〈26〉〈64〉）。

　「その世界」の「世界」とは、事実存在としての分身や実存間に拓かれている現象地平（同前）の内部はもとより、その外部へも及ぶような可能世界の全体を指していると見るべきだろう。「(小っぽけな立ち)姿」を誇示する一般・固有種Ⅱの事実存在、分身［読書人（我Ⅱ）］や、「間」を［彷徨う］特殊・媒介種Ⅰの事実存在、分身［小影（我Ⅰ）］、そして、「(踏)台」となり、「風」となってしか生きることのできない一般・固有種Ⅳの事実存在、分身［失意の放浪者（我Ⅳ）］が、それぞれに、存立する個々の場所、さらには、それらの場所を円環状に囲繞した有意連関地平の部分的全容、加えて、その外なる関連地平へも及ぶような現象世界の全体を指していると見なければならない。

6．存在間の遠隔項関係の構成——見分けの鋭い力

6.1　固有種の分身の取り合わせ——読書人と失意の放浪者〈9〉

　もう1度、〈磁場図1a〉へ戻ってみよう（→〈4〉）。……

　今度は、太線の矢印に注目してみてほしい。「(魯迅)」が、作中に、見分けの"強(鋭)い力"を介在させているのがわかるだろう。「(彼)」は、苦悶の自己反照を通じて、本来の自我［巨影（我Ⅲ）］を見出す過程で、場所Ⅳ（台）と、

その上に乗っかるかたちで、分身の「(立ち)姿」を際立てている場所Ⅱとのあいだには、"強(鋭)い見分けの力"を介在させている。わたしは、本来の自我、実存［巨影（我Ⅲ）］を見出しかけた「(魯迅)」が、まずは、一般・固有種Ⅳ（台・風）として［沈む］事実存在、分身［失意の放浪者（我Ⅳ）］と、それを「(踏み)台」にして、「(立ち)姿」を際立てている一般・固有種Ⅱの事実存在、分身［読書人（我Ⅱ）］とを「取り合わせ」たと見る。両存在、両分身の２つの自分を強く分け隔て、裂開させて、「モンタージュ」したと解釈した。

「(魯迅)」──正確には、当人が見出しかけた実存、ここでは、「底」の事実存在［巨影（我Ⅲ）］──による、この自己への超越的な内観は、一般・固有種Ⅳ（台・風）の事実存在、分身［失意の放浪者（我Ⅳ）］と、一般・固有種Ⅱ（姿）の事実存在、分身［読書人（我Ⅱ）］の両者を対蹠的(たいせき)な関係に対置させた。目下の選択２基準［暗黒（黒夜）下の存在（自分）であるか？］と、［光明（白天）下の存在（自分）であるか？］について、つぎのように、たがいに、真逆の述語判断を下して、両事実存在を反立的にとらえ分けた。

　　一般・固有種Ⅳ(台)の事実存在、分身［失意の放浪者(我Ⅳ)］←［光明(白天)下の存在(自分)ではない］・［暗黒(黒夜)下の存在(自分)である］× 一般・固有種Ⅱ(姿)の事実存在、分身［読書人(我Ⅱ)］←［光明(白天)下の存在(自分)である］・［暗黒(黒夜)下の存在(自分)ではない］

その結果、種Ⅳ（台・風）の分身［失意の放浪者（我Ⅳ）］と、種Ⅱ（姿）の分身Ⅱ［読書人（我Ⅱ）］の両固有種の存在は、見分けの両価性の"強(鋭)い力"の介在によって、たがいに、背反的、反義的な遠隔項関係に分置された。それこそ、乖離して「モンタージュ」された。この見分けと布置の様相を、わたしは、「(魯迅)」の実存［巨影（我Ⅲ）］が差異化の"強(鋭)い力"を加えて、両事実存在、両分身を「取り合わせ」、遠隔項関係に結び合せたと解釈した。

いきおい、［失意の放浪者］としての分身「台（風）」を担う「我Ⅳ」と、［読書人］としての分身「(立ち)姿」を極める「我Ⅱ」の両固有種の事実存在は、たがいに、相容れぬ"逆義（反義）性"*antonymy*、それも、"逆対称的" *asymmetrical* な意味特性を帯びて反り合い、弾き合う関係に置かれた。

いま、仮に、「(魯迅)」が［巨影］を負うて、「底」に根付いた超越的自我、実存「我Ⅲ」を通し、自己の日常的分身［読書人（我Ⅱ)］を、［光明（白天）下］に甘んじて［頽落し］ている「(立ち)姿」の己れととらえたのだとしよう。と、その反動で、自己のもう1つの分身［失意の放浪者（我Ⅳ)］は、［黒夜に沈み］、［没落し］て［情動に生きる］己れととらえかえすことになるだろう。種Ⅱ（姿）相当の分身［読書人（我Ⅱ)］は、その種Ⅳ（風）相当の分身「失意の放浪者（我Ⅳ)」を「(踏み)台」にして、自己を際立てる「姿」として、「取り合わせ」られた。

「(魯迅)」は、脱自的な自問の果てに、種Ⅲ（底）相当の事実存在として見出した、己れの実存「巨影（我Ⅲ)」の眼を通して、両者を両価的な反立関係にとらえ分けた。その上で、あらためて結び合せた。日常的に既成化し、世俗（間）化して、［頽落している］自分を際立ててとらえる一方、同じく、日常的に、［悲観的な虚無感］に苛まれて呻吟し、［闇に沈ん］で、［没落している］自分をもとらえ、両極に裂開した自己を対立させると同時に、結び合せてもとらえかえしたのである。

なお、そのばあいの両分身、両事実存在の「取り合せ」を、つぎのように、「エコー型」図式の有意連関への結び合せと見ることもできるだろう。

　　種Ⅱの事実存在・分身［読書人（我Ⅱ)］ × 種Ⅳの事実存在・分身［失意の
　　　放浪者（我Ⅳ)
　　述語 光明［白天下の存在］ × 述語 暗黒［黒夜下の存在］

そうだとすれば、「ブリッジ型」の語彙（志向）図式は、いよいよ、事実存在間の「エコー型」図式の連関構成を、先行了解的にふくみ持つ意識の構えと見なければならないだろう。

ということは、分身［読書人（我Ⅱ)］と、分身［失意の放浪者（我Ⅳ)］の両一般・固有種の事実存在は、「ブリッジ型」の語彙（志向）図式によって、連関のうちに回収してとらえかえされないかぎり、単用の述語「光明（下の存在である)」と「暗黒（下の存在である)」に、いずれも、それぞれ、吸収されて、仮象化してしまうと見なければならない。

そうだとすれば、「(魯迅)」の自己反照——観察者による、その自然的態度にもとづく解釈も——には、自己の事実存在や、その連関が忘却されるという、重大な認識の欠如が生じてくる可能性が大と見る必要があるだろう。

同様のケース、「ブリッジ型」の語彙（志向）図式にもとづく、「入れ子型」図式の存在連関の回収については、先述した（→〈5〉）。そこでは、特殊・媒介種Ⅰ（間）相当の事実存在［小影（我Ⅰ）］と抱き合わせとなる分身（現存在）に、一般・固有種Ⅱ（姿）相当の事実存在［読書人（我Ⅱ）］や、一般・固有種Ⅳ（台）相当の事実存在［失意の放浪者（我Ⅳ）］があった。特殊・媒介種Ⅰ（間）の［小影（我Ⅰ）］は、この両分身とは隣接し合い、述語「光明（下の存在である）」に「入れ子型」図式に共属しつつも、競合する関係に置かれていた。

そうだとすれば、ここでの「エコー型」図式に張り合う一般・固有種の分身どうし、［読書人（我Ⅱ）］と［失意の放浪者（我Ⅳ）］の両存在は、いずれも、それぞれ、述語に吸収させるわけにはゆかないだろう。一般・固有種Ⅱ（姿）相当の事実存在［読書人（我Ⅱ）］を述語「光明（下の存在である）」に、「入れ子型」に回収させてはならない。一般・固有種Ⅳ（台）相当の事実存在［失意の放浪者（我Ⅳ）］についても、同様だ。述語「暗黒（下の存在である）」に、「入れ子型」に吸収させてはならない。両事実存在が、いずれも、抱き合せになる相手、特殊・媒介種Ⅰ（間）相当の事実存在［小影（我Ⅰ）］を忘却し、棄却してしまうことになるからである。

この認識上の重大な欠如の出来(しゅったい)は、一般に、世界認識、存在了解の地平構成の局面では、「ブリッジ型」類型の語彙（志向）図式の適用が欠かせないことを裏づけている。目下の事例、「(魯迅)」にとっての、種Ⅱ（姿）の分身［読書人（我Ⅱ）］と、種Ⅳ（台）の分身［失意の放浪者（我Ⅳ）］の両固有種の事実存在間の「エコー型」図式の有意連関についても、同様である。その開示にはもとより、その確保にも、「ブリッジ型」の語彙（志向）図式の援用が欠かせない（→〈12〉〈17〉）。

〈10〉

6.2　媒介種の分身と実存の取り合わせ——小影と巨影 〈10〉

　再度、〈磁場図１ａ〉を見ていただきたい（→〈4〉）。……

　同様の関係は、場所Ⅰ（間）に［彷徨い出］た特殊・媒介種Ⅰの分身［小影（我Ⅰ）］と、場所Ⅲ（底）に根付いた超越的媒介種Ⅲ相当の実存［巨影（我Ⅲ）］の、両事実存在間にも認めることができる。

　いわゆる、「(魯迅)」は、脱自的な自問の果てに、超越的な自我「我Ⅲ」を見出し、その実存性を［巨影］に認めて、これを迎え入れた。その上で、その［巨影（我Ⅲ）］を通じて、場所Ⅰ（間）と場所Ⅲ（底）のあいだに、見分けの"強（鋭）い力"を介在させて、本来の己れの存在を、作中の"表の媒介的脇役（トリックスター）"、「小影（我Ⅰ）」に対置させた。

　この「取り合わせ」的布置を、わたしは、この作品の制作を通じての、「(魯迅)」による、早期の決定的配意と見た。事実存在の上に、さらに実存性を加えて、目下、拓かんとしている自己了解の地平（場・磁場・テクスト・象徴世界）の超越、脱自にとって、この複眼性の「取り合わせ」は、決定的な一撃となった。「(彼)」は、前者、特殊・媒介種Ⅰ（間）相当の事実存在［小影（我Ⅰ）］を、目下、拓いた現象地平（場・世界）内の表立った、だが、概して"内向きな媒介的脇役（トリックスター）"とみなし、後者、超越的媒介種Ⅲ（底）相当の事実存在［巨影（我Ⅲ）］を、その地平（同前）を脱する奥処（おくか）に位置させたのである。覚醒した「(魯迅)」は、作品の"内へも、外へも"、積極的に介入してゆける場所に、"本来の媒介的主役（トリックスター）（策士・超人・人神）"としての自己を位置づけたのだと言ってもよい。

　この脱自的、脱地平的な「(魯迅)」の配意を、ニーチェの言う［超人の影］を呼び込んで、己の実存を浮き彫りにした「(彼)」の回心ととらかえすこともできるだろう（→ニーチェ1883〜85『ツァラトゥストラはこう語った』第二部〈幸福の島々で〉・第四部〈影〉、同1888『この人を見よ』〈ツァラトゥストラ6〉、同1906『権力への意志』259・293・481）。

　〈磁場図１ａ〉で、その点を確かめてみよう。……

　「(魯迅)」が見出した、本来の自己、超越的・媒介種Ⅲ（底）相当の実存的事

実存在［巨影（我Ⅲ）］は、目下の選択２基準「暗黒（黒夜）下の存在（自分)
・であるか？」、「光明（白天）下の存在（自分）・であるか？」については、対向
する"表の脇役"、特殊・媒介種Ⅰ（間）を演じる事実存在［小影］には、い
ずれも、それを徹底して容認する意味特性を宛がっている。それに対して、刀
を返すように、自らには、いずれも、それを徹底して否認する意味特性を見出
し与えているのである。

わたしは、このような「（彼）」の配意に、実存の働きの証左を見た。超越的
媒介種Ⅲ（底）相当の事実存在［巨影（我Ⅲ）］は、自己の存在可能性の選択に
ついて、一方では、原点への"内なる回帰"を図りつつ、他方では、目下、開
示した現象地平〈場・磁場・テクスト・象徴世界)〉の、さらなる拡張という、
"外なる回心"をも企てているのである。［巨影（我Ⅲ）］は、目下の選択はも
とより、その選択自体をリセットして、初期化してしまう働きも示している。
と同時に、目前の世界地平（場・磁場・テクスト）を、その外部のそれ（同前）
へと接続させ、融合させる働きをも示しているのである。観察者は、この実存
的な事実存在が、問題の仮象としての「自己」の全体にわたる現実化、実現可
能性と、その選択可能性の網羅、および、その確保を図っていると見なければ
ならない（→〈4〉〈7〉〈10〉〈26〉〈63〉）。

覚醒した「（魯迅）」は、本来の自己、超越的媒介種Ⅲ（底）相当の事実存在、
実存［巨影（我Ⅲ）］と、特殊・媒介種Ⅰ（間）相当の事実存在、分身［小影
（我Ⅰ）］を、両価性の"強い見分けの力"を介在させて、背反的な遠隔項関係
に裂開させた。「取り合わせ」て、モンタージュした。作品中、後者、特殊・
媒介種Ⅰ（間）相当の分身、事実存在［小影（我Ⅰ）］は、自らを［黄昏の、地
無きところを遁げさまよう］、［安定なき、ただの影］だと言い、これから「遠
くへ発つのだ」とも言っている。

そもそも、この［小影］が言う「遠く」とは、どこだろう？……

おそらくは、［有地］も［有地］、そこは、［大地］ではなかろうか。日常的
には、公開性の世間に投げこまれている「（魯迅）」にとっては、とかく、忘れ
がちになっている、そこは、［故郷］だと言ってもよい。

だが、この［ただの影］、特殊・媒介種Ⅰ（間）相当の事実存在、分身［小影（我Ⅰ）］の［彷徨］程度では、超越的媒介種Ⅲの事実存在、実存［巨影］の在り処、場所Ⅲ（底）〉へは、とても、行き着いたものではない。この小存在の、［彷徨］そのままでは、結局は、［光明（白天）下］へと舞い戻り、一般・固有種Ⅱ（姿）相当の事実存在、分身［読書人］の［驥尾に付す］のがせいぜいである。さもなければ、［暗黒下（黒夜）］へと突き進み、一般・固有種Ⅳ（台）相当の事実存在、分身［失意の放浪者］に身を窶し、［暗黒に沈む］のがオチである。

　そうだとすれば、この「間」の事実存在［小影］は、"重荷"を引受けて呻吟する［影］と見ることができるだろう。世間的に、その「（立ち）姿」を際立てんと努めている事実存在［光明（白天）下の読書人］と、「台」を担い、「風」になって苦悶し続けている事実存在［暗黒（黒夜）下の失意の放浪者］との、両分身の負う重荷を引受けて、［叫び声］を上げ続けている［小影］である。

　したがって、わたしは、覚醒した「（魯迅）」が、この特殊・媒介種Ⅰ（間）相当の事実存在、分身［小影（我Ⅰ）］の負うている"重荷をおろし（回心し、超越し）"て、［大地（故郷・場所）］へと帰ったのだと受け取った（→ニーチェ1883～85『ツァラトゥストラはこう語った』第二部、ハイデッガー1952『ヘルダーリンの詩の解明』〈帰郷――近親者に寄す〉）[10]）。

7．語彙(志向)図式のネットワーク＝行列（マトリックス）――実存と分身を読む〈11〉

　これまで、わたしは、作品「影の別れ」を解釈して、事実存在として見た「（魯迅）」の人格的事実存在（現存在）を3個の分身と、1個の実存（実存的現存在）とにとらえ分けて布置した。

　ただし、このとらえ分けと布置は、これまで、ただ1組の語彙（志向）図式にもとづいて開示された詩作品の現象地平についてのみ認められたものである。その1組の図式語彙は、「（魯迅）」が、つぎのような2個の述語、あるいは、

それで一口に呼び止めて、即、据え立てた２個の仮象の持つ、計２種類の判断基準（関心焦点・視点・意義・語義）を組み合わせて仕組まれていた。

1. 述語「光明（下の存在である）」→ 仮象「光明（下の存在）なるもの」〜述語判断基準［光明下の存在なるものであるか、どうか？］
2. 述語「暗黒（下の存在である）」→ 仮象「暗黒（下の存在）なるもの」〜判断基準［暗黒下の存在なるものであるか、どうか？］

ただし、この語彙（志向）図式が散文詩「影の別れ」の制作を通じて、「(魯迅)」がおこなったと見られる自己省察の結果を、もっともよく開き示しているというだけであって、「(魯迅)」が他の図式を用いなかったということではない。実は、「(彼)」が同様に仕組んで、ここでの内省に用いたと見られる図

〈魯迅の述語判断と自己の分身・実存への行 列（マトリックス）〉

判断基準→述語		1 光明（白天）下の存在	2 暗黒（闇・黒夜）虚無下の存在	3 明暗の境	4 黄昏	5 夜明け	6 時（時刻）が消えるとき	7 有時（生の時）間	8 無地（地なき所）を彷徨う	9 有地（生の空）間・大地	10 近い所
II	分身我II［読書人］	●光明	★	★	★	★	★	★	★	★	●近い
I	分身我I［小影］	●光明	▲暗黒	●境	●黄昏	★	●無時刻	★	●無地	★	●近い
IV	分身我IV［失意の放浪者］	★	▲暗黒	★	★	★	●無時刻	★	★	★	★
III	実存我III［巨影］	★	★	●境	★	●夜明	★	●生時	★	●有地	★
種	「(魯迅)」の分身と実存↑										

* II：《(一般)・固有種》II の事実存在―「(魯迅)」の分身
   ：［公開性・既成秩序下の存在ではあるが］、［混沌・無秩序下の存在ではない］
  I：《(特殊)・媒介種》I の事実存在―「(魯迅)」の分身
   ：［公開性・既成秩序下の存在でもあり］、［混沌・無秩序下の存在でもある］
  IV：《(一般)・固有種》IV の事実存在―「(魯迅)」の分身
   ：［公開性・既成秩序下の存在ではないが］、［混沌・無秩序下の存在ではある］
  III：《(超越的)媒介種》III の事実存在―「(魯迅)」の実存
   ：［公開性・既成秩序下の存在でもなく］、［混沌・無秩序下の存在でもない］

M.〈表1〉：語彙(述語判断)図式にもとづく自己分析の行列 ―魯迅「影の別れ」に見る 27/Nov.2012

7．語彙(志向)図式のネットワーク＝行列(マトリックス)

式は、ほかにもある。ただし、それらの中には、上記の図式と同工のものが少なくないばかりか、異なるタイプのものであっても、上述の図式で開示された地平内に収斂されるものが少なくない。

　試みに、この作品の制作過程で、「(魯迅)」がおこなったと見られる自己分析に関する上記1、2の述語判断と、それ以外のものも併せた結果のおおよそを一括して、記述的に示してみよう。

　その全容は、つぎのような〈行列〉に網状組織として示すことができる。

　M.〈表1〉の〈行列〉(マトリックス)を見ていただきたい。……

　わたしは、その〈列〉欄には、作品「影の別れ」で読み取った30個内外の述語を並べた。「(魯迅)」が、この作品の制作に当たり、この約30個の述語を

＊ここでは、〈行列〉は、訳語で記述した。

11	12	13	14	15	16	17	18	19	20	21	22	23	24	25	26	27	28	29
遠く（遠い所）	ただの（小さい）影	〔巨影〕	〔しがみつく〕	随行（驥尾に付す）	気に入らぬ（失望・嫌悪）	〔定着・土着する〕	彷徨う	〔読書人〕	〔放浪者〕	〔定住者〕	黄金世界志向	天国・地獄観	贈物	白（白天の色）	灰色	黒	〔代赭色・大地の色〕	
★	◎影	★	★	◎しが	◎随行	★	★	◎読書	◎放浪	★	◎金界	◎国獄	◎贈物	◎白	★	★	★	
★	▲影	小影	★	▲しが	随行	◎失望	◎彷徨	★	▲読書	▲放浪	★	◎金界	◎国獄	◎贈物	▲白	▲灰	▲黒	
★	★	★	★	★	★	◎失望	◎彷徨	★	★	▲放浪	★	★	★	★	★	★	黒	
◎遠い	◎影	★	〔巨影〕	★	★	★	★	◎定着	★	◎定住	★	★	★	★	★	★	★	赭色

"陰に陽に（解釈的に）"用いて、図式を構え、自己分析をおこなったと見るのである。

一方、〈行〉欄には、人格的事実存在（現存在）を並べた。「(魯迅)」による、上記〈列〉欄に並べた述語判断によって指定され、浮かび上がってくるような事実存在、ここでは、「(彼)」の実存や、分身をふくむ人格的事実存在（現存在）である。作中には、「(魯迅)」の分身や実存ではない、少なからぬ客体的事実存在も読み取れてくる（→〈16〉）。これらも〈行列〉の〈行〉欄に扱うことができるが、ここでは、省いた。

わたしは、素朴な見方からは、1個の述語ないし、1個の仮象としてしか映ってこない「(魯迅)」の人格的事実存在（現存在）を、〈行〉欄に、あらためて、3個の分身と、1個の実存に裂開させて対象化した。〈行〉欄に記述した、これらの人格的事実存在は、述語はもとより、存在を持たないにも等しい、仮象としての「(魯迅)」では、もはや、なくなっている。

この事実存在の対象化に際して、わたしは、上述、約30個の述語にもとづき、暗黙のうちに仕組まれた語彙（志向）図式を記述的に再構成して用いた。それらの図式は、各〈列〉欄の述語ないし、それにもとづく述語判断を、いずれも、各2個の述語ごとないし、各2種類の仮象ごとに、"交差"をふくんで組み合わせたものから成っている。覚醒した「(魯迅)」が自己分析を一点透視の"単眼・単声、モノローグ的な遠近法"ではなく、"複眼・多声、ダイアローグ的な遠近法"を用いて果たしたと見るからである（"複眼・多声の遠近法"→ニーチェ1906『権力への意志』259・293、同1888『この人を見よ』〈ツァラトゥストラ6〉）。

その結果、覚醒した「(魯迅)」による述語判断の幾筋もの意識（志向性）のタテ糸が紡ぎ合わされるかたちで、自らの事実存在としての分身間や、分身と実存間の連関の様相をヨコ浮かびに浮かび上がらせている実態をとらえることができた。タテに紡がれて図式化した「(彼)」の主観の経糸がヨコ紡ぎに紡ぎ出されてくる客観的事実存在間の連関模様を浮き彫りにして、その自己省察の全体を1個の意味の織物 textile に浮かび上がらせているという構図である。

8. ブリッジ型語彙(志向)図式による連関の回収 〈12〉

M. 〈表1〉を見ていただきたい（→〈11〉）。……

M. 〈表1〉は、語彙（志向）図式が網目(ネットワーク)化したものと言うことができるだろう。これまで、わたしが説明に取り上げてきた語彙（志向）図式は、M.〈表1〉で言えば、述語判断基準$_1$と$_2$を紡ぎ合わせたものに当たる。図式"$_1$光明⌒$_2$暗黒"が、それである。この図式自体は、M.〈表1〉中の、ある1組のものに過ぎない。だが、M〈表1〉中には、この図式と同工のものが少なくない。たとえば、つぎの類いが、そうである。

$_{15}$しがみつく⌒$_{16}$彷徨う、 $_{20}$読書人⌒$_{21}$放浪者、 $_{27}$白⌒$_{28}$黒、
$_1$光明⌒$_6$無（消）時刻
$_1$光明⌒$_{16}$彷徨、 $_1$光明⌒$_{17}$失望、 $_2$暗黒⌒$_{25}$贈物、……

＊記号「⌒」：「ブリッジ型連関に、対等に結ばれて〈図式〉化している」と読む。

「(魯迅)」による、自己の人格的事実存在の分析が、ここでの主題であった。そうだとすれば、カッコ付きの図式"$_{20}$読書人⌒$_{21}$放浪者"などは、判断基準としてよりは、むしろ、判断結果として見るべきものと言えるだろう。

作品に則して見るかぎりでは、図式"$_1$光明⌒$_2$暗黒"が上記の他の、どの図式よりも、より端的で、明快な開示をおこなっているという印象がある。また、他の図式によって拓かれた現象地平（場・磁場・テクスト・象徴世界）のうち、図式"$_1$光明⌒$_2$暗黒"によって回収されるものが少なくないということは、述べた。たとえば、つぎの類いが、そうである。

$_1$光明⊂$_4$黄昏、 $_2$暗黒⊂$_4$黄昏、 $_1$光明⊂$_{13}$小影、 $_2$暗黒⊂$_{13}$小影、
$_1$光明⊂$_{27}$灰色、 $_2$暗黒⊂$_{27}$灰色、 $_6$無（消）時刻⊂$_4$黄昏、 $_{28}$黒⊂$_{27}$灰

色、……

　　＊記号「⊂」：「入れ子型連関に、左項が右項を包むかたちに結ばれて、図
　　　式化している」と読む。

　$_1$光明×$_5$夜明け、　$_4$黄昏×$_5$夜明け、　$_1$光明×$_7$生の時間、
　$_1$光明×$_9$有地(大地)、　$_8$無地×$_9$有地(大地)、　$_{10}$近い×$_{11}$遠い、　$_{13}$小影×$_{14}$巨影、　$_{26}$白×$_{29}$赭色、　$_{28}$黒×$_{29}$　赭色、……

　　＊記号「×」：「両項が、たがいに、遠隔項として、背反的に乖離し合い、
　　　エコー型連関に結ばれて、図式化している」と読む。

〈磁場図1a〉に戻っていただきたい（→〈4〉）。……

　わたしは、この〈図1a〉には、語彙（志向）図式"$_1$光明⌒$_2$暗黒"を扱った。「(魯迅)」が、この図式を用いておこなったと見られる自己分析面での認識関心の力学的な配分を再構成してみた。

　この〈磁場図1a〉と、たとえば、上掲の図式"$_1$光明⊂$_4$黄昏"とを見較べてみよう。……

　図式"$_1$光明⊂$_4$黄昏"が開示しているのは、〈磁場図a〉で言えば、場所Ⅱ（姿）と、そこへ来る一般・固有種Ⅱの事実存在、分身［読書人（我Ⅱ）］、および、場所Ⅰ（間）と、そこへ来ている特殊・媒介種Ⅰの事実存在、分身［小影（我Ⅰ）］の両事実存在である。

　このばあいの図式"$_1$光明⊂$_4$黄昏"は、その場所や、そこへ成立する事実存在が、いずれも、述語「光明（下の存在である）」、あるいは、仮象「光明（下の存在）なるもの」に下属して、近接項関係に結ばれている事態を明証している。これを、そうした様相で連関し合う「黄昏ではない、光明（下）の」と、「黄昏である、光明（下）の」の両事実存在が図式"$_1$光明⌒$_2$暗黒"によって回収され、収斂されている事態とみなすこともできるだろう。

　引き続き、〈磁場図1a〉を見てほしい。……

　さらに、たとえば、図式"$_4$黄昏×$_5$夜明け"もまた、同様に、図式"$_1$光明⌒$_2$暗黒"中に回収され、収斂される状況下に置かれていると見ることがで

〈12〉〈13〉

きる。場所Ⅰ（間）と、そこへ来ている特殊・媒介種Ⅰの分身［小影（我Ⅰ）］、および、場所Ⅲ（底）と、そこへ来ている超越的媒介種Ⅲの実存［巨影（我Ⅲ）］の両事実存在は、たがいに、背反し会い、乖離し合いつつ、「取り合され」て、遠隔項関係に結ばれているのである。

　図式"₁光明⌒₂暗黒"で編成された「ブリッジ型」の語彙（志向）図式は、それが開き示す事実存在間の有意連関を回収する働きを担うものとみなし得る。この図式類型は、近接項関係に結ばれて、「入れ子型」の語彙（志向）図式に下属しつつ、競合し合っている事実存在どうしや、遠隔項関係に結ばれて、「エコー型」の語彙（志向）図式によって乖離させられつつ、連関し合う事実存在どうしの回収に働くのである。「ブリッジ型」の語彙（志向）図式が、そもそも、その内部に、2組の「入れ子型」の語彙（志向）図式と、1組の「エコー型」の語彙（志向）図式を内包したかたちで編成されているからである。「ブリッジ型」の語彙（志向）図式は、その内包する図式にもとづき、開示されてくる事実存在群を回収し、確保する能力を持つことを、あらかじめ、明示していると見る必要があるだろう（→〈9〉〈17〉）。

9．意識連関から存在連関〜間存在連関へ──主観の客観化

9.1　主観的な意識連関から客観的な存在連関〜間存在連関へ 〈13〉

　判断に用いられる述語自体は、主観的なものと見なければならない。その述語で、一口に呼んで据え立てた仮象にしても同様だ。その仮象が語義や意義のかたちで持っている、類型化され、抽象化された判断基準（視点・関心焦点・着眼点）にしても、これまた、主観的な域を出るものではない。それらは、いずれも、存在者（＝述語で一口に呼んで据え立てた仮象）は指し得ても、その存在を確定的に指定することはできないのである。

　ところが、その単用の述語にもとづく、単一の判断を2種類ごとに組み合わせて語彙（志向）図式を編成し、それを用いれば、仮象としての存在者の、その事実存在を確定的に指定することができるようになる。事実存在を客観的に

対象化して獲得することも可能になってくるのである。

　語彙（志向）図式——それを「述語判断図式」と呼び替えることもできる——は、事物や人物、事象や出来事、……の事実存在群を1個の現象地平（場・磁場・テクスト・象徴世界）内に確定的に指定して定立させ、その存在間の有意連関を開示するのに働く。そこでは、主観的な意識連関が客観的な存在連関に投射されたかたちとなる。判断に際して適用する判断基準といった主観的な意識（視点・関心焦点・着眼点）ではあっても、それらを〝交差〟をふくんで紡ぎ合わせ、組み合わせさえすれば、客観的な事実存在の成立すべき場所を拓くことができるのである。その画定された場所、場所に、それぞれ、明証的な、連関性ある境界条件を与えれば、そこに成立すべき客観的事実存在群を確定的に指定することができるようになるのである。そのばあいの意識の主体にとって、「客観」の名に価する、図式化された地平を現象させることができるようになってくる。いわゆる、〝主観＝客観〟の一致を語ることができる、確定的な状況をつくり出すことができるようになるのである。

　M.〈表1〉に戻ってみてほしい（→〈11〉）。……

　わたしは、その〈列〉欄には、述語——その語義にもとづく述語判断の基準も——を並べた。この1つ1つの〝意識（関心・意義・語義）の経糸（たていと）〟の各2筋ごとの〝紡ぎ合わせ（交差）〟の累積が、ここでは、「(魯迅)」の人格的事実存在（現存在）を3個の分身と、1個の実存とに分別するかたちで、その存在を確定させている。

　さらに、重要なのは、そこでは、〝意識（同前）の経糸（たていと）〟によって〝紡ぎ出され〟た、〈行〉欄の人格的事実存在4者（小影（我Ⅰ）・読書人（我Ⅱ）・巨影（我Ⅲ＝実存）・失意の放浪者（我Ⅳ））の1つ1つが、今度は、〝存在の緯糸（よこいと）〟になって働くという事実である。すでに、客観性を帯びた〝存在の緯糸〟の〝紡ぎ合せ（交差）〟がまた、語彙図式化して、今度は、その客観性を帯びた事実存在間に、間存在的な有意連関の図式地平を〝紡ぎ出す〟ことになるのである。

　試みに、〈行〉欄の一般・固有種Ⅱ（姿）、特殊・媒介種Ⅰ（間）、一般・固有種Ⅳ（台）、および、超越的・媒介種Ⅲ（底）の、各人格的事実存在に見出し与

えられている意味特性の集積をヨコ睨みにしながら、各2個ずつを比べていってみよう。……

事実存在間の連関は、意識連関や、それと合一の存在連関とは、また、異なる様相の有意連関を構成している。「(魯迅)」の分身、種Ⅱ(姿)相当の事実存在［読書人(我Ⅱ)］や、種Ⅰ(間)に来た事実存在［小影(我Ⅰ)］、および、種Ⅳ(台)を担う事実存在［失意の放浪者(我Ⅳ)］、さらには、「(魯迅)」の実存、種Ⅲ(底)に根付いた実存的事実存在［巨影(我Ⅲ)］が、いずれも、それぞれ、引き付けて持つかたちになった意味特性の集積体——その肯定的なものだけを見れば、意義特性の集積体——が、今度は、緯糸(よこいと)になる。その幾筋か——ここでは、4筋——の緯糸が紡がれ、"交差"をふくんで組み合わされることによって、主観的な"意識（視点・関心焦点・着眼点、意義・語義、眼差し）"の経糸(たていと)で紡ぎ出されてきた、客観性を帯びた事実存在のそれとは、およそ、異なるタイプの有意連関の地平がつくり出されてくるのである（→〈14〉）。

意識の経糸(たていと)、それ自体は主観的なものでしかない。だが、それが"交差"をふくんで紡ぎ合わされることで、客観性を帯びた事実存在が浮かび上がってきた。「(魯迅)」の上記3分身と1個の実存が浮かび上がってきたのである。

その結果、これらの事実存在が引き付けて持つ意味特性の集積体が緯糸(よこいと)となって、従来の学知では、ほとんど、観察することのできなかった社会、文化史的な有意連関の地平が紡ぎ出され、浮かび上がって見えてくるようになるのである。

9.2　間存在連関の3類型〈14〉

M.〈表1〉に見る種Ⅰ～種Ⅳの事実存在間にも、意味特性の4筋の緯糸(よこいと)によって紡ぎ出された、事実存在間の連関様式についての3類型が認められる。このような、新たなタイプの有意連関を、わたしは、「間存在連関」と呼んだ。間存在連関の類型にも、意識連関のばあい同様に、やはり、つぎのような3類型が認められる。この連関類型の読み取りでも、否定性の述語判断は除外される。

1．「入れ子型」図式の間存在連関

　特殊・媒介種Ⅰ（間）の事実存在、分身［小影(我Ⅰ)］⊂ 一般・固有種Ⅱ（姿）の事実存在、分身［読書人(我Ⅱ)］、

　特殊・媒介種Ⅰ（間）の事実存在、分身［小影(我Ⅰ)］⊂ 一般・固有種Ⅳ（台）の事実存在、分身［失意の放浪者(我Ⅳ)］

　　　＊記号「⊂」：形の上では、意識連関のばあい同様に、「左項が右項を入れ子型に包摂する」と読む。だが、間存在連関のばあいは、意味的には、「左項は、右項から派生した」と読む。つまり、「左項は、行為者が、右項、否定性の述語判断の、どれか1つ以上を肯定性の述語判断に転化させて、派生的に現象させた」と読み取る。「関心の加わりによって、新しい事実存在が発生した」と読み取るのである。

2．「ブリッジ型」図式の間存在連関

　特殊・媒介種Ⅰ（間）の事実存在、分身［小影(我Ⅰ)］⌒ **超越的媒介種Ⅲ（底）の事実存在、実存［巨影(我Ⅲ)］**

　　　＊記号「⌒」：形の上では、意識連関のばあい同様に、「左項と右項の意味特性がブリッジ型に、部分的に重なり合い、部分的に対立し合って、ヨコ並びとなる」と読む。だが、間存在論的には、「両項は、両義性を発揮して、媒介項として連関構成――とくに、事実存在間の「入れ子型」や、「エコー型」類型の図式連関を回収することで、事実存在間の有意連関全体の確保に働いている」と読む。なお、他の事実存在とのあいだに、このタイプの連関を、頻繁につくり出す事実存在があれば、その存在を、その現象地平内での「媒介者」、「ミディアム」とみなす。わたしは、それを「特殊・媒介種Ⅰ（間）の事実存在」と呼んだ。

　　　さらに、その「（表立った）媒介者」とは、「ブリッジ型」図式の連関に結ばれつつも、他の一般・固有種の事実存在とは、次(3)に述べる「エコー型」図式の連関を傾向的につくり出すような事実存在があれば、その存在を、「本格的な媒介者」とみなすことになる。その媒介者を人格的事実存在ととらえれば、この存在を、当該現象地平の造形者「実存」とみなすのである。

3．「エコー型」図式の間存在的連関

　一般・固有種Ⅱ（姿）の事実存在、分身［読書人(我Ⅱ)］ × 一般・固有種Ⅳ（台）の事実存在、分身［失意の放浪者(我Ⅳ)］

超越的媒介種Ⅲ（底）の事実存在、**実存**［巨影（我Ⅲ）］ × 一般・固有種Ⅱ（姿）の事実存在、分身［読書人（我Ⅱ）］

超越的媒介種Ⅲ（底）の事実存在、**実存**［巨影（我Ⅲ）］ × 一般・固有種Ⅳ（台）の事実存在、分身［失意の放浪者（我Ⅳ）］

　　＊記号「×」：形の上では、「左項と右項の意味特性の集積が、まったく、重なり合わずに対立し合う」と読む。だが、間存在論的な意味としては、「両項は、肯定性の述語判断に関するかぎり、まったく、重なり合うことのない、遠い存在どうし」と読み取ることになる。

　M.〈表１〉を見ていただきたい（→〈11〉）。……

　間存在論的に見た事実存在間の「入れ子型」図式の連関にも、やはり、左項の意義特性──個々の、肯定的な意味特性は、「意義特性」と呼ぶことができる──が右項のそれを包摂する様相が認められる。ただし、このばあいの、この型の図式連関が示す意味は、意識（関心・視点・意義・語義）連関のばあいのそれとは異なるものになっている。わたしは、その意味を、生のレベルの時間的経緯を映した──統計的にではなくて、構造的に観察可能な──時系列的変容にもとづく"新生"と読み取った。「包摂する側、左項が包摂される側、右項の母胎から派生し、新生した」と読み取るのである。

　目下の作品「影の別れ」に即して言えば、作者としての「（魯迅）」──正確には、その実存──が右項の事実存在が持ってはいなかった左項の意義特性（関心焦点・視点）を、さらなる内省によって、新たに獲得してつけ加えた意義（関心・視点）特性として積極化させ、現象させて確定させたと見るのである。これを右項の存在に関わる否定性の述語判断が、少なくとも、左項では、１つ以上、肯定性のそれに、積極的に変換されることで、左項の存在そのものが派生し現象してきて、"新生"したと解釈することになる。

　M.〈表１〉では、特殊・媒介種Ⅰ（間）相当の事実存在、分身［小影（我Ⅰ）］の意義特性が、種Ⅱ（（立ち）姿）としての事実存在、分身［読書人（我Ⅱ）］と、その「（踏み）台（風でも）」に当る種Ⅳ相当の事実存在、分身［失意

の放浪者（我Ⅳ）］との両固有種を包みこんだかたちになっている。そこで、特殊・媒介種Ⅰ（間）の事実存在、分身［小影（我Ⅰ）］は、種Ⅱ（姿）の［読書人（我Ⅱ）］、および、種Ⅳ（台）の［失意の放浪者（我Ⅳ）］の、両一般・固有種の人格的事実存在、両分身を母胎にして、それぞれ、それこそ、その両者から「別れ」て派生し、現象してきたと解釈するのである。

　M．〈表1〉の〈列〉欄に並べたのは、「(魯迅)」採用の判断基準である。述語ないし、それが持つ語義にもとづく判断基準にほかならない。そのそれぞれの述語で一口に呼び止めて、据え立てた仮象群と言ってもよければ、「(魯迅)」による、その各仮象群への視点、関心焦点、着眼点、あるいは、眼差しの焦点と言ってもよい。これら、総じて、主観的な意識に属する各種の志向性が経糸となって絡み合い、客観性を帯びた事実存在と、その連関の場（地平・テクスト・象徴世界）が紡ぎ出され、現象してくる。

　そのばあい、経糸の絡み合いで、直接に紡ぎ出されて現象してくるのは、まずは、境界条件を与えられて確定した「空間」と言ってもよい。これまで、「台（種Ⅳ）」、「姿（種Ⅳ）」、「間（種Ⅰ）」、「底（種Ⅲ）」と、書き割り名で呼んできた「場所（セット）」である。これらの空間が所与のものとしてではなく、境界条件を与えられ、客観性を帯びて画定された「場所」として拓かれてくる。日常性を脱した認識者、ここでは、本来の自分に還った「(魯迅)」が、そこへ、それぞれ、その境界条件に適う、自己をもふくむ、馴染みの事実存在群を囲い込んで成立させていくのである。

　こうして、空間性が場所を得ることで、そこへ根付くかたちになった事実存在群に与えられる意味特性（＝場所の境界条件）の集積体が、今度は、緯糸となる。この緯糸の絡み合いが事実存在間に、図らずも、社会、文化史的につくり出されてくる有意連関を紡ぎ出し、現象させ、意識させることになってくるのである。そこへ紡ぎ出されてくる有意連関の重要な1つに、生のレベルの時間性が認められる。空間性が時間性を生むのだと言ってもよい。

　「空間」と「時間」の関係については、ハイデッガーが、その主著で、存在了解の地平を、一義的には、「時間」だと指摘した（→1927『存在と時間』序・

5・22・23・45節)。そこでは、空間性は、時間性の制約下に置かれ、行為者にとっては、その都度のものとされている。彼は、行為者にとって、空間性は、現象地平内の道具立て全体の遠・近関係に位置づけられ、開放された「行動の場」として了解されると説明した(→同前22・23・45・70節)

だが、これまでのわたしの記述的研究の結果からは、存在を成立させる「空間」への関心の落差が「時間」を生むのであって、その逆ではない。

それが事実だとするならば、解釈されて画定した「空間(場所)」が「(生きられた)時間」を生むものと見なければならない。一般に、存在了解の地平は、一義的には、実存としての人格的事実存在の認識活動を通じて、獲得的に拓かれた在成立の「場所」ないし、「場」ということになる。

M.〈表1〉を見ていただきたい。……

つぎに、特殊・媒介種Ⅰ(間)の事実存在、分身[小影(我Ⅰ)]と、超越的媒介種Ⅲ(底)の事実存在、実存[巨影(我Ⅲ)]のあいだの間存在連関も見てみよう。……

両媒介種の事実存在の意味特性の集積体間には、「ブリッジ型」図式の連合関係が認められる。してみれば、両事実存在は、まずは、対等なヨコ並びの連関で結ばれていると見なければならない。わたしは、このばあいの間存在連関が示す意味を、両人格的事実存在の[媒介者]的役割に見て取った。両事実存在を、目下の現象地平(場・磁場・テクスト・象徴世界)構成の"表・裏のトリックスター(媒介的策士)"と見立てるのである。

うち、特殊・媒介種Ⅰの事実存在、分身[小影(我Ⅰ)]は、分身、種Ⅱ(姿)の[読書人(我Ⅱ)]と、分身、種Ⅳ(台)の[失意の放浪者(我Ⅳ)]の両存在間の連関を媒介するために、その両人格的事実存在から、同時に派生したと解釈した。

一方、超越的媒介種Ⅲ(底)の人格的事実存在[巨影(我Ⅲ)]は、どうか?……

まずは、この存在が否定性の述語判断を除けば、現象的には、「姿」の際立ちを図る分身、種Ⅱ[読書人(我Ⅱ)]や、「台」を担って呻吟する分身、種Ⅳ

［失意の放浪者（我Ⅳ）］の両固有種の人格的事実存在からは、完全に独立（屹立）しているのがわかるだろう。種Ⅱ（姿）、種Ⅳ（台）の両分身とは、表立っては、特殊・媒介種Ⅰ（間）の人格的事実存在、分身［小影（我Ⅰ）］を介してはじめて、連関する存在相手として位置づけられている。否定性の述語判断を除いた、見た目の上からのとらえではあるが。……

　その上、特殊・媒介種Ⅰ（間）の事実存在、分身［小影（我Ⅰ）］とは、［媒介者］としての同一性を共有しつつも、その存在を、大きく超え出る様相をも示している。地平内の［媒介者（種Ⅰの事実存在）］とは、「ブリッジ型」に連関し合いつつも、地平内の一般者（固有種Ⅱ、Ⅳ）とは、「エコー型」に反立して連関し合う様相を示しているのである。

　そうだとすれば、このような事実存在は、それが人格的事実存在（現存在）であるかぎり、分身群とは、別格の存在、つまり、超越的な「実存」と認めなけれならないだろう。M.〈表１〉からも、種Ⅲの事実存在［巨影（我Ⅲ）］を、別格の人格的事実存在「実存」と認めることになってくる。この存在が、目下、選択された現象地平内の３種の人格的事実存在、３個の分身、種Ⅱ（姿）の［読書人（我Ⅱ）］、種Ⅳ（台）の［失意の放浪者（我Ⅳ）］、種Ⅰ（間）の［小影（我Ⅰ）］の全体を連関させ、図式に沿って、その連関を体系化し、それらを確保、再編して了解していると見ることになるのである。

　試みに、M.〈表１〉を見て、つぎのように、分身や実存間の意味特性の集積の束を見比べてみよう。

　　一般・固有種Ⅱ（姿）の事実存在、分身［読書人（我Ⅱ）］　×　一般・固有種Ⅳ（台）の事実存在、分身［失意の放浪者（我Ⅳ）］

　　超越的媒介種Ⅲ（底）の事実存在、実存　［巨影（我Ⅲ）］　×　一般・固有種Ⅱ（姿）の事実存在、分身［読書人（我Ⅱ）］

　　超越的媒介種Ⅲ（底）の事実存在、実存　［巨影（我Ⅲ）］　×　一般・固有種Ⅳ（台）の事実存在、分身［失意の放浪者（我Ⅳ）］

　いずれも、一般・固有種の分身と、超越的媒介種Ⅲ（底）相当の実存が「エコー型」図式に乖離し合う遠隔項関係に結ばれているのがわかるだろう。注目

すべきは、超越的媒介種Ⅲ（底）の事実存在［巨影（我Ⅲ）］が種Ⅱ（姿）の事実存在、分身［読書人（我Ⅱ）］や、種Ⅳ（台）の事実存在、分身［失意の放浪者（我Ⅳ）］の両固有種に対して、いずれも示す、この（間存在連関の）ばあいの遠隔項関係だろう。

その鋭い反立の様相は、種Ⅲ（底）の事実存在［巨影］が目下の選択基準のもとで開示された現象地平に対し、外的、または、原点回帰的に振る舞っていることを告げている。［巨影］の存在は、両固有種の事実存在に対しては、特殊・媒介種Ⅰの事実存在、分身［小影（我Ⅰ）］を通じることによってはじめて、逆性に連関していると見なければならない。

M.〈表１〉からは、この種Ⅲ（底）の実存［巨影］が、間存在論的には、種Ⅱ（姿）の分身［読書人（我Ⅱ）］と、種Ⅳ（台）の分身［失意の放浪者（我Ⅳ）］の両固有種の事実存在に対しては、もっとも、［遠い］存在として、その対立圏外に屹立しているのがわかるだろう。この存在こそが、目下の現象地平（場・磁場・テクスト・象徴世界）の外枠から、特殊・媒介種Ⅰ（間）の事実存在［小影（我Ⅰ）］を介して、［読書人（我Ⅱ）］と［失意の放浪者（我Ⅳ）］の両固有種の分身の対立に関わり、働きかけているものと見なければならない。種Ⅲ（底）の人格的事実存在が現象地平（場・世界）内の奥処（地）$ground$ に在って、分身的事実存在群に「図」$figure$ を構成させる一方で、その解体にもわたって、地平の死命を制する力を発揮していると見るのである。

「実存」としての自我は、その存在を、形式的な所与性から出発して説明することはできない（→ハイデッガー1927『存在と時間』25節）。実存は、目下の現象地平（場・磁場・テクスト・象徴世界）構成の働きを通じてはじめて、その存在を確証することができるのである。

ところで、このような事実存在間の間存在論的な連合関係は、主観的な意識（志向）連関の域を、もはや、大きく超え出たものとなっており、少なくとも、思索を極める「（魯迅）」にとっては、客観的なものとなっている点に留意する必要があるだろう。

10. 分身と実存が馴染む客体的事実存在 〈15〉

わたしは、〈磁場図１ａ〉(→〈４〉)には、作品から読み取った「(魯迅)」の自己省察の経過を、代表的な図式を扱って再構成した(→〈４〉)。一般・固有種Ⅱ（姿）の事実存在［読書人（我Ⅱ）］にせよ、特殊・媒介種Ⅰ（間）の事実存在［小影（我Ⅰ）］にせよ、さらには、一般・固有種Ⅳ（台）の事実存在［失意の放浪者（我Ⅳ）］にしても、いずれも、「(魯迅)」が分立させた、事実性と人格性（現存在性）とを兼ね備えた自らの分身に当たる。一方、超越的媒介種Ⅲ（底）の事実存在として見出した［巨影（我Ⅲ）］は、事実性と人格性（現存在性）の上に、さらに、実存性をも加えて、これは、別格化して、本来の自己に当たるものになっている。

これらの「(魯迅)」の分身や実存には、いずれも、それぞれ、その成立を証する場所が拓かれている。その存在の在り処、場所は、いずれも、明確な境界条件を与えられて画定しており、そこへは、これらの人格的事実存在のほかに、客体的事実存在もまた、存立の根を与えられて成立するのである。「(魯迅)」もまた、作品「影の別れ」の中では、自己を問うて、いくつかの場所を拓いている。そこへ分置した人格的事実存在（現存在）、自らの分身とともに、その分身がそれぞれ、日常的に関わり、馴染んでいる事物、事象、出来事、……の、さまざまな客体的事実存在群をまた、成立させているのである。

それらは、いずれも、実存へ帰った「(彼)」が各分身を通じて投げ注いでいる関心が馴染み、親しんできたもの。「(魯迅)」が自己を裂開させる際に抱いた関心の延長上の対象としてとらえているものである(→ハイデッガー1927『存在と時間』58節)。「(彼)」が自己分析の、先掲２基準（関心焦点）についておこなったと見られる述語判断内容の複合で開示されたものと言ってもよい。

各分身や実存、そして、それらに関わる客体的事実存在に、それぞれ、見出し与えられる意味特性は、解釈的に想定可能なものである。作品「影の別れ」の中の媒介的脇役、特殊・媒介種Ⅰ（間）相当の分身［小影（我Ⅰ）］が上げる

呼び声や叫び声、……など、この存在の言動や挙動をてがかりにすれば、それらを想定することができるものである。この小存在の言動、挙動こそは、覚醒した「(魯迅)」が自己の裂開に際してくだした述語判断内容の表現にほかならないからである（→ハイデッガー1927『存在と時間』54節)。

　試みに、作品「影の別れ」の言述に立ち帰ってみよう。……

　たとえば、第3連からは、[小影]の焦燥感溢れる"叫び声"が聞こえてくるだろう。特殊・媒介種Ⅰ（間）相当の分身［小影（我Ⅰ)］は、「おれはただの影だ」と言い放っている。観察者は、この文言からは、そのウラを取って、少なくとも、つぎのような2つの解釈的想定を加えることができるだろう。

1．［影］などではなくて、もう少しはっきりした、［一般的で、固有にして、典型的な（日常的にありがちな)］、［実体性ある］事実存在が別にあるのではないか？
2．［ただの（ちっぽけな）影］などではなく、［きわめて大き（巨大）な影］の存在もあるのではないか？

〈磁場図1a〉も併せ見てほしい。……

　この〈図〉に見るように、わたしは、まず、「(魯迅)」によって加えられた見分けの、"鋭・鈍" 2色の力関係に着目した。

　「(魯迅)」の認識関心間の、この力関係に沿った解釈を加えてゆけば、読者はもとより、観察者も、上記1の点については、一般・固有種Ⅱ（姿）に見合う分身、種Ⅱ［読書人（我Ⅱ)］の存在や、同じく一般・固有種Ⅳ（台）に妥当する分身、種Ⅳ［失意の放浪者（我Ⅳ)］の存在を読み起こすことができるようになるだろう。この両固有種の人格的事実存在にとって、特殊・媒介種Ⅰとして「間」を［彷徨する］分身の［小影（我Ⅰ)］は、まさに、異様な存在に当たるからである。この［小影（我Ⅰ)］は、類義性の高い近接項関係を示しつつも、一方では、［特殊性］を、異様なまでに発揮して、ミニマムな差異を［ぶちまけている］。

　2についても、同様だ。読者も観察者も、「(魯迅)」の認識関心間の力関係に沿う解釈を加えてゆけば、超越的媒介種Ⅲとして、場所Ⅲ（底）に位置すべ

き、深く隠された、格別の人格的事実存在を、断然、読み起こすことができるようになるだろう。その存在が同じ媒介種ではあっても、大きく異なる存在としての［影］を色濃く持っているからである。その［巨影］は、上記両固有種の「間」を［彷徨する］特殊・媒介種Ⅰ（間）の事実存在［小影（我Ⅰ）］とは、反義性を示して遠隔項関係に乖離している。［原点性］や［回心性］を発揮して、マキシマムな差異を示し、大きく対立しているのである。

わたしは、超越的媒介種Ⅲの在り処（底）に根をおろした人格的事実存在を、その［巨影］ととらえた。その上で、特殊・媒介種Ⅰ（間）の人格的事実存在、分身［小影（我Ⅰ）］に鋭く対置した。「底」に来る存在を、いわゆる、「超人」の［影］（→ニーチェ1883-85『ツァラトゥストラはこう語った』第二部〈幸福の島々で〉・第四部〈影〉）とみなした。それこそ、［ただならぬ影］を負うた実存と解釈したのだと言ってもよい。

作品の第5連にも、目を落としてほしい。……

表の媒介的脇役（トリックスター）、特殊・媒介種Ⅰ（間）の事実存在、分身［小影（我Ⅰ）］が、ここでも、やはり、"叫び声"を上げている。彼は、「おれは〜地なきところをさまよおう」と言っているのだ。

〈磁場図1a〉も併せ見ていただきたい。……

種Ⅰ［小影（我Ⅰ）］が上げる"叫び声"からは、［無地ではない場所］や、［有地の場所］に在る人格的事実存在を想定することができる。読者も観察者も、一般・固有種Ⅱ（姿）相当の事実存在、分身「読書人（我Ⅱ）」や、一般・固有種Ⅳ（台）相当の分身［失意の放浪者（我Ⅳ）］が存立している場所は、［大地］はもとより、けっして、［有地］とは言えないまでも、［無地ではない場所］と解釈することはできるだろう。両分身が、少なくとも、分身［小影（我Ⅰ）］とは、ミニマムな差異を示し合いつつも、近接項関係に結ばれていることを了解できるはずだからである。

一般・固有種Ⅱの事実存在、分身「読書人（我Ⅱ）」にしても、自らの「（立）姿」を際立てるに足る、［落ちこぼれぬ程度にはしがみついていられる地歩］は確保していることだろう。一般・固有種Ⅳの事実存在、分身［失意の放浪者

〈我Ⅳ〉]にしても、[没落して沈みきってはいても、貼りつくことができるだけの闇の底の(踏み)台]程度の「地歩」や、「風」になって[塵にまみれる]程度の、それこそ、「余地」は残していることだろう。

一方、心を深くした読者や観察者なら、特殊・媒介種Ⅰ(間)の事実存在、分身[小影(我Ⅰ)]が上げる[せわしなげな声]のウラを取り、解釈的に、「有地」、[大地]に[しっかりと根をおろし]、[安心(重荷をおろ)して、定着している]超越的媒介種Ⅲ(底)相当の、実存的な人格的事実存在[巨影(我Ⅲ)]を読み起こすことができるはずである。

種Ⅳ(姿)の事実存在、分身[失意の放浪者(我Ⅳ)]は、種Ⅰ(間)の事実存在、分身「小影(我Ⅰ)」の、まずは、落ち行く先と解された[11]。分身「小影(我Ⅰ)」は、[読書人(我Ⅱ)]が[しがみつい]ている、[既成化した秩序]を[嫌い]、[逃れ出]て、[彷徨いはじめ]たのだった。その行き着く先と言えば、そのまま——実存[巨影]の配意のない状態——では、[失意の放浪者(我Ⅳ)]の在り処をおいてない。およそ、[秩序]とは、ほど遠い、[荒涼の世界]、それこそ、[闇の淵]である(→〈4〉磁場図１ａ)[12]。

11. 語彙(志向)図式が拓く存在の地平と「底」への通路〈16〉

もう一度、〈磁場図１ａ〉と、M.〈表１〉に戻ってみよう(→〈4〉〈11〉)。……

わたしは、〈図１ａ〉には、磁場(地平・現象野テクスト・象徴世界)を描いた。「(魯迅)」が自己反照に際して、介在させたと見られる見分けの２様の力に注目しながら、開示されてきた現象磁場(地平・現象野テクスト・象徴世界)を描き取ってみた。

その現象磁場は、関心の経糸と、存在の緯糸によって紡がれており、いわゆる、"意味の織物"textile 化している。わたしは、「(魯迅)」の、述語にもとづく自己への、いくつかの判断基準(関心焦点・視点・意義・語義)について、その「主観的な」意識反応の１つ１つが、それぞれ、その"織物"の"経糸"の筋をつくっていると見た。

一方、この経糸(たて)をなす、主観性の勝った述語判断の、"交差"をふくむ組み合わせの——したがって、文字どおり、まさに、「紡ぎ出された」かたちの——様式からは、人格的事実存在や、客体的事実存在が解釈的に読み取れるようになってくる。それでは、終わらない。さらに、わたしは、そのようにして開示された事実存在群に、それぞれ、見出し与えられている意味特性の集積体が、今度は、緯糸(ヨコ)になっているとも見た。

このような"経(けい)・緯(い)、両様の糸"の、"交差"をふくむ紡ぎ合わせの様式からは、事実存在間に、それこそ、「客観性」に富んだ有意連関が読み取れるようになってくるのである。

こうした経緯で、事実存在間に開示されてくる主観と客観、意識と存在の2面にわたって構成される有意連関の磁場（場・世界）を、わたしは、「地平」Horizont, horizon と呼んだ（→〈2〉〈19〉〈28〉）。それが作品のばあいには、「テクスト」Text, text ととらえかえすこともできるだろう。とりわけ、それが作品の造形を通じておこなわれるばあいには、言語や記号によって開示された、その磁場化した現象地平を、「テクスト」ととらえかえすことができるのだと言ってもよいだろう（→〈18〉〈36〉〈49〉）。

この作品中の、"表の媒介的脇役(トリックスター)"は、紛れもなく、特殊・媒介種Ⅰとして、書き割りの「間(ま)」に躍り出てきた事実存在、分身「小影（我Ⅰ）」である。読者や観察者は、この小存在が発する声（語り）や挙動をてがかりに、現れ出てくる磁場（磁場図ａ）に働く力に沿いつつ、解釈を加えてゆけば、「(魯迅)」自身の人格的事実存在（現存在）や、それらに絡む客体的事実存在を知ることができるようになってくる。「(彼)」が種Ⅰ～種Ⅳにわたって裂開させた自己の実存や分身をはじめ、それらが日常的に共存し、馴れ親しんでいる客体的事実存在群を知ることができるようにもなってくる。したがって、［小影（我Ⅰ）］、［読書人（我Ⅱ）］、［失意の放浪者（我Ⅳ）］、および、［巨影（我Ⅲ）］が、それぞれ、独自の関心を払って手許へ引き寄せ、馴染んでいる客体的事実存在群を、たとえば、つぎの〈磁場図１ｂ〉のように示すこともできるだろう。

その〈磁場図１ｂ〉を見てほしい。……

11. 語彙(志向)図式が拓く存在の地平と「底」への通路

〈磁場図Ⅰb〉
「(魯迅)」の自己裂開と客体的事実存在の開示―基準:暗黒(黒夜)⌒光明(白天)

《一般・固有種》Ⅱの客体的事実存在 　　　　　　《特殊・媒介種》Ⅰの客体的事実存在

　　　　　　　述語・仮象＋光明 [公開化し、既成化した真理や秩序の世界]

場所Ⅱ(姿) 分身「我Ⅱ(読書人)」(公開性)　　　(両義性) 分身「我Ⅰ(小影)」 場所Ⅰ (間)
光明^3 白昼^4 (活動)^1 (有地)$^{2\cdot 5}$　　黄昏^4 ただの(小)影$^{1\cdot 3}$ 無地・境$^{3\cdot 4}$ 真似^4
時刻^1 贈物^5 占取(世界支配)$^{5\cdot 6}$　　ひとり^4 (世界脱出)^6 さまよう^2 (旅) 発つ^4
天国と地獄^1 贈物^2 (欲する)$^{2\cdot 5\cdot 6}$　　別れる$^{1\cdot 3}$ 願う$^{5\cdot 6}$ (近い)^4
掻き消す$^{3\cdot 5}$ 求める^5 占める^5　　気に入らぬ^2 行きたくない^2
(固守する)^2 (根切れ・浮く)^3 施し
〈白色〉^{4} (偏狭な肯定)^2 (理(道具)性)　　(機知)嫌だ(不定の両義性)^2 〈灰色〉^{4}

¬暗黒　　　　　　　　　　　　　　　　　　　述語・仮象＋暗黒 (代赭色)$^{3\cdot}$
　　　　　　　　　　　　　　　　　　　　　　[混沌、無秩序に沈む世界]

^{4}(大いなる両義性)^2 (叡智)　(直観性)　　(私秘性)(偏狭な否定)^2 〈黒色〉^{3}
夜明け^4 (大地・故郷)$^{3\cdot 4}$ (解釈・造形性)　　黒暗(暗夜)^3 睡り^1 (悲観的)虚無^6 (流動無地)$^{2\cdot 5}$
世界構成^6 (根づく)$^{2\cdot 4}$ (理解する)$^{5\cdot 6}$　　(無時刻)^1 (反抗・世界破壊)^6 (没落)^2 (怨恨)$^{2\cdot 5}$
遠い^4 人造化　　　　　　　　　　　　　　(さすらう)^2 消える^2 沈む^3 呑み込む^3 乞い

場所Ⅲ(底) (魯迅の実存) 「**我Ⅲ**(巨影)」　　分身「**我Ⅳ**(失意の放浪者)」 場所Ⅳ (台)

　　　　　　　　　　　　　　¬光明

《超越的媒介種》Ⅲの事実存在　　　　　　　《一般・固有種》の客体的事実存在

＊( ):作品のテクスト中、どの場所かに成立する事実存在の「我」について、直接、表現されていることがらを手引きにして、磁場内に働く見分けの力の力関係ないしは、それにもとづき開示されてくる意味連関の特質から、解釈的に想定される客体的事実存在群を示す。
＊その客体的事実存在群の存立を解釈、想定した作品テクスト中の段落番号 (→〈1〉)。
＊この〈図〉中での太字体表記の「**我~**」:「人格的(現存在としての)事実存在」。
＊下線ある「**我Ⅲ**(巨影)」:「実存(人格的事実存在の上に実存性を加えた存在)」。
＊磁場(地平・象徴世界)に働く見分けの強・弱の力は、〈磁場図a〉に準じる (→〈4〉)。
＊場所間の遠隔関係 (－) と近接関係 (－) は、表示しなかった。

　わたしは、散文詩「影の別れ」の制作過程で、覚醒した「(魯迅)」が、まずは、「取り合わせ」をおこなったと見た。「(彼)」は、場所Ⅳ(台)と場所Ⅱ(姿)を「掛け合せ」ている。そこへ定立した[読書人]としての分身「我Ⅱ」と、[失意の放浪者]としての分身「我Ⅳ」の両事実存在を、意味面では、"逆

対称的" asymmetrical な関係を示すように「取り合わせ」て、モンタージュした。その上で、この詩作品中の"表の媒介的脇役"、特殊・媒介種Ⅰの事実存在、分身［小影（我Ⅰ）］を場所Ⅰ（間）に配置して、種Ⅳ（台）と種Ⅱ（姿）の両一般・固有種の事実存在を、意味的に共約させた。その心（意味）を「取り合せ」た上で、「取り囃さ」せ、コラージュしたのだと言ってもよい。

その結果、「(魯迅)」は、自分本来の超越的自我、いわゆる、「実存」を場所Ⅲ（底）に来る超越的媒介種Ⅲ相当の人格的事実存在［巨（超人の）影］に読み取った。この［巨影（なる）］存在、［我Ⅲ］こそは、この作品中の"裏の策士的主役"とも言うべき、本来の「魯迅」である。

12. 語彙(志向)図式の通路を辿り実存へ還った魯迅〈17〉

このばあいの「取り合せ」と「取り囃し」は、解釈に際して、およそ、人間にとって、根元的とも言うべき自己省察の局面では、作者「(魯迅)」が図式 Schema, scheme を用いたことを裏づけている。

「取り合せ」は、述語ないし、それにもとづく述語判断の逆性の対比に平行しておこなわれる。「取り囃し」は、媒介項——ここでは、種Ⅰ（間）の事実存在——を介して、その判断の、逆性の対比を「組み合せ」に変換するだろう。その「組み合わせ」が述語を語彙化させるし、述語判断を志向図式化させるのである。

「(魯迅)」は、自己省察に、〈磁場図１ａ〉(→〈４〉)、〈磁場図１ｂ〉(→〈16〉)に見る語彙（志向）図式を用いて、解釈学的超越を果たした。〈図式〉の示す通路、フレームに沿って、自らの実存を見出していった。「(彼)」は、この詩作品のテクスト化を通じて、その図式のフレームが示す通路を辿り、自己本来の「姿」——もはや、種Ⅱのそれではない——へと還った。

あらためて、〈磁場図１ａ〉、〈図１ｂ〉を見なおしてみてほしい。……

「(魯迅)」にしても、日常的には、一般・固有種Ⅱ（姿）の事実存在、分身［読書人］の在り処、場所Ⅱに軸足を置き、小成に甘じている事実は、否定

12. 語彙(志向)図式の通路を辿り実存へ還った魯迅　59

できない。「〈彼〉」とても、世間に投げ込まれ、巻き込まれて、[頽落]の態を曝したかたちになっている。

その「〈彼〉」が、いったん、[巨影]を負うて、場所Ⅲ（底）の[大地]へ還ったとなると、目下、開示された現象地平内に分立、布置された各人格的事実存在、各分身間には、その類義性 *synonymy* の上に、いっせいに、両義性 *ambiguity* の特徴が加わるようになってくる。近接項関係に結ばれて、類義性を示し合っていた隣接項どうしは、もとより、遠隔項関係に乖離させられて、反義性 *antonomy* を示し合っていた対向する項どうしもまた、隣接項との間に、いずれも、両義的な類義性のウデを伸ばし合うようになってくるからである。これは、超越的媒介種Ⅲ（底）の事実存在の媒介(なかだち)によって、両固有種の分身が繋がり合うようになった結果にほかならない。実存［巨影（我Ⅲ）］による、その「取り合せ」で、遠隔項関係に乖離させられていた種Ⅱ（姿）の事実存在［読書人（我Ⅱ）］と、種Ⅳ（台）の事実存在［失意の放浪者（我Ⅳ）］が、ともに、両義性を帯びて、全隣接項間にわたる類義の弧の紐帯に繋ぎ留められるようになっていくのである。

その結果、〈磁場図１ａ〉、〈磁場図１ｂ〉に見るような、目下、開示された現象地平（場・磁場・テクスト・象徴世界）〉内事実存在間の有意連関の部分的全容は、あたかも、「惑星運動」のように、"円環状"を呈するようになってくる（→ニーチェ1906『権力への意志』259）。地平内の、すべての存在が両義的な類義性の帯で、いっせいに、"円く"結ばれて、「大いなる同意」として結晶したかたちとなる。ニーチェは、この"円環"を「脱自の弧」とも呼んだ（→ニーチェ『同前』259・293、同1888『この人を見よ』〈ツァラトゥストラ６〉）。

覚醒なき観察者も同様に、自然的態度に導かれて、思わず、公開性空間に引き込まれてしまうだろう。日常性の文脈中の「〈魯迅〉」のように、一般・固有種Ⅱ（姿）相当の事実存在、分身［読書人（我Ⅱ）］の地歩に軸足を置いてしまうのである。このばあいの「〈魯迅〉」——ここでは、自己省察における観察者としての——は、種Ⅲ［巨影（我Ⅲ）］の人格的事実存在を完全に忘却してしまっている。場所Ⅲ（底・大地・故郷）を喪失してしまっているのである。軸足

を場所Ⅱに置いた固有種Ⅱ（姿）相当の事実存在、分身［読書人］の視座からは、〈磁場図１ａ〉や〈磁場図１ｂ〉に見る世界地平（場・磁場・テクスト）は、すでに、解体され、見えなくなってしまっているのだ。

　その遂行性と、公開性に分厚く縁どられた「(彼)」の視野には、場所も、事実存在もなければ、連関もない。その視野には、説明、公開用の用具的存在としての単語、その断片が残されているだけだと言ってもよい。そこでは、「光明」と「暗黒」の２語だけが残されているというのが正真正銘の実態である。しいて探せば、せいぜい、その２語で、それぞれに、即、呼び止めて据え立てた、計２個の仮象「光明（なるもの）」と、「暗黒（なるもの）」が残されているだけである。

　そこには、表の媒介的脇役〈トリックスター〉、特殊・媒介種Ⅰ（間）の事実存在、分身［小影（我Ⅲ）］の［影］さえもない。その［小影（我Ⅲ）］と来たら、早々と、単語「光明（白天）」に、それこそ、［かき消され］てしまっているか、または、単語「暗黒（黒夜）」に、それこそ、［呑み込まれ］て吸収されてしまっているかの、いずれかである（→〈９〉〈12〉）。一般・固有種Ⅱ（姿）相当の事実存在、分身［読書人（我Ⅱ）］の驥尾に付して、［頽落し］てしまっているか、さもなければ、一般・固有種Ⅳの事実存在、分身［失意の放浪者（我Ⅳ）］を包む［闇］に［呑まれ］て、［没落］してしまっているかである。

　そこに、れっきとして残されたものは？　と言えば、２個の単語か、２個の仮象をおいてない。観察者は、この光景こそが"物象化"された、言明的な公開性仮象空間への入口だということを知っておかねばならない。自然的態度に牽かれて、思わず、そこへ軸足を置いてしまう一般・固有種Ⅱ（姿）相当の事実存在、分身［読書人（我Ⅱ）］の「地歩」こそは、日ごろ、関心を注ぎ、慣れ親しんでいる、まさに、遂行的で、言明的な疎外空間の入口なのである[13]。

　わたしは、超越的媒介種Ⅲ（底）相当の人格的事実存在、実存［巨影（我Ⅲ）］によって定立され、解釈的に開示された、もはや、仮象ではない、事実存在の現象地平（場・磁場・テクスト・象徴世界）を、〈言語学〉に言う「パラダイム」paradigm に重ね合わせた。それに対して、一般・固有種Ⅱ（姿）相当

12. 語彙(志向)図式の通路を辿り実存へ還った魯迅

の事実存在、分身［読書人（我Ⅱ）］が関心を注ぎ、馴れ親しんでいる、遂行的な公開性物象化空間の眺望は、「シンタグム」syntagm ととらえかえした（→ソシュール1916『言語学講義』、イェルムスレウ1928『一般文法の原理』）。

　すでに、述べた。「ブリッジ型」の語彙（志向）図式は、他の図式類型「入れ子型」や「エコー型」に布置された事実存在の有意連関を回収するのに働くのだった（→〈9〉〈12〉）。図式を用いて開示され、現象してくる「入れ子型」や「エコー型」図式の有意連関は、その「ブリッジ型」の語彙（志向）図式によって回収されないかぎりは、いずれも、きまって、事実存在の根を払われ、単用の1語に収斂されてしまうのである。この不本意だが、避けがたい収斂が、観察者の視野を仮象への物象化空間、公開的な「シンタグム」に釘づけにして、事実存在の有意連関の世界地平「パラダイム」を存在ともども、忘却させてしまうか、棄却させてしまうのである。

　この事実存在の有意連関の1単語への収斂は、超越的認識主体としての実存、ここでは、［巨影（我Ⅲ）］の完全な忘却と、場所Ⅲ（底・大地）の全面的な喪失を伴わずにはおかない。そこでは、認識者「（魯迅）」の実存的な事実存在（本来の現存在）はもとより、［小影（我Ⅰ）］、［失意の放浪者（我Ⅳ）］、そして、［読書人（我Ⅱ）］といった、各分身群の存在もまた、いずれも、根を払われて、忘却されてしまう。さらには、それらの分身が関心をもって囲い込み、馴染んできた客体的事実存在群もまた、いずれも、その存立の場所ぐるみに喪われてしまうのである。

　実存［巨影（我Ⅲ）］の忘却は、語彙（志向）図式で開示され、確保されていた世界地平（場・磁場・テクスト）の喪失を招くばかりではない。事実存在の開示に、先行了解的に働いていた語彙（志向）図式自体も隠蔽してしまうことになるだろう。〈言語学〉——〈実学〉をもふくむ〈諸学〉についても同様なのだが——で言えば、かくて、「パラダイム」への地平は見失われ、「シンタグム」における拘束的なコードのみが未熟成のまま、説明され続けることになる。

　こうして、覚醒した「（魯迅）」は、詩作品「影の別れ」のテクスト化を通じて、連関の基軸とも言うべき「ブリッジ型」の、主として、ただ1組の語彙

（志向）図式を用いることによって、自らの実存へと還った。そのいくつかに裂開させた「(彼)」自身の分身と、それに関る客体的事実存在群の対象化も果たしたのである。

作品の最終連の1文を、あらためて見ていただきたい。……

そこでは、覚醒した「(魯迅)」、つまり、大文字の「**魯迅**」が［巨影（我Ⅲ）］に、こう言わせている。

「その世界はすっかりおれのものになる」と。……

「彼」は、自分は、たった1組の図式語彙を採用し、それが示す通路を辿って、辛くもだが、ついに、けっして、「暗黒の世界」ではなく、自らにとって、現実化の可能な「世界」を、すべて、わがものにしたのだと言い放っているのである。

注
1） 「意味論研究会」は、1979年3月、国学院文化研究所で発足した。筆者は、都立大大学院時代の恩師・故平山輝男博士（東京都立大学教授→国学院大学文化研究所教授）と図り、同研究会を開設した。以後、原則、月1回開いて、2004年3月までに、263回を数えた。これが「研究会第Ⅰ」に当たる。

　　2002年2月からは、筆者が勤めていた麗澤大学大学院ゼミの受講生（浅田満智子さん他）のきわめて熱心な要請がきっかけで、「第Ⅱ」が開設された。この会は、約2年間は、「第Ⅰ」に併行しておこなわれた。その後、この会の方が続いて、通算408回を数えて今日に至る。

2） 1982年、フィールドワークの過程で、話者からの教示を得て、筆者が開発した〈事実学〉の理論と方法。語彙（志向）図式にもとづき、事物や人物、事象や出来事、……の類・種集合の元としての事実存在と、その有意連関を開示する〈総合（統一）科学的な記述学〉。筆者は、生活世界の行為者たちが直観的経験知にもとづき、暗黙のうちに駆使している、この図式語彙の編成を類語（類・種連関用語）——各類語が措定する仮象がそれぞれに持つ意義（視点・関心焦点・着眼点）でも——の"交差"をふくむ組み合わせに見た。そこで、この類語にもとづく述語判断の、"交差"をふくむ組み合わせを語彙（志向）図式としてとらえかえした。別言すれば、行為者たちが、学知を他所に、矛盾複合命題の"交差"を志向（語彙）図式に紡ぎ出して編成し、それを用いて、生活世界の基盤を先行了解的に、知的、情緒的に開示し、地平化して構成し続けていると見たと言ってもよい。

この図式を用いた、同一手法による実践にもとづけば、〈諸学〉はもとより、〈学〉として未成立の〈万学〉の分野についても、事実の体系的な〈解釈学〉ないしは、〈実学〉、あるいは、〈表現学〉の成立を期することができると考えている。本書の研究も、その理論と方法にもとづき、その統一手法にもとづいて果たされたものである。

3) 鄧捷「魯迅『野草・影的告別』におけるニーチェの影響——テキスト分析から考える」(日本 聞一多学会報『神話と詩10』2011)。

4) 魯迅は、事実性と実存(現存在)性を兼ね備えた「我Ⅲ」の存在を、ニーチェから、もろに、学び取ったと見られる。ニーチェの『ツァラトゥストラはこう言った』1883~85(氷上英廣訳、岩波書店)、第四部「影」には、即、「影」の告知が扱われている。彼は、そこでは、「超人」=「ツァラトゥストラ」の「影」に、こう言わせている。

　　(ツァラツストラは)、あとを追ってきた影を、あやうく突き飛ばすところであった。それほど影は踵を接してすぐあとについてきたのだ。また、それほど痩せほそり、うす黒く、空虚に、おいぼれて見えたのである。「あなたは何者だ?」と、ツァラツストラは語気を荒らげてたずねた。「この山中で何をするのか? また、なんのためにわたしの影だと称するのか? どうも気にくわない。」……わたしは漂泊者だ。これまでも長いことわたしはあなたのあとをついてまわった。いつも旅をしている。目的もなければ、故郷もない。……どんな表面にも、わたしは腰をおろす。疲れた埃のように、鏡や窓ガラスの上でも眠る。わたしは痩せ細って——それこそ影のようだ。だが、おお、ツァラツストラ、わたしはあなたのあとをいちばん長く追って走った。時には、消えて隠れることもあった。いつだって、わたしはあなたの最善の影だ。……わたしの故郷をさがすこの探究。『わたしの故郷は——どこにあるのか?』わたしは尋ねた。……。(「影」)

5) 場所Ⅳ(台)に置くこともできる。ここでは、場所Ⅱ(姿)に置いたものとして説明した。

6) 1920年代前半の「(魯迅)」には、脱自、脱地平的な「自己超越(超人化)」が必要だったと考えられる。「光明(白天)」を脱して、「暗黒(黒夜)」に沈み、ふたたび、「光明(白天)」をとらえかえすためには、「漂泊者」として、「実存」の在り処、「故郷=大地」へと帰る心境にあったと推察される。因みに、彼は、1921~22年に、「故郷」(1921年5月『新青年』)、「阿Q正伝」(1921年12月~1922年2月連載『晨報』)を発表し、1924~26年には、『吶喊』(1924)、『野草』掲載の散文詩群(1924~26年)、……と、民衆的地盤に着目する、複雑性の発想を持った作品をあい継いで公にしている。

7) ニーチェは、『ツァラトゥストラはこう語った』の第二部「幸福の島々」で、

「超人の影」を扱った（→注10）。魯迅は、逆に、おそらく、この「超人の影」に対し、ニーチェ同様に、特殊・媒介種Ⅰ（間）相当の「小影」を想い描いたものと思われる（→注8）。

8) この存在を、フッサールのばあいは、「純粋自我」reines ego、「超越論的主観性」transzendentale Subjectivität、……ととらえた（→フッサール1984『イデーンⅠ-Ⅱ』73）。ただし、これらには、事実実在ないし、実存といった性格は見出されていない。

9) ハイデッガーは、頽落して、世間的自己に「仮象」化している人格的事実実存（分身）を、実存としての、本来の位置に呼びもどすには、「発声なき黙止的呼び声にもとづく呼びかけが必要だ」と言っている。

10) ニーチェは、『ツァラトゥストラはこう語った』の第二部で、みずからの「(小)影」とも言うべき「漂白者」に負わせる課題を、充実した世界の生成や創造に見出し、その課題を宛てがわれて引きつけた「影」の存在を「超人の(巨)影」ととらえかえして、つぎのように言った。

　　あなたがたが世界と呼んだものは、あなたがたによってはじめて創造されなければならない。あなたがたの理性、あなたがたの心象、あなたがたの意志、あなたがたの愛が、みずからの世界とならなければならない！　そして、まことに、あなたがた認識者よ、そこにあなたがたの至福が生まれなければならない。

　　あなたがた認識者よ、この希望なくして、あなたがたはどうして人生に堪えられるのか、——あなたがたは、不可解や背理のなかに生み落とされて甘んずるはずがない。……しかし、わたしには熱烈な創造の意志がある。それはつねにあらたに、わたしを駆り立てて、人間の創造に向かわせる。石材を打つ鉄槌のはげしさで。

　　ああ、あなたがた人間たちよ、石（仮象）のなかに一つの像が眠っている。わたしの思い描く像のなかの最上の像（「実存」＝「実存的現存在」＝「超人」）が！……いまや、わたしの鉄槌は、この牢獄にむかって乱打を浴びせる。……わたしはこの仕事をなしとげたい。わたしは、一つの影の訪れを受けたからだ。——あらゆるもののなかで最も静かで、最も軽快なものが、さきごろわたしを訪れてくれたのだ。超人の美しさが、影としてわたしを訪れたのだ。（傍点、（　）内筆者）（「至福の島々で」）

11) ニーチェは、『ツァラトゥストラはこう語った』の第二部で、ツァラトゥストラに、みずからの「影」の漂泊の行く手を、こう告げさせている。

　　夜はきた。すべてのほとばしる泉はいまその声を高めて語る。わたし（ツァラトゥストラ——筆者）の魂もまた、ほとばしる泉である。夜はきた。すべての愛する者の歌はいまようやく目ざめる。わたしの魂も愛する者の歌

である。……わたしは光なのだ。夜であればいいのに！　この身が光を放ち、光をめぐらしているということ、これがわたしの孤独なのだ。ああ、わたしが暗黒の夜であればいいのに！　そうしたらわたしは、どんなにか、光の乳房を吸おうとすることか！……おお、きみたち、暗いもの、闇のものよ、きみたちだけが光輝くものから暖かみをつくりだす！　おお、きみたちこそはじめて光の乳房から、乳と活力を飲むのだ。……夜がきた。いまわたしの願いは、さながら泉のように、わたしのなかからほとばしる。——語りたいという願いが。（以下、冒頭部分の繰り返し）（「夜の歌」）

12) ギリシャ悲劇における盲目の王、エディプスのイコノスの地に辿りつくまでの「漂泊」が想い起こされる。

13) ただし、人格的存在（現存在）としての事実存在［我Ⅱ（読書人）］ないし、それが慣れ親しんでいる一般・固有種Ⅱ（姿）相当の客体的事実存在群も忘却されてしまう。その遂行的な公開性空間には、存在なき存在者として、1名称、*luxun*, ロジン、……などで、一口に呼び止めて据え立てられた、仮象としての「(魯迅)」があるだけである。

第Ⅱ章　川柳のテクスト構成
——語彙(志向)図式で読み解く

1．川柳作品の複眼の視野 〈18〉

　俳句や川柳、そして、短歌もだが、その作品のテクストが、ただ1組の語彙(志向)図式——それを「文化装置」と見ることもできる（→〈25〉〈27〉〈28〉）——で構成されているという点では、ユニークな文芸作品と言うことができるだろう。

　ここでは、川柳を採り上げて、作品のテクスト構成を語彙(志向)図式の面から読み解いてみよう。ここに言う「テクスト」を「(磁)場」、「(現象)地平」、あるいは、「象徴世界」、ときには、「織布(テクスタイル)」といったことばで置き替えることがある（→〈16〉〈36〉〈49〉）。

　ある夏の終わりのこと、新聞掲載の、つぎのような川柳作品に目がとまった。

> 宿題を　頭の隅に　蟬を追う　（千葉：T氏、「朝日川柳」2008/8/29）

　この作品を例に採り、川柳作品のテクスト構成を探ってみよう。……

　わたしは、この作者が、この作品を、おそらく、直観的、無意識にではあるが、解釈・表現の意識の構えをつくって制作したと見た。この作者は、複眼 *double vision* になって、"交差" をふくむ矛盾-複合（述語判断）命題から成る語彙(志向)図式を構えてつくったと考える。そのとき、彼の内面の視野（現象野・場・地平、世界、……）は、つぎの〈磁場図2a〉に示すような様相に分割されていたと思う。

　ここに言う「意識の構え」とは、概念枠を指している。作者——一般には、

〈磁場図2a〉：語彙（志向）図式で拓かれた川柳作品の地平（場・磁場）―「エコー型」連関

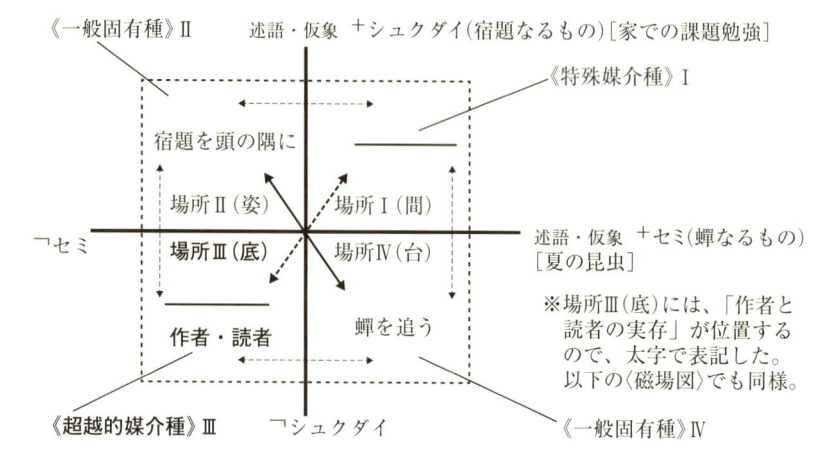

```
《一般固有種》Ⅱ     述語・仮象 ＋シュクダイ(宿題なるもの)［家での課題勉強］
                                              《特殊媒介種》Ⅰ
         宿題を頭の隅に
              場所Ⅱ(姿) │ 場所Ⅰ(間)
  ¬セミ ─────────────┼─────────────  述語・仮象 ＋セミ(蟬なるもの)
              場所Ⅲ(底) │ 場所Ⅳ(台)                ［夏の昆虫］

                                   ※場所Ⅲ(底)には、「作者と
              作者・読者    蟬を追う    読者の実存」が位置する
                                     ので、太字で表記した。
                                     以下の〈磁場図〉でも同様。
   《超越的媒介種》Ⅲ  ¬シュクダイ    《一般固有種》Ⅳ
```

行為者――が事物や人物、事象や出来事、……といった、いわゆる、「存在者（＝１語で呼び止めて、素朴に据え立てた、存在するもの）」の「存在」を解釈したり、表現したりするときに仕組む、類型化された、あるいは、類型化される、経験的なタイプ[1]の一種の概念枠、あるいは、準拠枠のことである（→野家啓一1983「〈テクスト〉としての自然」〈『思想』No. 712〉、同1993『科学の解釈学』、同2007『増補 科学の解釈学』）。別言すれば、「志向図式」*scheme of orientation*、あるいは、「(述語) 判断図式」*scheme of predicate judgment* を指していると言ってもよい。さらには、文化パターン *cultural pattern* 化した「解釈図式」や「表現図式」を指していると言うこともできるだろう（→シュッツ1970『現象学的社会学』3・4章、フッサール1913『イデーン』150・151節）。

　その図式は、述語判断の"交差"をふくむ組み合わせで編成されている。述語は、「意義」という、それこそ、その述語の使用者（複数）の、めあての存在者（＝同前）への関心焦点、視点、着眼点を、「語義」として引き付けて持っている。したがって、図式は、関心を載せた眼差しを、糸のように紡ぎ合わせる、一種の紡織機と見ることができるだろう。

　この"交差"をふくんで組み合わされ、紡がれる糸、述語群は、きまって、

類義、類縁の語（呼称・名称・記号）群から成っている。「類義、類縁の語群」とは、類義語 synonym や反義語 antonym をはじめとする、いわゆる、広義の「類語」class word を指して言う。正確には、「類・種連関用語」を指しているということができるだろう（→〈50〉）。先の川柳作品では、「蟬（追い）」と「宿題」が、それに当たる。

　わたしは、意識の構えを、基本的には、サピア・ウォーフの〈言語相対説〉で知られる、「文法的概念枠」というよりは、(類語)語彙で編成された"テクスト紡織機"、図式化された述語判断と見た[2]。この見方は、〈言語学〉に所謂、「語彙」を類・種連関し合う存在者の事実存在を浮きぼりにする類語（類・種連関用語）としての述語集合ととらえかえすことを意味している。

　〈磁場図２a〉を見ていただきたい。……

　わたしは、この〈図〉に、作者T氏が、一瞬、アタマの中に描いたと思われる、図式化された述語判断を再構成して描いてみた。この作品中の類語（類種連関用語＝類語語彙）関係（→〈50〉）から、その図式化された述語判断で拓いたT氏の内なる視野（識野・現象地平、象徴世界、……）を再構成して描いたものと言ってもよい。

　彼は、この作品を作ったときに、この〈磁場図２a〉のヨコ（x）軸[3]の視点には、いったい、どのような述語（同前、以下も）を置いただろう？……わたしは、彼が、そこへは、まずは、単語セミ（蟬）を置いたと見た。では、「タテ（y）軸」には、どうか？……こちらには、単語シュクダイ（宿題）を置いたと見た。

　単語セミ（蟬）は、それで、一口に呼び止めれば、即、対象（存在）とも思しき「蟬（なるモノ）」を据え立てることができるだろう。同様に、単語シュクダイ（宿題）で、一口に呼び立てれば、これまた、対象（存在）とも思しき「宿題（なるモノ）」を据え立てることができるのである。わたしは、このように、即、１語で、素朴に呼び止めて据え立てた、存在まがいの対象を、「仮象」Schine, appearance ないしは、仮象としての「存在者」Seindes ととらえ返した（→〈３〉〈20〉〈21〉〈42〉〈47〉〈71〉）、（→ニーチェ1872『悲劇の誕生』４、同1906

『権力への意志』524・567・568・572、ハイデッガー1927『存在と時間』7節、同1953『形而上学入門』Ⅳ-2）。

　そのばあい、ヨコ（x）軸、タテ（y）軸の両視点に、それぞれ、述語化させて置かれた語は、先述のように、いずれも、視点、関心焦点、識心、意義、語義、……などとも呼び替え得るような志向要素を標識している。その述語が措定する、かなりぼやけた識野（外延）の全体を、他の述語のそれから、簡便にとらえ分けるための着眼点を標識していると言ってもよい。

　1述語によって開かれた、このぼやけた識野（同前、以下も）は、数学の〈集合論〉に言う「クラス」class の「外延」に相当している。「クラス（外延）」は、その内部に、きまって、確定的な集合としての、複数の「セット」をふくみ持っている（→ウィトゲンシュタイン1953『哲学探求』65段）。

　してみれば、クラスに集合する「元（成員）」は、「仮象」としての存在者を形成はしても、「存在」Sein を、確定的には形成し得ないと見なければならない。たとえば、「人間は」とか、「人生は」とか、一口に言ってみても、その事実存在には、いろいろの状況下のものがある。それが、そのうちの、いったい、どれであるのかは、1語、1述語、つまり、一口には決められないのだ。

　そうだとすれば、存在者（仮象）の存在は、一口では、つまり、1語（名称）や、単用の述語では、けっして、確定させることはできないと見なければならない。

　〈磁場図2a〉を見ていただきたい。……

　受け手もふくめてだが、作者が類語（類・種連関用語）関係に置かれた、最低2個の述語のうち、ここでは、〈磁場図2a〉のヨコ（x）軸とタテ（y）軸に、それぞれ、どの述語を置くかは、原則、自由である。どの仮象（存在者）、あるいは、それらが持つ、どの意義をヨコ（x）軸に置こうと、タテ（y）軸に置こうと、本来は、自由なのである。

　だが、わたしは、作者のTさんが〈図2a〉のヨコ（x）軸の視点には、単語セミを置いたと見た。タテ（y）軸のそこへは、単語シュクダイを置いたと見た。彼が、その両語の意味（語義・意義）を比較して、据え立てるべき2個の

仮象のうち、「蟬（なるもの）」の方を、このばあいの意味連関の、より基層というか、基盤に位置する「台」とみなし、ヨコ（x）軸——わたしは、約束の上で、ヨコ（x）軸をタテ（y）軸よりも、比較的に、基底的とみなすのだが——の視点に置いたと見るのである。

なお、このばあいの「台」は、「風」と呼び替えてもよかった（→〈4〉フレーム表1）。ここでは、仮象「蟬（なるもの）」を、その「台」、または、「風」に該当する事実存在への視点（関心焦点・着眼点・意義・語義）として、ヨコ（x）軸の基準点に置いたと見るのである。

いきおい、仮象「宿題（なるもの）」の方は、タテ（y）軸の視点の位置に置いたと見ることになる。その「台」の上、または、「風」の中に、それこそ、一種の「立像（りつぞう）」や「立姿（たちすがた）」として、「立つ」べき事実存在への視点（関心焦点・着眼点・意義・語義）と置くのである。わたしは、Ｔさんが仮象としての「宿題（なるもの）」に関わる事実存在（ここでは、人物）を、「蟬（なるもの）」に関わる「台」や「風」相当の事実存在（これまた、人物）の上（または、中）に、「姿」として振る舞うにふさわしい事実存在（ここでは、人物）への視点として、タテ（y）軸のそれに「取り合わせ」て置いたと見た。一般には、作者がヨコ（x）軸には、自然に属する視点を採り、それに「取り合せ」て、タテ（y）軸には、人事にわたる視点を配すると見たのである。

語彙（志向）図式は、行為者（作者）が解釈や表現に用いる、一種の「文化装置」cultural apparatus と見ることができる（→〈25〉〈27〉〈28〉）（→C.W.ミルズ1970『権力・政治・民衆』第四部1）。自然を基盤に置いて「台」、または、「風」と扱い、その上に載せたり、その中に立たせたりして、人事をふくむ生の「図像」を結ばせるということ自体をまた、文化パターンの1つと見たのである（→鄧捷2010『中国近代詩における文学と国家』）。

2．事実存在の在り処——場所と場 〈19〉

〈磁場図2a〉（→〈18〉）のヨコ（x）軸、タテ（y）軸の視点に、それぞれ、置くべ

き述語ないし、仮象、および、それにもとづく述語判断、とりわけ、その基準（視点・関心焦点・語義）、言い替えれば、意義（＝判断者にとって、仮象の持つ社会的に一般化された意味）が決まったのだとしよう（→〈3〉〈18〉〈20〉〈21〉〈42〉〈71〉）。

すると、作者が、その作品を制作する際に仕組んだと見られる、ここに言う、表現面の「語彙（志向）図式」なるものが浮かび上がってくる。それを、内なる世界地平を拓く、先行了解的な概念枠とみなせば、この図式を「地平（的）図式」horizontale Schemata ととらえかえすこともできるだろう（→〈2〉〈16〉〈28〉）。受け手（読者でも）のわたしは、作者が、その地平図式を用いて拓き、画定させた場所Ⅱや場所Ⅳに、それぞれ、つぎのような文言を置いて、現勢的な人格的事実存在（少年）を表現したのだと見た。

　　場所Ⅱ（姿）：「宿題を頭の隅に（置く人物（少年））」
　　場所Ⅳ（台）：「蟬を追う（人物（少年））」

ここに言う「場所」は、「意境」と言い替えてもよい。わたしは、この作品では、作者が、種の事実存在としての「少年」が成立すべき意境（場所）Ⅰを空け放しにしたと見た。彼は、そこに、直接には、何も表現していない。

では、意境（場所）Ⅲには、どうか？　いまは、そこには触れないでおく。

　　　＊「意境」：首都師範大の李玎洋教授によれば、宋〜明期の「情調」、「境界」、「境域」を意味する語だと言う。

〈磁場図2a〉に即して言えば、「意境」とは、事物や人物、事象や出来事、……の事実存在が成立するトポスを指している。存在者（＝1名称で、一口に呼び止めて、素朴に据え立てた、存在するもの）の存在の在り処を指していると言ってもよい。文章なら、俗に、いわゆる、「行間」を意味している。

「行間」とは、端的には、文中に撒種された仮象と仮象の「あいだ」を言う。叙述によって綾取られ、布置された仮象と仮象の「あいだ」、事実存在が浮かび上がってくる、その「目（語彙図式の枠目）」に当る部分である。わたしは、そこを「場所（意境・セット）」と呼んだ。

このようにとらえれば、このばあい、4箇所にわたる場所を合わせた全体を、この川柳作品のテクスト（場・磁場・地平・世界）と見ることができるだろう。

わたしは、それが解釈図式（語彙図式）によって拓かれているかぎりでは、事実存在成立の場所の部分的全体を、地平 *Horizont* ともとらえかえした（→〈2〉〈16〉）、（→フッサール1913『イデーン』81・82節、……）。その結果、わたしは、川柳や俳句を、1個の語彙（志向）図式で紡ぎ出された、最小のテクストを持つ短定型詩と見ることになった。

〈磁場図2a〉に戻っていただきたい。場所Ⅳと場所Ⅱを比べてみよう。……

そこへ置かれて詠み立てられている事物や人物、事象や出来事、……が対立の様相を示しているのがわかるだろう。

その対立が了解されたときである。ヨコ（x）軸とタテ（y）軸の、それぞれ、基準点（視点・識心）に置かれたセミ、シュクダイなる単語が、いずれも、述語化して読み取れてくるようになるだろう。セミ(である)、シュクダイ(である)、……というようにである。蔵（辞書）から出し立ての、まだ、埃をかぶった態（てい）の単語セミ、シュグタイが事物や人物、事象や出来事、……の見分けに働く述語として、にわかに、活性化して映ってくるようになるのである。と同時に、その述語で、即、呼び止められ、据え立てられたかたちの対象の表象——それを「仮象」と呼ぶのだが——がまた、つぎのように、対比的、対立的に据え立てられて映ってくるようになる。

　　仮象「蟬(なるもの)」 × 仮象「宿題(なるもの)」
　　　　＊記号「×」：「背反的、反立的に、遠隔項関係に結ばれ合っている」と読む。

3．事実存在の定立と連関の場(テクスト)の開示 〈20〉

「仮象（かしょう）」とは、言表用に、ある述語で一口に呼び止めて、即、据え立てられた表象を言った。他人に伝わりやすいよう、「語形」という、音声（音韻）形式の"仮面"をかぶせて（呼び止め）、伝達言語として用具化させたモノやモノゴトを指している。事物や人物、事象や出来事、……など、いわゆる、「存在者（＝一口に呼んで据え立てた、存在するもの）」についての表象を指していると

言ってもよい。それは、モノと言うよりは、語（単語）が持つ意味、つまり、語義を、ほんのめじるしていどに据え立てたものにとどまる。端的には、仮象は、対象への視点（関心焦点・着眼点）にすぎないもので、けっして、対象の存在自体ではない（→〈3〉〈18〉〈19〉〈21〉〈42〉〈47〉〈71〉）。

その仮象が据え立てられたとなれば、それが持つ、それこそ、視点（着眼点・関心焦点）並みの語義にしても、いくぶんかは活性化して伝わってくるようになるだろう。単語セミ、シュクダイの語義が意義化して見えてくるからだ。

「意義」Sinn, sense も、意味 Bedeutung, meaning の一種である。だが、それは、事実存在としてのモノやコトガラが持つ意味ではない。それは、1個の述語で呼んで、素朴に据え立てた「仮象」が持つ、その述語の使用者にとっての遂行的な意味である。事物や人物、事象や出来事、……など、いわゆる、「存在者（＝1述語で呼び止めて、据え立てた、存在するもの）」——ここでは、仮象「蟬（なるもの）」や「宿題（なるもの）」——が持つ、社会的、文化的な状況を映した意味である。それゆえに、「意義」は、公開性空間用に一般化され、平均化され、標準化された、肯定的で、遂行的な意味と解される。

それに対して、語義もまた、意味、そして、そのうちの意義の、さらに一種と見ることができるだろう。これは、伝達用の用具としての語がコンスタントに持つような、状況からは切り離され、いっそう〝乾いた意義〟としてとらえられたものである。発話や文章の作成に備えて、語形に付着させ、レシピ化し、選択肢（部品）化してストックされている、それは、もはや、〝乾燥しきった、意義としての意味〟とでも言うほかはない。

したがって、作者は、それを、いくぶんなりとも潤色し、意義化させねば、実際には、使うことができない。Tさんは、その語義を呼び出し、それを少しでも、めあての存在が、本来、持っている〝生き生きとした意味〟、〝生きられた意味〟に近づけて用いようと努めた。

〈磁場図2ａ〉（→〈18〉）で言えば、作者は、ヨコ（x）軸の基準点には、単語「蟬」の語義［夏の昆虫］を、タテ（y）軸には、単語「宿題」の語義［家での課題勉強］をというように、それぞれ、置くのが、まずは、せいぜいだったろ

う。彼は、そうすることで、語義が、いささかなりとも、この作品の象徴世界（場・地平・テクスト）の示す状況に沿う意味に潤色されるよう配意したのだった。

たとえば、この作品について、主題は、仮象「蟬（なるもの）」や「宿題（なるもの）」ではなくて、それに関わる、リアルな人物に置かれているという、大方の察しはつく。そうだとすれば、意義としては、「蟬（なるもの）」や「宿題（なるもの）」に関わる、ある隠された［人物］、とりわけ、［少年］の存在を加味して読み取る必要があるだろう。

その意味では、〈磁場図２ａ〉が示す場（現象地平・テクスト・象徴世界）は、もはや、たんなる、仮象排列の倉庫（辞書～ラング）ではなくなっているのだ。そこは、すでに、［少年（なる）人物］をはじめとする事実存在群の"存立の場"と化している。作者——実は、場所Ⅲに位置する、これは、特別な人格的事実存在（実存的現存在）なのだが——の配意ある叙述と布置を受けて、意味を付与された場となっているのだ。〈磁場図２ａ〉は、現実の状況を映す社会的、文化的な意味をもふくみ持った事実存在群が存立し、連関し合って、すでに、現象してきた場と化しているのである。

そうした観点から、〈磁場図２ａ〉を、〈磁場図２ｂ〉のように描きなおして見てみると、どう映ってくるか？　いくぶんかは、この作品の象徴世界（同前）に近づいたすがたが再現できるようになってはくるだろう。〈磁場図２ｂ〉は、受け手（読者）のわたしが〈磁場図２ａ〉に解釈を加えて、この作品に即するよう再構成したものとなる。

その〈磁場図２ｂ〉を見ていただきたい。……

そこでは、受け手、読者——以下、「読者」と呼ぼう——としてのわたしは、事実存在が非在の場所Ⅰ（場所Ⅳ（台・風）と場所Ⅱ（姿）の「間」）にも、解釈を加えた。そこへ、特殊・媒介種Ⅰの事実存在「遠い日の悩み深い、純情な少年」といった類いの［人物］を読み起こしてみた。

場所Ⅲ（底）には、どうか？　わたしは、そこへは、超越的媒介種Ⅲ関連の人格的事実存在「悩みを払うすべを知り尽くした、いささか、不純な、今の、大人」としての［人物］、［我（非本来の）］を読み起こしてみた。

76　第Ⅱ章　川柳のテクスト構成　　　　　　　　　　　　　　　　　　　〈20〉

〈磁場図2b〉：語彙(志向)図式で拓かれた川柳作品の意味の地平(磁場)

(夏の終わり) 頭の隅に (の) 宿題 (に追われて、狭い勉強部屋で、苦しんでいる少年＝我)
　　　　　　述語・仮象 ＋宿題[(部屋に閉じこもりの)(苦しい)課題勉強]
　　　　　　　　　　　シュクダイ
《一般固有種》Ⅱ　　　　　　　　　　　　《特殊・媒介種》Ⅰ
　　　　　　　　　　　　　　　　　　　(遠い夏の日の少年＝我)

　　　　　　　場所Ⅱ(姿)　場所Ⅰ(間)
　　┐蝉　　　　　　　　　　　　　　　述語・仮象 ＋蝉 [(夏の)昆虫
　　　　　　　場所Ⅲ(底)　場所Ⅳ(台)　　　　　　　セミ
　　　　　　　作者・読者　　　　　　　　(に夢中になっている少年)
　　　　　　　　　　　　　　　　　　　(夏の盛り)(広い林野に)
　　　　　　　　　　　　　　　　　　　(夢中になって)蝉を追う]
《超越的媒介種》Ⅲ　　　　　　　　　　　(少年＝我)
　　　　　　　　　　　　　　　　　《一般・固有種》Ⅳ
(悩みをやり過ごすすべを　　┐宿題
　知っている、今は、大人の我)

* 「宿題」、「蝉」は、単用の述語で、一口に読んで据え立てた仮象「宿題(なるもの)」、「蝉(なるもの)」。
* 〈磁場図2b〉のタテ軸の"＋[家での課題]"が単語シュクダイ(宿題)の、ヨコ軸の"＋[夏の昆虫]"が単語セミ(蝉)の、それぞれ、語義だとする。と、〈磁場図2b〉のタテ軸の"＋[部屋に閉じこもっての勉強]"を、仮象「宿題(なるもの)」の、ヨコ軸の"＋[(夏の)昆虫(に夢中になっている少年)]"を、仮象「蝉(なるもの)」の、それぞれ、意義とみなすことができるだろう[4]。
* 〈磁場図2b〉中の場所Ⅳ(台)、Ⅱ(姿)、Ⅰの、Ⅳ「(広い林野に、のびのびと)蝉を追う(少年)」、Ⅱ「頭の隅の(にこびりついた)宿題(に追われ)(狭い勉強部屋で)、(苦しむ)少年」、Ⅰ「(遠い日の少年「我」)」は、いずれも、上記2個の仮象を、リアルに限定して表現することによって得られた事実存在と解される。
* その事実存在に、それぞれ、見出し与えられる意味特性が"狭義に言う意味"である。つまり、"意義にまでは抽象されていない、生の意味"である。たとえば、場所Ⅳ(台・風)に見出し与えられる境界条件[部屋に閉じこもって、勉強課題に取り組む]ことなど忘れてしまって、[のびのびと、広い野外での遊びに夢中になっている状態]が意味特性、つまり、ここで言う"狭義の意味"になる。"意義にまではなっていない意味"、即ち、"生きられた意味"である。
* 事実存在(種Ⅱ×種Ⅳ)間に働く意味どうしの"鋭い斥力"を、事実存在(Ⅰ／Ⅱ、Ⅱ／Ⅲ、Ⅲ／Ⅳ、Ⅳ／Ⅰ)間に働く意味のあいだの"鈍い斥(引)力"の介在で、緩和させるという力関係の力学が、この作品の意味連関の磁場をつくり出している。してみれば、「テクスト」を、作者の見分けに伴う"鋭・鈍"2色の"斥力"によってつくり出された、「意味」の力の磁場化した作品内現象地平(場)と見ることができるだろう。
* 記号：◆━━━━▶　「(両価性の)鋭い斥力」を表わす。
* 記号：◆━━━━▶　「(偏価性の)鈍い斥力」を表わす。

作品は、解釈によって、意味の力の"磁場"がいっそう際立てられるようになってくる。事実存在存立の場（磁場・現象地平・テクスト・象徴世界）の構成が、より明瞭になってくるのである。

ただし、このような場は、読者だけが再構成するものではない。作者もまた、読者にはもとより、作品にも先行して、同様の解釈を加え、陰に陽に、現実の状況をよりよく反映するよう工夫を凝らし、解釈された場を再構成する。仮象を事実存在群へと開いて、有意連関の場に定立させ、それらを文言化し、詠み立てて、現象させていくのである。

4．眼差しの交差で拓く意味の磁場（テクスト）〈21〉

あらためて、〈磁場図2b〉を見てほしい（→〈20〉）。……

仮象は、言表用に、単語並に据え立てられたモノの表象 Vorstellung, representation に過ぎなかった。あえて言えば、幻像 illusion とでも言うべきものでしかない。「実象」としてとらえられた事実存在の対概念をなす現象である（→〈3〉〈18〉〜〈20〉〈42〉〈47〉〈71〉）、（→ハイデッガー1927『存在と時間』7節 A・C）。

してみれば、仮象は、言表の観点からは、事実存在の類概念に相当するものともみなし得る。仮象を類概念ととらえるならば、実象としての事実存在は、その種概念に当たるだろう[5]。

仮象は、抽象的、不確定的な表象を喚起する言語的要素であり、それ自体は、一種の幻像 illusion とも解される。それは、言表面で、類として措定された存在者（＝1語で呼び止めて、素朴に据え立てた存在するもの）の属性には対応しても、その存在[6]には、対応しないのである（→〈3〉〈18〉〜〈20〉〈42〉〈47〉〈71〉）。

〈磁場図2b〉の〈場所Ⅰ〉に注目してみてほしい。……

その字句どおりに受け取れば、作者、Tさんは、この作品を「エコー型」図式の構えで表現したと見ることができるだろう。彼が特殊・媒介種Ⅰ成立の場所Ⅰ――わたしは、そこを「間」と呼んだ――に来るべき種Ⅰ相当の、叙述性の事実存在を、何ら表現していないからである。場所Ⅰ（間）は、表現的には、

空集合化している。Tさんが、この空所を埋める読者の解釈に期待して、むしろ、故意に、そこを空けたと見るべきところだろう。

彼は、この作品の制作に際して、〈磁場図２ａ〉の段階では、ヨコ（x）軸の視点（関心焦点・着眼点・意義）には、単用の述語セミ（蟬であるもの）ないし、それで呼んで据え立てた仮象「蟬（なるもの）」を置いた。あるいは、それにもとづく判断基準［夏の昆虫（であるもの）に夢中になっている（少年）であるか？］を置いたと言ってもよい。

彼は、タテ（x）軸の視点（同前）には、単用の述語シュクダイ（宿題である）ないし、それで呼んで据え立てた仮象「宿題（なるもの）」を置いた。それにもとづく判断基準［家での課題に苦しんでいる（少年）であるか？］を置いたと見ることもできるだろう。

その上で、〈磁場図２ａ〉に見るように、彼は、その２個の意義（語義→視点→意義）［夏の（広い野外の）昆虫（であるもの）の採集に夢中になっている少年）である］と、［夏の終わりの、家の（狭い勉強部屋での）課題（であるもの）に、（苦しむ少年）である］とを"交差"させた。視点、関心焦点、着眼点とも言うべき意義を載せた判断の眼差しを紡ぎ合わせたと言ってもよい。

その"交差"がおこなわれた瞬間である。彼の内なる視野には、事実存在成立の世界地平（磁場・現象野・象徴世界）が拓かれ、紡ぎ出された。テクストが現象した。

5．仮象を事実存在に開く便法──限定修飾表現と装定〈22〉

再度、〈磁場図２ｂ〉（→〈20〉）に戻ってみてほしい。……

事実存在成立の場（磁場・現象地平・テクスト・象徴世界）は、合計４箇所の場所Ⅰ～場所Ⅳをふくんで区切られており、画定されている。そのそれぞれは、たがいに侵し合うことなく、明確な境界を与えられて確定している。〈集合論〉的に見ても、その各場所は、確定しており、最小の確定的な集合「セット」として確保されている。

そうだとすれば、作者のＴさんは、〈磁場図２ａ〉の段階では、２個の仮象「蟬(なるもの)」と「宿題(なるもの)」を、その本来のすがたを持った事実存在へと引き戻すのに努めたと見ることができるだろう。そのてだとして、彼は、据え立てた２個の仮象ないし、それが持つ意義（関心焦点・視点・着眼点・判断基準点）を識野のヨコ（x）軸と、タテ（y）軸とに分け置いて、"交差"をふくませて組み合わせた。述語にもとづく判断を紡ぎ合わせたと言ってもよい。

　その結果、彼の内なる視野（場・磁場・現象地平・テクスト・象徴世界）は、４分された。作品には、計４箇所の場所（意境・セット）と、それを繋ぎ合わせた事実存在成立の場（磁場・現象地平・テクスト・象徴世界）が拓かれた。さらに、彼は、〈磁場図２ａ〉の段階で据え立てていた類（言表）のレベルの２個の仮象を、この〈磁場図２ｂ〉の段階では、種のレベルの４個の事実存在群に裂開させた。その事実存在を２組の述語判断への肯・否を問う論理で、成立すべき場所に分置し、確定させて了解した。その上で、その存在に文言を与えて詠み立てた。

　〈磁場図２ｂ〉の場所Ⅳ（台・風）に注目しよう。……

　Ｔさんは、そこへは、どのような事実存在を分置して詠み立てているか？　もし、そこへは、何も詠み立てていないのであれば、読者は、その存在をあからさまに読み起こさねばならない。彼らは、この作品を、まずは、字句通りに読んで、場所Ⅳ──わたしは、そこを「台(だい)」、または、「風」と呼んだ──に来るべき［人物］に当たりをつけることになるだろう（→〈４〉〈24〉〈38〉〈39〉〈41〉〈64〉〈77〉～〈79〉）。作者が場所Ⅱ（姿）に立つものとして詠み立てた事実存在「宿題を頭の隅に（置い）」ている［人物］との対比から、そこへは、控えめに詠み立てた事実存在「蟬を追う人物」を、もう少し、明瞭なすがたに読み起こすことになる。

　そのばあい、読者は、暗黙のうちにではあるが、作者が作中に講じた、ある種の特別なてだてに注目することになるだろう。彼らは、作者が、そこで、格別な戦略的手段に訴えているのを察知することになる。あらかじめ、作者は、視点（同前、以下も）を担う仮象として、隠伏的にではあるが、ある種の［人物］をタテ（y）軸に据え立てていた。それを、さらに特定（限定）させるべく、その事実性を強化してまとわせたかたちの、リアルな事実存在を、その固有の

在り処、場所Ⅱ——わたしは、そこを「姿（の場）」と呼んだ——へ位置づけるべく努めているのである。

　Ｔさんが〈磁場図２ｂ〉のタテ（ｙ）軸に、隠伏的に据え立てているのは、どのような［人物］なのか？　ここでは、「宿題を頭の隅に」置いている人物、［少年］をおいてない。読者は、その［少年］の現勢的な存在を、まざまざとリアライズした上で、場所Ⅱに来て、その「姿」を振る舞うにふさわしいものとして読み起こすことになるのである。

　ここに言う「特別な手だて」、「戦略的な手法」とは、端的には、〈文法論〉に言う、「装定」junction の叙述手法を指している。「限定修飾表現」と言ってもよい。それは、人物「少年」なら、「少年」に、述語句としての「宿題を頭の隅に置いている」をかぶせ（装定し）て、限定修飾的に特定して表現する技法である。作者のＴさんも、あらかじめ、この手法を用いて、事実存在「宿題を頭の隅に置いた-人（少年）」を得た。その上で、この事実存在自体「-人（少年）」は伏せて、限定修飾叙述の部分だけを場所Ⅱに詠み立てた。読者もまた、まったく、同工の手法で、この人格的事実存在を場所Ⅱに読み起こして了解することになるのである。

　一方で、作者は、〈磁場図２ｂ〉のヨコ（ｘ）軸の視点に、あらかじめ、置いていた仮象を、これまた、あるリアルな［人物］に還元して表現すべく、その存在を限定修飾表現によって装定し、事実存在化させてから、その在り処、場所Ⅳへと詠み立てている。

　彼は、ヨコ（ｘ）軸に据え立てていた仮象「蟬（なるもの）」と、叙述「広い林野に、蟬を追う」とを繋ぎ合せて、特定すべき、隠された人物「-人（少年）」の述定連鎖を倒置して装定し、限定している。限定することで、仮象を表現面でも事実存在化させ——正確には、近づけ——た。読者もまた、同工の手法で、この事実存在をリアライズし、その上で、その存在を場所Ⅳ（台・風）に読み起こして了解し、作品中の有意連関の基調を担わせることになるだろう。

　こうして、場所Ⅱ（姿）と場所Ⅳ（台）には、それぞれ、つぎのように、限定修飾され、装定されて現勢化した事実存在が読み起されて現象し、開示された。

場所Ⅱ（姿）：事実存在《(夏の終わり)、宿題を頭の隅に(こびりつかせながら、家の狭い勉強部屋で、追い立てられ、苦しみながら、勉強している)少年》

　場所Ⅳ（台）：事実存在《(夏の終わり、広い林野に)、宿題を頭の隅に(こびりつかせながらも、夢中になって)蝉を追って(遊ぶ)少年》

　　＊下線部分：「装定表現」で、後接する名詞述語（項）──ここでは、隠された仮象「人物＝少年」──を限定修飾し、厳密には、事実存在に近い「准（疑似）事実存在」にリアライズして表現するのに働く。

6．（述語）判断図式──語彙（志向）図式の造形力〈23〉

　このばあい、読者は、この作品の解釈過程では、てだてとしての装定（連体修飾）表現と、その結果を読み解くためには、作者が、先行了解的におこなっていると見られる世界（存在の場・テクスト・地平）解釈の手順を踏み辿っていく必要があるだろう。

　読者は、場所Ⅱ（姿）に来るべき人物が「頭の隅に（こびりつかせた）宿題（に追われている）少年である」ということを、限定手法に沿った意味の拡張的な解釈によって了解してゆかねばならない。そのばあいの読者による事実存在の読み起こしは、比較的、容易に果たせるものと見てもよい。場所Ⅱ（姿）と場所Ⅳ（台・風）に、それぞれ、読み取られるべく、詠み立てられている［人物］の意味特性がある共通特性（［同一人物］［少年・我］、……といった）を分有しつつも、両価的な"逆対称性"も示し合うという反立関係のパターンがきまっているからである。

　とりわけ、注目を要するのは、事実存在間の"逆対称"的 *asymmetrical* な有意連関である。場所Ⅳ（台）に定立された事実存在「蝉を広い林野に追う－人物（少年＝我）（である者がいる）」と、場所Ⅱ（姿）として定立させられた事実存在「宿題を頭の隅に置いた－人物（少年＝我）（である者がいる）」とは、"逆対称性" *asymmetry* を示して、逆性に呼応し合っている。

この事実は、判断を図式化させた語彙（志向）図式[7]の持つ存在構成機能の卓抜さを物語っている。〈磁場図2b〉（→〈20〉）で言えば、作者による事実存在「（夏の終わりに、広い林野に、のびのびと、夢中になって）、蟬を追う少年＝我(である者)がいる）」の、場所Ⅳ（台、以下も）への発見的な定立は、語彙（志向）図式のフレームに沿ってなされたものである。その表現的な再構成、および、読者による事実存在「（夏の終わりに）、宿題を頭の隅に（こびりつかせながら、家の、狭い部屋で、追い立てらるように、勉強に取り組んでいる）少年＝我(である者がいる）」の場所Ⅱ（姿）への読み起こしもまた、語彙（志向）図式に沿っておこなわれなければならない。これは、作者と読者の認識関心が、たがいに分有する語彙（志向）図式の持つ準拠枠 *frame of referencei* に沿って動くからである。

語彙（志向）図式の威力は、それにとどまらない。読者は、今度は、場所Ⅳ（台・風）と場所Ⅱ（姿）に裂開させて「取り合わせ」た2種類の人格的事実存在（現存在・分身）を、共約すべき特殊・媒介種の事実存在を場所Ⅰ（間）に読み起こしていくのである。読者としてのわたしは、場所Ⅰ（間）には、事実存在「遠い夏の日の少年だった、今の我(である者がいる）」を読み起こした。

語彙（志向）図式の威力は、なお、それにとどまらない。さらには、場所Ⅲ（底）にも、およそ、直接には、詠み立てられてもいない、日常性の人格的事実存在の「（今ではもう、悩みをやり過ごすすべを知り尽くしたかのような今の）大人の我(である者がいる）」の読み起こしまでを促してくるのである。

このように、読者にも、徹底した解釈が可能になってくるのは、もとはと言えば、観察者はともかくも、作者も読者も、常々、存在者（＝仮象として据え立てられた存在するもの）を複眼 *double view* の眼差しでとらえかえすことによって、それに、多様な、だが、明確に定位された事実存在としての解釈可能性を投げかけているからである。

作者のTさんは、〈磁場図2a〉（→〈18〉）の時点では、ヨコ（x）軸の視点に据え立てた仮象「蟬(なるもの)－」と、タテ（y）軸の視点に置いた仮象「宿題(なるもの)－」を"交差"させ、両価的な"逆対称性"の有意連関に結ばれた計2組の人物のペアを際立てていた。「逆対称性を示し合う2組の人物」とは、

つぎのように、計4種類（台、姿、間、底）の現勢的な人格的事実存在に裂開させられた分身の「我」と、それらを裂開させた、当の1個の実存の「我」である。

　　一般・固有種Ⅱ（姿）の分身的事実存在「（夏の終わり）頭の隅に（の）宿題（に追われる少年＝我）」 × 一般・固有種Ⅳ（台・風）の分身的事実存在「（夏の盛り）（広い林野に）蟬を追う（少年＝我）」

　　特殊・媒介種Ⅰ（間）の分身的事実存在「（遠い夏の日の少年・我）」 × **超越的・媒介種Ⅲ（底）**の客体的事実存在「（悩みをやり過ごすすべを知りつくしたかのような、今の大人＝我）、及び、実存「（本来の我）」

　特殊・媒介種Ⅰ（間）の事実存在「（遠い夏の日の少年＝我）」は、一般・固有種Ⅱ（姿）の事実存在「（夏の終わり）頭の隅に（の）宿題（に追われる少年＝我）」と、一般・固有種Ⅳ（底）の事実存在「（夏の盛り）（広い林野に）蟬を追う（少年＝我）」を共約して得られたものである。超越的[8]・媒介種Ⅲ（底）直属の客体的な人格的事実存在「（悩みをやり過ごす術を知りつくしたかのような、今の大人＝我）」もまた、一般・固有種Ⅱ（姿）の事実存在「（夏の終わり）頭の隅に（の）宿題（に追われる少年＝我）」と、一般・固有種Ⅳ（台）の事実存在「（夏の盛り）（広い林野に）蟬を追う（少年＝我）」をネガティヴに共約して得られたものである。注目すべきは、特殊・媒介種Ⅰ（間）として見出された事実存在「（遠い夏の日の少年＝我）」と、超越的・媒介種Ⅲ（底）の事実存在「（悩みをやり過ごすすべを知りつくしたかの、今の大人＝我）」がまた、両価的な"逆対称性"の有意連関に結ばれていることだろう。この超越的・媒介種Ⅲ（底）の事実存在と、自らの実存の読み起こしを果たすことこそが、この作品の表現と解釈の究極の目標と言ってもよいものである。この作品の作者や読者の感動も、そこに極まってくる（→〈4〉〈7〉〈8〉〈10〉〈26〉〈64〉）。

7．取り合せ・モンタージュによるテクスト構成〈24〉

　この作品の注目点の1つは、「取り合せ」の様相にある。作者は、2個の一般・固有種Ⅳ（台・風）、Ⅱ（姿）の両事実存在——ここでは、人物（少年）——

に見出し与える意味特性を、たがいに、"逆対称的" *a-symmetrical* に「取り合せ」ている。

　この点一つを採ってみても、人間の直観にもとづく環境世界の経験的解釈と、それにもとづく、類型化された経験の表現が事実存在の有意連関構成の面で、ある種の型を持っているのがわかってくる。生活世界の行為者たち──詩人や芸術家、そして、こどもたちもなのだが──は、事物や人物、事象や出来事、……といった、いわゆる、「存在者（＝仮象として据え立てた、存在するもの）」の仮象をではなく、その存在を解釈したり、表現したりするのに、ある定型的な世界地平内に、事実存在を定立し、開示していく。その事実存在間に、シンプルではあるが、それでいて、多様な解釈可能性を持った場を造形的に拓いて現象させていくのである。

　〈磁場図２ａ〉（→〈18〉）から〈図２ｂ〉（→〈20〉）への、内なる視野の展開にも、詩人、Ｔさんの、その種の意図を認めることができる。彼は、一般・固有種Ⅳ（台・風）の事実存在「（広い林野に）蟬を追う少年」と、もう一方の一般・固有種Ⅱ（姿）の事実存在「頭の隅（にこびりつかせた）宿題（に追われる）少年」の両者を"逆対称的"に衝き合わせている。両存在間に、ことさらに、たがいに、"逆性"を示し合う意味特性を見出し、際立てて与え、両者を乖離するよう衝突させているのである。"逆対称的"に衝き合わせることで、それぞれの意味を浮き立たせると同時に、結び合わせているのだ。背景をなす「台（風）」の存在と、前景をつくる「姿」の存在とを「モンタージュ」しているのだと言ってもよい（→〈3〉〈4〉〈21〉〈39〉〈41〉〈64〉〈77〉〜〈79〉）。

　そこでは、事実存在の成立と連関の場（磁場・現象地平・テクスト・象徴世界）の内部に定立され、開示されて、現れて出てきた事物や人物、事象や出来事、……の持つ意味は、行為連関的な状況を映して膨らんでいる。その場（同前、以下も）に引き込まれて、身を置くかたちとなった読者もまた、その状況を映した意味と、その力学的に潤色されて、浮き彫りになっている事実存在の意味をありありと読み取って了解することになる。彼らもまた、解釈を通じて、作品の、たんなる、字面の上での語義にとどまっていた意味を意義へ、さらには、

現勢的な意味へと、順次、活性化させて、リアライズし、それを確定させて了解していくのである。

〈磁場図２ａ〉から、〈図２ｂ〉への展開過程に即して言ってみよう。……

読者は、一般・固有種Ⅱ（姿）、Ⅳ（台・風）の両事実存在への視点を担う仮象「宿題（なるもの）」と「蟬（なるもの）」には、それぞれ、たとえば、社会的に一般化されて、意義化した意味を読み起こして了解していくだろう。

ところが、読者による、その解釈は、この語義から意義への現実化の程度ではおさまらない。彼らは、作者が果たしたと見られる、さらなる、現実化への解釈の通路を辿って、意義を、つぎのように、いわゆる、"生きられた意味"にまで現勢化させようと図るのである。

　単語シュクダイ：語義［(学校でしてくるようにと出された) 家での課題］ ×
　単語セミ：語義［夏の昆虫］ →
　仮象「宿題(なるもの)」：その意義(意義化した語義)［頭の隅にこびりついた課題に取り組む、家での勉強］ × 仮象「蟬(なるもの)」：その意義(同前)［蟬を追う野外での遊び］
　　→ 一般・固有種Ⅱ(姿)の事実存在「(夏の終わり)、宿題に取り組む少年」：その意味［(夏の終わりに)、宿題を頭の隅に(こびりつかせながら、家の狭い勉強部屋で追い立てられて苦しみ、勉強している)少年］ × 一般・固有種Ⅳ(台・風)の事実存在「夏の終わり、蟬を追う少年」：その意味［(夏の終わりに)、広々とした林野に、宿題を頭の隅に(こびりつかせながらも、夢中になって)、蟬を追っ(て、遊び呆けている)少年］

読者は、そこでは、作者が事実存在を定立して詠み立てた場所Ⅱ（姿）と場所Ⅳ（台・風）に、それぞれ、見出し与えるべき境界条件[9]を、つぎのように、"逆対称的"な関係にとらえ分けて読み取っていくことになるだろう。

　狭義の意味特性：一般・固有種Ⅱ(姿)の事実存在［狭い部屋(室内)］×一般・固有種Ⅳ(台・風)の事実存在［広い野外］、
　狭義の意味特性：一般・固有種Ⅱ(姿)の事実存在［夏の終わり］× 一

般・固有種Ⅳ（台・風）の事実存在［夏の盛り］、
狭義の意味特性：一般・固有種Ⅱ（姿）の事実存在［切羽詰まって、閉じられてしまっている頭の隅］× 一般・固有種Ⅳ（台）の事実存在［晴れやかに広がる林野の、そのまだ先］、
狭義の意味特性：一般・固有種Ⅱ（姿）の事実存在［重く塞がれた苦しみの心境→絶望］× 一般・固有種Ⅳ（台）の事実存在［のびのびとして解放された楽しさ→希望］

＊記号「×」：「両価的な"逆対称性"の遠隔項関係に取り合わされて置かれ、反立し合い、背反し合う」と読む。

ここでは、解釈を仕掛けた側の作者と、あらためて、解釈を施す側の読者とのあいだには、意味のズレが生じる可能性をなしとしない。双方が置かれた時間、空間、あるいは、現実の状況、……などに、違いがあるからだ。

だが、解釈面では、多くのばあい、そのズレは、問題にはならないだろう。彼らが、それぞれ、問題の事実存在に見出し与える意味を、解釈面では拡張し合い、解釈すべき仮象としての存在者を、現勢的な事実存在の持つ実象に近づけてとらえようと努めるからである。

そもそも、双方の知識形成には、多かれ少なかれ、間主観的な集合性が認められる。知識形成の概念枠、準拠枠として働く志向（述語判断）図式は、.類語（類・種連関用語）語彙で編成されていた。してみれば、同一ことば共同体内の成員間では、環境世界内の存在者の事実存在が持つ意味には、たとえ、それが狭義の意味であっても、社会的な集合性を帯びる可能性が大となる。

語義を意義へと拡張し、意義を"（狭義の）「意味」"、"生きられた「意味」"にまで現勢化させる、そのばあいの解釈学的手法の重要な1つを、わが国では、古くは[10]、「取り合」とか、「掛け合（掛け合）」とか呼んでいた（→森川許六他編「篇突」元禄11（1698）年、同著「歴代滑稽伝」〈一枚記請〉正徳5（1715）年、森川許六・志田野坡編「許野消息」天明5（1785）年）。映像論に言う「モンタージュ」montage に当たる技法である。

この技法は、説明的な論証的解釈のばあいの手法とは、相当に異なる。とり

わけ、観察者が「学知（エピステーメー）」に導かれて、自然的、素朴に採用する単一視点（『語義・字義』）を載せた単語ないしは、単用の述語にもとづく説明的な解釈技法とは、大きく異なっている。「取合せ」や「モンタージュ」は、複眼、多声、対話的な解釈学的技法である。学知の持つ単眼 single view の眼差しを"交差"させ、述語判断を紡ぎ合わせることで、仮象として据え立てた存在者（＝１語で呼び止めて、素朴に据え立てた存在するもの）の存在可能性を複線、多声化させ、網羅的に確保する述語論理の手法と言うことができるだろう。事物や事象の存在可能性をふくんで網羅された事実存在は、公開性空間の遂行的な局面からは、ふつう、深く隠されているのである。

したがって、「取合せ」や「モンタージュ」の手法は、生活世界の行為者たちが、その隠された事実存在を、その在り処（意境）ぐるみに開示して確保し、現象させて了解するための、直観知にもとづいておこなわれる知識形成の、一種の論理的詩学の秘義と言ってもよい。

8．文化装置——語彙(志向)図式の分有〈25〉

あらためて、〈磁場図２ｂ〉を見ていただきたい（→〈20〉）。……

場所Ⅰ（間）は、まさに、「空き間」となっている。わたしは、この空き間を、作者が読み手に仕掛けた、一種の「罠」と見た。特殊・媒介種Ⅰ（間）の事実存在を読み起こさせるための、良い意味での「罠」である。

作者のＴさんは、場所Ⅳ（台・風）と場所Ⅱ（姿）に「取り合せ」て、実質的[11]に詠み分けて定立した１組の一般・固有種の事実存在には、たがいに、"逆性"を示して対立し合う意味特性を見出し与えた。彼は、一般・固有種Ⅱ（姿）の事実存在には、［野外での、のびのびした遊びっぷり］とはうって変わって、［狭い勉強部屋に閉じ籠って、萎縮した気持ちになり、宿題に取り組み、苦しんでいる少年］の実象を定立して詠み立てた。

一方、一般・固有種Ⅳ（台・風）の事実存在には、［宿題なんか、すっかり忘れてしまっ］て、［広々とした野外で、のびのびと蟬を追い、遊び回っている］、

本来の少年の実象を定立、開示して詠み立て、対置した。

　心ある読者なら、この作者の「罠（トラップ）」には、進んで陥るはずである。彼らなら、場所Ⅰには、特殊・媒介種Ⅰ（間）相当の人物を、間違いなく読み起こすにちがいない。「取り合せ」られ、「掛け合せ」られて、"逆性"を示し合う種Ⅳ（台・風）種Ⅱ（姿）の両一般・固有種の事実存在に見出し与えられた意味を共約するような人物をである。

　してみれば、解釈によって、彼らが場所Ⅰに読み起こすような人物は、種Ⅱ、種Ⅳの両一般・固有種の事実存在に対しては、双方向的に、"両義性"を発揮する媒介的な存在でなければならない。作者が場所Ⅱと場所Ⅳに、実質的に表現した人物に、それぞれ、見出し与えた"生きられた「意味」"をしっかりと摑んだ上で、そのいずれの意味にも適合する２面性ある人物を読み起こすことになるのである。

　そうした人物は、このばあいの作品の現象地平（場・磁場・テクスト）内では、反立し合い、乖離し合う一般・固有種Ⅱ（姿）、Ⅳ（台・風）の両事実存在を、場所Ⅰ（間）に来て「取り持ち」、「取り囃す」、"蝶番（ちょうつがい）"や"楔（くさび）"の役割を果たすことになるだろう。わたしは、そのような役割を担う種のレベルの事実存在を、とくに、「特殊・媒介種」と呼んだ。この特殊・媒介種Ⅰを、それが人格的事実存在（現存在）のばあいには、世俗的な意味では、「脇役的媒介者（トリックスター）」と呼ぶこともできるのである。

　この作品では、この特殊・媒介種Ⅰ（間）相当の人格的事実存在の発見が作者や読者の、まずは、解釈力の見せどころになっている。その特殊・媒介種Ⅰ（間）の事実存在は、場所Ⅱと場所Ⅳに詠み立てられて疎隔し合ったかたちの種Ⅳ（台・風）と種Ⅱ（姿）、２色の現勢的な人格的事実存在に対しては、双方向的に、近接項関係で結ばれることになるだろう。そうあってこそ、このばあいの両固有種の事実存在に、連関を促す役割を担うことができるのである。

　解釈にもとづく、このような読み起こしが、今、仮に、首尾よく果たされたものとしよう。種Ⅳ（台・風）、種Ⅱ（姿）の両固有種の事実存在どうしは、その有意連関の場（磁場・現象地平・世界・テクスト）へしっかりと結び合わされ、

根付くことになるだろう。〈磁場図2b〉に示した現象地平（磁場・テクスト）内に詠み立てられるか、または、読み起こされるかした、現勢的な事実存在群——ここでは、人物像、ほかならぬ「少年＝我（種Ⅱ、種Ⅳ〜種Ⅰ〜種Ⅱ）」——の全体は、たがいに、遠・近項関係に結び合されて、テクスト（場・磁場・現象地平・象徴世界）内の"連関の弧（輪）"の内部に定着することになる。

　作者や読者は、実は、生活世界の行為者として、このような解釈活動や表現活動を、日常的に繰り返しおこなっている。彼らは、その解釈、表現の活動を通じて、即、公開性言語（伝達言語）の要素としては通用するものの、それ自体は、不確定的な存在でしかない仮象群を、語彙（志向）図式——述語判断図式でも——を用いて、確定的な事実存在へと引き戻し、己に向かって開示している。口先、手先に躍り、談話宇宙を浮遊する単語（単用の述語）群を、語彙（志向）図式の概念枠内に押し戻し、もとの在り処への通路に沿って帰郷させているのである。その図式化された地平は、彼ら自身の内面に、"地下茎"のように、宿根を張りめぐらし、いわゆる、「解釈学的基底」$hermeneutic\ basis$ をかたちづくっていると考えられる。

　「取り合せ」や「掛け合せ」といったモンタージュ、および、「取り持ち」や「取り囃し」といった共約の操作は、存在者を存在に根付かせるための、最初の一撃と言うことができるだろう。これらの技法は、存在もあやふやな、仮象としての存在者を確定的な事実存在へ、用具的な単語（述語）を実体的な図式語彙へ、レシピ的な「シソーラス」をアイデンティティある「解釈学的基底」へ、伝達言語を認識言語へ、シンタグムをパラダイムへ、談話宇宙を現象地平へ、……と還元し、根づかせてゆく人間活動の原型的、根元的な技法なのである。

　〈磁場図2b〉に戻っていただきたい。……

　この川柳作品では、場所Ⅰ（間）は、空集合化している。わたしは、先述したが、この空集合を、読者の読み起こしを誘う作者の罠と見た。作者がこの罠を仕掛け、読者が進んで、その罠に陥る構図は、両者が、ともに、その場所Ⅰに成立すべき特殊・媒介種Ⅰ（間）相当の事実存在を、あらかじめ、知ってい

ることを裏づけている。彼らは、この事実存在を先行了解的に知っており、その存在を予断していたと見なければならない。

　予断を持っていればこそ、作者は、"「取り合せ」→「取り囃し」"、"モンタージュ→共約（コラージュでも）"の罠を仕掛けることができるのである。読者もまた、その罠に進んで陥り、作者の心を読み取って、その意図や配意を了解することができるのである。

　それこそ、心ある読者なら、また、その琴線に触れるような作品なら、作者が開示した世界地平（場・磁場・テクスト）内にも進んで入り込んでいくだろう。彼らは、自らを裂開させて、己の分身を、作者が拓いた作品地平内の各場所に分置するやり方で、我が身を滑り込ませていくはずである（→〈2〉〜〈4〉）。

　多かれ少なかれ、作者と読者は、語彙（志向）図式——述語判断図式でも、以下も——を分有している。読者は、作者が作品内に仕組んだ図式を、共体験を通じて分有しており、その図式の持つ準拠（概念）枠が示す通路を辿ることで、存在間の意味連関の秩序を直観的に了解し合っているのである。その図式は、彼(ひ)（表現-作者）、我(が)（解釈-読者）のあいだに分有されており、一種の「文化装置」culurural apparatus（→ミルズ 1963『権力・政治・民衆』第四部1）として世代間にも継承され、間主観的に働いていると見なければならない（→〈18〉〈27〉〈28〉）。

　作者は、自らを、その装置の中へ辷り込ませて位置づけることによってはじめて、その装置を仕掛けに用いることができるようになる。その作品に心を入れて、己を投げかけるやり方で、周囲世界を表現することができるようになるのである。読者もまた、その装置の中へ身を投じ、潜入することによってはじめて、その装置が誘導する通路を辿り、仕掛けられた罠の心を読み取っていくことができるようになるのである。その心を了解した証しに、彼は、進んで、その罠に嵌まるのだと言ってもよい。

9．作者と読者が落ち合う場所——「底」〈26〉

　では、その罠を仕掛けた作者や、それに応え、進んで罠に陥る、心ある読者たちは、しばしのあいだにせよ、本来の自己を、基本的には、この文化装置化した作品テクスト（場・磁場・地平・象徴世界）内の、いったい、どこへ辷り込ませてゆくのか？

　ここに言う「本来の自己」とは、たんなる、分身ではあり得ない。テクスト（同前、以下も）内の場所——ここでは、場所Ⅳ（台・風）、Ⅱ（姿）、Ⅰ（間）——に定立され、詠み立てられている存在者の事実存在群に、それぞれ、身を寄せて馴れ親しみを感じているような、もはや、個々の分身ではない。それらの分身ぐるみに、客体的事実存在群を分置し、定立し、詠み分けてゆく、その、そもそもの「我」、「自己」を指している。他者的「自己」を裂開させ、投げかけるかたちで、4種の分身群と、それらがそれぞれに関わる客体的事実存在群との現実化可能性を網羅して確保するような配意を持った主体である。しかも、その可能性を円環図式的に選び取って確保し、了解していくような超越的主体なのである。いわゆる、「実存」existentia, Existenz, existence と言ってもよい（→〈4〉〈7〉〈8〉〈10〉〈23〉〈64〉）、（→ハイデッガー1927『存在と時間』31・33・39節、同1961『ニーチェⅠ　美と永遠回帰』〈1——認識としての力への意志〉）。

　もう一度、〈磁場図2b〉へ戻ってみていただきたい（→〈20〉）。……

　この〈図2b〉段階のテクスト構成では、場所Ⅳ（台・風）と場所Ⅱ（姿）のばあい同様、場所Ⅰ（間）と場所Ⅲ（底）もまた、"逆対称性"の有意連関で結ばれている。もし、それが事実だとするならば、読者は、場所Ⅲにも、文化装置（＝図式語彙）によって、社会的・文化的に類型化され、意味づけられた事実存在を読み起こすことができるだろう。また、読み起こさねばならない。作者が仕掛けた罠の心を読み取って、その場所Ⅲへ来るべき事実存在——とりわけ、この作品では、「本来の自己」、実存的、人格的事実存在（実存的現存在）と、それが馴染み、親しんでいる客体的事実存在群——を読み起こしていく必

要がある。

　彼らは、場所Ⅰ（間）には、すでに、［遠い日の夏の終わりに、痛々しいまでに引き裂かれて苦しんでいる、少年だった我］を読み起こした。だが、それは、彼自身の過去の1分身でしかないのだ。作者、Tさんは、自らの過去の1分身［痛々しくも、苦悶する少年］を［媒介者］に選び採って、ここでは、「取り持ち」と「取り囃し」の役割を担わせた。
　そうだとすれば、心ある読者なら──観察者は、もとより──、場所Ⅲ（底）には、その特殊・媒介種Ⅰ（間）の事実存在［痛々しくも苦しむ少年］を真っ向から打ち返すような人格的事実存在、種Ⅰ（間）に見出したそれとは、また異なる事実存在の「我が身」を読み起こすことだろう。［現在の自分］、……といった人格的事実存在（各自性の現存在）が、この作品のばあい、たとえば、つぎのような意味特性を持った人物の段階的な読み起こしとして、解意されてくることが予想される。
　　特性1：［塾とゲームに引き裂かれて、社会的に捕囚の身となっている、
　　　　　　今どきの少年たち］
　　特性2：［もはや、引き裂かれることさえなくなり、いい加減に装い濁して、平静さを保ち続けていられるような、すっかり、大人になってしまった、今の我］
特性1で「意味」づけられるような人格的事実存在が、まずは、先に来る可能性が高い。それに続いて、特性2で、意味付与されるような分身「我が身」がつられるようにして読み起こされてくるだろう。心ある作者や読者、そして、観察者なら、直観的には、特性2で解意した人格的事実存在を表現したり、了解したりする、直截な解意が閃く可能性もある。それこそ、この作品の意味の「底」を穿ち、抉るような、苦くも、深い解釈となる。作品の持つテクスト（場・磁場・現象地平・象徴世界）への、こうした深い理解を伴う詠み立てや読み込みは、この「底」と呼ぶ場所Ⅲに沈み臥せて、眺望を利かせている作者や読者の実存、そして、それを捉え得た観察者にしてはじめて、果たせる業（わざ）である。

どだい、場所Ⅲ（底）に見出されるべき、上掲、特性２で意味付与された類いの客体的な人格的存在は、場所Ⅰに来た特殊・媒介種Ⅰ（間）相当の［媒介者］のそれを真っ向から打ち返す——ここでは、むしろ、頽落した出方になっているのだが——ような事実存在でなければならない。いわんや、場所Ⅲ（底）に身を沈め臥せる人格的事実存在（実存的現存在）と言えば、たんなる、自己の分身ではあり得ない。

　この存在は、場所Ⅰに来た［媒介者］——［遠い夏の日に、苦悶する少年だった我］——とは、場所Ⅱと場所Ⅳに来させて対立させた種Ⅳ（台・風）、種Ⅱ（姿）の両固有種の事実存在を「取り持ち」、「取り囃さ」せ、共約させるといった、地平外的な人格的事実存在である。それだけではない。上掲、特性２で意味付与された種Ⅲ（底）相当の、客体的な人格的事実存在（［今の大人の我］）までを分出させるような、それこそ、局外への配意にも充ちた人格的事実存在（実存的現存在）でもある。

　そもそも、場所Ⅲ（底）は、目下の現象地平（場・磁場・テクスト）を一望するにふさわしい位置に画定されている。場所Ⅳ（台・風）〜場所Ⅰ（間）〜場所Ⅱ（姿）に、それぞれ、成立する事実存在群に、綾なしてつくり出させた地平内の、とりわけ、"図像" *figure* 部分を眺望するにふさわしい唯一の場所と言うことができるだろう。

　約言すれば、そこ、場所Ⅲ（底）を "初元の場所" と呼ぶこともできれば、原点性と回心性とに富んだ、自由意志を秘めた場所と言うこともできるだろう。この場所Ⅲ（底）こそは、基本的には、２個の述語ないし、２個の仮象について、目下の現象可能性の選択的判断に対し、双方向的な否定（否認）の力を強力に発揮し得る場所でもある。したがって、そこを作品の地平内の "図" の部分の構成と解体の２面に働く唯一の場所、「底」、または、"大地（"地"・故郷・高嶺"）と見ることもできるのである（→〈４〉〈７〉〈８〉〈10〉〈26〉〈32〉〈64〉）。

　語彙（志向）図式が開示する現象地平の造形や解体の意志の持主と言えば、作品のばあいは、作者や読者をおいてない。その彼らの「本来の自我」とも言うべき、超越的な人格的事実存在は、作品中の事実存在群成立の地平（場・磁

場・テクスト・世界）の構成者でもあれば、解体者でもある。

　行為者としての、そのような作者や読者は、その制作物、作品の地平（同前、以下も）構成にとっては、大文字で語られるべき究極の登場人物と言うことができるだろう。心を入れた彼らを、わたしは、局外的な登場人物、本来の「現存在」Dasein、つまり、「実存」existentia, Existenz, existence と見た。

　作者や読者の実存は、作品中の、常に、場所Ⅲ（底）に身を潜め、眸を凝らして、作品内の登場人物や事物、事象や出来事、……の事実存在成立と連関の地平を造形したり、解体したりするのである。注目すべきは、それが単一の図式であろうと、接続してネットワーク化した図式であろうと、語彙（志向）図式内の実存の指定席としての場所Ⅲ（底）は、その眼（複眼）で見れば、常に、開かれているという事実だろう。

　川柳や俳句は、その意味でも、すぐれて造形的な作品と言うことができるだろう。その制作や受容は、人間の根元的で、原型的な造形的形象活動（造化）の基本的な営みを、そのまま映しているからである。それは、5、7、5の17文字で詠み立てられた事物や人物、事象や出来事、……、いわゆる、仮象としての存在者の事実存在を、4分割した世界地平内の各場所に、有意連関のうちに位置づけてゆく、リアルな造形活動と見ることができる。

　5、7、5の17文字を「3分割」ではなくて、「4分割」と言ったのには、わけがある。自作にさえも、なお、距離を置いて、猶予を図ろうとする作者にとって、その最終的な解釈や表現を加えたり、あるいは、回心の初期化を図ったりし得る場所を、「場所Ⅲ」という「底」に見て取ることになるからである。そこは、その作品の解釈局面で、彼自身と、その作品の読者が語彙（志向）図式の教導する通路を辿って落ち合う究極の場所と言ってもよい。

　重視すべきは、作者や読者の事実存在への通路の確保を、常に、図る配意だろう。彼らは、自己の眼差し（複眼）を"交差"させ、文化装置としての語彙（志向）図式を編成するのである。そのフレームに沿って、自らの関心が綾なす"意味の織物"を表現したり、解釈したりしていくのである。図式は、仮象から事実存在へ、意義から生きられた意味へと至る、隠された通路を明証的に

教導する概念枠、準拠枠を持っている。

10. 川柳作品のテクスト構成3類型

10.0 文化装置——語彙(志向)図式の普遍性〈27〉

　生活世界の人々にとって、語彙（志向）図式は、類語（＝類・種連関用語）語彙を述語に用いて図式化した日常性の判断にほかならない。その図式にしても、何も、川柳や俳句、短歌、……など、短定型詩作品にかぎって用いられているわけではない。芸術作品にはもとより、事物や人物、事象や出来事、あるいは、人間の行為一般についても、その事実存在の存立と連関の場（磁場・地平・テクスト・象徴世界）の構成と維持、そして、その了解について、広く用いられているものである。生活世界の行為者たちは、暗黙のうちにではあるが、この図式を根元的で、原型的な人間活動の文化装置として、環境周囲世界の解釈や表現、言ってみれば、環界の造形と了解に、ふだんに用いているのである（→〈18〉〈25〉〈28〉）。

　たとえば、「めし・ごはん」類（→野林正路2009『意味の原野』）や、「まえかけ・エプロン」類（→野林正路1986『意味をつむぐ人びと』）、……といった客体的事実存在の構成にも、わたしは、この図式が用いられているのを確め、その実態を記述して公開した。さらには、「いじめ」のような社会的行為の構成にも、この図式が用いられているという事実も驚くには当たらないことである（野林正路2014『いじめの構造』）。

　解釈や表現に際し、意識の構えとして編成される、この語彙（志向）図式は、類型化されており、きまって、つぎのような3類型を持っている。

　　①「ブリッジ型」図式、　②「入れ子型」図式、　③「エコー型」図式

　この類型自体は、〈集合論〉的にも説明可能な、人類の原型的で、根元的な造形活動や了解活動にとって、普遍的なものと見ることができる[12]。なお、この図式を構成する語彙が類語（＝類・種連関用語）として、経験の類型化や秩序化に働いているということ自体もまた、人間の言語にとって、普遍的な事実な

のである。事物や事象の事実存在の類・種連関構成に働く用語「類語」、たとえば、類義語や反義語を持たないような言語は、存在しない。

10.1 ブリッジ型語彙(志向)図式を用いたテクスト構成
10.1.1 事実存在の分布と意味の磁場1 〈28〉

語彙(志向)図式の、この3類型にもとづく作品のテクスト構成を、川柳の実際の作品について見てみよう。観察された類型は、その都度、〈地平図〉や〈磁場図〉に描いて示すことにする。〈地平図〉では、事実存在成立の場所(意境・トポス・セット)間の連関が見やすくなるだろう。〈磁場図〉では、事実存在間に遠隔項関係や近接項関係をつくり出す、作者の見分けの力の共起関係が見やすくなってくる。

作品例を、「朝日川柳」(西木空人選『朝日新聞』)に採る。

> 1．山青葉　道には紅葉　過疎の村　　(福岡市K氏) 2008/7/6

〈地平図1a〉を見ていただきたい。……

作品$_1$では、作者は、3個の事実存在を3箇所の場所に割り振って表現している。日常性を脱した作者や読者が位置する、「底」と称する場所Ⅲを除けば、

〈地平図1a〉:「ブリッジ型」の語彙(志向)図式で拓かれた事実存在成立の場所と場

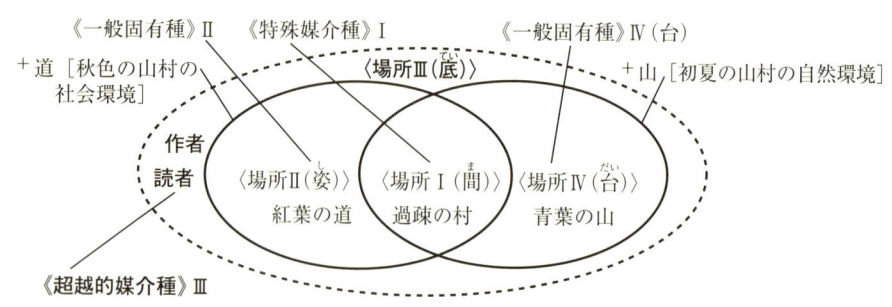

《一般固有種》Ⅱ　　《特殊媒介種》Ⅰ　　　　　《一般固有種》Ⅳ(台)
＋道[秋色の山村の　　　〈場所Ⅲ(底)〉　　　　　＋山[初夏の山村の自然環境]
　　社会環境]

作者
読者
　　〈場所Ⅱ(姿)〉　〈場所Ⅰ(間)〉　〈場所Ⅳ(台)〉
　　紅葉の道　　　過疎の村　　　青葉の山

《超越的媒介種》Ⅲ

〈28〉

10. 川柳作品のテクスト構成3類型

事実存在は、つぎの3箇所の場所に分置されて詠み立てられたかたちである。

場所Ⅳ（台）：一般・固有種Ⅳの事実存在「青葉の-山」

場所Ⅱ（姿）：一般・固有種Ⅱの事実存在「紅葉（そして、紅葉マークのクルマ）の-道」

場所Ⅰ（間）：特殊・媒介種Ⅰの事実存在「過疎の-村」

「3箇所の場所」とは、〈地平図1a〉で言えば、場所Ⅳ（台・風）、場所Ⅱ（姿）、場所Ⅰ（間）である。この作品のテクスト（場・磁場・現象地平・象徴世界）には、事実存在が非在の場所は、一つもない。したがって、作品₁は、「ブリッジ型」の語彙（志向）図式で制作されたと見ることができるだろう。

これら4箇所——場所Ⅲ（底(てい)）もふくめて——の場所と、そこへ定立され、詠み立てられた計4種類の事実存在を合せた全体は、1個の地平（場・磁場・テクスト）をかたちづくっている。その地平内の事実存在群が連関して構成している場、象徴空間を世界とみなせば、このばあいの図式化された地平を、「世界地平」と呼ぶことができるだろう。

作者は、この作品では、実象としての事実存在「青葉の-山」、「紅葉の-道」、「過疎の-村」を開き示して現象させている。「山」とか、「道」とか、「村」とかいった語（述語）ないしは、それらの語で、それぞれ、一口に呼んで、素朴に据え立てた、主観的な対象としての仮象「山（なるもの）」、「道（なるもの）」を事実存在に開いて現れ出させている。

この点を採れば、このばあいの地平を「現象地平」と呼ぶこともできるだろう（→〈2〉〈16〉〈19〉）。

この〈地平図1a〉は、つぎのような〈磁場図〉にも描きなおせる。語彙（志向）図式にもとづく事実存在成立の場（磁場・地平・テクスト・象徴世界）の構成が見やすくなるだろう。

その〈磁場図3a〉を見ていただきたい。……

最小の1組の語彙（志向）図式を用いて、1個のテクスト（場・磁場・現象地平・象徴世界）を持った作品をつくり出すのが川柳・俳句（発句）や短歌である。

わたしは、語彙（志向）図式——述語判断図式でも——を「文化装置」*cultur-*

〈磁場図3a〉:「ブリッジ型」の語彙（志向）図式で拓かれる「意味」の磁場

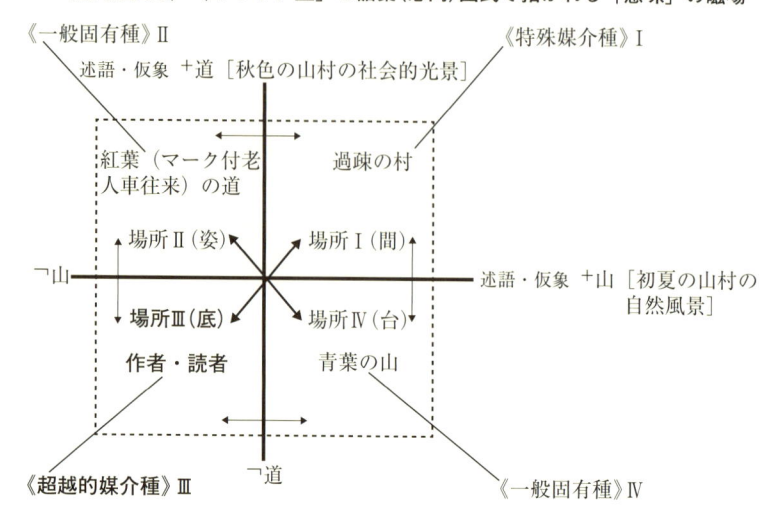

《一般固有種》II　　　　　　　　《特殊媒介種》I
述語・仮象＋道［秋色の山村の社会的光景］

紅葉（マーク付老人車往来）の道　　過疎の村

場所II（姿）　場所I（間）

¬山　　　　　　　　　　　　　　述語・仮象＋山［初夏の山村の自然風景］

場所III（底）　場所IV（台）

作者・読者　　青葉の山

《超越的媒介種》III　　¬道　　　《一般固有種》IV

al apparatus と見た（→〈18〉〈25〉〈27〉）。作品の世界構成に働く、図式化された（述語）判断や、それにもとづく図式語彙に沿って世界表現に働く文化装置である。

　そうだとすれば、川柳や俳句、あるいは、短歌は、最小の文化装置を用いてつくり出された文芸作品と言うことができるだろう。

10.1.2　逆対称性連関中の共約と両義性連関の発生〈29〉

　〈磁場図3a〉（→〈28〉）で、作品₁のテクスト（場・磁場・現象地平・象徴世界）中の場所II（姿）と場所IV（台・風）に注目しよう。……

　この作品₁のテクスト（同前、以下も）は、計4箇所の場所（意境・セット・トポス）をふくんでつくられている。作者は、種IV（台・風）、種II（姿）の一般・固有種の両事実存在を、いずれも、解釈を読者に仕掛ける手管(てくだ)で定立して詠み立てた。その両事実存在間に、つぎのように、両価的な"強い斥力"を伴った見分けの力を介在させている。

　一般・固有種IV（台・風）の事実存在「青葉の山」× 一般・固有種II（姿）の

〈29〉 事実存在「紅葉(ならぬ、初心者マーク付き、老人運転のクルマが心もとなく往来する)道」

その結果、両事実存在間には、つぎのような"逆対称性"の有意連関に結ばれた遠隔項関係がつくり出された。

　一般・固有種Ⅳ(台・風)の事実存在 ← 意味特性Ⅳ［みずみずしい青葉・若葉の繁る陽春の集落を包んで光映える山々(自然)］× 一般・固有種Ⅱ(姿)の事実存在 ← 意味特性Ⅱ［(秋の)紅葉ならぬ、「紅葉マーク」付きの(集落高齢者たち)のクルマがよろよろと往き交う(映えない)山里の道(往還)］

"逆対称"的な関係に「取り合せ」られ、「モンタージュ」された、この両一般・固有種の事実存在の意味特性を、こんどは、「取り持ち」、「取り囃し」て「共約」し、その疎隔関係を緩和させる存在があるとすれば、それは、何か？ 隔たり合って対立し合う両事実存在に見出し与えられた意味特性に対しては、偏価的な"両義性"のウデを双方向的に持ち合せているような、それは、［媒介的な］存在でなければならない。種Ⅳ(台・風)、種Ⅱ(姿)の両一般・固有種の事実存在に対しては、"ミニマムな、鈍い斥力"を介在させつつ、双方向的に近接項関係をつくり出しているような事実存在であるはずだ。

そのような現勢的な事実存在といえば、ここでは、「過疎の村(限界集落でも)」をおいてない。心得た読者——観察者は、もとより——なら、場所Ⅰに来るべき特殊・媒介種Ⅰ(間)の存在には、あからさまに詠み立てられている「過疎の村」を選び採るにちがいない。それが種Ⅳ、種Ⅱの両一般・固有種の事実存在を繋ぎ留めるにふさわしい存在だからである。

この事実存在なら、「間」に来て、僻村の［自然風景］と［社会(的)光景］をうまく繋ぎ留めるのに働くだろう。この存在なら、一般・固有種Ⅳ(台・風)の事実存在［みずみずしい、青葉繁れる奥山波］といった［僻村］の［自然の風景］と、一般・固有種Ⅱ(姿)の事実存在［紅葉ならぬ、「初心者マーク」付き、(後期)高齢者たち運転のクルマがよろよろと往き交う道］といった［限界集落］の［社会的風景］を巧みに「取り持つ」ことができる。

いきおい、遠隔項関係に「取り合せ」られ、「モンタージュ」されていた事実存在どうし、「台(風)」を担う［自然風景］と、「姿」を曝す［社会(的)光景］とは、近接項関係の紐帯に繋ぎ留められる。乖離して対立し合っていた事実存在どうしは、媒介子の介在によって「取り持た」れ、「取り囃さ」れて、「共約され」た。

その結果、テクスト（場・磁場・現象地平・象徴世界）内の事実存在群は、両極に対峙して、"逆対称"的 a-symmetrical な遠隔項関係を示すものもふくめ、すべて"両義性"ambiguity の連関、つまり、近接項関係の紐帯に円環状に繋ぎ留められた。

このように解釈された作品₁のテクスト構成は、つぎのような簡略表記で、記述することができる（以下の作品も同様）。

1. **Ⅳ(台)山青葉**　**Ⅱ道には紅葉**　Ⅰ*過疎の村*

　　＊ローマ数字は、成立の場所（意境・セット・トポス）を示す。
　　＊ゴチック体は、装定的限定修飾表現によって、場所Ⅱ、Ⅳに、際立って定立され、「取り合わさ」れた事実存在を示す。
　　＊斜字体は、場所Ⅱ やⅣに定立された事実存在を叙述したり、共約したりする述定的な事実存在を示す。

つぎのような一連の作品のテクスト（同前、以下も）もまた、同工の「ブリッジ型」の図式類型を踏んだ語彙（志向）図式の適用でつくられている。

2. **Ⅳ三バンに**　**Ⅱチャバンが加わる**　Ⅰ*世襲制*（市川市N氏 2008/7/6）

　　＊「三バン」とは、選挙につきものの［地盤］・［看板］・［鞄(カネ)］のこと。「チャバン」は、2世・3世を公認する自民党の「世襲制」容認への批判をそらすべく、無所属で立候補させた上、当選後に、あらためて入党させるといった「茶番劇」を指している。

3. **Ⅱほおかぶり**　**Ⅳ大風呂敷で**　Ⅰ*する都知事*（横浜市O氏 2009/9/13）

　　＊大穴をあけた新東京銀行の破綻問題を衝いた作。「他人事を装う」（選者・

西木空人)、大言壮語の提唱者、石原「都知事」を風刺。下5の「する」は、上5の「ほおかぶり」に送り込んで解釈するとよい。

4. ^Ⅳ**虫の音**か ^Ⅱ**耳鳴り**なのか ^Ⅰ**老いの秋**（富士宮市I氏 2009/9/17）

作品1〜4では、作者は、いずれも、場所Ⅰ（間）に来る特殊・媒介種Ⅰの事実存在の定立表現には、名詞述語句を用いた。彼らは、そこでは、場所Ⅱ（姿）、場所Ⅳ（台・風）に「取り合せ」、「モンタージュ」して詠み分けた事実存在に見出し与えた意味特性を、「取り持ち」、「取り囃し」、「共約する」に足る意味特性を、これまた、見出し与えている。彼らは、その特性を、つぎのように、即、名詞述語句化させて事実存在化した上で叙述し、詠み立てた。

　　作品1の特殊・媒介種Ⅰ（間）の事実存在「過疎の村(であるような、象徴的状況がある)」、

　　作品2の特殊・媒介種Ⅰ（間）の事実存在「世襲制(であるような、象徴的事態がある)」、

　　作品3の特殊・媒介種Ⅰ（間）の事実存在「都知事(であるような、象徴的人物がいる)」、

　　作品4の特殊・媒介種Ⅰ（間）の事実存在「老いの秋(であるような、象徴的世代がある)」

ところが、この場所Ⅰ（間）に、名詞述語句ではなく、用言述語句を、即、詠み立てる作品が少なくない。そのようなばあいは、事実存在の属性を動詞述語句や形容詞述語句を用いて表現した作品になるだろう。それを「取り持ち」、「取り囃し」て「共約し」た叙述要素の全体を、そっくり、名詞句化させて事実存在化したと見ることもできるだろう。つぎのような作品が、そうである。

5. ^Ⅱ**土井さん**と ^Ⅳ**年金記録** ^Ⅰ*宙に浮き*（あきるの市O氏 2009/5/31）

　　＊社会・政治問題化した「年金記録」と、折からの宇宙飛行士「土井さん」とのあいだの共約的な意味特性を、場所Ⅰ（間）に叙述的に表現して詠み立てたもの。「宙に浮くといった、象徴的事態であるものがある(生じ

102　第Ⅱ章　川柳のテクスト構成　　　　　　　　　　　　〈29〉

た)」とも。

6．Ⅳ風邪よりも　Ⅳニュースが先に　Ⅰ去って行き（延岡市K氏　2009/9/3）
　　　＊そのとき、メディアは、当初は、「A型インフルエンザ」の世界的流行の兆しに、ひとしきり大騒ぎした。だが、その後、患者が増えているにもかかわらず、報道を早くも取り止めた。この作品の作者は、その早納めによる社会的な危惧、不安を衝いた。果たせるかな、その年の秋口には、死者が出るなどの再流行があり、またまた、メディアが騒ぎ出した。「先に去っていくといった、空疎な象徴的風潮であるものがある」とも。

　さらに、作品₅では、「日本政府・国家」が、作品₆では、「メディア・所轄官庁～社会的関心」が、それぞれ、暗示的に事実存在化され、風刺のマトとなって詠み立てられたと解釈することもできるだろう。

　作品₁～₄のように、場所Ⅰ（間）に、特殊・媒介種Ⅰの事実存在をもろに詠み立てケースでは、その作品には、新たな存在の場（磁場・テクスト）、世界地平が拓かれることになるだろう。場所Ⅰに読み起こされた事実存在は、そのまま類化させ、仮象化して据え立てることもできるからである。その類化させ、仮象化させた存在には、いずれも、名称としての単用の語句と、それが持つ「意義」とを与えることになるだろう[13]。作品₁「過疎の村（[零落のムラ]）」、作品₂「世襲制（[強固な遺産相続制]）」、作品₃「都知事（[強引な首長]）」、作品₄「老いの秋（[凋落の人と季節]）」というようにである。

　作者は、場所Ⅰ（間）には、共約性に富んだ事実存在を定立する。「取り合せ」済みにした2個の一般・固有種間を「取り持ち」、「取り囃し」て、「共約」に働く事実存在を囲い込んで詠み立てる。囲い込んだそれを、即、仮象化させれば、彼は、また、新たな「取り合せ」や「モンタージュ」の技法を施こして、新たな図式地平を構想して、目下の語彙（志向）図式、述語判断図式に接続させ、融合させることができるようになるのである。

　その結果、彼らには、第2、第3、……の世界地平（磁場・テクスト）が開かれることになる。同工の手法で拡張された事実存在の場は、短定型詩の連続体を生み出していくことになるだろう。その勢いは、韻文から散文への移行をも

⟨29⟩⟨30⟩

10.2 入れ子型語彙(志向)図式を用いたテクスト構成

10.2.1 事実存在の分置と意味の磁場2 ⟨30⟩

川柳・俳句(発句)、短歌などの短定型詩でも、「ブリッジ型」とは、類型を異にする語彙(志向)図式——解釈・表現・観察図式でも——を用いてつくられた作品が少なくない。たとえば、作品₇ なども、その1つと言える。

> 7. Ⅰふるさとは Ⅳ支援者までも Ⅰ*世襲制*（帯広市M氏 2009/8/5)
>
> ＊作者は(読者も)、場所Ⅲ(底)へ入り込み、「ふるさとの(家々の)世襲制」を通して、保守党の、ここでは言うまでもない、場所Ⅱ(姿)の事実存在の2世、3世候補者を生む、断ちがたい悪弊を衝いた。

作品₇では、作者は、事実存在を2箇所の場所に詠み立てた。場所Ⅳ(台・風)と、場所Ⅰ(間)に詠み立てられているものがそれである[15]。場所Ⅲ(底)には、作者と読者が入り込んで「実存的・人格的事実存在」として位置した[16](→⟨4⟩⟨7⟩⟨8⟩⟨10⟩⟨23⟩⟨26⟩⟨32⟩⟨64⟩)。

作者が2個の事実存在を場所Ⅰと場所Ⅳ、場所Ⅰと場所Ⅱの、いずれの場所

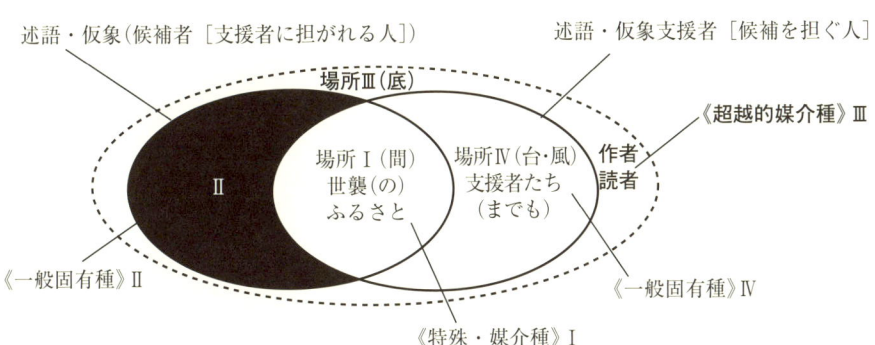

⟨地平図1b⟩：「入れ子型」の語彙(志向)図式で拓かれた事実存在成立の場所と場

述語・仮象(候補者［支援者に担がれる人］)　　述語・仮象支援者［候補を担ぐ人］

場所Ⅲ(底)
Ⅱ
場所Ⅰ(間) 場所Ⅳ(台・風)
世襲(の) 支援者たち
ふるさと (までも)
作者・読者
《超越的媒介種》Ⅲ
《一般固有種》Ⅱ
《一般固有種》Ⅳ
《特殊・媒介種》Ⅰ

104　第Ⅱ章　川柳のテクスト構成

〈磁場図3b〉:「入れ子型」の語彙(志向)図式で拓かれた意味の磁場

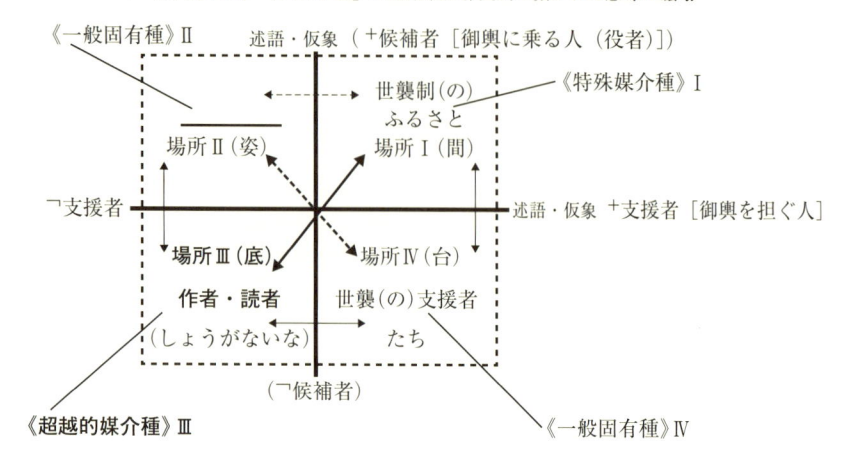

《一般固有種》Ⅱ　述語・仮象（＋候補者［御輿に乗る人（役者）］）
　　　　　　　　　　世襲制(の)
　　　　　　　　　　ふるさと　　《特殊媒介種》Ⅰ
　　　　場所Ⅱ（姿）　場所Ⅰ（間）

￢支援者　　　　　　　　　　　述語・仮象 ＋支援者［御輿を担ぐ人］
　　　　場所Ⅲ（底）　場所Ⅳ（台）
　　　　作者・読者　世襲(の)支援者
　　　　（しょうがないな）　たち
　　　　　　　　　（￢候補者）

《超越的媒介種》Ⅲ　　　　　　　　《一般固有種》Ⅳ

に置いて表現し分けるかは、形の上では、自由である（→〈18〉）。だが、わたしは、ここでは、作者が両事実存在を、場所Ⅳ（台）と場所Ⅰ（間）に表現し分けたと見た。

　そうだとすれば、作品₇では、作者が場所Ⅱ（姿）を空き間にする語彙（志向）図式（同前、以下も）を採用したと見ることができるだろう。〈構成意味論〉では、このタイプの述語判断の構えを、「入れ子型」の語彙（志向）図式と呼んできた（野林正路1986以降は、「包合型」・「包摂型」。同2000年以降は、「入れ子型」と）。

　作品₇は、「入れ子型」の語彙（志向）図式を用いてテクスト化された。その構成を、〈地平図〉と〈磁場図〉に描いて示しなおしてみよう。

　その〈地平図1b〉と〈磁場図3b〉を見比べていただきたい。……

　どちらの〈図〉にも、4箇所にわたる場所と、その全体を包絡した1個のテクスト（場・磁場・現象地平・象徴世界）が開き示されている。

10.2.2　意義や視点にとって固有の存在〈31〉

　作品₇に見る「入れ子型」の語彙（志向）図式では、タテ（y）軸の判断基準

点（視点・着眼点・関心焦点）に置くべき述語ないし、それで一口に呼んで、即、据え立てるはずの仮象が、故意に隠された。それが持つ意義についても同様だ。

その結果、〈磁場図3b〉（→〈30〉）で言えば、場所Ⅱ（姿）へ来るべき一般・固有種Ⅱの事実存在が、直接には、表現されなくなった。これが高度な寓意を特色とする川柳ならではの、それこそ、技法なのか？

あらためて、〈磁場図3b〉を見返してみよう。……

この作品の意味の見分けのタテ（y）軸の基準点（同前、以下も）に置くべき意義（視点・関心焦点・着眼点・識心）——公開用に抽象され、一般化された、社会的ではあるが、主観的な意味——にとって、典型的な一般・固有種と言えば、何か？　場所Ⅱ（姿）へ来て定立されるような事実存在が、それに当たる。ところが、その存在が、故意に隠されたのである。

ただ、この隠された事実存在を読み起こすのは、それほど、難しいことではない。作者が場所Ⅳ（台・風）に詠み立てた一般・固有種Ⅳの事実存在さえわかれば、その意味特性を梃子に、隠されている一般・固有種Ⅱ（姿）相当の事実存在を読み起こすことができるのである。種Ⅳ（台・風）を担う事実存在が「（世襲の）支援者たち」であるならば、種Ⅱ（姿）の事実存在は、［（世襲の）候補者］となるというぐあいに。……

読者も、それをすぐにも察知して、タテ（y）軸の基準点には、つぎのような一般・固有種Ⅱの事実存在を導く——その存在への視点となるという点で——仮象と、それが持つかたちの意義（視点・着眼点・関心焦点・判断基準）を読み起こして、据え立てるだろう。

　　一般・固有種Ⅱ（姿）の事実存在（［（世襲の支持者たちに担がれた）、（もちろん）、
　　世襲の候補者］）にとっての仮象：「候補者(な̇る̇者)」
　　その意義［（支援者たちの担ぐ）御輿に乗る、（言うまでもない、世襲の）役者(有
　　力者)］

彼らは、この仮象ないし、意義にとって、"固有にして、かつ、典型的な"事実存在こそが場所Ⅱに表現すべき、つぎのような「立ち姿」を見せるにふさわしい［人物］だということを予知し、予断しているのだと言ってもよい。

一般・固有種Ⅱ（姿）の事実存在「（もう何代めかの世襲である）候補者（であるような、象徴的な人物（役者）がいる）」

作者はもとより、心得た読者ならば、この一般・固有種Ⅱ（姿）相当の人物が一般・固有種Ⅳ（台・風）のそれと同根の事実存在でありつつも、なお、かつ、その対極をなすような存在だということを、暗黙のうちにだが、知っているのである。一般・固有種Ⅳ（台・風）を担う事実存在が、作者によって、かなりの程度にまで言表済みになっており、このばあいの読み起こしのてがかりを提供するものとなっている。「（「までもが」と愕かされるような）、家も後援会も、すべてが世襲である支援者たち」なのである、というように。……

このばあい、場所Ⅳ（台・風）を担う事実存在を指定すべく表現された名詞句「支援者（までも）」中の特説副助詞「までも」が、その読み起こしを促す究極のてがかりとなっている。読者は、この助詞が指定する状況的な意味のハネ返り、反動を効かせて、場所Ⅱ（姿）には、副詞「もちろん」、「言うまでもなく」付きで限定されるような、象徴性ある、一般・固有種Ⅱの事実存在を読み起こしていくことになるだろう。

そうだとすれば、作品₇のように、場所Ⅱ（姿）か、場所Ⅳ（台・風）に来る、一方の事実存在を隠伏的にしか表現しないような「入れ子型」類型の語彙（志向）図式は、本来ならば、作者が「ブリッジ型」類型の図式で表現すべきものを、故意に——もとより、直観的にではあるが——変形して崩す（「打ち延べる」）ことによって、仕組みなおした構えと見ることもできるだろう。

10.2.3 究極の心の在り処「底」——場所Ⅲ〈32〉

つぎの作品₈のテクストもまた、「入れ子型」の語彙（志向）図式を用いてつくられている。

8．Ⅰ(Ⅱ)**引退し**　Ⅰ(Ⅰ)ゆっくり走る　Ⅳ**秋の道**　(城陽市Ｓ氏　2008/4/11)

ここでは、場所Ⅰ（間）に表現された特殊・媒介種Ⅰ相当、叙述性の事実存

在「(引退し)、ゆっくり走る (人間である我がある)」に注目しよう。……

　作者は、この作品では、特殊・媒介種Ⅰの事実存在——ここでは、人格的事実存在 (現存在) ——そのものは隠して、その動作や出来事を表現している。「入れ子型」類型の語彙 (志向) 図式では、テクスト中の場所Ⅰ (間) には、事実存在の存在そのものではなく、その属性や、その存在に生じてくる出来事、……などを叙述することが少なくない。その場所Ⅰ (間) が当該作品の主題にとって、まずは、さし当り必要な心の在り処となるからである。

　作者は、読者に対して、特殊・媒介種Ⅰの事実存在の存在そのものを、しばしば、隠伏的にしか表現しない。彼らにとって、読者が、その隠された事実存在を容易に読み起こせるよう、表現面に凝らす仕掛けの仕様こそが腕前の見せどころになるという面もある。作品₈では、作者のＳさんは、読者が、その隠された存在を読み起こす上での手がかりとなし得るよう、場所Ⅳ (台・風) には、一般・固有種Ⅳの事実存在「秋の道」をあからさまに詠み立てた。心得た読者なら、その事実存在を梃子に、本来なら、場所Ⅱ (姿) に「取り合せ」て詠み立てられるはずだった、一般・固有種Ⅱの人格的事実存在「引退し (た我)」[17]を場所Ⅰ (間) に、難なく読み起こすことだろう。

　読み起こされて、場所Ⅰ (間) に確保された事実存在「ゆっくり走る (引退した我)」という出来事的な叙述事態「ゆっくり走る」は、そもそも、「取り持ち」や「取り囃し」といった、共約の働きを担わねばならぬ特殊・媒介種Ⅰ (間) 相当の事実存在の、その属性に当たっている。それは、作者が場所Ⅳに、「台」、または、「風」として詠み立てた固有種Ⅳの事実存在「秋の道」と、それに「取り合せ」て、場所Ⅱに、その「(立ち) 姿」として詠み立てるはずだった一般・固有種Ⅱの事実存在「引退し (た我)」とを「継ぎ合せ」るべく、媒介的な役割を担わせて叙述した様態である。

　このばあいの「共約」とは、表現面では、"事実項 (事実存在) ——叙述"という述定的な"連鎖(ネクサス)"の形式を持った複合命題 (文) の形成を意味している。特殊・媒介種Ⅰ (間) の事実存在が共約すべき種Ⅳ (台・風)、種Ⅱ (姿) の両固有種の事実存在間に、いずれも、"連鎖 (複合命題文)"をつくり出すことに

ほかならない。作品 8 で言えば、特殊・媒介種Ⅰ、「間」に来た、叙述性の事実存在「ゆっくり走る（こと）」が、いずれも、つぎのような計 2 組の"事実項（存在）――叙述連鎖"、端的には、2 個の述定的な複合判断命題（文）を形成して、つき合せることを意味している。

　連鎖（複合命題・文）1：一般・固有種Ⅳ（台・風）の事実存在「秋の道（を）」
　　―― 特殊・媒介種Ⅰ（間）の事実存在「（象徴的に）、ゆっくり走る」
　連鎖（複合命題・文）2：一般・固有種Ⅱ（姿）の事実存在「引退し（た我が）」
　　―― 特殊・媒介種Ⅰ（間）の事実存在「（象徴的に）、ゆっくり走る（秋の道を）」

作品 8 では、連鎖（複合命題・文）1、2 は、いずれも、まずは、成り立っていると認め得る。だが、"連鎖（複合命題・文）"形成の自然さの点からは、前者によりは、後者の方に分があるのは、否めない。文（連鎖）1 では、"「誰が」――「ゆっくり走る」"のかが、はっきりしないからである。

いきおい、場所Ⅱに詠み立てられるはずだった一般・固有種Ⅱ（姿）相当の事実存在「引退し（た我）」は、作者の"偏価的"な見分けの力に引き摺られて、場所Ⅰ（間）へと引き込まれたかたちとなるだろう。結局、それは、「ゆっくり走る、引退し（た人間である、我がある）」を形成して、特殊・媒介種Ⅰ（間）相当、本来の叙述性の事実存在「ゆっくり走る」の一部と化してしまうのである。

その結果、つぎのように、一般・固有種Ⅳとして、テクスト内事実存在間の有意連関の基調をつくる「台」、または、「風」相当の事実存在「秋の道」の上に、それこそ、載っかる（包まれながら、立つ）かたちで、実象としての事実存在群を開示する働きの一部を担うことになる。

　「(陽も傾く一方の)秋の道（を）」――「（象徴的に）、ゆっくり走る、引退し（た我）-」

この事例からは、作者にとって、自己の心境を吐露する態の作品のばあいには、均整がとれて、張り詰めた「取り合せ」をふくむ「ブリッジ型」図式のそれよりは、むしろ、その図式を抑制して、「打ち述べ」たすがたを持った「入

れ子型」類型の語彙（志向）図式の方が選ばれる傾向があるのがわかってくる。作者には、「我（なる）」自己の存在を、目いっぱいに主張して詠み立てる構図は避けたいという意識が働くからだろう（→〈60〉～〈62〉〈67〉〈73〉〈83〉）。

　作者たちは、作品$_7$や作品$_8$では、場所Ⅰ（間）には、それぞれ、作品の心を表現する、叙述性の事実存在を詠み立てた。作品$_7$では、「世襲制のふるさと（である）」、作品$_8$では、「ゆっくり走る（我である）」が、いずれも、それに当たる。このような作品では、場所Ⅰ（間）に、隠在的に詠み立てられた特殊・媒介種Ⅰ（間）の事実存在の意味特性を、まるごと、打ち返すような、さらなる心の解釈が求められることになってくる。

　〈磁場図３ｂ〉の場所Ⅲに注目してほしい（→〈30〉）。……

　心得た読者なら、それこそ、作品$_7$の場所Ⅲ（底）には、［(困ったことだ)、しょうがないなア！］といった思いを読み取るにちがいない。作品$_8$の場所Ⅲ（底）には、どうだろう？［良いような、悪いような？！］、［ちょっと、うら淋しいかなア！］といった思いを読み取ることができるのではないか？

　作者にとっても、読者——観察者にはもとより——にとっても、この類いの言外の意味こそは、作品に読み取るべき"究極の心"とも言えるものである。

　そこで、わたしは、この"究極の心"の在り処、場所Ⅲを「底」と呼んだ（→〈4〉〈7〉〈8〉〈10〉〈26〉〈36〉〈64〉）、（→西田幾多郎1945「場所的論理と宗教的世界観」〈『哲学論文集７』〉の「自己自身の底」・「世界の底」・「平常底」）。

10.3　エコー型語彙（志向）図式を用いたテクスト構成

10.3.1　事実存在の布置と意味の磁場３〈33〉

　川柳とはかぎらない。俳句（発句）や短歌もふくめてだが、短定型詩には、上述の類型とは、また、異なる意識の構え、語彙（志向）図式で表現された作品が少なくない。

　たとえば、場所Ⅰ（間）を、それこそ、空き間にしてしまうケースもそれで、冒頭作品のテクストも、この類いの図式でつくられていた（→〈18〉）。

⸻ Ⅱ**宿題を頭の隅に　Ⅳせみを追う**

　この図式類型にもとづけば、直接に詠み立てられる事実存在は、場所Ⅳ（台・風）と場所Ⅱ（姿）に来る一般・固有種に限られる。〈構成意味論〉では、この種の類型を踏んだ表現や解釈面の意識の構えを、「エコー型」の語彙（志向）図式と呼んでいる（野林正路1986以降：「乖離型」、同2009以降：「エコー型」）。

　つぎの作品₁₀のテクスト構成も、上記の作品の、それと同工異曲のもの。「エコー型」の意識の構えでつくられている。

　9．⸻ Ⅱ**負けたとは言わず　Ⅳ終ったと締めくくる**（大和郡山市O氏　2008/8/29）

　折しも、「北京オリンピック」が閉幕したときの作品である。この作品のテクスト構成を〈地平図1c〉と〈磁場図3c〉に描いて示してみよう（→次ページ）。

10.3.2　二つの心の在り処──場所Ⅰ（間）と場所Ⅲ（底）〈34〉

　〈磁場図3c〉を見ていただきたい。……

　場所Ⅰ（間）には、直接には、事実存在が、何も詠み立てられていない。本来なら、そこには、特殊・媒介種Ⅰ（間）相当の事実存在が表現されていなければならない。しかも、その事実存在は、場所Ⅳ（台・風）と場所Ⅱ（姿）に詠み立てられた種Ⅳ、種Ⅱの両固有種の事実存在を「取り持ち」、「取り囃し」、共約するような意味特性を帯びていなければならなかった。一般・固有種Ⅳ（台・風）の事実存在「終ったと、締めくくる（北京五輪の行事・イベント）」と、一般・固有種Ⅱ（姿）の事実存在「負けたとは言わぬ（北京五輪での勝負）」の公分母をなすような両義的な存在でなければならない。

　では、ここでは、あからさまに詠み立てられた種Ⅳ（台・風）と種Ⅱ（姿）の両固有種の事実存在が持つ意味を共約する意味特性とは、如何なるものか？また、その共約に働く意味特性を引きつけて持つ特殊・媒介種Ⅰ（間）相当の事実存在の実象とは、いったい、どのようなものか？……

〈34〉　　　　　　　　　　10．川柳作品のテクスト構成3類型　111

〈地平図1c〉：「エコー型」の語彙（志向）図式で拓かれる事実存在成立の場所と場

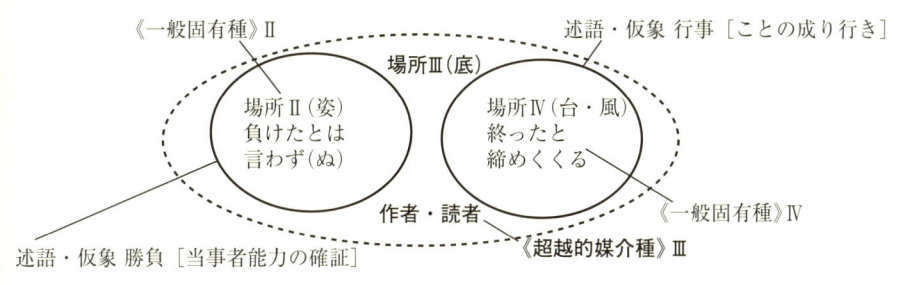

《一般固有種》Ⅱ　　　　　　　　　　述語・仮象 行事 ［ことの成り行き］

場所Ⅲ（底）

場所Ⅱ（姿）　　　　場所Ⅳ（台・風）
負けたとは　　　　　終ったと
言わず（ぬ）　　　　締めくくる

作者・読者

述語・仮象 勝負 ［当事者能力の確証］　　　《超越的媒介種》Ⅲ　　《一般固有種》Ⅳ

〈磁場図3c〉：「エコー型」の語彙（志向）図式で拓かれる事実存在の意味の磁場

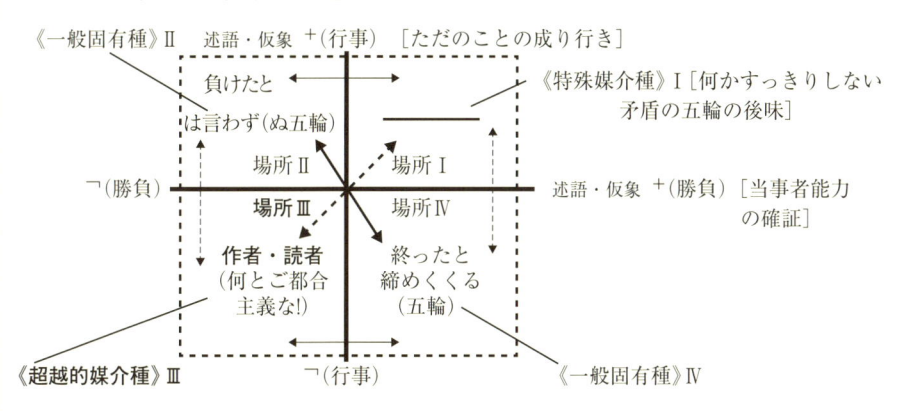

《一般固有種》Ⅱ　述語・仮象 ＋（行事）　［ただのことの成り行き］

負けたと　　　　　　　　　　《特殊媒介種》Ⅰ［何かすっきりしない
は言わず（ぬ五輪）　　　　　　　矛盾の五輪の後味］

　　　場所Ⅱ　場所Ⅰ
¬（勝負）　　場所Ⅲ　場所Ⅳ　　　　　述語・仮象 ＋（勝負）［当事者能力
　　　　　　　　　　　　　　　　　　　　の確証］
作者・読者
（何とご都合　終ったと
主義な!）　　締めくくる
　　　　　　（五輪）

《超越的媒介種》Ⅲ　　¬（行事）　　　《一般固有種》Ⅳ

　読者にとって、このばあいの「間」の事実存在の解釈的な読み起こしも、さほど、難しいものではない。心を得た読者——観察者はもとより——なら、難なく、それを読み起こすことができるだろう。「どっちつかずで、すっきりしない、もやもやとして、いっこうに、胸の晴れない、矛盾に満ちた北京オリンピックの後味だなあ⁈」とでもいった心境である。
　もしも、彼らが「戦中派」の人間なら、あるいは、かつての「戦争（十五年戦争〜太平洋戦争）」とも重ね合わせた読み取りをするかもしれない[18]。彼らなら、その上になお、場所Ⅰに読み取った特殊・媒介種Ⅰ（間）相当の事実存在が持つ意味特性を場所Ⅲ（底）へと引きこむだろう。引き込んだ上で、それを

超えるような、苦い思いをふくんだ解釈を施すのではないか？［日本人特有の、お茶を濁すようなモノのとらえ方であることょ！］といった思いが、それである。彼らなら、この意識を述語化させ、仮象化させて、場所Ⅲ（底）へは、それこそ、超越的媒介種Ⅲ相当の客体的事実存在として、［日本人のご都合主義］の意識や態度といったものを読み起こすのではないだろうか。……

つぎのような一連の作品のテクスト（場・磁場・地平・象徴世界）もまた、ここに言う「エコー型」類型の語彙（志向）図式を用いてつくられている。

10.	Ⅳ音あげラッシュに　Ⅱ老いるショック（千葉市S氏）
	＊Ⅳ「値上げラッシュ」とⅡ「オイルショック」を、Ⅰ「音をあげる、老いる我」で共約。
11.	Ⅳ動　Ⅱ静は　Ⅳ春爛漫と　Ⅱ秋扇（大阪市U氏 2009/9/13）
12.	Ⅳ曼殊沙華麗し　Ⅱ彼岸花寂し（千葉市S氏 2005/9/15）
13.	Ⅳ保身に全力　Ⅱ景気に非力（千葉県M氏 2009/2/10）
14.	Ⅱ選挙カー　Ⅳ小さい秋が　来そびれる（交野市S氏 2005/9/6）
	＊場所Ⅱに来る「姿」相当の事実存在は、「（大手を振ってやって来る）選挙カー」である。したがって、場所Ⅰ（間）に、叙述「来そびれる」を読み取ることはできない。叙述「来そびれる」は、場所Ⅳ（台）に定立されたと見られる事実存在「来そびれる、小さい秋」の限定修飾部分と見るのが順当だろう。場所Ⅳ（台）と場所Ⅱ（姿）に、それぞれ、来る両一般・固有種の事実存在に対する、共約的な意味特性を表現し得ないということもある。したがって、読者は、場所Ⅰ（間）へ来るべき特殊・媒介種Ⅰの事実存在には、「大きなコエ」を読み起こすことになるだろう。

「エコー型」の語彙（志向）図式は、川柳には、なじみやすい表現類型と見ることができる。類型を崩して、意味連関に、微妙な陰翳を加えたりする俳句とは異なって、川柳は、人事・世相の批判、風刺、穿ち、諧謔、パロディー、ペーソス、おかしみ、……といったテクストの場所Ⅰ（間）や場所Ⅲ（底）に読み取るべき心の意味の際立てが命とも言える短定型詩だからである。

「エコー型」の図式類型は、作者が読者の進んで陥りやすい罠を仕掛けるに

は、うってつけの準拠枠を持っている。言ってみれば、読者が、つぎのような「謎々」の展開パターンを、端的に示す図式を踏んで、誘導さるべき解釈通路を明確に辿ることができるようになっているのである。

Ⅳ×Ⅱ「(Ⅳ何々に)、Ⅱ何々と掛けて」→ Ⅰ「Ⅰ何々と解く」→ Ⅲ「その心は？」
 * 「Ⅳ×Ⅱ」は、「取り合わせ」・「掛け合せ」・「モンタージユ」の操作。場所Ⅰ、Ⅲは、読者が読み起こさねばならない「心」の部分。「取り持ち」、「取り囃し」、そして、「究極の解釈」箇処に当る。

この型の図式では、さしあたりの心の在り処としての場所Ⅰ（間）は、文字通りの空き間となる。この型の構えなら、作者は、読者に対して、その場所Ⅰ（間）に来るべき事実存在と、さらには、場所Ⅲ（底）に来るべき、"穿ち"とも言うべき究極の心、作品の深い底部を流れる意味の読み起こしを、ドラスティックに促すことができるのである。

11. 地平(場)の拡張と融合──散文への道〈35〉

ただし、川柳作品における、「エコー型」の図式類型にもとづくテクスト構成も、本来ならば、「ブリッジ型」の図式類型にもとづいて構成さるべきものを変形させたものと見ることができるだろう。

作者は、まずは、種Ⅳ（台）、種Ⅱ（姿）、２個の一般・固有種の事実存在を「取り合せ」、モンタージユして、詠み立てることからはじめる。彼は、複眼の眼差しによる両睨みを利かせて、構成すべき作品のテクスト中の場所Ⅳ（台）と場所Ⅱ（姿）に詠み立てるべき事物や人物、事象や出来事、……の２種類の事実存在を分置するだろう。ただし、「入れ子型」の図式類型にもとづく作品のテクスト構成のばあいには、その「取り合せ」をしないか、または、故意に避けて、テクスト内の緊張を弱めてしまうことになる（→〈60〉〜〈62〉〈67〉〈73〉〈84〉）。

さらに、作者は、「取り合せ」て、モンタージュした一般・固有種の両事実存在に、見出し与えるべき意味を、今度は、「取り持ち」、さらには、「取り囃し」て共約するような、"両義的"な意味特性を持った特殊・媒介種Ⅰの事実存在を見出して、場所Ⅰ（間）に定立し、詠み立てるだろう。

ところが、「エコー型」図式にもとづく作品のテクスト構成では、この特殊・媒介種Ⅰ（間）の事実存在の詠み立てを割愛してしまう。その事実存在を、故意に隠して、その読み起こし（としての詠み立て）を読者に委ねるのである。

発句や川柳は、発生的には、連歌の「前句（7・7）」の「付句（5・7・5）」の部分を独立させて成立した。発生面における、このような経緯は、川柳や発句の持つ作品テクストの拡張や融合へのねらいを象徴していると言ってもよい。「前句」が持つ複合述定的な述語命題（述語判断連鎖（文））を前提に、その命題内容、つまり、その意味内容と、それを引き付けて持ったかたちとなる事実存在を、いったんは、隠蔽しつつも、それを異化して、新たなテクスト（同前、以下も）を拓き、その現象地平をも引きこんで融合させてしまうねらいを持つものと解される。その隠蔽部分に相当するのが、まずは、場所Ⅰということになるだろう。

わたしは、場所Ⅲを「底」ととらえるのに対し、場所Ⅰを地平融合の「間」ともとらえた。

そうだとすれば、作者が場所Ⅰ（間）へ詠み立てるべき事実存在を非在にして、それを読み起こす罠を、読者にではなく、みずからに、しかも、連続して仕掛けたとすれば、どうなるか？……　彼は、その心をつないで、短定型詩→連句、散文詩→散文、物語り、……へと、事実存在を語り続けるテクスト拡張の道へ踏み出すことになるだろう。

散文作品のテクストも、短歌、俳句、川柳の作品に見るような、最小のテクスト（場・磁場・現象地平・象徴世界）——それは、最小の文化装置としての、ただ1個の語彙（志向）図式で構成されていた——が連続的な接続と融合にもとづいて、ネットワーク化して構成されたものと見ることもできるのである。

注

1) 一般に、「概念枠」は、論証的予断に関わる準拠枠 *frame of reference* と解されている。だが、生活世界の行為者たちをはじめ、詩人、作家、芸術家、農・漁民、職人、主婦あるいは、こどもたちの経験的、または、直観的な現実認識には、暗黙のうちにではあるが、日常言語——広くは、感覚運動をもふくむ記号——の類語（類・種連関用語）で編成された「志向図式」 *scheme of orientation* が用いられているという事実がある。その図式が単一特定の論理的判断を猶予して、モノやモノゴトの現実化可能性を網羅的に確保するための通路を明示する「概念枠」や「準拠枠」を持っているのである。むしろ、真・偽や、比較最善の選択に対し論証的に働く、「学知」にもとづく現実認識の方が「概念枠」や「準拠枠」を欠いている可能性をなしとしない。

2) 〈文法〉にもとづくシンタグム面での志向図式では、異なる言語共同体間の共約可能性が乏しくなる事実がある。この点が文法にもとづく概念枠、解釈図式の設定そのものへの疑問として指摘されてきた。結局は、われわれが「複数の異る概念枠を同定する基準を持たない」ところに問題があるということになるのだが（→野家啓一2007『増補 科学の解釈学』pp.125〜126）。だが、わたしは、述語判断の"交差"によって編成される、概念枠としての志向図式を類語（類義語・反義語、……）で仕組まれた語彙図式ととらえかえせば、異る言語共同体間の共約不可能性もクリアーできるものと考えた。述語判断の"交差"による図式編成にもとづく現実認識では、リアリティーの確保について、様式面に普遍性（ユニヴァーサリティー）があるからである。語彙そのものは異なれ、図式（スキーム）にもとづく現実認識の共通性の確保は、必ずしも、不可能ではない。文法概念枠を形成する文法辞にしても、類語語彙としてとらえかえせるし、文法現象そのものもまた、類語で編成された語彙図式によって解明し得ると考えるからである。

3) 「意味の磁場図」は、数学の「座標図」に似ている。だが、違いがある。数学の「座標図」での「マイナスx」に相当するものが、この〈磁場図〉では、「xの否認（否定）判断」を意味している。数学の「座標図」での「マイナス象限」も、ここに言う〈磁場図〉では、「xを否認（否定）するような事実存在が成り立つ場所」を意味することになる。数学の「座標図」では、そのような意味での否認（否定）概念は扱われていない。

4) 「意義」と「語義」は、ほぼ、同じ（同一の「意味」）と見てよい。ただし、「語義」を、その標識としての語が持つ「意味」と採れば、「意義」は、めあてのモノ（仮象）が持つ、その語の使用者（話者）にとっての「意味」と採ることになるだろう。いきおい、「語義」が既成化し、レシピ化し、選択肢（部品）化して、固定化した「意味」の性格を色濃く持つのに対し、「意義」は、類義、類縁の類語的述語の組み合わせによって生じてくる社会生活や文化史的状況を映した「意味」の

性格をふくみ持つことになるだろう。ただし、「語義」も、「意義」も、もっぱら、肯定（容認）的で、実定的な意味特性の単一の束だけから成っている。両者は、言表適合的、遂行的な「意味」という点では同一視できる。双方は、ともに、現勢的な事実存在に見出し与えられている"生きられた「意味」"とは異なる。"生きられた「意味」"は、肯定（容認）的な特性と、否定（否認）的な特性が"交差"をふくんで組み合わされてつくり出された、複眼・多声的な意味特性から成っている。「語義」は語の、「意義」は仮象の、「生きられた意味」は事実存在の、それぞれ、「意味」に相当している。

5） ただし、このばあいの類・種関係は、類概念を言表レベルにおける仮象の意味と見立て、種概念を実象、事実存在レベルの意味と見立てたばあいの連関を指して言う。わたしは、このような実用的な見方とは別に、実象独自の類・種連関が存在する事実を指摘した。事実存在間にも、類・種連関が形成されている。そうだとすれば、言表レベルの要具として据え立てられる仮象は、本来、その最近上位の類のレベルでは、２個の仮象にとっての事実存在だったものと見ることができるだろう。その特殊・媒介種Ⅰの事実存在を２極分解——連関図式を解体——させれば、２個の単語で、それぞれ、呼び止めて据え立てた、言表用の２個の仮象が得られるのである（→野林正路2009『意味の原野』pp.481～488・582～593）。

6） ここで言う「事実存在」existentia は、西洋哲学に言う「本質存在」essentia の対概念に当たる。したがって、そのかぎりでは、「仮象」を「本質存在」と置き替えてとらえなおすこともできる。

7） 語彙（志向）図式は、基本的には、類義や反義の関係に置かれた２個の仮象の"交差"で仕組まれている。その仮象は、単用の語（述語・呼称・名称）で標識されている。したがって、語彙（志向）図式は、類語（類種連関用語）語彙の"交差"で編成されていると見ることができるだろう。

8） 「超越的」と言うのは、つぎのような２重の意味でである。①ここでは、「蟬を追う少年＝我」でもなければ、「宿題に追われている少年＝我」でもない、それ以外の「客体的、分身的な我」、たとえば、「今、ここに居る、大人としての我」の存在といったものがあるからである。②①に言う「客体的、分身的な我」もふくめて、種Ⅳの「蟬を追っていた我」や、種Ⅱの「宿題を追っていた我」を併せた、いろいろな事実存在としての「我」を開示し、対象化して了解するような超越的「自我」、「実存」としての「我」があるからでもある。

9） ここで言う「境界条件」とは、狭義にとらえた意味特性のことである。それは、否定（否認）的な要素もふくみ持つような複眼・多声的な意味特性であり、２種類の意義の交差をふくむ組み合わせでつくり出され、事実存在成立の場所を画定する境界条件ともなる。

10） 近世初期。

11) 「隠伏的に」と同じ意味で。
12) わたしは、アメリカ本土東部海岸・同西部海岸地区、ハワイ、南米・ブラジル、中国東北地方、北京市周辺農村地区、四川・雲南省、雲南省少数民族居住地区、広東・福建省、浙江省、東北三省、内モンゴル（ハイラル・満洲里地区）、……などでの臨地調査を実施して、各言語・方言における語彙（志向）図式の類型と、その使用の普遍性を確認した（→野林1987「意味の風景」、1992「認識言語学の展開〈茄子〉の分類・語彙体系の記述と比較」）。
13) 場所Ⅰに読み起こしたものは、場所Ⅱと場所Ⅳに「取り合せ」て詠み分けられた事実存在を「取り囃し」て、共約した事実存在である。したがって、この存在は、"$^{+}[x]\cdot{}^{+}[y]$"と記述できるような、"両義的"な意味特性を持っている。その意味特性は、いずれも、肯定（容認）的なものだから、"$^{+}[x]$"、"$^{+}[y]$"のうちの、いずれか一方の意味特性を選び取れば、このばあいの事実存在は、言表可能となる。この事実存在を単用の語で一口に呼び止めて据え立て、類化させれば、仮象を得ることもできるのである。
14) たとえば、西鶴の「大矢数俳諧」と、『好色一代男』のあいだには、その連続性が読み取れる。
15) それを場所Ⅰと場所Ⅱに詠み立てたと見ることもできる。
16) 場所Ⅲには、客体的事実存在群が「その他」として定立されることもある。表現された2個の事実存在——この作品では、種Ⅳの「支援者」と、種Ⅱの「(候補者)」の両一般・固有種の事実存在——、および、種Ⅰの特殊・媒介種の事実存在以外の、類義・類縁の事実存在が来る。
17) この存在は、場所Ⅲにあって、テクスト（場・磁場・現象地平・世界）を構成する「作者」ではない。日常的な作者の、人格的事実存在（現存在）を対象化したものと見なければならない。
18) 戦後、日本人のうち、当時の「革新」と呼ばれる流れを支持していた人々は、「8月15日」を、「敗戦記念日」と呼んだ。それに対して、「保守」と呼ばれる流れを支持していた人々は、「終戦記念日」と呼んだ。

第Ⅲ章　芭蕉の発句のテクスト構成
―― 語彙(志向)図式で読み解く

第1節　俳句の語彙(志向)図式

0．図式として見る俳句

0.1　最小の語彙(志向)図式を用いた俳句のテクスト構成〈36〉

　川柳同様、俳句や短歌も最小のテクスト（存在連関の場・磁場・現象地平・象徴世界）でつくられている。俳句（発句、以下も）[1]は、単一、最小の「志向（語彙）図式」 *scheme of orientation* [2] を用いて構成されたテクスト（同前、以下も）を持つ文芸作品である。

　ここで言う「志向図式」とは、解釈や表現に際し、生活世界の行為者たちが用いる、図式化された、暗黙の意識の構えを指している。この構えは、類義語や反義語、……など、いわゆる、類語関係に置かれた述語の"交差"をふくむ組み合わせで編成されている。「類語」とは、「類・種連関用語」の略語である。したがって、類語は、事物や人物、事象や出来事、……の事実存在間に秩序を構成し、それを開示する語彙に当たる。

　俳句は、単一、最小の（類語）語彙図式を用いて開かれたテクストを持っている。その語彙（志向）図式を「文化装置」 *cultural apparatus* とみなせば、最小の文化装置を用いて表現され、解釈される言語作品と言うこともできるだろう。俳句や川柳、短歌、……の類いは、短定型詩である。作者が関心をもってとらえた、最小限2個の事物や人物、事象や出来事、……いわゆる、「存在者（なるもの）」 *Seiendes* を組み合わせることによって、それを「事実存在」 *es-*

sentia に 4 分割し、さらに、それらを集めなおして、最小、1 個の地平（場・磁場・テクスト）*Horizont, horizon* 内に、現象世界を造形する文芸作品と言ってもよい。作者は、存在者（＝ 1 語で呼び止めて据え立てた、存在するもの）の「（事実）存在」*Sein (existentia)* を定立し、確保して了解し、その存在間の有意連関を "5、7、5" の17文字や、"5・7、5・7、7" の31文字に表現するのである。

　俳句のばあいで言えば、作者は、類語関係に置かれた 2 個の単語、単用の述語を取り合せることからはじめる。続いて、その 2 個の述語で、それぞれ、関心ある存在者（同前、以下も）を一口に呼び止めて、合計 2 個の、厳密には、事実存在まがいの対象を据え立てていくのである。

　わたしは、この一口に呼んで、即、据え立てた存在者を、とくに、「仮象（かしょう）」 *Schein* と呼びとらえた。それが、それこそ、「事実存在まがい」のものでしかなく、意味的には、けっして確定していないからである。仮象は、せいぜい、「視点」とでも呼ぶべき、非実体的な表象に過ぎない。

　したがって、暗黙のうちにではあるが、俳句の作者たちは、その 2 個の述語ないしは、仮象を事実存在への視点、関心焦点、着眼点と置いて、まずは、据え立てる。その上で、その 2 個の述語ないし、仮象、つまり、視点、関心焦点、あるいは、着眼点を "交差" をふくむかたちに組み合わせて図式化する。これまた、直観的にではあるが、彼らは、その図式が示す枠組み「概念枠」、「判断枠」に沿って事実存在を定立し、詠み立てていくのである。

　その結果、単用の 2 個の述語ないし、それで呼び止めて、即、据え立てられた計 2 個の仮象は、4 分割されて、事実存在化することになるだろう。その 4 分割された事実存在の全体が有意連関に綾取られるかたちで、1 個の象徴世界が現象してくるのである。俳句のばあいは、作者の、その図式化された志向性が 1 個の意味の象徴世界、言い替えれば、開示された現象地平、単一のテクスト（場・磁場）を紡ぎ出していくことになる。

　読者の側から言えば、作者が、その作品の制作に用いた語彙（志向）図式の示す通路を辿って、事実存在成立の 4 箇所の場所を見出すことになる。さらに

は、その各場所ごとに、作者が成立させている事実存在を読み取って、その計4種類の存在で、意味的に綾取られているテクスト（同前、以下も）の構成を解釈し、了解していくことになるのである。

「3分割」ではなく、「4分割」と言ったのには、わけがある。作者も読者も、4分割した象徴世界の空間の一郭をなす場所Ⅲ（底）には、それぞれ、その作品のテクストを造形したり、再構成したりする、本来の自己の立ち位置を設けるからだ。さらに、彼らは、そこへは、作品中に、表現しなかった他の類縁の仮象にとっての事実存在群をも位置づけて、表現しようと努めるのである。

最小の語彙（志向）図式で言おう。わたしは、作者や読者によって4分割され、かつ、1つにまとめ上げられた事物や事象の事実存在成立の場所と、その連関の場の全体を、俳句における「テクスト（場・磁場・現象地平・象徴世界）」と見た（→〈16〉〈39〉〈49〉）。表現する作者と、解釈する読者が、たがいに、異なる立場から、その作品のテクストを構成し、または、再構成して出会うのが、この場所Ⅲにほかならない。わたしは、その場所Ⅲを、とくに、「底」と呼んだ（→〈4〉〈7〉〈8〉〈10〉〈26〉〈32〉〈64〉）。

　　＊作者や読（視聴）者をふくむ生活世界の行為者たちは、語彙（志向）図式を用いて、自己の意識の内面に、場所（意境・セット・トポス）ぐるみに、事実存在を定立させていく。その事実存在を見分ける際に、彼らは、自らの価値関心や認識関心の"強く、鋭い力"と、"弱く、鈍い力"とを介在させて、定立すべき、その事実存在間に、遠・近関係、具体的には、遠隔項関係と近接項関係をつくり出す。その種の遠近法にもとづいて、事実存在間の意味連関の場を磁場化させていくのである。

　　　内に意味の磁場をふくみ持つことで、彼らの主観的意識（志向性）、作用としての述語判断が経糸（たていと）となり、それが図式に沿って紡がれてゆくとき、確定的な存在としての事実存在が客観的に定立され、確保されてくることになる。定立された事実存在には、いずれも、図式化した述語判断によって紡ぎ出された意味が与えられる。その上で、今度は、その意味が緯糸（よこいと）となって、事実存在間には、新たな有意性、社会・文化史的な意味連関が紡ぎ出されてくる。主観的な意識連関が客観的な存在を生み出し、さらには、それらの存在間に、また、新たな有意連関——それを「間存在（論的）連関」と呼ぶ——を紡ぎ出していくのである。行為者た

ちが語彙（志向）図式にもとづき、このようにして紡ぎ出していく意識と存在の織りなす意味の"織布、テクスタイル"を、わたしは、「地平」、または、「テクスト」ととらえかえした（→〈2〉〈16〉〈19〉〈49〉）。

0.2　芭蕉の発句に見る語彙（志向）図式の６類型〈37〉

前章では、川柳作品のテクスト構成様式を語彙（志向）図式の３類型を用いて探った。「３類型」とは、作品をつくる作者の、つぎのような３種類の表現意識の構え、述語にもとづく、類型化された経験への想起や予期を伴う判断図式を指している。

　類型１）「ブリッジ型」の志向図式（語彙図式・（述語）判断図式）

　類型２）「入れ子型」の志向図式（語彙図式・（述語）判断図式）

　類型３）「エコー型」の志向図式（語彙図式・（述語）判断図式）

俳句作品のテクスト構成に働く語彙（志向）図式の類型もまた、同様だ。俳句も、一般には、この３類型のうちの、どれかを用いてつくられる。

そこで、ここでは、俳句作品のテクスト構成に、作者が採用している語彙（志向）図式を探り、その様式と適用手順を再構成してみようと思う。

基本になる語彙（志向）図式は、語の組み合わせで編成されている。２個の単語ないし、述語、あるいは、そのそれぞれが持っている語義の"交差"をふくむ組み合わせで仕組まれている。これを、その２個の単語ないし、述語で、それぞれ、一口に呼び止めて、即、据え立てた、計２個の仮象の"交差"をふくむ組み合わせで仕組まれていると見ることもできるだろう。あるいは、その仮象が持つ、計２種類の意義の"綯い合わせ"で編成されていると見ることもできる。

そのばあいの単語、あるいは、述語どうしが、きまって、類語（類・種連用語）関係にあるものにかぎられている点に注目する必要があるだろう。そうだとすれば、その図式を「類語語彙（志向）図式」、「複用語彙（志向）図式」、「交差類語語彙図式」、「類語的述語判断図式」、……といった呼び名でとらえかえすこともできる。

第1節　俳句の語彙(志向)図式　123

　考察の具体例に、ここでは、松尾芭蕉の発句を採る。俳句の実際の作品では、上記の3類型にも、いくつかの変種が認められる。とくに、類型1)や2)には、見分けるべき、さらに、いくつかの下位類型を認めることができるだろう。

　ここでは、芭蕉の発句作品から、さしあたり、つぎのような5類型プラスβの、計6類型を抽出して、考察に充てた。まずは、この6類型の語彙(志向)図式を範型に、それぞれに該当する作品につき、芭蕉が採用したと考えられる解釈・表現意識の構えと、その構えに対する彼の配意を探ってみよう。

　　図式類型$_1$　標準「入れ子型」の語彙(志向)図式
　　図式類型$_2$　存在「入れ子型」の語彙(志向)図式
　　図式類型$_\beta$　未名「入れ子型」の語彙(志向)図式
　　図式類型$_3$　標準「ブリッジ型」の語彙(志向)図式
　　図式類型$_4$　「入れ子・ブリッジ型」の中間的語彙(志向)図式
　　図式類型$_5$　「エコー型」の語彙(志向)図式

各図式類型には、該当作品の代表例を1例ずつ採る。類型$_4$では、とくに、2例を採った。

　語彙(志向)図式の、この各類型についての代表例には、つぎのような作品を宛てた。

　　図式類型$_1$＝作品$_1$　初しぐれ　猿も小簑を　ほしげ也　⑥　(→〈38〉)
　　図式類型$_2$＝作品$_2$　五月雨を　あつめて早し　最上川　⑤　(→〈46〉)
　　図式類型$_\beta$＝作品$_\beta$　石山の石より　白し　秋の風　⑤　(→〈81〉)
　　図式類型$_3$＝作品$_3$　荒海や　佐渡によこたふ　天の河　⑤　(→〈52〉)
　　図式類型$_{4a}$＝作品$_{4a}$　海くれて　鴨のこゑ　ほのかに白し　③　(→〈58〉)
　　図式類型$_{4b}$＝作品$_{4b}$　塩鯛の　歯ぐきも寒し　魚の店　⑦　(→〈66〉)
　　図式類型$_5$＝作品$_5$　ひごろにくき烏も　雪の朝哉　⑥　(→〈74〉)

　　　＊末尾の丸囲み番号は、つぎに述べる松尾芭蕉の活動時期(①〜⑧)を表わしている。

　先掲の3類型に帰属する上掲の各類型間には、おおまかには、つぎの〈6類型連関表〉に見るような連合関係が認められる。

〈発句の語彙(志向)図式の6類型連関表〉——芭蕉のばあい

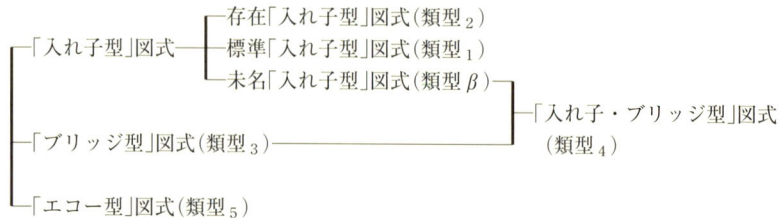

```
                         ┌─存在「入れ子型」図式(類型₂)
        ┌─「入れ子型」図式─┼─標準「入れ子型」図式(類型₁)
        │                 └─未名「入れ子型」図式(類型β)
        │                                              ┌─「入れ子・ブリッジ型」図式
        ├─「ブリッジ型」図式(類型₃)─────────────────────┤     (類型₄)
        │
        └─「エコー型」図式(類型₅)
```

＊末尾のカッコ内の太字番号や記号：類型の番号・記号。
＊類型₁．標準「入れ子型」の語彙(志向)図式は、主題の属性を叙述する標準タイプの「入れ子型」の表現意識の構え。
＊類型₂．存在「入れ子型」の語彙(志向)図式は、主題の属性ではなく、存在を叙述する、特殊な「入れ子型」の表現意識の構え。

語彙(志向)図式の、この6類型を考察するに当たり、便宜上、芭蕉の文学活動の生涯を、つぎの8期に分けた。

① 伊賀上野(貞門風)〜江戸入府(談林調)期：寛文2(1662)年、19歳〜延宝8(1680)年秋、37歳。

② 深川Ⅰ(「次韻」・「虚栗」天和調)期：延宝8(1680)年冬、37歳〜貞享1(1684)年夏、41歳。

③ 野ざらし紀行(「冬の日」)〜深川Ⅱ(「春の日」)期：貞享1(1684)年夏、41歳〜同4(1687)年秋、44歳。

④ 笈の小文紀行(「曠野」)〜深川Ⅲ(八貧期)期：貞享4(1687)年秋、44歳〜元禄2(1689)年春、46歳。

⑤ 奥の細道紀行期：元禄2(1689)年春〜秋、46歳。

⑥ 上方遍歴紀行(「ひさご」・「猿蓑」、〈不易流行〉・〈かるみ〉)期：元禄2(1689)年秋、46歳〜同4(1691)年秋、48歳。

⑦ 深川Ⅳ(「深川」、〈かるみ〉)期：元禄4(1691)年秋、48歳〜同7(1694)年春、51歳。

⑧ 上方終焉紀行(「炭俵」・「続猿蓑」、〈かるみ〉)期：元禄7(1694)年初夏〜秋、51歳。

なお、発句作品のテクスト構成の分析には、1982年来、筆者が開発してきた

〈37〉〈38〉　　　　　　　　　　第1節　俳句の語彙(志向)図式　125

「構成意味論」の方法（Ⅰ章、Ⅱ章にも適用）を用いる。

　まずは、各類型の代表作品について、それぞれ、芭蕉の発句作品のテクスト構成面の配意を考察してみよう。

1．標準-入れ子型語彙(図式)のテクスト構成

1.1　作品₁「初しぐれ」のテクスト構成〈38〉

　元禄2（1689）年、「奥の細道」の旅⑤を終えた芭蕉は、伊勢から故郷へ向かう伊賀越えの途次、作品₁を得た（→「猿蓑」の序）。この作品は、蕉門の当時の活動を代表する選集「猿蓑」の題名のもととともなって、その冒頭を飾った。

　作品₁は、標準「入れ子型」の語彙（志向）図式を用いてつくられた。この類型は、「入れ子型」の、ごくふつうの表現意識の構えと言ってもよい。テクスト構成の面で、有意連関の基調をなす事実存在の属性を、あらためて叙述するタイプの語彙（志向）図式である。

　この図式類型で拓かれた作品₁のテクストは、つぎのような構成を持っている。簡略記述で示そう。

作品₁．　**Ⅳ初しぐれ**（冬）　Ⅰ（Ⅱ）**猿も**　（Ⅰ）**小蓑をほしげ也**

　　　　　　　　　　　　　　（向井去来・野沢凡兆編「猿蓑」元禄4（1691）年刊）

　　＊ゴチック体：「取り合せ」られ、「モンタージュ」された種Ⅱ、種Ⅳの事実存在（詳しくは、事実存在相当）。

　　＊ローマ数字Ⅰ〜Ⅳ：事実存在成立の場所、および、そこへ詠み立てられた事実存在の種別を示す。その計4箇所の場所Ⅰ〜場所Ⅳを併せた事実存在連関の場（磁場・世界）の全体を、この作品の「テクスト」、あるいは、「地平（場）」とみなす。

　　＊とくに、「入れ子型」の語彙（志向）図式を用いて拓かれた作品のテクストでは、場所Ⅳには、ふつう、その作品の意味連関の基調をなす、「台」とも、「風」とも言うべき事実存在が詠み立てられる。わたしは、このテクスト内有意連関中の基調を担う事実存在成立の場所を、とくに、「台」、

または、「風」と呼んだ。作品₁では、種Ⅳの事実存在「初しぐれ」が「台」・「風」に当たる。「猿」や「小蓑」は、その上に、「姿」として載り、包まれるかたちで、「取り合さ」れることになる（→〈24〉〈77〉〜〈79〉）。なお、作品中の「台（風）」は、記述面では、原則的に、ローマ数字「Ⅳ」で読み取られたい。

　　＊斜字体：常に、場所Ⅰに来て、一般・固有種Ⅱ（姿）や、一般・固有種Ⅳ（台）の事実存在の叙述に働くか、または、その「取り持ち」、「取り囃し」、「共約」に働く述語を表わす。

　　＊（　）付き事実存在標示の語：「季語」を表わす。（　）内は、「季節」。

　この簡略記述は、意味の〈磁場図〉に移し替えて描きなおすこともできる（→〈39〉）。作品₁での事実存在成立の場所ないしは、それらの場所を包絡する有意連関の場（磁場・地平・テクスト・象徴世界）の全体が見やすくなるだろう。

　その場（同前、以下も）は、一種の"磁場"のすがたを呈している。事実存在間の意味を見分ける作者の認識関心の"力"の交錯が、コンパクトなテクストを紡ぎ出していると見てよい。

1.2　磁場化する事実存在連関の場〈39〉

〈磁場図4ａ〉を見ていただきたい。……

　芭蕉は、作品₁を制作するに当たり、その内なる識野のヨコ（x）軸の視点（関心焦点・着眼点・識心・意義、以下も）には、仮象「しぐれ（なるもの）」ないしは、それが持つ意義［初冬の到来を告げる自然──驟雨］を採った。タテ（y）軸の視点には、どうか？　仮象「猿（なるもの）」ないしは、それが持つ意義［日常的生の小存在、そして、我］を置いた。その上で、そのヨコ（x）軸とタテ（y）軸の視点を、それぞれ、担う仮象、あるいは、それがそれぞれ持つ意義どうしを"交差"させて組み合わせた。

　その結果、彼の内なる識野（場・磁場・地平・テクスト・象徴世界）は、4分された。事実存在成立の4箇所の場所（意境・セット・トポス）と、それらを1つに集めた1個の有意連関の場（現象野・磁場・地平・テクスト・象徴世界）が拓かれた。

〈39〉　　　　　　　　　　　　　　第1節　俳句の語彙(志向)図式　127

　引き続き、〈磁場図4a〉を見てほしい。その場所（同前、以下も）Ⅳに注目しよう。……

　芭蕉は、そこへは、一般・固有種Ⅳ（台）相当の事実存在「初-しぐれ」を見出し、定立して、あからさまに詠み立てた。この事実存在は、ヨコ軸の視点に採った仮象「しぐれ（なるもの）」にとっては、典型的、かつ、固有の存在に当たる。

　彼は、その（典型的な）固有種Ⅳ（台）の事実存在を定立するのに、存在も不定な仮象「しぐれ（なるもの）」につき、限定（装定）手法を用いて、その存在を現勢化させ、事実存在を得た。事実存在「初-しぐれ」、あるいは、それが持

〈磁場図4a〉：標準「入れ子型」の語彙(志向)図式で拓かれた意味の磁場—作品1

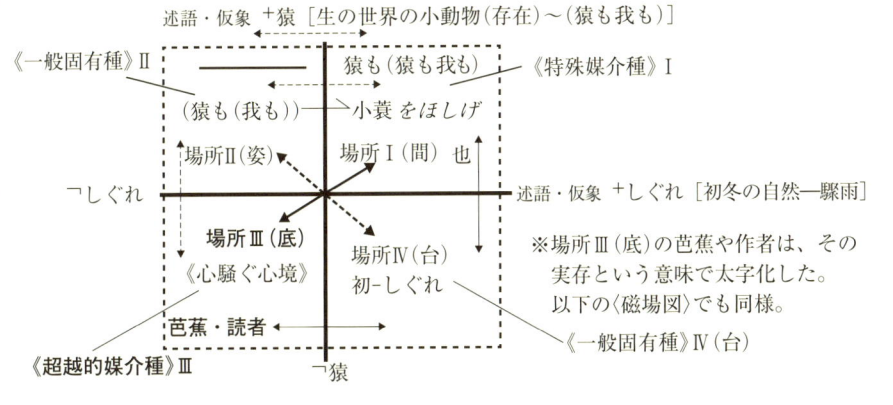

```
                述語・仮象 ＋猿 ［生の世界の小動物(存在)～(猿も我も)］
《一般固有種》Ⅱ ┌─────────────────┐ 《特殊媒介種》Ⅰ
             │        猿も(猿も我も)    │
             │(猿も(我も))──→小簑 をほしげ │
             │        場所Ⅱ(姿)  場所Ⅰ(間) 也│
 ￢しぐれ ────┼─────────────────┼──── 述語・仮象 ＋しぐれ［初冬の自然—驟雨］
             │        場所Ⅲ(底)          │
             │        《心騒ぐ心境》 場所Ⅳ(台)│  ※場所Ⅲ(底)の芭蕉や作者は、その
             │                    初-しぐれ│   実存という意味で太字化した。
             │ 芭蕉・読者                  │   以下の〈磁場図〉でも同様。
             └─────────────────┘
 《超越的媒介種》Ⅲ      ￢猿      《一般固有種》Ⅳ(台)
```

* ◀━━━━▶ ：遠隔項関係をつくり出す、両価性の"鋭い斥力"を伴った見分けを表わす。
* ◀- - - -▶ ：遠隔項関係をつくり出す、両価性の"鋭い斥力"を伴った見分けを表わす。
* ◀━━━━▶ ：近接項関係をつくり出す、偏価性の"鈍い斥力(引力)"を伴った見分けを表わす。
* ◀- - - -▶ ：近接項関係をつくり出す、偏価性の"鈍い斥力(引力)"を伴った見分けを表わす。
* ━━━━▶ ：場所Ⅱ(姿)に来る事実存在の非在、空集合に起因する主部－述部複合、述定性ネクサス(連鎖)形成のため生じた、事実存在の場所Ⅱ(姿)から、Ⅰ(間)への転移を表わす。
* ──── ：一般に、事実存在の非在を表わす。ここでは、場所Ⅱ(姿)の事実存在の非在化、空集合化を表す。
* 記号「＋」：その視点(関心焦点・意義)について、「～である」という容認(肯定)性の判断を表わす。
* 記号「￢」：その「視点(関心焦点・意義)について、「～ではない」という否認(否定)性の判断を表わす。
* ローマ数字：事実存在成立の場所と、その場所に成立する事実存在の種別Ⅰ～Ⅳを表わす。

つかたちの、リアルな意味［冬の到来を告げて、生の現実を包み、浮き彫りにする自然——驟雨］を了解した。その現勢的な存在を場所Ⅳへ置き、あからさまに詠み立てて、テクスト内の、とくに、種Ⅱ（姿）相当の事実存在に宛がわれた「（土）台」の役割を担わせた（→〈4〉〈24〉〈38〉〈41〉〈64〉〈77〉〜〈79〉）。
　場所Ⅱにも注目してほしい。……
　芭蕉は、もう一方の一般・固有種Ⅱ（姿）相当の事実存在「猿も（我も）」も見出して、この存在は、場所Ⅱへ置いた。それを、必ずしも、あからさまにではないが、詠み立てた。このばあいの事実存在もまた、タテ（y）軸の視点に採った仮象「猿（なるもの）」にとっては、典型的、かつ、固有とも言うべき存在に当たる。彼は、その事実存在への視点を担う仮象「猿（なるもの）」には、隠喩（メタファー）の手法——広い意味では、「共説的限定修飾」の手法3)——を用いて、自らをもふくむ人間を絡ませつつ、その不確定的な存在を事実存在に現勢化させた。その上で、その事実存在「猿も（我も）」ないしは、それに見出し与えるべき意味「生の世界の小存在（猿も我も）」を場所Ⅱへ置いた。先に、一般・固有種Ⅳ相当のものとして、まずは、場所Ⅳに詠み立てておいた、「台」を担う事実存在「初-しぐれ」の上に載って、その「（立ち）姿」を際立てるにふさわしい事実存在として対置した。
　その結果、種Ⅳ、種Ⅱの両（一般）・固有種の事実存在は、たがいに、それぞれの視点にとって「典型的に固有な」とも言える、種のレベルの存在どうしとして、遠隔項関係に「取り合さ」れた。芭蕉は、種Ⅳ「初-しぐれ」、種Ⅱ「猿も（我も）」の両固有種の事実存在を両価的な認識関心にもとづき、"逆対称性"の意味連関に裂開させて対置した。種Ⅱ（姿）相当の事実存在は、種Ⅳの「（土）台」を担う事実存在に、鋭く「掛け合さ」れ、「モンタージュさ」れて、背反的に際立てられた。

1.3　発句の複眼性——取合せと継合せと打延べ〈40〉
　「取合せ」は、「掛合ひ（掛合せ）」とも呼ばれる。芭蕉の晩年の弟子、森川許六（きょりく）（彦根藩士）は、「取合せ」について、自著に、こう述べている（→俳論・俳

第1節　俳句の語彙(志向)図式

諧選集「篇突」(河野李由・森川許六編・元禄11 (1698) 年刊)。

　　師ノ云、「発句はとり合物也。二ッとり合て、よくとりはやすを上手と云也」といへり。有り難きおしへ成べし。たとえば、日月の光に、水晶を以て影をうつす時は、天火・天水を得たるが如し。発句せんとおもふ共、案じざる時は出べからず。日月斗を案じたり共、天火・天水を得ること有まじ。外より水晶を求めて、よくとりはやすゆへに、水火を得たるがごとし。水晶ありとも、とりはやす事をしらでは、発句成就しがたし。

　許六は、この「取合せ」論に執着した。彼は、さらに、別の自著では、「取合せ」を「かけ合」とも呼んで、その工案を「芭蕉流」における「発句の大事」の一つに挙げ、つぎのように強調した(→俳諧史論「歴代滑稽伝」〈一枚記請〉、正徳5 (1715) 年刊)。

　　かけ合といふ事、当流の眼目也。今の宗匠達一人もしらず。此かけ合をよく知る人は、日々夜々、行く先キ々に発句はある也。是を知らざるゆへに、能キ発句も持ず、つねに発句なきとて苦しむ。先師常に悲しめり。そのかけ合といふは、花にあすならふの木をかけ合し、名月に三井寺の門扣く事をかけ合する也。その中はとり合せよき様につぎめを合せて発句にする事也。季と季の辞をとり合するも同前、猶以名人の作也。

　　　青柳の泥にしだるゝ汐干かな

　　汐干に青柳のかけ合、これ名人の作也。古しといへば古し、新しきといへば是より新しき物はなし。泥はむすびにして継め也。舟と成共、橋と成共、こゝろにためて面白き物を継合する也。先師の句一句一句にてもかけ合のなきはなし。(傍点、筆者)

　この「取合せ」論の批判者に、志太野坡がいる。野坡は、芭蕉晩年の門下で、「炭俵」の選者の有力な一人として知られている。彼は、「句神」論を「取合せ」論に対置させた。

　許六、野坡の二人は、往復書簡で、上掲の芭蕉の句「青柳の」と、つぎの一句(④の時期〈深川Ⅳ期〉作)を例に引き、たがいに、持論を闘わせた(→三宅嘯山序・評「許野消息」天明5 (1785) 年刊))。

鶯や餅に糞する椽の先 芭蕉（→各務支考述・伊東不玉撰「葛の松原」元禄5（1692）年刊）

野坡は、許六の「取合せ」論に対して、発句における、解釈としての「心の通ひ」、「句神」を強調した。「句神」とは、概略、ここで言う「共約」に当たる。それを〈場所（意境・セット・トポス）Ⅰ〉に来る（特殊）・媒介種Ⅰ相当、叙述性の事実存在による「継合せ」、「取囃し」と見ることもできる。

野坡は、言った。

　　鶯に餅の取合せ奇妙と（許六が――筆者）仰られ候。更にさやうならず候。「餅に糞する」といふ七もじならでは益なかるべし。神妙に置給へる故、是只自然の作と聞え侍る也。鶯に餅を取合せ候事は此の後も有るべし。「餅に糞する」とはふたゝび申間敷候。是七文字。句神なる故也。

この二人の論争に対し、「許野消息」の評者、三宅嘯山は、野坡の主張に軍配を挙げた。以後の評者も、これに倣う者が少なくない。

だが、この許六、野坡両人の主張は、むしろ、つなぎ合わせて、ともに採るべきものでこそあれ、軍配を挙げて、択一すべきものとは思えない。許六にしても、〈一枚記請〉では、「取合せ」と「継合せ」は連動すべきものと見ている（→129頁引用文の傍点ある部分に注目）。わたしは、野坡の強調する「句神」は、許六の言う、「心の通ひ」ある「継合せ」に類する「心」と受け取った。

芭蕉の「鶯や」の句では、許六も野坡も揃って、「餅に糞する」に、「心の通ひ」、つまり、「句神」を見た。だが、それは、「椽の先」に見るべきものではなかったか？「鶯」と「餅」が「取合せ」られたものとすれば、その両者を共約するのは、「餅に糞する」ではなくて、「（糞する・糞される）椽の先」でなければなるまい。「鶯」にしても、人気を少しでも離れた、そこへやって来るのだし、「餅」にしても、日差しの来る、そこへ並べられるはずのものだからである。

その意味では、許六の「取合せ」〜「継合せ」論に、むしろ、真正面から、本格的な論議を挑んだのは、芭蕉の高弟、向井去来だったと言ってもよい。彼は、「打延べ」論を展開した。その俳論書（加藤暁台編「去来抄」安永4（1775）

⟨40⟩

年刊）の中で、こう述べている。

　先師曰く「発句は頭よりすらすらといひ下し来たるを上品とす。」

　洒堂曰く「先師「発句」は汝がごとく二つ三つ取り集めするものにはあらず。こがねを打ちのべたるがごとくなるべし」となり」。

　先師曰く「発句は物を合すれば出来せり。その能く取合するを上手といひ、悪しきを下手といふ」。

　許六曰く「発句は取合せ物なり。先師曰く「是ほど仕よきことのあるを、人は知らず」となり」。

　去来曰く「物を取合せて作する時は、句多く、吟速かなり。初学の人、是を思ふべし。功成るに及んでは、取合す、取合せざるの論にあらず」

　許六の「先師の句一句にてもかけ合のなきはなし」（→先掲〈一枚起請〉の引用部分末尾）という指摘は、至言と言えよう。俳句（発句）は、たしかに、一般・固有種Ⅳ相当の「（土）台」を担う事実存在に対して、もう一方の一般・固有種Ⅱ相当、「（立ち）姿」を際立てる事実存在を「取合せ」ることなしには、成立しないからである。

　一方、去来が許六の「取合せ」～「継合せ」論に対置して、展開した主張もまた、正鵠を射ていると言わねばならない。二物の「継合せ」も、めいっぱいに、両価的に「取合せ」た作品よりは、たしかに、それを、やや抑制して、少しく偏価的に「打延べ」た作品の方に、感動の深さを感じることが少なくないからである。

　「蕉風」の特質を指摘するばあいに、許六、去来の、この２人の主張を択一するのではなく、むしろ、その対立し合う両説をつなぎ合わせ——それこそ、「取合わせ」た上で、「継合せ」——て、ともに活かしてゆくのが肝腎なように思われる。とりわけ、発句作品のテクスト構成面では、両見解を作者の意識の構えの両弦に置いて、その中間の構えを想定することは、むしろ、積極的に意義あることのように思われる。わたしは、この小論では、そうした見方を繰り返し強調した（→〈32〉〈60〉～〈62〉〈67〉〈73〉〈74〉〈83〉）。

132　第Ⅲ章　芭蕉の発句のテクスト構成　　　　　　　　　　　　　〈41〉

1.4　取合せと緊張の緩和──標準-入れ子型語彙(志向)図式 〈41〉

　再度、〈磁場図 4 a〉を見ていただきたい (→〈39〉)。……

　芭蕉は、作品₁では、場所Ⅱに定立した一般・固有種Ⅱ相当の事実存在「猿も（我も）」を確保しなかった。場所Ⅰ（間）に来る叙述性の事実存在に、種Ⅳ（台）、種Ⅱ（姿）の両一般・固有種の存在を「共約する」に足る述語を選ばなかったからだ。彼は、特殊・媒介種Ⅰ（間）相当の事実存在としては、共約性に乏しい属性叙述「小蓑をほしげ也」を選んで詠み立てた。

　この述語ないし、それにもとづく述語判断では、直接には、この作品テクストの有意連関の基調とも言うべき「(土) 台」を担っている、一般・固有種Ⅳの事実存在「初-しぐれ」には届かない。もっぱら、種Ⅱ（姿）の事実存在「猿も（我も）」を承けるにとどまる。

　いきおい、一般・固有種Ⅱ（姿）相当の事実存在として、場所Ⅱに「取合せ」て詠み立てられた「猿も（我も）」は、独立性を失って場所Ⅰ（間）へと引きこまれてしまうだろう。特殊・媒介種Ⅰ（間）相当の叙述性の事実存在「猿も（我も）－小蓑をほしげ也（の心境）」の部分と化してしまう。

　その結果、場所Ⅱ（姿）は、事実存在が非在となる。場所Ⅱ（姿）は、空集合化して、作品₁の世界（現象）地平（場・磁場・テクスト）の全体は、「入れ子型」図式連関の様相を呈するに至った。芭蕉は、作品₁では、結局、「入れ子型」図式の表現の構えを採ったかたちである。「(土) 台」──以下、「台」とのみ表記する──を担わせて、彼は、「風」的な基調を吹かせる一般・固有種Ⅳ相当の事実存在「初-しぐれ」の属性を、特殊・媒介種Ⅰ（間）の事実存在「猿も（我も）－小蓑をほしげ也（の心境）」によって「打延べ」て叙述する、「入れ子型」図式の表現の構えを採った。

　この種のシフトを、作者の直観的な配意とみなすことができるだろう。いったん、「取り合せ」項として対置した種Ⅳ（台）、種Ⅱ（姿）の両固有種の事実存在間の緊張（背反）関係を、彼は、直観的な配意によって抑制した。わたしは、作品₁のように、その固有種Ⅱ（姿）の在り処を完全に空集合化させるような、暗黙の語彙（志向）図式の類型を、「標準-入れ子型」と呼んだ。

芭蕉は、作品₁では、事実存在「初-しぐれ」を見出し、「台」の役割を担わせて、一般・固有種Ⅳとして場所Ⅳへ布置し、確定させた。それに「取り合せ」て、一般・固有種Ⅱ（姿）相当の事実存在として、いったん、定立させた「猿も（我も）」を、暗黙の配意によって、特殊・媒介種Ⅰの叙述性の事実存在「小蓑をほしげ也」に吸引させ、"事実項──叙述連鎖（主部-述部複合判断命題（文））"をつくり出した。

　このばあいの"事実項──叙述連鎖(ネクサス)"は、作品₁の制作に際し、「心」得た作者が、その述語判断を「打延べ」て、そのまま表現した、一種の複合命題（文）表現と受け取ることができるだろう。この"連鎖(ネクサス)"は、（主部──述部複合の）述語判断命題（文）を表している。この複合命題（文）から、相対的に切り離されて独立性を保っているのが種Ⅳ、「台」相当の事実存在である。わたしは、発句（俳句）では、一般に、この相対的に独立した存在が場所Ⅳに据えられるものと見た。したがって、「台」は、しばしば、作品のテクスト中の事実存在間に造形される有意連関の基調を担うことになるだろう。その作品にとって、直接的な主題の位置を占める種Ⅱ相当の「姿(すがた)」や「貌(かたち)」の存在の基調をつくり出し、その背景をなす、一種の「風」の役割を果たすものと見ることができるだろう。「風(ふう)」、「姿(し)」の関係に移し替えてとらえかえしてもよい。

　してみれば、標準「入れ子型」の語彙（志向）図式は、「台（風）」を担う一般・固有種Ⅳの事実存在が持つ属性を命題化して叙述する、表現意識の構えと見ることができるだろう（→〈4〉〈24〉〈39〉〈45〉〈77〉～〈79〉）。

1.5　眼差しの交差で場所の境界条件を確定──「真言(まこと)」の意味を責める1 〈42〉

〈磁場図4a〉（→〈39〉）と、つぎに示す〈フレーム表2－₁－₁〉や〈表2－₁－₂〉を比べてみよう。……

　わたしは、芭蕉が作品₁の制作では、類縁2種類の視点（関心焦点・着眼点・語義・意義）を"交差"させたと見た。日常的には、単眼で、そのそれぞれの視点を標識している単用の述語ないし、その述語で一口に呼び止めて据え立てるところの仮象を、彼が観察態度を"複眼"的なものに変更して、眼差しを

〈フレーム表2-1-1〉：語彙(志向)図式中の仮象のフレームが開示する場所と事実存在
　　　　　　　　——作品₁
　　　＊ヨコ(x)軸の視点の仮象「しぐれ(なるもの)」。
　　　　タテ(y)軸の視点の仮象「猿(なるもの)」。
├〈場所Ⅰ(間)〉：特殊・媒介種Ⅰ(間)の事実存在(⁺仮象「しぐれ」・⁺仮象「猿」)：「しぐれ」にも、「猿」にも関る存在があるべき場所(間)がある。
├〈場所Ⅱ(姿)〉：一般・固有種Ⅱ(姿)の事実存在(⁻仮象「しぐれ」・⁺仮象「猿」)：「しぐれ」には関らないが、「猿(や我)」には関る存在があるべき場所(姿)がある。
├〈場所Ⅲ(底)〉：**超越的媒介種Ⅲ(底)の事実存在**(⁻仮象「しぐれ」・⁻仮象「猿」)：「しぐれ」にも、「猿(や我)」にも関らない、小さな存在(モノと、本来の自分)があるべき場所(底)がある。
└〈場所Ⅳ(台(風))〉：一般・固有種Ⅳ(台)の事実存在(⁺仮象「しぐれ」・⁻仮象「猿」)：「しぐれには関るが、猿(や我)には関らない」存在があるべき場所(台)がある。
　　　＊作品₁では、場所Ⅱには、現実には、一般・固有種Ⅱ(姿)相当の事実存在が非在となる。

〈フレーム表2-1-2〉：語彙(志向)図式の意義のフレームが付与する場所の境界条件と事実存在の意味特性 ——作品₁
　　　＊ヨコ(x)軸の視点の仮象「しぐれ(なるもの)」の意義：[初冬の驟雨]。
　　　　タテ(y)軸の視点の仮象「猿(なるもの)」の意義：[生の小存在]。
├〈場所Ⅰ(間)〉の境界条件(⁺仮象「しぐれ」の意義・⁺仮象「猿」の意義)：[初冬の驟雨]にも、[日常的生の存在]にも関る場所(間)がある。——《初冬を告げる驟雨に、小蓑を着たげに、心騒がせる小存在の猿や、フト自然へ帰るかのような、小さな我》
├〈場所Ⅱ(姿)〉の境界条件(⁻仮象「しぐれ」の意義・⁺仮象「猿」の意義)：[初冬の驟雨]には関らないが、[日常的生の存在]には関る場所(姿)がある。——《初冬を告げる驟雨などには関心なく、生きる日常性の小存在の猿や我》作品₁では、直接には、非在。
├〈場所Ⅲ(底)〉の境界条件(⁻仮象「しぐれ」の意義・⁻仮象「猿」の意義)：[初冬の驟雨]にも関らなければ、[日常的生の存在]にも関らない場所(底)もある。——《初冬の驟雨の到来も、我が日常的な生をも超えてしまうような、自然の大いなる摂理と感じる、また、別なる我が意識》ただし、この共約意識は、直接には表現されていない。
└〈場所Ⅳ(台(風))〉の境界条件(⁺仮象「しぐれ」の意義・⁻仮象「猿」の意義)：[初冬の驟雨]には関るが、[日常的生の存在]には関らない場所(台)がある。——《猿や我ら、小存在の、日常的な生には、直接には関らないような、単なる自然現象としての初冬の驟雨そのもの》
　　　＊作品１では、場所Ⅱ(姿)には、この意味特性に適合した一般・固有種Ⅱ(姿)相当の事実存在が非在となる。

"交差"させ、いくつかの存在にとらえかえしたと見たわけだ。

　彼は、その組み合わせた視点ないしは、仮象から成る、つぎのようなフレーム状の判断枠、予断をふくむ概念枠を仕組んで構えた。そのフレームを投げ掛けて、めあての「存在者（＝一口に呼び止めて据え立てた、仮象として存在するもの）」、ここでは、「しぐれ（なるもの）」や「猿（なるもの）」の事実存在を、その在り処ぐるみに開示して、その連関を了解しつつ、詠み立てた。

　その結果、彼が種Ⅳ（台）、種Ⅱ（姿）の両一般・固有種の事実存在に見出し与えた意味は、もはや、はじめに組み合わせた単用の述語ないし、仮象の持っていた意義（語義）とは異なるものになった。それらが持ち合せていた意義（語義）は、然るべき場所を得て、そこへ根付くことによって、場所の境界条件となり、つぎのような矛盾複合的な述語判断命題（文）ないしは、それが確定的に指定する実象、事実存在の持つ意味となった。

　〈フレーム表2-1-2〉を見ていただきたい。……

　そこでは、事実存在を確定させた「真言（図式化された述語判断命題文）」と、定立された、実象としての事実存在とのあいだには、1対1の直対応関係が認められるようになっている。

　なお、この作品1のテクスト中の事実存在間の有意連関の解釈には、芭蕉後年の、つぎの作品が参考になるだろう。

Ⅰ（Ⅰ）けふばかり　（Ⅱ）**人**も　（Ⅰ）年よれ　Ⅳ**初時雨**

（河野李由・森川許六編「韻塞」元禄10（1697）年刊）

　作者の眼差しのフォーカスした事実存在への着眼点、視点（関心焦点・語義・意義）は、ふつう、彼が帰属することば共同体採用の単用の述語（単語・名称・呼称）で標識されている。その単用の述語（単語・名称・呼称）で、目当ての事実存在を一口に呼び止めて、即、据え立てたのが仮象にほかならない（→〈3〉〈20〉〈21〉〈71〉）。

　そうだとすれば、仮象は、単一の関心を載せて走る"単眼"の眼差しによっ

て、即、とらえた事実存在への、たんなる１着眼点、１視点を出るものではない。仮象としての存在者は、事実存在ではないことになる。しいて、その実像をと求めれば、仮象は、「表象」とでも言い表すよりほかはない。そのような、いかにも不確定的な存在の意味を、遂行的な一点透視の遠近法の観点から標準化させたものが意義ないしは、語義となる。その語義を標識するのが単用の述語（単語）ということになってくる。

してみれば、仮象は、単用の述語（単語）並みの用具的存在と見なければならない。仮象も単語も、そのままでは、存在者の事実存在には対応しないのである。視点や着眼点は、語義に通じている。語義は、仮象にとっては、それを、直接に標識する単語ないしは、単用の述語の意義（視点・関心焦点・着眼点）*Sinn, sense* と、基本的には、等価のものと解される。語義、それ自体は、結局、主観的なもの、視点でしかない。

ところが、その主観的な意義（語義）の"交差"をふくむ組み合わせが狭義に言う、"リアルな意味"を生むことになる。「狭義に言う意味」とは、"生きられた「意味」"*lived meaning* を指している。それは、仮象ではなくて、実象としての、現勢的な存在のみが持つ意味 *Bedeutung, meaning* である。換言すれば、"「意義」にまでは、抽象されてもいなければ、平均化されても、標準化されてもいないが、すぐれて確定性に富んだ意味"、しかも、"客観性を帯びた意味"ということになる。

そのウラを取るかたちで言えば、どうなるか？ 現勢的な事実存在、実象に見出し与えられる意味を綾取っている"交差"を解除して、図式を解体させてしまえば、どうなるか？ ……

もはや、それは、実象ではなくなってしまうだろう。仮象の持つ意義（視点・関心焦点・着眼点）*Sinn, sense* ないしは、単用の述語、つまり、単語の持つ語義が得られることになる。"意義になった意味"や"語義になった意味"が得られることになるのである。だが、それらは、伝達用に"一般化され、標準化され、平均化された、すぐれて用具的な意味"になっていると見ざるを得ない（→〈3〉〈20〉〈21〉〈71〉）。

「交差」とは、述語判断の持つ肯定性と否定性の2系の判断内容を組み合わせる、複眼的な配意を言う。別言すれば、"矛盾命題"を組み合わせて、絡み合わせると言うよりは、紡ぎ合わせる配意と言った方がいいだろう。

そうだとすれば、"交差"の解除は、事実存在に見出し与えられている意味から、否定（否認）性要素のいっさいを除き去り、棄却するテクストの縮減、解体を意味していよう。意義（視点・関心焦点・着眼点・語義）は、言表用に、事実存在に見出し与えられている意味[4]から、述語判断の肯定的結果のみを絞り取り、単線条化させ、要具化する配意を言うことになるだろう。約言すれば、認識ではなく、行為の遂行へ向かっての"矛盾"排除への気遣いということになってくる。

そうだとすれば、意義、それ自体は、主観に偏る（自己の判断猶予を排除する）ことで、遂行的な実用性を突出させた、"実用的にして、かつ、信念的ではあるが、非現実的な意味"と見なければならない。

1.6　標準-入れ子型語彙（志向）図式のテクスト構成——その要件
1.6.1　二組の連鎖 事実存在——叙述の結合 〈43〉

ここで、再度、〈磁場図4a〉に戻ってみていただきたい（→〈39〉）。……

「入れ子型」の語彙（志向）図式では、場所Ⅲ（底）を除けば、基本的には、2個の事実存在が定立されて詠み立てられる。作品₁では、場所Ⅳ（台）に来た一般・固有種Ⅳの事実存在「初-しぐれ」と、ひとまず、場所Ⅱに「取り合され」た一般・固有種Ⅱ（姿）相当の事実存在「猿も（我も）」が、それに当たる。

ただし、その種Ⅱ（姿）の事実存在「猿も（我も）」は、いったん、場所Ⅱに「取り合せ」られて表現されはしたものの、確保されなかった。場所Ⅰに来た特殊・媒介種Ⅰ（間）の、叙述性の事実存在「小簑をほしげなり（の容子であること）」に吸引されて、場所Ⅰへと引き込まれてしまった。その存在は、種Ⅰ（間）の事実存在とともに、事実項——叙述連鎖「猿も（我も）——小簑をほしげなり（の容子であること）」に編みこまれて、その一部と化した。

その際、その引き込まれた種Ⅱ（姿）相当の事実存在は、"種Ⅰ（間）の事実存在中の（種Ⅱの）事実存在"に降格されたかたちとなる。そこで、わたしは、このばあいの、その引き込まれた固有種Ⅱ（姿）の事実存在を、つぎのように、記述した。

「種Ⅱ」→「種Ⅰ（Ⅱ）」

そのハネ返りで、場所Ⅰ（間）に詠み立てられるべき、本来の特殊・媒介種Ⅰの事実存在もまた、カッコ付きで、つぎのように記述することになった。

「種Ⅰ」→「種Ⅰ（Ⅰ）」

1.6.2　大・小複合命題の結合と連鎖（ネクサス）の形成〈44〉

その結果、「入れ子型」の語彙（志向）図式によって開示された作品のテクスト内事実存在布置の連関の場（磁場・地平・象徴世界）の部分的全体は、つぎのように、実質 2 個の複合的な述語判断命題（文）で構成されることになるだろう。より大きな複合命題（文）①が、より小さな複合命題（文）[5]②を包む様相で構成されたかたちとなる。

① 事実項(種Ⅳ(台)の事実存在) ── 叙述(種Ⅰの事実存在(種Ⅱ(姿)の事実存在)
　　── 叙述(種Ⅰ(間)の事実存在))連鎖（ネクサス）

② 事実項(種Ⅱの事実存在)── 叙述(種Ⅰの事実存在)連鎖（ネクサス）

　　＊「事実項」は、事実存在を命題や文中に置いたばあいの別称。ただし、"言表の一回性"の制約下では、文中の事実存在は、厳密には、「事実存在に準じるもの」と見なければならない。事実存在は、本来、単用の一語句では表現できないからである。解釈局面とは異なって、通常は、事実存在の直接的な言表は、単用の語句で一口に呼び止めた「仮象」とも言うべき"疑似(仮面)の事実存在"に「装定」や「限定修飾」を加え、それを"准-事実存在"化させるよりほかない。そのばあいの「准-事実存在」とは、解釈面では、「xでもあれば、yでもあるものがある」というような特殊・媒介種Ⅰ(間)相当の事実存在としてとらえかえされたものに当たる。すべての単用語(単語・単語句)は、本来、解釈面における特殊・媒介種Ⅰ(間)の事実存在「$^+x\cdot{}^+y$」の標識／^+x／か／^+y／のうちの、いずれか一方を選択したものである。

〈44〉　　　　　　　　　　第1節　俳句の語彙(志向)図式　139

①が"事実項——叙述"の"大きな連鎖（判断命題（文））"をかたちづくる。わたしは、作者、芭蕉が場所Ⅳに詠み立てた、その作品のテクスト（場・磁場・現象地平・象徴世界）の「台」を担う事実存在、一般・固有種Ⅳ（台）を"項"と置き、その属性を場所Ⅰに見出し、定立した事実存在——場所Ⅱに定立された種Ⅱ（姿）相当の事実存在を吸収して組み込んでいる——によって叙述して、大連鎖①を構成したと見た。

　②は、その大連鎖①に包まれる、もう1つの"小連鎖"に当たる。芭蕉は、場所Ⅰに見出した特殊・媒介種Ⅰ（間）の事実存在に、場所Ⅱに、一般・固有種Ⅳ（間）の「取り合せ」項として詠み立てた一般・固有種Ⅱ（姿）の事実存在を引き込ませた。いきおい、特殊・媒介種Ⅰ（間）の事実存在を編成する"連鎖"の全体は、「媒介種」というよりは、一般・固有種Ⅳ（台）を「特殊化した、種の事実存在」の性格を帯びるようになってくる。

　場所Ⅱに詠み立てたはずの一般・固有種Ⅱ（姿）の事実存在が場所Ⅰに吸収されてしまうのは、そもそも、作者が場所Ⅰに来るべき「間」を埋める事実存在に、共約性や媒介性に乏しいものを選んだためである。芭蕉は、作品₁では、場所Ⅰに来るべき特殊・媒介種Ⅰ（間）の事実存在には、「小蓑をほしげ也」を見出し、それを定立して詠み立てた。

　だが、この存在では、一般・固有種Ⅳ（台）の事実存在と、その「取り合せ」項、一般・固有種Ⅱ（姿）の事実存在間の共約には働かない。後者「猿も（人も、我も）」とは"連鎖"を形成し得ても、前者「初-しぐれ」とは、直接には、それを形成し得ないのである。

　いきおい、連鎖②が表現する小複合判断命題（文）は、"連鎖"①が表現する大複合判断命題（文）の叙述要素の一部として回収されることになる。「入れ子型」の語彙（志向）図式で開示されたテクストを持つような発句作品では、"連鎖"②が、主題をなす"連鎖"①の一般・固有種Ⅳ（台）の事実存在について、その属性を陳述するかたちとなる。

　芭蕉は、作品₁を「標準-入れ子型」の語彙（志向）図式を用いてテクスト化した。一般に、標準「入れ子型」図式のテクスト構成では、場所Ⅰには、共約

性を欠いて、偏価性の認識関心に強く照射された事実存在が選ばれるものと見てよい。

1.6.3　標準-入れ子型語彙(志向)図式の構成要件〈45〉

だが、"事実項Ⅱ──叙述Ⅰ連鎖"も、結局は、1組の複合判断命題（文）をかたちづくっている。そうだとすれば、作品₁に代表される標準「入れ子型」図式に構成された発句作品のテクストには、おおまかには、つぎのような、いくつかの構成要件を認めることができるだろう。

1. "項Ⅱ(一般・固有種Ⅱ(姿)の事実存在)　──　叙述Ⅰ(特殊・媒介種Ⅰ(間)の事実存在)連鎖((主部-述部複合述定性の)述語判断命題(文)))"の形成が認められる。

2. "項Ⅳ(一般・固有種Ⅳ(台)の事実存在)　──　叙述Ⅰ(特殊・媒介種Ⅰ(間)の事実存在)連鎖((主部-述部複合述定性の)述語判断命題(文)))"の成立は、認められない。

3. したがって、特殊・媒介種Ⅰの叙述(種Ⅰの事実存在)には、一般・固有種Ⅳ(台)の事実存在(同前)と、一般・固有種Ⅱ(姿)の事実存在を共約する働きは、認められない。

4. "一般・固有種Ⅳ(台)の事実存在 ⊆ 一般・固有種Ⅱ(姿)の事実存在"といった文化的な"支配 ⊆ 従属"、"拘束 ⊆ 被拘束"の関係が認められる。

　　　＊記号「⊆」：「左項の事実存在が右項の事実存在成立の前提をなす様相下で、右項の存在を、文化的に支配（拘束）するかたちで、背景をつくっている」と読む。
　　　＊発句作品の「入れ子型」図式にもとづくテクスト構成では、構成要件1、2が充たされていれば、構成要件3については、判別困難なばあいでも、それが充たされているとみなし得る。

作品₁で説明しよう。その逐一は、〈磁場図4a〉で確かめてほしい（→〈39〉）。この作品は、構成要件1を、明らかに充たしている。場所Ⅰ（間）には、つぎのような"事実項(Ⅱ)── 叙述(Ⅰ)連鎖(判断命題(文))"の成立が観察できる。

〈45〉   第1節　俳句の語彙(志向)図式　141

　　一般・固有種Ⅱ(姿)の事実存在(項Ⅱ)「猿も(我も)」——　特殊・媒介種Ⅰ
　　(間)の事実存在(叙述Ⅰ)「小簑をほしげ也」の連鎖(述定性の複合判断命題
　　(文))

　構成要件2は、どうか？　作品₁は、このネガティヴな要件も充たしている。場所Ⅳと場所Ⅰのあいだには、つぎのような"事実項（Ⅱ）——　叙述（Ⅰ）連鎖（（主部-述部）複合判断命題（文））"の形成は、観察できない。

　　一般・固有種Ⅳ(台)の事実存在(項Ⅳ)「初-しぐれ」——　特殊・媒介種Ⅰ
　　(間)の事実存在(叙述Ⅰ)「小簑をほしげ也」

　いきおい、作品₁は、これまた、ネガティヴな構成要件3も充たしていると認め得る。特殊・媒介種Ⅰ（間）の事実存在（叙述Ⅰ）「小簑をほしげ也」が、このばあいの共約には働かないからだ。一般・固有種Ⅳ（台）の事実存在（項Ⅳ）「初しぐれ」と、ひとまず、場所Ⅱに「取り合せ」た一般・固有種Ⅱ（姿）の事実存在（項Ⅱ）「猿も（我も）」を共約する働きは持たないのである。

　さらに、作品₁は、構成要件4も満足している。この作品には、つぎのように、一般・固有種Ⅳ（台）の事実存在（項Ⅳ）の、一般・固有種Ⅱ（姿）相当の事実存在（項Ⅱ）に対する、文化的に優越した支配（包摂・拘束）性が認められるからである。

　　一般・固有種Ⅳ(台)の事実存在「初-しぐれ」⊆　一般・固有種Ⅱ(台)の事
　　実存在「猿(我)」

　　　＊記号「⊆」：「左項の事実存在が前提をなし、右項のそれを文化的に支配
　　　（拘束）し、その背景をつくっている」と読む。

　一般・固有種Ⅳ（台）の事実存在「初-しぐれ」には、基層的、背景的な支配性を認めることができるだろう。固有種Ⅱ（姿）相当の事実存在「猿（我）」成立の前提をつくっているという点で、文化的に見て、「包摂的」に働いているとみなし得る。芭蕉が「風雅」の世界では、動物や人間を自然に内属する生の存在として位置づけているのが了解できると言ってもよい。標準「入れ子型」の語彙（志向）図式を用いてつくられた作品のテクストは、構成要件4を

満足する構成を、とりわけ、顕著に示すのである。

2．存在-入れ子型語彙(志向)図式のテクスト構成

2.1 作品₂「五月雨を」のテクスト構成 〈46〉

元禄2年、「奥の細道」の旅の途次、芭蕉は、作品₂を得た。山寺を訪ねた直後、最上川中流域の船着場、大石田での作である。同地の高野平左衛門宅で催された歌仙での吟が初案と言われる。

彼は、この作品₂のテクストも、「入れ子型」図式の意識の構えでつくり出した。ただし、作品₁で用いた標準図式のそれとは構成を異にする。簡略記述で、それを示そう。

作品₂．Ⅰ（Ⅱ）**五月雨**（夏）を （Ⅰ）あつめて早し Ⅳ**最上川**

（芭蕉「おくのほそ道」元禄7（1694）年成）

＊ゴチック体、ローマ数字、斜字体、……その他は、いずれも、作品₁のばあいに準じる。

この簡略記述もまた、つぎのような〈磁場図〉に移し替えて示すことができる。作品₂の事実存在成立の場所と、それを包絡する有意連関の場の部分的全容が見やすくなるだろう。

その〈磁場図4b〉を見ていただきたい。ヨコ（x）軸とタテ（y）軸に注目しよう。……

芭蕉は、ヨコ軸の視点（関心焦点・着眼点・意義、以下も）には、仮象「川（なるもの）」（意義［横に押し流していく、強い線状の水勢］）を置いた。タテ軸の視点には、仮象「雨（なるもの）」（意義［縦に降り籠め続ける、面的な水量］）を置いた。その上で、それぞれの視点を担う仮象「川（なるもの）」（同前）と仮象「雨（なるもの）」（同前）を"交差"させた。紡ぎ合わせた。

この両仮象（意義）の"交差"により、彼の内面の識野は、4分された。芭蕉が思い描いた象徴空間、世界地平には、4つの場所（意境・セット・トポス）、

〈46〉〈47〉　　　　　　　　　　　　　第1節　俳句の語彙(志向)図式　143

〈磁場図4ｂ〉：存在「入れ子型」の語彙(志向)図式で拓かれた意味の磁場―作品2

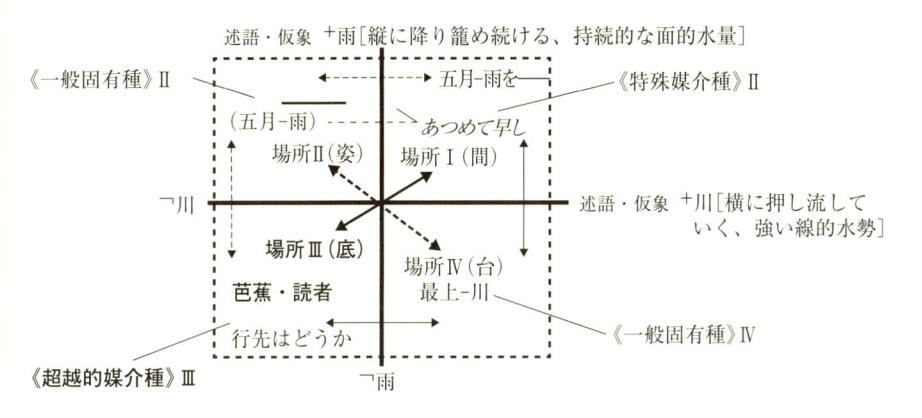

```
                    述語・仮象　＋雨［縦に降り籠め続ける、持続的な面的水量］
《一般固有種》Ⅱ                       五月-雨を       《特殊媒介種》Ⅱ
              （五月-雨）- - - → あつめて早し
                      場所Ⅱ(姿)  場所Ⅰ(間)
          ┐川                                 述語・仮象　＋川［横に押し流して
                                                         いく、強い線的水勢］
                      場所Ⅲ(底)  場所Ⅳ(台)
                      芭蕉・読者          最上-川
                      行先はどうか                《一般固有種》Ⅳ
《超越的媒介種》Ⅲ         ┐雨
```

* ←―→ ⇠⇠⇠⇢ ←----- ――――：いずれも、〈磁場図4ａ〉
　　　　のそれに準じる。以下も同じ
* ----→ ：場所Ⅰ(間)に来た叙述性の事実存在の"鈍い吸引力"によって、場所Ⅱに詠み
　　　　立てられていた種Ⅱ(姿)の事実存在が場所Ⅰ(間)へ転移したことを示す。

「台(風)」、「姿(貌)」、「間」、「底(大地)」と、それらを１つに包絡して連関させた１個の場（テクスト・現象地平・象徴世界）が拓かれた。紡ぎ出された。

2.2　眼差し(関心)の交差と事実存在の取り合せ〈47〉

　〈磁場図4ｂ〉の、今度は、場所Ⅳと場所Ⅱに注目してほしい（→〈46〉）。……
　芭蕉は、さらに、ヨコ(x)軸の視点(意義)ないし、それを担う仮象「川(なるもの)」にとっては、「固有」とも言うべき事実存在を場所Ⅳ(台)に見出した。一般・固有種Ⅳ(台)相当の事実存在に、「最上-川」を見出して、その現勢的な存在を場所Ⅳに置き、それを了解しつつ詠み立てた。仮象「川(なるもの)」には、ヨコ軸の視点［横に押し流していく、強い、線的水勢］を担わせ、それを意義として引き付けさせた。さらに、限定(装定)手法にも訴えて、その仮象「川(なるもの)」を事実存在「最上-川」にリアライズした上で、この存在には、作品₂のテクストの有意連関の基調をなす「台(土台)」、または、「風」の役割を担わせた。

タテ（y）軸の視点（意義）ついては、どうか？　芭蕉は、仮象「雨（なるもの）」にとって、「固有」とも言うべき事実存在を見出した。一般・固有種Ⅱ（姿）相当の事実存在「五月-雨」を見出して、そのリアルな実象を場所Ⅱに置いて詠み立てた。仮象「雨（なるもの）」に、タテ軸の述語判断の基準［縦に降り籠め続ける、面的な水量］といった意義を担わせ、それを引き付けさせた。と同時に、限定（装定）手法にも訴えて、存在も不確かな仮象「雨（なるもの）」を事実存在「五月-雨」に現勢化させた。その上で、この事実存在を一般・固有種Ⅳ（台）の事実存在「最上-川」に「取り合せ」、その対向箇所、場所Ⅱへ、距離を取って対置した。

　仮象は、単一の視点（関心焦点・着眼点・意義・語義）を引きつけて持っている。というよりは、単一視点そのものとも言うべきもの。それだけに、事実存在見分けの1基準点（視点）に据え立てるにふさわしいものと言えるだろう。

　ただし、その存在となれば、これまた、不確定的なものでしかない。しいて、その実象をと求めてみても、せいぜい、単語並みの用具的存在にとどまる。仮象は、実象、事実存在を確定的には指定し得ないのである。存在者の事実存在とは対応しない（→〈3〉〈18〉〈20〉〈21〉〈42〉〈71〉）。

　ところが、その不確定的な存在の仮象でも、その単一視点（同前、以下も）ともども、否、それ自体を"交差"をふくんで組み合わせ、それぞれの視点を"糸"にして紡げば、その表象を確定的な事実存在に開くことができる。それこそ、仮象本来の姿、事実存在にまで引き戻すことができるのである。

　俳句のばあいも、例外ではない。……　作者は、作品を制作するのに、まずは、とりあえず、類縁2個の仮象ないし、その2種類の視点を"交差"させ、紡ぎ合わせて、語彙（志向）図式を編み上げる。構えるのだ。つぎに、その図式に沿って、自らの内なる視野に細分して画定させた「台（＝風）」、「姿（＝貌）」、「間」、「底（＝大地）」といった、いくつかの場所を拓いていく。その場所ごとに、それぞれ、適合する事実存在を成立させ、その有意連関の場、象徴世界、現象地平（テクスト）を拓き、その部分的全容を自らに向かって開示して了解していくのである。

芭蕉のばあいも、同じである。彼は、発句における、そうした手配り、配意を「風雅の誠を責むる（勉る）」工案と受け取った。彼の言う「誠を責むる（勉る）」工案とは、用具的なことばを、事実存在に的中することばにリアライズする工夫と解される。用具的な口先のことばを、それこそ、仮象を据え立てるのがせいぜいの道具、単用の述語や単語を、「真言」に変換して、仮象を確定的な事実存在へと実象化させ、現勢化させる工夫と考えられる。

　彼は、こう言ったと言われている。……

　　　発句は、「利口のみにたはむれる」（「　」内→ 服部土芳著『三冊子』〈白雙紙〉安永5（1776）年刊）ものではなく、また、「ことばを工む」ものでもないと言い、「松の事は松に習へ」、「竹の事は竹に習へ」とも言って、事物や人物、事象や出来事の現勢を「よく見知」ることの重要さを強調した（→ 同前〈赤雙紙〉）。

　作品$_2$で、芭蕉は、まずは、一般・固有種Ⅳ（台（＝風））と、一般・固有種Ⅱ（姿（＝貌））の事実存在を対置して、遠隔項関係に「取り合せ」た。そのばあいの両一般・固有種の事実存在は、それぞれが担う視点に対して、いずれも、その「固有性」を相互に際立てた、「典型的」な存在を意味している。いきおい、この「台（風）」と「（姿（貌））」の両事実存在は、つぎに示すように、意味特性の面では、たがいに、相容れることのない、両価的な〝逆対称性〟を示し合うことになるだろう。

　　　一般・固有種Ⅳ（台（風））の事実存在「最上-川ではあるが、五月-雨ではないもの（がある）」 ×　一般・固有種Ⅱ（姿（貌））の事実存在「五月-雨ではないが、最上-川ではあるもの（がある）」

　　　一般・固有種Ⅳ（台（風））の事実存在の意味特性［［横に押し流していく、強い、線的な水勢（存在）ではある］が、［縦に降り籠め続ける、面的な水量を湛えたもの（存在）ではないものがある］］ ×　一般・固有種Ⅱ（姿（貌））の事実存在の意味特性［［横に押し流していく、強い、線的な水勢（存在）ではない］が、［縦に降り籠め続ける、面的な水量を湛えたもの（存在）ではあるものがある］］

2.3 鋭い両価性と鈍い偏価性の斥力の結合——事実存在の遠・近布置〈48〉

これも、〈磁場図4b〉を見て確かめてほしい（→〈46〉）。……

　作品2の事実存在連関の場（地平・テクスト・象徴世界）も、やはり、作者の意味を織りなす"力の磁場"と化している。そこには、仮象としてしか存在し得ない存在者（＝単用語でひと口に呼び止めて据え立てた、存在するもの）の事実存在を見出し、それを見分けていく芭蕉の"鋭・鈍"2様の認識関心の力の結合模様が浮き出ている。彼は、見出して定立させた事実存在間の有意連関に、"強・弱"の、微妙な緊張関係を持った均衡体系を与えているのだ。

　〈図〉中の種Ⅳ（台）と種Ⅱ（姿）、両一般・固有種の事実存在に注目していただきたい。……

　芭蕉は、まずは、両価性の"鋭い斥力"を伴う、強い見分けを加えて、一般・固有種Ⅳ（台（風でも、以下も））の事実存在「最上-川」と、一般・固有種Ⅱ（姿（貌でも、以下も））の事実存在「五月-雨」を遠隔項関係に「取り合せ」て引き離した。「両価性」とは、認識者の価値関心ないしは、認識関心の、見分けるべき2物に対する双方向な均分性を指している。芭蕉は、「台」と「姿」の両事実存在を、それらが持つ計2種類の意義特性に関して、たがいに、偏ることなく背反し合う疎隔関係に分置した。

　引き続き、〈磁場図4b〉を見てほしい。場所ⅡとⅠ、場所ⅣとⅠに注目しよう。……

　繰り返すが、わたしは、芭蕉が、まずは、一般・固有種Ⅳ（台）の事実存在「最上-川」に対置して、場所Ⅱには、一般・固有種Ⅱ（姿）の事実存在「五月-雨」を「取り合せ」たと見た。だが、作品2では、彼は、この種Ⅳ（台）と種Ⅱ（姿）の両一般・固有種の事実存在を「継ぎ合せ」て共約するに足る特殊・媒介種Ⅰ（間）相当の、叙述性の事実存在を定立しなかった。「間」に来る事実存在には、叙述性の「あつめて早き（もの）」を宛てている。だが、この存在では、上記「台」と「姿」の両一般・固有種の事実存在への共約は、不可能となる。

　結果的に、一般・固有種Ⅱ（姿）の事実存在「五月-雨」と、特殊・媒介種Ⅰ

（間）の事実存在「あつめて早き（もの）」とのあいだの"事実項——叙述連鎖"、ネクサス
（主部-述部述定性の）複合判断命題（文）の形成は、不能となった。いったい、
「何が——早い」のかが不明のままとなるからだ。一般・固有種Ⅳ（台）の事実
存在「最上-川」と、特殊・媒介種Ⅰ（間）の事実存在「あつめて早し」のあい
だの"連鎖"についても同様である。「台」の事実存在「最上-川」——「間」
の叙述（媒介種Ⅰ）"も、いったい、「何を——あつめる」のかが不明のままと
なってしまう

　いきおい、「台」ではないサイドの場所Ⅱに「取り合さ」れた一般・固有種
Ⅱ（姿）相当の事実存在「五月-雨」は、独立性を失い、特殊・媒介種Ⅰ、「間」
の事実存在「あつめて早き（もの）」による叙述内に引き込まれたかたちとな
る。この存在は、場所Ⅰ（間）へと引き込まれ、叙述の一部と化して、その補
完に働くことになった。遠隔項関係は、阻却された。

　先にも見たが、他方の一般・固有種Ⅳ、「台」を担う事実存在「最上-川」の
ばあいも、そのままでは、特殊・媒介種Ⅰ（間）の事実存在との間に、"事実
項——叙述連鎖"、複合判断命題（文）の形成を認めることはできない。それだ
けに、この存在の独立性の高さが了解できるのだが……。

　ところが、特殊・媒介種Ⅰ（間）の事実存在による、一般・固有種Ⅱ（姿）
の事実存在の吸引によって、新たに形成された叙述「五月-雨を——あつめて早
し」とのあいだでなら、"事実項——叙述連鎖"、ネクサス（主部——述部述定性の）複合判
断命題（文）の形成が可能になってくる。これを「継ぎ合せ」の挙に出た芭蕉
の配意と見ることができるだろう。彼は、一般・固有種Ⅳ（台）相当と見て、
卓立させて詠み立てた事実存在「最上-川」については、その属性というより
は、その存在を特殊・媒介種Ⅰ（間）の事実存在「五月-雨を あつめて早き
（もの）」によって叙述する「継ぎ合せ」の挙に出た。

　種Ⅳ（台）として詠み立てられた事実存在「最上-川」は、ヨコ（x）軸の視
点を担う仮象「川（なるもの）」にとっては、一般・固有種に当たる。そうだ
とすれば、作品2では、この存在そのものは、「（ふだんの）最上-川（であるものが
ある）」といったとらえになるだろう。それが、ここでは、断然、その存在を

クローズアップさせるかたちで、あらためて、見直された恰好になってくる。この事実存在「(ふだんの) 最上-川 (であるもの)」の属性というよりは、その存在そのものを特殊・媒介種Ⅰ相当、叙述性の事実存在「(五月-雨を) 集めて、早き (最上-川であるものがある)」で意味づけることによって、あらためて見なおすかたちで、感動を表現したと解釈するのである。わたしは、作品₂では、芭蕉が「台」の、そもそもの存在を強調して叙述するタイプの、特殊な「入れ子型」の語彙（志向）図式を用いて、有意連関に綾取られた現象地平（場・磁場・テクスト・象徴世界）を拓いたと見た。

作品₂のテクストは、ヨコ（x）軸の視点を担う仮象「川（なるもの）」で、タテ（y）軸の視点を担う仮象「雨（なるもの）」を包摂させる図式類型で構成されている。

そうだとすれば、一般・固有種Ⅳ（台）相当の事実存在「(ふだんの) 最上-川 (であるものがある)」が、特殊・媒介種Ⅰ（間）に来た叙述「(五月-雨を) ——集めて早き (最上川であるものがある)」の中の事実存在「五月-雨」を意味面で包み込んだかたちとなる。その結果、芭蕉は、一般・固有種Ⅳ（台）相当の事実存在「最上-川」と、特殊・媒介種Ⅰ（間）相当の、補完された、叙述性の事実存在「(五月雨を) ——集めて早し (きもの)」の両者を、意味の上では、偏価性の近接項関係に結び合わせた恰好となる。「偏価性」とは、認識者の見分けるべき２物への、価値関心に導かれた認識関心が一方の側へ、より強く偏る非均衡性を指して言う。ここでは、芭蕉の認識関心が、直接には、種Ⅳ「台」の事実存在「最上-川」によりは、種Ⅰ「間」に来た叙述性の事実存在「(五月-雨を)、集めて早き (モノ＝最上-川)」のサイドへ偏って注がれていると解釈するのである。

近接項関係に見分けられた事実存在どうしは、ミニマムな差異を介して、密接に結び合されることになるだろう。両存在の、併せて２種類の意義特性のうちの１種類については共通させ、１種類については対立させるという結びつきがそれである。ヨコ（x）軸、タテ（y）軸の両視点を、それぞれ、担って分置された計２個の仮象「川（なるもの）」と「雨（なるもの）」ないし、その計２種

第1節　俳句の語彙(志向)図式　149

類の意義特性のうちの、いずれか1個、または、1種類については共通させ、他の1個、または、1種類については対立させるという、認識者の見分けへの配意が近接項関係をつくり出すのである。

　芭蕉は、作品₂では、遠隔項関係を変形させて、近接項関係つくり出した。事実存在間の有意連関の現象地平（場・磁場・テクスト・象徴世界）を複雑化させたと言ってもよい。あげて、彼が「間」を埋める特殊・媒介種I相当の事実存在を「取り囃し」にではなく、「継ぎ合せ」に向かわせた結果と言うことができるだろう。芭蕉は、特殊・媒介種I（間）に詠み起こした事実存在「あつめて早き（もの）」といった意識を、「台」を担う種IV「最上-川」と、それに取り合せて「姿」に擬した種II「五月-雨」の両事実存在との共約に用いるのではなく、もっぱら、前者の存在を「叙述する」ための「継ぎ合せ」に用いた。

　それほどに、芭蕉が、予期されたふだんの「最上-川」にではなく、「五月-雨をあつめて早き、（本来の）最上川」という、「最上-川（なるもの）」の格別の存在に、あらためての深い感動を覚えたのだと解釈するのである。その意味では、種IV（台）に据えた事実存在としての「最上-川」の存在は、作品₂の基調的な底流をなすものとして、はじめから格別に取り立てて詠み立てられたと見ることができるだろう。

　この作品₂制作の約2週間後、芭蕉は、最上川の河口の酒田でも、つぎのような吟を得た。この作品が作品₂「五月-雨を」と同工の配意でつくられている点に注目すべきだろう。

I（II）**暑き日**（夏）を　（I）*海に入れたり*　IV**最上川**／

　　＊上5の句形は、初案では、挨拶交じりに、「涼しさを」としていたが、後に、「暑き日を」に改められた。

2.4　意味の織布——テクスト内事実存在連関の場の開示〈49〉

　俳句の制作時にも、めあてのモノどうしの遠近関係の見分けには、作者の配意が働く。それを見分ける作者の認識関心にも、一般に、両価性のものと、偏

価性のものとがある。異なるものどうしは、遠くへ乖離させ、似たものどうしは、接近させて見分けようとするからである。

ところが、認識者には、同時に、その両者を結合させようと図る配意も働く。乖離し合うものどうしにも同一性を見出す一方で、接近し合うものどうしにも、なお、差異性を見出して、事実存在間の連関の全体を自己薬籠中のものとして了解しようとするのである。

俳句の作者も例外ではない。いったんは、両価的に乖離させて見分けたはずの事実存在どうしについても、その遠隔項関係の持つ緊張を緩和させようとする意図が働く。そうした配意に伴って、遠隔項関係に乖離させた事実存在間にも、偏価的に見分けた事実存在間の近接項関係を挿しこむことで、遠隔項どうしを、全体としては、近接項関係の紐帯に、大きく結び合せることができるよう、調整するのである。

このような作者の配意が「エコー型」図式の有意連関に開示した事実存在どうしを、あらためて、「入れ子型」図式の有意連関の場（同前、以下も）へと結びつけることを可能にする。そのばあいの配意のポイントは、特殊・媒介種Ⅰ（間）相当、叙述性の事実存在を「継ぎ合せ」には向かわせても、「共約」や「取囃し」には向かわせないことである。

作品₂「五月雨を」は、そうした戦略的配意をふくみつつ、「入れ子型」の語彙（志向）図式を用いて制作された。ただし、この作品のテクスト（場・磁場・地平・象徴世界）は、標準「入れ子型」図式にではなくて、特殊なタイプの「入れ子型」図式で構成されることになる。わたしは、作品₂に見るような、特殊タイプの「入れ子型」図式類型にもとづいて編成された解釈と表現の意識（語彙）の構えを、「存在-入れ子型」の語彙（志向）図式と呼んだ。

作品₂「五月雨や」のテクスト中の有意連関の場は、存在「入れ子型」図式類型の意識（語彙）の構えで拓かれた。この型の意識連関の場もまた、意味の力の磁場の様相を呈している。わたしは、作者の価値関心にもとづく認識関心の"鋭・鈍" 2様の力が紡ぎ出す磁場を、意味の"織布"、「テクスタイル」*textilet* と見た。その力の磁場に生い立つ事実存在間の意味の同一性と差異性

⟨49⟩⟨50⟩⟨51⟩　　　　　第1節　俳句の語彙(志向)図式　151

との同時2正面の結合が事実存在間に、有意連関の"織物"、いわゆる、「テクスト」をつくり出していくのである(→⟨16⟩⟨36⟩)、(→野家啓一1983「⟨テクスト⟩としての自然(『思想』No.712)、同1993『科学の解釈学』、同2007『増補　科学の解釈学』)。

2.5　眼差しの交差で場所の境界条件を確定──「真言(まこと)」の意味を責める2　⟨50⟩

　芭蕉は、作品₂「五月雨を」の制作でも、類語(＝類・種連関用語)関係に置かれた2個の仮象を、いったんは、"交差"させ、紡ぎ合わせた(→⟨18⟩)。そのばあいの仮象へ注ぐ眼差し──"焦点化する関心"でも──を、彼は、"交差"させ、紡ぎ合わせることによって、仮象自体の存在面における不確定性を払って、事実存在へ近づけて表現すべく「勉め」たのだと言ってもよい[6]。いわゆる、「風雅の誠(真言)を責め」て、仮象が引き付けて持っている"乾いた意味"を"生きられた意味"に還元させた。芭蕉は、仮象の持つ意義を、実象としての事実存在が持つ、意義には、まだ、抽象されていない、生きられた、本来の意味へと戻した。

　作品₂「五月雨を」については、従来、いろいろな解釈がなされてきた。⟨フレーム表2-₂-₂⟩(→⟨51⟩)に見るように、場所を画定する境界条件は、作品₂のテクスト内事実存在に見出し与えらるべき意味特性の深まりや広がりの可能性を示唆するものとなっている。その境界条件のフレームこそが場所Ⅰ(間)や、とりわけ、場所Ⅲ(底)へ来るべき叙述性の事実存在──その多くは、「意識」──の解釈にとって不可欠とも言える意味特性を暗示している点に留意する必要があるだろう。

2.6　存在-入れ子型語彙(志向)図式の構成要件　⟨51⟩

　これまでに述べてきた見方からすれば、作品₂「五月雨の」のテクスト構成要件は、おおまかには、つぎの5点に集約できる。

1．"項Ⅱ(一般・固有種Ⅱ(姿)の事実存在)　──　叙述Ⅰ(特殊・媒介種Ⅰ(間)の事実存在)連鎖(ネクサス)((主部-述部複合述定性の)述語判断命題(文))"の成立が認められ

〈フレーム表2-2-1〉：語彙(志向)図式中の仮象のフレームが開示する場所と事実存在
——作品$_2$
　　　　＊ヨコ(x)軸の視点＝仮象「川(なるもの)」、
　　　　　タテ(y)軸の視点＝仮象「雨(なるもの)」
├〈場所Ⅰ(間)〉：特殊・媒介種Ⅰ(間)の事実存在($^+$仮象「川」・$^+$仮象「雨」)：「川」にも、「雨」にも関る、象徴的な存在があるべき場所(間)がある。
├〈場所Ⅱ(姿)〉：一般・固有種Ⅱ(姿)の事実存在($^-$仮象「川」・$^+$仮象「雨」)：「川」には関らないが、「雨」には関る、象徴的な存在があるべき場所(姿)がある。
├**〈場所Ⅲ(底)〉：超越的媒介種Ⅲ(底)の事実存在**($^-$仮象「川」・$^-$仮象「雨」)：「川」にも、「雨」にも関らない、象徴的な存在(モノと、本来の自分)があるべき場所(底)がある。
└〈場所Ⅳ(台)〉：一般・固有種Ⅳ(台)の事実事項($^+$仮象「川」・$^-$仮象「雨」)：「川」には関るが、「雨」には関らない、象徴的な存在があるべき場所(台)がある。
　　　　＊作品$_2$では、場所Ⅱには、一般・固有種Ⅱ(姿)相当の事実存在が非在となる。

〈フレーム表2-2-2〉：語彙(志向)図式の意義のフレームが付与する場所の境界条件と事実存在の意味特性——作品$_2$
　　　　＊ヨコ(x)軸の視点＝仮象「川(なるもの)」の「意義」：［(視野をよぎって)横に押し流していく、強い線的水勢］
　　　　　タテ(y)軸の視点＝仮象「雨(なるもの)」の「意義」：［縦に降り籠め続ける、広い面的水量］
├〈場所Ⅰ(間)〉の境界条件($^+$仮象「川」の意義・$^+$仮象「雨」の意義)：［横に押し流して行く線的水勢］にも、［縦に降り籠め続ける面的水量］にも関る場所(間)がある。《羽後山地に広く降り籠め続ける五月雨をことごとく集め、奔流し行く最上川》
├〈場所Ⅱ(姿)〉の境界条件($^-$仮象「川」の意義・$^+$仮象「雨」の意義)：［強く横に押し流して行く線的水勢］には、直接は関らないが、［縦に降り籠め続ける面的水量］には関る場所(姿)がある。《出羽地方一帯に、広く降り籠め続ける五月雨それ自体》作品$_2$では、非在。
├〈場所Ⅲ(底)〉の境界条件($^-$仮象「川」の意義・$^-$仮象「雨」の意義)：［強く横に押し流して行く線的水勢］にも、［縦に降り籠め続ける面的水量］にも関らないような場所(底)もある。《降り籠め続ける五月雨も、奔流となって溢れ流れて行く最上川も超えてしまうような、自然の大いなる造化への思い》。ただし、この共約意識は、表立っては、表現されていない。
└〈場所Ⅳ(台)〉の境界条件($^+$仮象［「川」の意義］・$^-$仮象［「雨」の意義］)：［強く横に押し流して行く線的水勢］には関るが、［縦に降り籠め続ける面的水量］には関らない場所(台)がある。《降り籠め続ける五月雨には、直接は関らないが、地を割るようにして、線状に、強く横流れして行く最上川という存在そのもの》
　　　　＊作品$_2$では、場所Ⅱには、この意味特性に適合する種Ⅱ(姿)相当の事実存在が非在となる。

〈51〉　　　　　　　　　　　　　　第1節　俳句の語彙(志向)図式　153

ない。
2．"項Ⅳ(一般・固有種Ⅳ(台)の事実存在) ── 叙述Ⅰ(特殊・媒介種Ⅰの事実存在)連鎖(ネクサス)((主部-述部複合の)述語判断命題(文))"の成立が認められない。
3．"項Ⅳ(一般・固有種Ⅳ(台)の事実存在) ── 叙述Ⅰ(特殊・媒介種Ⅰ(間)の事実存在(種Ⅱ──種Ⅰの事実存在))大連鎖(ネクサス)(複合判断命題(文))"の成立が認められる。
4．特殊・媒介種Ⅰ(間)の叙述性の事実存在が一般・固有種Ⅳ(台)と、一般・固有種Ⅱ(姿)の両事実存在の共約には働かない。
5．一般に、文化的な"優越・支配"と"劣性・従属"の関係は、確かに、認められる。だが、この関係を示す"一般・固有種Ⅳ(台)の事実存在 ⊆ 一般・固有種Ⅱ(姿)の事実存在"という関係が、かならずしも、安定しては、認められず、むしろ、その逆の関係が認められるケースもある。

　　　＊記号「⊆」:「左項が右項を文化的に支配する。右項は、左項の存在を「(土)台」、「風」にしてはじめて、「姿」として成り立つ」と読む。以下も。
　　　＊「入れ子型」の語彙(志向)図式にもとづく作品のテクスト(場・磁場・地平・世界)構成では、構成要件1、2が充たされていれば、構成要件3についても、判別困難なケースではあっても、「充たされている」とみなし得る。
　　　＊この語彙(志向)図式にもとづく作品のテクスト構成でも、構成要件1～3が確認できれば、構成要件4も「充たされている」と認め得る可能性が大となる。

作品$_2$「五月雨を」は、ネガティヴな構成要件1、2を充たしている。構成要件3、4については、それを満足している点もふくめて、その概要は、説明した (→ 〈48〉)。

作品$_2$は、構成要件5も充たしている。「台」を担う一般・固有種Ⅳの事実存在「最上-川」の文化的な優越（支配・拘束）性、それに対する、一般・固有種Ⅱ、「姿」を際立てる事実存在「五月-雨」──実際には、種Ⅰ(間)の事実存在による叙述中に組み込まれるのだが──の劣（従属・被拘束）性といった関係は、この作品のばあいは、認めにくい。それを、むしろ、逆転させたかたちの

ものが認められる。この作品では、「台」の存在を叙述するためには、さらなる「(大いなる)台」を「取合せる」配意が必要だったということになるのかもしれない。

作品$_1$のばあいには、つぎのような文化的支配(拘束)⇔従属(被拘束)の関係が認められた(→ 〈45〉)。

　a　"事実項Ⅳ(台) ⊆ 事実項(Ⅱ(姿))"

作品$_2$に類する図式類型では、つぎのように、むしろ、その逆の関係が認められるケースもあり得ることになる。

　b　"事実項(Ⅱ) ⊆ 事実項Ⅳ(台)"

aは、作者の認識関心の的としての、種Ⅳ相当の「台」を担う事実存在に、「内向き」の眼差しを投げかけるケースと見ることができるだろう。それに対して、bは、種Ⅳ相当、形式上の「台」を担う事実存在の、そもそもの成り立ちや前提を問う、「外向き」の眼差しを投げかけるケースと見ることができる(→ 〈73〉)。

ただし、図式類型$_2$、存在「入れ子型」の意識の構えには、作者の眼差しが「外向き」になるばあいもあれば、「内向き」になるばあいもある。そうだとすれば、図式類型$_2$には、さらなる下位分類が必要になってくるだろう。

3. 標準-ブリッジ型語彙(志向)図式のテクスト構成

3.1　作品$_3$「荒海や」のテクスト構成　〈52〉

芭蕉の作品$_3$「荒海や」は、「奥の細道」の旅の折り返しの途次、新潟県出雲崎近辺での作と言われる。この作品のテクスト(場・磁場・現象地平・象徴世界)は、標準的な「ブリッジ型」の語彙(志向)図式を用いて構成された。作品$_1$「初しぐれ」や、作品$_2$「五月雨を」に見た「入れ子型」図式とは異なる類型の意識の構えでつくられている。そのテクスト構成を簡略記述で示してみよう。

〈52〉　　　　　　　　　　　第1節　俳句の語彙(志向)図式　155

　作品₃.　Ⅳ荒海や　Ⅰ(Ⅰ)佐渡によこたふ　(Ⅱ)天河（あまのがは）　(秋)
　　　　　　　　　　　　　　　　（芭蕉「おくのほそ道」元禄7（1694）年成）

　この記述も、つぎのような〈磁場図〉に移し替えて示しなおせる。作品₁、₂のばあいのそれとは異なる作者の配意が見て取れるだろう。
　〈磁場図4c〉を見ていただきたい。……
　芭蕉は、作品₃では、ヨコ（x）軸の視点（関心焦点・着眼点・語義・意義、以下も）には、仮象「海（なるもの）」（意義［地を隔てる、凄惨な波濤］）を置いた。タテ（y）軸の視点には、仮象「川（なるもの）」（意義［天空を隔てる、儚い想いの川］）を置いた。その上で、ヨコ軸の視点を担う仮象「海（なるもの）」（同前）と、タテ軸の視点を担う仮象「川（なるもの）」（同前）を"交差"をふくんで組み合わせた。紡ぎ合わせた。

〈磁場図4c〉：標準「ブリッジ型」の語彙(志向)図式で拓かれた意味の磁場─作品3

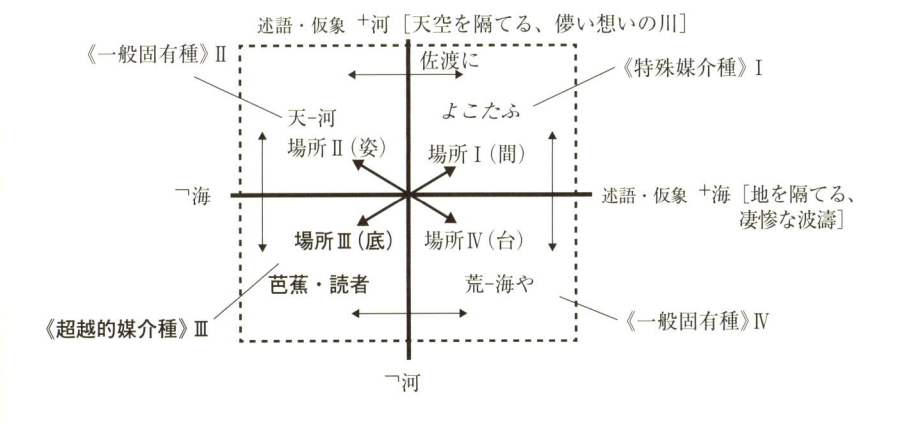

　　　　　　　　　述語・仮象　＋河［天空を隔てる、儚い想いの川］
　　　　　　　　　　　　｜　佐渡に
　《一般固有種》Ⅱ　　　　｜　　　　　　《特殊媒介種》Ⅰ
　　　　　　　　　天-河　｜　よこたふ
　　　　　　　　　場所Ⅱ(姿)｜場所Ⅰ(間)
　┐海　───────────┼─────────── 述語・仮象　＋海［地を隔てる、
　　　　　　　　　　　　｜　　　　　　　　　　　　　凄惨な波濤］
　　　　　　　　　場所Ⅲ(底)｜場所Ⅳ(台)
　　　　　　　　　芭蕉・読者　｜　荒-海や
　《超越的媒介種》Ⅲ　　　　｜　　　　　　《一般固有種》Ⅳ
　　　　　　　　　　　　｜
　　　　　　　　　　　┐河

　その結果、彼の内面の視野は、4分された。作品₃「荒海や」には、事実存在成立の4箇所の場所と、その全体を1つに集めた存在連関の1個の場（磁場・地平・テクスト・象徴空間）が拓かれた。芭蕉は、認識関心の焦点（着眼点・意義）部分を組み合わせて、意識の構え、語彙（志向）図式を仕組んだ。その

156　第Ⅲ章　芭蕉の発句のテクスト構成　　　　　　　　　　　　〈52〉〈53〉

図式を用いて、境界条件によって、明確に画定された4つの場所を得た。そこへ、それぞれ、その条件に適合する事実存在を定立させ、詠み立て、その存在間に、有意連関の世界地平（場・磁場）を拓いた。世界地平を現象させて、作品$_3$のテクストを構成した。

3.2　磁場化するテクスト——事実存在の遠隔項関係への取合せ〈53〉

〈磁場図4ｃ〉の場所Ⅳを見てほしい（→〈52〉）。……

芭蕉は、そこへは、ヨコ（x）軸の視点から見て、「固有」とも言うべき種Ⅳ（台）の事実存在「荒-海（であるものがある）」を見出し、定立させて詠み立てた。その際、限定修飾（装定）の手法にも訴えて、仮象「海（なるもの）」をリアライズさせ、現勢的な准事実存在「荒-海（であるものがある）」を得た（→〈44〉）。さらに、その准事実存在——以後、「准-」を付けないで呼ぶ——を場所Ⅳに定立して詠み立て、作品$_3$「荒海や」の有意連関の基調「台」の役割を担わせた。

タテ（y）軸の視点については、どうか？　場所Ⅱを見てほしい。……

芭蕉は、そこへは、このばあいの視点（y）にとって、「固有」とも言うべき一般・固有種Ⅱ（姿）相当の事実存在「天-河（であるものがある）」を見出した。同じく、限定修飾（装定）の手法を用いて、仮象「河（なるもの）」を現勢化させ、事実存在「天-河（であるものがある）」を得た。それを場所Ⅱへ、一般・固有種Ⅱ（姿）相当の事実存在として詠み立て、一般・固有種Ⅳ（台）の事実存在に「取合せ」、「モンタージュ」して対置した。

引き続き、場所Ⅰにも注目してほしい。……

そのときである。彼が限定修飾（装定）手法の表立った採用の背後で、種Ⅰ（間）を埋める、叙述性の事実存在を求める挙に出ている点にも注目しなければならない。芭蕉は、このばあいの語彙（志向）図式が持つフレーム（準拠枠）に沿って、上記種Ⅳ（台）、種Ⅱ（姿）の両事実存在を「取持ち」、「取囃し」、「コラージュ」して、共約し得るような事実存在を求めた。彼は、ヨコ（x）軸の視点に据え立てた仮象「海（なるもの）」と、タテ（y）軸の視点に据え立てた仮象「河（なるもの）」に、それぞれ、投げ掛ける自らの眼差し（関心）を

"交差"させて、その両仮象のあいだに、「間」を取った。

その結果、彼は、場所Ⅰには、このばあいは、断然、共約に働く、叙述性の事実存在「佐渡（との間）によこたふ（ものがある）」ないし、「よこたふ佐渡（がある）」を得た。と同時に、この共約性の事実存在に見出し与えた意味をハネ返らせて、場所Ⅳの「台」、場所Ⅱの「姿」として見出し済みの両一般・固有種の事実存在のあいだに、"逆対称性" a-symmetry の、緊張ある有意連関を構成した。種Ⅳ（台）の事実存在「荒-海（であるものがある）」と、種Ⅱ（姿）の事実存在「天-河（であるものがある）」を、高度の疎隔関係にとらえ分けて、鋭く対置させた。

その際の接辞形態素的な限定修飾表現、一般・固有種Ⅳ（台）の事実存在中の「荒-」と、一般・固有種Ⅱ（姿）の事実存在中の「天-」の使用は、あくまでも、表面的な修辞的技法でしかない。彼が語彙（志向）図式として、"交差"をふくませて編成した意識（関心）の構え、そのフレーム（準拠枠・概念枠）の持つ、間主観性ある連関構成力（想像力）が、彼に、作品中の事実存在間に、均整のとれた、緊張ある、"逆対称性"の有意連関を造形させたと見なければならない。

種Ⅳ（台）と、種Ⅱ（姿）の両固有種の事実存在は、意味的に、たがいに、"逆対称性"を示し合う遠隔項関係に分置された。両固有種は、それぞれの担う視点にとって、いずれも、「典型的に固有な」存在とみなし得るものである。それだけに、種Ⅱの「天-河」と、種Ⅳ（台）の「荒-海」の両固有種の事実存在とは、鋭く「取り合さ」れ、作品₃のテクスト（場・磁場・現象地平・世界）内の両弦に、鮮明に際立てられた。

3.3　磁場化するテクスト――事実存在の近接項関係への継ぎ合せ 〈54〉

作品₁「初しぐれ」や、作品₂「五月雨を」のばあいとは異なる。芭蕉は、作品₃「荒海や」では、場所Ⅱには、一般・固有種Ⅱ（姿）相当の事実存在を、断然、確保した。その確保を確証するのが、特殊・媒介種Ⅰ（間）相当の事実存在「佐渡によこたふ⇔よこたふ佐渡」の発見と詠み立てである。彼は、種

Ⅳ（台）と、種Ⅱ（姿）の両一般・固有種の事実存在の共約、コラージュに働く、この種Ⅰ（間）、叙述性の事実存在を見出し、場所Ⅰに定立して詠み立てた。その結果、場所Ⅱには、一般・固有種Ⅱ（姿）相当の事実存在「天-河（であるものがある）」が確保された。

　この「間」を埋めて、媒介に働く種Ⅰの事実存在「佐渡によこたふ⇔よこたふ佐渡」に注目してほしい。……

　この叙述性の事実存在は、一般・固有種Ⅳ（台）の事実存在「荒-海（であるものがある）」とは、"連鎖（述語判断命題（文））"を形成して、もろに、連結している。"事実項「荒-海（が）」── 叙述「佐渡（と、我とのあいだ）によこたふ」"というようにである。と同時に、一般・固有種Ⅱ（姿）の事実存在「天-河（であるものがある）」とも、"連鎖（述語判断命題（文））"をつくって、直接に、連結している。「天-河（が）」──「佐渡（と、我とのあいだ）によこたふ」"というようにである。

　芭蕉は、場所Ⅰに、共約に働く「間」の事実存在「佐渡によこたふ⇔よこたふ佐渡」を見出し、"事実項 ── 叙述連鎖"を、つぎのように、双方向的につくり出した。

　　大連鎖"一般・固有種Ⅳ（台）の事実存在「荒-海」── 特殊・媒介種Ⅰ（間）の事実存在「佐渡によこたふ⇔よこたふ佐渡」── 一般・固有種Ⅱの事実存在「天-河」"

彼による、この双方向的な"連鎖"の構成で、遠隔項関係に「取り合さ」れていた種Ⅳ（台）、種Ⅱ（姿）の両固有種の事実存在が近接項関係の"連鎖"の紐帯で結び合されることになった。

　これを、芭蕉による、個々の述語判断命題（文）の猶予にもとづく"大いなる同意"への配意と見ることもできるだろう。重要なのは、それが"見方への同意"というよりは、"見方の根拠への同意"だという点である。たんに、たがいに異なる、現実的にして、可能な述語判断に対して、同意を与えたというよりは、現実的で、可能な述語判断を網羅しつつ、むしろ、そのそれぞれが妥当する根拠（場所の境界条件ないし、そこに成立する事実存在が持つ意味特性）への

第1節　俳句の語彙(志向)図式　159

同意と了解を与えているという事実が重要である。それぞれの述語判断命題（文）が妥当する、可能な現実的条件（場所の境界条件ないし、事実存在の意味特性）は、いずれも、相互に繋がり合っているからだ（→〈69〉）、（→ニーチェ1888『この人を見よ』〈ツァラトゥストラ 6〉、同1906『権力への意志』881）。

こうして、作品₃「荒海や」には、可能性をもふくむ、1個の、リアルな象徴世界、現象地平が造形されて、結晶した。

芭蕉は、作品₃では、"逆対称性"の連関を示し合う異質の存在、種Ⅳ（台）相当の「荒-海」と、種Ⅱ（姿）相当の「天-河」の両固有種の事実存在を解釈的に共約した。共約によって、同じ1つの地平（場・磁場・テクスト）内に、両存在を「取持ち」、「取囃し」て、コラージュ（接合）し、結合させた。作品₃の事実存在連関の場（磁場・地平・テクスト・象徴世界）は、両弦に疎隔された種Ⅳ（台）、種Ⅱ（姿）の両固有種の事実存在が対立しつつも、同時に、結び合うことによって、その部分的全容は、"即かず離れず"の均衡関係の、安定した秩序を示すに至った。

わたしは、作品₃「荒海や」に見る、このような地平内事実存在間の結合の様相を「標準-ブリッジ型」図式の連関と呼んだ。この図式類型は、狭義に言う盛期「蕉風」の頂点の一つをかたちづくっていると見ることができるだろう。この類型は、少なくとも、後期「蕉風」における変風展開の土台となった可能性がある（→〈87〉〈88〉）

3.4　磁場化するテクスト――事実存在の逆対称・両義性の連関〈55〉

あらためて、〈磁場図4c〉（→〈52〉）を見てほしい。……

作品₃「荒海や」の中の事実存在連関の場（現象地平・テクスト・象徴世界）は、作者の見分けの力が綾なす"「意味」の力の磁場"と化している。芭蕉は、まず、両価性の見分けの"強い斥力"を介在させた。この"強い斥力"の介在によって、種Ⅳ（台）の事実存在「荒-海」と、種Ⅱ（姿）の事実存在「天-河」の両固有種が遠隔項関係に裂開した。タテ（x）軸、ヨコ（y）軸の視点を、それぞれ、担う、この2個の仮象が持つ計2種類の意義特性（視点・着眼点・関心焦

点・語義）は、2つながら、反立関係にとらえ分けられた。

　芭蕉の、この評価態度に推されて、作品₃「荒海や」では、見分けられた事実存在間には、"逆対称的" asymmetrical な、均衡ある、緊張構造を持った有意連関の場（同前、以下も）が造形された。

　これも〈磁場図4c〉で確かめてみてほしい。……

　同工の造形活動は、特殊・媒介種Ⅰ（間）に来た事実存在「佐渡によこたふ⇔よこたふ佐渡」と、超越的媒介種Ⅲ（底）相当の事実存在「作者（の心境・関心・配意）」とのあいだでも果たされた。

　一方、芭蕉は、その同じ場の中に、偏価性の見分けに伴う"鈍い引力（斥力でも）"も介在させた。この"鈍い引力"の介在によって、一般・固有種Ⅳ（台）相当の事実存在「荒-海」と、特殊・媒介種Ⅰ（間）相当の事実存在「佐渡によこたふ⇔よこたふ佐渡」、および、一般・固有種Ⅱ（姿）相当の事実存在「天-河」と、特殊・媒介種Ⅰ（間）相当の事実存在「佐渡によこたふ⇔よこたふ佐渡」とが、いずれも、近接項関係に結び合された。芭蕉は、この視点を負わせた2個の仮象「海（なるもの）」、「河（なるもの）」が持つ計2種類の意義のうち、ヨコ（x）軸の視点に採った前者については共通させ、タテ（y）軸の視点に採った後者については対立させた。

　いきおい、作品₃「荒海や」のテクスト内の事実存在間には、最小の差異性を介在させた、同一性の有意連関がつくり出された。いわゆる、"即かず離れず"の均衡関係を保った連合関係が造形された。

　その結果、芭蕉は、一般・固有種Ⅳ（台）の事実存在と、特殊・媒介種Ⅰ（間）の事実存在、および、一般・固有種Ⅱ（姿）の事実存在と、特殊・媒介種Ⅰ（間）の事実存在とを、いずれも、それぞれ、近接項関係に結び合せて、双方向性ある"事実項──叙述連鎖（ネクサス）（（主部-述部複合述定性の）複合性判断命題（文））"をつくり出した。

　いきおい、ヨコ（x）軸の視点に据え立てた仮象「海（なるもの）」にとっては、「固有種」に当たる種Ⅳ（台）の事実存在「荒-海（であるものがある）」の属性と、タテ（y）軸の視点を担わせた仮象「-河（なるもの）」にとっての、こ

れまた、「固有種」に当たる種Ⅱ（姿）の事実存在「天-河（であるものがある）」の属性とは、「取り持た」れ、「取り囃さ」れて、コラージュされた。

　あげて、芭蕉が、まずは、特殊・媒介種Ⅰ（間）の事実存在「佐渡によこたふ（ものがある）⇔よこたふ佐渡（がある）」を見出して、この存在を共約に働かせた結果と言うことができるだろう。芭蕉は、「台」を担わせた種Ⅳと、それに載せたかたちの「姿」相当、種Ⅱの両固有種の事実存在について、「間」に来させた種Ⅰの事実存在「佐渡によこたふ（ものがある）⇔よこたふ佐渡（がある）」に"連鎖"（ネクサス）をつくらせる手法で、双方向性ある、均分な叙述を施して、均整のとれた有意連関を造形した。

　さらには、同工の見分けと共約的叙述を、彼は、つぎの事実存在間でも果たした。

　　一般・固有種Ⅳ（台）の事実存在 ── 超越的媒介種Ⅲ（底）の事実存在
　　一般・固有種Ⅱ（姿）の事実存在 ── 超越的媒介種Ⅲ（底）の事実存在

　芭蕉は、場所Ⅰ（間）に見出した特殊・媒介種Ⅰの事実存在「佐渡によこたふ（ものがある）⇔よこたふ佐渡（がある）」に果たさせた共約的叙述の働きを超越するかたちで、最終的には、自らの実存に果たさせている。場所Ⅲ（底）に見出し得た超越的媒介種Ⅲ、叙述性の事実存在「（佐渡と我とのあいだに）よこたふ（荒-海と天-河、影と光の交錯する佐渡島の）歴史（への意識）」（一般・固有種Ⅱ（間）の事実存在（への意識）に対する、超越的な意識（関心と配意））といった、自らの実存の、深い心情[7]に果たさせた。

　その結果、作品₃「荒海や」のテクスト内の固有種、媒介種の如何を問わず、種Ⅰ～種Ⅳのすべての事実存在は、いっせいに、"両義性"のウデ（紐帯）によって結び合された。目下の見分けの視点を担う仮象「海（なるもの）」と、「河（なるもの）」の持つ計２種類の意義に関して、どの事実存在もが、隣接左右の事実存在に対する"両義性"のウデを与えられたかたちとなった。作品₃「荒海や」の現象地平（場・テクスト）は、"「意味」の力の磁場"の、典型的な様相、円環性の結晶構造を示すに至った。

　芭蕉は、自らが加えた"鋭・鈍"２様の見分けの力の織りなす意義の同一性

と差異性との同時2正面を結び合せて、対向する2組の場所ないしは、事実存在間に、つぎのような、いずれも、"逆対称性"を示し合う有意連関をつくり出した。

　　場所Ⅳの一般・固有種Ⅳ(台)の事実存在「荒-海」× 場所Ⅱの一般・固有種Ⅱ(姿)の事実存在「天-河」、

　　場所Ⅰの特殊・媒介種Ⅰ(間)の事実存在「佐渡によこたふ⇔よこたふ佐渡」× 場所Ⅲの超越的・媒介種Ⅲ(底)の実存的事実存在「(佐渡と我とのあいだに)よこたふ(荒-海と天-河、影と光の)歴史」

一方、隣接し合う4組の場所ないしは、事実存在間には、いずれも、それぞれ、つぎのような"両義性"を示し合う有意連関をつくり出した。

　　場所Ⅰの特殊・媒介種Ⅰ(間)の事実存在「佐渡によこたふ⇔よこたふ佐渡(への意識)」／〜 場所Ⅱの一般・固有種Ⅱ(姿)の事実存在「天-河」

　　場所Ⅱの一般・固有種Ⅱ(姿)の事実存在「天-河」／〜 場所Ⅲの超越的・媒介種Ⅲ(底)の実存的事実存在「(佐渡と我とのあいだに)よこたふ(荒-海と天-河、影と光の)歴史(への意識)」(一般・固有種Ⅰ(間)の事実存在(意識)への超越的な意識(関心と配意、……))

　　場所Ⅲの超越的・媒介種Ⅲ(底)の事実存在「(佐渡と我とのあいだに)よこたふ(荒-海と天-河、影と光の)歴史(への意識)」／〜 場所Ⅳの一般・固有種Ⅳ(台)の事実存在「荒-海」

　　場所Ⅳの一般・固有種Ⅳ(台)の事実存在「荒-海」／〜 場所Ⅰ(間)の特殊・媒介種Ⅰ「佐渡によこたふ⇔よこたふ佐渡(への意識)」

作品₃「荒海や」の中の場所ないし、そこへ、それぞれ、成立する事実存在を包絡する、開示された磁場(場・地平・テクスト・象徴世界)には、大きく、"逆対称・両義性"を示し合う有意連関の、円環性の結晶構造が造形された。

3.5　眼差しの交差で場所の境界条件を確定──「真言(まこと)」の意味を責める3 〈56〉

芭蕉は、作品₃「荒海や」の制作に際しても、類縁2種類の、自らの眼差し(視点・関心焦点・着眼点)を"交差"させた。彼は、ヨコ(x)軸とタテ(y)軸

⟨56⟩

第1節　俳句の語彙(志向)図式　　163

⟨フレーム表2-3-1⟩：語彙(志向)図式の仮象のフレームが開示する場所と事実存在——作品₃
　　＊ヨコ(x)軸の視点の仮象「海(なるもの)」、　タテ(y)軸の視点の仮象「河(なるもの)」
├─⟨場所Ⅰ(間)⟩：特殊・媒介種Ⅰの事実存在(⁺仮象「海」・⁺仮象「河」)：「海」にも、「河」にも関るような、象徴的存在があるべき場所(間)がある。
├─⟨場所Ⅱ(姿)⟩：《(一般)・固有種》Ⅱの事実存在(⁻仮象「海」・⁺仮象「河」)：「海」には関らないが、「河」には関るような、象徴的な存在があるべき場所(姿)がある。
├─⟨場所Ⅲ(底)⟩：《(超越的)・媒介種》Ⅲ(底)の事実存在(⁻仮象「海」・⁻仮象「河」)：「海」にも、「河」にも関らないような、象徴的存在(モノや、本来の自分)があるべき場所(底)がある。
└─⟨場所Ⅳ(台(風))⟩：《(一般)・固有種》Ⅳ(台)の事実存在(⁺仮象「海」・⁻仮象「河」)：「海」には関るが、「河」には関らないような、象徴的存在があるべき場所(台)がある。

⟨フレーム表2-3-2⟩：語彙(志向)図式の意義のフレームが付与する場所の境界条件と事実存在の意味特性——作品₃
　　＊ヨコ軸の視点(仮象「海」の意義)：[地を隔てる、凄惨な波濤]、
　　　タテ軸の視点(仮象「河」の意義)：[天空に通わせる、淡く、儚い想いの河]
├─⟨場所Ⅰ(間)⟩の境界条件(⁺仮象「海」の意義・⁺仮象「河」の意義)：[地を隔てる、凄惨な波濤]にも、[天空を通う、儚い想いの川]にも関るような場所(間)がある。《本土からの流人たちの数々の悲劇や、島人たちの儚い夢や希望を秘めて、よこたわっている佐渡島》
├─⟨場所Ⅱ(姿)⟩の境界条件(⁻仮象「海」の意義・⁺視点「河」の意義)：[地を隔てる、凄惨な波濤]には関らないが、[天空を通う、儚い想いの川]には関るような場所(姿)がある。《遠い昔から繰り返し思い抱かれてきた、佐渡の島人たちの儚い夢や希望》
├─⟨場所Ⅲ(底)⟩の境界条件(⁻仮象「海」の意義・⁻仮象「河」の意義)：[地を隔てる、凄惨な波濤]にも、[天空を通う、儚い想いの川]にも関らない、それらをリセットするような場所(底)がある。《本土からの流人たちの数々の悲劇や、島人たちの儚い夢や希望を秘めた、長い歴史を胸に、いまと、ここにある佐渡島と、我が存在、および、その思い》。ただし、この共約意識は、作品には、直接には、表現されていない。
└─⟨場所Ⅳ(台(風))⟩の境界条件(⁺仮象「海」の意義・⁻仮象「河」の意義)：[地を隔てる、凄惨な波濤]には関るが、[天空を通う、儚い想いの川]には関らないような場所(台)がある。《歴史に刻まれてきた、本土からの流人たち、そして、佐渡の島人たちの、数々の希望と痛苦が交錯する悲史そのもの》

の視点に、それぞれ、1語で呼び止めて据え立てた仮象に、"生きられた「意味」"を見出し与えて、その実象（事実存在）を得るべく、「誠（真言）を責むる」のに「勉め」た。

その配意の手始めに、彼は、自らの視点を載せた眼差しの標的、仮象、あるいは、それが持つ意義を絡み合わせ、紡ぎ合わせる挙に出た。組み合わせた意義特性を、標的としての仮象本来の事実存在群に見出し与えるべき意味特性として、前頁の〈フレーム表〉に示す準拠枠に沿って紡ぎ上げた。

3.6　標準-ブリッジ型語彙(志向)図式の構成要件〈57〉

作品₃「荒海や」のように、標準「ブリッジ型」連関の意識の構え、語彙(志向)図式で拓かれた作品のテクスト（場・磁場・現象地平・象徴世界）は、おおまかには、つぎの4点を構成要件にして成り立っている。

1. "項Ⅱ(一般・固有種Ⅱ(姿)の事実存在) ── 叙述Ⅰ(特殊・媒介種Ⅰ(間)の事実存在)連鎖(ネクサス)((主部──述部複合述定性の)述語判断命題(文))"の成立が認められる(→下段注)。

2. "項Ⅳ(一般・固有種Ⅳ(台)の事実存在) ── 叙述Ⅰ(特殊・媒介種Ⅰ(間)の事実存在)連鎖(ネクサス)((主部──述部複合述定性の述語判断命題(文)))"の成立が認められる(→下段注)。

3. 叙述Ⅰ(特殊・媒介種Ⅰ(間)の事実存在)には、項Ⅱ(一般・固有種Ⅱ(姿)の事実存在)と、項Ⅳ(一般・固有種Ⅳ(台)の事実存在)への共約性が認められる。

   ＊特殊・媒介種Ⅰ(間)の叙述性の事実存在による種Ⅱ(姿)、種Ⅳ(台)の両固有種の事実存在への共約では、形式面でとらえた"(主部──述部複合述定性の)述語判断命題(文)"としての"連鎖(ネクサス)"の形成ばかりでなく、意味面から見た"連鎖(ネクサス)"形成に裏づけられた共約が認められれるケースが少なくない。たとえば、つぎの作品などがそうである。

   Ⅳ古池や　Ⅱ蛙飛びこむ　Ⅰ水のをと ③

   この作品のテクスト内の"連鎖(ネクサス)"形成は、つぎのように、意味面に生じた共通性に裏付けられていると見ることができるだろう。

   種Ⅳの事実存在「古-池」── 種Ⅰの事実存在「水のをと」
   種Ⅱの事実存在「飛びこむ-蛙」── 種Ⅰの事実存在「水のをと」

第1節　俳句の語彙(志向)図式　165

＊「ブリッジ型」の図式類型でつくられた作品のテクストのうち、特殊・媒介種Ⅰ、叙述性の事実存在による共約によって、"事実項——叙述連鎖(ネクサス)"が"叙述——事実項連鎖(ネクサス)"に逆転して読み取れてくることもある。たとえば、つぎの作品などがそうだ。

　　Ⅳ**春**やこし　Ⅱ**年**や行けん　Ⅰ**小晦日(こつごもり)** ①
　　「小晦日」——「こし春」、「行けん年」
　　Ⅱ**蛤**の　Ⅰふたみにわかれ　Ⅳ**行く秋**ぞ ⑤
　　「ふたみにわかる」——「蛤」、「行く秋」

4．項Ⅱ(一般・固有種Ⅱ(姿))の事実存在と項Ⅳ(一般・固有種Ⅳ(台))の事実存在)は、つぎのような、両価的な等位関係に置かれるために、文化的支配と従属の関係が希薄化する。いきおい、この型の図式では、種Ⅳの存在が担う主題や文化的基調を、種Ⅰの共約的存在が肩替りすることもある。

　　　　"一般・固有種Ⅳ(台)の事実存在　≒　一般・固有種Ⅱ(姿)の事実存在"
次の点も、〈磁場図4ｃ〉で確かめてほしい（→〈52〉）。……
作品₃「荒海や」のテクストは、構成要件1、2を充たしている。場所Ⅳ——場所Ⅰ、および、場所Ⅱ——場所Ⅰ間には、いずれも、つぎのような"事実項——叙述連鎖(ネクサス)((主部-述部複合述定性の)述語判断命題(文))"の形成が認められる。

　　連鎖：一般・固有種Ⅳ(台)の事実存在「荒-海(が)」 —— 特殊・媒介種Ⅰ(間)の事実存在「佐渡(と我との間に)によこたふ」
　　連鎖：一般・固有種Ⅱ(姿)の事実存在「天-河(が)」 —— 特殊・媒介種Ⅰの事実存在「佐渡(と我との間に)によこたふ」

作品₃「荒海や」は、構成要件3も満足している。場所Ⅰに来る特殊・媒介種Ⅰ(間)の事実存在には、共約の働きが認められる。したがって、構成要件1、2を、ともに充たすし、構成要件4も満足する。種Ⅳ(台)の事実存在「荒-海」と、種Ⅱ(姿)の事実存在「天-河」の両固有種は、［天］と［地］に分かれていこそすれ、「(我のいる陸地と、佐渡島とのあいだに)、ともに、よこたはっ」ているという点では、変わりがない。

さらには、そうした「佐渡島」自体がまた、［天］と［地］を分ける種Ⅳ

(台)の事実存在「荒-海」と、種Ⅱ(姿)の事実存在「天-河」の両固有種のあいだに「よこたはっ」ていると解釈することもできるだろう。標準「ブリッジ型」図式類型にもとづくテクスト構成では、この特殊・媒介種Ⅰ(間)相当だが、むしろ、それ自体が主題化して、「台」を担う様相を示し、共約に働いている点に注目しなければならない。

　　　＊特殊・媒介種Ⅰの事実存在には、①「佐渡によこたふ」と、②「よこたふ-佐渡」のいずれも読み取ることができる。わたしは、①も採ったが、最終的には、②も採った。①は、連鎖(ネクサス)(判断命題(文))形成の形式面には向いていても、意味面では、「荒-海」や「天-河」が「佐渡島」と「我」とのあいだに「よこたふ」という構図が読み取れてくるにとどまる。それに対して、②では、「佐渡島」が「我」に、もろに、対峙する構図が読み取れてくる。その「佐渡島」は、意味的には、明・暗を分けるかのように、「荒-海」と「天-河」のあいだにも「よこたはっている」のである。歴史に籠められた「佐渡島」への自己の深い想い入れを表現しようとする芭蕉の意識の構えとしては、②の解釈は、捨てがたい。なお、表現「佐渡によこたふ」を、そのまま、事実存在として対象化するよりは、装定表現を加えて、「よこたふ佐渡」と、連鎖(ジャンクション)を名詞化することによって、その存在の主題化を強める働きを示すのである。

作品₃「荒海や」は、ネガティヴな構成要件4も充たしている。一般・固有種Ⅳ(台)の事実存在「荒-海」の「取り合せ」項としての、一般・固有種Ⅱ(台)の事実存在に対する文化的優越(支配・拘束)性は、作品₃では、不鮮明なものになっている。前者は、後者の、かならずしも、明瞭な前提とはなっていない。その逆も、また然りである。両事実存在は、ほゞ、対等に対置されていると見ることができるだろう。そのおおまかな——やはり、わずかにだが、種Ⅳ(台)を担わせた事実存在「荒-海」に支配性を認め得る——等位関係がまた、標準「ブリッジ型」図式類型にもとづくテクスト構成の特徴の一つともなっているのである。

4．入れ子・ブリッジ型語彙(志向)図式のテクスト構成

4ａ．作品₄ₐ「海くれて」のばあい
4ａ.1　作品₄ₐ「海くれて」のテクスト構成〈58〉

　作品₁~₃は、いずれも、芭蕉、40代後半の作である。それに対して、つぎの作品₄ₐは、40代初頭、それも、比較的に早い時期の作品になる。

> 作品₄ₐ．　Ⅳ海くれて　Ⅰ(Ⅱ)鴨(冬)のこゑ　(Ⅰ)ほのかに白し
> 　　　　　　(貞享1 (1684) 年、41歳) (芭蕉「野ざらし紀行」貞享4年成？)

　貞享1 (1684) 年、芭蕉は、自己革新を期して、「野ざらし紀行」の旅へ出た。その前半の旅の終盤、作品₄ₐ「海くれて」を得た。師走も押し詰まった頃である。地元の参集者一行と、尾張熱田沖の宵の海へ船を出したときの吟と言われる。

　芭蕉は、この作品のテクスト（場・磁場・現象地平・象徴世界、以下も）を、形の上では、「入れ子型」図式の意識の構えで構成した。一般・固有種Ⅳ（台）の事実存在の属性を叙述するタイプを示す語彙（志向）図式で制作した。その点では、作品₁・₂、とりわけ、作品₁「初しぐれ」に見た表現意識の構えに通じるもの。

　ところが、作品₄ₐは、内容的には、「ブリッジ型」の語彙（志向）図式で構成したと見ることもできる。作品₃「荒海や」に見た意識の構えに通じる構成である。

　この作品₄ₐの簡略記述も、つぎのような〈磁場図〉に移し替えて示せる。
　その〈磁場図4ｄ₁〉を見てほしい。……

　芭蕉は、作品₄ₐ「海くれて」では、ヨコ (x) 軸の視点には、仮象「海(なるもの)」ないし、その意義［広がる海の色］を採った。タテ (y) 軸の視点には、どうか？　仮象「声(なるもの)」ないし、その意義［天空を切裂く声］を

168　第Ⅲ章　芭蕉の発句のテクスト構成　〈58〉

〈磁場図4d₁〉:「入れ子・ブリッジ型」の語彙(志向)図式で拓かれた意味の磁場—作品4a

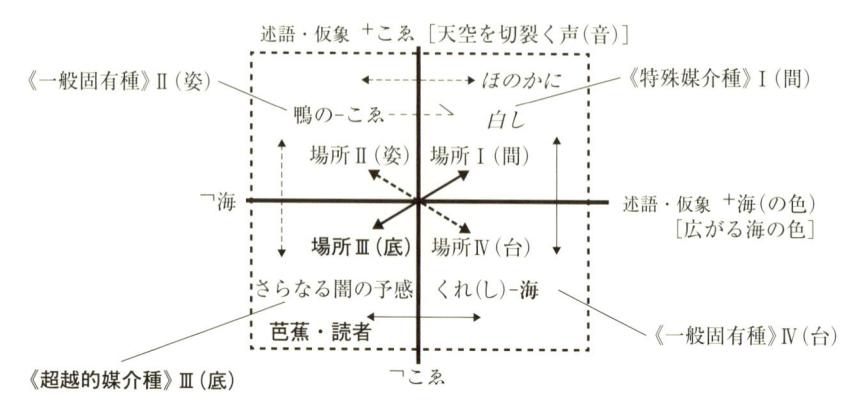

```
                述語・仮象 ＋こゑ［天空を切裂く声(音)］

《一般固有種》Ⅱ(姿) ←---- ほのかに ----→ 《特殊媒介種》Ⅰ(間)
              鴨の-こゑ------↘︎   白し
                      場所Ⅱ(姿) 場所Ⅰ(間)
  ┐海 ←                ──────┼──────→ 述語・仮象 ＋海(の色)
                                              ［広がる海の色］
                      場所Ⅲ(底) 場所Ⅳ(台)
               さらなる闇の予感  くれ(し)-海
                    芭蕉・読者                《一般固有種》Ⅳ(台)

《超越的媒介種》Ⅲ(底)         ┐こゑ
```

採った。その上で、ヨコ (x) 軸の視点を担わせた仮象「海(なるもの)」(意義も)と、タテ (y) 軸の視点を担わせた仮象「こゑ(なるもの)」(意義も)とを"交差"をふくんで組み合わせた。紡ぎ合わせた。

　彼の内面の視野は、4分された。作品₄ₐ「海くれて」には、事実存在成立の4箇所の場所と、それを1つに集めた1個の場(磁場・テクスト・象徴世界)が拓かれた。現象地平が開かれた。

　引き続き、〈磁場図4d₁〉を見ていただきたい。……

　芭蕉は、その地平内の場所Ⅳには、ヨコ (x) 軸の視点にとって「固有」とも言うべき種Ⅳ(台)の事実存在「暮れ(し)-海」を見出し、詠み立てた。限定修飾(装定)の手法を用いて、ヨコ (x) 軸の視点を担う仮象「海(なるもの)」の不確かな存在を現勢化させた。その事実存在を場所(同前、以下も)Ⅳに置いて詠み立てて、「台(風)」の役割を担わせた。

　では、タテ (y) 軸の視点については、どうか？ 彼は、やはり、この視点にとって、「固有」ともみなせる事実存在「鴨の-こゑ」を見出し、詠み立てた。構えた語彙(志向)図式のフレームに合せ、同工の限定修飾(装定)技法を用いて、仮象「声(なるもの)」を一般・固有種Ⅱ(姿)の事実存在「鴨の-こゑ」にリアライズした。この事実存在「鴨の-こゑ」を場所Ⅱに「取り合せ」て定

立し、一般・固有種Ⅳ（台）の上に載せ、「姿」として、事実存在「暮れ（し）-海」に対置した。

　その結果、「台」相当の種Ⅳと、その「取り合せ項」として、「姿」相当に位置づけられた種Ⅱの両固有種の事実存在どうしは、意味的には、"逆対称性"を示し合う遠隔項関係に引き裂かれた。

4a.2　語彙(志向)図式の抑制と拡張a 〈59〉

　この点も〈磁場図4d₁〉で確かめてみてほしい（→〈58〉）。……

　作品₄ₐ「海くれて」では、芭蕉は、場所Ⅱに「取り合せ」た一般・固有種Ⅱ（姿）相当の事実存在「鴨の-こゑ」を確保をしたとも言えれば、しなかったとも言える。それぞれ、つぎのような見方からである。

1）　一般・固有種Ⅱ(姿)の事実存在「鴨の-こゑ」は、その存立を一般・固有種Ⅳ(台)の事実存在「くれ(し)-海」に委ねたかたちになっている。この存在に、文化的に支配されていると見てもよい。と同時に、特殊・媒介種Ⅰ(間)の事実存在「ほのかに白し」とのあいだには、即、"事実項——叙述連鎖((主部-述部)複合性の判断命題(文))ネクサス"の形成が認められる。→　そうだとすれば、この「取り合せ」項、一般・固有種Ⅱ(姿)の事実存在「鴨の-こゑ」は、明確には確保されなかったと見ざるを得ない。この種Ⅱ(姿)相当の事実存在「鴨の-こゑ」は、独立性を失って、特殊・媒介種Ⅰ(間)に来た事実存在「ほのかに白し」による叙述の一部に引き込まれてしまうからである。

2）　その特殊・媒介種Ⅰ(間)の事実存在「ほのかに白し」には、種Ⅳ(台)の事実存在「暮れ(し)海」と、種Ⅱ(姿)の事実存在「鴨の-こゑ」の両固有種に対する、双方向的な共約性が認められる。と同時に、この特殊・媒介種Ⅰの事実存在は、一般・固有種Ⅳの(台)の事実存在「くれ(し)-海」とのあいだにも、即、"事実項——叙述連鎖((主部-述部)複合述定性の)複合的判ネクサス断命題(文))"の形成が認められる。→　そうだとすれば、一般・固有種Ⅱ(姿)の事実存在「鴨の-こゑ」は、場所Ⅱに確保されたと見ることができ

るだろう。種Ⅱ「姿」としての事実存在の独立性を保っているとみなせるからである。

見方1) からは、作品$_{4a}$は、一般・固有種Ⅱ（姿）に立つ事実存在「鴨の-こゑ」が、一般・固有種Ⅳ（台）を担う事実存在「くれ（し）-海」を前提に成り立っていると見ることになるだろう。もとより、この見方を採れば、その逆は、成り立たない。両固有種の事実存在間の等位関係は認めることができない。

見方2) からは、どうか？ この見方を採れば、芭蕉が特殊・媒介種Ⅰ（間）に、叙述性の事実存在「ほのかに白し」を見出した点に、格別に注目することになるだろう。この叙述性の事実存在には、共約性があるからだ。そうだとすれば、"事実項——叙述連鎖（同前）"が、種Ⅳ（台）の事実存在「くれ（し）-海」と、種Ⅱの事実存在「鴨の-こゑ」の両一般・固有種に対し、双方向的に、均分に形成されたと見ることになるだろう。
ネクサス

見方1) からは、作品$_{4a}$「海くれて」は、作品$_1$「初しぐれ」と同工のテクスト構成を持つとみなすことになる。そのテクストが「入れ子型」図式に構成されているからだ。見方2) からは、どうか？ 作品$_3$「荒海や」と同工のテクスト構成を持つとみなすことになるだろう。そのテクストが「ブリッジ型」図式に構成されているからである。

4a.2.1　標準ブリッジ型語彙(志向)図式の抑制〈60〉

図式類型の、この両義的な受け取りについて、もう少し詳しく見てみよう。……

見方1) を採れば、作品$_{4a}$「海くれて」は、「鴨の-こゑ」が「（鴨の-こゑ）——ほのかに白し」の部分に吸引されたと見ることになるだろう。場所Ⅱに
・・・
「取り合さ」れた一般・固有種Ⅱ（姿）の事実存在「鴨の-こゑ」が特殊・媒介種Ⅰ（間）の叙述的な事実存在「（鴨の-こゑ）——ほのかに白し」の一部に引き込まれたと解釈することになるからだ。芭蕉が、いったんは、「取り合せ」た
・・・
種Ⅳ（台）、種Ⅱ（姿）の両固有種間の、等位性の勝った、両価的な反立関係を
・・・
「抑制し」て、種Ⅱ（姿）の事実存在を種Ⅰ（間）の存在の一部に組み込んだと

みなすのである。

　このような見方からは、場所Ⅱは、空集合化することになるだろう。その結果、作品₄ₐのテクスト内の事実存在連関の場の全体は、「入れ子型」図式に造形された様相を呈する。それも、標準「入れ子型」の語彙（志向）図式で制作された様相を呈することになるだろう。芭蕉が場所Ⅳに見出し、「台」の役割を担わせた種Ⅳの事実存在「くれ（し）-海」が持つ属性を、「間」に見出して来させた種Ⅰの事実存在「（鴨の-こゑ）──ほのかに白し」によって、大きく叙述する表現の構えを取ったと見るのである。

　このような構えを、標準「ブリッジ型」の語彙（志向）図式が開示した、緊張と均衡ある事実存在間の連関を「抑制し」て、標準「入れ子型」図式の構えに「打延べ」た作意とみなすこともできるだろう。芭蕉が作品₄ₐのテクスト（場・磁場・現象地平・象徴世界）構成に、いわゆる、「ほそみ」の手法を用いたと見るのである（→〈32〉〈61〉〈62〉〈67〉〈73〉〈83〉）。

　ところが、一方で、場所Ⅰに見出して定立した、特殊・媒介種Ⅰ（間）を埋める、本来の事実存在「ほのかに白し」は、共約性を失ってはいないのである。この存在は、種Ⅳ（台）を担う「くれ（し）-海」と、種Ⅱ（姿）の存在を際立てる「鴨の-こゑ」の両固有種の存在に対する「取り囃し」や共約に、明らかに働いている。標準「入れ子型」の語彙（志向）図式にもとづく作品のテクスト構成要件の1つ（要件3）は、「特殊・媒介種Ⅰ（間）相当の叙述的事実存在が種Ⅳ（台）の事実存在と、種Ⅱ（台）の事実存在を共約する働きを持たない」ということだった（→〈45〉）。

4a.2.2　標準-入れ子型語彙(志向)図式の拡張〈61〉

　そうだとすれば、作品₄ₐの事実存在連関の場（磁場・現象地平・テクスト・象徴空間）は、結局は、標準「入れ子型」と、標準「ブリッジ型」の中間的な語彙（志向）図式で拓かれていると見る──間存在論的には、後述の図式類型、β「入れ子型」に、より有縁と見る（→〈83〉〈87〉〈88〉）のだが──ことになるだろう。わたしは、これを、芭蕉が作品₄ₐ「海くれて」のテクストを、2面

性ある意識の構えで構成したものと見た。彼が自らの「取り合せ」た遠隔項どうし、種Ⅳ（台）相当の「くれ（し）-海」と、種Ⅱ（姿）相当の「鴨の-こゑ」の両固有種の事実存在間の緊張関係を、一方では、「強化し」つつ、他方では、「抑制し」たと見たのである。

このような複雑な意識の構えでつくられた作品₄ₐのテクストは、それ自体が"両義的"な性格を帯びたものになると見なければならない。その構成を、それこそ、森川許六が強調した「取合せ」論と、向井去来が強調した「打延べ」論との両論が、それぞれ、持っている、積極的な特徴を兼備したものと見ることになる（→〈32〉〈60〉〈62〉〈65〉〈67〉〈73〉〈83〉）。

わたしは、作品₄ₐ「海くれて」のテクスト構成に見る芭蕉の、この複雑性の意識の構えを、「入れ子・ブリッジ型」の語彙（志向）図式と呼んだ。

4a.3　取り合せと打延べの両用 〈62〉

作品₄ₐ「海くれて」は、狭義の「蕉風」開眼期の秀句の1つに数えられる。句中の「ほのかに白し」については、いったい、何が「白い」のかという点で、解釈には、対立がある。たとえば、山本健吉は、こう解釈した。

> 芭蕉は、鴨の声を端的にほの白いと感じたのであり、……あたりが灰白いために鴨の鳴声が白く感じられるという志田（義秀）説は、やや言い過ぎなのである。（1957『芭蕉――その鑑賞と批評』pp.78〜79）

山本は、"連鎖「鴨の-こゑ」――「白し」"を強調して、読み取った。

それに対して、たとえば、暉峻康隆は、つぎのような解釈を加えた。

> この句を一般の俳人や詩人たちは、鴨の声が白い、という音の感じを色彩で表現していて、ひじょうに大胆でフレッシュな句だと言っています。この句は三分節⁸⁾になっているので、「ほのかに白し」というのを、「鴨のこゑ」につなげてその形容と考えるのか、それとも「海くれて」と「鴨のこゑ」とをひっくるめて「ほのかに白し」と言っているのか、そこで解釈が分かれます。……私は後者の、そういう風景のすべてを受けとめて「ほのかに白し」と表現していると思うのです。

〈62〉　　　　　　　　　　　　　　第1節　俳句の語彙(志向)図式　173

　山本は、芭蕉が「入れ子型」の語彙（志向）図式を用いて、テクスト構成をおこなったと受け取っているわけだ。作品₁「初しぐれ」に倣う意識の構えを適用したという受け取りである。それに対して、暉峻は、芭蕉が「ブリッジ型」の語彙（志向）図式を用いてテクスト構成をおこなったと受け取っているわけだ。作品₃「荒海や」に準じる意識の構えを適用したという受け取りである。

　だが、わたしは、この作品₄ₐ「海くれて」を制作した芭蕉の意識の構え（語彙図式）は、そのいずれをも活かした、複雑性の図式で仕組まれたと見た。暉峻の見解にも妥当性があるが、山本の言うように、"連鎖「ほのかに白（き）」――「鴨の-こゑ」"が"連鎖「暮れ（し）-海」――「ほのかに白し」"を惹き起こす一撃となったという見方も棄て難い。わたしは、この作品は、単眼 *single vision* にもとづく2者択一の見方からではなく、むしろ、構えとしての図式に対する、"抑制"と"強化"の両面への配意を効かせた複眼 *double vision* の見方でつくられたと見た（→〈32〉〈60〉〈61〉〈65〉〈73〉〈83〉）。

4a.4　眼差しの交差で場所の境界条件を確定――「真言(まこと)」の意味を責める4a〈63〉

　芭蕉は、作品₄ₐ「海くれて」の制作では、複眼の見方から、類縁2種類の眼差し（視点・関心焦点・着眼点、意義）を"交差"させて組み合わせた。紡ぎ合わせた。その眼差しを、それぞれ、吸着させたかたちになっている2個の仮象「海（なるもの）」、「こゑ（なるもの）」を、つぎの〈フレーム表〉に示すように、"交差"をふくんで組み合わせた。紡ぎ合わせた。判断を図式化させたと言ってもよい。

　述語判断を図式化することによって、存在の不確定的な仮象に、根付くべき場所の境界条件ないしは、そこへ成立してくる事実存在の意味特性を連関のうちに、確定的に見出した。芭蕉は、あやふやな仮象自体の存在を、確定的な実象、事実存在にリアライズすべく、彼のいわゆる、「誠（真言）を責める」のに「勉め」たのである。

〈フレーム表2-4a-1〉：語彙(志向)図式の仮象のフレームが開示する場所と事実存在——作品4a
　　*ヨコ(x)軸の視点の仮象「海(の色)(なるもの)」、タテ(x)軸の視点の仮象「こゑ(なるもの)」
─〈場所Ⅰ(間)〉：特殊・媒介種Ⅰ(間)の事実存在($^+$仮象「海(の色)」・$^+$仮象「こゑ」)：「海(の色)」にも、「こゑ」にも関る、象徴的な存在があるべき場所(間)がある。
─〈場所Ⅱ(姿)〉：一般・固有種Ⅱ(姿)の事実存在($^-$仮象「海(の色)」・$^+$仮象「こゑ」)：「海(の色)」には関らないが、「こゑ」には関る、象徴的な存在があるべき場所(姿)がある。
─**〈場所Ⅲ(底)〉：超越的・媒介種Ⅲ(底)の事実存在($^-$仮象「海(の色)」・$^-$仮象「こゑ」)：「海(の色)」にも、「こゑ」にも関らない、象徴的な存在(モノと、本来の自分)があるべき場所(底)がある。**
─〈場所Ⅳ(台)〉：一般・固有種Ⅳ(台)の事実存在($^+$仮象「海(の色)」・$^-$仮象「こゑ」)：「海(の色)」には関るが、「こゑ」には関らない、象徴的な存在があるべき場所(台)がある。
　　*作品2では、場所Ⅱには、固有種Ⅱ(姿)相当の事実存在「鴨の-こゑ」の独立性がやや希薄化する。

〈フレーム表2-4a-2〉：語彙(志向)図式の意義のフレームが付与する場所の境界条件と事実存在の意味特性——作品4a
　　*ヨコ(x)軸の視点(仮象「海(の色)」の意義)：[海面に立ち広がり、こめる闇の色]、
　　　タテ(y)軸の視点(仮象「こゑ」の意義)：[天空をよぎる、鴨の裂帛の一声]
─〈場所Ⅰ(間)〉の境界条件($^+$仮象「海(の色)」の意義・$^+$仮象「こゑ」の意義)：[海面に立ち広がり、こめる闇の色]にも、[天空をよぎる鴨の裂帛の一声]にも関るような、象徴的な場所(間)がある。《海面に立ち広がり、こめる闇の帳を切り裂くように、一瞬、天空をよぎって飛び去っていく、鴨の裂帛の一声》
─〈場所Ⅱ(姿)〉の境界条件($^-$仮象「海(の色)」の意義・$^+$仮象「こゑ」の意義)：[海面に立ち広がり、こめる闇の色]には関らないが、[天空をよぎる裂帛の一声]には関りのある、象徴的な場所(姿)がある。《天空をよぎって、去っていく、1羽の渡り鳥の、線的な裂帛の一声と飛翔》
─〈場所Ⅲ(底)〉の境界条件($^-$仮象「海(の色)」の意義・$^-$仮象「こゑ」の意義)：[海面に立ち広がり、こめる闇の色]にも、[天空をよぎる、鴨の裂帛の一声]にも関らない、それらをリセットするような、象徴的な場所(底)がある。《視野の一方に、しだいに降りこめる夜の闇の帳に包まれてゆく、暗い海の色を収めていたとき、一瞬、天空を切裂くようにして飛び去ってゆく渡り鳥、鴨の裂帛の一声を聞いた。その瞬間、その声が海の闇の色を切裂くかのように、「ほの白いもの」が走ったと感じた。だが、そのあと、胸中をよぎるのは、いっそう深く、闇の帳がこめてくるという、予感めいた意識である。》ただし、この共約意識は、あからさまには、表現されていない。
─〈場所Ⅳ(台)〉の境界条件($^+$視点「海(の色)」の意義・$^-$視点「こゑ」の意義)：[海面に広がり、こめる闇の色]には関るが、[天空をよぎる、鴨の裂帛の一声]には関らないような、象徴的な場所(台)〉がある。《迫り、色濃くなる闇の帳に、ただ、ただ垂れこめてゆく夕暮れの海面(うみづら)》

〈64〉　　　　　　　　　　　　　　　　第1節　俳句の語彙(志向)図式　175

4a.5　地平超越の視座──作者と読者の出逢いの場所「底」〈64〉

　〈フレーム表2-4a〉の場所Ⅲ（底）にも注目しよう（→〈63〉）。……

　作者が語彙（志向）図式のフレーム（概念枠・準拠枠）に沿って見出し与える事実存在への意味特性の中には、表現された文言外にも及ぶようなものまでがふくまれてくる。究極の叙述性の事実存在とでも呼ぶべきもの──実存としての作者や読者の人格的事実存在と、それらが抱く超越的な意識──が成立する、場所Ⅲ（底）に読み取るべき意味特性が、とりわけ、そうである。そこで読み取れてくるものは、作中に身を흐り込ませた作者自身や、解釈によって、それを読み取り、引き付ける読者たちの実存と、その深い意識である。作品$_{4a}$「海くれて」で言えば、芭蕉、あるいは、読者の胸中をよぎる［さらなる漆黒の闇への予感］、……とでもいった、事実存在としての意識である。

　場所Ⅲ（底）に読み取るべき、その種の意味特性や、それを引きつけた事実存在としての深い意識が、目下、選択されたテクスト（場・磁場・象徴世界）内の現象地平に対して、脱地平的、超越的に働く点には、注目する必要があるだろう。作品$_{4a}$にも、そのような芭蕉の振る舞いや働きが認められる。その意識は、総じて、テクスト内の固有種Ⅳ（台）を担う事実存在「くれし-海」や、それに反立して「取り合さ」れ、固有種Ⅱ（姿）を際立たせている事実存在「鴨の-こゑ」に見出し与えられている意味を、いずれも、否定的に打ち返して、凌駕するものになっている。

　それだけではない。作品$_{4a}$で言えば、特殊・媒介種Ⅰ（間）を埋める、叙述性の事実存在に見出し与えられた意味特性は、［(一瞬)、ほのかに白し（と感じる）］意識である。このばあいの意識は、種Ⅳ（台）の「くれし-海」と、種Ⅱ（姿）の「鴨の-こゑ」の両固有種の事実存在に、それぞれ、見出し与えられている意味特性を共約するような、すぐれて内向きのものになっている。

　それが超越的媒介種Ⅲ（底）に立ち還った本来の芭蕉自身、あるいは、作品$_{4a}$に感応し、そこへ潜入してきた読者に与えらるべき意味特性となると、そうした、たんなる、共約的、調整的な意味特性は超越して、打ち返してしまうようなものになっていなければならないのである。言ってみれば、この作

品の「究極の心（意識）」を表白するような、内向きではありながらも、断然、外向きにもなっているような、それは、意識でなければならない。

　図式の上で、そうした、ネガティヴな共約性を鮮明にしている、種Ⅲ（底）に立つような「究極の人格的存在（現存在）」と言えば、それこそ、脱自的、脱地平的な超越者でなければならない。原点性と回心性とに富んだ人格的事実存在ということにもなってくる。作品 $4a$「海くれて」以前の、つまり、この作品のテクスト内の"図"*figure*の構成を初期化して、その"図"を、根元的とも言うべき"地"*graund*（＝大地・故郷）にまで還元してしまうような、それこそ、意味の地平の創造者でなければならない。

　わたしは、そのような人格的事実存在を、この作品では、まずは、［自らの胸中に、しだいにこめてくる、さらなる漆黒の闇の予感者］、別言すれば、「内なる芭蕉」——そして、それに感応し、理解を示す「内なる読者」も——に求めた（→乾裕幸1981『ことばの内なる芭蕉』）。つまり、芭蕉と、心を得た読者の「実存（人神・超人）」に求めたのである。

　こうした解釈は、そもそも、場所Ⅲ（底）を、主観を客観化させ、客観を主観化させて、"主（観）——客（観）"一致の場を現象させて開示するような、その作者本来の視座とみなす見方に根ざしている。わたしは、場所Ⅲ（底）を作品のテクスト構成者の指定席ととらえた。それこそ、「内なる作者」が我が身を裂開させて、それをいくつかの、可能な事実存在、分身群へと投じるための、それこそ、「自己統一」の場所ととらえた。「底」を、分身群を客体的事実存在ともども、いずれも、その存立可能な場所へと分置し、確保して了解するような、実存が位置すべき"奥底の視座"と見たのである（→西田幾多郎1945「場所的論理と宗教的世界観」《『哲学論文集7』》）。

　　　　＊場所Ⅲ「底」は、基本的な、単一の語彙（志向）図式では、もとより、たとえ、それが接続してネットワーク化したものであっても、それが図式であるかぎりは、常に、拓かれ、確保されていると見ることができる。セットとしての集合は、いくら重なり合おうとも、「底」相当の場所Ⅲは、かならず、拓かれるようになっている。地平の融合可能性は、限りないものと見なければならない。

読者についてもまた、同様である。わたしは、場所Ⅲ（底）を、読者が作品のテクスト構成——それは、生身の作者や読者の意識を超えた自律性を持っている——を了解すべく、解釈を通じて、身を投じ、入り込ませてゆく、そこを"入念の場所"と見た。

そこは、結局、心ある作者と読者が落ち合う場所でもある。遂行性の道具的知性では、とかく、仮象化してしかとらえ得ない存在者の存在の解釈に際し、彼らは、語彙（志向）図式を用い——多くのばあい、生活世界の基盤に根差した（芸術・文学的な）直観にもとづいているのだが——て、それが拓くテクスト内部に身を投じて入り込ませ、場所Ⅲ（底）で落ち合うのである。彼らは、自らに向かって、そのように開き示された事実存在群[9]の存立と連関の場、現象地平を創出するばかりではない。その場、その地平さえも根元的に問い直して、さらなる、超越を図り、外なる別の場、可能地平へも限りなく接続させ、融合させてゆこうとする。場所Ⅲ「底」は、そのための、恒常的な起点と言ってもよい。

それこそ、心得た作者や読者なら、目下、自分が開示した現象地平の構成や、その再構成自体をも照射するにちがいない。ほとんど、無意識のうちにだが、偏見を排し、その眼差し（志向性・述語判断）を幾重にも"交差"させてゆくだろう。場所Ⅲ（底）を、常に、設け、そこへの通路を明示する彼らの語彙（志向）図式は、簡素なものだが、無限の可能性に向かって開かれているのである。

そもそも、その彼らの執拗なまでの配意が場所Ⅲ（底）を拓いているのだと言ってもよい。彼らは、生身の己れを、本来の己れへと引き戻し、場所Ⅲへと位置づけて、図式を用いた解釈活動を通じ、目下の地平、テクストの拡張や融合、そして、解体にも当たらせるのである（→〈4〉〈7〉〈8〉〈10〉〈26〉）。

4a.6　入れ子・ブリッジ型語彙(志向)図式の構成要件〈65〉

作品 4a「海くれて」に見る、「入れ子型」と「ブリッジ型」の中間的な語彙（志向）図式を用いて拓かれるテクストは、おおまかには、つぎの4つの構成要件を持っている。

1．"項Ⅱ（一般・固有種Ⅱ（姿）の事実存在）——叙述Ⅰ（特殊・媒介種Ⅰ（間）の事

178　第Ⅲ章　芭蕉の発句のテクスト構成

実存在)連鎖((主部——述部複合述定性の)——述語判断命題(文))"の成立が認められる(→下段注)。

2．"項Ⅳ(一般・固有種Ⅳ(台)の事実存在)——叙述Ⅰ(特殊・媒介種Ⅰ(間)の事実存在)連鎖((主部——述部複合述定性の)述語判断命題(文))"の成立が認められる(→下段注)。

3．叙述Ⅰ(特殊・媒介種Ⅰの事実存在)には、項Ⅱ(一般・固有種Ⅱの事実存在)と、項Ⅳ(一般・固有種Ⅳ(台)の事実存在)に対する共約性が認められる。

4．項Ⅳの項Ⅱに対する文化的支配(拘束) ⇔ 従属(被拘束)関係、"一般・固有種Ⅳ(台)の事実存在 ⊆ 一般・固有種Ⅱ(姿)の事実存在"の関係が明瞭に認められる。

　　　＊図式類型₄のばあい、図式類型₃と同様に、要件1、2では、主部——述部の述語判断の複合による"連鎖"の形成が意味面に偏る傾向がある。

作品₄ₐ「海くれて」に即して説明しよう。その逐一を〈磁場図4d₁〉でも確かめてみてほしい(→〈58〉)。……

この作品は、まず、構成要件1、2を、ともに、充たしている。それぞれ、つぎのように、即、"事実項——叙述連鎖(主部——述部複合の述語判断命題(文))"の有意連関の成立を認めることができる。

　　一般・固有種Ⅱ(姿)の事実存在「鴨の-こゑ」—— 特殊・媒介種Ⅰ(間)の叙述性の事実存在「ほのかに白し」

　　一般・固有種Ⅳ(台)の事実存在「暮れ(し)-海」—— 特殊・媒介種Ⅰ(間)の叙述性の事実存在「ほのかに白し」

いきおい、作品₄ₐは、構成要件3も充たしていると見てよい。媒介種Ⅰ、叙述性の事実存在「ほのかに白し」は、芭蕉が自らの「取り合せ」た上記の両一般・固有種の事実存在に対する共約的な述語判断を表現したものである。その叙述は、種Ⅳ(台)の「くれ(し)-海」と、種Ⅱの「鴨の-こゑ」の両固有種の事実存在が、それぞれに、持っている意味を共約したものに相当している。

作品₄ₐは、さらに、構成要件4も満足している。種Ⅱ(姿)の事実存在「鴨の-こゑ」は、種Ⅳ(台)の事実存在「くれ(し)-海」を前提に詠み立てられ

ているると見ることができる。芭蕉は、前者を後者に、文化的に内属させており、かならずしも、同等の地位を与えてはいない。

　構成要件1、4は、作品₁「初しぐれ」に見るような標準「入れ子型」の語彙（志向）図式で拓かれた作品のテクストにとっては、必須要件とも言える。一方、構成要件2、3は、作品₃「荒海や」に見るような標準「ブリッジ型」の語彙（志向）図式で拓かれた作品のテクストにとっては、必須要件と言えるだろう。そうだとすれば、作品₄ₐ「海くれて」のテクスト構成では、芭蕉は、作品₁「初しぐれ」のそれと、作品₃「荒海や」のそれとを折衷した、複雑性の語彙（志向）図式を用いたと見ることができる。

4b.　作品₄ᵦ「塩鯛の」のばあい

4b.1　作品₄ᵦ「塩鯛の」のテクスト構成〈66〉

　作品₄ᵦ「塩鯛の」は、作品₁～₄ₐとは異なり、芭蕉の晩年、江戸深川在住、最終期の作である。芭蕉は、この作品のテクスト構成でも、作品₄ₐ同様に、図式類型₄、つまり、「入れ子型」と「ブリッジ型」の中間的な語彙（志向）図式を用いた。その構成には、作品₁「初しぐれ」や、作品ᵦ「石山の」に代表されるような「入れ子型」図式の連関を期す配意も認められれば、作品₃「荒海や」に代表されるような標準「ブリッジ型」図式の連関構成を企てる配意も認められる。そのテクスト構成を簡略記述で示してみよう。

> 作品₄ᵦ.　I（Ⅱ）塩鯛の歯茎も　（I）寒し（冬）　Ⅳ魚の店
> 　　　（元禄5（1692）年、49歳）（藤井巴水編「薦獅子集」元禄6（1693）年刊）

　この記述も、〈意味の磁場図〉に移し替えて示しなおせる。作品4a「初しぐれ」と同じテクスト構成を持っているのがわかるだろう。

　その〈磁場図4d₂〉を見ていただきたい。……

　芭蕉は、作品₄ᵦ「塩鯛の」では、ヨコ（x）軸の眼差しの視点（関心焦点・着眼点・識心・意義）には、仮象「店(なるもの)」（意義［日常的な庶民生活の場］）を据

えた。タテ（y）軸の眼差しの視点（同前、以下も）には、仮象「歯ぐき（なるもの）」（意義［内面に枯渇する生の露呈］）を置いた。その上で、ヨコ（x）軸の視点を担う仮象「店」（同前）と、タテ（y）軸の視点を担う仮象「歯ぐき」（同前）とを、やはり、"交差"をふくんで組み合わせた。眼差しを紡ぎ合わせたと言ってもよい。

その結果、彼の内面の識野は、4分された。芭蕉は、作品4b「塩鯛の」に、4箇所の場所（意境・セット・トポス）と、それらを1つに集めた、1個の事実存在連関の場（磁場・地平・テクスト・象徴世界）を拓いた。

場所Ⅳに注目してほしい。彼は、そこへは、ヨコ軸の視点を担わせた仮象「店（なるもの）」にとっては、「固有」とも言うべき種Ⅳの事実存在「魚の-店」を見出し、定立して、この作品の意味連関の基調をつくる「台（風）」の役割を宛がった。

場所Ⅱにも注目していただきたい。……

さらに、彼は、場所Ⅱへは、タテ軸の視点を担わせた仮象「歯ぐき（なるもの）」にとっては、「固有」とも言うべき事実存在に、「姿」相当、種Ⅱの事実存在「塩鯛の-歯ぐき（であるものがある）」を見出し定立して、上述の一般・固

〈磁場図4d₂〉：「入れ子・ブリッジ型」中間語彙(志向)図式で拓かれた意味の磁場―作品4b

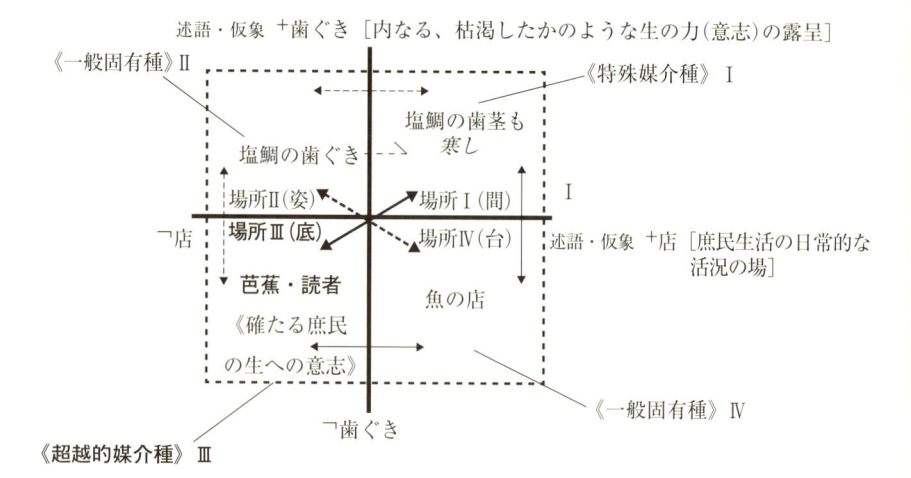

述語・仮象 ＋歯ぐき［内なる、枯渇したかのような生の力(意志)の露呈］

《一般固有種》Ⅱ　　　　　　　　　　　　　　　《特殊媒介種》Ⅰ

塩鯛の歯ぐき
塩鯛の歯茎も寒し
場所Ⅱ(姿)　場所Ⅰ(間)
¬店　　場所Ⅲ(底)　　場所Ⅳ(台)　　述語・仮象 ＋店［庶民生活の日常的な活況の場］
芭蕉・読者
《確たる庶民の生への意志》
魚の店

《超越的媒介種》Ⅲ　　¬歯ぐき　　《一般固有種》Ⅳ

有種Ⅳ（台・風）を担う事実存在「魚の-店（であるものがある）」に「取り合せ」、「モンタージュ」した。据え載せたと言ってもよい。

　今度は、場所Ⅰにも注目しよう。……

　さらに、彼は、この場所Ⅰへは、特殊・媒介種Ⅰの述語性の事実存在「寒し（であるような（意識）がある）」を見出し、「間」を埋める、叙述性の事実存在の役割を宛がい、詠み立てた。述語判断の結果として見出された、この叙述性の事実存在「寒し（であるような（意識）がある）」には、先に「取り合せ」て対置した種Ⅳ（台・風）と種Ⅱ（姿）の両固有種の事実存在の持つ、対立的な意味を共約させた。「取り持た」せ、「取り囃さ」せた。

4b.2　語彙（志向）図式の抑制と拡張b〈67〉

　あらためて、〈磁場図4d₂〉を見ていただきたい（→〈66〉）。……

　芭蕉は、作品₄ₓのテクスト（場・磁場・現象地平・象徴世界）構成でも、作品₄ₐ同様に、複雑性の構え（語彙図式）を用いた。たとえば、彼は、場所Ⅱに「取り合せ」た一般・固有種Ⅱ（姿）相当の事実存在「塩鯛の-歯ぐき」を、つぎのように確保したとも言えれば、しなかったとも言える。

1）　場所Ⅱに定立した種Ⅱ（姿）相当の事実存在「塩鯛の-歯ぐき」は、同じく、一般・固有種Ⅳ（台・風）を担う事実存在「魚の-店」に文化的に存在拘束されていると見ることができるだろう。その様相下で、種Ⅱ（姿）に妥当する事実存在と、特殊・媒介種Ⅰ（間）に見出だされた叙述性の事実存在「寒し」とのあいだには、"事実項Ⅱ「塩鯛の-歯ぐき」──叙述Ⅰ「寒し」連鎖（ネクサス）（（主部──述部複合述定性の）判断命題（文））"形成が認められる。

　→　そうだとすれば、芭蕉は、一般・固有種Ⅱ（姿）の役割を振る舞う事実存在「塩鯛の-歯ぐき」を、場所Ⅱには「確保しなかった」と見ることができるだろう。この存在は、独立性を失って、特殊・媒介種Ⅰ（間）に来た、叙述性の事実存在「寒し」による叙述の一部に組み込まれたと解釈するからである。

2）　特殊・媒介種Ⅰの事実存在「寒し」には、種Ⅱ（姿）に任じさせた事実

存在「塩鯛の-歯ぐき」と、種Ⅳ(台)を担わせた事実存在「魚の-店」の両一般・固有種に対する共約性を認めることができる。したがって、種Ⅳ(台)、種Ⅱ(姿)の両事実存在は、等位関係にあるとみなしてよい。いきおい、一般・固有種Ⅱ(姿)の役割を振る舞う事実存在「塩鯛の-歯ぐき」と、特殊・媒介種Ⅰ(間)に来た事実存在「寒し」とのあいだには、"事実項Ⅱ「塩鯛の-歯ぐき」——叙述Ⅰ「寒し」の連鎖(ネクサス)((主部——述部複合)判断命題(文))"の形成が認められようになるし、一般・固有種Ⅳ(台)を担う事実存在「魚の-店」と、特殊・媒介種Ⅰ(間)に来た叙述性の事実存在「寒し」とのあいだにも、"事実項Ⅳ「魚の-店」——叙述Ⅰ「寒し」の連鎖(ネクサス)(主部——述部複合判断命題(文))"の形成が認められるようになる。→してみれば、一般・固有種Ⅱ(姿)を演じる事実存在「塩鯛の-歯ぐき」は、「確保された」と見ることができるだろう。芭蕉は、種Ⅱ(姿)の事実存在「塩鯛の-歯ぐき」と、種Ⅳ(台・風)の事実存在「魚の-店」の両固有種を、いずれも、「確保した」。

観点1)からは、作品$_{4b}$「塩鯛の」テクスト構成は、作品$_1$「初しぐれ」や、作品$_\beta$「石山の」などと同様に、「入れ子型」図式のテクスト構成を示しているとみなし得る。一方、観点2)からは、作品$_3$「荒海や」などと同様に、「ブリッジ型」図式のテクスト構成を示しているともみなし得る。

ところが、後述するが、「間存在論」的(→〈14〉)に見れば、作品$_3$「荒海や」に見る標準「ブリッジ型」の図式類型$_3$自体を、そもそも、標準「入れ子型」の図式類型$_1$で拓かれた作品$_1$「初しぐれ」や、作品$_\beta$「石山の」などに見られる、特殊タイプの「入れ子型」図式類型$_\beta$の影響下に派生してきたものと見ることができるのである(→〈88〉)。

そうだとすれば、作品「海くれて」や、「塩鯛の」に見られるような図式類型$_4$は、直接には、そうした背景を持った作品$_3$「荒海や」に代表される標準「ブリッジ型」の図式類型$_3$から派生したものと見なければならない。

いずれにしても、作品$_{4b}$のテクストは、結局は、作品$_{4a}$同様、図式類型$_4$でつくられている。芭蕉は、作品$_{4b}$「塩鯛の」のテクスト構成では、自らの

⟨67⟩⟨68⟩　　　　　　　　　　　第1節　俳句の語彙(志向)図式　183

「取り合せ」た種Ⅳ（台・風）の事実存在「魚の-店」と、種Ⅱ（姿）の事実存在「塩鯛の-歯ぐき」の両固有種間の、均衡ある緊張関係を抑制する配意を示した（→⟨32⟩⟨60⟩〜⟨62⟩⟨65⟩⟨73⟩⟨83⟩）。

4b.3　磁場化するテクスト――事実存在の遠隔項関係への両価性の見分け ⟨68⟩

　この点も、⟨磁場図4d₂⟩で確かめられたい（→⟨66⟩）。……

　芭蕉は、作品₄ₐ「海くれて」や、₄ᵦ「塩鯛の」でも、そのテクストを磁場化させた。テクスト内事実存在の存立と連関の場（現象地平・テクスト・象徴世界）は、彼の認識関心にもとづく"意味の力の磁場"と化している。

　作品₄ᵦ「塩鯛の」に即して言おう。場所Ⅳと場所Ⅱに注目してほしい。……

　この2箇所の場所ないし、そこへ、それぞれ、「取り合され」て詠み立てられた「台（風）」と、その上に立つかたちの「姿」の両事実存在は、作者、芭蕉の見分けが帯びた両価性の"鋭い斥力"の介在によって、強く引き裂かれている。種Ⅳ（台・風）を担う事実存在「魚の-店」と、種Ⅱ（姿）を振る舞う事実存在「塩鯛の-歯ぐき」の両固有種は、"鋭い斥力"の介在によって、遠隔項関係に裂開させられた。芭蕉は、両事実存在を、そのそれぞれが典型的に持つ視点（関心焦点・着眼点・意義・語義）に関して、たがいに、"鋭く"対立し合うよう配意して際立て、詠み分けた。

　ヨコ（x）軸の視点を担う前者、仮象「店（なるもの）」の意義は、［日常的な庶民生活の場］と解された。それを象徴的に表現するのが一般・固有種Ⅳ（台・風）相当の事実存在「魚の-店（棚も）」ということになる。一方、タテ（y）軸の視点を担う後者、仮象「歯ぐき（なるもの）」の意義は、［（魚の、そして、我の）内面に枯渇しつつも、なお、迸り出てくる生の力の露呈］といったものと解された。そのイメージを象徴的に表現するのが一般・固有種Ⅱ（姿）に擬された事実存在「塩鯛の-歯ぐき」にほかならない。

　いきおい、そこでは、芭蕉が両一般・固有種の事実存在に見出し与える意味特性は、反立的で、反義的な様相で疎隔し合ったものとなる。彼は、両事実存在間に、"逆対称的"な有意連関を、積極的に造形して、この作品の磁場の両

極を際立てた。両弦を逆性に際立てることで、自らに向かって開き示す現象地平（場・磁場・テクスト・象徴世界）の部分的全容に緊張を与えて、"意味の環流"をつくり出した。

　場所Ⅰと場所Ⅲにも注目してほしい。……

　場所Ⅳと場所Ⅱは、いずれも、固有種の事実存在の在り処である。ヨコ（x）軸と、タテ（y）軸、それぞれの視点を担う仮象が持つ意義にとって、そこは、いずれも、ありふれてはいるが、それだけに、典型的とも言える固有種の存在の成り立つ場所である。

　それに対して、場所Ⅰ（間）と場所Ⅲ（底）は、いずれも、媒介種の事実存在の在り処となる。そこは、ヨコ（x）軸、タテ（y）軸、それぞれの視点を担う、仮象の持つ意義にとっては、いずれも、特殊にして、特異なタイプ、媒介種の事実存在が成り立つ場所である。発句の作者たちは、これらの場所には、けっして、ありふれてなどいない、特殊で、特異なタイプの事実存在を定立して詠み立てるのが通例となっている。

　彼らは、種Ⅳ（台・風）のそれは場所Ⅳへ、種Ⅱ（姿）のそれは場所Ⅱへと、両一般・固有種の事実存在を裂開させて詠み分けていく。この「取り合せ」的裂開に伴って、場所Ⅰ（間）と場所Ⅲ（底）には、いずれも、その「取り持ち」や、「取り囃し」に働く事実存在を選び抜き、介在させていくのである。乖離し合う種Ⅳ（台・風）と種Ⅱ（姿）の両固有種の事実存在を"表・裏"から「取り持ち」、「取り囃さ」[10]せて共約し、意味的にも、相互浸透が可能になるよう介在させるのである。

　芭蕉も、作品 4b「塩鯛の」では、場所Ⅰには、"表"からの解釈として、特殊・媒介種Ⅰ（間）相当、叙述性の事実存在「（塩鯛の歯も、魚店も、そして、我も）寒し」なる意識を見出し、詠み立てた。場所Ⅲには、どうか？　そこへは、"裏"からの解釈として、超越的媒介種Ⅲ（底）相当の、叙述性をもふくむ事実存在「（塩鯛の歯＝魚店＝我にひきかえて）、庶民の、確固たる生への意欲（とでも言うべき、意志的なもの）」といった、飛躍的な意識を見出して、詠み立てている。

　ただし、このばあいの"裏"の事実存在として読み取れてくる彼の、その深

い意識は、自らに向かっても、故意に隠されているのだ。読者の、より深い解釈を求めてのことと解される。

　種Ⅰ（間）、種Ⅲ（底）に来る両媒介種、叙述性の事実存在は、いずれも、解釈的な意識内容を持つものでなければならない。それは、「取り合さ」れた種Ⅳ（台・風）を担う事実存在「魚の-店」と、種Ⅱ（姿）を振る舞う事実存在「塩鯛の-歯ぐき」の両固有種を"表・裏"から「取り持つ」て、共約するに足るだけの意味特性を帯びているものでなければならない。この"表（容認・肯定）・裏（否認・否定）" 2 面にわたる、両価性の共約的媒介項の介在がまた、作品$_{4b}$のテクスト内事実存在の連関の場（同前、以下も）に、緊張を伴った"逆対称的"な有意連関の構成を可能にしていると見るのである。

　その結果、2 組の両価性の見分けに、それぞれ、伴う"鋭い斥力"の"交差"によって、作品$_{4b}$「塩鯛の」のテクスト内には、"意味の力の磁場"が打ち開かれた。その存在連関の場には、つぎのような"逆対称性"を際立てた 2 組の有意連関が造形された。

　　場所Ⅳ×　場所Ⅱ
　　一般・固有種Ⅳ（台・風）の事実存在「魚の-店」×　一般・固有種Ⅱ（姿）の
　　　事実存在「塩鯛の-歯ぐき」
　　一般・固有種Ⅳ（台・風）相当の事実存在の意味［枯渇した生の力（意志）の
　　　露呈など感じられず］に、［ふだんなら、魚種も豊富で、客足も頻繁な
　　　町内の、活気ある庶民生活の場なのだが、今は、冬場の魚屋の店内、と
　　　りわけ、その魚種に乏しい棚ざらしの光景］×　一般・固有種Ⅱ（姿）相
　　　当の事実存在の意味［1 尾の干からびた塩鯛（そして、1 人の老いさらばえ
　　　た我が身）の、かつての生を剥き出しにせんばかりに、象徴的に剥き出た
　　　白い目と、剥き出しの、硬く、白い歯と歯茎］
　　場所Ⅰ×　場所Ⅲ
　　特殊・媒介種Ⅰ（間）相当の事実存在「（魚の店も塩鯛の歯茎も、そして、我も
　　　また）寒し」×　超越的媒介種Ⅲ（底）相当の事実存在「人格的存在（実存と
　　　しての作者（芭蕉）・読者）、および、客体的事実存在（作者（芭蕉）・読者の意

識)ないし、それが、馴染みとらえている事物」

　特殊・媒介種Ⅰ(開)相当の事実存在の意味［魚の店も、1尾の塩鯛の歯茎も、(そして、1人の我も、はたまた、庶民生活も)、どこか、心寒い中にも、(まだ、失われてしまってはいない)、日常的な生への意志を覗かせている］

× **超越的媒介種Ⅲ(底)**相当の事実存在の意味［(しかし)、1尾の塩鯛(や、1人の老いさらばえた我とは異なり)、(庶民の生活の岩盤の底から覗かせてくるような、日常的な生への、まだ失われきってはいない)力への意志の、冷徹なまでの露出(を見て取る、本来の我の意識)、(我とても、ただ、過去の生への活力を、無暗に掻き立てるのではなく、精神の根底から生じてくる意志を生きねば、と思うのだが、……)］

4b.4　磁場化するテクスト──事実存在の近接項関係への偏価性の見分け〈69〉

　これも、やはり、〈磁場図4d₁〉(→〈58〉)や〈4d₂〉(→〈66〉)で確かめてみてほしい。……

　芭蕉は、作品₄ₐ「海くれて」や、₄ᵦ「塩鯛の」のテクスト構成には、もう1つの、異なる"見分けの力"を介在させている。両作品には、いずれも、偏価性の見分けに伴う、"鈍い斥力(引力でも)"の介在が認められる。

　作品₄ᵦ「塩鯛の」で説明しよう。〈磁場図4d₂〉の場所Ⅳと場所Ⅰに注目してほしい。……そこへ、それぞれ、詠み立てられている一般・固有種Ⅳ(台・風)相当の事実存在「魚の-店」と、特殊・媒介種Ⅰ(間)に来ている事実存在「寒し」が近接項関係に結ばれているのがわかるだろう。両存在は、"事実項Ⅳ(台・風)「魚の-店」── 叙述Ⅰ「寒し」の連鎖(ネクサス)((主部──述部複合)判断命題(文))"をつくって、"即かず離れず"の関係で結び合わされている。

　場所Ⅱと場所Ⅰにも注目しよう。……

　そこへ、それぞれ、詠み立てられている一般・固有種Ⅱ(姿)相当の事実存在「塩鯛の-歯ぐき」と、特殊・媒介種Ⅰ(間)に来ている事実存在「寒し」がまた、近接項関係に結び合されているのもわかってくるだろう。両事実存在は、"事実項Ⅱ「塩鯛の-歯ぐき」── 叙述Ⅰ「寒し」の((主部──述部複合述定性の)

連鎖判断命題（文））"をかたちづくって、これまた、"即かず離れず"の関係に結び合わされている。

　同工の近接項関係は、一般・固有種Ⅳ（台・風）を担う事実存在と、超越的媒介種Ⅲ（底）に見出される、叙述性の事実存在とのあいだにも認めることができる。一般・固有種Ⅱ（姿）として振る舞う事実存在と超越的媒介種Ⅲ（底）に還ってきた、叙述性の事実存在とのあいだにも近接項関係が認められるのである。"事実項Ⅳ（台・風）相当の事実存在「魚の-店（庶民生活の場）」── 叙述Ⅲ（底）に来ている事実存在「（凄まじの意識）」の連鎖（主部──述部複合判断命題（文））"にしても、"事実項Ⅱ（姿）相当の事実存在「塩鯛の-歯ぐき（（魚棚の）我も）」── 叙述Ⅲ（底）の事実存在「（凄まじ）」の連鎖（（主部──述部複合否定性の）判断命題（文））"にしても、いずれも、"即かず離れず"の近接項関係がつくり出されている。

　〈磁場図4d₂〉を見られたい。……

　したがって、特殊・媒介種Ⅰ（間）の事実存在から始めて、左回りに見てゆけば、一般・固有種Ⅳ（台）の事実存在を経て、再び、初めの特殊・媒介種Ⅰ（間）の事実存在へと還ってくる事実存在間の、円環状の"連鎖の紐帯"がつくり出されているのがわかるだろう。その紐帯は、遠隔項関係と近接項関係の2様の有意連関をふくんで円環状に結び合されているのだ。

　そこでは、対向する事実存在どうしが形式、意味の両面にわたり、"逆対称性"のウデを張り合って、遠隔項関係を際立てる様相を示している。隣接する事実存在どうしは、どうか？　こちらは、"両義性"のウデを伸ばし合って、対流的な近接項関係をアピールする様相を示している。

　やはり、〈磁場図4d₂〉で確かめていただきたい。……

　その結果、事実存在間の有意連関が、つぎのような環流現象をふくむかたちにつくり出されて、その全体は、1個の現象地平、象徴的な世界性を示すテクストとして、環状をなす結晶体の様相を示すようになるのである。

　　場所Ⅰの特殊・媒介種Ⅰ（間）の叙述性の事実存在「寒し」／～　場所Ⅱの一般・固有種Ⅱ（姿）の事実存在「塩鯛の-歯ぐき」／～　**場所Ⅲの超越的**

媒介種Ⅲ(底)の叙述性の事実存在「枯渇からも復活してくる庶民の日常的生への、凄まじいばかりの力への意志(活力)」／～ 場所Ⅳの一般・固有種Ⅳ(台)の事実存在「魚の-店」／～(場所Ⅰの特殊・媒介種Ⅰ(間)の叙述性の事実存在「寒し」)

> ＊記号「／～」:「ミニマムな差異性を示し合い、かつ、マキシマムな同一性をも示し合って、隣接し合う近接項関係に結ばれている」と読む。
> ＊末尾の（　）内は、最初の場所Ⅰ、「間」に来る、叙述性の事実存在Ⅰ「寒し」に戻ることを示す。したがって、この近接項関係のウデは、円環状につながり合ったかたちとなる。
> ＊うち、それぞれ、1つ置きになる、つぎの事実存在どうしは、遠隔項関係に乖離し合い、背反し合ったかたちとなる。
>> 場所Ⅱの固有種Ⅱ(姿)相当の事実存在「塩鯛の-歯ぐき」× 場所Ⅳの固有種Ⅳ(台)相当の事実存在「魚の-店」
>> 場所Ⅰの媒介種Ⅰ(間)の叙述性の事実存在「寒し」× 場所Ⅲの媒介種Ⅲ(底)の叙述性の事実存在「枯渇からも復活する、庶民の日常的生の力への意志(活力)」

こうして、作者の"見分けの力"の介在により、場所ないしは、そこへ、それぞれ、囲い込まれて成立する事実存在間には、複眼的な多声性を持った遠・近項関係がつくり出されてくる。

わたしは、芭蕉が作品 4bでは、事実存在間に、「解釈学的円環」を鮮明に造形したと見た。作品 4bの現象地平、言い替えれば、語彙（志向）図式を用いて拓いた作品 4bのテクストに、彼は、相互に繋がり合う、可能な場所の境界条件をことごとく了解するという、いわゆる、"大いなる同意"(アーメン)(→ニーチェ1888『この人を見よ』〈ツァラトゥストラ6〉)にもとづく「解釈学的円環」(→ニーチェ1906『権力への意志』259・293・481) を造り出した (→〈54〉)。

4b.5　磁場化するテクスト──事実存在間の逆対称・両義性の連関 〈70〉

作品 4b「塩鯛の」のテクスト内事実存在の連関の場にも、作者の認識関心に伴う、"鋭・鈍" 2様の"見分けの力"の介在が認められる。1つは、両価性の見分けに伴う"鋭い斥力"で、もう1つは、偏価性の見分けに伴う、"鈍

〈70〉　　　　　　　　　　　　　第1節　俳句の語彙(志向)図式　189

い斥力（引力でも）"である。

　この"鋭"・"鈍"、"両価性"・"偏価性"、2色の認識関心の介在によって、作品$_{4b}$中の事実存在存立の場所と、連関の場の部分的全容は、環状をなす"逆対称・両義性"の"意味の力の磁場"と化した。芭蕉は、作品$_{4b}$「塩鯛の」の現象地平を拓いて磁場化させた。彼は、自らのつくり出した2組の遠隔項（種Ⅳと種Ⅱ、種Ⅰと種Ⅲ）間の"マキシマムな差異性"と、4組の近接項（種Ⅰと種Ⅱ、種Ⅱと種Ⅲ、種Ⅲと種Ⅳ、種Ⅳと種Ⅰ）間の"ミニマムな差異性"、あるいは、"マキシマムな（有意の）同一性"の同時2正面を、一挙に結び合わせて、作品$_{4b}$のテクストを環状に結晶させ、磁場化させて開示した。

　〈磁場図4c〉(→〈52〉)と、〈磁場図4d$_1$〉(→〈58〉)〜〈4d$_2$〉(→〈66〉)を見比べてみよう。

　作品$_{4a}$「海くれて」と、$_{4b}$「塩鯛の」に見た「入れ子・ブリッジ型」の中間的語彙（志向）図式にもとづくテクスト構成は、作品$_3$「荒海や」に見た標準「ブリッジ型」図式による、それと比べれば、場所間に介在する認識関心間の"鈍い斥力"には、目立った減殺、縮減部分が認められる。

　まずは、減殺が場所Ⅱ（姿）と場所Ⅰ（間）の部分に生じている。場所Ⅱに定立されて詠み立てられた一般・固有種Ⅱ（姿）相当の事実存在「塩鯛の-歯ぐき」は、場所Ⅰに定立されて、詠み立てられた特殊・媒介種Ⅰ（間）に来た事実存在による叙述の一部に組み込まれた。この縮減が場所Ⅱ（姿）と場所Ⅲ（底）間にも及ぶことになる。場所Ⅱに、「姿」として振る舞う事実存在が非在となるからだ。このようなテクスト磁場の縮減的変形を、種Ⅱ（姿）を振る舞う事実存在「塩鯛の-歯ぐき」が種Ⅳ（台）を担う事実存在「魚の-店」によって、文化的に強く拘束[11]された結果と見ることができるだろう。

　わたしは、この語彙（志向）図式の類型$_3$から、類型$_1$や類型$_β$への変形を、いわゆる、「ほそみ」の工案と受け取った。芭蕉が作品$_3$「荒海や」で用いた標準「ブリッジ型」の図式類型が持つ、緊張ある均衡体系を抑制して、作品$_1$「初しぐれ」や、作品$_β$「石山の」に用いた標準「入れ子型」のそれに「打延べ」たものと見た。芭蕉晩年の「かるみ」の俳風を庶民生活への「高悟帰俗」の俳意と見るならば、$_{4b}$「塩鯛の」のばあいのそれは、その「かるみ」の上

に、さらに、「ほそみ」——その逆も——を加えた作品と言うことができるだろう。

4b.6　眼差しの交差で場所の境界条件を確定——「真言(まこと)」の意味を責める4b〈71〉

　芭蕉は、作品4b「塩鯛の」のテクスト構成に際しても、複眼の眼差し（視点・関心焦点・着眼点・意義）を"交差"させて組み合わせた。その2種類の眼差しの焦点を意義として引き付ける2個の仮象を、つぎのように組み合わせて、それこそ、「誠（真言）を責め」て、事実存在へと開示、定立して、現勢的に実象化させた。

> ＊「仮象」：単語や単一の語句で、素朴に一口に呼んで、即、据え立てた事実存在まがいの「存在者（事物や人物、事象や出来事）」を指している。したがって、単語の仮面をかぶせて据え立てた仮象は、事実存在への「視点（関心焦点・着眼点・意義）」は持つものの、それ自体は、「存在」には妥当しない。まずは、表象と見なければならない。あえて言うならば、"幻像"にも等しい表象とでも言わざるを得ない。それを「実象」化させるには、それを可能な、いくつかの「事実存在」に裂開させて、開示する必要があるだろう。仮象の"交差"が、その網羅的で、還元的な「実象」化を保障するのである（→〈3〉〈20〉〈21〉〈42〉〈47〉）。

　芭蕉は、自らの関心焦点（意義・視点・着眼点・語義）ないし、それを引き付けたかたちの仮象を"交差"をふくんで組み合わせ、事実存在開示の概念枠、語彙（志向）図式に組み上げた。単線的な述語判断は猶予して、可能な、いくつかの述語判断と組み合わせることで、その判断を図式化させ、その複線的な確定化と、円環的な連関化を図った（→ニーチェ1906『権力への意志』481・515、ハイデッガー1961『ニーチェⅡ　ヨーロッパのニヒリズム』〈図式欲求としての実践的欲求——地平形成と遠近法的展望〉）。

　〈磁場図4d₂〉（→〈66〉）や〈フレーム表2-4b-2〉で、この点も確かめてみてほしい。……

　芭蕉は、その図式が持つ概念枠に沿って、意義特性に綾取られて、リアルな意味模様を浮かび上がらせている己の述語判断の複合体、事実存在群を紡ぎ出した。彼が、その有意性の複合体、事実存在群に見出し与えている意味は、場

所Ⅰ〜場所Ⅳが、それぞれ、持つことになった境界条件と、完全に一致したものになっている。芭蕉が作品$_{4b}$「塩鯛の」の制作に際し、自らの内なる視野を4分して拓いた4箇所の場所ごとに、その境界条件に一致する意味特性を引き付けた事実存在を定立して、詠み立てたからにほかならない（→〈3〉〈20〉〈21〉〈42〉）。

そうだとすれば、観察者はもとより、作品$_{4b}$の読者は、自らの解釈の眼差しを、芭蕉が図式類型$_4$の概念枠に沿って果たしたと見られるテクスト構成時の配意に重ね合せる必要があるだろう。芭蕉は、作品$_{4b}$の制作に際し、〈磁場図4d_2〉や、〈フレーム表2-$_{4b}$〉に示した図式類型$_4$「入れ子・ブリッジ型」の意識の構えを仕組んだ。読者、観察者は、まずは、場所Ⅳ（台・風）と、場所Ⅱ（姿）に「取り合さ」れ、モンタージュされた2個の一般・固有種の事実存在を両睨みにしつつ、場所Ⅰ（間）に来て、「継ぎ合せ」と「取り囃し」に働く、共約的な事実存在を読み取っていく必要があるだろう。さらには、場所Ⅲ（底）での、より深く、広い可能性への展望をふくみ持った、意識としての事実存在を解釈的に読み取っていく必要もある。

〈フレーム表2-$_{4b-1}$〉：語彙(志向)図式の仮象のフレームが開示する場所と事実存在――作品$_{4b}$
　　＊ヨコ(x)軸の視点の仮象「店(なるもの)」、
　　　タテ(y)軸の視点の仮象「歯ぐき(なるもの)」
―〈場所Ⅰ(間)〉：特殊・媒介種Ⅰ(間)の事実存在($^+$仮象「店」・$^+$仮象「歯ぐき」）：「店」にも「歯ぐき」にも関るような、象徴的な存在があるべき場所(間)がある。
―〈場所Ⅱ(姿)〉：《一般・固有種》Ⅱ(姿)の事実存在($^-$仮象「店」・$^+$仮象「歯ぐき」）：「店」には関らないが、「歯ぐき」には関るような、象徴的な存在(モノと自分)があるべき場所(姿)がある。
―**〈場所Ⅲ(底)〉：超越的媒介種種Ⅲ(底)の事実存在**($^-$仮象「店」・$^-$仮象「歯ぐき」）：「店」にも「歯ぐき」にも関らないような、象徴的な存在(モノと、本来の自分)があるべき場所(底)がある。
―〈場所Ⅳ(台(風))〉：一般・固有種Ⅳ(台(風))の事実存在($^+$仮象「店」・$^-$仮象「歯ぐき」）：「店」には関るが、「歯ぐき」には関らないような、象徴的な存在があるべき場所(台(風))がある。
　　＊作品$_{4b}$の場所Ⅱでは、一般・固有種Ⅱ(姿)の事実存在「塩鯛の-歯ぐき」の存在は、希薄化する。

〈フレーム表2−4b-2〉：語彙(志向)図式中の意義のフレームが付与する事実存在の意味特性——作品4b

　　＊ヨコ(x)軸の視点の仮象「店(なるもの)」の意義：[庶民生活の日常的な活況の場]
　　　タテ(y)軸の視点の仮象「歯ぐき(なるもの)」の意義：[枯渇した中からも露出してくるような、かつての生への力(意志)]

―〈場所Ⅰ(間)〉の境界条件(⁺仮象「店」の意義・⁺仮象「歯ぐき」の意義)：[庶民生活の日常的活況の場]にも、[枯渇したかのようでも、露出してくる、かつての生への力(意志)]にも関るような、象徴的存在がある。《冬荒れの季節の町内の魚屋の、商いの魚種にも乏しく、客足も遠のいた、寒々とした魚棚に曝し置かれた1尾の干からびた塩鯛(そして、それにも似て、やはり、世間に棚晒しになっている、1人の老いさらばえた我が身も)の、その無残なまでに凄まじい、剥きだしの白い目と、硬く、白い歯茎とを、なお、見せつつも、一方では、寒々とはしていても、なお、内なる生(生の岩盤)への、強い力(への意志)を感じさせ、象徴しているような魚屋の店内(そして、その背後の庶民生活の岩盤)の光景と雰囲気》

―〈場所Ⅱ(姿)〉の境界条件(¬仮象「店」の意義・⁺仮象「歯ぐき」の意義)：[庶民生活の日常的活況の場]には関らないものの、[枯渇したかにも見えて、なお、露出してくる、かつての生への力(意志)]に、もっぱら、関りのあるような、象徴的な存在がある。《魚棚に曝された、1尾の干からびた塩鯛(そして、棚ざらしになっている、1人の老いさらばえた我が身)の、なお、かつての生を剥き出しにするかのような、剥いた白い目と、剥き出しになった、硬くて、白い歯と歯茎の、無残なばかりの凄まじさ！》

―〈場所Ⅲ(底)〉の境界条件(¬仮象「店」の意義・¬仮象「歯ぐき」の意義)：[庶民生活の日常的な活況の場]にも、[枯渇したかのように見えていて、なお、露出してくる、かつての生への力(意志)]にも関らないような、むしろ、それらをリセットしてしまうような存在(モノや、本来の自分)もある(ないわけではない)。《冬荒れの、商いの魚種にも乏しい季節であろうと、魚種に恵まれるふだんであろうと、変わらぬ庶民の日常的な生への、内なる最低限の力(意志)の露出が感じられてくる、あたかも、生の岩盤を思わせるような場としての、町内の魚屋の店内。さらには、その魚棚の塩鯛からさえも、感じ取れるような、その内発的な、無残なまでの力もある。だが、(我としては、ただ、過去の生の活気を、無暗に掻き立てるのではなく、精神の根底から発してくるような、自然な生への力への意志を持たねば、…)》。ただし、この反転させた共約意識は、直接には、表現されていない。

―〈場所Ⅳ(台・風)〉の境界条件(⁺仮象「店」の意義・¬仮象「歯ぐき」の意義)：[庶民生活の日常的な活況の場]には関るが、[内なる、枯渇したかのように見えて、なお、かつての生への力(意志)を露呈させる、無残なまでの凄まじさ]などには関らないものがある。《寒々とはしていても、商いの魚種も豊富で、客足も繁き町内の庶民生活の岩盤を思わせるような、内から溢れ出てくる、強い生への意志を感じざるを得ないような力を秘めた、活気ある場所、そのふだんの魚屋の店内の光景や雰囲気》

⟨71⟩⟨72⟩　　　　　　　　　　　　第1節　俳句の語彙(志向)図式　193

作品$_{4b}$「塩鯛の」のテクスト構成要件は、作品$_{4a}$「海くれて」のそれと同じなので、省略する。

4b.7　「軽み」の一理解 ⟨72⟩

作品$_{4b}$「塩鯛の」は、「句合(くあわせ)」として、俳書「句兄弟」(榎下其角編、元禄7(1694)年刊)に入集された。芭蕉から森川許六への書簡によれば、この作品は、自らの高弟、榎下其角(えのもときかく)の、つぎの作品を意識してつくられたものだと言う。

```
Ⅰ(Ⅱ) 聲かれて　(Ⅰ) 猿の齒白し　Ⅳ峯の月　其角
```

其角は、この句で、伝統的な観念美の世界を謳い上げた。だが、出来がステレオタイプ化された風雅の美の再構成にとどまる点は、否めなかった。芭蕉は、その観念美への傾斜に、日常世界の現実を対置させたのである。彼は、弟子の作品に、つぎのような異化を試みた。

「猿の齒」→「塩鯛の歯ぐき」、「白し」→「寒し」、「峯の月」→「魚の店」

いきおい、作品$_{4b}$「塩鯛の」は、其角の句のパロディーとなった。志太野坡(しだやば)の門人、額田風之(ぬかだふうし)の俳論書に、「俳諧耳底記」(宝暦年間刊?)がある。この書には、その折の裏話が紹介されている。芭蕉は、「又汝が病起こりたり。珍しき事をいはんとて、けやけし」、「句は唯足もとにあり」と言ったとある。そこで、作品$_{4b}$によって、「ほそみをみせられたり」(傍点、筆者)と、風之は、言っている(→乾裕幸1981『ことばの内なる芭蕉』)。

実は、其角と芭蕉の間には、その10年ほど前にも、次のような句合があった。

```
Ⅰ(Ⅱ) 草の戸に　(Ⅰ) 我は蓼くふ　Ⅳほたる(夏)哉　其角
                          (榎下其角編「虚栗」天和3(1683)年刊)
Ⅰ(Ⅱ) あさがほ(秋)に　(Ⅰ) 我は食(めし)くふ　Ⅳおとこ哉　芭蕉
                                  (天和2(1682)年作、39歳)
```

194　第Ⅲ章　芭蕉の発句のテクスト構成

その折りの芭蕉も、其角が謳い上げた「夜の甘美な宴遊の世界」に対して、やはり、己の「日常世界の質実さ」をぶつけた。ただし、作品は、其角の作のもじりを出ず、秀作とは、言い難い。

それにひきかえ、作品4bについて、彼自身は、「自賛にたらず」と言ったとある（→〈赤雙紙〉（「三冊子」））。だが、この作品は、もじりを超えて、少なくとも、己れをも関わらせる庶民生活のリアリティの形象に成功していると言えるだろう。わたしは、作品4bは、「かるみ」の上に、意識的な「ほそみ」を加えた秀作と見た。

芭蕉は、「奥の細道」の旅に続く「上方遍歴」の時期（元禄3年〜4年）に、発句の作風上の工案「しを（ほ）り」、「ほそみ」、「かるみ」、……を意識的に追究するようになっていく。その時期の蕉門の新風を映したのが「ひさご」（浜田珍碩編、元禄3（1690）年刊）と言われる。

「しをり」、「ほそみ」の理解の面で、「去来抄」の〈修行〉篇（向井去来著、安永4（1775）年刊）の記述が、しばしば、引かれる。そのさわりの部分と言えば、去来が近隣の知友、同門の野明（氏姓、生没年不詳）から、「句のしをり・細みとは、いかなるものにや」と問われた折の、彼による、つぎのような答えの箇所である。

　　しをりは憐れなる句にあらず。細みは便りなき句にあらず。しをりは句のすがたにあり。細みは句意にあり。証左をあげて論ず。

　　Ⅰ（Ⅱ）鳥共も　（Ⅰ）寝入って居るか　Ⅳ余呉の海　　路通

先師「この句、細みあり」と評し給ひしとなり。

　　Ⅰ（Ⅱ）十団子も　（Ⅰ）小粒になりぬ　Ⅳ秋の風　　許六

先師「この句、しをりあり」と評し給ひしとなり。惣じて、さび・位・細み・しをりの事は、言語筆頭にいひおほせがたし。

　　　＊占部路通、および、森川許六の発句のテクスト構成面の簡略記述は、筆者による。

4b.8　語彙(志向)図式の縮減——「ほそみ」化〈73〉

　去来も、やはり、「いひおほせがたし」と言っている。「しをり」も「ほそみ」も、たしかに、説明しにくい表現意識である。その由来を、たとえば、古くから言われてきた「(心ある)細き」に求めて、それを、つぎのような表現面の心構えと説明することもできるだろう。

　　「具足すくなく」、「寄合すくなく」、「するするとしたる」、「詞こはからず」、「口細く、優しく」、……（→二条良基「連理秘抄」康永4（1345）年成立?)。

　また、たとえば、数少ない、つぎのような芭蕉の言説を手繰って、いっそう、抽象的で、難解な意識内容に仕立てなおして、つぎのように説明することもできるだろう。

　　「重くれ（ぬ）」こと（→芭蕉から、門下で、大垣藩士の宮崎此筋(しきん)・岡田千川(せんせん)兄弟への書簡。元禄3（1690）年）、「いひおほせて何かある」（→「去来抄」〈修行〉篇。巴風の発句（其角編「いつを昔」所収）に対する芭蕉の評言）、「算用を合はせ（すぎぬよう）」（→「去来抄」〈先師評〉）。

　だが、芭蕉の、この類いの断片的な言説をてがかりに、「ほそみ」の意識を、たとえ、「幽玄」、「感情的繊細さ」、「俳意・風雅の心の美的昇華」、……などと説明してみても、結局は、具体性を欠くばかりで、要領を得ないのがおちである。そもそもの、その抽象概念に、「屋上屋を重ねる」だけである。

　ただし、そうした断片的な言説からでも、「しをり」や「ほそみ」の意識が、表現における、一種の抑制を効かせた工案だという点は、窺い知れる。ただ、それが、いったい、何を抑制しているのか？　が、はっきりしないだけである。

　そこで、わたしは、この「抑制」の工案を、発句のテクスト構成面での技法ととらえかえした。作品中の「具足」、言い替えれば、事実存在としての事物や人物、事象や出来事、……の、めいっぱいの「取り合せ」を「抑制する」技法と見た。一種のフィードバックを効かせた工法、あるいは、その制御的な工法に訴える語彙（志向）図式にもとづく、直観的な、暗黙の表現の組み換えと見たのだと言ってもよい。

　わたしは、「ほそみ」を、事実存在間の緊張関係を和らげる表現面の方策な

いしは、その方策に訴える表現図式変更の態度、あるいは、配意ととらえた。端的には、「取り合せ」による差異性の「際立ち」を、同一性への「打延べ」によって「抑制する」工案と見た。「具足すくなく」、「寄合すくなく」、「いひおほせない」、「重くれない」、……といった文言を、そうした解釈可能性を裏書きするものと受け取った。

　向井去来は、その俳論書に、芭蕉の、つぎのようなことばを引いている。
　　先師曰く「発句は頭（かしら）よりすらすらといひ下し来たるを上品（じゃうぼん）とす」。（→「去来抄」〈修行〉篇）

「旅寝論」も、「去来抄」に先立つ彼の俳論書である。この書は、許六の「取合せ」論への論駁の一面も持っている。去来は、その書中に、芭蕉が膳所（ぜぜ）の門人、浜田洒堂（しゃどう）へ言ったといわれる、つぎのようなことばを引いた。元禄5年、洒堂が江戸へ下向し、芭蕉庵に寄宿していた折のことである。

　　　先師告て曰、「汝がほつ句皆、物二ツ三ツを取合せてのみ句をなす。発句は只金（ただがね）を打のべたる様に作すべし」とおしへ給へり。（→元禄10（1697）年、去来自序、宝暦11（1761）年刊）

芭蕉の、この文言を発句の表現面における、作者の抑制的態度の強調と受け取れば、「ほそみ」は、「打延べ」に沿った配意とも解し得よう。「ほそみ」を、作者が（「廓」の）内向きに緩和させた、屈折的な態度変更と解釈するのである（→〈51〉）。「取合せ」によってつくり出された事実存在間の遠隔項関係が持つ、均整のとれ過ぎた緊張関係を抑制するための表現意識の構え、その手直しへの配意と見るのである。許六のことばを借りて言えば、作品のテクスト構成を、いくぶんなりとも内向きに、「廓の内」[12]へと緩和させる、縮減的な語彙（志向）図式再編成への配意と見るのである（→〈32〉〈51〉〈60〉〜〈62〉〈67〉〈83〉）。

　その抑制を効かせた配意（工案）にもとづく表現面の意識の構えの変容を、わたしは、作品$_{4a}$「海くれて」や、$_{4b}$「塩鯛の」に代表される「入れ子・ブリッジ型」中間語彙（志向）図式、つまり、図式類型$_4$を用いたテクスト構成に見て取った。この、いわゆる、「ほそみ」の構えを用いて表現された作品に、秀作が少なくない点も、それを裏づけていると言えそうだ。

⟨73⟩⟨74⟩　　　　　　　　　　　　　第1節　俳句の語彙(志向)図式　　197

　一方、作風としての「ほそみ」と「かるみ」の関係は、にわかには、説明し難い。だが、作品₄ᵦ「塩鯛の」をはじめとする芭蕉晩年の作品には、ここに言う「ほそみ」の工案をふくむ「高悟」の構えの上に、いわゆる、日常的に平俗なものや卑近なものに関心を注ぐ「帰俗」の眼差しを加えたもの——その逆の「帰俗」→「高悟」も——が少なくない。初期（江戸入府期の）芭蕉が〈談林調〉で表現を試みた世俗性と、晩年の「かるみ」にもとづくそれとの違いもまた、そこ、表現図式編成への配意の有無にあると見ることができるだろう。

5．エコー型語彙(志向)図式のテクスト構成

5.1　作品₅「ひごろにくき烏」のばあい〈74〉

　芭蕉の作品₅「ひごろにくき烏」の初案が得られたのは、元禄3年の冬である。その詞書によれば、大津の義仲寺での吟とある。「奥の細道」の旅の後、芭蕉が作風の変革を胸に畳みながら、上方を遍歴した折の作である。

> 作品₅．　ⁱⁱひごろにくき烏も　ⁱᵛ雪（冬）の朝哉
> 　　　　　　　　　　　　（藤井巴水編「薦獅子集」元禄6 (1693) 年刊）

　この記述も〈磁場図4e〉に移し替えて示すことができる。……
　これまでの作品（図式）類型₁〜₄とは、およそ、異なる構成が見て取れるだろう。作品₅のテクスト内事実存在の成立と連関の場（磁場・現象地平・テクスト・象徴世界）は、場所Ⅰに来るべき特殊・媒介種Ⅰ（間）相当、叙述性の事実存在を欠いている。
　〈磁場図4e〉を見てほしい。……
　芭蕉は、作品₅「ひごろにくき烏」では、ヨコ (x) 軸の視点を仮象「朝（なるもの）」ないしは、それが引き付けて持っている意義［目覚めて、心爽やかに改まる時］に担わせた。タテ (y) 軸の視点は、どうか？　仮象「烏（なるもの）」ないし、それが引き付けて持っている意義［いつ見ても、嫌な黒い鳥］

198　第Ⅲ章　芭蕉の発句のテクスト構成

〈磁場図4e〉：「エコー型」の語彙(志向)図式で拓かれた意味の磁場—作品5

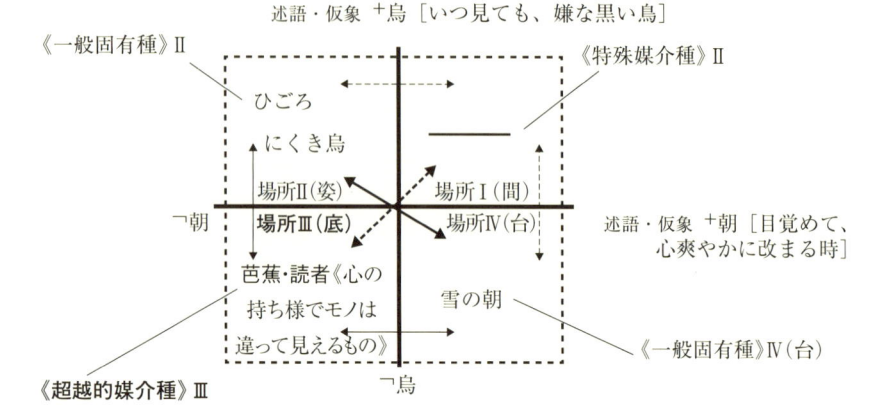

述語・仮象 ＋烏 ［いつ見ても、嫌な黒い烏］

《一般固有種》Ⅱ　　　　　　　　　　　　《特殊媒介種》Ⅱ

ひごろ
にくき烏
　　場所Ⅱ(姿)　場所Ⅰ(間)
¬朝　　場所Ⅲ(底)　場所Ⅳ(台)　　　　述語・仮象 ＋朝 ［目覚めて、
　　　　　　　　　　　　　　　　　　　　心爽やかに改まる時］
芭蕉・読者《心の
　　持ち様でモノは　雪の朝
　　違って見えるもの》
　　　　　　　　　　　　　　　　《一般固有種》Ⅳ(台)
《超越的媒介種》Ⅲ　　¬烏

に担わせた。その上で、両仮象ないし、そのそれぞれの意義を、"交差"をふくんで組み合わせた。眼差しを紡ぎ合わせた。

　その結果、彼の心象風景、事実存在定立の現象地平（場・磁場・テクスト・象徴世界）は、4分された。作品5にも、4箇所の場所（意境・セット）と、それらを1つに集めた1個の場（磁場・テクスト・地平・象徴世界）が拓かれた。

　芭蕉は、仮象「朝(なるもの)」にとっては、「固有」とも言うべき、現勢的な存在には、種Ⅳ（台・風）に馴染む事実存在「雪の-朝(であるものがある)」を見出した。それを確保して、場所Ⅳに詠み立てた。一方、仮象「烏(なるもの)」にとって、これまた、「固有」とも言うべき、リアルな存在には、その「台（風）」の上（中）に立って種Ⅱ（姿）の役割を振る舞える事実存在「ひごろにくき-烏(であるものがある)」を見出した。それを確保し、場所Ⅱに詠み立てた。一般・固有種Ⅳ（台・風）を負わせた事実存在「雪の-朝」に「取り合せ」て、一般・固有種Ⅱ（立ち姿）を際立てる事実存在「ひごろにくき-烏」を「掛け合せ」、モンタージュした。

　ところが、彼は、その両固有種の事実存在を「継ぎ合せ」、「取り囃し」て、共約する、特殊・媒介種Ⅰ（間）に当る事実存在を詠み立てることなく、隠した。場所Ⅰを、故意に空け放した。

〈74〉　　　　　　　　　　　　　第1節　俳句の語彙(志向)図式　199

　その結果、作品₅「ひごろにくき烏」のテクストは、外形的には、事実存在存立の場の部分的全容が持つべき有意連関の構成が不全な？姿を呈するに至った。

5.2　眼差しの交差で場所の境界条件を確定──「真言(まこと)」の意味を責める5〈75〉

　作品₅「ひごろにくき烏」のテクスト（場・磁場・地平・象徴空間）も、作者の複眼の眼差し（視点・関心焦点・着眼点・語義・意義）の絡め合せで紡ぎ出された。芭蕉は、その眼差し（関心）の焦点を担わせたかたちの2個の仮象を、次頁の〈フレーム表〉に示すように組み合わせ、その不確定的な存在に、リアルな意味を与えて事実存在に開かせた。

5.3　エコー型語彙(志向)図式の構成要件〈76〉

　作品₅「ひごろにくき烏」に代表される「エコー型」の解釈・表現意識の構え、語彙（志向）図式──「図式類型₅」と略称する──で構成されるテクストは、つぎの3点を構成要件にしている。

1. 種Ⅳ（台・風）、種Ⅱ（姿）の両一般・固有種の事実存在間の反立関係ないし、対比性の並立関係が、比較的、明瞭に認められる。
2. 場所Ⅰには、特殊・媒介種Ⅰとして、要件1に言う両固有種の「間」を埋める、叙述性の事実存在が不在となる。したがって、種Ⅳ（台・風）、種Ⅱ（姿）の両固有種の事実存在と、特殊・媒介種Ⅰ（間）の事実存在とのあいだには、いずれも、"連鎖((主部──述部複合述定性の)述語判断命題(文))"の形成が認められない。
3. 構成要件1が反立関係を示すばあいには、種Ⅳ（台）、種Ⅱ（姿）の両固有種の事実存在間には、相対的には、つぎのような"文化的支配(拘束)⇔従属((主部──述部複合述定性の)述語判断命題(文))の関係"が認められる。

　　　一般・固有種Ⅳ（台・風）の事実存在 ⊆ 一般・固有種Ⅱ（姿）の事実存在

構成要件1が明瞭な並立関係を示すばあいには、つぎのような"文化的な等

〈フレーム表2-5-1〉：語彙(志向)図式の仮象のフレームが開示する場所と事実存在——作品5
　　＊ヨコ(x)軸の視点の仮象「朝(なるもの)」、タテ(y)軸の視点の仮象「烏(なるもの)」
──〈場所Ⅰ(間)〉：特殊・媒介種Ⅰ(間)の事実存在($^+$仮象「朝」・$^+$仮象「烏」)：「朝」にも、「烏」にも関る存在がある場所(間)がある。
──〈場所Ⅱ(姿)〉：一般・固有種Ⅱ(姿)の事実存在($^-$仮象「朝」・$^+$仮象「烏」)：「朝」には関らないが、「烏」には関る、象徴的な存在がある場所(姿)がある。
──**〈場所Ⅲ(底)〉：超越的・媒介種Ⅲ(底)の事実存在($^-$仮象「朝」・$^-$仮象「烏」)：「朝」にも、「烏」にも、直接は、関らない、象徴的な存在(モノや、本来の自分)がある場所(底)がある。**
──〈場所Ⅳ(台(風))〉：一般・固有種Ⅳ(台)の事実存在($^+$仮象「朝」・$^-$仮象「烏」)：「朝」には関るが、「烏」には、直接は関らない、象徴的な存在がある場所(台(風))がある。
　　＊作品5では、場所Ⅰには、共約に働く特殊・媒介種Ⅰ(間)に来るべき、叙述性の事実存在が隠された。

〈フレーム表2-5-2〉：語彙(志向)図式の「意義」のフレームが付与する事実存在の意味特性——作品5
　　＊ヨコ(x)軸の視点の仮象「朝(なるもの)」の意義：[目覚めて、爽やかに心改まる時]、
　　　タテ(y)軸の視点の仮象「烏(なるもの)」の意義：[いつ見ても、嫌な黒い鳥]
──〈場所Ⅰ(間)〉の境界条件($^+$仮象「朝」の意義・$^+$仮象[烏]の意義)：[目覚めて、爽やかに心改まる時]にも、[いつ見ても、嫌な黒い鳥]にも関る存在がある場所(間)がある。《起きて見ると、目の覚めるような、心機一新する白一色、銀世界の中で、雪をかぶった枯れ枝にとまっている、ふだんは、黒っぽくて大きく、醜い、嫌なはずの鳥が色彩のコントラストもあってか、むしろ、似つかわしく、趣があるようにさえ見えてくるといった感慨》
　　＊作品5では、この共約に働く、叙述性の事実存在は、表現されていない。
──〈場所Ⅱ(姿)〉の境界条件($^-$仮象「朝」の意義・$^+$仮象「烏」の意義)：[目覚めて、心爽やかに改まる時]には関らないが、[いつ見ても、嫌な黒い鳥]には、もっぱら関る、象徴的な存在がある場所(姿)がある。《いつ、どこで見ても、嫌な、黒っぽくて、大きく醜い鳥がある》
──〈場所Ⅲ(底)〉の境界条件($^-$仮象「朝」の意義・$^-$仮象「烏」の意義)：[目覚めて、心爽やかに改まる時]にも、[いつ見ても嫌な、黒い鳥]にも関らない、それらをリセットせんばかりの存在(モノや、本来の自分)がある場所(底)がある。《モノも環境次第でちがって見えるし、こちらの見方一つで、ちがって見えてくることもあるものだ。よいものは、いっそうよく見えるし、悪いものでもよく見えることもあり得るのは、ものを「取り合せ」て見る見方によるのか？　といった、やや、醒めた感慨》
　　＊ただし、作品5では、この共約に働く、叙述性の事実存在に当たる作者の意識は、直接には、表現されていない。
──〈場所Ⅳ(台)〉の境界条件($^+$仮象「朝」の意義・$^-$仮象「烏」の意義)：[目覚め、心爽やかに改まる時]には関るが、[いつ見ても嫌な、黒い鳥]には関らぬような、象徴的な存在がある場所(台)がある。《朝、起きて見ると、お決まりとも言えるかもしれないが、目の覚めるような、それこそ、心機一転を促されるような白一色、雪の銀世界というものがある》

位関係"を認めることができるだろう。

　　固有種Ⅳ(台)の事実存在 ≒ 固有種Ⅱ(姿)の事実存在

　これらの構成要件を〈磁場図4e〉で確かめてみてほしい（→〈74〉）。……

　まず、作品₅「ひごろにくき烏」は、構成要件1を充たしている。種Ⅳ(台・風)の「(白い) 雪の-朝（である状況がある）」と、種Ⅱの「(黒い)、ひごろにくき-烏（であるモノがある）」の、両一般・固有種Ⅱの事実存在どうしが反立的な対照関係を際立たせて、「取り合さ」れている。「掛け合さ」れている。

　作品₅が構成要件2を充たしているのも明らかだろう。固有種Ⅳ(台)の事実存在「雪の-朝」の、固有種Ⅱの事実存在「ひごろにくき-烏」に対する"文化的優越（支配）性"は、鮮明だ。その逆、"文化的な存在被拘束性"も明瞭である。種Ⅱ(姿)の事実存在が種Ⅳ(台)の事実存在を前提に成り立っているのが歴然としている。

　作品₅は、構成要件3も充たしている。芭蕉は、場所Ⅰに定立し、詠み立てるべき特殊・媒介種Ⅰ(間)の事実存在による「取り囃し」、共約を、故意に省略した。彼は、そこへの表立った詠み立てを控えた。解釈のすべてを読者の推測に委ねた。

　〈構成意味論〉では、作品₅のテクスト構成に見る、このような意識の構えを「エコー型」の語彙（志向）図式と呼んでいる。この型の図式で造形された作品のテクストでは、表立っては、種Ⅳ(台・風)、種Ⅱ(姿)相当の両固有種の事実存在間の遠隔項関係の「取り合せ」だけが際立ってくる。

6．有意連関の基調「台」の事実存在

6.1　台(風)の事実存在選定のてがかり〈77〉

　わたしは、芭蕉の発句をテクスト（場・磁場・現象地平・象徴世界）構成の面で、おおまかには、5ないし、6類別した。その類別では、作品中に表現されている、いかなる語句が場所（意境・セット・トポス）Ⅳに置かれて、一般・固有種Ⅳ（台・風）担う事実存在を指定するか？　という見定めが、まず、問題に

なるだろう（→〈4〉〈24〉〈39〉〈41〉〈78〉〈79〉）。

　その選定の過程では、つぎのような、いくつかのてがかりを目安にすることができる。

　てがかり1．その作品の表立った叙述を担う特殊・媒介種Ⅰ(間)相当の事実存在を指定する、叙述性(述語性でも)の語句を見定める。その語句は、作品のテクスト内の場所Ⅰに詠み立てられている。特殊・媒介種Ⅰの事実存在が場所Ⅰ(間)に成立するからである。この「間」を埋める叙述性の事実存在は、「台(風)」を担うことはできない。

　てがかり2．テクスト内の場所Ⅳに来て、一般・固有種Ⅳ(台・風)の事実存在を指定する語句や文は、しばしば、境界子(辞)を伴っている。独立性が強いからだ。その境界子(辞)には、「言い切り」や「言いさし」をふくむ、たとえば、つぎのような助辞が用いられることが少なくない。これらの境界子(辞)を伴う語句や文が指定するものを、一応、一般・固有種Ⅳ(台・風)を担う可能性のある事実存在と見当づけることができる。

　　〈言い切り〉：名詞φ・用言φ・哉、……、
　　〈言いさし・言い立て〉：連用φ・て（で）・に・ば、……、
　　〈提題〉：や・は・も・の、……
　　　＊記号「φ」：「ゼロの助辞を後接する」と読む。結局、「助辞が後接しない」で、「独立する」と読むことになる。

　てがかり3．てがかり1で、見分けた述語性の語句について、まずは、意味が通じるような"事実項──叙述連鎖((主部-述部複合述定性の)判断命題(文))"を形成する名詞句があれば、それを探し当てて、抽出する。もし、それが2個あれば、有意性の面で、比較的に、自然な"連鎖"形成を認めることができる方を採る。

　てがかり4．てがかり3で見当をつけた名詞句指定の事実存在と、てがかり1で見分けた、叙述性の事実存在で構成された"事実項(存在)── 叙述連鎖((主部──述部複合述定性の)判断命題(文))"から、相対的に独立して、作品の主題を際立たせている名詞句があれば、それを、その作品のテクスト

中の"図"の部分の有意連関の基調をつくる、「台(風)」を担う事実存在と見定める。

てがかり5．上記のてがかり1〜4でも、なお区別がつかないばあいには、「取り合さ」れた両固有種(種Ⅳと種Ⅱ)の事実存在「台(風)」と「姿」のあいだの文化的優越(支配)性と従属性、存在拘束性と被拘束性を問うてみるとよい。優越(支配)性や拘束性を示す側を、場所Ⅳに来て、固有種Ⅳ相当の「台(風)」を担う事実存在と見定める。

うち、4、5を除けば、他は、すべて、形式面に見るてがかりと言ってもよい。だとすれば、それら形式的なてがかりは、いずれも、てがかり4、5を補完するものとみなし得る。基本的には、4、5を重視する必要があるだろう。

6.2　台(風)の事実存在の選定──その実例 〈78〉

このてがかりの用い方を、もう少し具体的に説明してみよう。これまでに取り上げてきたテクスト構成の図式類型$_1$〜$_5$と$_β$（→〈37〉）について、それぞれ、代表する作品$_1$〜$_5$、$_β$を例に採る。

てがかり1では、作品の述語句、つまり、場所Ⅰに来る特殊・媒介種Ⅰ、「間」相当の、叙述性の事実存在を指定する語句は、どの図式類型のばあいでも、つぎのように、比較的容易に見分けることができるだろう。

　　作品$_1$「小蓑をほしげなり」、　　作品$_2$「あつめて早し」、
　　作品$_β$「白し」　　　　　　　　作品$_3$「佐渡によこたふ」、
　　作品$_{4a}$「ほのかに白し」、　　作品$_{4b}$「寒し」、
　　作品$_5$「　──　」、

てがかり2でも、作品中の名詞句については、まずは、見たまま、あるいは、比較によって、場所Ⅳに来るべき一般・固有種Ⅳ「台(風)」を担う事実存在を、いずれも、つぎのように見分けていくことができるだろう。

　　作品$_1$：「初-しぐれ-Φ」

　　　　＊名詞句「初-しぐれ-Φ」中の名詞「初-しぐれ」は、言い切りの「ゼロ助詞」を採っているとみなし、それが指定する事実存在が一般・固有種Ⅳ

「台(風)」の事実存在を担い得ると見る。それに対して、他方の名詞句「猿-も」の名詞「猿」には、共説係助詞「も」が付いている。したがって、それが指定する事実存在の独立性は、乏しいと見て、「台(風)」の事実存在の役割は、担い得ないとみなす。

作品₂:「最上-川-φ」

＊名詞句「最上-川-φ」は、言い切りの「ゼロ(φ)助詞」を採っている。したがって、それが指定する事実存在は、一般・固有種Ⅳの「台(風)」を担い得ると見る。それに対して、他方の名詞句「五月-雨-を」の名詞「五月-雨」は、格助詞「を」採っている。したがって、それが指定する事実存在には、独立性は乏しいと見て、「台(風)」は、担い得ないとみなす。

作品β:「秋の-風-φ」

＊図式類型βの代表例としては、つぎの作品を採った。この類型の最大の特色は、複合述定性の述語判断命題(文)を形成する"連鎖"が一般・固有種Ⅳ(台(風))を担う事実存在「秋の-風」と、特殊・媒介種Ⅰ(間)相当の、叙述性の事実存在「白し」とのあいだにのみ、つくられていることである。一般・固有種Ⅱ(姿)を演じる事実存在「石山の-石」とのあいだには、"有意連鎖"の形成が認められない(→〈81〉)。さらには、特殊・媒介種Ⅰ(間)相当、叙述性の事実存在「白し」が形式面ではともかくも、意味面では、一般・固有種Ⅳ(台(風))の事実存在「秋の-風」とも、一般・固有種Ⅱ(姿)の事実存在「石山の-石」を共約していることである(→〈88〉)。

作品β: Ⅰ(Ⅱ)**石山の　石より　(Ⅰ)白し　Ⅳ秋の風**(秋)／⑤

＊名詞句「秋の-風-φ」中の名詞「秋の-風」は、言い切りのゼロ(φ)助詞を採っている。したがって、それが指定する事実存在は、一般・固有種Ⅳの「台(風)」を担い得るとみなす。それに対して、名詞句「石山の-石-より」の名詞「石山の-石」には、格助詞「より」が付いているので、それが指定する事実存在の独立性を認めるのは、困難となる。したがって、ここでは、「台(風)」は、担い得ないと見る。

作品₃:「荒-海-や」

＊名詞句「荒-海-や」の中の名詞「荒-海」は、提題性の係助詞「や」を採っている。したがって、それが指定する事実存在は、「台(風)」を担い得るとみなす。それに対して、その「取り合せ」項を指定する名詞「天河-」も、言い切りの「ゼロ(φ)助詞」を採っている。したがって、「台(風)」を担い得る可能性は、否定できない。だが、そのばあい、「台」を

担い得る面での優位性は、「言い切り」によりは、「提題」の方にあると見る。「台(風)」が事実存在間の有意連関の基調を担うと見るからである。

作品 $_{4a}$：「海-くれ-て」

＊名詞句「海-くれ-て」は、「取り合せ」られた名詞句「鴨の-こゑ」に読み取った言い切りのゼロ助詞（φ）に比べれば、独立性が際立っている。「海-くれ-て」は、述語句「ほのかに白し」に対しては、別個とも言える、独立した提題性補文を構成している。したがって、名詞句「海-くれ-て」で指定される事実存在「くれし-海」の方に、「台(風)」を担う、より高い可能性を見て取ることができるだろう。

作品 $_{4b}$：「魚の-店-φ」

＊名詞句「魚の-店-φ」の名詞「魚の-店」は、言い切りの「ゼロ(φ)助詞」を採っている。したがって、それが指定する事実存在は、一般・固有種Ⅳの「台(風)」を担い得ると見る。それに対して、名詞句「塩鯛の-歯ぐき-も」中の名詞「塩鯛の-歯ぐき」には、共説助詞「も」が付いている。したがって、それが指定する事実存在の独立性を認めるのは、相対的には、困難となる。ここでは、「台(風)」は、担い得ないとみなす。

作品 $_5$：「雪の-朝-哉」

＊名詞句「雪の-朝-哉」中の名詞「雪の-朝」は、終(間投)助詞「哉」を採っている。したがって、それが指定する事実存在は、一般・固有種Ⅳの「台(風)」を担い得ると見る。それに対して、その「取り合せ」項として、種Ⅱの「姿」相当の事実存在を指定する名詞句「ひごろにくき-烏-も」の中の名詞句「ひごろにくき-烏」は、共説助詞「も」を採っている。してみれば、それが指定する事実存在の独立性は、比較的には、認めにくいと見て、「台」を担うのは、困難とみなす。

他の境界子についても、若干例を挙げておく。これらの境界子は、作品 $_1$〜 $_5$ には見られなかったものである。

〈言い切り〉：〈体言-φ・用言-φ〉

・Ⅳ花の雲 (春) -φ　Ⅱ鐘は　Ⅰ上野か浅草歟／③（類型 $_3$）
・Ⅰ(Ⅱ)義仲の　(Ⅰ)夜半の寝覚めか　Ⅳ月悲し (台) -φ／⑤（類型 $_2$）

〈言いさし〉：〈に〉

・Ⅳ秋風 (台) -に　Ⅰ(Ⅰ)折れて悲しき　(Ⅱ)桑の杖／⑦（類型 $_1$）

206　第Ⅲ章　芭蕉の発句のテクスト構成　　　〈78〉

・Ⅳ朝露（台）-に　Ⅰ（Ⅰ）よごれて涼し　（Ⅱ）**瓜の泥**／⑧（類型₂）

〈言いさし〉：〈て（で）〉

・Ⅳ旅に病ん（台）-で　Ⅰ（Ⅱ）夢は　（Ⅰ）**枯野をかけ廻る**／⑧（類型₄）

〈条件提示〉：〈ば〉

・Ⅳあられせ（台）-ば　Ⅰ（Ⅱ）**網代の氷魚を**　（Ⅰ）煮て出さん／⑥（類型₁）

・Ⅳ門に入れ（台）-ば　Ⅰ（Ⅱ）**そてつに蘭の**　（Ⅰ）にほひ哉／⑥（類型₁）

　　　＊ただし、たとえば、つぎのような作品のばあいは、〈条件提示〉の境界子を採る文（句）「酒のめ-ば」は、「台（風）」を担う事実存在とはなり得ない。叙述性の事実存在（Ⅰ）「いとど寝られぬ」とのあいだに、直接的な"事実項——叙述連鎖（判断命題（文））"を形成しているからだ（→〈77〉てがかり3）。この作品では、「台（風）」を担う事実存在を確定的に指定しているのは、名詞句「夜の雪-Φ」で指定された事実存在になるだろう。

・Ⅰ（Ⅱ）酒のめば　（Ⅰ）いとど寝られぬ　Ⅳ夜の雪（台）／③（類型₁）

提題：〈は〉

・Ⅳ辛崎の松（台）-は　Ⅰ（Ⅱ）花より　（Ⅰ）**朧にて**／③（類型_β）
・狂句Ⅳこがらしの身（台）-は　Ⅰ（Ⅱ）竹斎に　（Ⅰ）**似たる哉**／③（類型₂）

提題：〈の〉

・Ⅳ名月（台）-の　Ⅰ（Ⅰ）花かと見へて　（Ⅱ）**棉畠**／⑧（類型₁）

　なお、ここに言う「境界子」は、俳句の世界では、伝統的に言われてきた「切字」に、およそ、当たる。「切字」は、俳諧連歌の、その作品が「平句」ではなく、「発句」という、独立性ある句を告げるための標識と考えられてきた。それを、ここで、あえて、「境界子」と呼ぶのは、それが場所Ⅰに来る特殊・媒介種Ⅰ（間）相当の事実存在を指定する述語句にばかりでなく、場所Ⅳに来る一般・固有種Ⅳ（台（風））を担う事実存在指定の標識として用いられることもあるからである。

伝統的な「切字」の概念からすれば、一般・固有種Ⅳ（台（風））の事実存在を標識する境界子の使用は、埒外のものとなるだろう。だが、ここでは、そうした境界子を、あえて、作品テクスト内事実存在間の有意連関の基調を担う、「台」の事実存在指定の指標と見た[13]。境界子を発句作品のテクスト中の場所Ⅰに来る特殊・媒介種Ⅰ（間）、叙述性の事実存在か、または、場所Ⅳに来る一般・固有種Ⅳ相当、「台（風）」の事実存在かの、いずれかの指定に用いる指標と見るのである（→〈4〉〈24〉〈39〉〈41〉〈77〉〈79〉）。

6.3　台（風）の事実存在の選定――補説〈79〉

上記のてがかり3を、あらためて、見ていただきたい（→〈77〉）。……

観察者は、てがかり1で当たりをつけた述語と、直接、連結するような名詞句を探せば、まずは、こと足りるだろう。作品₁「初しぐれ」で言えば、名詞句「猿-も」に注目すればよい。それが述語句とのあいだに、「猿も――小蓑をほしげなり」というように、"事実項（存在）―― 叙述連鎖（ネクサス）（（主部-述部複合述定性の）判断命題（文））"を形成しているからである。

作品₂「五月雨を」では、どうか？　この作品には、そもそも、てがかり3に言うような、単一の名詞句に相当するものが見当たらない[14]。逆に、作品₃「荒海や」では、該当する2個の名詞句が、いずれも、すでに、てがかり3を充たしているので、これまた、3の適用は、無用となる。

もっとも、作品₂「五月雨を」では、てがかり2からは、名詞句「最上-川」が指定するものを一般・固有種Ⅳ（台（風））の事実存在に宛てることもできるだろう。名詞句「最上-川」は、言い切りの境界子「-Φ」を採っているのに対し、もう一方の名詞句「五月-雨」は、格助詞「-を」を採っているからである。両者の独立性の度合いの差を読み取る必要がある。

作品₃「荒海や」でも同様だ。てがかり2からは、名詞句「荒海-や」が指定する事実存在を、一般・固有種Ⅳ（台）の事実存在とみなすことができるだろう。それが伴う境界子「-や」に注目すれば、一方の名詞句「天-河」が採っているゼロの境界子「-Φ」との差を読み取るのは、それほど難しいことではない。

作品₄ₐ「海くれて」では、"事実項——叙述連鎖((主部—述部複合述定性の)判断命題(文))"形成の面で、述語「ほのかに白し」が指定する叙述性の事実存在は、名詞句「鴨の-こゑ」が指定する事実存在とは、直結している。もとより、解釈的には、名詞句「海-くれて」が指定する事実存在との連結性も認める必要はあるのだが。……

しかし、"連鎖"形成の直結性の度合いから言っても、前者に分がある事実は、争えない。山本健吉が指摘するように、わたしも、この作品では、"事実項(存在) —— 叙述連鎖(主—述複合判断命題(文))"の形成面で、名詞句「鴨の-こゑ」の側に、より直接的で、密接な連結性があると見た。

ただし、てがかり4にも言うように、それ故にこそ、述部——主部装定性の連鎖、名詞句「くれし-海(⇔海くれて)」が指定する事実存在の方を、一般・固有種Ⅳの「台」を担う事実存在と見定める必要があるだろう。種Ⅳの「台」を担う事実存在は、そうした"連鎖"からは、相対的に独立した存在でなければならないからだ。そのばあいの「独立性」とは、作品の背景をなす「基調的なもの」を担う事実存在としての際立ちを意味している。舞台の「台」の上、舞台を流れる「風」の中に、有意味な「間」の書き割りや「姿」の出現を、はじめて、認めることができるようになるのである。その際立ちがあってこそ、「舞台」では、「風」の中に、それこそ、「姿」が立ち現れるという構図になってくる。

作品₄ᵦ「塩鯛の」のばあいも、同様だ。名詞句「魚の-店-」が指定する事実存在が一般・固有種Ⅳ相当の「台」を担っているとみなし得る。「風」を吹かせていると見ることができるだろう(→⟨4⟩⟨24⟩⟨39⟩⟨41⟩⟨77⟩⟨78⟩)。

作品₅「ひごろにくき」は、てがかり2で、すでに、決着済みとなっている。

作品ᵦ「石山の」で、「台(風)」を担うと見た種Ⅳの事実存在「秋の-風」は、てがかり5に言うように、まさに、「石山(寺)の-石」を、隠された、目下の「現場(那谷寺)の石」ともどもに、文化的に包摂し、支配するかたちで、それこそ、「風」の役割を果たしていると見ることができるだろう。

てがかり5では、各類型の代表作品で言うと、作品₂「五月雨を」を除けば、

濃淡の差はあれ、まずは、つぎのような"文化的支配（拘束）⊆ 従属（被拘束）"、"台（風）⊆ 姿"という関係を読み取ることができるだろう。

作品$_1$「初しぐれ」：種Ⅳ(台(風))の事実存在「初-しぐれ」⊆ 種Ⅱ(姿)の事実存在「猿」

作品$_β$「石山の」：種Ⅳ(台(風))の事実存在「秋の-風」⊆ 種Ⅱ(姿)の事実存在「石山の-石」

作品$_3$「荒海や」：種Ⅳ(台(風))の事実存在「荒-海」⊆ 種Ⅱ(姿)の事実存在「天-河」

　　＊作品$_3$では、「並列関係」に傾いてはいるものの、なお、種Ⅳ(台(風))の事実存在「荒-海」の優位を見分けることができるのではないだろうか。

作品$_{4a}$「海くれて」：種Ⅳ(台(風))の事実存在「くれし-海」⊆ 種Ⅱ(姿)の事実存在「鴨の-こゑ」

作品$_{4b}$「塩鯛の」：種Ⅳ(台(風))の事実存在「魚の-店」⊆ 種Ⅱ(姿)の事実存在「塩鯛の-歯ぐき」

作品$_5$「ひごろにくき」：種Ⅳ(台(風))の事実存在「雪の-朝」⊆ 種Ⅱ(姿)の事実存在「ひごろにくき-烏」

　　＊作品$_2$のばあいは、ここに言う関係が図式類型としては不定と見た。

第2節　蕉風の変容——語彙（志向）図式の類型から見た変化

　発句に見る「蕉風」にも、もとより、変遷が認められる。ここでは、芭蕉が発句作品のテクスト構成に際し、解釈、表現上の意識の構えに採用したと考えられる語彙（志向）図式の類型に注目して、その変容面から、狭義に言う「蕉風」の変風の輪郭をとらえてみたい。

　各時期（①〜⑧）ごとに、各類型の、若干の代表例を採り上げる。採り上げた作品には、テクスト（場・磁場・現象地平・象徴世界）構成面に、簡略記述を施した。なお、用いられた図式類型$_1$〜$_5$と$_β$への分類には、いずれも、作者、芭蕉、採用の類型が持つ構成要件への配意に注目した。したがって、各類型ご

とに、構成要件掲載の箇所を参照していただきたい。

　　　図式類型$_1$＝作品$_1$（「初しぐれ」）→〈45〉

　　　図式類型$_2$＝作品$_2$（「五月雨を」）→〈51〉

　　　図式類型$_β$＝作品$_β$（「石山の」）→〈81〉

　　　図式類型$_3$＝作品$_3$（「荒海や」）→〈57〉

　　　図式類型$_{4ab}$＝作品$_{4ab}$（「海くれて」、「塩鯛の」）→〈65〉

　　　図式類型$_5$＝作品$_5$（「ひごろ憎き」）→〈76〉

7．蕉風における各語彙（志向）図式類型の展開

7.1　類型$_1$　標準-入れ子型図式の展開——作品$_1$「初しぐれ」系〈80〉

〈磁場図4a〉に戻ってみてほしい（→〈39〉）。……

　わたしは、図式類型$_1$、標準「入れ子型」の構えにもとづくテクスト構成を作品$_1$「初しぐれ」に読み取った。この作品は、場所Ⅳに来て、作品の基調を担う種Ⅳ（台（風））相当の事実存在の、その属性を叙述する組立てを持っている。

　作品$_1$には、一般・固有種Ⅳ（台（風））に任じる事実存在「初-しぐれ」の属性を、特殊・媒介種Ⅰ（間）に見出した述語性の事実存在「Ⅰ（Ⅱ）猿も（我も）──Ⅰ小蓑をほしげなり」で叙述する構成が認められた。種Ⅳの事実存在「初-しぐれ」は、場所Ⅳに来て、作品$_1$の有意連関の基調をつくる「台」を担っている。種Ⅰの事実存在「Ⅰ（Ⅱ）猿も（我も）──Ⅰ小蓑をほしげなり」が場所Ⅰに見出されて、その「台」を担う事実存在「初-しぐれ」の属性を叙述しているのだ。「Ⅰ（Ⅱ）猿も（我も）──Ⅰ小蓑をほしげなり（の心境になるような）Ⅳ初しぐれであることよ！」というようにである……。

　俳句（発句）では、一般に、この図式類型$_1$、標準「入れ子型」の意識の構えでつくられた作品が少なくない。むしろ、ありふれていると言ってもいいだろう。芭蕉の作品のばあいも、例外ではない。そのテクストが、この図式類型$_1$で仕組まれた発句作品は、彼の文学活動の生涯を通じて、すべての時期に、

万遍なく認められる。

　この型の構えの構成要件のポイントは、"連鎖(ネクサス)"の形成如何にある。一般・固有種Ⅱ（姿）相当に振る舞う事実存在と、特殊・媒介種Ⅰ（間）を埋める事実存在のあいだには、広義に見る、主部と述部に来る述語判断の複合でつくられた"連鎖（（主部——述部複合述定性の）述語判断命題（文）)"の形成が認められる。作品₁のばあいには、"種Ⅱ（姿）の事実項「猿（も我も）」——種Ⅰ（間）の叙述性の事実存在「小蓑をほしげなり」"という"連鎖"の成立が認められた（→〈44〉〈45〉）。

　それに対して、一般・固有種Ⅳ（台）を担う事実存在と、特殊・媒介種Ⅰ（間）を埋める事実存在のあいだには、そのような"連鎖(ネクサス)"の形成が認められない。作品₁で言うと、"連鎖"が"種Ⅳ（台）の事実項「初-しぐれ」——種Ⅰ（間）の叙述性の事実存在「小蓑をほしげなり」"というように、不全なものになっている（→同上）。

　　＊主部——述部複合の、述定タイプの"連鎖(ネクサス)（述語判断命題（文）)"形成有無の認定では、広義の主語が「我」相当の１人称のばあい、あるいは、命令、依頼、……といった、行為開発性の述語のばあいには、その省略事態を考慮して、人称を起こして読み取る必要がある。

　図式類型の構成要件の、重要な、もう１つのポイントは、"文化的支配 ⊆ 従属関係"の組立てである。いったん、場所Ⅱに取り立てられた——だが、つぎには、先述したが、場所Ⅰに来る種Ⅰ（間）を埋める事実存在による叙述の"連鎖(ネクサス)"に組み込まれてしまう——種Ⅱ（姿）として振る舞うべき事実存在が、場所Ⅳに定立されて「台」を担う種Ⅳの事実存在に、文化的に、明確に従属し、拘束されているといった構図が必須となる。

　作品₁「初しぐれ」では、種Ⅱ（姿）として振る舞うはずの事実存在「猿（も我も）」は、種Ⅳ（台）の事実存在「初-しぐれ」に文化的に従属して、強く拘束されたかたちになっている。強く拘束されていればこそ、その存立の前提をつくっているとも言うべき存在の属性叙述に加わることができるのである

(→同上)。

①伊賀上野期〜江戸入府期

- Ⅳ五月雨（夏）に　Ⅰ（Ⅰ）御物遠（おんものどほ）や　（Ⅱ）月のかほ
- Ⅳ五月雨（夏）や　Ⅰ（Ⅰ）龍頭揚（りうとう）る　（Ⅱ）番太郎
- Ⅰ（Ⅱ）かびたんも　（Ⅰ）つくばゝせけり　Ⅳ君が春（春）
- Ⅰ（Ⅱ）阿蘭陀（おらんだ）も　（Ⅰ）花（春）に来にけり　Ⅳ馬と鞍

＊Ⅳ「馬と鞍」には、Ⅳ「船と帆」の隠喩を読めば、Ⅳ「船と帆」⊆Ⅱ「阿蘭陀」の関係を認め得よう。

- Ⅰ（Ⅱ）行雲（ゆくくも）や　（Ⅰ）犬の欠尿（かけばり）　Ⅳむらしぐれ（冬）

＊ゴチック体部分：事実存在化して場所Ⅳ、Ⅱに「取合せ」られた項を表す。以下も。
＊斜字体部分：種Ⅰの「間」を埋める、叙述性の事実存在を表す。以下も。
＊ローマ字体数字：その事実存在間に磁場化したテクスト（場・現象地平・象徴世界）内に拓かれた場所を示す。以下も。

②深川Ⅰ期

- Ⅳ花（春）にやどり　Ⅰ（Ⅱ）瓢箪斎（へうたんさい）と　（Ⅰ）白いへり（みづから）
- Ⅰ（Ⅱ）かれ朶（えだ）に　（Ⅰ）烏のとまりけり　Ⅳ秋の暮（秋）
- Ⅳいづく霽（しぐれ）（冬）　Ⅰ（Ⅰ）傘を手にさげて　（Ⅱ）帰る僧
- Ⅳ雪（冬）の朝　Ⅰ（Ⅱ）独り　（Ⅰ）干鮭を嚙み得タリ
- Ⅰ（Ⅱ）馬ぼくぼく　（Ⅰ）我を絵に見る　Ⅳ夏野（夏）哉
- Ⅳ芭蕉野分（秋）して　Ⅰ（Ⅱ）盥に雨を　（Ⅰ）聞く夜哉
- Ⅳあさがほ（秋）に　Ⅰ（Ⅱ）我は食（め）し食（く）ふ　（Ⅰ）おとこ哉
- Ⅰ（Ⅱ）うぐひすを　（Ⅰ）魂（たま）にねむるか　Ⅳ嬌柳（タウ）（春）

③野ざらし紀行期〜深川Ⅱ期

- Ⅳ花皆枯（冬）て　Ⅰ（Ⅰ）哀をこぼす　（Ⅱ）草の種
- Ⅳ名月（秋）や　Ⅰ（Ⅰ）池をめぐりて　（Ⅱ）よもすがら
- Ⅳ水寒く　Ⅰ（Ⅰ）寝入りかねたる　（Ⅱ）かもめ（夏）かな
- Ⅳ初雪（冬）や　Ⅰ（Ⅱ）水仙の葉の　（Ⅰ）たはむまで

- Ⅰ(Ⅱ) 酒のめば (Ⅰ) いとゞ寝られぬ Ⅳ夜の雪(冬)
- Ⅰ(Ⅱ) 髪はえて (Ⅰ) 容顔蒼し Ⅳ五月雨(さつきあめ)(夏)
- Ⅰ(Ⅱ) 蓑虫の音(秋)を (Ⅰ) 聞に来よ Ⅳ艸の庵(くさのいほ)
- Ⅰ(Ⅱ) 花(春) 咲て (Ⅰ) 七日鶴見る Ⅳ麓哉
- Ⅰ(Ⅱ) 東にし (Ⅰ) あはれさひとつ Ⅳ秋の風(秋)

④笈の小文期～深川Ⅲ期

- Ⅰ(Ⅱ) 旅人と (Ⅰ) 我が名呼ばれん Ⅳ初しぐれ(冬)
- Ⅰ(Ⅱ) 箱根越す人も (Ⅰ) 有らし Ⅳ今朝の雪(冬)
- Ⅳ夏(夏) 来ても Ⅰ(Ⅰ) ただ (Ⅱ) ひとつ葉の (Ⅰ) 一葉哉
- Ⅳ城あとや Ⅰ(Ⅱ) 古井の清水(夏) (Ⅰ) 先問む
- Ⅰ(Ⅱ) さまざまな事 (Ⅰ) 思ひ出す Ⅳ桜(春) かな
- Ⅰ(Ⅱ) 雲雀(春)より (Ⅰ) 空にやすらふ Ⅳ峠かな
- Ⅳ雪(冬) ちるや Ⅰ(Ⅱ) 穂屋の薄の (Ⅰ) 刈残し
- Ⅳ元日(春)は Ⅰ(Ⅱ) 田ごとの月こそ (Ⅰ) こひしけれ

⑤奥の細道期

- Ⅰ(Ⅱ) 入りあひのかねも (Ⅰ) きこへず Ⅳはるのくれ(春)
- Ⅰ(Ⅱ) 水の奥 (Ⅰ) 氷室(夏) 尋ぬる Ⅳ柳哉
- Ⅳ涼しさ(夏)を Ⅰ(Ⅱ) 我宿にして (Ⅰ) ねまる也
- Ⅳわせ(秋)の香や Ⅰ(Ⅱ) 分入右は (Ⅰ) 有磯海(ありそうみ)
- Ⅳ浪の間や Ⅰ(Ⅰ) 小貝にまじる (Ⅱ) 萩(秋)の塵
- Ⅰ(Ⅱ) 庭掃て (Ⅰ) 出ばや Ⅳ寺に 散る柳(秋)
- Ⅰ(Ⅱ) 義仲の (Ⅰ) 寝覚めの山か Ⅳ月(秋) 悲し

⑥上方遍歴期

- Ⅳ月(秋) さびよ Ⅰ(Ⅱ) 明智が妻の (Ⅰ) 咄(はな)しせん
- Ⅳ初しぐれ(夏) Ⅰ(Ⅱ) 猿も (Ⅰ) 小蓑をほしげなり
- Ⅳあられせば Ⅰ(Ⅱ) 網代の氷魚(あじろのひうお)(冬)を (Ⅰ) 煮て出さん
- Ⅳ海士の屋は Ⅰ(Ⅰ) 小海老にまじる (Ⅱ) いとゞ(秋)哉
- Ⅰ(Ⅰ) かくれけり Ⅳ師走(冬)の海の (Ⅱ) かいつぶり(夏)

- Ⅳ闇の夜や　Ⅰ（Ⅰ）巣（春）をまどはして　（Ⅱ）なく衞（ちどり）
- Ⅰ（Ⅱ）うき我を　（Ⅰ）さびしがらせよ　Ⅳかんこどり（夏）
- Ⅳ風かほる（夏）　Ⅰ（Ⅱ）羽織は　（Ⅰ）襟もつくろはず
- Ⅰ（Ⅱ）三井寺の門　（Ⅰ）たゝかばや　Ⅳけふの月（秋）
- Ⅰ（Ⅱ）曙は　（Ⅰ）まだ紫に　Ⅳほとゝぎす（夏）
- Ⅰ（Ⅱ）宿かりて　（Ⅰ）名を名乗らする　Ⅳしぐれ（冬）哉

⑦深川Ⅳ期

- Ⅰ（Ⅱ）鶯（春）や　Ⅰ（Ⅰ）餅に糞する　Ⅳ椽の先
- Ⅳ秋風（秋）に　Ⅰ（Ⅰ）折れて悲しき　（Ⅱ）桑の杖
- Ⅳ炉開き（冬）や　Ⅰ（Ⅱ）左官老行く　（Ⅰ）鬢（びん）の霜
- Ⅰ（Ⅱ）振売の　鴈（がん）　（Ⅰ）あはれなり　Ⅳゑびす講（冬）
- Ⅰ（Ⅱ）青柳の　（Ⅰ）泥にしだるゝ　Ⅳ塩干（春）かな

⑧上方終焉の旅期

- Ⅰ（Ⅰ）どむみりと　（Ⅱ）あふち（夏）や　Ⅳ雨の花曇
- Ⅰ（Ⅱ）麦の穂（夏）を　（Ⅰ）便（たより）につかむ　Ⅳ別れかな
- Ⅰ（Ⅱ）水鶏（くひな）（夏）啼（なく）と　（Ⅰ）人のいへばや　Ⅳ佐屋泊（秋）
- Ⅳ清滝や　Ⅰ（Ⅰ）波に散込　（Ⅱ）青松葉
- Ⅰ（Ⅱ）数ならぬ身と　（Ⅰ）なおもひそ　Ⅳ玉祭り（秋）
- Ⅳ名月（秋）の　Ⅰ（Ⅰ）花かと見へて　（Ⅱ）棉畠
- Ⅳ月（秋）澄むや　Ⅰ（Ⅱ）狐こはがる　稚児の（Ⅰ）供
- Ⅳ秋深き（冬）　Ⅰ（Ⅱ）隣は　（Ⅰ）何をする人ぞ

　図式類型₁、標準「入れ子型」の意識の構え（語彙図式）で制作された作品は、概して、「台（風）」を担う種Ⅳの事実存在が持つ属性のⅠ断面[15]を抉易（けってき）して表現する趣を呈する。作品₁「初しぐれ」で言えば、一般・固有種Ⅳ（台（風））を担う事実存在「初-しぐれ」の、その存在というよりは、属性を、あるリアルな実象、事実存在――ここでは、想定された「猿（そして、我）」の挙動や意識――を通じて、鋭くとらえかえしたものになってくる。

〈81〉

7.2 類型₂ 存在-入れ子型図式の展開ほか——作品₂「五月雨を」系・β「石山の」系〈81〉

〈磁場図 4 b〉を見ていただきたい（→〈46〉）。……

わたしは、図式類型₂、存在「入れ子型」のテクスト構成を、作品₂「五月雨を」に見た。この図式類型₂が持つ述語判断の概念枠は、類型₁の標準「入れ子型」のそれとは、異なる。類型₂は、種Ⅳ（台・風）を担う、それこそ、ある[定評ある]事実存在の属性というよりは、存在そのものを、一応、種Ⅱ（姿）相当の振る舞いをする別の存在との関わりから、あらためて、叙述しようという趣を持つ準拠枠である。

作品₂「五月雨を」で言えば、この作品のテクスト構成に用いられた図式類型₂の準拠枠は、「台（風）」を担う事実存在の存在を強調して叙述する配意を覗かせたものになっている。場所Ⅳに来て、少なくとも、形の上では、一般・固有種Ⅳ相当の「台」を担い、基調としての「風」を吹かせている事実存在の存在を謳い上げているのである。

ここでは、それこそ、[名にし負う]事実存在「最上-川」について、その属性をではなく、存在そのものを、こと新たに叙述しようという配意を覗かせたものになっている。種Ⅳの事実存在「最上-川」の、そもそもの在り方とか、在りよう様とかを、一般・固有種Ⅱ（姿）の事実存在「五月-雨」絡みの特殊・媒介種Ⅰ（間）を埋める、叙述性の事実存在「（Ⅱ五月-雨を）——Ⅰあつめて早し(き)」によって開示しようとする構えである。

「最上-川」の存在を[名うてのもの]として置いたうえで、あらためての"愕き"をもって謳い上げる構えである。その作品の基調をなす「風」を吹かして、「台」を担う事実存在を、「（これは）、そもそも」とか、「（これは）、さしづめ」とか、「名うての〜と来たら、さすがに〜」、……とかというように、発見的な感動を伴って叙述する構図と言ってもよい。

この類型の最大のポイントは、"連鎖「種Ⅱ（姿）の事実存在 ── 種Ⅰ（間）の、叙述性の事実存在」"も、"連鎖「種Ⅳ（台）の事実存在 ── 種Ⅰ（間）の叙述性の事実存在」"も、いずれも、形成されないということである（→〈51〉）。

＊この図式類型₂が形式面に傾くケースでは、たとえば、故事に因んだ作品

216　第Ⅲ章　芭蕉の発句のテクスト構成

や、世話になった当主への、ことさらの「挨拶句」、……などに、用いられた作品が少ない。

①伊賀上野・江戸入府期

- Ⅰ(Ⅱ) 月(秋) ぞしるべ (Ⅰ) こなたへ入らせ Ⅳ旅の宿
- Ⅰ(Ⅱ) 年は (Ⅰ) 人にとらせていつも Ⅳ若夷(わかえびす)(春)
- Ⅳ京は Ⅰ(Ⅱ) 九万九千くんじゅの (Ⅰ) 花見(春)哉
- Ⅳ荻の声 Ⅰ(Ⅱ) こや 秋風の (Ⅰ) 口移し
- Ⅰ(Ⅱ) 時雨(しぐれ)をや (Ⅰ) もどかしがりて Ⅳ松の雪(冬)
- Ⅳ大裏雛(だいりびな)(春) Ⅰ(Ⅱ) 人形天皇の (Ⅰ) 御宇(ぎょう)とかや

②深川Ⅰ期

- Ⅳ郭公 Ⅰ(Ⅰ) まねくか (Ⅱ) 麦(夏)の むら尾花
- Ⅳ青ざしや(夏) Ⅰ(Ⅱ) 草餅の (Ⅰ) 穂に出(いで)つらん

＊「青ざし」：青麦の穂を摺った粉でつくった菓子。

③野ざらし紀行～深川Ⅱ期

- Ⅳ猿を聞人 Ⅰ(Ⅱ) 捨子に秋の風(秋) (Ⅰ) いかに
- Ⅳ道のべの木槿(むくげ)(秋)は Ⅰ(Ⅱ) 馬に (Ⅰ) くはれけり
- Ⅰ(Ⅱ) 義朝の心に (Ⅰ) 似たり Ⅳ秋の風(秋)
- 狂句 Ⅳこがらし(冬)の身は Ⅰ(Ⅱ) 竹斎に (Ⅰ) 似たる哉
- Ⅳ水とり(春)や Ⅰ(Ⅱ) 氷の僧の (Ⅰ) 沓の音

④笈の小文期～深川Ⅲ期

- Ⅳ木曾のとち(秋) Ⅰ(Ⅱ) 浮世の人の (Ⅰ) みやげ哉
- Ⅳ神垣や Ⅰ(Ⅰ) おもひもかけず (Ⅱ) 涅槃像(春)
- Ⅰ(Ⅱ) 五月雨(夏)に (Ⅰ) かくれぬものや Ⅳ瀬田の橋
- Ⅰ(Ⅱ) 粟(夏)稗に (Ⅰ) とぼしくもあらず Ⅳ草の庵

⑤奥の細道期

- Ⅰ(Ⅱ) 秣(まぐさ)負ふ人を (Ⅰ) 枝折(しをり)の Ⅳ夏野(夏)哉
- Ⅰ(Ⅱ) 山も (Ⅰ) 庭にうごきいるゝや Ⅳ夏ざしき(夏)

〈81〉　　　　　　　　　　　　　第2節　蕉風の変容　217

- Ⅳ夏草(夏)や　Ⅰ(Ⅱ)兵どもが　(Ⅰ)夢の跡
- Ⅰ(Ⅱ)五月雨(夏)を　(Ⅰ)あつめて早し　Ⅳ最上川
- Ⅰ(Ⅱ)まゆはきを　(Ⅰ)俤にして　Ⅳ紅粉の花(夏)
- Ⅰ(Ⅱ)雲の峰(夏)　(Ⅰ)幾つ崩て　Ⅳ月の山
- Ⅳ語られぬ湯殿(夏)に　Ⅰ(Ⅰ)濡らす　(Ⅱ)袂かな
- Ⅳ暑き日(夏)を　(Ⅰ)海に入れたり　Ⅳ最上川
- Ⅳ象潟(きさがた)や　Ⅰ(Ⅱ)雨に西施(せいし)が　(Ⅰ)ねぶの花(夏)
- Ⅳ山中や　Ⅰ(Ⅰ)菊(秋)はたおらぬ　(Ⅱ)湯の匂
- Ⅳ寂しさや　Ⅰ(Ⅰ)須磨にかちたる　(Ⅱ)浜の秋(冬)

- Ⅰ(Ⅱ)五月雨(夏)を　(Ⅰ)降残してや　Ⅳ光堂

⑥上方遍歴期

- Ⅳ秋の風(秋)　Ⅰ(Ⅱ)伊勢の墓原　(Ⅰ)猶すごし
- Ⅳ種芋(春)や　Ⅰ(Ⅱ)花のさかりに　(Ⅰ)売りありく
- Ⅰ(Ⅱ)長嘯(ちやうせう)の墓も　(Ⅰ)めぐるや　Ⅳはち鼓(たたき)(夏)哉
- Ⅰ(Ⅱ)艸(くさ)の葉を　(Ⅰ)落つるより飛ぶ　Ⅳ蛍(夏)哉
- Ⅰ(Ⅱ)頓(やが)てしぬ　けしきは　(Ⅰ)見へず　Ⅳ蝉(夏)の声
- Ⅰ(Ⅱ)乳麺(にゆうめん)の下　(Ⅰ)たきたつる　Ⅳ夜寒(秋)哉
- Ⅰ(Ⅱ)葱(冬)白く　(Ⅰ)洗ひたてたる　Ⅳさむさ哉
- (Ⅱ)月はあれど　Ⅰ(Ⅰ)留守のやう也　Ⅳ須磨の夏(夏)
- Ⅳ秋(秋)のいろ　Ⅰ(Ⅱ)ぬかみそつぼも　(Ⅰ)なかりけり

⑦深川Ⅳ期

- Ⅰ(Ⅱ)鎌倉を　(Ⅰ)生きて出けむ　Ⅳ初鰹(夏)
- Ⅳ郭公(夏)　Ⅰ(Ⅰ)声横たふや　(Ⅱ)水の上
- Ⅳ年々や　Ⅰ(Ⅰ)猿に着せたる　(Ⅱ)猿の面

⑧上方終焉の旅期

- Ⅰ(Ⅱ)朝露に　(Ⅰ)よごれて涼し　Ⅳ瓜の泥
- Ⅰ(Ⅱ)さみだれ(春)の　空　(Ⅰ)ふき落とせ　Ⅳ大井川(春)

> ・Ⅰ（Ⅱ）ぴいと啼　尻声（秋）（Ⅰ）悲し　Ⅳ夜ルの鹿（秋）
> ・Ⅳしら菊（秋）の　Ⅰ（Ⅱ）目に立てゝ見る　塵も（Ⅰ）なし

　芭蕉の作品中には、作品₁「初しぐれ」や、作品₂「五月雨を」に、それぞれ、代表される図式類型₁や、類型₂に類似するが、そのいずれとも異なる構えで造形されたものもある。つぎのような作品がそうだ。

> ・Ⅳ辛崎の　松は　Ⅰ（Ⅱ）花より（Ⅰ）朧（春）にて／③
> ・Ⅰ（Ⅱ）石山の　石より（Ⅰ）白し　Ⅳ秋の風／⑤

　大きくは、「入れ子型」の語彙（志向）図式に属してはいる。とくに、直接には、類型₁から派生した別種の図式類型として扱う必要がありそうだ。ただし、ここでは、仮の類型名を「類型 $_\beta$」と呼んで、作品例を挙げるに留めた。
　類型₁と類型₂、そして、この類型 $_\beta$ の3者の違いのポイントは、テクスト中での"事実項──叙述"に見る"有意連鎖（ネクサス）（主部──述部複合述定性の述語判断命題（文））"の形成が、どのようになっているかという点である。
　作品₁「初しぐれ」に見る図式類型₁、標準「入れ子型」の構えでは、種Ⅳ（風（台））と、種Ⅱ（姿）の両一般・固有種の事実存在のうち、後者だけが特殊・媒介種Ⅰ（間）相当の叙述性の事実存在とのあいだに、"事実項──叙述"の"有意連鎖（ネクサス）"を形成する（→〈45〉）。
　それに対して、前者だけが"連鎖"を形成するのが、ここに言う、一連の特殊「入れ子型」図式類型 $_\beta$ である。
　一方、作品₂「五月雨を」に見た図式類型₂、存在「入れ子型」の意識の構えのばあいは、種Ⅳ（風・台）、種Ⅱ（姿）の両固有種の事実存在の、いずれもが特殊・媒介種Ⅰ（間）に来る、叙述性の事実存在とのあいだには、"事実項──叙述"の"有意連鎖（ネクサス）（主部-述部複合の述語判断命題（文））"を形成することがない（→〈81〉）。
　なお、この図式類型 $_\beta$ が無視できない理由の一つに、形式面ではともかくも、

意味面では、媒介種Ⅰ（間）に来る、叙述性の事実存在による共約が不完全ながらも、傾向的に認められるということがある。この点では、類型βには、作品$_3$「荒海や」に代表されるような、標準的な図式類型$_3$を派生させる上で、その母胎となった可能性をうかがわせるものがある。作品$_2$「五月雨を」に見る類型$_2$や、とりわけ、作品$_1$「初しぐれ」に見る類型$_1$「入れ子型」図式の構えから、作品$_3$「荒海や」に見られるような類型$_3$の、緊張ある、洗練された「ブリッジ型」図式の構えを派生させていく上で、触媒として働いた可能性が考えられる（→〈88〉）。

類型βの意識の構えのポイントは、固有種Ⅳ（台・風）の事実存在だけが媒介種Ⅰ（間）に来る、叙述性の事実存在とのあいだに、"事実項──叙述連鎖"を形成することである。同時に、意味的には、媒介種Ⅰによる、固有種Ⅳ（台・風）と、固有種Ⅱ（姿）の共約への配意が、傾向的にではあるが、認められる点を挙げることもできるだろう。

- Ⅳ姥桜（春）　Ⅰ（Ⅰ）咲くや　（Ⅱ）老後の思ひ出／①
- Ⅳ天秤や　Ⅰ（Ⅰ）京江戸かけて　（Ⅱ）千代の春（春）／①
- Ⅳ貧山の釜（春）　Ⅰ（Ⅱ）霜に泣く声　（Ⅰ）寒し／①
- Ⅳ花むくげ（春）　Ⅰ（Ⅱ）はだか童の　（Ⅰ）かざし哉／②
- Ⅳ辛崎の松（春）は　Ⅰ（Ⅱ）花より　（Ⅰ）朧（春）にて／③
- Ⅰ（Ⅱ）団扇（夏）とって　（Ⅰ）あふがん　Ⅳ人の後むき／③
- Ⅱ紙ぎぬの　Ⅰぬるとも折らん　Ⅳ雨の花（春）／③
- Ⅰ（Ⅱ）此山の　（Ⅰ）悲しさ告よ　Ⅳ野老堀（春）／④
- Ⅳ桟（かけはし）や　Ⅰ（Ⅰ）いのちをからむ　（Ⅱ）つたかづら（秋）／④
- Ⅳゆふばれや　Ⅰ（Ⅰ）桜に涼む　（Ⅱ）波の花（夏）／⑤
- Ⅰ（Ⅱ）石山の石より　（Ⅰ）白し　Ⅳ秋の風（秋）／⑤
- Ⅰ（Ⅰ）はやはや咲け　（Ⅱ）九日も近し　Ⅳ菊（春）の花／⑤
- Ⅰ（Ⅱ）石山の石に　（Ⅰ）たばしる　Ⅳあられ（冬）哉／⑥
- Ⅳ秋海棠（秋）　Ⅰ（Ⅱ）西瓜の色に　（Ⅰ）咲きにけり／⑥

- Ⅰ（Ⅱ）**四方**より （Ⅰ）*花*（春）*吹き入て* Ⅳにほの波／⑥
- Ⅳ**節季候**（秋）の 来れば Ⅰ（Ⅱ）*風雅*も （Ⅰ）*師走かな*／⑥
- Ⅳ**秋風**や Ⅰ（Ⅰ）*桐に動いて* （Ⅱ）*つた*（秋）*の霜*／⑥
- Ⅰ（Ⅱ）**青くても** （Ⅰ）*有るべきものを* Ⅳ**唐辛子**（秋） ／⑦
- Ⅳ**此秋**（秋）は Ⅰ（Ⅰ）*何で年よる* （Ⅱ）*雲に鳥*／⑧

＊作品末尾の①〜⑧は、その作品の制作時期、または、その作品の初案が関わった、芭蕉の文学活動の時期を示す（→〈37〉）。

7.3　類型₃　標準-ブリッジ型図式──作品₃「荒海や」系〈82〉

磁場図 4 c に戻っていただきたい（→〈52〉）。……

わたしは、図式類型₃、標準「ブリッジ型」の語彙（志向）図式を用いたテクスト構成を作品₃「荒海や」に見て、これを代表例に採った。この型の解釈と表現の意識の構えは、2 個の一般・固有種の事実存在を、明確な遠隔項関係に「取り合せ」てモンタージュし、対置させる枠組みを持っている。作品₃「荒海や」で言えば、一般・固有種Ⅳ（台）を担う事実存在「荒-海」と、それに「取り合せ」た一般・固有種Ⅱ（姿）相当の事実存在「天の-河」を、意味的に、たがいに、"逆性"を示し合って対立するよう、詠み分けるのである。その上で、その乖離させた両事実存在を、特殊・媒介種Ⅰ（間）相当、叙述性の事実存在「佐渡によこたふ⇔よこたふ-佐渡」によって、均分に「取り囃し」て共約し、その緊張関係を緩和して「継ぎ合せ」る配意も示すのである。

いきおい、共約に働く、叙述性の事実存在、特殊・媒介種Ⅰ相当「佐渡によこたふ⇔よこたふ-佐渡」が、外形的には、一般・固有種Ⅳ相当、「台（風）」の事実存在「荒-海」の肩代わりをして、この作品の主題を叙述したかたちとなる。

芭蕉のばあい、この類型₃「荒海や」に代表される標準「ブリッジ型」の図式類型₃を用いて制作した発句作品は、むしろ、初期の時代に多い印象がある。それは、彼が貞門風の言語遊技的な形式面の技巧に傾いていた時期と重なっている。

ところが、他の図式類型にもとづく詩境の開拓に伴って、この図式類型₃にも、内容的な充実が加えられていく。形式面ばかりでなく、意味面にも、強い緊張関係を帯びた「取り合せ」と、深い象徴性をふくんだ「取り囃し」や共約が加えられていくようになる。活動の最盛期とも目される「奥の細道」紀行期（⑤）の作品₃「荒海や」、「閑さや」、……などには、その磨きのかかった変風を象徴する趣向が露わに看取される。

　だが、作品₃「荒海や」に見るように、目いっぱいに張り詰めた枠組みを持つ、この図式類型₃、標準「ブリッジ型」の意識の構えは、「奥の細道」期（⑤）をピークに、漸減傾向を示す。次項に述べる変風、図式類型₄発生の影響とも考えられる。

①伊賀上野・江戸入府期

- Ⅰたんだすめ　Ⅱ住めば都の　Ⅳけふの月 ⁽秋⁾
- Ⅰしおれふすや　Ⅱ世はさかさまの　Ⅳ雪⁽冬⁾の竹
- Ⅰ着ても見よ　Ⅱ甚べが羽織　Ⅳ花ごろも⁽春⁾
- Ⅰあら何ともなや　Ⅱきのふは過ぎて　Ⅳふくと汁⁽冬⁾
- Ⅳあやめ⁽夏⁾　生り　Ⅰ軒の　Ⅱ鰯のされかうぺ
- Ⅱ草履の尻　Ⅰ折りてかへらん　Ⅳ山桜⁽春⁾
- Ⅳ春やこし　Ⅱ年や行きけん　Ⅰ小晦日⁽冬⁾
- Ⅱ命こそ　Ⅰ芋種よ又　Ⅳ今日の月⁽秋⁾
- Ⅳ霜⁽冬⁾を着て　Ⅱ風を敷寝の　Ⅰ捨て子哉

②深川Ⅰ期

- Ⅳ石枯れて　Ⅱ水しぼめるや　Ⅰ冬⁽冬⁾もなし
- Ⅱ花⁽春⁾に　Ⅰ浮き世　Ⅳ我酒白く　食黒し
- Ⅰあられ⁽冬⁾きくや　Ⅱこの身は　Ⅳもとの古柏

③野ざらし紀行〜深川Ⅱ期

- Ⅳ野ざらしを　Ⅰ心に　Ⅱ風のしむ身⁽秋⁾哉
- Ⅳ草枕　Ⅱ犬も　Ⅰしぐるゝか　Ⅱよる⁽春⁾のこゑ

- ・Ⅳつゝじ（春）いけて　Ⅱその蔭に　干鱈さく　Ⅰ女
- ・Ⅱいなづま（秋）を　Ⅰ）手にとる　Ⅳ闇の紙燭（しそく）哉
- ・Ⅳ古池や　Ⅱ蛙（春）飛びこむ　Ⅰ水の音
- ・Ⅳ花の雲（春）　Ⅱ鐘は　Ⅰ上野か浅草か

④笈の小文期〜深川Ⅲ期

- ・Ⅱ京までは　Ⅰまだ半空（なかぞら）や　Ⅳ雪（冬）の雲
- ・Ⅳ枯芝や　Ⅰやゝ　Ⅱかげろふの（春）　Ⅰ一二寸（夏）
- ・Ⅳおもしろうて　Ⅱやがて悲しき（春）　Ⅰ鵜舟（うぶね）（夏）哉
- ・Ⅳおくられつ　Ⅱおくりつ　Ⅰ果ては木曾の秋（秋）
- ・Ⅱ米買に　Ⅰ雪（冬）の袋や　Ⅳ投頭巾（なげづきん）
- ・Ⅰ奈良　Ⅱ七重七堂伽藍（がらん）　Ⅳ八重桜（春）

⑤奥の細道期

- ・Ⅳ草の戸も　Ⅰ住みかはる代ぞ　Ⅱ雛（ひな）（春）の家
- ・Ⅰあらたふと　Ⅱ青葉（夏）若葉の　Ⅳ日の光
- ・Ⅰ石の香や　Ⅳ夏草（夏）赤く　Ⅱ露あつし
- ・Ⅱ笈（おひ）も太刀も　Ⅰ五月（さつき）（春）にかざれや　Ⅳ帋幟（かみのぼり）
- ・Ⅳ閑さや　Ⅰ岩にしみ入　Ⅱ蝉（夏）の声
- ・Ⅳ桜より　Ⅱ松は二木を　Ⅰ三月越し
- ・Ⅰ涼し（夏）さや　Ⅱほの三か月の　Ⅳ羽黒山
- ・Ⅳ荒海や　Ⅰ佐渡によこたふ　Ⅱ天河
- ・Ⅰ初真瓜（夏）　Ⅱ四つにや断たン　Ⅳ輪に切（きら）ン
- ・Ⅱあかあかと　日は　Ⅰつれなくも　Ⅳ秋の風（秋）
- ・Ⅰ塚も動け　Ⅱ我泣声は　Ⅳ秋の風（秋）
- ・Ⅱ蛤（はまぐり）の　Ⅰふたみにわかれ　Ⅳ行く秋（秋）ぞ
- ・Ⅰ一つ家に　Ⅱ遊女も　Ⅰねたり　Ⅳ萩（秋）と月（秋）

　　＊「おくのほそ道」執筆時の作。

⑥上方遍歴期

- ・Ⅳ門（もん）に入れば　Ⅱそてつに蘭（秋）の　Ⅰにほひ哉

- Ⅳくさまくら　Ⅱまことの華見（春）　Ⅰしても来よ
- Ⅱ納豆きる音　Ⅰしばし待て　Ⅳ鉢叩(はちたき)（冬）
- Ⅰ山里は　Ⅱまんざい　Ⅰおそし　Ⅳ梅の花（春）
- Ⅳ干鮭(からさけ)も　Ⅱ空也の瘦せも　Ⅰ寒の中(うち)（冬）

⑦深川Ⅳ期

- Ⅰ両の手に　Ⅳ桃とさくらや　Ⅱ草の餅（春）
- Ⅳ春（春）も　Ⅰやゝ　けしきとゝのふ　Ⅱ月と梅
- Ⅱ蒟蒻のさしみも　Ⅰすこし　Ⅳ梅の花（春）
- Ⅳ蓬萊（春）に　Ⅰ聞ばや　Ⅱ伊勢の初便

⑧上方終焉の旅期

- Ⅳ菊（秋）の香や　Ⅰ奈良には　Ⅱ古き仏達（夏）

7.4　類型₄　入れ子・ブリッジ型中間図式——作品₄ₐ「海くれて」・₄ᵦ「塩鯛の」系〈83〉

芭蕉は、作品₄ₐ「海くれて」も、₄ᵦ「塩鯛の」も、そのテクストを、いずれも、図式類型₃、標準「ブリッジ型」と、図式類型₁やβなどの「入れ子型」との中間的な語彙（志向）図式でつくり出した。作品₃「荒海や」に適用した類型₃と、作品₁「初しぐれ」やβ「石山の」に適用した類型₁やβとの、中間的な語彙（志向）図式を用いている。このタイプの表現（解釈も）の構えを「図式類型₄」と略称しておく。

作者による各類型への配意の加わりを「間存在論的」（→〈14〉〈88〉）に解釈すれば、図式類型₄は、直接には、類型₃の、緊張ある標準「ブリッジ型」から派生したと見ることができるだろう。ただし、類型₃の意識の構え自体が、初期の言語遊戯的、形式的な「ブリッジ型」図式に根ざすものであり、それに磨きをかけて派生した構えと見る必要があるだろう。

そうだとすれば、その洗練過程では、類型₁や、βなど、「入れ子型」図式の構えでつくられたとりわけ、秀作からの影響があったとも考えられる（→〈88〉）。〈磁場図4c〉を見ていただきたい（→〈52〉）。……

図式類型₄は、類型₃の、緊張ある標準「ブリッジ型」の語彙（志向）図式

から見れば、その概念枠〔フレーム〕を縮減し、抑制した構えと見ることができるだろう。それは、いったん、「取り合せ」た種Ⅳ（台・風）、種Ⅱ（姿）の両固有種の事実存在間につくり出された遠隔項関係が持つ、めいっぱいの緊張を緩和させる構えともみなし得る。

　類型₃の概念枠を、この構えの枠組に変形するには、作者は、上記種Ⅳ（台）、種Ⅱ（姿）の両固有種の事実存在の共約に働く媒介種Ⅰ（間）相当、叙述性の事実存在には、種Ⅱ（姿）の側に、やや近接して、それを誘引し得るものを選ぶ必要があるだろう。そうした配意を実らせるには、翻って、遠隔項関係に裂開させた固有種Ⅳ（台）と、固有種Ⅱ（姿）との両事実存在のそもそもの選定に、あらかじめ、格別の工案を加えていなければならない。

　たとえば、種Ⅱ（姿）に見立てる事実存在には、種Ⅳ（台）の事実存在と、完全に対等なものや、関連の薄いものは、避けねばならない。端的に言って、種Ⅳ（台）の事実存在には、文化的に、明確に従属し、拘束されて包摂されるようなものを見出して、詠み立てる必要があるだろう。

　作品₄ₐ「海くれて」で言えば、種Ⅳ（台・風）を担う「くれし-海」と、種Ⅱ（姿）として振る舞う「鴨の-こゑ」の両固有種の事実存在間では、後者の前者への帰属性が明らかである。「鴨」は、［海鳥］扱いだし、その「-こゑ」は、「くれし-海（の帳）」に［響き渡る］のである。作品₄ᵦ「塩鯛の」で言えば、種Ⅳ（台・風）を担う「魚の-店」、種Ⅱ（姿）として振る舞う「塩鯛の-歯ぐき」の両固有種の事実存在間でも、後者の前者への帰属性は、明らかだろう。「歯ぐき」を［剥き出し］た「塩鯛」は、「魚の-店」の１光景なのである。

　さらに、作者には、媒介種Ⅰ（間）として見出した事実存在には、種Ⅳ（台）、種Ⅱ（姿）の両固有種の事実存在への共約面で、たんに、形式面にとどまらず、意味面にまで及ぶような、高い象徴性を持った叙述が選び抜かれねばならない。作品₄ₐ「海くれて」では、その共約的叙述には、様態性の事実存在「ほのかに白し」が選ばれ、作品₄ᵦ「塩鯛の」でも、同様な事実存在「寒し」が選ばれた。

　芭蕉は、「野ざらし紀行」期（③）の前半期の終盤には、図式類型₄への直観

第2節　蕉風の変容　225

的な開眼を果たしていたものと見られる。彼は、その前後の時期に、「明けぼ
のや」、「海くれて」、「山路来て」、「観音の」、……など、図式類型$_4$を構えて
つくられた、それも、とりわけ、作品$_{4a}$系に属する、一連の秀作をものにし
ている（→後掲作例の③）。

　初期①、②の時代には、図式類型$_4$にもとづく作例は、まず、見当たらない。
この作品$_{4a}$系の語彙（志向）図式にもとづく解釈・表現の構えは、とくに、
「上方遍歴期（⑥）」以降、「終焉期（⑦～⑧）」へ至る間に、発句における彼の
作風の、もっとも、有力な構えの１つになっていく。図式類型$_4$は、芭蕉自身
の作風に絞った、狭義に言う「蕉風」の、それこそ、変風の中軸をかたちづく
る語彙（志向）図式として洗練されていった。

　わたしは、この類型$_4$を類型$_1$や類型$_β$と、類型$_3$の中間的な意識の構えと見
た。類型$_1$を代表する作品「初しぐれ」に見る標準「入れ子型」や、類型$_β$を
代表する作品「石山の」に見る特殊「入れ子型」の志向図式と、類型$_3$を代表
する作品「荒海や」に見た、緊張ある標準「ブリッジ型」の志向図式との中間
的な意識の構えである。この構えが作品の「具足」をなす事実存在間の「取合
せ」に伴う緊張関係を少しく削いで、それこそ、「打延べ」るのだが、それで
もなお、深い象徴性をふくんだ「取り囃し」や「継ぎ合せ」の綾どりを失うこ
とのない構えだという点に、注目する必要があるだろう。

①伊賀上野・江戸入府期
　―――――――

②深川Ⅰ期
　―――――――

③野ざらし紀行〜深川Ⅱ期
　・Ⅳ**明けぼのや**　Ⅰ（Ⅱ）**しら魚**（秋）　（Ⅰ）*しろきこと一寸*
　・Ⅳ**海くれて**　Ⅰ（Ⅱ）**鴨**（冬）*のこゑ*　（Ⅰ）*ほのかに白し*
　・Ⅳ**春なれや**　Ⅰ（Ⅱ）**名もなき山の**　（Ⅰ）*薄霞*（春）
　・Ⅳ**山路来て**　Ⅰ（Ⅰ）*何やらゆかし*　（Ⅱ）**すみれ草**（春）

- ・I（Ⅱ）観音のいらか　（Ⅰ）みやりつ　Ⅳ花の雲（春）
- ・Ⅳ笠寺や　I（Ⅱ）もらぬ崖（いほや）も　（Ⅰ）春の雨（春）
- ・I（Ⅱ）さゞれ蟹（がに）　（Ⅰ）足はひのぼる　Ⅳ清水（夏）哉

④笈の小文期～深川Ⅲ期

- ・Ⅳ冬の日（冬）や　I（Ⅰ）馬上に氷る　（Ⅱ）影法師
- ・I（Ⅱ）磨（みがき）なをす　鏡も　（Ⅰ）清し　Ⅳ雪の花（冬）
- ・I（Ⅱ）丈六に　（Ⅰ）かげろふ（春）高し　Ⅳ　石の上
- ・Ⅳ春の夜（春）や　I（Ⅰ）籠り人ゆかし　（Ⅱ）堂の隅
- ・I（Ⅰ）ほろほろと　（Ⅱ）山吹（春）（Ⅰ）散るか　Ⅳ滝の音
- ・I（Ⅱ）見送りのうしろや　（Ⅰ）寂し　Ⅳ秋の風（秋）

⑤奥の細道期

- ・I（Ⅱ）木啄（きつつき）も　（Ⅰ）庵（いほ）は破らず　Ⅳ夏木立（夏）
- ・I（Ⅱ）小鯛さす　柳　（Ⅰ）涼し（夏）や　Ⅳ海士がつま
- ・Ⅳ月（秋）いづこ　I（Ⅱ）鐘は沈みて　（Ⅰ）海の底

⑥上方遍歴期

- ・Ⅳ木のもとに　I（Ⅱ）汁も膾も（春）（Ⅰ）桜（春）かな
- ・I（Ⅱ）先ずたのむ　椎の木も　（Ⅰ）有　Ⅳ夏木立（夏）
- ・I（Ⅱ）草の戸を　（Ⅰ）しれや　Ⅳ穂蓼（秋）に唐がらし
- ・I（Ⅱ）病む鴈（や）の　（Ⅰ）夜寒（秋）に落ちて　Ⅳ旅寝哉
- ・I（Ⅰ）住つかぬ　Ⅳ旅のこゝろや　（Ⅱ）置火燵（おきごたつ）（冬）
- ・Ⅳ山吹（春）や　Ⅱ宇治の焙炉（ほいろ）の　I匂ふ時
- ・Ⅳ柚（ゆ）の花や　I（Ⅰ）昔しのばん　（Ⅱ）料理の間（れうり）
- ・I（Ⅱ）牛部屋に　（Ⅰ）蚊の声聞き　Ⅳ残暑（秋）哉

⑦深川Ⅳ期

- ・I鷹（かり）さはぐ　Ⅱ鳥羽の田づらや　Ⅳ寒の雨（冬）
- ・I（Ⅱ）月花の愚に　（Ⅰ）針立てん　Ⅳ寒の入（冬）
- ・Ⅳ三日月（春）に　I（Ⅰ）地は朧なり　（Ⅱ）蕎麦の花
- ・Ⅳ名月や　I（Ⅰ）門に指くる　（Ⅱ）潮頭（春）

- I（Ⅱ） むめ（春）がゝに （I）のっと日の出る Ⅳ山路かな
- Ⅳ春雨（春）や I（I） 蜂の巣つたふ （Ⅱ）屋根の漏り
- Ⅱ破風口（はふぐち）に I日影やよはる Ⅳ夕涼み（夏）

- I（Ⅱ） 物いへば （I） 唇寒し Ⅳ穐（あき）の風（秋）

⑧上方終焉の旅期

- Ⅳ秋近き I（I）心の寄や （Ⅱ）四畳半
- I（I） 道ほそし （Ⅱ）相撲とり草（秋）の Ⅳ花の露
- Ⅳいなづま（秋）や I（I） 闇の方行 （Ⅱ）五位の声
- Ⅳするが路や I（Ⅱ）花橘（夏）も （I） 茶の匂ひ
- I秋（秋）もはや Ⅳぱらつく雨に Ⅱ月の形
- I（Ⅱ） 家はみな （I） 杖に白髪の Ⅳ墓参（秋）
- I（I） おもしろき （Ⅱ）秋（秋）の朝寝や Ⅳ亭主ぶり
- I（Ⅱ） 此道や （I） 行人なしに Ⅳ秋の暮（秋）
- Ⅳ旅に病んで I（Ⅱ）夢は （I） 枯野をかけ廻る

7.5 類型₅ エコー型図式——作品₅「ひごろにくき」系〈84〉

作品₅「ひごろにくき」は、類型₅「エコー型」の語彙（志向）図式を用いてつくられている。図式類型₅は、場所Ⅰに来るべき特殊・媒介種Ⅰ（間（ま））相当の、叙述性の事実存在を欠くのが特徴と言えた（→〈76〉）。

場所Ⅳに来て「台」を提供し、「風」としての背景を醸（かも）し出す固有種Ⅳの事実存在と、それに対して、場所Ⅳを「台」にして、場所Ⅱに「取り合さ」れ、その「立ち姿」を際立てた種Ⅱの事実存在との両固有種の実象が、"逆対称性"の連関に隔てられて対立するのである。両事実存在は、作者の両価性の認識関心によって、遠隔項関係を際立てられ、反立し合ったかたちとなる。

そうだとすれば、類型₅、「エコー型」の語彙（志向）図式は、作品₃「荒海や」に用いられた類型₃、標準「ブリッジ型」の語彙（志向）図式から、場所Ⅰに見出して定立さるべき特殊・媒介種Ⅰ（間）相当の、叙述性の事実存在を

削除した構えと見ることができるだろう。
　ただし、芭蕉の文学活動の生涯を通じて、その作品のテクストが、この図式類型₅を用いて制作された例は、少ない上に、特定の時期（上方遍歴期⑥）に集中している傾向もなしとしない。

・Ⅱ少将のあまの咄(はなし)や　Ⅳ志賀の雪 (冬)／⑥
・Ⅳ梅 (春) 若菜　Ⅱまりこの宿の　とろゝ汁／⑥
・Ⅳともかくも　ならでや　Ⅱ雪のかれお花 (冬)／⑥

　そもそも、類型₅「エコー型」の語彙（志向）図式は、発句作品のテクスト構成には、いささか、馴染みにくい枠組みと言えるかもしれない。発句の作風は、「取り合せ」た1組の事実存在の共約、つまり、「取り持ち」と「取り囃し」とを、もっぱら、風刺や穿ちとして、読者に委ねる川柳とは異なっている。

8．後期蕉風と図式類型₄──「取合せ」と「打延べ」の結合 〈85〉

　このように見てくれば、狭義にとらえた「蕉風」の代表的な作風の重要な1つに、図式類型₄「入れ子・ブリッジ型」の中間的な語彙（志向）図式にもとづくテクスト構成を挙げることができるだろう。作品₄ₐ「海くれて」や、₄ᵦ「塩鯛の」に用いられた解釈・表現の意識の構えである。
　この図式類型は、作品₃「荒海や」に代表される図式類型3、標準「ブリッジ型」の概念枠(フレーム)を作品₁「初しぐれ」に代表される図式類型₁や、作品ᵦ「石山の」に代表される図式類型ᵦの概念枠へと抑制し、縮減したものと見ることができる。つまり、類型₃、標準「ブリッジ型」の語彙（志向）図式が持つ事実存在間の、均衡と緊張のある"両価性"の「取り合わせ」にもとづく"逆対称・両義性"の構造に、いわゆる、「ほそみ」の工案を加えたものである。類型₃、標準「ブリッジ型」の語彙（志向）図式を、類型₁や、ᵦに見る「入れ子型」の語彙（志向）図式が持つ、偏価的で、単線的なテクストへと「打延べ」

⟨85⟩⟨86⟩⟨87⟩

たものと言ってもよい。

そうだとすれば、森川許六が頻りに強調した「取󠄀合󠄀せ󠄀」～「継󠄀合󠄀せ󠄀」論と、その反論として、向井去来が鋭く強調した「打󠄀延󠄀べ」論とは、択一すべきものではなくなってくる。むしろ、その両論を繋ぎ合わせた枠組が示す、まさに、図式類型$_4$が持つような意識の構えをこそ、後期「蕉風」の骨子をなす作風の、重要な1つと見る必要があるだろう（→⟨40⟩）。

9. 芭蕉の発句作品の図式類型とテクスト構成要件への配意

9.1 図式類型と構成要件の行列（マトリックス）⟨86⟩

ここで、芭蕉の発句作品のテクスト構成に見る図式類型$_{1～5}$、$_β$と、その構成要件の関係を行列（マトリックス）にまとめて示してみよう。M.⟨表2⟩のようになる。

M.⟨表2⟩を見ていただきたい（→⟨87⟩）。……

M.⟨表2⟩からは、芭蕉の句作における意識連関の秩序の概略が読み取れてくる。彼の発句作品のテクスト構成面における構成要件への配意のおよそのつながりが読み取れてくるだろう。さらには、彼が用いたと考えられる図式類型と、その各類型間の「間存在的な連関」（→⟨14⟩）が開き示してくる、隠された秩序も読み取れてくる。

9.2 テクスト構成への配意連関 ⟨87⟩

M.⟨表2⟩を見ていただきたい。……

発句作品の、語彙（志向）図式を用いたテクスト構成に際して、芭蕉が意識、または、無意識に払った注意には、つぎのような3系列の構成要件への配意が想定できる。

I. 種Ⅳ（台・風）と種Ⅱ（姿）の両固有種の事実存在の取り合せ・モンタージュへの配意の有無。

I′. 種Ⅳ（台・風）、種Ⅱ（姿）の両事実存在間の文化的支配 ⊆ 従属関係構成への配意の有無。

1a. 固有種Ⅱ(姿)相当の事実存在の場所Ⅱへの定立と確保の有無、固有種Ⅳ(台・風)の事実存在に対する、際立った取り合せによる緊張関係構成への配意の有無。

2. 媒介種Ⅰ(間)の事実存在による、上記両固有種間の継ぎ合せ・媒介への配意の有無。

2a. 媒介種Ⅰ(間)の事実存在による、上記両固有種間の取り囃し・共約への配意の有無。

2b. 種Ⅳ(台・風)と種Ⅱ(姿)の両固有種の事実存在と、媒介種Ⅰ(間)の事実存在とのあいだでの連鎖〔ネクサス〕((主部──述部複合述定性の)述語判断命題(文))

〈芭蕉の発句作品の図式類型と構成要件の行列〔マトリックス〕〉

図式類型	作品番号	テクスト構成要件⇒	*1* 取合せ・モンタージュ 固有種Ⅳ、Ⅱの
1	1	⁽Ⅳ⁾初しぐれ ⁽Ⅰ⁽Ⅱ⁾⁾猿も ⁽Ⅰ⁾小蓑をほしげなり	取合せ
2	2	⁽Ⅰ⁽Ⅱ⁾⁾五月雨を ⁽Ⅰ⁾あつめて早し ⁽Ⅳ⁾最上川	取合せ
β		⁽Ⅰ⁽Ⅱ⁾⁾石山の 石より ⁽Ⅰ⁾白し ⁽Ⅳ⁾秋の風	取合せ
3	3	⁽Ⅳ⁾荒海や ⁽Ⅰ⁾佐渡によこたふ ⁽Ⅱ⁾天河	取合せ
4	4a	⁽Ⅳ⁾海くれて ⁽Ⅰ⁽Ⅱ⁾⁾鴨のこゑ ⁽Ⅰ⁾ほのかに白し	取合せ
4	4b	⁽Ⅰ⁽Ⅱ⁾⁾塩鯛の 歯ぐきも ⁽Ⅰ⁾寒し ⁽Ⅳ⁾魚の店	取合せ
5	5	⁽Ⅱ⁾ひごろにくき 烏も ⁽Ⅱ⁾雪の朝 哉	取合せ

M.〈表2〉：芭蕉の発句作品の図式類型とテクスト構成要件の行列

*◎: 強い　▲: 弱い・緩やか　▲▲:きわめて弱い

形成への配意の有無。

2b1. 固有種Ⅱ(姿)の事実存在と、媒介種Ⅰ(間)の叙述性の事実存在のあいだでの連鎖((主部――述部複合述定性の)述語判断命題(文))形成への配意の有無。

2b2. 固有種Ⅳ(台・風)の事実存在と、媒介種Ⅰ(間)の叙述性の事実存在のあいだでの連鎖((主部――述部複合述定性の)述語判断命題(文))形成への配意の有無。

3. 種Ⅳ(台・風)、種Ⅱ(姿)の両事実存在間の取り合せにもとづく際立てに伴う緊張関係を緩和することで、図式自体を打ち延べる「ほそみ」への配意

1' 固有種Ⅳ、Ⅱ間の文化的支配・従属関係の構成	1a 固有種Ⅱの場所Ⅱへの際立て・緊張の確保	2 媒介種Ⅰ、Ⅳの継ぎ合せ・媒介取り持ち	2a 媒介種Ⅰによる両固有種Ⅱ、Ⅳの取囃し・共約	2b 媒介種Ⅰによる固有種Ⅱ、Ⅳの取囃しと両固有種の連鎖形成	2b1 固有種Ⅱ～媒介種Ⅰの連鎖形成	2b2 固有種Ⅳ～媒介種Ⅰの連鎖形成	3 固有種Ⅳ、Ⅱの際立てを抑制しての図式の打延べ→細み化
◎支配	✱	継合せ	✱	連鎖	◎連鎖	✱	✱
▲支配	✱	継合せ	✱	✱	✱	✱	✱
▲支配	✱	▲▲継合せ	▲取囃し	連鎖	✱	連鎖	✱
▲▲支配	◎際立て	◎継合せ	◎取囃し	連鎖	▲連鎖	▲連鎖	✱
支配	▲際立て	継合せ	取囃し	連鎖	連鎖	連鎖	打延べ
支配	▲際立て	継合せ	取囃し	連鎖	連鎖	連鎖	打延べ
◎支配	◎際立て	✱	✱	✱	✱	✱	✱

の有無。

　このばあいの芭蕉の配意の目標となっている構成要件には、このほかにも、付け加えるべきものがいくらもある。

　たとえば、ここでは、要件 $1'$「文化的支配の有無」への配意は、要件 $1.$「取り合せ」にふくめて扱った。だが、これを分けて扱う必要もあるだろう。とりわけ、図式類型 $_3$ を用いた作品 $_3$「荒海や」に見られる標準「ブリッジ型」の意識構えでの、要件 $1'$ への配意を、もし、「なし（★）」と認めれば、図式類型 $_3$、標準「ブリッジ型」の構えの特異性は、いっそう、鮮明に浮かび上がってくることになるだろう。しかし、ここでは、そうは、扱わなかった。

　また、同じ図式類型 $_3$、標準「ブリッジ型」の意識の構えでも、初期芭蕉と盛期芭蕉とでは、めだった違いが認められる。たとえば、前者では、要件 $_{2a}$「共約」への配意が形式面、言語面といった、表面的な「取り囃し」に傾くのに対して、後者では、意味面での、深く、高い象徴性を帯びたモンタージュの面に凝らされるようになっていく。したがって、構成要件に、共約の「形式面・言語遊戯面への傾斜」、「高く、深い象徴性」を見分ける配意を加える必要もあるだろう。

　作中での「我」の意識や、「自己観照」の扱いもまた、作者の配意の重要な目標の一つになっている。だが、ここでは、これらも扱わなかった。

　まずは、M.〈表2〉の各列を、いっせいに、タテに見ていただきたい。……

　構成要件 1 への配意がすべての図式類型にとって、必須なものとなっているのがわかるだろう。種Ⅳ（台・風）、種Ⅱ（姿）、両固有種の事実存在の「取り合せ」、「モンタージュ」への配意は、すべての図式類型に認められる。そもそも、この要件への配意は、芭蕉に限ったことではない。一般に、俳句の制作では、この要件 $1.$ への配意が必須となる。

　構成要件 $1'$ は、要件 1 に、必然的に伴う配意ともみなし得る。〈行列〉における、〈列〉に見る関与面の分布で、両要件の関与範囲が、まずは、完全に重なっているからである。「取り合せ」には、「文化的支配 $\subseteq$ 従属の関係」がつ

きものと見ることになる。ただし、構成要件 *1′* を *1* の下位要件とみなして、*1a*「際立て」や、*2*「継合せ」と同位に扱う必要があることは、指摘した。

　先に述べたように、構成要件には、大きくは、つぎの3系列のものが認められる。

　ⅰ．取り立て〜際立てのモンタージュ系 *1*、*1′*、*1a*
　ⅱ．継ぎ合せ〜取り囃しの媒介系 *2*、*2a*、*2b*、*2b₁*、*2b₂*
　ⅲ．図式自体の変形系 *3*

　M.〈表2〉からは、作者の配意が ⅰ〜ⅲ へと、漸次、細分されてゆく様相が見えてくる。この3系列間の重層性にも留意しながら、M.〈表2〉を見てゆけば、モンタージュ系（ⅰ）では、構成要件 *1* の直近下位に来るのが、まずは、要件 *1a* および、*2* への配意だというのがわかってくる。

　芭蕉の発句作品のテクスト構成における、こうした配意の展開を M.〈表2〉に沿って辿ってゆけば、彼が払ったと見られる、次頁に示すような配意の連関を再構成して示すことができるようになるだろう。作者の意識連関——それ自体は、主観的なものだが——が客観的なすがたをとった存在関連として見えてくるようになるのである。

　M.〈表2〉の〈列〉欄を見ていただきたい。……

　この〈連関図〉の作成には、〈列〉欄に列記した図式類型の「構成要件」につき、とくに、その類型への関与範囲を各2件ごとに組み合わせて、見比べていく手法を採った。芭蕉による配意の眼差しの紡ぎ合せを再構成する見方からである。

　その上で、その関与範囲が、もしも、"包摂と被包摂の関係（つまり、「入れ子型」）" を示していれば、その2件を、上位と下位とに分置する。その関与範囲が "一部重複、一部対立の関係（つまり、「ブリッジ型」）" を示していれば、その2件を同位扱いにして、横並びに布置する。

　M.〈表2〉を、複眼になって見てみよう。見えてくるものがあるだろう。

　たとえば、要件 *1*「取合せ」への配意と、要件 *1a.*「際立て」へのそれとは、関与範囲の面で、後者が前者に「入れ子型」に包まれている。また、要件 *1*

234　第Ⅲ章　芭蕉の発句のテクスト構成

〈芭蕉の発句作品のテクスト構成に見る配意（意識）連関図〉

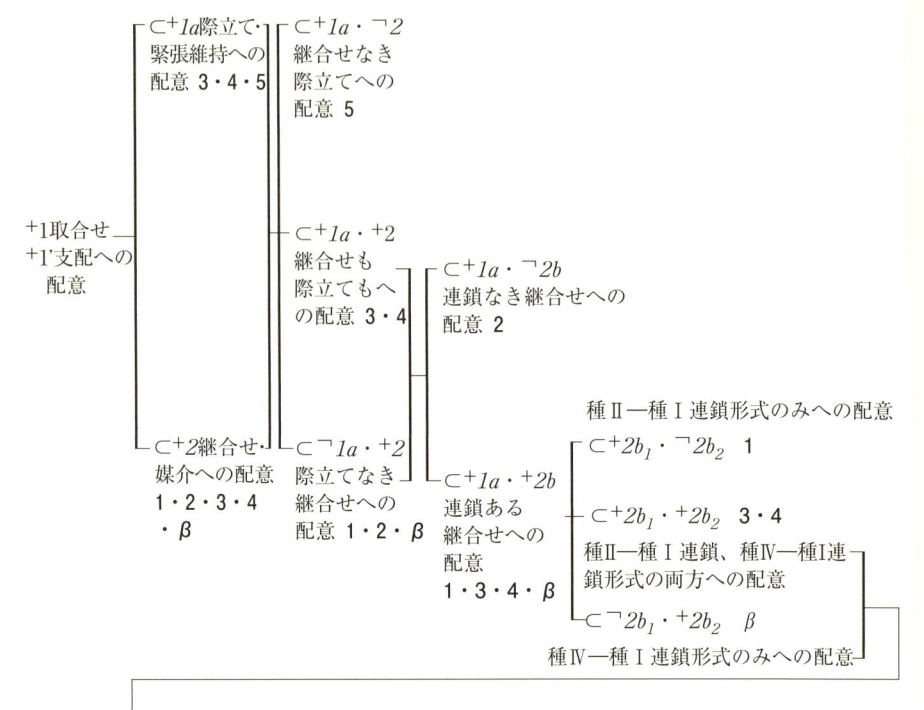

```
                    ┌─⊂+1a際立て・
                    │  緊張維持への
                    │  配意 3・4・5
                    │
                    ├─⊂+1a・¬2
                    │  継合せなき
                    │  際立てへの
                    │  配意 5
 +1取合せ          │
 +1'支配への ──────┤  ⊂+1a・+2
   配意            │  継合せも
                    ├─ 際立てもへ
                    │  の配意 3・4
                    │
                    │  ┌─⊂+1a・¬2b
                    │  │  連鎖なき継合せへの
                    │  │  配意 2
                    │  │
                    ├─⊂¬1a・+2         種Ⅱ─種Ⅰ連鎖形式のみへの配意
                    │  際立てなき      ┌─⊂+2b₁・¬2b₂ 1
                    │  継合せへの   ┌──┤
                    │  配意 1・2・β │  ├─⊂+2b₁・+2b₂ 3・4
                    │               │  │                種Ⅱ─種Ⅰ連鎖、種Ⅳ─種Ⅰ連
                    │  ⊂+1a・+2b   │  │                鎖形式の両方への配意
                    ├─ 連鎖ある    │  └─⊂¬2b₁・+2b₂ β
                    │  継合せへの                     種Ⅳ─種Ⅰ連鎖形式のみへの配意
                    │  配意
                    │  1・3・4・β
                    │
                    └─⊂+2継合せ・
                       媒介への配意
                       1・2・3・4
                       ・β

              ┌─⊂+3打延べへの配意 4
              │
              └─⊂+3打延べへの配意なし β
```

＊　斜字体数字とアルファベット：「語彙（志向）図式類型に関するテクスト構成の要件」。
＊　記号「+」、「¬」：「（その構成要件に）関与性あり」、「（その構成要件に）関与性なし」と読む。
＊　ゴチック体数字と、記号 β：「図式類型」。〈配意連関図〉では、最終的には、事実存在としての語彙（志向）図式の類型1〜5、β が存在として、確定的に類別化されることになる。

　「取り合せ」への配意と、*2*「継ぎ合せ」へのそれも、やはり、後者が前者に「入れ子型」に包まれている。さらには、要件 *1a.*「際立て」と *2*「継合せ」とでは、たがいの関与範囲が「ブリッジ型」の様相を示して、一部が重なり合い、一部が対立し合っているのがわかるだろう。

　そこで、〈配意連関図〉に見るように、わたしは、要件 *1a.*「際立て」と *2*

⟨87⟩⟨88⟩　　　　　　　　　　　　　第2節　蕉風の変容　235

「継合せ」への配意を、要件 1「取合せ」への配意の直近下位に、ヨコ並びに分置した。

　このような複眼的な分類法を採れば、一見、錯綜しているとしか見えなかった図式類型の分類も、その実相を、かなり、整然としたすがたに浮かび上がらせていくことができるようになるだろう。わたしは、慣行に反して、そもそも、「行　列」（マトリックス）は、複眼的に読み取るべくつくられていると見た。

9.3　語彙(志向)図式類型の間存在連関 ⟨88⟩

　M.⟨表2⟩の⟨列⟩欄を見ていただきたい（→⟨87⟩）。……

　作者の、主観としての配意（意識）が経（列欄の）糸をなしている。それが"交差"をふくんで組み合わされて、つまり、配意を載せた眼差しが紡ぎ合わされることによって、客観としての、一連の事実存在としての配意（図式類型）群と、その有意連関とが1個の地平、場（磁場・現象野・テクスト・象徴世界）の中に、確定的に開示されて現象してくるようになるのである（→⟨13⟩⟨14⟩）。

　M.⟨表2⟩の、今度は、⟨行⟩欄を見てほしい。……

　そのとき、開示されて現象してきた事実存在群には、いずれも、複数個の意義（語義）特性（＝視点・関心焦点・着眼点）が見出し、与えられている。それらは、いずれも、意義特性の肯・否にわたる集積体として、トータルには、現勢的で、リアルな意味を引きつけて成り立っているのである。

　その事実存在が引き付けた"生きられた意味"――意義特性の肯・否にわたる集積体――が、今度は、緯（行欄の）糸になる。それが"交差"をふくんで組み合わされ、紡ぎ合わされることによって、現象してきた事実存在間には、なお、隠されていた事実存在間の社会・文化史的な連合関係の意味が、さらに、開示されて、明るみに出てくるようになるのである。

　わたしは、この段階で開示され、浮かび上がってくる事実存在間の有意連関を、とくに、「間存在（論的）連関」と呼んだ（→⟨13⟩⟨14⟩）。

　試みに、M.⟨表2⟩の各⟨行⟩欄の各図式類型の意味特性をヨコ読みにして、意味特性の肯・否の対立を見比べていってみよう。……

各図式類型間には、下の〈連関表〉に示すような、間存在的な連合関係が認められるだろう。

その〈図式類型間の連関表〉を見ていただきたい。まず、記号（⊂、⌒）直後の小数字に注目しよう。……

その数字には、「$_1$」とか、「$_2$」とかいった、小さな値いのケースと、「$_4$」〜「$_6$」といった、大きな値いのケースとがある。

わたしは、前者を語彙（志向）図式の類型間の、高い近接度を示すものと見た。とりわけ、記号「⊂」のばあいのそれは、「右項が左項から、その比較的に直近下属の存在として派生した」事実を示すものとして注目した。後者は、逆に、図式類型間の、相対的に、高い遠隔度を示すものと見た。記号「⌒」のばあいのそれは、「両項が別系の存在として、大きく乖離した、遠い存在どうしである事実」を示すものとして、ことにさらに、注目した。

〈図式類型間の連関表〉

類型1 $\subset^2$ 類型2、 類型$\beta \subset^3$ 類型1、 類型3 $\subset^3$ 類型1、 類型4 $\subset^2$ 類型1、 類型1 $\subset^4$ 類型5

類型$\beta \subset^2$ 類型2、 類型3 $\subset^5$ 類型2、 類型4 $\subset^6$ 類型2、 類型2 $\frown^2$ 類型5

類型3 $\subset^2$ 類型β、 類型4 $\subset^3$ 類型β、 類型$\beta \frown^4$ 類型5

類型4 $\subset^1$ 類型3、 類型3 $\subset^5$ 類型5

類型6 $\subset^6$ 類型5

＊記号「⊂」や「⌒」の直後の小数字：「意味特性の肯・否の対立数」を表す。

＊図式類型$_1$：標準「入れ子型」図式→ 作品$_1$「初しぐれ」
　図式類型$_2$：存在「入れ子型」図式→ 作品$_2$「五月雨を」
　図式類型$_\beta$：未名「入れ子型」図式 → 作品$_\beta$「石山の」
　図式類型$_3$：標準「ブリッジ型」図式→ 作品$_3$「五月雨を」
　図式類型$_4$：「入れ子・ブリッジ型」図式→ 作品$_4$「海くれて」、「塩鯛の」
　図式類型$_5$：「エコー型」図式→ 作品$_5$「ひごろにくき烏」

＊記号「⊂」：「意識連関」として見た、「入れ子型」図式の事実存在間の連関を表す。一般に、「左項が右項を包摂する」と読む。だが、ここで、「間存在論的な連関」として見る「入れ子型」図式に結合する事実存在間の連関では、「右項が左項から派生した」と読むことになる。

＊記号「⌒」：「意識連関」として見た「ブリッジ型」図式の事実存在間の連関を表す。一般に、「左項と右項が、いずれも、その一部を重複させて、ヨコ並びに対立し合う」と読む。だが、ここでは、「間存在論的な連関」として見る「ブリッジ型」図式に結び合わされた事実存在間の連関では、「媒介項をつくることで、離れ離れの事実存在どうしが繋がるよう、その存在自身が連関中で、媒体（ミディアム）として働く」と読むことになる。

たとえば、つぎのような類型どうしは、もっとも、近接し合っており、「左項が右項から、直接に派生した」と解釈することになるだろう。作品$_4$「塩鯛の」、……などのそれは、直接には、作品「荒海や」、……などを生み出した図式類型$_3$から、研ぎ出されたと見るのである。

　　　類型$_4$ $\subset^1$ 類型$_3$

同様に、つぎのような類型間にも、比較的にではあるが、近接項関係を認めることができるだろう。

　　類型$_\beta$ $\subset^2$ 類型$_1$　　　　　類型$_\beta$ $\subset^2$ 類型$_2$
　　類型$_3$ $\subset^2$ 類型$_\beta$　　　　　類型$_2$ $\frown^2$ 類型$_5$

　　＊類型$_2$ $\frown^2$ 類型$_5$のばあいは、「近い」と言っても、「ヨコ並びの別系どうしながら、比較的に、近接し合っている」と読み取ることになる。

　このような遠・近関係を両弦に置いて、図式類型間の連関を記述してゆけば、「蕉風」の、時系列をもふくむ社会・文化史的な作風の変化として、類型間に、つぎのような「間存在（論的）連関」を再構成してゆくことができるだろう。

〈図式類型間の間存在連関図〉

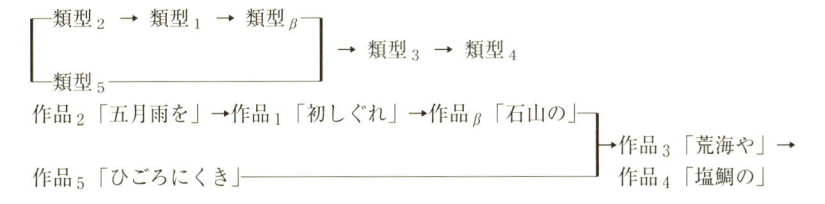

```
┌類型₂ → 類型₁ → 類型ᵦ ┐
│                      ├→ 類型₃ → 類型₄
└類型₅ ─────────────────┘
作品₂「五月雨を」→作品₁「初しぐれ」→作品ᵦ「石山の」
                                      ┌→作品₃「荒海や」→
作品₅「ひごろにくき」──────────────────┤
                                      └→作品₄「塩鯛の」
```

　ただし、このばあい図式類型間の変容や、母胎～派生体間の変容は、交代現象としてではなく、いずれも、変容可能性を帯びつつも、持続可能体として、なお、把持されていくものと見る必要があるだろう。類型$_2$や類型$_5$は、派生母胎としての、原型的な作風の一面を持ちつつも、廃滅することなく、引き続き、語彙（志向）図式の編成に用いられたと見るのである。

類型₃は、作品₃「荒海や」に代表される標準「ブリッジ型」の緊張図式である。狭義に言う「蕉風」の展開過程では、この図式類型は、「奥の細道」紀行期に完成したと見られる。類型₃は、その時期までに、初期の形式中心の言語遊戯的だった「継ぎ合せ」が意味面をもふくむ、緊張と均衡ある「取り囃し」、共約への配意の濃い類型へと仕立てあげられていったものと考えられる。いきおい、それが、爾後の「蕉風」の展開にとって、重要な転換点を生む図式類型の一つに磨き上げられていったと見るのである。

　　　　＊そうだとすれば、初期芭蕉における〈貞門風〉の「ブリッジ型」図式は、ここで言う類型₃からは除き、関連はするものの、別の類型として立てる必要もあるだろう。

その点では、図式類型₁、作品₁「初しぐれ」や、図式類型ᵦ、作品ᵦ「石山の」、……などに見られる「入れ子型」の意識の構えが持つ、象徴度の高い「取り合せ」や「継ぎ合わせ」を結実させた作品群の、類型₃への影響を無視することはできないだろう。とりわけ、図式類型ᵦ、作品ᵦ「石山の」や「辛崎の」、……などに見られる、深く、高い象徴性をふくんだ「取り囃し」や共約、コラージュへの配意が類型₃へ及ぼした影響については、あらためて、究明する必要があるように思われる。

だが、よりいっそう重要なのは、後期「芭風」を彩る類型₃の持つ緊張を抑制して、研ぎ出されてきた類型₄の作風だろう。これについては、構成要件としての「さび」、「しほり」、「かるみ」、……への配意もふくめて、図式類型の類別化を通じての、あらためての考察が試みられる必要がある。

注
1) 「発句」は、本来、連歌の巻頭の第Ⅰ句（5・7・5）を指していた。だが、この形式を独立させて完結したものを指すようになった。前者は、「立句」、後者は「地発句」とも呼ばれる。〈通称〉としての「俳句」なる名称が用いられるようになるのは、明治期の正岡子規以後と言われている。
2) 　語彙（志向）図式は、"事実項──叙述連鎖"をかたちづくる2対の複合的述語判断命題（文）で仕組まれている。それは、類義・類縁の類語（類・種連関用語）を述語化した上で、"交差"をふくんで、容認（肯定）、否認（否定）の2面にわ

3) 共説副（係）助詞「も」を採ることで、仮象「猿(なるもの)」を、「猿も、そして、我も」の「我も」を付加するかたちで、事実存在に現勢化したと見る。
4) ただし、意義も意味の一種である。意味の中に、まずは、①意義化した、特殊な意味と、②意義化していない、固有の意味の2種類があると見る。単語ないし、単用の述語のそれ（語義）や、それらで一口に呼んで、即、据え立てた仮象が持つ意味は、①に言う「意義」である。
　その仮象ないし、それが持つ意義の、"交差"をふくむ組み合わせで定立され、開示されてくるような事実存在が持つ意味は、②に言う「意味」、「意義化していない、意味」になる。発句では、①の意味を、②の意味へと引き戻すことによって、意味を現勢化させる工夫が求められる。いわゆる、「誠（真言）（の意味）を責める」工案が、それに当たる。
5) "事実項――叙述連鎖"は、元来、「～（デあるモノ）は、～デある」というように、述語命題の複合でつくられている。
6) 事実存在は、解釈の面では、仮象の"交差"にもとづく、複眼的な指定によって定立的に開示される。だが、言表の一回性の制約下にあっては、表現面では、仮象を事実存在として表現するには、仮象の「装定」や「限定修飾」といった便法を講じなければならない。したがって、直接的な表現では、仮象を装定したり、限定修飾したりして得られる事実存在は、厳密には、「近似的な事実存在」と見る必要があるだろう。
7) このばあいの選択（「取合せ」や「継合せ」）をもリセットしてしまうような意識。種Ⅰの事実存在「佐渡によこたふ⇔よこたふ佐渡」に対して、それを打ち返すような思い。たとえば、《本土からの流人（上皇・貴族・無宿人）たちにまつわる数々の悲劇や、島人たちの儚い夢や希望をも超えて、いまと、ここに、なお、ある、大いなる島の自然、そして、それを感じ取る、いまと、ここの我が存在、そして、その思い》。
8) 筆者（野林）が「3分割ではなくて、4分割」と言うばあいの「3分割」に相当する。
9) 述語項ないし、叙述項としての、叙述性の事実存在も、事実存在の1種とみなす。それは、しばしば、意識の直接表現のすがたを取って詠み立てられる。ここでの例では、種Ⅰのそれは、[（一瞬）ほのかに白し（と感じる意識）]であり、種Ⅲのそれは、[胸中をよぎる、さらなる漆黒の闇への、予感めいた意識]といったものである。これらの叙述性の事実存在は、いずれも、表現すれば、[～意識]というように、名詞化された表現になるだろう。したがって、事実存在とみなすこともできるのである。
10) 森川許六は、自著、俳諧史論「歴代滑稽伝」〈一枚記請〉（正徳5（1715）年刊）

では、共約を「継合せ」と呼んだ。
11) 場所Ⅱへ「取合せ」られて、詠み立てられたはずの種Ⅱ（姿）の事実存在が、種Ⅳ（台）の事実存在の文化的な存在拘束を受けて、その支配の「廓(くるわ)」内にとどまるために、場所Ⅰの叙述性の事実存在内に吸収されてしまう結果である。
12) 作品の基調（廓）について、その「曲輪(くるわ)」の外へ注ぐ作者の関心の置き方に注目したのは、森川許六である。彼は、「曲輪」の外への「取合せ」を、つぎのように強調した。
　　　　発句は題の曲輪を飛び出て作すべし、廓(くるわ)の内にはなきものなり。自然、曲輪の内にあるは、天然にして希なり（→向井去来「去来抄」〈修行〉）。
　これに対し、向井去来は、「発句は曲輪の内になきものにあらず」と言い、上達すれば、「曲輪」の「内外の論」は、問題ではなくなると反論した（→「去来抄」〈修行〉）。彼は、事実存在の「取合せ」によりは、「打延べ」に関心を寄せた。
13) なお、「切-字」には、これこれのものがあるとして、「-字」の方を限定して列挙する見方もあれば、限定せずに、「切-」の方に重きを置く見方もある。ここでは、後者の見方を採って、とくに、「切-」を作品の基調をつくる一般・固有種Ⅳ（台）の事実存在の独立性の強調面についても見るようにした。
14) 2個の名詞句が指定する2個の事実存在を、もろに串刺しにするかたちでなら、叙述性の事実存在との連鎖の形成を認め得る。"「最上川」・「五月雨を」――「あつめて早し」" というようにである。
15) 「1断面」とは言え、それは、複眼的な視点から、すでに、かなりの程度に、現勢的にとらえられており、実象として開示されている。

エピローグ──語彙学を統一科学の開けの海へ

経験を類型化する語彙構成体　〈89〉

　人は、暗黙のうちにではあるが、簡略だが、無限の可能性に向かって開かれた、ある等しい姿にパターン化された「図式」を繰り返し用いて、自らの経験を類型化し一般化する、根元的で、原型的な活動をおこなっている。

　「語彙」を「類型化された経験」と見たのは、フッサール門下、〈現象学的社会学〉の創始者、研究者で、実務家でもあったシュッツである（→シュッツ1970『現象学的社会学』3章）。ただし、彼は、それが、どのような〈語彙構成体〉で、いかなる仕組みで、それを果たしているかについては、言及しなかった。

　その〈語彙構成体〉を、わたしは、単用の〈語〉、「単語」の姿に分解された、個々の〈語彙〉ではないと見た。〈単語〉では、事物や人物、事象や出来事、……の存在を、確定的に指定することはできないからだ。〈単語〉としての〈語彙〉は、それらの事実存在を、それぞれ、「仮象」として据え立てる上での、たんなる、〈視点〉、〈着眼点〉、〈関心焦点〉を標識する〈名（名称＝仮面）〉にとどまる。〈視点〉や〈着眼点〉、〈関心焦点〉を、いくら集めてみても、そのままでは、「経験の類型化」は果たせない。存在は、分節できない。

複眼・多声の遠近法に働く図式語彙　〈90〉

　では、いったい、それは、どのような形状を持った〈語彙構成体〉なのか？……

　「認識」を混沌の図式化と見て、専断的な一点透視のそれではなく、"大いなる同意"（アーメン）を可能にするような「判断図式」を構想したのは、ニーチェである。彼は、ヨーロッパ産業化社会における近代化図式、機械的な一点透視、"線条性"の〈遠近法〉に対抗する、人間中心的な、"円環性"の「認識図式」を提起した（→ニーチェ1906『権力への意志』481・515、……。同1908『この人を見よ』

〈ツァラトゥストラ6〉、……)。比喩的には、西欧社会の手短かな支配欲を象徴する"ベルトコンベア的思考力"に、東方社会の最も長い意志を象徴する"マンダラ的思考力"を対置させたと言ってもよい。

わたしは、永年、方言語彙のフィールド・ワークを続けてきた。その過程のある時点(1982年の夏)で、「経験の類型化」に働く、ある種の〈語彙〉の造形力を見知る、滅多にない機会に恵まれた(→野林正路2009『意味の原野』pp.126〜128〈夕日の車窓〉)。その後の国内外でのリサーチの過程もふくめて、わたしは、生活世界の行為者たちが、暗黙のうちにではあるが、民族や国家、地域や生業の如何を越えて、「経験の類型化」に、ある簡略ではあるが、等しくパターン化され、"図式化された語彙"を用いている事実を確信した。

それは、比喩を交えて言えば、フレーム状、ネットワーク状に連続して、"惑星運動的"ないしは、「行列(マトリックス)」的に"図式化された語彙"である。〈類義語〉や〈反義語〉、〈対比語〉や〈対照語〉、〈比喩語〉、……といった〈類語〉の組み合わせから成る、関心力が円環状に働く「語彙(志向)図式」ないし、その連続的に融合し合う網目状の「図式語彙」である。どだい、〈類語〉は、存在の類・種連関構成に働く〈語彙〉にほかならない。

「図式語彙」は、複眼、多声の〈遠近法〉の手段として図式化された〈類語〉群から成っている。事物や事象の存在間に、価値関心の、偏価性の見分けの力にもとづき、「家族的類似性」(→ウィトゲンシュタイン1953『哲学探究』第Ⅰ部65〜88)を介在させて〈近接項関係〉をつくり出すばかりでなく、両価性の力にもとづき、「逆対称性」に富んだ〈遠隔項関係〉をもつくり出す、図式化された〈類語〉群なのである。〈述語〉化した〈類・種連関用語〉の肯・否の2面を跨ぐ、"交差"をふくんだ〈語彙構成体〉と言うこともできるだろう。

わたしは、うち、〈近接項関係〉をつくり出す「図式語彙」のパターンを「入れ子型図式」に、〈遠隔項関係〉をつくり出すそれは「エコー型図式」に、その両者の〈遠近関係〉を回収するそれは、「ブリッジ型図式」に見た。これらは、数学の〈集合論〉に言う"集合(セット)3類型"に当っている。

そのパターン化して図式化された〈言語構成体〉は、志向性、とりわけ、周

囲世界の事物や人物、事象や出来事、……への関心にもとづく秩序化に向けた〈述語〉判断を複眼、多声化させ、〈自問〉対話的に、その事実存在群を網羅的、確定的に構成（造形）して有意連関中に布置する、多様性の〈遠近法〉に働くのである。別言すれば、他者理解と自己理解を同時に可能にするような、簡潔にパターン化され、フレーム化されてはいるものの、なお、幾重にもネットワーク（図式）化して、無限に増幅し得る可能性に富んだ、価値＝合理的な〈語彙構成体〉として働くのである。

　生活世界の行為者たちは、識者たちとは異なり、現実や事実への関心ゆえに、仮象しか据え立て得ない〈名〉、つまり、〈単語〉の束縛からは遁れ出て、自己を存在の秩序構成面へと投げ掛けて生きる人々と言ってもよい。

マエカケ・エプロン類の図式語彙　〈91〉

　たとえば、日本語のマエカケなる〈語〉は、エプロンやカッポーギ、マエダレやマエカケ、マエアテやヨダレカケ、スモックやウワッパリ、マエカケエプロンやキッチンエプロン、オシャレエプロンやエプロンドレス、……といった「汚れ除け」類の仮象群を措定する、少なからぬ〈類義語〉を持っている（ここでは、首都圏・京浜地区のネイティヴ、中年層女性のばあいを例に採った）。

　また、たとえば、マエカケ、エプロンなどの〈語〉は、オカーサンやオネーサン、シュフやオバーサン、キッチンやダイドコロ、カイモノやオスイジ（お炊事）、カテイ（家庭）やカジ（家事）、……といった、〈類縁語〉も相当に持っている。ヨゴレヨケやイルイ、イリョー、……といった〈上位概念語〉類も見落とせない。

　やはり、マエカケやエプロンなる〈語〉で言おう。マエカケという〈語〉を〈述語〉化させれば、「マエカケである」が得られる。エプロンという〈語〉なら、「エプロンである」が得られる。この２個の〈述語〉を"交差"をふくんで組み合わせれば、どうなるか？　ここに言う「図式語彙」が得られるだろう。「交差をふくむ組み合わせ」とは、〈述語〉を肯・否の２面にわたって、つぎのように対置して、〈述語〉判断のレベルにまで還元することを意味している。

語「マエカケ」→（述語）判断「マエカケである」／「マエカケで（は）ない」

語「エプロン」→（述語）判断「エプロンである」／「エプロンで（は）ない」

この２組（対）の（述語）判断を"交差"させて編成した「図式語彙」のフレームが、何に働くのか？《マエカケ・エプロン》類の事実存在成立の「場所」の画定に働く。生活世界の行為者たちは、その境界条件を明示して、画定させた各「場所」に、つぎの〈フレーム表〉に示すように、計４種類の事実存在を囲い込み、それらを、その有意連関（場所の類・種連関）中に、相互に侵し

〈フレーム表〉：「ブリッジ型」の「語彙(志向)図式」の基本構造　マエカケ⌒エプロンのばあい

- 特殊・媒介種Ⅰ　（間）「マエカケで（も）あれ」ば——「エプロンで（も）ある」ものがある→④
- 一般・固有種Ⅱ　（姿）「マエカケで（は）ない」が——「エプロンで（は）ある」ものがある→⑤・⑥・⑦
- **超越・媒介種Ⅲ**　（底）「マエカケで（も）なけれ」ば——「エプロンで（も）ない」ものもある→⑧・実存
- 一般・固有種Ⅳ　（台）「マエカケで（は）ある」が——「エプロンで（は）ない」ものがある→①・②・③

*①昔のお婆さんがしていた、フリルもポケットもない、腰下用の汚れ除け
②幼児の涎掛け
③酒屋や野菜屋の番頭や店員のしている、厚地、屋号入りの汚れ除け
④主婦がする、フリルやポケットのある、洋風、腰下用の汚れ除け
⑤若手の女性や、今風の主婦がする、フリルやポケット、胸当てもある、洋風の汚れ除け
⑥若手の女性がする、フリルやポケット、胸当てもあり、腰下がスカートの、洋風の汚れ除け
⑦主婦がする、フリルやポケット、柄模様ある、胸まで覆う、洋風、袖付きの汚れ除け
⑧主婦がする、フリルやポケットはあるが、模様入らずの、純白、胸まで覆う、和風、袖付きの汚れ除け

*種Ⅲ成立の場所「底」には、客体的事実存在（ここでは、⑧）とは別に、「実存」も位置する。マエカケなる語には、目下の選択、エプロンなる語との組み合わせ以外にも、"初期化"による、いろいろな選択可能性が保障されている。「底」には、その"原点回帰"〜"回心"を操作的に行い、その可能な開けの場（地平）を、目下選択中のそれと融合させるといった、認識者による"原点回帰→可能性の網羅"を促す、超越的な自我、いわゆる、「実存的事実存在」が位置することになる。

合うことのないよう、確定的に定立し分けて開示していくのである。

矛盾の交差でテクストを紡ぐ図式語彙　〈92〉

そこで言う「(それは)──マエカケである」、「(それは)──エプロンである」といった、肯定性の(述語)判断は、「複合(判断)命題(文)」ともとらえかえせる。いきおい、否定性の(述語)判断を引き起こして、それに対置させた肯・否1組(対)のそれは、「矛盾-複合(判断)命題(文)」とみなし得よう。

そうだとすれば、1個のそれではなく、最低、2個(組)以上の「矛盾-複合(判断)命題(文)」の、その"交差"ある組み合わせが存在を定立すると見なければならない。人々は、"真と偽"を問う以前に、存立場所の境界条件を確定させ、"存在と非在"を分けるかたちで事実存在群を定立して、その有意連関を構成していると見られる(→ラムジー 1927「事実と命題」)(→数学の集合論の公式「2^n」の「2」は、「存在と非在」、「n」は、「2以上」と解される)。論理学の傍流からは、「矛盾こそは、真理の基準」という声も聞こえてくる。だが、正確には、「最低2対(組)の矛盾概念の"交差"をふくむ組み合わせが存在者の事実存在を定立し、世界を秩序づけて現象させる」と言うべきだろう。

"交差"は、主観的判断の"経糸(たていと)"を客観的存在の"緯糸(よこいと)"に紡ぎ出す。この"主-客一致の糸"、"意識の糸"と"存在の糸"とが織りなす「織布(テクスタイル)」の綾取りが行為者自身に対しては、経験的事実を「磁場」に開いて類型化し、「(現象)地平」化させ、「テクスト」化させていくのである。

文化装置としての図式語彙　〈93〉

人類言語学者のサピアは、「言語は、象徴的な文化への手引きである」と言った(→サピア1929「科学としての言語学の地位」(*Language*, 5))。彼の言う、このばあいの「言語」を「図式語彙(語彙図式・志向図式)」ないし、「図式命題(文)」に特化してとらえかえせば、その意図を、よりリアルに了解することができるだろう。

生活世界の行為者たち──実は、こどもたちもなのだが──にとって、「図式

語彙」は、持続する経験を成り立たせている事実存在群と、その有意連関とを類型化してとらえ、それを知識化し、情緒化する上での手段となっている。それを手段に獲得された知識や情緒は、その図式が持つ枠目（フレーム）に沿って網状組織（ネットワーク）中に蓄積され、彼ら自身の「解釈学的基底」（→クーン1989「解釈学的展開」〈『現代思想10 科学論』〉）を形成している。

その「(円環性の基本)図式」は、〈語彙構成体〉として編成されているために、容易に文化パターン化して、言語共同体の成員間に分有され、世代間にも継承されていく。生活世界の行為者たちは、この〈図式語彙〉を媒体に、間主観性を分有している可能性が大である。彼らは、その図式を、それこそ、準拠枠にして、過去の経験を想起したり、先行了解的に、未来の経験を予期したりして、一種の「文化装置」（→ミルズ1970『権力・政治・民衆』第4部「知識」）として用い続けるのである。

生活世界固有の学への通路——図式語彙 〈94〉

その「図式語彙」は、「解釈」にばかりでなく、「表現」にも用いられる。「語り」や「談話」を基軸にした、複眼、多声の〈言語作品〉ないし、〈記号作品〉の持つ造形性や創造性は、この「図式語彙」によって、文学・芸術における象徴世界の基盤をつくり出してきたと言ってもよい。観察者は、一義的には、環境周囲世界の解釈手段として、それが科学、文学・芸術における分野の如何を問わず、相等しくパターン化された「文化装置」として、事実存在の定立や、存在間の有意連関の地盤化、地平化、テクスト化に働いている点に注目する必要があるだろう。「図式語彙」は、分野横断的に、まずは、人間の根元的で、原型的な造形力を映した、"知の統一的手段"として働いていると、わたしは見た。

その知識形成の営みは、「学知」や「理性知」に領導されてきた個別現行科学のそれとは、明らかに異なっている。「直観知」や「経験知」にもとづいて、それは、「図式語彙」の運用によって果たされてきた根元的な人間活動である。その営みが、まだ、よく知られてはいない実学、"生活世界固有の学"の手法

として、現行科学を下支えしてきた可能性が否定できない。

"底の空いた学知（エピステーメー）や講壇概念"を包摂しているのが「直観知」や「経験知」だと直言したのは、〈現象学〉の創始者、フッサールである。彼は、「エピステーメーに対する、基礎としての尊厳を一挙に要求するところの——これまで軽蔑されてきた——ドクサ（臆断）についての学という、奇妙な学」を、「生活世界固有の学」として構想した（→フッサール1954『ヨーロッパ諸学の危機と超越論的現象学』3・33・34e・37・44節）。

わたしは、「図式語彙」の持つフレームを、現行科学を支え、培ってきた、その隠された生活世界固有の学、"大地の学"への通路と見た。

ラングに震撼した学知 〈95〉

「構造主義」の開祖と目される、スイスの言語学者、ソシュールは、〈通常（規範）言語〉にもとづき、伝達遂行に働く１回性の〈言述〉を、「パロール」と呼んだ。この「パロール」のメッセージに"線条性"を負荷する、強力な規範コードは、「ラング」と呼んで、〈言語〉の本質的なシステムとみなし、観察者に、その構造への専らの注目を促した。

盛期の彼は、「ラング」の構造的実態が「非実体的な、差異の関係体だ」という事実を強調した（→ソシュール1916『一般言語学講義』2篇4章）。その実態の、露なまでの空虚さは、「学知」を震撼させた。以後、「構造主義」の思想（ロシア・フォルマリズム形態学、フランス構造主義・人類学、アメリカ構造言語学、構造＝機能主義社会学、……）は、20世紀思想界を風靡し、フランス革命以来、再三、燃え盛ってきた、人間の「生の現実」に対する、能動的で主体的な、さらには、根元的な活動への関心に、冷水を浴びせ続けてきた。

当然のように、対抗する「解釈パラダイム（範型）」諸派（ロシア・フォルマリズム詩学、フランス脱構築派のテクスト理論、アメリカ・ラディカル社会学諸派、社会言語学、語用論、……）の側からの反発も認められた。だが、その動きは、いずれも、上記「規範パラダイム」へのカウンター・カルチャーか、それからの逃亡的な背馳や戯れの域を出ることなく、今世紀へ凭れこんできている。

＊ここで言う「パラダイム」概念は、〈科学哲学〉に言う「考察範型」に当たり、〈言語学〉に言う「連合関係」とは、観点を異にする（→索引）。

パラダイムをとらえる複眼のまなざし──図式語彙　〈96〉

　ところが、わたしには、さほどに震撼すべき？「ラング」なるものの実態が、実は、"(腕を捥がれた態の)〈言語要素〉の、非実体的な差異の関係体"としか見えてこないのである。「パロール」的、1回性の〈言述〉が帯びた"ベルトコンベア"まがい──実は、コンベアの方が〈言述〉まがいなのだが──の"線条排列"に、〈言語要素〉を遅滞なく供給する、それが、たんなる、「部品列」、「部品の在庫範列」としか映ってこないのである。
　明らかに、盛期ソシュールは、「ラング」からの1点透視の〈遠近法〉にもとづく、「パロール」の捕捉を強調した。彼は、〈言語〉の「連語関係（シンタグム）」のとらえを、比喩的に、こう強調している（→前掲書1篇2節）。

　　　アルプスのパノラマを描こうと思えば、（レマン湖を挟んで北側の）ジュラ山脈の峰（たとえば、ルクレモニオ山の頂上）の1点から見なければならない。あれこれの峰から、同時に見渡しても意味をなさない。それでは、眺めのズレ（通時性）を見ることになってしまうからだ。

　　　　　　　　　　　　　　　　　　　　　　　　（（　）内は、筆者による。）

「パロール」としての〈言述〉に認められる「連語関係（シンタグム）」を、ラングの1〈視点（語義→語）〉、つまり、"部品化した選択肢"としての〈語〉の線条排列に直対応するよう、規制的にとらえるべきとする提案と解される。
　ところが、その時間軸の排除によって、〈言述〉への「眺め」、上っ面の「連語関係（シンタグム）」の順列だけは確保して、了解できたにしても、「眺め」などではない、〈言述〉が指定し、意味している、実体としての、それこそ、肝心の「存在」や、その「連合関係（パラダイム）」の様相は、いっこうに、見えてこない点に注目すべきだろう。「アルプスの眺め（パロールの言述）」という「連語関係（シンタグム）」が表現している、当の「実体（地形、褶曲、地質、森林分布、耕牧、暮らし、……といった）」、その「存在」や「連合関係（パラダイム）」をとらえきるには、

〈96〉〈97〉 エピローグ 249

「ジュラ山脈（ラングの在庫部品的選択肢（語、視点）の範列）」中の、最低2つの以上の峰（同前）からの眼差しを"交差"させ、図式化させる必要があるだろう。複線的、多声の眼差しを組み合わせて、自己猶予的な対話性の〈遠近法〉の適用が必要になってくる。生活世界の行為者たちの「直感知」、「経験知」の手法に照らしてのことである。……

ラングはパラダイムとシンタグムの媒介装置　〈97〉

　このような見方に立てば、「ラング」の実態を2方向へ働く、それこそ、"選択肢化"した〈言語要素〉の"在庫範列"とみなすことにもなってくる。一方では、それを伝達遂行的な「パロール」の〈言述〉が示す「連語関係」の"線条排列"に適合する、〈言語要素（語～仮象）〉の選択肢供給の"在庫範列"とみなし、他方では、事物や事象の「事実存在」と、その「連合関係」を指定する「図式語彙」が示す"交差配列"に適合する、〈言語要素（同前）〉の選択肢供給の"在庫範列"とみなすのである。

　「ラング」の働きについての、このような2方向性の見定めは、むしろ、先述の「解釈学的基底」が「ラング」を包摂しているとする見方を根拠づけるものとなってくる。図式化され、行列化した「類・種連関語彙」による、「ラング」の包摂ととらえる見方である。端的には、「ラング」の「非実体的な、差異の関係体」を、"（存在連関の腕を挽いで選択肢化した）、非実体的な、差異の縮減体"と解するのである。〈構造主義〉が強調した「ラング」の威嚇的な？システムを、"部品の在庫列"に格下げしてとらえかえしたかたちとなる。

　では、〈言語〉の「本来のシステム」は、いったい、どこに？　と問うとすれば、それを「図式語彙（志向図式）」ないし、そのネットワーク組織としての「解釈学的基底」に求めることになるだろう。「ラング」を、「解釈学的基底」の縮減体とみなすのである。複眼、多声、（自問）対話的に編成された「図式語彙」が持つ、〈解釈言語〉の"円環性"を示す「連合関係」を、「パロール」の〈言述〉が示す単眼、単声、（専断）独話的な〈規範（説明）言語〉の「連語関係」に適合させるべく、目的・手段＝合理的に縮減して"選択肢"化さ

せ、"範列"化して"在庫"させたものととらえるのである。

その逆過程もまた、同様に言えるものとすれば、「ラング」を、結局は、一種の〈媒体〉や〈変圧器〉(バッファー)と見て取ることになるだろう。深層の、狭義に言う、根元的で、原型的な「ランガージュ（言語活動）」の言語構成体=〈図式語彙〉が示す「連合関係」(パラダイム)と、表層「パロール」の便益性の言語構成体=〈言述〉が示す「連語関係」(シンタグム)とのあいだの互換関係のダイナミクス、その〈媒体〉(ミディアム)に働く装置とみなすのである（→〈100〉「言語活動のモデル図」）。

だが、このばあいの互換関係は、広義にとらえた「ランガージュ」にとっては、"内向きの活動"と見なければならない。重要なのは、「図式語彙」が、広義にとらえた「ランガージュ」にとっては、"外向きの活動"として「存在」を定立し、その「連合関係」を開示して「場（地平）」を構成し、行為者の「(現象)世界」を構築していく根元的な働きを担っているという事実だろう。

広義にとらえた「ランガージュ」は、「パロール」の〈言述〉を通しては、外界に向かって、直接には開いていない。〈言述〉は、内向きの公開「仮象」劇のデッド・エンドでしかなく、それ自体は、閉じられているのだ。

人は、即、〈言述〉を通して現実を見ることはできない。いったん、それを自己の内面へ戻し、照会的に解釈しなおさねばならない。外界に向かって、真に開いているのは、「図式語彙」のフレームである。「志向図式」化した〈語彙構成体〉の準拠枠が外向きに開いており、そのフレームが存在成立の「場所」を画定する準拠枠に働くのである。生活世界の行為者たちは、その準拠枠に依拠し、構成する存在に、それを用いて拓いた「場所」の〈境界条件〉を〈意味特性〉として与えることで、フレーム自体を通路化させている。通路は、定立した「存在」を連関可能性に向かって、さらに開かせていくのである。

1組の図式語彙でつくられる俳句・川柳 〈98〉

先掲の〈フレーム表〉にも見たとおり、網状化し(ネットワーク)、行列化する(マトリックス)「図式語彙」にも、最小の基本構造が認められる（→〈104〉）。最低2個の〈類・種連関用語（=類語）〉から成る「図式語彙（=志向図式）」がそうである。この〈語彙構成体〉

は、ただ1個の基本構造だけでも、最小の「文化装置」として機能する（→〈106〉）。さらに、それは、表現にも用いられる（→〈107〉）。この書では、表現に用いられる「図式語彙」を、あげて、扱った。

わたしは、俳句や川柳、短歌が出力ある、最小の「文化装置」として、ただ1個の「図式語彙（＝同前、以下も）」の基本構造を用いてつくられている点に、注目した。そもそも、これらの短定型詩は、濃淡の差はあれ、事実性や通俗性に根ざすか、または、現実性や帰俗性を帯びる方向で分化してきた経緯を持っている。それというのも、これらの短定型詩作品が、いずれも、庶民本来の生活世界における現実解釈、事実表現の手段として、ただ1個の「図式語彙」の基本構造を用いて、端的に、象徴世界をつくり出すからである。

芭蕉の発句を鑑賞したり、解釈したりするばあい、その手引きともなる〈語句〉が、すでに、提示されていて、それが、しばしば、引き合いに出される。たとえば、つぎのような、さまざまな〈視点〉や〈着眼点〉、〈関心焦点〉、……を標識する〈語句〉がある。評者は、これらの〈視点〉をてがかりに、"屋上屋を重ねる"ようにして、さらなる抽象的な〈文言〉をつけ加えて、作品の気分的口質(くちつき)を解釈してみせるのが通例だ。

　　わび、さび、しほり、ひえ、やせ、からび、ほそみ、打延べ、……
　　幽玄、平淡、解脱、洒脱、清貧、……
　　造化随順、物我一如、主客合一、天地和合、気韻生動、万物生動、万物一
　　　体、一気貫道、物皆自得、捨身無常、自己観照、姿先情後、万代不易、
　　　一時流行、不易流行、脱俗風雅、高悟帰俗、俗談平話、通俗卑近、……
　　風、風雅、諷詠、風流、句風、風韻、風体、新風、変風、……
　　名目、物、具足、こころ、句神、意、本意、真言、実、誠、虚・実、……
　　物付、取合せ、継合せ、取囃し、曲節、用捨、起定転合、……
　　郭、郭の内、郭の外、……
　　　　……

わたしは、この書では、俳句や川柳の作品の解釈を「図式語彙」を通して試みた。まずは、論評を控えて、上記の〈視点〉、〈着眼点〉、〈関心焦点〉、……

の類いを2個ずつ採り上げたのだと言ってもよい。これら、〈視点〉の類いを標識し、表現している〈語〉ないしは、〈語句〉、あるいは、観察すべき、その作品中で、それらの〈視点〉を色濃く表現しているような〈語〉を、いずれも、各2個ずつ、〈類語〉として、発見的に抽出した。

　その2個の〈類語〉ないし、それらで据え立てられた2個の「仮象」を、"交差"をふくんで組み合わせ、作者、芭蕉なら、芭蕉が仕組んだと思われる「図式語彙」の再構成を期した。その再構成した「図式」が示すフレームを通路にして、その作品の、隠された暗部に降りてゆき、その作品の「場（現象地平）」、「テクスト」を、根拠をもって開き示したつもりである。

　上掲の4字熟語で標識された〈視点〉の中には、たとえば、「高悟帰俗」や「不易流行」、……のように、すでに、2組の矛盾概念の"交差"のフレームによって確定させた、"中間・媒介種的な"事実存在を言い当てて、芭蕉の複眼的な制作意識を示唆しているものもある。あるいは、「俗談平和」、「通俗卑近」、「万代不易」、「一時流行」、……のように、採り上げた〈視点〉にとって、"固有"とも言うべき作者の「口質」を、示唆的に指摘したものもある。先覚の評者や観察者たちの直観が「図式語彙」の運用を暗示しているのだとも受け取れる。わたしは、芭蕉が適用したと思われる事実存在定立、布置の〈遠近法〉は、構造力学的、記述的に再現できるものと考えた。

　ただし、わたし自身は、「文学研究」には、ズブの素人、蓄積のない門外漢でしかない。したがって、作品の「解釈」一つを採ってみても、誤りや見当違い、認識不足の面も少なくない。この書にしても、生活世界の行為者たちや詩人、芸術家たちが直観的に用いている、人間本来の、原型的な造形活動の手段「図式語彙」の分野横断的な統一性——図式は、〈名称〉や〈語彙〉を用いる、すべての分野に、等しく適用可能である——を頼りに、"騎虎の勢い"を駆って、"蛇に怖じず"の愚考を形にしてしまった面もある。達眼の観察者による方法の追跡を希望しつつ、大方のご批正を仰がねばと思っている。

内向きの言語を開放する図式語彙　〈99〉

　従来、〈文学〉や〈芸術〉は、〈科学〉と対比されてきた。〈文学・芸術〉の研究者や批評家の中には、〈現行科学〉の手法、単眼、単声、独話的な、一点透視の〈遠近法〉の適用を図って、その考察に、合理性を加えようとする企てもないではない。だが、わたしは、それは、逆ではないか？　と疑ってしまう。〈文学・芸術〉の作家たちや読者・鑑賞者たちが、多かれ少なかれ、生活世界の行為者同様の見方を持っていると考えるからだ。彼らもまた、暗黙のうちにではあるが、複眼、多声、（自問）対話的な、多様性の〈遠近法〉に依拠して、「図式語彙」や「図式記号」——記号の多くも〈名称（語彙）〉化されている——をフルに駆使し、人間活動の根元的で、原型的な水準に立ち還って作品をつくり上げてきたし、つくり上げている。

　〈絵画〉で言ってみよう。たとえば、ピカソの作品が一点透視の〈遠近法〉を超越して、多視点、多声、多様性の〈遠近法〉、「キュビスム」の世界を開いたことは、よく知られている（→ e.g. 1907「アヴィニョンの娘たち」、1937「ゲルニカ」、……）。

　オランダの画家、M.C.エッシャーの作品が「図式語彙（記号）」の開く世界の造形様式それ自体を造形している点も見逃せない。彼は、わたしが"逆対称（遠隔項関係）・両義性（近接項関係）の円環構造"と呼ぶ、人間の根元的で、原型的な造形活動の基本構造を浮き彫りにしている。「図式記号（語彙）」にもとづく〈遠近法〉の無限の反復を剔抉した（→ e.g. 1938「昼と夜」、1938「空気と水」、1956「除々に小さく」、1943「とかげ」、1951「巻き上げ虫」～「階段」、……）。その構造は、芭蕉の俳句作品の類型₃「荒海や」に見たものと、完全に等しい。彼が執念を持って描き出しているものは、絵画と言うよりは、「ブリッジ型」志向図式の無限の反復である。

　生活世界の行為者や、〈文学・芸術〉の作家・作者たちと読者・鑑賞者たち、あるいは、こどもたちや職人たち、……は、人間の根元的で、原型的な造形活動を等しい様式でおこなっていると見ることもできる。ただ、それが「直観知」や「経験知」にもとづいてしかなされていないために、自らをもふくめて、

"非合理の営み"としか認めることができないまま、これまで、「知」の営みとしては、正統視されることはなかった。

だが、その暗黙の「知」の営みが、むしろ、「学知」には認められない、すぐれて合理的な側面を持っている事実がわかってきたのだとすれば、むしろ、〈現行諸学〉の側に、新たな課題が求められることになるだろう。

〈現行科学〉の、目下の考察流儀は、〈名（単語＝仮面）〉で、モノを一口に呼び止めて、即、据え立てた「仮象」群に依拠して、説明的象徴空間を公開する手法である。そうだとすれば、その象徴空間の「連語関係的（シンタグマティック）」な細目を、生活世界における事実存在の「連合関係（パラダイム）」のレベルにまで遡及させ、還元することが望まれてくる。とりわけ、その考察から"脱け落ちている"と見られてきた存在成立の「場所」や「場」、「状況」や「地平」、……といった"底板（基盤）"部分の考察を宛がう必要があるだろう。〈個別諸科学〉の、その"空いた底"は、むしろ、〈文学・芸術〉の分野に活発に動いている「直観知」の合理性によって、しっかりと、「裏打ち」されなければならない。

現在時点では、まだ、「図式語彙」の採用を欠いた〈言語学〉の〈語彙論〉が、〈音韻論〉や〈文法論〉に比して、大きく見劣りする"不毛状態"に置かれている事実は、何を意味しているだろう？　わたしは、〈言語〉の「連合関係（パラダイム）」考察の欠如を意味していると見た。〈語彙論〉の考察が、比較的に発達した〈音韻論〉や〈文法論〉につられて内向きとなり、もっぱら、〈言語〉の「連語関係（シンタグム）」の考察へと拘束されてしまった結果と考えられる。〈語彙論〉、それ自体には、〈言語〉の「連語関係（シンタグム）」について、直接に言及すべきことは、それほど、多くはないように思われる。

一方、20世紀の思想界をリードするまでに「発達した」と言われてきた、〈音韻論〉や〈文法論〉の側にしても、今のままでは、"完熟"を期すのは、とうてい無理というのが偽らざる現状と言ってもよいだろう。挙げて、状況性の「事実存在」群を定立して対象化し、その「連合関係」を明らかにするような〈言語〉の外向きの考察によって、"底板"を宛がう視野の転換が求められているのではないだろうか。……

〈参考資料〉言語活動のモデル図——「構成意味論」から見た〈100〉

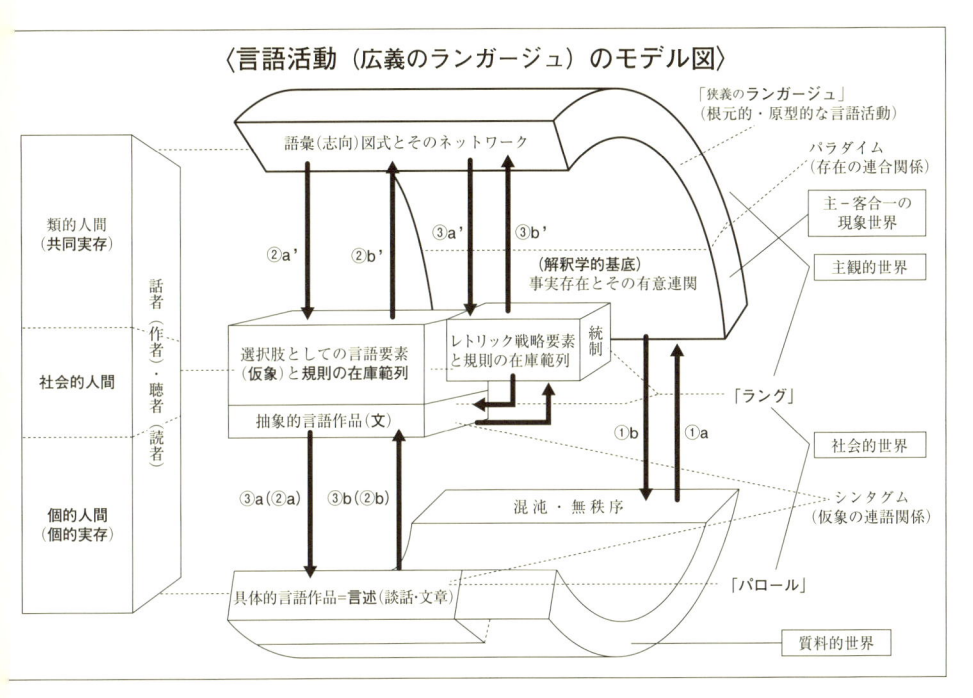

〈言語活動（広義のランガージュ）のモデル図〉

図中の要素:
- 「狭義のランガージュ」（根元的・原型的な言語活動）
- パラダイム（存在の連合関係）
- 主－客合一の現象世界
- 主観的世界
- 「ラング」
- 社会的世界
- シンタグム（仮象の連語関係）
- 「パロール」
- 質料的世界

- 類的人間（共同実存）
- 社会的人間
- 個的人間（個的実存）

- 話者（作者）・聴者（読者）

- 語彙（志向）図式とそのネットワーク
- （解釈学的基底）事実存在とその有意連関
- 選択肢としての言語要素（仮象）と規則の在庫範列
- レトリック戦略要素と規則の在庫範列
- 統制
- 抽象的言語作品（文）
- 混沌・無秩序
- 具体的言語作品＝言述（談話・文章）

矢印記号: ②a' ②b' ③a' ③b' ①a ①b ③a(②a) ③b(②b)

〈広義のランガージュ（言語活動）のモデル図〉注記

＊1　〈図〉中の「言語」、「語彙」は、拡張して、「記号」と読み替えることができる。

＊2　〈図〉の前面には、生活世界の行為者（話者・聴者、作者・読者）たちが「言語活動（広義のランガージュ）」の用具として用いる〈言語（記号）〉の、2方向性ある操作空間を表現した。彼らが行う、片や、〈単語〉ないし、「仮象」と、〈言述（発話・談話・文・文章）〉のあいだに営まれるシンタグム（単語ないし、仮象の連語関係）の"編成⇔解体"、および、片や、〈単語〉ないし、「仮象」と、〈図式語彙（語彙（志向）図式）〉のあいだに営まれるパラダイム（事実存在の連合関係）の"編成⇔解体"の、いずれも、操作空間を表現した。その、単眼・単声的、独話的な、"単線条性"を特色とする、シンタグマ

ティックな〈文〉と、複眼・多声的、対話的で、"円環性"を特色とする、パラディグマティックな〈図式語彙（語彙（志向）図式）〉との、両者の互換関係のダイナミクスを描き出した。

　従来、「規範の体系」とみなされてきた「ラング」langue を、ここでは、"選択肢"としての〈単語〉ないし、それで一口に呼んで、据え立てた「仮象」の在庫範列とみなし、その互換活動の「媒体（媒介装置）ミディアム」ととらえかえした。〈言語〉本来の、基底的な「システム」を、「ラング」の背後に見透かしたかたちである。

＊3　〈図〉の背面は、その用具面（図の前面）で、生活世界の行為者たちが〈図式語彙（語彙（志向）図式）〉を用いておこなう、存在者、つまり、「仮象」としての事物や事象の「実象」、事実存在の定立と、その連合関係（パラダイム）の構成、および、それらにもとづき、彼らが自らにとっての「解釈学的基底」を構築していく操作空間を表現した。彼らは、＊2に言う「媒体」としての「ラング（選択肢の在庫範列）」から、複眼的に、各2個ずつを選択した、〈述語〉としての〈単語〉ないしは、それで、即、据え立てた「仮象」を、"交差"をふくんで組み合わせ、〈図式語彙（語彙（志向）図式）〉を編成して構える。その枠組みを用いて、日常的経験の類型化を果たし、事物や事象、存在者の「実象」、事実存在を定立、開示して、その連関を秩序づけ、自らの生活（思考や行動）の基盤、準拠枠にしていると見るのである。

＊4　したがって、生活世界の行為者たちにとって、根元的で、原型的な「言語活動（広義のランガージュ）」と言えば、〈図〉の背面部に描き出した、＊3にいわゆる、〈図式語彙（語彙（志向）図式）〉を構えて、存在者の事実存在を定立し、その有意連関を構成して、「解釈学的基底」を構築していく、パラディグマティックな活動ということになる。

＊5　①発表初出は、1985年8月31日〜9月1日、法政大学セミナー・ハウスでおこなわれた「第52回　意味論研究会（第Ⅰ）」のシンポジウム「認識を考える」での発表。②掲載初出は、野林正路1986『意味をつむぐ人びと』海鳴社。なお、③コンピュータによる原図作成には、酒井恵美子氏（現中京大学

教授)の協力を得た。

〈モデル図中の回路〉説明

回路①a⇔①b：質料的世界⇔パラダイム（(当該世界内) 事実存在の意味連関）*paradigm*（*association*）間の互換過程

　回路①aは、狭義（根元的、原型的、固有）のランガージュ *langage*（言語活動）空間における通路に当たる。生活世界の行為者たちは、無意識のうちにだが、持続的に経験し、接触する、混沌、無秩序な質料的世界に、言語構成体〈図式語彙（志向図式）〉*scheme of lexicon*（*orientation*）を構え宛がい、差し込み、それが持つ概念枠に沿って境界条件を与えて、「場所（複数）」を拓いてゆく。そこへ、それぞれ、「実象」*Realen* としての事実存在 *Existenz, existence* を布置し、確定的に定立して、その有意連関、パラダイム *paradigm*（*association*）（事実存在の連合関係（意味連関））を、自らに向かって開き示し、現象させるのである。彼らは、自らにとっての「世界（現象地平）」を秩序づけつつ、獲得的に構成していく。

　そのパラダイム（同前、以下も）は、基本的には、否定性をもふくむ、複眼的な多声性、（自己猶予的な）対話性、（回帰的、かつ、開放的な）円環性を特色とする、"逆対称、両義性の構造"を示す。さらに、彼らは、その事実存在間のパラダイムを知識化し、情緒化して、自己の内面に、「ことば共同体」の成員間にも分有可能な、間主観性ある「解釈学的基底」*hermeneutic basis* を構築していくのである。その基底は、類・種連関に秩序づけられた〈図式語彙〉のネットワークとして構成されており、その網状組織が理念＝価値・合理的なシステムとして、彼らの思考や行動の準拠枠に働くことになる。

　＊「狭義の（根元的、原型的、固有の）ランガージュ（言語活動）」とは、ここでは、「ラングでもなければ、パロールでもない、残余の、無標のランガージュ」を指して言う。具体的には、「世界（地平・テクスト）構成」や「文化・民族精神の構成」、……といった、根元的で、原型的とも言うべき言語活動が、それに当たる。したがって、「広義のランガージュ」とは、「ラング」、「パロール」*parole*、「狭義のランガージュ」、および、なお、「無名、無標の、その他」の言

語活動を指すことになる。注目すべきは、分類には、「～ではない、～であるもの（がある）」といった、「無名・無標の事実存在」が、かならず、存在するという事実だろう。それが意味の否定性をふくむがゆえに、ふつう、その存在は、忘却されやすい。結果的に、可能性をもふくむ、事実存在の連関（パラダイム）への考察の視野は、隠蔽されてしまうだろう。観察者は、「図式語彙」を構えるという態度変更を行って、「残余、無名の種」の事実存在を読み起こさねばならない。

　回路①ｂは、この回路①ａの逆過程に当たる。生活世界の行為者たちが「解釈学的基底」を構成する言語構成体〈図式語彙〉を差し向けて、その枠組みを、自らの経験する質料的世界の流れに引照する過程と言ってもよい。彼らは、必要に応じて、パラダイム（同前、以下も）の構成ないし、それを標示し、確保している〈図式語彙（志向図式）〉の組成を、この回路を通して、更新することになる。

回路②ａ'⇔②ｂ'：パラダイム⇔ラング（2方向性ある、選択肢としての仮象ないし、単語の在庫範列）間の互換過程

　回路②ａ'は、目的＝手段・合理的な縮減過程にほかならない。言表に際し、生活世界の行為者たちは、まずは、自己内面の「解釈学的基底」を構成しているパラダイム（アソシアシオン）の当該〈図式語彙（志向図式）〉を解体させる。回路②ａ'を通じて、言表用の選択肢としての〈単語〉ないし、その〈単語〉で一口に呼び止めて、即、据え立てたかたちの「仮象」*Schein*に解体して、ラング（同前、以下も）中に組み込み、範列化させて、選択肢として手持ちにするのである。公開性（話想）空間における、言表には、"1回性の制約"があるからだ。

　「解釈学的基底」を構成する〈図式語彙〉の枠組（フレーム）中に確保済みにしていた、「実象」としての事実存在群と、その成立の「場所」ないし、それらのあいだの連合関係（パラダイム）のいっさいは、棄却され、解体されてしまうだろう。事実存在群は、比較的少数の選択肢としての〈単語〉、または、その仮面としての〈単語〉に代理させたかたちの「仮象」に用具化されてしまう。

その上で、それらをラングに留置し、在庫させて、手持ちにしてしまうのである。
　いきおい、〈図式語彙〉中の事実存在と、そのパラディグマティックな有意連関が帯びていた、否定性をもふくむ（複眼的な）多声性、（自己猶予的な）対話性、（回帰的、かつ、開放的な）円環性に特徴づけられていた、事実存在の可能・網羅的な連関システムは、目的＝手段的に合理化されてしまうだろう。〈単語〉や「仮象」が帯びる、肯定性にさし貫かれた（単眼的な）単声性、（専断的な）独話性、（流失的な）単線条性を特徴とする、遂行性排列への用具化が整えられたかたちとなる。狭義のランガージュ空間に、自らが〈図式語彙（志向図式）〉の枠組み中に成り立たせていた、パラダイムの持つ意味の同一性と差異性、肯定性と否定性の、同時２正面の結合関係ももとより、棄却されてしまう。後は、差異性と肯定性を、もっぱらに突出させた、遂行的用具としての言語構成体〈抽象的言語作品（文法的文）〉を編成する上での便益体、選択肢、端的には、単語群が残されるだけとなる。

　回路②b'は、その回路②a'の逆過程に当たる。ラングから、類語（類・種連関用語）群を選択して、自己内面の、狭義のランガージュ（言語活動）空間に、パラダイムを開示する言語構成体〈図式語彙（志向図式）〉を編成する過程と言ってもよい。

回路③a（②aを含む）⇔③b（②bを含む）：ラング⇔パロール（個的遂行としての、〈具体的言語作品＝言述（発話・談話・文・文章の言表）〉の互換過程
　（回路②a⇔②b）：**ラング**に、〈抽象的言語作品（文法的文）〉を編成する⇔**パロール**（同前、以下も）水準に、〈単語〉ないし、「仮象」から成る言述〈具体的言語作品（文法的文）〉を言表する互換過程
　生活世界の行為者たちは、ラングの出口、つまり、（回路②a）の入口で、まずは、ラングからの選択をおこなって、遂行性に富んだ、シンタグマティック（単語ないし、仮象の連語関係的）な単線条性に貫かれた言語構成体〈抽象的言語作品（文法的文）〉を編成する構えをとるだろう。このばあいの

〈言語作品〉は、〈単語〉ないし、「仮象」でつくられている。ついで、それを〈回路②ａ〉を通じ、言述〈具体的言語作品（文）〉に音声化するか、文字化して、パロールに言表する。具体的には、ラングの在庫範列中に留置して範列化させていた、選択肢としての〈単語〉群ないし、「仮象」群から、規則にもとづき、いずれも、１〈語〉ないしは、１「仮象」ずつを選択して繋ぎ合せ、シンタグマティック（同前、以下も）な単線状に排列して、言表するのである。

ただし、そこで言表されて出てきた言述〈具体的言語作品（文）〉が事実性や現実性に、きわめて乏しいものになる点に注目しなければならない。それが事実存在の「実象」や、話者（作者）、聴者（読者）間に介在する「文脈情報」を、完全に欠いているからである。

（回路②ｂ）は、（回路②ａ）の逆過程に相当する。パロールの水準で、他者から伝達されてきた言述〈具体的言語作品〉を、ラングの規則にもとづき、シンタグマティックに解読していく過程である。やはり、これも、事物や事象の事実存在についての了解や、「文脈情報」を欠いた、技術的解読になってしまう。したがって、回路③ｂによる解釈、了解過程との抱き合わせが欠かせない。

回路③ａ⇔③ｂ：（回路②ａ⇔②ｂ）の抱き合わせ回路。**回路③ａ**は、ラングから、（回路②ａ）経由で、**パロール**に言表される、非現実的な〈言述〉中に、あつかうべき事物や事象の事実存在や、話者（同前、以下も）、聴者（同前、以下も）関連の「文脈情報」に関する事実存在に、表現を与えて言表する、戦略的な互換過程である。

生活世界の行為者たちは、回路②ａにもとづく〈抽象的言語作品〉の言述〈具体的言語作品〉への言表に際しては、回路③ａによる介助操作を仰ぐことになる。そもそも、回路②ａは、（単眼的な）単声性、（専断的な）独話性、（流失的な）単線条性を特徴とする、シンタグムの"固有の回路"に当たる。それに対して、回路③ａは、本来、（複眼的な）多声性、（自己猶予的な）対話性、（回帰的、かつ、開放的な）複線条性を特徴とするパラダイム固有の回路に当たっている。

回路③ａがシンタグム（単語〜仮象の連語関係）にも介入してくるものとすれば、回路②ａは、"特殊回路"と見ざるを得ない。回路③ａは、回路②ａを通じて得られてくる、すぐれてシンタグマティックではあるが、事実にもとづかない、非現実的な言述〈言語作品（文法的文）〉を複線条化させるのに働くのである。そうだとすれば、回路③ａは、シンタグム（単語ないし、仮象の連語関係）のパラダイム（事実存在の連合関係）化のための補完回路と見ることができるだろう。回路③ａは、言表の"戦略的回路"と言ってもよい。生活世界の行為者たちは、この隘路(あいろ)を通じて、パロールに、自らの体験にもとづいて獲得してきた、「実象」として事実存在絡みに、〈言述（発話・文・談話・文章）〉を構成していくのである。

　その際に、彼らは、回路①ａ⇔①ｂを通じて獲得し、自らの内面に構築している「解釈学的基底」にもとづいて、目下のめあての事物や事象あるいは、場面や状況の「仮象」をではなく、「実象」としての事実存在を、つとめて語ろうとするだろう。

　ところが、〈言述〉は、「単線条性」という、言表のシンタグマティックな"１回性の制約"下に置かれている。したがって、複線条性、さらには、しばしば、意味の否定的な特性にも存在づけられていた事実存在は、そのままでは、表現できなくなってしまう。そこで、言表の"制約"下ではあっても、なお、その存在の事実性を強調して表現すべく、回路③ａによる、戦略的な表現に依拠することになる。

　回路③ａの働きの基本は、〈単語〉ないし、「仮象」を、まずは、〈言述〉中に撒布（撒種）して、叙述することと見てもよい。その上で、ある「仮象」について、その〈述語〉にもとづく叙述を、撒布（同前）済みにした「仮象」群にも敷衍可能かどうかを、一々、検分的に見分けながら、〈言述〉中の「仮象」群間に有意連関の脈絡を見出し与えていくのである。

　そのときである。彼らは、回路①ａ⇔①ｂ、狭義の**ランガージュ**空間で用いていた言語構成体〈図式語彙〉の持っている編成、意識の構えを再生さ

せる。問題の「仮象」群と、その〈述語〉で成る、基本的には、2対の"〈仮象項──叙述〉連鎖(ネクサス)"を、"交差"ある（肯・否を跨がせた）すがた組み合わせて、〈言述〉中に、「場所」を拓いて画定させていくのである。

　〈言述〉中に撒布した「仮象」も、その成立を保障する「場所」が与えられれば、確定的に「実象」化し、事実存在化するだろう。敷衍した〈述語〉が〈図式〉化した"〈仮象項──叙述〉連鎖"に沿って関係づけられるとき、パロールの〈言述〉中にも、パラダイム（事実存在の連合関係）空間が開かれたかたちとなる。「仮象」にも、（複眼的な）多声性、（自己猶予的な）対話性、（回帰的、かつ、開放的な）複線条性の特色が読み取れるようになってくるのである。

　そのとき、生活世界の行為者たちは、その事実存在を、"言表の1回性"の制約下に置かれた〈言述〉中に、もろに表現するための便法を駆使することになる。彼らは、しばしば、「場所」を得た「仮象」項に対し、〈複合・合成名称〉を与えたり、〈限定修飾表現〉や〈装定表現〉を加えたりするだろう。あるいは、〈量化詞〉や〈直示語〉、……を添加したりすることになる。

　そうだとすれば、主観的世界における「認識・解釈」面の重点回路①a⇔①bとともに、社会的世界における「伝達・説明」面の回路③a⇔③bに見る言語活動の働きもまた、重視せざるを得なくなってくる。回路③aでおこなわれる操作の基軸は、"言表の一回性の制約"下にあっても、〈言述〉中にあつかう存在者、事物や事象の「仮象」群の、表現面における事実存在化の技法を駆使することである。

　ところが、「文脈」に関わる事実存在となると、これは、相当、広範囲にわたるものになってくる。話者（作者）の心情や、話者（同前、以下も）による聴者（読者）への種々の配慮、話者の〈言述〉が持つメッセージについての態度、あるいは、そこであつかわれている事物や事象の事実存在についての、詩的・比喩的な表現への介意、……といった、さまざまなものへの顧慮の局面が想定される。〈言述〉の置かれた「コンテクスト（文脈・状況・場面）」への話者の配意や、気遣いがランガージュ（言語活動）の一環として、

この回路経由の言表面で果たされることになってくる。

　ここでは、その詳細に立ち入ることはできない。だが、注目すべきことが一つある。
　それは、そうした「文脈情報」のすべてのケースについて、問題の事物や事象の事実存在を開示する働きを担うのは、あげて、回路①a⇔①b、狭義のランガージュ（生の現実を生きる人間の、根本的で、根元的な言語活動）空間に働く言語構成体〈図式語彙（志向図式）〉だということである。回路③aで、表現さるべき「文脈情報」に関わる事実存在のいっさいもまた、回路①a⇔回路①bを擁する、狭義のランガージュ空間の言語構成体〈図式語彙（志向図式）〉によって、獲得済みとなっている。話者内面の「解釈学的基底」に、そのパラダイムの部分的全容は、すでに知識化され、情緒化されて、了解済みになっていると見なければならない。
　そうだとすれば、観察者には、「仮象」間のシンタグム（連語関係）に局限されてきた従来の考察を、その背後をつくる、「文脈」関連をもふくむ事物や事象、出来事の「実象」、その事実存在間のパラダイムの考察に繋ぎ止めるような、それこそ、超越的な観察態度の変更が求められることになるだろう。

回路③a'⇔③b'：狭義のランガージュの言語構成体〈図式語彙（志向図式）〉のうち、〈言述〉に用いるレトリックや比喩、……など、戦略的な詩学 *Poétique* や、社会・文化的な戦略技法に関わるものを解体、縮減的に合理化して選択肢化し、〈単語〉や「仮象」のセットとして、ラングに範列化し、ファイルする過程と、その逆過程。
　2物の「取り合せ」、「モンタージュ」の技法や事例も、この回路を通じて、手持ちのものとなる。肯定的な両義性を発揮して、「仮象」間を「継ぎ合せ」て、連関形成を促す存在や、否定的な両義性を発揮して、「仮象」の事実存在化と、その連関の場、地平の初期化と拡張に働く存在もまた、この回路を通じて、リスト・アップされてくることになるだろう。

参考文献

A

阿部喜三男・麻生磯次校注 1964『日本古典文学大系92 近世俳句俳文集』岩波書店

浅野　信 2002『切字の研究』桜楓社

B

芭蕉講座出版編集部編 1982〜1985『芭蕉講座第一巻〜第五巻』有精堂出版

ビーティ, J. 1964『社会人類学――異なる文化の論理』(蒲生正男・村武精一訳 社会思想社 1968) J.Beatie *Aims, Methods and Achivement in Social Antholopology*.

バーガー, P. L.&ルックマン, T. 1966『日常世界の構成』(山口節郎訳 新曜社 1968) P. L.Berger & T.Luckmann, *The Social Construction of Reality-A Treatise in the Sociology of Knowledge*, N.Y.

尾藤三柳編 1971『川柳総合事典』雄山閣出版

ブルーノ, E. 1976『エッシャーの宇宙』(坂根巌男訳 朝日新聞社 1983, 1983[5]) E.Bruno, *De Toverspiegel van M.C.Esher*. Copyright : Japanese translation right by Asahi Shinbun Publishing Company arranged through Orion Press.

バーリング, R. 1970『言語と文化』(高原修・本名信行訳 ミネルヴァ書房 1974) Robins Buring *Man's Many Voices: Language in Its Cultural Contexst*. Holt Rinehart and Winston, Inc.

C

コセリウ, E. 1964〜1976『構造的意味論』(宮坂豊夫・西村牧夫・南館秀孝編訳 三修社 1982)

D

ダメット, M. 1993『分析哲学の起源』(野本和幸他訳 勁草書房) M.Dummet, *Origins of Analytical Philosophy.*, Duckworth.

デューイ, J. 1929『確実性の探求――知識と行為との関係の一考察』(植田清次訳 春秋社 1963)

―――― 1933,『思考の方法――いかにわれわれは思考するか』(植田清次訳 春秋社 1955)

ディルタイ, W. 1900『解釈学の成立』(久野昭訳 以文社 1973) W.Dilthey, *Die Entstehung Hermeneutik*.

E

イーグルトン, T. 1983『新版 文学とは何か 現代批評理論への招待』(大橋洋一訳 岩波書店 1997)

江原由美子・山岸健編 1985『現象学的社会学——意味へのまなざし』三和書房
枝川昌雄 1993「否定と象徴形成」(『現代思想5 構造論的革命』岩波書店)
エディ, J.M. 1976『ことばと意味——言語の現象学』(滝浦静雄訳 岩波書店 1980) J.M. Edie, *Speaking and Meaning, The Phenomenology of Language*. Indiana Univ. Press.
エイゼンシュテイン, S.M. 1923〜1935 論文集『映画の弁証法』(佐々木能理男編訳 角川書店 1953) Sergei M.Eisenstein.
エネルゲイア刊行会 1975『言語における思想性と技術性』朝日出版社

F

藤原与一 1983『方言学原論』三省堂
――― 1989『方言学の原理』武蔵野書院
――― 1992『方言の山野を行く』三弥井書店
――― 1991『小さな語彙学』三弥井書店
福武直監修・徳永恂編 1976『社会学講座11 知識社会学』東京大学出版会
船津 衛 1976『シンボリック相互作用論』恒星社厚生閣
フレーゲ, G. 1892「意義と意味について」(土屋俊訳 黒田亘・野本和幸編『哲学論集 フレーゲ著作集』勁草書房 1999) G. Frege, Über Sinn und Bedeutung, Ztschu. f. Philos. u. Philos. Klitik, NF 100.
フロイト, Z. 1925「否定」(高橋義孝他訳『フロイト著作集第三巻』人文書院 1969, 1974^2) Z.Freud, Die Verneinung.
――― 1932「火の支配」(高橋義孝他訳『フロイト著作集第三巻』人文書院 1969年, 1974年^2) Z.Freud, *Zur Gewinnung des Feuers*.

G

ガダマー, H.G. 1979「実践哲学としての解釈学」(森口美都男訳『思想』No.659 岩波書店)
ギアーツ, C. 1973『文化の解釈学Ⅰ・Ⅱ』(吉田禎吾・柳川啓一・中牧弘允・板橋作美訳 岩波書店 1987) Clifford Geertz, *The Interpretation of Cultures*, New York、Basic Books.
ギデンズ, A. 1976『社会学の新しい方法規準 理解社会学の共感的批判』(松尾精文・藤井達也・小畑正敏訳 而立書房 1987) Anthony Giddens, *New Rules of Sociological Method ; A Positive Critique of Interpretive Sociologies*. Hutchinson of London.
――― 1979『社会理論の最前線』(友枝敏雄ほか訳 ハーベスト社 1989) A.Giddens, *Central Problems in Social Theory*. Japanese translation arranged with Univ. of California Press, Berkley and Los Angeles through Tuttle-Mori Agency,

Inc.Tokyo.

ゴッフマン, E. 1959『行為と演技――日常生活における自己呈示』(石黒毅訳 誠信書房 1974) E.Goffman, *The presentation of Self in Everyday Lif*e, Doubleday & Company,Inc.

H

ハーバーマス J. 1968『認識と関心』(奥山次良他訳 未来社 1981) J. Habermas, *Erkenntnis und Interesse.*, Suhrkamp Verlag, Frankfurt am Main.

ハイデッガー, M. 1927『存在と時間 上・下』(細谷貞雄ほか編 理想社 1963～1964) Martin Heidegger, *Sein und Zeit.*

―――― 1949『ヒューマニズムについて』(ハイデッガー選集23 佐々木一義訳 理想社 1974) *Über dem Humanismus,*

―――― 1952『ヘルダーリンの詩の解明』(手塚富雄・土田貞夫・斎藤真治・竹内豊治訳 理想社 1962) *Erläuterungen zu Hörderins Dichtung.*

―――― 1953『形而上学入門』(川原栄峰訳 平凡社 1994) *Einführung in die Metaphysik.* Max Niemeyer Verlag,.Tübingen.

―――― 1957『同一性と差異性』(大江精志郎訳 理想社 1960) *Identität und Differenz.*, Verlag Gunther Neske.

―――― 1959『ことばについての対話』(手塚富雄訳 理想社 1968) Aus einem von der Sprache, Zwischen einem Japaner und einem Fragenden., *Unterwegs zur Sprache.*

―――― 1961『ニーチェⅠ 美と永遠回帰』(細谷貞雄監訳 杉田泰一・和田稔訳 平凡社 1997) *Nietzsche,* 2Bde., Neske.

―――― 1961『ニーチェⅡ ヨーロッパのニヒリズム』(細谷貞雄監訳 加藤登之男・船橋弘訳 平凡社 1997) *Nietzsche,* 2Bie., Neske.

―――― 1969『思索の事柄へ』(辻村公一訳 筑摩書房 1973) *Zur Sache des Denkens.*, Max Niemeyer Verlag. Tübingen.

芳賀 綏 1979『言語・人間・社会』人間の科学社

―――― 1979『日本人の表現心理』中央公論社

―――― 1998『日本人の社会心理』人間の科学社

―――― 2004『日本人らしさの構造』大修館書店

長谷川櫂 2005『古池に蛙は飛びこんだか』花神社

浜井 修 1976「科学的合理主義の科学論」(福武直監修・德永恂編『社会学講座11 知識社会学』東京大学出版会)

浜島 朗 1958「ウェーバー」(『社会学辞典』有斐閣)

浜千代清 1994『芭蕉を学ぶ人のために』世界思想社

波多野完治 1941「和歌と俳句」(『文章心理学の問題』三省堂)
―――― 1965『ピアジェの認識心理学』国土社
服部裕幸 1994「日常言語への還帰」(『現代思想7 分析哲学とプラグマティズム』岩波書店)
服部四郎 1953「意味に関する一考察」(『言語研究』22～23)
―――― 1967「言語の構造と機能」(『東京大学公開講座9 言語』東京大学出版会)
―――― 1968「意味の分析」(『英語基礎語彙の研究』三省堂)
―――― 1968「意味」(『哲学11 言語』岩波書店)
―――― 1974「意義素論における諸問題」(『言語の科学5』東京言語研究所)
浜田義一郎・佐藤要人監修 1988『誹風柳多留十篇』社会思想社
林　大 1979「語彙の構造・用法」(川本茂雄・国広哲彌・林大編『日本の言語学8』大修館書店)
林　四郎 1973「表現行動のモデル」(『国語学』92)
―――― 1982「基本語彙――その構造観」(佐藤喜代治編『講座日本語の語彙第一巻 語彙原論』明治書院)
―――― 1992「『夢十夜』の「第一夜」と「第二夜」――語彙を調べて作品を読む」(文化言語学編集委員会編『文化言語学 その提言と建設』三省堂)
―――― 2008『古今和歌集 四季の歌でたどる日本の一年』みやび出版
―――― 2009『古今和歌集 恋の歌が招く。』みやび出版
ヘルト, K. 1988「ハイデガーと現象学の原理」(『思想』No.769 岩波書店)
広末　保 1982「芭蕉――その時代」(芭蕉講座出版編集部編『芭蕉講座第一巻 生涯と門弟』有精堂出版)
―――― 1988『可能性としての芭蕉』お茶の水書房
広田二郎 1968『芭蕉の芸術――その展開と未来』有精堂出版
イェルムスレウ, L. 1943『言語理論の確立をめぐって』(竹内孝次訳 岩波書店 1985) L.Hjelmslev *Omkring Sprogteoriens Grundlæggelse*.
ホーレンシュタイン, E. 1980『認知と言語 現象学的探究』(村田純一・柴田正良・佐藤康邦・谷徹訳 産業図書 1984) Elmar Holenstein, *Von der Hintergehbarkeit der Sprache―― Kognitive Unterlagen der Sprache*. Frankfurt a. M.: Suhrkamp.
フッサール, E. 1913, 1950『イデーンⅠ――1, 2』(渡辺二郎訳 みすず書房 1979, 1984) E. Husserl, *Ideen zu einer rinen Phänomenologie und phänomenologischen Philosophie*. Erstes Buch, Allgemeine Einführung in die reine Phänomenologie.
―――― 1927『ブリタニカ草稿 現象学の核心』(谷徹訳 筑摩書房 2004)
―――― 1954 (1935～6 執筆)『ヨーロッパ諸学の危機と超越論的現象学』(細谷恒夫・木田元訳 中央公論社 1974) E. Husserl, *Die Krisis der europäischen Wissenschaften und die transzendentale Phänomenologie*: Eine Einleitung in

die phänomenologische Philosophie. Martinus Nijihoff, Haag.
イポリット, J. 1966『エクリ1・2』(宮本忠雄・佐々木幸次ほか訳 誠信堂 1992) J. Hyppolite, Commentaire parlé sur la《Verneinung》de Freud, in, J. Laacan, *Ecrit, I*
堀切 実 2000『俳道 芭蕉から芭蕉へ』富士見書房
―― 2002『表現としての俳諧 芭蕉・蕪村』岩波書店
―― 2003『『おくのほそ道』解釈事典』東京堂出版

I

出沼紗季 2010「宮沢賢治『セロ弾きのゴーシュ』の意味論的解釈」(意味論研究会Ⅱ『研究会報告』97)
飯田 隆 1994「存在論の方法としての言語分析」(『現代思想7 分析哲学とプラグマティズム』岩波書店)
池上嘉彦 1970「解説」(サピア,E.・ウォーフ,B., 他 池上嘉彦訳『文化人類学と言語学』弘文堂)
―― 1975『意味論』大修館書店
―― 1977「意味の体系と分析」(『日本語9 語彙と意味』岩波書店)
―― 1982「語彙の体系」(佐藤喜代治編『講座日本語の語彙第一巻 語彙原論』明治書院)
伊地知鐵男・井本農一・神田秀夫・中村俊定・宮本三郎編 1957『俳諧大辞典』明治書院
今石元久 1999『日本語表現の教育』国書刊行会
―― 編2007『音声言語研究のパラダイム』和泉書院
今村太平 1974「映像的思考――その史的考察」(『思想』No.603 岩波書店)
井本農一・堀信夫校注 1970『芭蕉集』集英社
井本農一・堀信夫校注訳 1995『松尾芭蕉集1 全発句』(『新編日本古典文学全集70』小学館)
稲上 毅 1971「ウェーバーにおける〈認識根拠〉と〈実在根拠〉の関連をめぐって」(『思想』No.568 岩波書店)
井上敏幸 1982「「おくのほそ道」まで」(芭蕉講座出版編集部編『芭蕉講座第一巻 生涯と門弟』有精堂出版)
乾 裕幸 1981『ことばの内なる芭蕉』未来社
―― 1982「冬の日まで」(芭蕉講座出版編集部編『芭蕉講座第一巻 生涯と門弟』有精堂出版)
伊藤虎丸訳代表 1985『魯迅全集3 野草・朝花夕拾・故事新編』学習研究社
岩波書店編 1998『岩波 哲学・思想事典』(廣松渉・子安宣邦・三島憲一・宮本久雄・佐々木力・野家啓一・末木文美士編 岩波書店)
泉井久之助 1925「語彙の研究」(『国語科学講座Ⅲ』明治書院)

J

ヤコブソン, R. 1949~63『一般言語学』(川本茂雄監修 田村すゞ子・村崎恭子・長嶋善郎・中野直子訳 みすず書房 1973) Roman Jakobson, *Essais de linguistique gènèrale*.

——— 1973「言語の科学と他の諸科学との関係」(長嶋善郎訳)(服部四郎編、早田輝洋・米重文樹・長嶋善郎訳『言語と言語科学』大修館書店 1978) Roman Jakobson, *Relation entre la science du langage et les autre sciences*.

K

樺島忠夫 1966「理解の構造──巨視的意味論の試み」(『国語・国文』35巻3号)
金岡　孝 1977「語彙研究の歴史」(『日本語9　語彙と意味』岩波書店)
金子兜太 1993『現代俳句鑑賞』飯塚書店
金田　晋 1975「フッサールの言語思想の展開」(エネルゲイア刊行会『言語における思想性と技術性』朝日出版社)
河内久雄 1969「ヘーゲルの矛盾論」(『思想』No.536 岩波書店)
粕屋宏紀編 1995『新編 川柳大辞典』東京堂出版
片桐雅隆 2000『自己と「語り」の社会学──構築主義的展開』世界思想社
——— 2003『過去と記憶の社会学──自己論からの展開』世界思想社
片桐雅隆・磯部卓三 1996『フィクションとしての社会──社会学の再構成』世界思想社
片山智行 1991『魯迅「野草」全釈』平凡社
川田　稔 1990「柳田國男における「心意現象」の問題」(『思想』No.793 岩波書店)
菅　豊彦 1994「志向性と行為」(『現代思想7　分析哲学とプラグマティズム』岩波書店)
神田忙人 1989『江戸川柳を楽しむ』朝日新聞社
木田　元 1993『ハイデガーの思想』岩波書店
——— 2000『ハイデガー『存在と時間』の構築』岩波書店
木田元・野家啓一・村田純一・鷲田清一編 1994『現象学事典』弘文堂
木田元・栗原彬・野家啓一・丸山圭三郎編 1997『コンサイス 20世紀 思想事典』三省堂
菊池武弘 1975「文学のテクストの言語学的解明のために」(エネルゲイア刊行会『言語における思想性と技術性』朝日出版社)
菊池武弘・脇坂豊 1975「言語における機能と美的特性」(エネルゲイア刊行会『言語における思想性と技術性』朝日出版社)
雲英末雄・高橋治 1990『新潮古典文学アルバム18 松尾芭蕉』新潮社
木藤才蔵・井本農一校注 1961『日本古典文学大系66 連歌論集 俳論集』岩波書店
教科研東京国語部会・言語教育サークル 1964『語彙教育 その内容と方法』麦書房
小林敏明 1989「両義的真理と言語の物象化──ハイデッガー批判のための前件」(『思想』No.776 岩波書店)

国立国語研究所 1964『分類語彙表』秀英出版
―――― 1961 松尾拾・西尾寅弥・田中章夫『類義語の研究』秀英出版
今　栄蔵 1989『芭蕉　その生涯と芸術』日本放送出版協会
饗田　収 1975「認識と実践――文学的解釈学への試み」(『思想』No.659 岩波書店)
クーン, T.S. 1962『科学革命の構造』(中山茂訳 みすず書房 1971) T.S.Kuhn, *The Structurer of Scientific Revorutions*, The Univ. of Chicago Press.
―――― 1989 佐々木力訳「解釈学的展開」(『現代思想10　科学論』1994)
九鬼周造 1929 講義草稿「哲学の概念」(『九鬼周造全集第八巻』岩波書店 1981)
―――― 1930『「いき」の構造』岩波書店
―――― 1941『文芸論』岩波書店
久米　博 1979「解釈学の課題と展開――テクスト理論を基軸として」(『思想』No.659 岩波書店)
―――― 1993「物語解釈と無意識」(『現代思想3　無意識の発見』岩波書店)
国広哲彌 1965「日英温度形容詞の意義素の構造と体系」(『国語学』60)
―――― 1967『構造的意味論――日英両語対照研究』三省堂
―――― 1970『意味の諸相』三省堂
―――― 1971「日本語次元形容詞の体系」(『言語の科学』2)
―――― 1978「意味とはなにか」(『月刊言語』vol.7 No.4　大修館書店)
―――― 1982『意味論の方法』大修館書店
―――― 1982「語義」(佐藤喜代治編『講座日本語の語彙第一巻　語彙原論』明治書院)
―――― 1994「認知的多義論」(『言語研究』106)
―――― 1997『理想の国語辞典』大修館書店
―――― 2006『理想の国語辞典Ⅱ　日本語の多義動詞』大修館書店
倉又浩一 1975「現代における意味論の一つの視点――意味成分の universality をめぐって」(エネルゲイア刊行会『言語における思想性と技術性』朝日出版社)
クリプキ, S. 1980『名指しと必然性』(八木沢敬・野家啓一訳 産業図書 1985) S. Kripke, *Naming and Necessity*, Oxford U.P.
栗山理一監修 尾形仂・山下一海・復本一郎編 1982『総合芭蕉事典』雄山閣出版
栗山理一・山下一海・丸山一彦・松尾靖秋校注訳『日本古典文学全集42　近世俳句俳文集』小学館 1972
桑野　隆 1993「危機の言語学」(『現代思想4　言語論的展開』岩波書店)
―――― 1993「ロシア・フォルマリズム」(『現代思想4　言語論的展開』岩波書店)
教科研東京国語部会・言語教育サークル編 1964『語彙教育――その内容と方法』麦書房

L

レイコフ, G. 1987『認知意味論』(池上嘉彦・河上誓作他訳 紀伊国屋書店 1993) G.

Lakoff, *Women, Fire, and Dangerous Things*. Chicago：The University of Chicago Press.
リオタール, J.F. 1964『現象学』（高橋允昭訳 白水社 1965）Jean Francois Lyotard, *La Phènomènology*.

M

マックギラフィー, C.H. 1965, 1976²『エッシャー《シンメトリーの世界》』（有馬朗人訳 伏見康治解説 サイエンス社 1980）C.H. Mac Gillavry, *Symmetry Aspects of M.C.Escher's Periodic Drawings*. The International Union of Gystallography.
前田富祺 1982「語彙」（佐藤喜代治編『講座日本語の語彙第一巻 語彙原論』明治書院）
丸尾常喜 1997『魯迅「野草」の研究』汲古書院
C.W.ミルズ 1970『権力・政治・民衆』（青井和夫・本間康平訳 みすず書房 1971）C.W. Mills, *Situated Actions and Vocabularies of Motive*., G.P.Stone & H.A. Farberman（eds.）.
丸山圭三郎 1975「ソシュールにおけるパロールの概念」（エネルゲイア刊行会『言語における思想性と技術性』朝日出版社）
―――― 1981『ソシュールの思想』岩波書店
―――― 編1985『ソシュール小事典』大修館書店
丸山高司 1979「精神科学の理念」(『思想』No.659 岩波書店)
―――― 1980「人間科学における「理解」」(『思想』No.667 岩波書店)
―――― 1993「表現的存在――歴史的生の存在論」(『現代思想1 思想としての20世紀』岩波書店)
―――― 1994「解釈学的理性――知の理論をめぐって」(『現代思想6 現象学運動』岩波書店)
丸山 静 1969「現象学的還元について」(『思想』No.539 岩波書店)
ミード, G.H. 1934『精神・自我・社会』（稲葉三千男他訳 青木書店 1974）G.H.Mead, *Mind, Self and Society*.
三島憲一 1983「生活世界の隠蔽と開示（上）――19世紀における精神科学の成立」(『思想』No.712 岩波書店)
溝口宏平 1979「解釈学的哲学の根本問題――その理論的基礎づけの問題と哲学の可能性への問い」(『思想』No.659 岩波書店)
水原秋桜子編 1971『俳句鑑賞辞典』東京堂出版
水野和久 1933「現象学とポスト構造主義」(『現代思想6 現象学運動』岩波書店)
宮島達夫 1977「語彙の体系」(『日本語9 語彙と意味』岩波書店)
ミンコフスキー, E. 1968『生きられる時間――現象学的・精神病理学的研究』（中江育生・清水誠訳 みすず書房 1972）E.Minkowski, *Études phénoménologieques*

est psychopathologiques.
村中知子 1996「意味システム」(村中知子『ルーマン理論の可能性』恒星社厚生閣)
村田純一 1993「現象学の成立——ブレンターノとフッサール」(『現代思想6 現象学運動』岩波書店)
室山敏昭 1976『方言副詞語彙の基礎的研究』たたら書房
―― 1980『地方人の発想法——くらしと方言』文化評論出版
―― 1981「生活語彙論への思念」(『藤原与一先生古希記念論集 方言学論叢——方言研究の推進』三省堂)
―― 1987『生活語彙の基礎的研究』和泉書院
―― 1998『生活語彙の構造と地域文化——文化言語学序説』和泉書院
―― 2001『「ヨコ」社会の構造と意味——方言性向語彙に見る』和泉書院
―― 2001『アユノカゼの文化史——出雲王権と海人文化』ワン・ライン
―― 2004『文化言語学序説——世界観と環境』和泉書院
―― 2009『「ノラ」と「ドラ」——怠け者と放蕩者の言語文化誌』和泉書院

N

永井成男 1979『分析哲学とは何か——世界観形成のために』紀伊国屋書店
長嶋善郎 1982「類義語とは何か」(『日本語学』vol.1 No.1 明治書院)
―― 1989「語の意味」(玉村文夫編『講座日本語の語彙・意味(上)』明治書院)
中村俊定監修 1978『芭蕉事典』春秋社
中村雄二郎 1972「哲学の言葉と言葉の哲学——言語表現と主体の行方」(『思想』No.572 岩波書店)
―― 1987「〈絶対矛盾的自己同一〉と日本文化(1)——或る〈心の論理〉とその射程」(『思想』No.751 岩波書店)
―― 1995「西田哲学と日本の社会科学」(『思想』No.857 岩波書店)
ナイダ, E.A. 1975『意味の構造——成分分析』(升川潔・沢登春仁訳 研究社 1977) Eugene .A. Nida, *Componential Analysis of Meaning*: *an introduction to semantic structures*. Mouton, Hagu.
中沢新一 2003「マトリックスについて——華厳経・量子論・心理学」(河合隼雄・中沢新一編『「あいまい」の知』岩波書店)
―― 2004『対称性人類学』講談社
成田康昭 1997『メディア空間文化論——いくつもの私との遭遇』有信堂高文社
ニューマイヤー, F.J. 1986『抗争する言語学』(馬場彰・仁科弘之訳 岩波書店 1994) Frederic J. Newmeyer, *The Politics of Linguistics*, Univ. of Chicago Press.
ニーチェ, F. (1872), 1886『悲劇の誕生』(秋山英夫訳 岩波書店 1966[38]) F.W.F.W. Nietzsche, *Die Geburt der Tragödie*.

―――― 1883〜85『ツァラトゥストラはこう語った』（氷上英廣訳 岩波書店 1967〜70）Also Sprach Zarathustra.

―――― 1885〜86『善悪の彼岸』（木庭深定訳 岩波書店 1970）Jenscits von Gut und Böse.

―――― 1888『偶像の黄昏・反キリスト者』（原佑一訳 筑摩書房 1993）Götzen Dämmerung /Der Antichrist.

―――― 1906『権力への意志 上・下』（原佑一訳 筑摩書房 1993）Der Wille zur Macht.

西田幾多郎 1907『善の研究』（弘道館 1911年／岩波書店 1921年^2）

―――― 1935「弁証法的一般者としての世界」（『哲学研究』のち竹内良知編『近代日本思想大系11』筑摩書房 1974に所収）

―――― 1945「場所的論理と宗教的世界観」（『西田幾多郎哲学論文集7』のち竹内良知編『近代日本思想大系11』筑摩書房 1974に所収）

新田義弘 1969「フッサールにおける方法の問題――態度変革の意義とその根拠」（『思想』No.536 岩波書店）

―――― 1983「歴史科学における物語り行為について――現代の歴史理論の諸問題」（『思想』No.712 岩波書店）

―――― 1986「深さの現象学――フィヒテ後期知識学における『生ける通徹』の論理」（『思想』No.749 岩波書店）

―――― 1993「世界のパースペクティヴと知の最終審」（『現代思想1 思想としての20世紀』岩波書店）

―――― 1993「現象学の方法的展開」（『現代思想6 現象学的運動』岩波書店）

―――― 2004「知の自証性と世界の開現性――西田と井筒」（『思想』No.968 岩波書店）

中岡成文 1979「解釈学と弁証法」（『思想』No.659 岩波書店）

―――― 1981「否定性と規範」（『思想』No.684 岩波書店）

―――― 1993「現象学の方法的展開」（『現代思想6 現象学運動』岩波書店）

野家啓一 1983「〈テクスト〉としての自然――「科学の解釈学」のために」（『思想』No.712 岩波書店）

―――― 1993「ウィトゲンシュタインの衝撃」（『現代思想4 言語論的展開』岩波書店）

―――― 1993『言語行為の現象学』勁草書房

―――― 1993『科学の解釈学』新曜社

―――― 2007『増補 科学の解釈学』筑摩書房

―――― 2007『歴史を哲学する 哲学塾』岩波書店

―――― 2008『パラダイムとは何か』講談社

野林正路 1970「言語研究における科学論的視点――人間不在の真に意味するもの」（文科系学会連合編『文科系学会連合論文集』20）

―――― 1979「意味論の視点と語彙体系」（平山輝男編『全国方言基礎語彙の研究』明治書院）

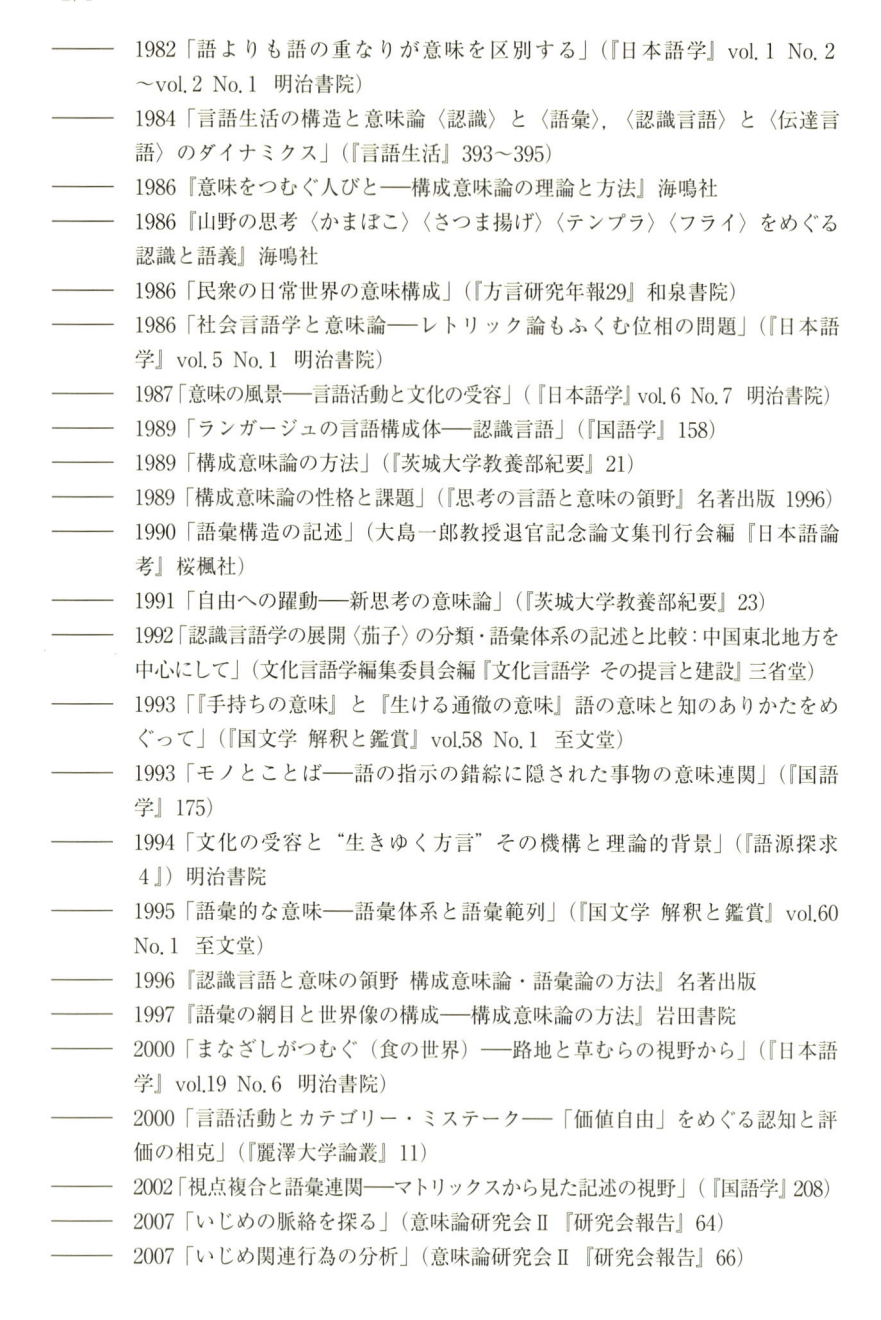

―――― 1982「語よりも語の重なりが意味を区別する」(『日本語学』vol.1 No.2 ～vol.2 No.1 明治書院)
―――― 1984「言語生活の構造と意味論〈認識〉と〈語彙〉,〈認識言語〉と〈伝達言語〉のダイナミクス」(『言語生活』393～395)
―――― 1986『意味をつむぐ人びと――構成意味論の理論と方法』海鳴社
―――― 1986『山野の思考〈かまぼこ〉〈さつま揚げ〉〈テンプラ〉〈フライ〉をめぐる認識と語義』海鳴社
―――― 1986「民衆の日常世界の意味構成」(『方言研究年報29』和泉書院)
―――― 1986「社会言語学と意味論――レトリック論もふくむ位相の問題」(『日本語学』vol.5 No.1 明治書院)
―――― 1987「意味の風景――言語活動と文化の受容」(『日本語学』vol.6 No.7 明治書院)
―――― 1989「ランガージュの言語構成体――認識言語」(『国語学』158)
―――― 1989「構成意味論の方法」(『茨城大学教養部紀要』21)
―――― 1989「構成意味論の性格と課題」(『思考の言語と意味の領野』名著出版 1996)
―――― 1990「語彙構造の記述」(大島一郎教授退官記念論文集刊行会編『日本語論考』桜楓社)
―――― 1991「自由への躍動――新思考の意味論」(『茨城大学教養部紀要』23)
―――― 1992「認識言語学の展開〈茄子〉の分類・語彙体系の記述と比較：中国東北地方を中心にして」(文化言語学編集委員会編『文化言語学 その提言と建設』三省堂)
―――― 1993「『手持ちの意味』と『生ける通徹の意味』語の意味と知のありかたをめぐって」(『国文学 解釈と鑑賞』vol.58 No.1 至文堂)
―――― 1993「モノとことば――語の指示の錯綜に隠された事物の意味連関」(『国語学』175)
―――― 1994「文化の受容と"生きゆく方言"その機構と理論的背景」(『語源探求4』)明治書院
―――― 1995「語彙的な意味――語彙体系と語彙範列」(『国文学 解釈と鑑賞』vol.60 No.1 至文堂)
―――― 1996『認識言語と意味の領野 構成意味論・語彙論の方法』名著出版
―――― 1997『語彙の網目と世界像の構成――構成意味論の方法』岩田書院
―――― 2000「まなざしがつむぐ（食の世界）――路地と草むらの視野から」(『日本語学』vol.19 No.6 明治書院)
―――― 2000「言語活動とカテゴリー・ミステーク――「価値自由」をめぐる認知と評価の相克」(『麗澤大学論叢』11)
―――― 2002「視点複合と語彙連関――マトリックスから見た記述の視野」(『国語学』208)
―――― 2007「いじめの脈絡を探る」(意味論研究会Ⅱ『研究会報告』64)
―――― 2007「いじめ関連行為の分析」(意味論研究会Ⅱ『研究会報告』66)

―――― 2007「試論 現代詩の解釈学――柳生じゅん子「光る窓」のばあい」(意味論研究会Ⅱ『研究会報告』71)
―――― 2008「試論〈作中作者〉と文化装置――芭蕉の俳諧（発句）に見る拵え」(意味論研究会Ⅱ『研究会報告』73)
―――― 2008「最小の文化形式でテクスト磁場を拓く――発句の場合」(意味論研究会Ⅱ『研究会報告』83)
―――― 2009『意味の原野――日常世界構成の意味論』和泉書院
―――― 2009「短定型詩における表現の構えと解釈の仕掛け――川柳に見る作品磁場の成」(意味論研究会Ⅱ『研究会報告』83)
―――― 2010「テクストの解釈とは何をすることか？ 昔話「鶴女房」を例に」(意味論研究会Ⅱ『研究会報告』99)
―――― 2010「意義の意味への帰郷」(意味論研究会Ⅱ『研究会報告』99)
―――― 2010「もう一つの知性 日常知の力」(意味論研究会Ⅱ『研究会報告』106)
―――― 2011「意味と意義」(意味論研究会Ⅱ『研究会報告』107)
―――― 2011「世界解釈と自己理解のために――語彙学習を前面に」(意味論研究会Ⅱ『研究会報告』112)
―――― 2011「魯迅の「影的告別」に訪れた「超人の影」」(意味論研究会Ⅱ『研究会報告』114)
―――― 2011「「超人」とは何の比喩か？――散文詩「影の別れ」に読む魯迅の志向図式」(意味論研究会Ⅱ『研究会報告』117)

野林靖彦・野林正路 2003「解釈学の方法としての語彙論――森鷗外『木精』を例に」(『麗澤大学紀要』77)

野林靖彦 2004「項と叙述の表現図式――主述構造とモダリティ」(『国文学 解釈と教材の研究』49-7 学燈社)
―――― 2005「意味論の基本図式としての文――堤中納言物語『このついで』の多層的世界の解釈学」(『麗澤大学紀要』81)
―――― 2006「生活世界の解釈学――ある匿名話者の内面に築かれた飯・餅・饅頭 etc. の様相」(『麗澤大学紀要』84)
―――― 2007「文のコンテクスト――paradigm に拓かれた意味的基盤」(今石元久編『音声言語研究のパラダイム』和泉書院)
―――― 2008「物語の意味論 宮沢賢治「よだかの星」の解釈学」(意味論研究会Ⅱ『研究会報告』72)
―――― 2008「装定の意味論――文脈情報の在り方について」(意味論研究会Ⅱ『研究会報』78)
―――― 2009「トリックスターの意味論的機能について――松戸市大橋胡籙神社の三匹獅子舞を例に」(『麗澤大学紀要』89)

―――― 2009「テクスト内に見られる動詞文的世界と形容詞文世界について」(意味論研究会Ⅱ『研究会報告』94)
―――― 2011「民話分析の方法」(意味論研究会Ⅱ『研究会報告』111)
―――― 2011「自明性の探究――ことばを"探り針"として」(日本文芸研究会『文芸研究』171)
―――― 2011「述語判断の連関と項の発生」(意味論研究会Ⅱ『研究会報告』118)
―――― 2013「述語句による意味構成」(意味論研究会Ⅱ『研究会報告』132)
信原幸弘 1994「心の哲学と認知科学」(『現代思想7 分析哲学とプラグマティズム』岩波書店)
野本和幸 1986『フレーゲの言語哲学』勁草書房
―――― 1994「意味と真理の探究」(『現代思想7 分析哲学とプラグマティズム』岩波書店)
―――― 1995『意味と世界――言語哲学論考』法政大学出版局
―――― 1999「言語・論理・数学と世界記述」(『岩波講座 科学／技術と人間10』)
―――― 2012『フレーゲ哲学の全貌――論理主義と意味論の原型』勁草書房
野元菊雄・野林正路編 1977『日本語と文化・社会』全5巻 三省堂
野村雅昭 1977「造語法」(『日本語9 語彙と意味』岩波書店)
野島芳明 1991『芭蕉の宇宙――芭蕉象徴詩百区選の賦』展転社

O

小田 晋 1972「言語と深層心理――構造論的精神分析の立場から」(『思想』No.572 岩波書店)
荻原井泉水 1954『芭蕉・蕪村・子規』元々社
尾形 仂 1971『日本詩人選17 松尾芭蕉』筑摩書房
―――― 1988『芭蕉の世界』講談社
―――― 1998『野ざらし紀行評釈』角川書店
―――― 2000『俳句の鑑賞と鑑賞事典』笠間書院
奥 雅博 1976「論理実証主義の問題」(福武直監修・徳永恂編『社会学講座11 知識社会学』東京大学出版会)
奥田靖雄 1967「語彙的な意味のあり方」(教科研国語部会編『教育国語』8)
尾上兼美 1961「魯迅とニーチェ」(『日本中国学會報』13)
―――― 1957「「野草」における負の世界」(『魯迅研究』24)
大磯義雄・大内初夫編 1971『古典文学大系10 蕉門俳論俳文集』集英社
大久保忠利 1980『コトバの生理と文法論』春秋社
大橋良介 1995「群論的世界――西田哲学の「世界」概念」(『思想』No.857 岩波書店)
大石悦子・種田和加子・揚妻祐樹 2004『コントラテクスト論』高文堂
大野道邦 1976「フランス知識社会学の展開」(福武直監修・徳永恂編『社会学講座11

知識社会学』東京大学出版会)
大野林火編 1974『近代俳句大観』明治書院
大谷篤蔵・中村俊定校注 1962『芭蕉句集』岩波書店
大鹿薫久 1989「類義語・反義語」(『講座日本語と日本語教育 日本語の語彙・意味(上)』明治書院)

P

パーソンズ, T.&シルズ, A. 1952『行為の総合理論をめざして』(永井道雄他訳 日本評論社 1960) T. Parsons & A. Shils, *Toward a General Theory of Action*. Harvard Univ. Press.

ポランニー, M. 1966『暗黙知の次元』(佐藤敬三訳 紀伊国屋書店 1980, 1992[12]) M. Polanyi, *The Tacit Dimension*. Routledge and Kegan Paul Ltd. London.

ポルツィヒ, W. トゥリーア, J.&ヴァイスゲルバー, L. 1975『現代ドイツ意味理論の源流』(福本喜之助・寺川央訳 大修館書店)

Putnam, H. 1971, *The Phylosophy of Logic*. Harper, New York.
——— 1975 'The Meaning of Meaning', *Mind, Language and Reality*, Cambridge.

R

ラムジー, F.P. 1927「事実と命題」(伊藤邦武・橋本康二訳『ラムジー哲学論文集』勁草書房 1996) Ramsey, F.P., Facts and Propositions, in Philosophical Papers, *Aristterian Society Supplementary Volume* 7.

ライル, G. 1949『心の概念』(坂本百大他訳 みすず書房 1987) G. Ryle, *The Concept of Mind*., Hunchinton, London.

リクール, P. 1973〜1977『解釈の革新』(久米博・清水誠・久重忠夫編訳 白水社 1985)
——— 1978「哲学と言語」(『思想』No.643 岩波書店)

S

斎藤慶典 1993「他者の現象学の展開」(『現代思想6 現象学運動』岩波書店)
斎藤兆史 2009『言語と文学』朝倉書店
佐久間鼎 1951『現代日本語の表現と語法』恒星社恒星閣
桜井武次郎 1982「「おくのほそ道」まで」(芭蕉講座出版編集部編『芭蕉講座第一巻 生涯と門弟』有精堂出版)
作田啓一 1972『価値の社会学』岩波書店
作田啓一・井上俊 1986『命題コレクション 社会学』筑摩書房
サピア, E. 1921『言語——ことばの研究』(紀伊国屋書店 1957, 1968[4]) E. Sapire, *Language - An Introduction to the Study of Speech*. New York.

サピア, E.・ウォーフ, B., 他『文化人類学と言語学』池上嘉彦訳 弘文堂 1970
サルトル, J.-P. 1943『存在と無 現象学的存在論の試み』(松浪信三郎訳 人文書院 1958) Jean-Paul Sartre, L'être et le néant. Paris,Gallimard.
佐藤忠良・中村雄二郎ほか 1992, 1993^2『遠近法の精神史』平凡社
佐藤慶幸 1976『行為の社会学』新泉社
鮫島良一・馬場千晶『造形あそび』成美堂出版 2014
シュッツ, A. 1932『社会的世界の意味構成』(佐藤嘉一訳 木鐸社 1982) A.Schtz, Der sinnhafte Aufbau der Sozialen Weld., Verlag Springer, Wien, Suhrkamp, Frankfurt a.Main.
──── 1970『現象学的社会学』(森川真規雄・浜日出夫訳 紀伊国屋書店 1980) On Phenomenology and Social Rerations. Edited by H.R.Wagner, The Univ. of Chicago Press.
清水 誠 1988『近代《知》とメルロ=ポンティ』世界書院
清水孝之 1991『蕪村の遠近法』国書刊行会
ハルオ・シラネ 2001『芭蕉の風景 文化の記憶』角川書店
末木 剛 1967「言語と思考」(『東京大学公開講座9 言語』東京大学出版会)

T

田口麦彦 1994『川柳技法入門』飯塚書店
高橋和巳 1995『魯迅』(『新装 世界の文学セレクション33』中央公論社)
高橋太郎 1995「単語の意味のもつ, 現象を反映する性格と構造にしばられる性格」(『国文学 解釈と鑑賞』vol.60 No.1 至文堂)
高木市之助・西尾 実・久松潜一・麻生磯次・時枝誠記編 1952『日本古典文学大系45 芭蕉句集』岩波書店
高田珠樹 1993「世界観としての言語」(『現代思想4 言語論的展開』岩波書店)
竹田 晃 1957「さまよえる精神のつぶやき─「影的告別」と「希望」から」(『魯迅研究』24)
竹内 好訳 1966『魯迅作品集2』筑摩書房
田中章夫 1978『国語語彙論』明治書院
田中克彦 1972「言語学と言語の現実」(『思想』No.572 岩波書店)
田中善信 2010『芭蕉──「かるみ」の境地へ』中央公論社
田中優子 2000『江戸百夢』朝日新聞社
谷 徹 1933「時間の深淵への問い」(『現代思想6 現象学的運動』岩波書店)
谷川 渥 1978「構造主義と解釈学──ポール・リクールの解釈学的研究」(『思想』No.643 岩波書店)
田島毓堂 1999「語彙研究において混同してはならない四つの観点」(名古屋・ことばのつどい編集委員会編『日本語研究6』和泉書院)

―――― 2004「比較語彙論――構想と目的の概要」(田島毓堂編『語彙研究の課題』和泉書院)

田島毓堂・丹羽一弥編 2003『日本語論究7 語彙と文法』和泉書院

暉峻康隆 1981『芭蕉の俳諧 上・下』中央公論社

トドロフ, T. 1967『小説の記号学』(菅野昭正・保苅瑞穂訳 大修館書店 1974) Tzvetan Todorov Literature et signification, Paris, Larouses.

徳永 恂 1976「知識社会学の成立と展開」(福武直監修・徳永恂編『社会学講座11 知識社会学』東京大学出版会)

1996『社会哲学の復権』講談社

徳安 彰 1985「行為における'意味'と文化システム」(『思想』No.730 岩波書店)

Trier, J. 1931 Über Wort- und Begriffsfelder, in Der deutsche Wortschats im Sinnbezirk des Verstandes, Die Geschite eines sprachliches Ferdes, Heidelberg. (「『語の野』と『概念の野』について」福本喜之助・寺川央訳『現代ドイツ意味論の源流』大修館書店 1975)

鄧　捷 2009「魯迅『野草・秋夜』のテクスト解釈の試み」(意味論研究会Ⅱ『研究会報告』89)

―――― 2009「魯迅『野草・過客』のテクスト分析①」(意味論研究会Ⅱ『研究会報告』90)

―――― 2009「魯迅『野草・過客』のテクスト分析②」(意味論研究会Ⅱ『研究会報告』91)

―――― 2009「魯迅『野草・過客』のテクスト分析③」(意味論研究会Ⅱ『研究会報告』92)

―――― 2010『中国近代詩における文学と国家 風と琴の系譜』御茶の水書房

―――― 2010「イーグルトン『文学とはなにか 現代批評理論への招待』を読んで構成意味論的文学研究の方法を考える」(意味論研究会Ⅱ『研究会報告』97)

―――― 2010「魯迅『野草 秋夜』のテクスト解釈」(意味論研究会Ⅱ『研究会報告』102)

―――― 2011「魯迅「野草」世界の象徴秩序――「過客」に仕組まれた志向図式開示の試み」(中国文芸研究会『野草』87)

―――― 2011「「影的告別」とニーチェをめぐって――翻訳とテクスト分析から考える」(意味論研究会Ⅱ『研究会報告』116)

―――― 2011「魯迅「野草」世界の象徴秩序(続)――「影的告別」のテクスト分析」(意味論研究会Ⅱ『研究会報告』114)

―――― 2011「影的告別におけるニーチェの影響」(意味論研究会Ⅱ『研究会報告』117)

―――― 2011「野草・求乞者のテクスト分析」(意味論研究会Ⅱ『研究会報告』120)

―――― 2011「魯迅「野草・影的告例」におけるニーチェの影響――翻訳とテクスト分析から考える」(日本 聞一多学会報『神話と詩』10)

―――― 2012「野草・求乞者のテクスト分析」(意味論研究会Ⅱ『研究会報告』124)

―――― 2012「野草「私の失恋」のテクスト解釈」(意味論研究会Ⅱ『研究会報告』128)

―――― 2012「野草・復讐の解釈について」(意味論研究会Ⅱ『研究会報告』130)

Turner, R.H. 1968 Role : Sociological Aspects, in Sills, D.（ed.）, *International Encyclopedia of the Social Sciences*. The Free Press, N.Y.
常深信彦 2011「マンダラと図形」（意味論研究会Ⅱ『研究会報告』113）

U
上野洋三 1986『芭蕉論』筑摩書房
──── 2005『芭蕉の表現』岩波書店
海野阿育 1984『かこう つくろう』鈴木出版
──── 1995「幼児における対偶性と共同性の拮抗から見えるもの」（『鶴見大学紀要』No.32 第3部）
──── 2010「3歳児の絵における要素複用の描法1」（意味論研究会Ⅱ『研究会報告』101）
──── 2010「3歳児の絵における要素複用の描法2」（意味論研究会Ⅱ『研究会報告』103）
──── 2010「3歳児の絵における要素複用の描法3」（意味論研究会Ⅱ『研究会報告』104）
──── 2011「乳幼児の描画要素から見える〈エガク〉構造について」（意味論研究会Ⅱ『研究会報告』115）
──── 2011「「手の動き」に見る描法の意味連関」（意味論研究会Ⅱ『研究会報告』119）

V
ヴィゴツキー, L.S. 1956『思考と言語 上・下』（柴田義松訳 明治図書出版 1973）L.S. Vygotsky, *Thought and Language*. ed. and translated by Eugenia Hanfman and Gettrude Vakar, Cambridge, Mass.: M.I.T.Press. 1962.

W
脇坂 豊 1975「言語学と詩学──言語学的詩学の問題点」（エネルゲイア刊行会『言語における思想性と技術性』朝日出版社）
鷲田清一 1933「地平と地盤のあいだ──〈生活世界〉という概念」（『現代思想6 現象学的運動』岩波書店）
ウェーバー, M. 1913『理解社会学のカテゴリー』（林道義訳 岩波書店 1968）M.Weber, Kategorien der verstehenden Soziologie ; in *Gesammelte Aufsätze Wissens chfislehre*, Tübingen, 1922.
──── (1904), 1922「社会科学および社会政策的認識の『客観性』」（徳永恂他訳『社会学論集 ウェーバー 現代社会学体系5』青木書店 1971) Die "Objektivität" sozialwissenschaftlicher und sozialpolitischer Erkentness, *Gesammelte*

Aufsätze zur Wissenschaftslehre（Tubingen : J.C.B.Mohr）.
ヴァィス,J. 1990「生の理解と理解社会学——デイルタイとウェーバーをめぐって——」(森岡弘通訳)(『思想』No.815 岩波書店)
ウォーフ B.L. 1956『言語・思考・現実』(池上嘉彦訳 弘文堂 1978) B.L.Whorf, *Language, Thought and Reality*. Selected Writings of Whorf,B.L., Cambridge, Mass : M.I.T.Press.
ウィトゲンシュタイン, L. 1922『論理哲学論考』(坂井秀寿・藤本隆志訳 法政大学出版局 1968) L.Wittegnstein, *Tractus Logico-Philosophicus*.
——— 1953『哲学探究』(藤本隆志訳 大修館書店 1976) *Philosophische Untersuchungen*. Basil Blackwell.
——— 1969「確実性の問題」(黒田亘訳『ウィトゲンシュタイン全集』大修館書店 1975) *On Certainty*. Basil Blackwell.
渡辺二郎・西尾幹二編 1980『ニーチェ物語——その深淵と多面的世界』有斐閣

Y

山田敬三 1977「魯迅の世界——『野草』の実存主義」(『魯迅の世界』大修館書店)
山口昌男 2000『文化と両義性』岩波書店
山口節郎 1979「解釈学と社会学」(『思想』No.659 岩波書店)
——— 1980「科学論としての社会理論」(『思想』No.667 岩波書店)
山下一海 1985『芭蕉の世界』角川書店
山田 進・柴田武・加藤安彦・籾山洋介編 2008『類語辞典』講談社
山本健吉 1957『芭蕉——その鑑賞と批評』新潮社
——— 1985『芭蕉名句集』河出書房新社
山本唯一 1986『芭蕉の詩想』和泉書院
山下正男 1972「言語表現の多義性について」(『思想』No.572 岩波書店)
山路閑古 1968『古川柳名句選』筑摩書房

＊文献中、『意味論研究会第Ⅱ 会報』は、同研究会名で、電子ファイル化され、公開されている (http://d.hatena.ne.jp/semantics-2/)。

索　引

凡　例

1. 「数字」：文段番号を表す。
2. 記号「-■■」：後接する用語例を表す。
3. 記号「〜」：指すモノが、当該用語のそれと、密接な連合関係を示す用語例。
4. 記号「⇔」：指すモノが、当該用語のそれと、対立的な連合関係を示す用語例。
5. 記号「⇔」が２つある場合：4に言う連合関係が、異なる２方面にわたって、認められる場合の用語例。
6. 記号「───」：前項目と同形の部分。
7. 記号「→」：参照すべき代替項目用語。
8. 記号「＝」：同義ともみなし得る用語例。
9. 記号「（　）」：先行するそれと、置き換えが可能な用語例。
10. 下位用語例は「下接」「上接」ケースに分け、五十音順には従っていない。

あ

アイデンティティ　　　　　　　25
ア・シンメトリー（＝逆対称性）　→逆対称性
アポロン的なもの　〜一般固有種Ⅱ（姿）・仮面・仮象・公開性空間　⇔ディオニュソス的なもの　　　　　　　　　　4
（大いなる）アーメン（同意）　→大いなる同意（アーメン）
暗示　　　　　　　　　　　　　29
安心　〜回帰・帰郷・大地・場所Ⅲ・底・根・定着　　　　　　　　　15
暗黙(-知)　〜直観
　　　11,22,27,31,36,41,73,89,90,99

い

言い　　　　　　　　17,35,72,77〜79
　──切り　　　　　　　　　77〜79
　──さし　　　　　　　　　　77
　──立て　　　　　　　　　　77

イェルムスレウ, L.　　　　　　17
異化　　　　　　　　　　　35,72
意境　〜トポス・セット・場所・場、事実存在　⇔クラス・外延、仮象
　　　　19,22,24,28,29,39,40,46,66,74
意義（＝標準化された意味）　〜語義・視点・関心焦点・着眼点、眼差し　⇔生きられた意味・存在の意味
　　　5,13,14,16,18〜22,24,26,29,31,
　　　38,39,42,46〜48,50,52,53,55,
　　　56,58,62,63,66,68,71,74,75,88
──特性　〜判断基準・分類基準、交差・志向（語彙）図式　⇔意味特性
　　　　　　　　5,14,48,55,56,71,88
意志　　　　　　　　　8,68,69,71,90
意識　〜主観・仮象　⇔客観・(事実)存在
　　　　9,13,14,16,18,27,
　　　32,33,36〜38,40,41,46,48,49,
　　　51〜53,55,57,58,61,62,64,68,
　　　71,73,76,80〜83,85〜88,92,100
（解釈・表現・観察）──の構え（＝志向

索引　い　283

(語彙)図式)　～見分け・解釈・表
　　現・観察の構え・語彙図式・文化装置
　　　　　9, 21, 27, 33, 34, 36～38, 40,
　　　　　41, 46, 49, 51～53, 57, 58, 61, 62,
　　　　　71, 73, 76, 80～83, 85, 87, 88, 100
複雑性の――の構え　→入れ子ブリッジ
　　　型図式
――内容　　　　　　　　　　　　73
(関心・意義化した、主観的な意味)
　　　　――の経糸(糸)　～認識・意味の
　　　織布　⇔(存在の、客観的な意味の)
　　　緯糸　　11, 13, 14, 16, 36, 88, 92
(関心・存在の、生きられた意味)――
　　　の緯糸　→存在の緯糸
――連関　～志向連関・仮象連関・意義連
　　　関　⇔存在連関　　14, 36, 87, 88
究極の――　～超越的意識　　　　64
超越的(飛躍的)――　～究極の心・意識
　　　　　　　　　　　　　　64, 68
一人称　　　　　　　　　　　　　80
(言表の)一回性(-の制約)　～シンタグ
　　　ム・語彙図式の解体　⇔(認識の)図式
　　　化　→言表の一回性の制約
一点透視(-の遠近法)　→(単眼の)遠近法
一般・固有種Ⅳ(=台・風)　⇔一般・固有種
　　　Ⅱ　→固有種Ⅳ
一般・固有種Ⅱ(=姿)　⇔一般・固有種Ⅳ
　　　→固有種Ⅱ
一般者　―固有種　⇔媒介者　　　14
意図　～意義・語義　　24, 25, 49, 93
乾裕幸　　　　　　　　　　　64, 72
意味　～意味特性・生きられた意味、標準化
　　　された意味・意義(語義・関心焦点・視
　　　点・意義特性)
　　　　　4～10, 13～16, 18～20, 23～26,
　　　29, 31, 32, 34～36, 38, 39, 42, 47～
　　　53, 55～58, 63～66, 68～71, 74,
　　　75, 77, 78, 81, 82, 87, 88, 96, 97, 100
――づけ　　　　　　　　　　　　48

――特性　～存立条件・境界条件
　　　　　　4～10, 13～15, 16, 23～
　　　26, 29, 32, 34, 35, 42, 47, 50, 51,
　　　56, 63, 64, 68, 71, 75, 88, 97, 100
共約的――特性　　　　　　　　　64
調整的な――特性　　　　　　　　64
――(-特性)のウデ(=紐帯)　～意味
　　　連関、両義性・近接項関係
　　　　　　　　　　　　　　29, 69
――(-特性)の紐帯(=ウデ)　～意味
　　　連関、両義性・近接項関係　　69
――内容　　　　　　　　　　　　35
――の織物・織布(=テクスタイル)　～
　　　認識(関心)の織布・意識(関心)の経
　　　糸／意識(意味)の緯糸　26, 36, 49
――の環流　　　　　　　　　　68, 69
――の現勢(実)化　　　　　　　　24
――の(-力の)磁場(場)
　　　　　49, 52, 55, 58, 68, 70, 74
――の相互浸透　　　　　　　　　68
――の対流　　　　　　　　　　　69
――の否定性要素　　　　　　　　42
(存在の)――の緯糸　～認識・意味の織
　　　布　⇔意識(関心)の経糸　36, 88
――付与　　　　　　　　　　　　20
――連関(=意味の織物・認識の織布)
　　　～パラダイム₂
　　　　　5, 18, 25, 34, 36, 39, 66, 100
――論　　　　　　　　　　　　　100
――論研究会第Ⅰ　　　　　　　　100
――論研究会第Ⅱ　　　　　　1, 100
意義化した・意義になった(-特殊な)
　　　――　→意義(関心焦点・視点・着眼
　　　点・意義特性)　　　　　　24, 42
一般化された(的な)――(=意義)　～
　　　意義　　　　8, 19, 20, 24, 31, 42
乾いた――　　　　　　　　　　　50
肯定的で・遂行的な――(=意義)　～意
　　　義　　　　　　　　　　　　20

主観的な── 31
抽象された──(=意義) 31
非現実的な──(=意義・語義) 42
標準的な(標準・平均化された)──(=意義) →意義
用具的な──(=意義・語義) 42
意義化していない(固有の)──(=生きられた意味・意味特性) ⇔意義 42,50
生きられた──(=事実存在の意味特性、場所の境界条件) ⇔意義化した、特殊な意味(=意義) 20,24〜26,50,56,88
確定性に富んだ──(=生きられた意味・意味特性) 42
客観性を帯びた──(=生きられた意味・意味特性) 42
狭義の(に言う)──(=生きられた意味・意味特性) 24
客観性を帯びた──(=生きられた意味・意味特性) 42
社会・文化史的な──(=間存在的意味) 88
抽象されていない── 50
標準化・平均化されていない── 42
現勢(-的な・化した)──(=生きられた意味・意味特性) 24
状況的──(=場の成立条件) 31
本来(固有)の──(=生きられた意味・意味特性) →意義・語義
リアルな──(=生きられた意味・意味特性) 39,42,71,75,88
入れ子型(志向・語彙)図式 〜偏価的・両義性・近接項関係、ミニマムな差異 ⇔エコー型図式 5〜9,12,14,17,27,32,37,38,41,43,44〜46,48〜52,58,60〜62,65〜67,71,73,80,81,83,85,88,90
存在── 81,88

標準── 37,38,41,44〜46,49,60,61,70,71,80,81,83,88
特殊──図式 48,49,67,83
未名(ベータ)── 37,61,88
入れ子・ブリッジ型図式(=複雑性の意識の構え) 37,58,61,62,66,67,70,71,73,83,85,88
隠伏(-的) 22
韻文 ⇔散文 29
隠蔽 17,100
隠喩 39,80

う

ウィトゲンシュタイン,L. 5,18,90
ウォーフ,B. 18
穿ち 34,84
内なる(内面の) 64,66
──作者 64
──視野・識野・場 →(内なる)視野 18,21,39,46,66,71
──生 71
──読者 64
──芭蕉 64
打ち延べ 32,40,41,60,70,83,85,87
──論 40
金(くがね)を──たる 73
内向きの(-言語活動・ランガージュ、言語研究) 64,97,99
(地平・テクストへの)──の意識 64
──の言語活動(ランガージュ) 97
占部路通 72
海野阿育 1,2

え

エコー型(志向・語彙)図式 9,12,14,17,21,27,33〜35,37,49,74,76,84,88,90
──類型 37
エッシャー,M.C. 99

榎下其角　　　　　　　　　　　72
エピステーメー(=学知)　～単眼・単線条
　　の遠近法・存在忘却・目的=手段合理
　　⇔ドクサ(=臆見)・複眼の遠近法
　　　　　　　　　　　24,94,95,99
(事実存在間の)遠隔項関係　～両価的な
　　逆対称性連関、エコー型図式　⇔偏価
　　的な両義性連関、入れ子型図式
　　　　　　　　　　　　　9,12,14,
　　17,24,29,38,39,48,49,54,55,58,
　　68～70,73,76,82～84,88,90,99
(事実存在の)円環(-性)(-の連関)　～逆
　　対称両義性の連関、複眼の遠近法・パ
　　ラダイム$_2$　⇔線条(-性)、シンタグ
　　ム　　　　　　　　　　2,4,8,17,
　　26,29,55,69,71,90,93,97,99,100
　　——状の(-意味の)紐帯　　　　69
　　——図式　～脱自・連関の弧・マンダラ、
　　　　複眼の遠近法　　　　　　　26
　　——性の結晶構造　　　　　　　55
(事実存在間の)遠・近(-項)関係(-の布
　　置)　　　　　14,25,49,69,88,90
遠近法　　　　　　10,11,42,96,98,99
　　一点透視(単眼・単声・独話的・線条性)
　　　　の——　　　　　11,90,96,99
　　単眼の——　～専断・目的=手段合理的、
　　　　存在忘却、エピステーメー・現行科
　　　　学　⇔複眼の遠近法　　99,100
　　単声の——(=単眼の遠近法)　99,100
　　独話的な——(=単眼の遠近法)99,100
　　(単)線条性の——(=単眼の遠近法)
　　　　　　　　　　　　　90,99,100
　　(自問)対話性の(的な)——(=複眼の遠
　　　　近法)　　　　　　90,96,99,100
　　多視点性の——(=複眼の遠近法)　99
　　多声の——(=複眼の遠近法)
　　　　　　　　　　　　　90,99,100
　　多様性の——(=複眼の遠近法)
　　　　　　　　　　　　　　10,90,99

複眼の——　～脱自の弧・円環性・大いな
　　る同意、ドクサ・生活世界の行為者
　　⇔単眼の遠近法　　　　90,99,100
複線条性の——(=複眼の遠近法)
　　　　　　　　　　　　　71,96,100

お

大いなる同意(アーメン)　～複眼の遠近
　　法・志向(語彙)図式・(判断の)猶予・円
　　環性、パラダイム$_2$
　　　　　　　　　　　7,17,55,69,90
大いなる媒介者(=超人・実存)　～複眼の
　　遠近法・志向(語彙)図式・(判断の)猶
　　予・円環性、パラダイム$_2$　　　8
おかしみ　　　　　　　　　　　　34
岡田千川　　　　　　　　　　　　73
臆見(=ドクサ)　～知的直観　⇔エピステー
　　メー(=学知)　→ドクサ
重くれぬ　　　　　　　　　　　　73
重荷(=没落・頽落)　～一般固有種Ⅳ・Ⅱ・場
　　所Ⅳ・Ⅱ、台(風)・姿　⇔安心、回帰・
　　帰郷・根・定着　　　　　　10,15
音韻　　　　　　　　　　　　20,99
　　——形式　　　　　　　　　　20
　　——論　　　　　　　　　　　99
音声　　　　　　　　　　　20,100
　　——化　　　　　　　　　　100
　　——形式　　　　　　　　　　20

か

解意　　　　　　　　　　　　　26
介意　　　　　　　　　　　　100
外延(=クラス)　～不確定的(-な場所・存
　　在)・仮象　⇔確定集合・セット・意境・
　　トポス・事実存在　　　　　　18
絵画　　　　　　　　　　　　　99
(原点・場所Ⅲ・底・故郷・大地への)回帰
　　～初期化・超越的媒介種Ⅲ・実存　⇔姿
　　への頽落・台への没落、存在忘却

286　索引　か

　　　　　　　7, 10, 14, 15, 26, 64, 91, 100
諧謔　　　　　　　　　　　　　　34
(自分に向かって、存在・連関の)開示(開
　　き示し)　　　　　4, 5, 7, 8, 10,
　　12, 14, 15, 17, 22, 24〜26, 28, 32,
　　36, 42, 44, 47, 49, 51, 55, 56, 60, 64,
　　68, 70, 71, 75, 81, 88, 91, 97, 98, 100
(存在者の存在と、その有意連関の)解釈
　　　　〜了解　⇔説明・主張
　　　　　　　　　　　　2, 5, 9, 14〜21,
　　23〜27, 29, 30, 32, 33, 36, 44, 48〜
　　50, 54, 60, 62, 64, 68, 71, 73, 76,
　　79, 82, 83, 85, 88, 94, 95, 97, 98, 100
　──意識　　　　　　　　　　　82
　──学　　　　　　　4, 17, 93, 97, 100
　──学的円環　　　　　　　　　69
　──学的基底　　　　　　25, 93, 100
　──学的超越　　　　　　　　17, 19
　──活動　　　　　　　　　　　25
　──過程　　　　　　　　　　　23
　──可能性　　　　　　　　23, 24, 73
　──言語(=認識言語)　⇔規範言語・通
　　常言語・伝達言語　　　　　　97
　──図式　〜表現図式・観察図式　18, 30
　──(意識)の構え(=解釈図式)　〜志
　　向(語彙)図式・見分け(解釈・観察・表
　　現)の構え　　　　　　　　76, 83
　──パラダイム(=範型)　⇔規範パラダ
　　イム　　　　　　　　　　　　95
　──力　　　　　　　　　　　　25
　　経験的──　　　　　　　　　24
　　現実──　　　　　　　　　　98
(判断交差の)解除　〜志向(語彙)図式連関
　　の解体　　　　　　　　　　　42
(ブリッジ型図式による、入れ子型・エ
　　コー型図式連関の)回収　〜ブリッ
　　ジ型図式・パラダイム$_2$⇔(存在)吸収・
　　仮象(-化)　5, 9, 12, 14, 17, 44, 90
(別の地平への)回心(=重荷下ろし)　〜

場所Ⅲ(=底)・超越的媒介種・実存　⇔
　　(原点)回帰・初期化、重荷(-負い)
　　　　　　　　4, 7, 10, 15, 26, 64, 91
(連関、地平・テクストの)解体　〜交差解
　　除・存在忘却・シンタグム　⇔(連関・地
　　平・テクスト)構成・造形・パラダイム$_2$
　　　　　　　　　　17, 26, 42, 64, 100
　──者　　　　　　　　　　　　26
(連語関係・シンタグムの)解読　　100
(志向・語彙図式の持つ)概念枠　〜フ
　　レーム・準拠枠・語彙(志向)図式
　　　　18, 24, 26, 36, 42, 53, 64, 71, 81, 85
　文法的──　〜言語相対説　　　18
概念枠(=フレーム・準拠枠)　〜志向(語
　　彙)図式・通路　2, 19, 25, 53, 83, 100
(意味支配・拘束からの)解放(開放)　100
乖離関係　〜遠隔項関係　⇔隣接関係・近接
　　項関係　　　　　　　　　　　88
回路　〜言語活動・ランガージュ、通路
　　　　　　　　　　　　　　　100
　──①　　　　　　　　　　　100
　──②　　　　　　　　　　　100
　──③　　　　　　　　　　　100
　固有な──　　　　　　　　　100
　特殊な──　　　　　　　　　100
　補完──　　　　　　　　　　100
　戦略的──　　　　　　　　　100
会話　　　　　　　　　　　　　3, 4
(ラング・規範への)カウンター・カル
　　チャー　　　　　　　　　　　95
(現行)科学　〜単眼の遠近法　⇔芸術・文学、
　　解釈学的語彙学、生活世界固有の(実)
　　学、複眼の遠近法　　　　　　99
　──哲学　　　　　　　　　　　95
各務支考　　　　　　　　　　　40
係助詞　　　　　　　　　　　　78
隠された(ている)(-暗部・場所・底、存
　　在・実存・大地・大地の学)
　　　　　　　　　　　　　88, 94, 98

各自性　　　　　　　　　　26
格助詞　　　　　　　　　78,79
覚醒　〜実存・還帰・回帰　⇔存在忘却　⇔暗
　　　黙　　　　　　5,7,10,11,15〜17
学知(=エピステーメー)　〜(現行)科学・
　　　単眼の遠近法　⇔直観知・暗黙知
　　　　　　　　　　　　24,94,95,99
　　　底の空いた──　　　　　　94
(場・地平・テクスト、志向図式の)拡張
　　　〜融合　⇔初期化　⇔解体・縮減
　　　　　　　　　　　　　　64,67
(事実存在の)確定(-性・的)(-存在指定)
　　　〜定立・実象・事実存在　⇔不確定(-
　　　性・的)・仮象
　　　　　　　　4,5,7,8,13,14,22,24,25,36,
　　　　　　　42,47,71,75,78,87〜92,98,100
　　　(事実存在の)──指定　　13,89
　　　(事実存在の)──集合(=セット・トポ
　　　ス・場所)　〜場所・境界条件、事
　　　実存在定立　⇔クラス・外延・不確定
　　　性　　　　　　　　　　　　　5
(語彙図式による)(場所・セット・意境・ト
　　　ポスの)画定　　7,8,13〜15,
　　　　　　19,22,26,47,50,52,63,91,97,100
(姿の)影(=媒介種)　〜場所Ⅰ(間)
　　　　　　　　　　　　　2〜10,12〜17
　　　小さな(=ただの)──(=小影)　〜特殊
　　　媒介種Ⅰ・表のトリックスター・場所
　　　Ⅰ・間、取り持ち　⇔大いなる(巨)
　　　影　　　　　　　　2〜10,12〜17
　　　大いなる──(=巨影)　〜実存・超越的
　　　媒介種Ⅲ・裏のトリックスター・場所
　　　Ⅲ・底　⇔小さな影
　　　　　　　　　　　　　2〜10,12〜17
　　　超人の──　〜実存・超越的媒介種Ⅲ・裏
　　　のトリックスター・場所Ⅲ・底　⇔小
　　　さな影　　　　　　　4,7,8,10,16
掛け合い(掛け合)・掛け合せ
　　　　　　　　　24,25,34,39,40,74,76

(事実存在の)仮象(-化)　〜単用語・単語、
　　　単眼の遠近法・仮面・シンタグム　⇔実
　　　象・事実存在
　　　　　　　　2〜14,17〜21,23〜26,
　　　　　　28,29,31,34,36,37,39,42,46〜
　　　　　　48,50〜53,55,56,58,62,63,66,
　　　　　　68,71,74,75,89〜91,97,98,100
　　　──劇　　　　　　　　　　97
(姿を包む)風(=台・場所Ⅳ)　〜一般固有
　　　種Ⅳ　⇔姿(=場所Ⅱ)・一般固有種Ⅱ
　　　　　　　　　　2,4,9,14,15,18,
　　　　　　　20〜26,28〜34,38,39,41,42,46〜
　　　　　　　48,56,58,66〜69,71,75〜84,87
(事実存在間の近接項関係における、意
　　　味の)家族的類似性　　　　90
貌(=姿・場所Ⅱ)　→姿　　　　47
語り　　　　　　　　　　4,49,94
価値　　　　　　　36,48,49,90,100
　　　──関心　〜認識関心　　　36
(理念)──合理(-的・性)　〜直観知・生
　　　活世界の行為者・複眼の遠近法　⇔
　　　学知・目的=手段合理性　　90
(存在現実化・場所化・地平化・テクスト化
　　　の)可能(-性)　〜志向(語彙)図式、
　　　予断、大いなるアーメン
　　　　　　　　4,10,24,26,50,54,64,68,69,
　　　　　　　71,81,88〜91,93,94,97,98,100
　　　──性の網羅　　　　　　　91
　　　解釈──　　　　　　　　　24
　　　現実(勢)化──　　　　24,26
　　　現象──　　　　　　　　　26
　　　選択──　　　　　　　　　91
　　　存在──　　　　　　　　　98
(述語判断の)敷衍──　　　　　100
(志向(語彙)図式・解釈学的基底の)分
　　　有──　〜言語共同体・類的人間・
　　　共同実存　　　　　　　　100
変容──　　　　　　　　　　　88
(地平・テクスト拡張の)無限の──

　　　　　　　　　　　　　　89,90
　連関——　　　　　　　　　　97
加藤暁台　　　　　　　　　　　40
(意識、解釈・表現・観察の)構え　→意識
　　の構え
仮面(=名・名称、単用語・単語)　〜仮象、
　　象徴演技の舞台・公開性空間・シンタグ
　　ム　⇔実象、事実存在、図式語彙
　　　　　　　　　　　　　　71,99
　単語(名)(という)の——　　　71
かるみ　　　　　　　70,72,73,88
還帰　→回帰
環境　　　　　　　　　　　　　94
　——(周囲)世界(=環界)　→(環境)世界
(非実体的な差異の)関係体(=ラング)
　　　　　　　　　　　　　　95,96
(シンタグムの仮象の、パラダイム₂の
　　実象への)還元　　　22,25,71,99
観察　　　　3,5〜7,9,15〜17,24,26,28
　　　　〜30,32,34,42,71,79,94,98,100
　——者　　〜読者
　　　　　　　　　3,5〜7,9,15〜17,24,
　　　　26,29,32,34,71,79,94,98,100
　——図式　〜解釈図式・表現図式、志向
　　(語彙)図式　　　　　　　　30
　——態度　　　　　　　　42,100
　単眼(独話遂行)的な——態度　　42
　複眼(独話猶予的・対話)的な——態度
　　　〜複眼・多声の遠近法　　　42
　——態度の変更　　　　　　42,100
間主観(-性・的)　　　24,25,93,100
　——的集合性　　　　　　　　24
鑑賞　　　　　　　　　　　　98,99
　——者　　　　　　　　　　　99
感情　　　　　　　　　　　　　73
関心　　　　　　　　　　　　2,4〜
　　　7,14,16,17〜22,26,31,36,38,
　　　39,42,44,46〜49,51〜53,55,56,
　　　63,66,68,70,71,84,88,89,90,95

——の経糸　→意識の経糸
——分化　〜志向性分化　　　　2
——焦点　〜視点・着眼点・眼差し、意義・
　　語義　　　2,4,13,14〜16,
　　18〜22,31,36,38,39,42,46,47,
　　52,55,56,63,66,68,71,88,89
——の落差　〜(生のレベルの)時間・空間
　　　　　　　　　　　　　　　14
——力　　　　　　　　　　　　90
価値——　　　　　　　36,48,49,90
認識——　　→認識(-関心)
　　　　　　36,38,44,48,49,51,70,84
間存在(-論的)(=社会・文化史的)
　　　　　　13,14,36,61,67,83,88
——(-的)連関　〜存在の緯糸
　　　　　　　　　　13,14,36,88
——論　　　　　　　　　　　　61
間投助詞　　　　　　　　　　　78
感動　　　　　　　　　　　　　81
観念美　　　　　　　　　　　　72
(判断基準の、分類への)関与(-性)　87
　——範囲　　　　　　　　　　87
(テクスト構成の)簡略記述
　　　　　　　　　　　38,46,58,66
(事実存在間の、意味の)環流(-現象)
　　　　　　　　　　　　　68,69
(台・風／姿の取り合せに見る緊張関係
　　の)緩和　→抑制

き

(事実存在、場・地平・テクスト、図式連
　　関の)棄却　〜(存在)忘却・(場・地
　　平・テクストの)解体　　17,42,100
(場所Ⅲ・底・故郷・大地への)帰郷　→回
　　帰
季語　　　　　　　　　　　　　38
記号　　　　　　　　　　　99,100
(弁別・見分けの)基準点　〜述語判断基
　　準・意義特性・関心焦点・着眼点

索引　き　289

	18〜20, 31, 47
気遣い	42, 100
基層　→基盤	
(ラングの) 規則	100
——の体系	100
帰属	83
帰俗 (-性)	73, 98
(とくに、固有種Ⅱ(姿)への意味連関の) 基調 (=台・風)　〜固有種Ⅳによる固有種Ⅱへの文化的支配・拘束面	
	41, 47, 48, 52, 57, 66, 77〜81
文化的——	57
規範 (一性・的)	95, 97
——言語 (=伝達言語・通常言語)　〜(単)線条排列・シンタグム　⇔解釈言語・認識言語	95, 97
——コード　〜ラング・非実体的差異の関係体　⇔パロール　⇔パラダイム₂	95
——パラダイム₁ (=規範重視の考察範型)　⇔解釈パラダイム₁ (=解釈重視の考察範型)	95
(生活世界固有の) 基盤 (=学知の基礎・底板)　〜パラダイム₂空間　⇔公開性空間・シンタグム空間	
	18, 94, 99, 100
気分	98
技法	22, 24, 25, 29
(世界・地平・テクスト構成における、語彙にもとづく認識の) 基本図式 (構造)	93, 98, 99
ギリシャ神話	6
逆 (-義) 性　→逆対称 (-性)・両価 (-的・性)	
	9, 14, 17, 23〜26, 29, 39, 53〜55, 58, 68〜70, 82, 84, 85, 90, 99, 100
(事実存在の意味の、両価的) 逆対称 (-性の連関)　〜遠隔項関係、エコー型 (-語彙) 図式　⇔両義性 (-の連関)	
	9, 16, 17, 23〜26, 29, 39, 53〜

	55, 58, 68〜70, 84, 85, 90, 99, 100
(事実存在の意味の)——両義性 (-の連関・構造、磁場)	55, 85, 99, 100
客体的	
——事実存在　→(客体的)事実存在	
——人格的事実存在　→(客体的な人格的)事実存在	
客観　⇔主観	
	13, 14, 16, 36, 64, 87, 88, 92
——としての (事実) 存在	36
——としての (事実) 存在連関	36
——としての間存在連関	36
(姿の、間への) 吸引　〜継ぎ合せ	
	41, 43, 48
究極	26, 32
——の心	32, 34
——登場人物 (=作者や読者の実存)	26
——場所 (=場所Ⅲ・底・故郷・大地)	26
(仮象による存在) 吸収　〜単用語・名称・仮象、言表・公開性空間・シンタグム　⇔回収・語彙図式・パラダイム₂	
	5, 7, 9, 17
キュビスム　〜複眼・多視点の遠近法　⇔単眼・一点透視の遠近法	99
(緊張関係の) 強化	62
(場所・トポス・セット・意境の) 境界　〜存立条件・境界条件・意味特性	
	4〜6, 8, 13〜15, 24, 42, 50〜52, 54, 56, 62, 63, 69, 77, 91, 92, 97, 100
——子	77〜79
(場所・トポス・セット・意境の)——条件　〜存立条件・意味特性、画定・確定、場所・事実存在	4〜6, 8, 13〜15, 24, 42, 50〜52, 54, 56, 62, 63, 69, 71, 75, 91, 92, 97, 100
——領域	4
行間	19
共起 (-関係)	28
狭義のランガージュ　→(狭義の)ランガー

ジュ
(ラングから、パロール・狭義のランガージュへ、双方向性の)、(部品・選択肢・仮象の)供給　96,97
共属(-関係)　〜入れ子型図式・近接項関係・偏価的両義性　⇔エコー型図式・遠隔項関係・両価的逆対称性　6〜9
共体験　25
共同実存　→(共同)実存
(媒介種による、固有種の)共約　〜取り持ち・取り囃し・コラージュ　⇔取り合わせ・モンタージュ
　　　4,16,23,25,29,32,34,35,38,40,41,44,45,48,49,51,53〜55,57,59,60,62,64,65,67,68,71,74,75,78,81〜84,87,88
　——的(事実)存在　57
　——不可能性　48
　——意識　51,62,71
　——的叙述　55,83
　ネガティヴな——　〜場所Ⅲ・底、超越的媒介種Ⅲ・実存　64
巨影　→(大いなる)影
拒否　〜否認・否定　8
許六　→森川許六
切字　78
(固有種間の取り合せの)際立て・際立ち　⇔抑制(緩和)　76,78,79,84,87
(事実存在間の、意味の)均衡・均整ある連関(構造)
　　　32,48,53〜55,67,70,73
近接　5〜8,12,15,17,25,29,48,49,54,55,69,70,88,90,99
(事実存在間の)——項関係　〜偏価的両義性(-連関)・入れ子型図式　⇔遠隔項関係、エコー型図式
　　　5〜8,12,15,25,29,48,49,54,55,69,70,90,99
(事実存在間の)——度　88

類義的——項関係　5,17
(西欧社会における)近代化図式　90
(固有種の事実存在「台(風)」/「姿(貌)」間の意味の)緊張(-関係・図式・構造)　35,41,48,49,53,55,61,67,68,70,73,82,83,87,88

く

句合　72
句意　72
寓意　31
空間　24,28,46,99
　象徴——　24,28,46,99
空集合　25,38,41,60
楔　〜場所Ⅰ・間、特殊媒介種Ⅰ・トリックスター　25
句神　40
　——論　40
具足　73,83
　——すくなき　73
口　47,73
　——先(-の)ことば　47
　(表現の)——質(くちつき)　98
　——細き・優しき　73
屈折　73
　(表現態度の)——的変更　73
　(表現図式の)組み替え　73
クラス(=不確定集合)　〜単語・単用語・単用の述語の外延、不確定性・仮象　⇔セット・トポス・場所・語彙図式　5,18
廓(=目下のテクスト・地平・現象世界)の内　73
クーン,T.　93

け

形影相随　1
経験　24,37,89,92〜94,96,99
(生活世界の行為者たちの)——知
　　　94,96,99

索引　け　291

｜｜的意味　→生きられた意味
｜｜的解釈　24
｜｜的事実　92
（語彙図式にもとづく）｜｜の想起　93
（語彙図式にもとづく）｜｜の予期　93
（語彙図式にもとづく）｜｜の類型化
　　（類型化された｜｜）　24, 37, 89
持続する(的)｜｜　93
（語彙図式に）類型化された｜｜　～志
　　向(語彙)図式　89
形式　69, 77, 78, 81～83, 87
芸術　～文学　⇔科学　24, 27, 94, 98, 99
｜｜家　24, 98
｜｜作品　27
形象　72
（世代間の、志向(語彙)図式の）継承　93
形態学　95
形容詞述語句　29
（存在・連関認識の）欠如　99
　　認識・考察の｜｜　99
元(＝集合の成員)　18
研究者　～観察者　99
（人間の）原型的・根元的(-な活動)
　　64, 88, 98, 99
言語　18, 20,
　　25, 27, 36, 82, 83, 87, 88, 93～95, 99
｜｜学　18, 95, 99
　　社会｜｜学　95
｜｜活動(＝広義のランガージュ)　→
　　（広義の）ランガージュ
（狭義の）（根元的・原型的な）｜｜活動
　　→（狭義の）ランガージュ
｜｜共同体　93
｜｜作品　36, 94
　　具体的｜｜作品(＝言述)　⇔抽象的言語
　　　　作品　100
　　抽象的｜｜作品(＝文法的文)　⇔具体的
　　　　言語作品　100
｜｜遊戯(-的)　82, 83, 87, 88

規範(通常・伝達)｜｜　95
現行科学　→(現行)科学　99
現実的条件　→存立条件・境界条件・意味特
　　性　4
言述(＝発話・文・談話・文章)　～パロール・
　　ラング・狭義のランガージュ　⇔ラン
　　グ　⇔狭義のランガージュ
　　15, 95～97
現象　2～5, 7, 8, 10, 12～14, 16～18,
　　20～22, 24, 28, 30, 35, 36, 39, 41,
　　44, 47, 48, 52～55, 57, 58, 60, 61,
　　64, 67～70, 74, 77, 80, 88, 92, 94, 98
｜｜学　89, 94
｜｜学　89
｜｜世界　～現象地平・場・野　5, 17, 44
｜｜地平　～現象世界・場・野・テクスト
　　2～4, 7, 8, 10, 12～
　　14, 17, 18, 22, 25, 28～30, 35,
　　36, 41, 47, 48, 52～55, 57, 58, 60,
　　61, 64, 67～70, 74, 77, 80, 92, 98
｜｜野　～現象世界・場・地平・テクスト
　　2, 16, 18, 21, 39, 88
（仮象の事実存在・実象への）現勢（現実）
　　化　～還元・回帰　22,
　　24～26, 39, 42, 47, 53, 58, 71, 74, 88
幻像(＝イリュージョン)　～仮象　⇔実象
　　3, 21, 71
現存在　～実存的現存在・実存・事実存在
　　2, 4～7, 9, 13, 15, 16, 23, 25, 26, 32
　　各自性の｜｜　26
　　実存的｜｜　2, 4, 7
　　本来の｜｜　2, 5, 26
限定手法　23
限定修飾(-的手法・表現)
　　23, 29, 34, 53, 58
原点(-回帰)　～初期化、複眼の遠近法・大
　　いなる同意・円環性・初期化・パラダイ
　　ム$_2$　⇔回心・所与
　　7, 10, 14, 15, 26, 64, 91

言表 〜一回性の制約
　　　　　　　3, 20〜22, 31, 42, 44
　——の一回性の制約　〜語彙図式の解
　　　体・線条化・シンタグム　⇔(認識の)
　　　図式・円環化、パラダイム$_2$
　　　　　　　　3, 44, 95, 96, 100
言明　　　　　　　　　　　　　3, 17

こ

語彙(-化)　〜志向性・志向図式・パラダイ
　　　ム$_2$　1, 2, 4〜9, 11〜13, 17〜
　　　19, 24, 25, 27〜33, 36〜38, 41, 43,
　　　44, 47〜49, 51〜53, 57, 58, 60〜
　　　62, 64, 65, 67, 69〜71, 73〜76, 80,
　　　81, 83〜85, 87〜91, 93, 94, 97〜99
　——論(学)　　　　　　　　　　99
　——学的(現)実学　→事実学
　——構成体　　　　　90, 93, 97, 98
　——図式(シェーマ)(=志向図式)　〜
　　　志向(語彙)図式・図式語彙
　　　　　　　　　　　　　1, 2, 5〜
　　　9, 11, 13, 16, 17, 19, 23〜33, 37,
　　　41, 43, 44, 47〜49, 51〜53, 57,
　　　58, 60〜62, 64, 65, 67, 69〜71,
　　　73〜76, 80, 81, 83, 84, 87〜91, 93
　——図式の基本構造　　　　　　93
　複雑性の——図式　　　　　　　65
　交差——　　　　　　　　　　　37
　図式——　　　　　　　　　　　90
　複用——　　　　　　　　　　　37
　方言——　　　　　　　　　　　90
　類語——　　　　　　　　　　　24
　類・種連関——(用語)　　　　　24
項—叙述連鎖　→(項—叙述)ネクサス
　　　　32, 41, 45, 51, 59, 67, 69, 77〜81
　事実項(=事実存在)——(ネクサス)
　　　→(事実項(=事実存在)—叙述)ネク
　　　サス　　41, 45, 59, 67, 69, 77〜81
行為　　　　　　　24, 91〜93, 96〜99

　——者　　　　　24, 91〜93, 96〜99
　——連関　　　　　　　　　　　24
　生活世界の——者　→生活世界(の行為
　　　者)
公開(-性)　〜場所Ⅱ(=姿)・仮面・仮象
　　　　　　　　　2, 3, 4, 17, 20, 31
　——空間(世界)(=談話・話想宇宙)　〜
　　　シンタグム　　　　　　2, 17, 20
　——言語(=伝達言語・規範言語)　〜シ
　　　ンタグム　→伝達言語
広義のランガージュ　→(広義の)ランガー
　　　ジュ
高悟　　　　　　　　　　　　70, 73
　——帰俗　　　　　　　　　　　70
(関心・述語判断・矛盾概念の)交差　〜述
　　　語判断・類種連関用語、事実存在・実存、
　　　世界構成　　　2, 4, 11, 13,
　　　16, 18, 21, 23, 26, 30, 33, 35〜37,
　　　39, 42, 46, 47, 50, 52, 53, 56, 63,
　　　64, 66, 68, 74, 88, 90〜92, 96〜98
　——語彙　　　　　　　　　　　37
　——語彙図式　　　　　　　　　37
　——の解除　　　　　　　　　　42
考察　　　　　　　　　　　　95, 99
　——範型(=パラダイム$_1$)　　　95
　——流儀　　　　　　　　　　　99
　(事実存在の連関)——の欠如　　99
(場所Ⅲ(底)からする、固有種Ⅳ(台)、
　　　Ⅱ(姿)取り合せの)構図　57, 80, 81
(連関・地平・世界・テクスト、志向(語彙)
　　　図式の)構成　⇔解体・棄却
　　　　　　　　　　　　1, 26〜30, 33,
　　　35〜38, 44, 45, 51, 52, 57, 59, 60,
　　　62, 64〜66, 68, 69, 71, 72, 76, 77,
　　　80〜82, 84, 85, 87, 88, 90, 97, 100
　——意味論　　　　　1, 30, 33, 76, 100
　——者　　　　　　　　　　　　26
　(地平・テクスト・場、志向(語彙)図式
　　　の)——要件　　　　　　　　45,

索引　こ—さ　293

	51, 57, 60, 65, 71, 76, 80, 87, 88
テクスト――	
	26〜30, 33, 35〜38, 42, 44,
	45, 52, 57, 59, 60, 62, 64〜66, 71
構造	93, 95, 97〜99
――主義	95, 97
――機能主義(-社会学)	95
(語彙図式にもとづく、認識の)基本――	
	99
力学的――	98
講壇概念　〜学知・エピステーメー	94
(意味の)肯定(-性・的)	
	2, 22, 68, 88, 90〜92
合理性	90, 97, 99
(理念-)価値――	90
目的-手段――	97
(事実存在・実象と仮象の)互換関係	100
語義　〜意味・関心焦点・視点・着眼点、単眼の遠近法　⇔生きられた意味、(事実存在の)意味特性	
	6, 13, 14, 16, 18〜
	21, 24, 37, 42, 47, 52, 55, 68, 75, 96
故郷(=大地)　〜場所Ⅲ(底)・実存	
	2, 4, 5, 10, 17, 26
――喪失	17
語形	20
心	25, 26, 31, 32, 34, 35, 40, 64, 73
――ある細き	73
――構え	73
――の通ひ	40
――の美的昇華	73
究極の――	32, 34, 64
呼称　〜名称・名・単語・単用語	3, 4, 42
国家	90
個的人間　〜類的人間・社会的人間	100
ことばこはからず	73
ことば共同体	42
コード　〜制度・ラング	17
こどもたち　〜(人間の)根元的原型的(造	

形・言語)活動	24, 93, 99
(現行)個別科学	94
固有(-性)	2〜15, 20, 22,
	24, 25, 29, 31, 33〜35, 38〜48, 51,
	53〜69, 71, 74〜84, 87, 91, 94, 98
――の回路	100
――種　〜一般固有種ⅡⅣ　⇔媒介種	
	2〜10, 12〜15,
	20, 24, 25, 29, 31, 33〜35, 38〜
	48, 51, 53〜69, 71, 74〜84, 87, 91
一般――種Ⅱ	2〜10, 12〜15,
	17, 20, 24, 25, 29, 31, 34, 35, 38〜
	48, 51, 53〜69, 71, 74〜84, 87, 91
一般――種Ⅳ	2〜9, 12〜15, 17,
	20, 24, 25, 29, 31, 33〜35, 38〜
	48, 51, 53〜69, 71, 74〜84, 87, 91
語用論	95
コラージュ	25, 53〜55, 88
(妥当性の)根拠(=存在の意味特性、場面・状況の境界条件)	
	54
根元的・原型的な(-人間(言語)活動)　〜原型的な、パラダイム₂　⇔遂行的、シンタグム	64, 89, 94, 95
混沌	90
――の図式化(=認識)	90

さ

(意味の)差異(-性・化)　⇔同一	5, 6, 8,
	9, 15, 48, 49, 55, 69, 70, 73, 95〜97
――性の際立て(ち)	73
――性の抑制	73
(非実体的な)――の関係体	95〜97
ミニマムな――(-性・化)　〜偏価的近接項関係・入れ子型図式　⇔マキシマムな差異・ミニマムな同一	
	5, 6, 8, 15, 48, 55, 69, 70
マキシマムな――(-性・化)　⇔ミニマムな差異、マキシマムな同一	
	15, 70

――の関係体(=ラング)　～ラング・選択肢の在庫範列、選択肢　95
(-部品・選択肢、工法の)在庫範列　～範列、選択肢・規則、ラング・媒介装置 ⇔解釈学的基底　96,97,100
　仮象の――　100
　規則の――　100
　選択肢の――　100
　単語の――　100
最小の　22,28,35,36,98
　　――志向(語彙)図式　36
　　志向(語彙)図式の――基本構造　98
　　――事実存在　36
　　――集合　22
　　――志向(語彙)図式　36
　　――象徴世界　36
　　――(現象)地平　36
　　――テクスト　35,36
　　――(存在成立の)場(磁場)　36
　　――文化装置　18,25～29,35,36,93,94,98
　　――類語語彙(-図式)　36
酒井恵美子　100
作意　60
作者　18,21～25,28～32,34～37,41,48,49,51,52,55,64,68,70,75,83,84,88,99,100
作風　73,74,83～85,88
　原型的――　88
作家　99
さび　88
サピア　18
作用　36
(仮象の)撒種(=撒布)　19,100
散文　⇔韻文　29,35
散文詩　35
算用　73
　　――を合はせすぎぬ　73

し

詩　100
　――学　～パラグラム空間・パラダイム$_2$　24,100
　戦略的――学　100
詩人　24,98
地　～大地・故郷・場所Ⅲ・底・実存、原点回帰・初期化　⇔図・現象地平・客体の事実存在・分身　14
しをり(しほり)　72,73,88
自我　2,8,9,91
　超越的――　2,5,9,10,16,91
　本来の――　2,8,9
　論理的――　24
仕掛け(=罠・トラップ)　25
時間(-性)　⇔空間(-性)　14,24
　　――軸　96
　生きられた――　14
　空間(-性)　⇔時間(-性)　14
識者　90
識心　～視点・関心焦点・着眼点・意義・語義、外延・クラス　⇔生きられた意味・境界条件、場所・セット・トポス　18,19,39,66
識野　18,22,39,46,66
詩境　82
時系列　14,88
　――的変容　14
自己　2～6,8,9,12,15～17,26,36,64,90,96,100
　――反照・観照(=自己省察・自己分析)　2～6,8,9,12,15～17,87
　――猶予　96,100
　――理解　⇔他者理解　90
　他者的――　26
　本来の――　～実存　36
志向(-性)　1,2,5～9,11,13,17,19,23～33,37,41,43,

　　　　44, 47〜49, 51〜53, 57, 58, 60〜62,
　　　　64, 65, 67, 69〜71, 73〜76, 81,
　　　　83〜85, 87, 88, 90, 91, 93, 97〜100
　──性分化　→関心分化
　──(語彙)図式(=シェーマ)　〜意識・
　　　見分け・解釈・観察・表現・造形の構え
　　　　　　　　1, 2, 5〜9, 11, 13, 17,
　　　　19, 23〜33, 37, 41, 43, 44, 47〜
　　　　49, 51〜53, 57, 58, 60〜62, 64,
　　　　65, 67, 69, 70, 73〜76, 81, 83〜
　　　　85, 87, 88, 90, 91, 93, 97〜100
　──(語彙)図式の3類型　〜(経験的)
　　　類型化図式　　　　　　27, 28, 37
　──(語彙)図式の基本構造　　　93
　複雑性の──(語彙)図式　　　65
　──要素　　　　　　　　　　18
思考　　　　　　　　　　　　90, 100
　──力　　　　　　　　　　　90
　ベルトコンベア的──　　　　90
　マンダラ的──　　　　　　　90
視座　〜場所Ⅲ(底)、大地・故郷・実存
　　　　　　　　　　　　　　5, 64
　奥底の──　　　　　　　　　64
事実(-性)　〜事実存在・実象、人格(-性)・
　　　実存(-性)　⇔仮象・公開性
　　　　　　　　　　2〜17, 19〜
　　　　21, 23, 25〜36, 38, 42〜71, 73〜
　　　　76, 78, 80〜85, 87〜94, 97〜100
　──学(=事実存在の科学)　〜(事)実学
　　　　　　　　　　　　　　17, 94
　──項　→事実存在　　　　　44
　──項──叙述連鎖　→(事実)項─叙述
　　　連鎖
　──存在　〜実象・事実行為・パラダイ
　　　ム₂・生活世界　⇔仮象・本質存在
　　　　　　　　　　2〜17, 19, 23, 25〜
　　　　32, 34〜36, 38, 42〜71, 73〜76,
　　　　78〜85, 87〜89, 91〜94, 97〜100
　──存在化　　　　　　　　　22

　──存在まがい(=仮象)　〜仮面・単用
　　　語・単語・名称　⇔実象・事実存在
　　　　　　　　　　　　　　36, 71
　共約性の──存在　　　　　　53, 57
　準──存在　　　　　　　　　53
　叙述(述語)性の(的な)──存在
　　　　　　　　21, 32, 43, 44, 48, 53, 54, 57,
　　　　59, 60, 64〜69, 74, 76, 78〜84, 87
　客体的──存在
　　　　　　　　2, 11, 15, 16, 26, 27, 64, 91
　人格的──存在　〜現存在・実存　⇔客
　　　体的事実存在
　　　　　　　　　　2〜4, 6, 7, 12〜17,
　　　　19, 20, 23, 25, 26, 30, 32, 64, 68
　実存的──存在　〜場所Ⅲ(底)
　　　　　　　　　　　　　　26, 30, 91
　実存的な人格的──存在　〜場所Ⅲ
　　　(底)　　　　　　　　　　30
　客体的人格的──存在　〜場所Ⅲ(底)
　　　　　　　　　　　　　　23, 26
　様態的な──存在　　　　　　83
辞書　〜選択肢の在庫範列・ラング　19, 20
システム　　　　　　　　　　95, 97, 100
　威嚇的な──(=ラング)　　　97
　基底的な──(=解釈学的基底)　100
　本質的な──　　　　　　　　95
　本来の──(=解釈学的基底)　97, 100
　連関──(=語彙連関の図式)　100
自省の旅　　　　　　　　　　4
自然的態度　　　　　　　　　3, 5, 6, 9, 17
シソーラス　　　　　　　　　25
志田野坡　　　　　　　　　　40, 72
失意の放浪者　〜場所Ⅳ(台・風)⇔読書人
　　　　　　　　　　　　　　2〜9, 13〜17
実象(=事実存在の表象)　〜事実存在・
　　　実行為・生活世界　⇔仮象・本質存在
　　　　　　　　　　　　　　4, 21, 24, 25,
　　　　32, 42, 47, 50, 56, 63, 71, 80, 84, 100
実存　〜事実(-性)・人格(-性)・事実存在・超

296　索引　し

　　越的自我・超人・超越的媒介種Ⅲ・底、
　　造形(-者)　　　　　　　2〜10,
　　13〜17,20,23,26,55,64,68,91,100
——的現存在　〜実存的事実存在
　　　　　　　　　　　　　　2,4,7,20
——的事実存在　〜実存的現存在
　　　　　　　　　　　　5,8,10,15,17,42
　　個的——　　　　　　　　　　100
　　共同——　　　　　　　　　　100
実体(-性・的)　〜事実存在・実象　⇔非実体
　　(-性・的)　　　　　　　　15,25,96
実容(-性・的)　　　　　　　　　　42
質料的世界　〜主観的世界・社会的世界
　　　　　　　　　　　　　　　　100
(存在への)視点(＝関心焦点・着眼点)
　　　　　〜眼差し・意義・語義、判断基準・分類
　　　基準　　　　　　　　　5,13,
　　14,16,18,20〜22,24,31,36,38,
　　39,42,46〜48,52,53,55,56,58,
　　62,63,68,71,74,75,88,89,96,98
磁場　〜場・地平・現象野・テクスト・現象世界、
　　場所・事実存在
　　　　　　　　　　4,5,7,8,10,12,13,16〜21,
　　24,25,27,29,30,34〜36,39,41,
　　44,48,49,51,52,54,55,57,60,
　　64,66,68〜70,74,75,77,80,88,92
　　意味の(力の)——
　　　　　　　　　　　20,48,49,52,55,58,68
　　最小の——　　　　　　　　　　36
支配　　　　　　　　　　　　　　　90
　　——欲　　　　　　　　　　　　90
(「生活世界」という、人間活動の固有の)
　　　　地盤　　　　　　　　　　　94
指標　　　　　　　　　　　　　　　78
視野(＝識域・視野)
　　　　　　　17,18,21,22,24,47,52,100
　　内なる(内面の)——　18,22,24,47,52
社会　　　　　　14,20,36,88,95,100
　　——言語学　　　　　　　　　　95

——的世界　〜主観的世界・質料的世界
　　　　　　　　　　　　　　　　100
——的人間　〜類的人間・個的人間　100
——・文化史　　　　　　　14,36,88
——・文化史的(意味・価値)連関　〜間
　　存在連関・パラダイム$_2$　　　14
——・文化的状況　　　　　　　　20
ジャンクション(＝装定連鎖・連結)
　　　　　　　　　22,23,29,53,57,79
種　〜事実存在　⇔類$_1$(＝仮象)、類$_2$(＝事実
　　存在としての)
　　　　5,21,22,38,39,41〜45,48,70,100
——概念　　　　　　　　　　　　21
——の事実存在　　　　　　　　　100
——(＝事実存在)のレベル　〜パラダイ
　　ム$_2$　⇔類$_1$(＝言表・仮象)のレベル
　　　　　　⇔類$_2$(事実存在の類)のレベル
　　　　　　　　　　　　　　　22,39
自由意志　〜実存、場所Ⅲ・底、原点性・回
　　心性、構成・造形　　　　　　26
周囲世界　〜環境世界　24,25,27,90,94
集合　　　　　　　　　22,24,27,64,90,92
　　——論　　　　　　　　18,27,90,92
　　——の3類型　　　　　　　　　90
　　——性　　　　　　　　　　　　24
　　空——　　　　　　　　　　25,38
　　最小の(確定的な)——　〜意境・セット、
　　　　場所　⇔クラス、(述語の)外延
　　　　　　　　　　　　　　　22,28
修辞(-技法)　　　　　　　　　　　53
終助詞　　　　　　　　　　　　　　78
重層(-性・的)　　　　　　　　　　87
主観(性・的)　〜主客一致・主客転換　⇔客
　　観(性・的)
　　　　　　　　13,14,36,42,64,87,88,92
　　——客(観の)一致(合一)
　　　　　　　　　　　　13,64,92,100
　　——としての(-意識の)経糸　⇔客観と
　　　しての存在の緯糸　→意識の経糸

索引　し　297

——としての意識・意識連関　36
(地平・テクスト・場・場所、連関、磁場の斥力の)縮減　～目的＝手段・合理性・シンタグム・公開性空間
　　　　　　70,73,83,85,97,100
(連関の、差異の)——体(＝ラング)
　　　　　　　　　　　　　　97
——的合理化　～目的＝手段的合理化・シンタグム・公開性空間　100
——的変形　～目的＝手段的合理化・シンタグム・公開性空間　70
主語　　　　　　　　　　　80
趣向　　　　　　　　　　　82
主体　　　　　　　　　　　26
主題　　　　　　　　44,57,77
述語　　　　　　　　　　2,
　　4～8,9,12～22,24,26,28～31,
　　34～38,41,42,46,47,52,54,58,
　　63～66,71,74,79～81,90～92,100
——論理　　　　　　　　24
——句　　　　　　　　22,79
単用の——　～単用語・単語　～仮象・単眼の遠近法　⇔複用語彙
　　　　　5,6,9,13,21,24～36,42
否認(否定)性の——(＝否認性の名(種)称)　7
——判断　2,4,5,7～9,12,14～
　　19,22,24～30,35～37,41,42,
　　47,54,63～66,71,80,81,90～92
複合性の——判断　　　71,76,79
主部／述部複合性の——判断
　　　　　　　　　　76,79,80
——判断基準　～分類基準・弁別基準・述語判断基準　2,7,8,12,14,19,47
——判断内容　～志向図式・語彙図式・意味特性　8,15
——判断図式(-の構え)　～志向図式・語彙図式
　　　　　5,13,18,24,25,29,30,37

——判断連鎖　　　　　　　35
共約的——判断　　　　　　65
肯定(容認)性の——判断　　14
叙述性の——判断　　　　　65
否定(否認)性の——判断　　14
図式化された——判断　　　18
矛盾複合的な——判断　　　42
シュッツ,A.　　　　　　18,89
述定　　　　　　　　22,38,81
——(-的)連鎖(＝ネクサス)　22,38
主部—述部複合(-性の述語判断命題)
　　　　　　41,67,69,77,81,87
受容　～解釈　⇔制作・造形　26
(語彙図式が持つ思考・行動の)準拠枠
　　～フレーム・概念枠　　23
　　～26,34,53,56,64,81,93,97,100
上位概念語　　　　　　　　91
状況・場面　～場面・状況、文脈情報
　　　　　　　　　13,24,31,99
情緒(-化)　　　　　　　93,100
象徴　　　　　　　2,4,5,7,8,10,
　　12～14,16～18,20,21,24,28,29,
　　31,34,36,38,39,46,47,49,52,55,
　　57,58,61,64,66～69,71,74,75,
　　77,82,83,87,88,90,93,94,98,99
——空間　　24,28,46,61,68,75,99
——世界　　　　　　　　27～
　　30,34,36,39,47～49,52,55,57,
　　58,64,66,69,74,77,88,94,98
——度　　　　　　　　　　88
最小の——世界(空間)　　　36
蕉風　　　　　　54,62,83,85,88
後期——　　　　　　　85,88
上品　　　　　　　　　　　73
蕉門　　　　　　　　　38,72
(場・地平、選択の)初期化　～リセット・
　　場所Ⅲ(＝底)・実存　⇔拡張
　　　　　　　　4,7,10,26,64,91
(述語の)使用者　　　　　　20

触媒　　　　　　　　　　　　　　81
職人たち　〜経験知　　　　　　99
助詞　　　　　　　　　　　　　31
助辞　　　　　　　　　　　　　77
叙述(-性)
　　　　19, 29, 32, 34, 37, 38, 44, 45, 48〜
　　　　50, 55, 58〜60, 64, 70, 79〜81, 100
　　――性の(的な)事実存在　→(叙述性
　　　　の)事実存在
　　共約的――　　　　　　　　　55
庶民　〜生活世界　⇔エリート　68〜72, 98
　　――生活　　　　　　　　68, 70〜72
所与性　〜場所Ⅱ・姿・一般固有種Ⅱ、制度・
　　　　ラング　⇔(存在連関)構成・造形　14
自律性　　　　　　　　　　　　64
人格(-性)　　　　　　　　15, 17, 23
　　――的事実存在　〜現存在　⇔客体的事
　　　　実存在　→(人格的)事実存在
心境　　　　　　　　　　34, 41, 55, 80
真と(／)偽　〜分析理性・本質存在・仮象
　　　　⇔存在／無、知的直観　　　92
心情　　　　　　　　　　　　　55
人神(=超越的自我)　〜実存・現存在・超越
　　　的媒介種Ⅲ・底・巨影・超人の影　10, 64
新生　　　　　　　　　　　　　14
シンタグム(=連語関係・構文関係)　〜単
　　　線条性・単眼遠近法・公開性空間
　　　　　　　　　17, 25, 96, 97, 99, 100
(意義への)信念　　　　　　　　42
真理　　　　　　　　　　　　6〜8, 92
人類言語学　　　　　　　　　　93

す

図(=図像・フィギュア)　〜場所Ⅱ(台)・Ⅳ
　　　(姿)・Ⅰ(間)、固有種Ⅱ・Ⅳ、特殊媒介
　　　種Ⅰ　⇔地・大地・場所Ⅲ(底)
　　　　　　　　　　　4, 14, 18, 26, 64, 77
(述語判断の)図式(-化)
　　　　　　　　　　1〜9, 11〜14, 17〜19,
　　　　23, 25〜32, 34〜38, 42, 47〜49, 51,
　　　　52, 54, 57, 60〜67, 70, 71, 73, 75,
　　　　76, 78〜85, 87〜91, 93, 94, 96〜100
　　――化された(述語)判断　　42, 63
　　――化された類語(類種連関用語)　90
　　――語彙(言語・記号)　〜志向(語彙)図
　　　　式　⇔線条語彙(言語)　　2, 17,
　　　　25, 28, 33, 90, 91, 93, 94, 97〜100
　　――地平　　　　　　　　　2, 13
　　――解体　　　　　　　　　42
　　――再編　　　　　　　　　73
　　――類型　〜志向(語彙)図式の3類型・ブ
　　　　リッジ型図式・入れ子型図式・エコー
　　　　型図式
　　　　　　　　　17, 29, 30, 32〜35, 37, 38,
　　　　48, 49, 51, 52, 54, 57, 60, 61, 65〜
　　　　67, 70, 71, 73, 76, 78〜85, 87, 88
　　――連関　〜志向(語彙)図式・図式地平
　　　　　　　　　　　　　　　14
近代化――　　　　　　　　　　90
混沌の――化　　　　　　　　　90
判断――　　　　　　　　　　　90
遂行(-性・的)　　　　　　　17, 42, 100
　　――局面・場面　　　　　　24
　　――的用具　〜通常言語・伝達言語・規範
　　　言語・説明言語　　　　　100
数学　　　　　　　　　　　18, 90, 92
姿(=貌)　〜場所Ⅱ・一般固有種Ⅱ、公開性
　　　空間・頽落　⇔風・台・場所Ⅳ・一般固有
　　　種Ⅳ、没落　　　2, 4〜6, 8〜10,
　　　　13〜17, 20, 22, 23, 26, 28〜35, 38,
　　　　48, 51〜62, 64〜71, 74〜84, 87, 91
スキーマ　→図式
すらすらといひ下す　　　　　　73
するするとしたる　　　　　　　73

せ

生　　　　　　　　　　　14, 24, 27,
　　　　36, 39, 68, 69, 71, 90, 91, 93〜100

——業　　　　　　　　　　　　90
　　——の基盤（岩盤）　　　　　　71
　　——の現実　〜生活世界・パラダイム₂
　　　　⇔社会的世界・シンタグム　95,100
　　——の世界　→（生の）世界
　　——（-へ）の力　　　　　　　69,71
　　——への意志（意欲）　　　　　68,71
　　内なる——　　　　　　　　　　71
（共同体内の）成員　　　　　24,93,100
西欧社会　　　　　　　　　　　　　90
生活世界　→（生活）世界
制御　　　　　　　　　　　　　　　73
制作（-物）　〜構成・造形　⇔受容
　　　　　　　　　　　　26,80,82,84,87
制度（-化・的）　　　　　　　　　　6
世界　〜地平・テクスト・場・野
　　　　　　　　　　　2,4,5,7,8,18,19,
　　21,23〜25,27〜30,34〜36,38,39,
　　41,44,46,47,49,51〜55,60,64,
　　67,74,77,88,90,92,96〜98,100
　　内なる——　　　　　　　　　　19
　　環境（周囲）——　　　　　　24,27
　　現象——　　　　　　　5,17,44,100
　　質料的——　　　　　　　　　　100
　　周囲——　　　　　24,25,27,90,94
　　社会的——　　　　　　　　　　100
　　主観的——　　　　　　　　　　100
　　象徴——　　　　　　　　2,4,5,7,
　　8,10,12〜14,16〜18,20,21,24,
　　27〜30,34〜36,38,39,47,49,
　　54,55,60,64,67,74,77,88,98
　　生の——　　　　　　　　　　　39
　　生活——（-の行為者・人々）　〜複眼の
　　　遠近法・円環性・パラダイム₂
　　　　　　24,27,36,90,91,93,94,96〜100
　　生活——固有の（-基盤・基底）学　94
　　環境——　　　　　　　　　　　24
　　周囲——　→環境（周囲）世界
　　——解釈　　　　　　　　　　　23
　　——構成　　　　　　　　　　4,28
　　——地平　→（世界）地平
　　　　　　　10,17,19,21,28,41,46,52
　　——認識　　　　　　　　　　　　9
　　——認識　　　　　　　　　　　28
世間（俗）（-性・化）　〜頽落・公開性空間・仮
　　象　⇔超越（-的）・場所Ⅲ・大地・故郷
　　　　　　　　　　　　5,8,9,17,25,73
世代　　　　　　　　　　　　　　　93
接辞形態素　　　　　　　　　　　　53
（語彙・志向図式の）接続　〜（地平の）融合
　　　　　　　　　　　　　　　　　29
セット（=確定集合）　〜集合論，場所・トポ
　　ス・意境　⇔クラス（単用語の外延・不
　　確定集合）　　　　　　　　　　5,
　　14,18,19,22,29,39,40,64,66,74
説明　　　　　　　　　　3,12,17,97,100
　　——言語（=規範言語・伝達言語・通常言
　　　語）　　　　　　　　　　　　97
ゼロの語彙（ゼロ助詞）　　　　　77,78
先行了解（-性・的）　〜志向（語彙）図式・フ
　　レーム・概念枠　　17,19,23,25,93
（単）線条（-性・的）　〜単眼の遠近法・エピ
　　ステーメー・シンタグム・現行科学　⇔
　　円環性・複眼の遠近法
　　　　　　　　　　　　　　90,95〜97,100
　　——排列　　　　　　　　　　96,97
選択　〜在庫範列・ラング　⇔リセット
　　　　　　4〜8,10,14,20,44,91,96,97,100
　　——以前　　　　　　　　　　　　4
　　——可能性（-の網羅・確保）　7,10,91
　　——基準　　　　　　　　　4〜8,10,14
　　——肢（-化）　〜在庫範列・ラング　⇔言
　　　語作品化⇔語彙（志向）図式化
　　　　　　　　　　　　　20,96,97,100
　　——肢の（在庫）範列　〜ラング、仮象・
　　　規則・単用語　　　　　　　　100
　　可能な——　　　　　　　　　　　4
専断　〜単眼・単声の遠近法・単線条性・シン

タグム ⇔自己猶予・複眼の遠近法、大いなる同意・円環性 3,90,97,100
潜入 〜場・地平・テクスト 25,64
戦略(-的) 22,49,100
——回路 100
——手法(手段) 22
——配意 49
——要素 100

そ

造化 〜造形、地平・世界構成 51
(過去の経験の)想起 〜経験の類型化・志向(語彙)図式化 ⇔予期 37,93
造形(=場・地平・世界・テクストの構成) 〜構成・制作、芸術・文学、実存 14,16,26,27,36,41,53〜55,60,68,81,90,94,99
——活動 26,27,55,99
——者 14
——様式 99
——力 90,94
(選択肢・仮象排列の)倉庫 〜ラング 20
(固有種の事実存在間の、意味の)相互浸透 68
創造(-性・的) 94
想像力(=場・地平・象徴世界の構成力) 53
装定(=ジャンクション) 〜限定修飾、事実存在化・パラダイム$_2$化 ⇔述定連鎖(=ネクサス)・シンタグム化 22,23,29,53,57,58,79,100
主部／述部——性の連鎖 79
双(2・両)方向(面)(-性・的) 〜媒介性・円環性・遂行性・(単)線条性 25,26,29,48,54,55,59,61,62,97,100
疎外空間 〜場所Ⅱ・固有種Ⅱ(姿)・物象化空間・公開性空間・シンタグム ⇔地平・テクスト・生活世界 17
疎隔(-関係) →遠隔項関係 29,48,53,54,68

(事実存在間の連関の)阻却 48
(仮象の)属性(=標準化され、一般化された意味) 〜本質存在・仮象 ⇔存在 29,32,37,38,41,48,58,60,80,81
束縛 90
名・単語の—— 90
(現行科学・学知の)底板(=生活世界固有の学、大地の学、(事)実学) 99
ソシュール,F. de 95,96
(仮象・存在者の)措定 〜仮象 ⇔確定指定 4,5,18,21,91
(当該地平から見て)、外向きの(-言語活動・ランガージュ、人間・言語活動の)研究 64,97,99
存在 〜存在者、事実存在 ⇔無・非在、属性 1〜32,34〜38,41〜71,73〜76,78〜81,85,87〜90,92,94,96,97,100
——可能性(-の網羅・確保) 10
——構成 23
——者 2〜8,13,18,20,23〜26,36,42,47,48,71,92,100
——の根・根拠(=境界条件・存立条件・意味特性) 3
——忘却(棄却) 〜連関喪失・地平解体・認識の欠如、単眼の遠近法・無名種 ⇔存在了解 9,17,100
——の緯糸 〜間存在連関 ⇔意識の経糸・意識連関 13,14,16,36,88,92
——と非在 92
——まがい(=仮象) 〜仮面・単用語、単眼の遠近法 ⇔実象・事実存在 18
——了解 ⇔存在忘却 2,5,9,14
——連関 13,52,87,97
——論 4
虚構の—— 〜仮象・存在者・幻像 ⇔事実存在・実象 3
道具的—— →用具的存在
存在・入れ子型図式類型 37,49

索引　そ―た　301

(場所・事実存在の)存立　　　59, 68

た

台(=風・場所Ⅳ)　～一般固有種Ⅳ・失意の放浪者　⇔姿(場所Ⅱ)・一般固有種Ⅱ・読書人
　　　　4, 6～9, 13～18, 20, 22～26,
　　　　28～35, 38～42, 44～48, 51～62,
　　　　64～68, 71, 74, 75, 77～84, 87, 91
体験　　　　　　　　　　　　100
(発句の)大事　　　　　　　　40
(固有種Ⅱ／Ⅳ間の)対照(-性・的)(=逆対称的)　　　　　　　　　　76
――語　　　　　　　　　　　90
(固有種Ⅱ／Ⅳ間の)対蹠的(=逆対称的)
　→逆対称的
大地(=故郷)　～場所Ⅲ(=底)・超越的自我・実存的事実存在、超越的媒介種Ⅲ
　　　　2, 4, 8, 10, 12, 15, 17, 26, 46, 47, 94
――の学　～(現)実学・生活世界固有の学
　　　　　　　　　　　　　　94
態度　　　　　　　　　　73, 100
　(単眼から複眼への、観察)――の変更
　　　　　　　　　　　　73, 100
対等関係(=等位関係)　→等位関係
(パラダイム₂⇔シンタグムの互換関係の)ダイナミクス　～ラング・双方向性　　　　　　　　　　　100
対比語　　　　　　　　　　　90
ダイアローグ(=対話)　→(複眼・多様性の)遠近法
(世間・世俗への)頽落　～公開性空間・場所Ⅱ(姿)　⇔没落・場所Ⅳ・台・風　⇔超越・場所Ⅲ(底)・大地　8, 9, 17, 26
(事実存在間の意味の)対流　～(意味の)環流　　　　　　　　　　　69
大連鎖　→(大事実項一叙述)ネクサス
(自問)対話的　～ダイヤローグ、複眼・多声・円環性の遠近法　⇔(専断)独話的

　　　　　　　　　　90, 96, 97
高嶺(=大地・故郷)　～場所Ⅲ・底・実存・パラダイム2　⇔世間・公開性空間
　　　　　　　　　　　　7, 8, 26
抱き合わせ　　　　　　　　100
――回路(→モデル図の回路③ a と回路2 a、回路3 b と回路2 b)
　　　　　　　　　　　　　100
多視点　～(多視点・複眼・多様性・対話的)遠近法　⇔(単視点・単眼・単声・一点透視・独話的)遠近法　　　　　　99
他者　　　　　　　　　26, 90, 100
――的自己　　　　　　　　　26
――理解　⇔自己理解　　　　90
多声(-性・的)　～(複眼・多声・対話的)遠近法　⇔(単眼・単声・一点透視・独話的な)遠近法
　　　　24, 69, 90, 94, 96, 97, 100
脱自(-的)　　　　　2, 4, 8, 9, 10, 64
脱地平　～初期化・リセット　4, 8, 10, 64
多様性　～(複眼・多視点・多声・対話的な)遠近法　⇔(一点透視・単眼・単声・単視点・独話的な)遠近法　10, 90, 99
(ラング・システムへの)戯れ　　95
単眼　～(単声・単線条・一点透視・独話的な)遠近法　⇔(複眼・多声・多視点・対話的な)遠近法
　　　　24, 42, 62, 96, 97, 99, 100
単語　～単用語・単用の述語、仮象、単眼の遠近法　3, 5, 6, 17～21, 24, 25, 29,
　　　　36, 37, 42, 44, 48, 71, 89, 90, 99, 100
単声　～(一点透視・単視点・単眼・線条・独話的な)遠近法　⇔(多声・複眼・多視点・対話的な)遠近法　97, 99, 100
単線(-条)(=性・的・化)　～(一点透視・単眼・単声・独話的)遠近法　⇔(多様性・複眼・多声・対話的)遠近法
　　　　　　　　　　3, 71, 85, 90, 99
単用(単一)(-の)　⇔交差・複用

──語(-句)　→単語
　　──(-の)述語　～単用語・単語、仮象語彙⇔複用語彙・志向(語彙)図式　→(単用の)述語
談林調　　　　　　　　　　　　　73
談話　　　　　　　　　3,4,25,94,100
　　──(話想)宇宙(=公開制空間)　～一回性の制約、シンタグム、社会的世界　→公開性空間

ち

知　　　　　　　　24,37,89,92～96,99
知の統一的手段(=語彙図式・図式語彙)　～分野横断、生活世界固有の学・(現)実学　　　　　　　　　　　　　94
地域　　　　　　　　　　　　　90
(関心・見わけや見做しの)力(-関係)
　　　　　　　　　　　　　5,8～10,
　　15,26,29,38,48,49,55,68～71,90
　　強い(鋭い)──
　　　　　　5,8～10,15,29,48,49,55,70
　　弱い(鈍い)──　　5,15,49,55,70
　　否定の──　　　　　　　　26
　　偏価的な見分けの──(斥力)　29
　　両価的な(-性の)見分けの──(斥力)
　　　　　　　　　　　　　　29,68,70
　　(関心・見做しの)引力　　　55,69
　　(強い・鋭い)引力　→(弱い・鈍い)斥力・ミニマムな斥力
　　(弱い・鈍い)引力　　　　38,55,69
　　(関心・見わけの)斥力
　　　　　　　　　　29,38,55,68～70
　　(強い・鋭い)斥力　　29,38,55,68,70
　　(弱い・鈍い)斥力　　29,38,55,69,70
　　ミニマムな斥力　～弱い(鈍い)力、弱い(鈍い)斥力　　　　　　　29
　　(関心にもとづく、存在の意味)──の磁場　　　　　　　20,48,49,68,70
　　──の(=力学的)配分　　　5,12

　　──への意志　　　　　68,69,71
知識　　　　　　　　24,93,94,100
　　──形成　　　　　　　　24,94
秩序　　　　　6～8,15,25,36,90,92,100
地平　～場・磁場・テクスト・現象世界・現象野
　　　　　　　　2～5,7～10,14,16～24,
　　26～30,34～36,38,39,41,44,46～49,51～55,60,64,66,67～70,74,75,77,80,88,91,92,94,98～100
　　可能──　　　　　　　　　　64
　　現象──　　　　　　　　2～4,
　　7,8,10,12～14,17,18,22,25,26,28～30,35,41,47,52～55,60,67～70,74,77,80,92,98,100
　　図式(化された)──　　　2,25,29
　　世界──
　　　　　　4,10,21,24,26,28,29,41,46,52
　　脱──　　　　　　　　4,8,10,64
　　連関(関連)──　　　　　　　8
　　──の解体　～存在忘却・故郷喪失　　　　　　　　　　　　　　17
　　──の拡張　～地平融合、地平の超越　　　　　　　　　　　　　100
　　──の構成　～両価的逆対称+偏価的両義性の構造　　　　　　　7～9
　　──の初期化　　　　　　　100
　　──秩序　　　　　　　　　　8
　　──の超越　　　　　　　　64
　　──(の)融合　～地平の拡張
　　　　　　　　　　　　　4,5,10,35
(事実存在への)着眼点(=関心焦点・視点)　～眼差し、意義・語義　13,14,
　　18,20～22,31,36,39,42,46,47,55,56,63,66,68,71,75,88,89,98
中間的な志向(語彙)図式　→入れ子・ブリッジ型図式
(近接項関係に見る、両義性(-連関)の)紐帯(=ウデ)　　　　　54,55,69
超越(-的・性)　～超越的媒介種Ⅲ、実存・超人・造形　⇔場所Ⅱ(姿)への頽落、場

所Ⅳ(台)への没落　　2,4〜10,
　　12,14,16,17,26,55,64,91,99,100
　　——者　　64
　　——的意識　　64
　　——的視座(=場所Ⅲ・底)　〜実存　64
　　——的自我　〜実存,実存的事実存在
　　　　　　　　　　2,5,9,10,16,91
　　——的主観　〜実存　　2
　　——的な人格的事実存在　〜実存　26
　　——的(-認識)主体　〜実存　17,26
　　——的媒介種Ⅲ　〜超越的自我・超人・実
　　　存・実存的事実存在　→(超越的)媒
　　　介種Ⅲ
聴者　　100
超人　〜実存・超越的自我・人神
　　　　　　　　　　2,4,10,16,64
　　——の影　→(超人の)影
直示語　　100
(言語と事実存在の)直対応(=的中)(-関
　　係)　　42,96
直観(-知)　〜ドクサ・生活世界の行為者・パ
　　ラダイム₂・エピステーメー・学知
　　　　　　　　　　18,24,
　　25,31,36,41,73,83,94,96,98,99
(シンタグマティックな)直結性(-の連
　　結)　　79
陳述　〜言表・主張　　44

つ

対概念　　21
通時性　　96
通常言語　→伝達言語
通俗(-性・的)　　98
(場所Ⅲ・底・故郷・大地・パラダイム₂.解
　釈への)通路　〜志向(語彙)図式・概
　念枠・フレーム　　2,4,5,
　　8,16,17,24〜26,36,64,94,97,98
衝き合わせ(=取り合わせ・モンタージュ)
　　　　(⇔)継ぎ合わせ　⇔取り持ち・共約
　　　　　　　　　　24
(台と姿、固有種ⅣとⅡの)継ぎ合せ　〜
　　吸引、場所Ⅰ(間)・特殊媒介種Ⅰ　⇔
　　取り合わせ・モンタージュ
　　　　　　　　　　32,40,48,
　　49,53,71,74,82,83,85,87,88,100
　　——論　　85
継ぎ目　〜媒介、場所Ⅰ・間・特殊媒介種Ⅰ
　　　　　　　　　　40
付句　　35

て

底(=場所Ⅲ)　〜超越的媒介種Ⅲ・巨影・実存
　　⇔間(=場所Ⅰ)・特殊媒介種Ⅰ
　　2,4〜10,12〜17,20,23,26,28,30,
　　32,34〜36,42,44,46,47,50〜52,
　　55,56,58,62,66,68〜71,74,75,91
ディオニュソス的なもの　〜場所Ⅳ(台・
　　風)・一般固有種Ⅳ・失意の放浪者　⇔
　　アポロン的なもの　　4
提題　　78
　　——性補文　　78
定着　〜場所Ⅲ・底・大地・故郷・回帰・根・安心
　　⇔頽落・没落・重荷、場所Ⅱ・Ⅳ・姿・台、
　　浮遊　　15,25
貞門(-風)　　82,88
(事実存在の)定立
　　　　4,13,23,25,26,28,29,35,36,39,
　　41,48,52〜54,58,60,66,68,71,
　　76,80,84,87,91,92,94,97,98,100
(言語にもとづく、存在への指定の)的中
　　(=直対応関係)　　47
テクスタイル(=意味の織物)　〜テクス
　　ト・認識の織布・意識(関心)の経糸／緯
　　糸　　11,16,18,36,49,88,92
テクスト(-化)　〜テクスタイル・場・磁場・
　　地平・現象野・象徴世界
　　　　　　　　　2,4,5,7,10,12〜14,16〜
　　23,25〜30,32〜39,41,42,44,45,

　　　　　47〜55, 57〜62, 64〜71, 73〜78,
　　　　　80〜85, 87, 88, 92, 94, 95, 98, 100
　　——解体　　　　　　　　　　　42
　　——拡張　　　　　　　　　　　35
　　——構成　　29, 30, 33, 35, 37, 38, 44,
　　　　　45, 52, 57, 59, 60, 62, 64, 65, 67,
　　　　　69〜71, 73, 78, 80〜82, 84, 85, 87
　　——構成要件　　　　　　　　　71
　　——縮減　　　　　　　　　　　42
　　——分析　　　　　　　　　　　37
　　——紡織機　　　　　　　　　　18
　　——融合　〜地平融合　　　　　35
　　——理論　　　　　　　　　　　95
　　最小の——　　　　　　　　　　19
（事実存在の、ラングへの）手持ち化（=仮
　　象としての在庫範列化）　　　100
暉峻康隆　　　　　　　　　　　　62
転移　　　　　　　　　　　　　　46
典型(-的)　〜固有(-性)　⇔媒介(-性)
　　　　　　　　　　　15, 31, 39, 47, 68
伝達　〜陳述・言表・言明・説明　⇔認識・解釈
　　　　　　　　　　　3, 95, 97, 100
　　——言語（規範・通常言語）　〜談話宇
　　　宙・公開性空間・シンタグム　⇔認識
　　　言語（解釈言語）　　　20, 25, 95

と

（取り合せた固有種Ⅳ、Ⅱ間の、両価的
　な）等位（同位）関係
　　　　　　　　　　57, 59, 67, 76, 83, 87
（可能な判断への、大いなる）同意（=アー
　メン）　→大いなる同意
（意味の）同一性(化)　〜見做し・近接項関
　係　⇔差異性・見分け・遠隔項関係
　　　　　　　　　　5〜8, 14, 49, 55, 69, 73
　　部分的——　　　　　　　　　5, 7, 8
　　マキシマムな——性（視・化）　〜近接項
　　　関係・両義性・偏価性　⇔マキシマム
　　　な差異性　　　　　　　　　　69

　　ミニマムな——性（視・化）　〜遠隔項関
　　　係・逆対称性・両価性　⇔ミニマムな
　　　差異性　　　　　　　　　　29, 70
道具的存在　→用具的存在
動詞述語句　　　　　　　　　　　29
鄧捷　　　　　　　　　　　　　1, 18
ドクサ(=臆見)　〜直観(知)・生活世界の行
　為者・複眼の遠近法　⇔エピステー
　メー(=学知)　　　　　　　　　94
読者　　　　　　20〜26, 28, 29, 31, 32,
　　　　　34, 35, 64, 66, 68, 71, 76, 84, 99, 100
　　内なる——　　　　　　　　　　64
登場人物　　　　　　　　　　　　26
　　究極の——（=作者の実存）　　26
　　局外的な——（=作者の実存）　26
（ラングにおける、戦略的な規範要素に
　もとづく）統制　　　　　　　100
東方社会　　　　　　　　　　　　90
特殊入れ子型図式　→（特殊）入れ子型図式
特殊(・中間)媒介種Ⅰ　〜複眼の遠近法・両
　義性・近接項関係　⇔超越的・媒介種Ⅲ
　　　　　　　　　　　　1〜6, 9, 10, 12
読書人　〜場所Ⅱ(姿・貌)・公開性空間・単眼
　の遠近法・頽落・シンタグム　⇔失意の
　放浪者　　　　2〜6, 8, 9, 12, 13, 15〜17
特設副助詞　　　　　　　　　　　31
独立性　　　　　　　　　41, 48, 59, 77〜79
(専断)独話的　〜（一点透視・単眼・単声・独
　話的)遠近法・シンタグム　⇔(複眼・
　多声・対話的)遠近法　　　97, 99, 100
土俗世界　〜場所Ⅳ(=台・風)・一般固有種
　Ⅳ・没落・失意の放浪者　⇔公開世界・
　場所Ⅱ(姿・貌)・読書人　　　　　4
トポス(=場所)　〜セット・意境、事実存在
　　　　　　　　　　19, 29, 39, 40, 46, 66
トラップ(=罠)　　　　　　　25, 26, 34, 35
トリックスター(=媒介的脇役)　〜媒介種
　Ⅰ・Ⅲ　　　　　3, 7, 8, 10, 14〜17, 25
　　内向きの——（=表の媒介的脇役）　〜

場所Ⅰ（間）・媒介種Ⅰ・取り持ち・共
　約　⇔外向きのトリックスター
　　　　　　　　　　　　　　8,10
外向きの――（＝裏の媒介的主役・超越
　的媒介種Ⅰ）　～場所Ⅲ・底　→実
　存
裏の――（主役）　～超越的媒介種Ⅲ・場
　所Ⅲ（底）・実存　⇔特殊媒介種Ⅰ・場
　所Ⅰ（間）、共約　　　　 8,14,16
表の――（脇役）　～場所Ⅰ・間・特殊媒介
　種Ⅰ・取り持ち・取り囃し
　　　　　　　　　　　　 10,14～16
本格的な（本来の）――　～超越的媒介
　種Ⅲ・場所Ⅲ（底）・実存　⇔特殊媒介
　種Ⅰ・場所Ⅰ（間）・共約　　7,10
取り合せ（＝掛け合せ）　～モンタージュ、
　遠隔項関係・逆対称性　⇔取り持ち・取
　り囃し、両義的近接項関係
　　　　　　　　　　　9,10,16,17,
　23～25,29,32,34～41,43,44,47,
　48,53,54,58,59,61,64～66,68,
　71,73,74,76～78,82～85,87,88
　――論　　　　　　　　40,61,73,85
取り囃し　～取り持ち・共約、場所Ⅰ・間・特
　殊媒介者Ⅰ・トリックスター・小影　⇔
　取り合わせ・モンタージュ
　　　　　　　　　　　　 3,4,16,17,
　25,26,29,32,34,35,38,40,48,49,
　55,66,68,71,74,76,82～84,87,88
取り持ち　～特殊媒介者Ⅰ・トリックスター
　　　　　　　　　　　　　 3,4,25,
　26,29,32,34,38,53～55,66,68,84

な

名　　　　　　　　　　　　　　　90
綯い合わせ　→交差
内省(-反応)　　　　　　　　　　14
（事実存在の、自然への）内属　　45
投げ企て・投げかけ（投企）　～実存・世界

構成　　　　　　　　 4,25,26,64,90
謎々　　　　　　　　　　　　　　34

に

西田幾多郎　　　　　　　　　 32,64
20世紀思想界　　　　　　　　 95,99
二条良基　　　　　　　　　　　 73
ニーチェ,F.　　　　　　　　　　 2,4,
　10,11,15,17,18,26,53,69,71,90
2面・2方向性　→双方向性
人間　　　　　　　　　 90,94,98～100
　個的――　　　　　　　　　　 100
　社会的――　　　　　　　　　 100
　類的――　　　　　　　　　　 100
　――活動　　　　　　　 25,26,27,99
　――中心　　　　　　　　　　　90
　根元的・原型的な――活動　～志向（語
　　彙）図式、地平構成・造形
　　　　　　　　　　　25,26,27,89,90
認識　　　　　　　　　　　　　　4,
　5,6,8,9,12,15,17,36,38,39,42,
　44,48,49,51,52,68,70,90,91,100
　――関心　～価値関心・見分けの力・見做
　　しの力・交差・意味の織布
　　　　　　　　　 4,5,6,8,9,12,15,36,
　　38,39,44,48,49,51,52,68,70
　――主体(者)　　　　　 17,48,49,91
　――図式　　　　　　　　　　　90
　――の欠如　　　　　　　　　　 9
　――の織布　～意味連関・意識（関心）の経
　　糸／緯糸　→意味の織布・織物、テ
　　クスタイル
　――言語（解釈言語）　～パラダイム₂・
　　志向（語彙）図式　⇔伝達（規範）言語
　　　　　　　　　　　　　　　　25
人称　　　　　　　　　　　　　　80
　1――(-の主語)　　　　　　　 80

ぬ

額田風之　　　　　　　　　　　　　　72

ね

(場所・大地に)根(-付く)　～大地・故郷・
　　　場所Ⅲ・底・実存・配意・地平構成・造形
　　　　　　　　　　　8, 15, 25, 42, 63
ネクサス(＝連鎖)
　　　1, 32, 41, 44, 45, 48, 51, 54, 55, 57,
　　　59, 62, 65, 67, 69, 76〜78, 80, 81, 87
　項―叙述――(＝項―叙述連鎖)
　　　　　　　　　41, 44, 45, 48, 51, 54, 55,
　　　　　　　57, 59, 65, 67, 69, 77, 78, 80, 81
　事実項(事実存在)―叙述――(＝事実項
　　　―叙述連鎖)　　44, 48, 51, 54, 55,
　　　　　　　57, 59, 65, 67, 69, 77, 78, 80, 81
　大(-事実項)―叙述――　　　　　44, 54
　小(-事実項)―叙述――　　　　　　　44
　有意――　　　　　　　　　　　　　81
(解釈・表現への志向(語彙)図式の)ネッ
　　　トワーク(＝網状組織)　～マトリク
　　　ス・解釈学的基底
　　　　　　　　12, 26, 64, 90, 93, 98〜100
　――の(最小の)基本図式(構造)
　　　　　　　　　　　　　　　93, 98, 99

の

野家啓一　　　　　　　　　　　　4, 18, 49
野林靖彦　　　　　　　　　　　　　　　2

は

(事実存在連関の)場　～磁場・地平・テクス
　　　ト・現象世界、現象野、場所
　　　　　　　　　2, 4, 5, 7, 8, 10, 12, 14,
　　　　　17〜30, 34〜36, 38, 39, 41, 44, 46〜
　　　　　49, 51〜55, 57, 58, 60, 61, 64, 66〜
　　　　　68, 70, 74, 75, 77, 80, 88, 91, 98, 99
　開けの――　　　　　　　　　　　　91
(存在・意味)連関の――　　　　14, 24, 36
配意(配慮)　～実存・実存的事実存在・交差・
　　　猶予・複眼の遠近法　⇔専断
　　　　　　　　　　　　　4〜7, 10, 15,
　　　　20, 25, 26, 41, 42, 49, 52, 55, 56, 62,
　　　　64, 67, 68, 73, 81〜83, 87, 88, 100
　――連関　　　　　　　　　　　　　87
　暗黙の――　　　　　　　　　　　　41
　打ち延べへの――　　　　　　　　　87
　際立てへの――　　　　　　　　　　87
　戦略的――　　　　　　　　　　　　49
　継ぎ合せへの――　　　　　　　　　87
　取り合せへの――　　　　　　　　　87
俳意　　　　　　　　　　　　　　70, 73
媒介(-性・的)　　　　2〜8, 10, 12〜17,
　　　　20, 23, 25, 26, 32, 35, 40, 41, 43〜
　　　　46, 48, 49, 51, 54〜60, 64〜67, 70,
　　　　71, 74〜78, 80〜84, 87, 91, 98, 100
　――項　　　　　　　　　　　　14, 88
　――者(子・役)　　　　3, 4, 8, 14, 26, 29
　大いなる――者　　　　　　　　　　 8
(特殊・超越的)(中間)――種
　　　　　　　　　　　2〜8, 10, 12〜17,
　　　　20, 23, 25, 32, 35, 40, 41, 43〜46,
　　　　48, 49, 51, 54, 56〜60, 64〜67,
　　　　70, 71, 74〜78, 80〜84, 87, 91, 98
　特殊・――種Ⅰ(間)　　　2〜7, 10,
　　　　13〜17, 20, 23, 32, 35, 41, 43〜
　　　　46, 49, 51, 54〜60, 64〜67,
　　　　70, 71, 74〜78, 80〜84, 87, 91
　超越的・――種Ⅲ(底)　→超越的媒介
　　　種Ⅲ　　　　　　　　　　2, 4〜8,
　　　　10, 12, 15〜17, 20, 23, 46, 55,
　　　　56, 58, 64〜66, 71, 74, 75, 91
　――装置(＝ラング)　～選択肢・在庫範
　　　列・双方向媒介　⇔パロール　⇔狭
　　　義のランガージュ・解釈学的基底
　　　　　　　　　　　　　　　　　100
　――的脇役(＝トリックスター)　　　 3

俳諧連歌 78
媒体(=ミディアム)　〜ラング・媒介装置、媒介者、特殊媒介種Ⅰ・両義性・間
　　　　　14, 88, 93, 97, 100
(ラング・システムへの)背馳 95
ハイデッガー
　　　　　2, 4, 5, 8, 14, 15, 18, 26, 71, 72
背反(-的・関係)　〜遠隔項関係・エコー型図式・逆対称(-的・関係) 41, 69
俳風 70
(見分けや見做しの力の)配分 5
橋　〜媒介装置、媒介者、場所Ⅰ・間・特殊媒介種Ⅰ・両義性・取り持ち・取り囃し 40
(事実存在成立の)場所　〜場・境界条件・意味特性・事実存在
　　　　　2〜14, 16, 17, 19, 20, 25, 26, 28, 30〜36, 38〜60, 62〜64, 66〜71, 74〜78, 80, 81, 84, 92, 97, 99, 100
　　——Ⅳ(台・風)　2〜9, 16, 19, 20, 22〜26, 28〜34, 38, 42〜44, 46〜48, 51〜60, 62, 68, 69, 71, 74, 75, 77, 80, 81, 84
　　——Ⅱ(姿・貌)
　　　　　2〜6, 8, 16, 19, 20, 22, 23〜26, 29, 30, 32〜34, 41〜44, 46〜49, 52〜60, 62, 66〜71, 74, 75, 80, 84
　　——Ⅰ(間)　2〜6, 8, 10, 12, 16, 17, 19〜23, 26, 29, 30, 32〜35, 38, 41〜46, 48, 50〜60, 62, 66, 69〜71, 74〜78, 80, 84
　　——Ⅲ(底)　2, 4, 5, 7, 8, 10, 12, 16, 17, 19, 20, 22, 23, 26, 28, 30〜36, 42〜46, 50〜58, 62, 64, 66, 69〜71, 74, 75, 78
　　究極の——(=場所Ⅲ・底)　〜初元の場所、実存・原点性・回心性・大地・故郷⇔初元の場所 26
　　初元の——(=場所Ⅲ・底)　〜究極の場所、実存・原点性・回心性・大地・故郷⇔究極の場所 26
存立(の)—— 92
(事実存在の)派生(-体)　〜間存在連関⇔発生 67, 81, 83, 88
(事実存在の)発生　〜間存在連関⇔派生 29, 82
(種の事実存在の)発生 29, 35, 82
発話　〜言述・具体的言語作品・パロール⇔抽象的言語作品・文法的文 100
話 4
バッファー(変圧器)　〜ラング 97
浜田酒堂 73
場面(→状況・場面)　3〜5, 100
パラダイム₂(=事実存在間の連合関係)　〜パラグラム空間、パラダイム₁(=考察範型)⇔シンタグム(仮象の連合関係)　17, 25, 97, 99, 100
　　——空間 100
パロディー 34, 72
パロール　〜ランガージュ・ラング、言述・具体的言語作品⇔ラング⇔狭義のランガージュ 95〜97, 100
反義(-性・的・関係)　〜逆対称(-性)・両価(-性)・遠隔項関係⇔類義(-性)・偏価(-性)・近接項関係
　　　　　9, 15, 17, 18, 27, 36, 68
反義語　〜類種連関用語(=類義)・遠隔項関係・逆対称性⇔類義語・両義性
　　　　　18, 27, 36, 90
反照　→自己反照
(述語)判断　〜述語判断・述語判断基準・命題　1〜6, 15, 16, 21〜24, 27, 31, 36, 38, 42, 44, 45, 57, 63, 65, 67, 71, 80, 90〜92
(述語)——基準
　　　　　2, 7, 8, 13, 14, 16, 21, 22, 31
(述語)——基準点 22
(述語)——図式(の構え)　→志向(語

彙)図式
(述語)――内容　　　　　　3,5〜7,15
(述語)――の経糸　〜意識の経糸　⇔存
　　　在の緯糸　　　　　　　　36,92
(述語)――の猶予　　　　　　　　42
(述語)――判断命題　44,45,57,65,67
主部/述部複合――命題　　　　　65
(述語)――枠　　　　　　　　36,42
図式化された――(=判断の図式化)
　　　　　　　　　　　　　　　71
日常性の――　　　　　　　　　27
容認性の――　　　　　　　　　38
否認性の――　　　　　　　　　38
(固有種Ⅱ/Ⅳ間の)反立(背反)(-的・関
　　　係)　〜両価的・逆対称性、エコー型
　　　図式・遠隔項関係
　　　　　　10,14,23,25,60,68〜76,84
(ラングの部品・選択肢の)範列　〜選択
　　　肢・在庫範列・シンタグム/パラダイ
　　　ム₂互換活動の媒介装置　96,97,100
仮象の――　　　　　　　　　100
規則の――　　　　　　　　　100
選択肢の――　　　　　　　　100

ひ

ピカソ,P.　　　　　　　　　　　99
(直観知や経験知を)非合理(-とする見
　　　方)　　　　　　　　　　　99
非均衡(-性・的)　　　　　　　　48
非現実的　　　　　　　　　42,100
非在　⇔存在　20,28,35,41,42,51,70,92
存在と――　　　　　　　　　92
非実体的(-存在)　〜選択肢・選択肢の在庫
　　　範列・ラング　　　3,36,95〜97
　　――差異の関係体(=ラング)　〜選択
　　　肢・在庫範列・媒介装置　⇔パラダイ
　　　ム₂　　　　　　　　　95〜97
　　――差異の縮減体(=ラング)　〜選択
　　　肢・在庫範列・媒介装置　⇔パラダイ

ム₂　　　　　　　　　　　　　97
(テクスト構成の)必須要件　　　　65
(意味の)否定(性)　→否認　2,7,14,22,
　　　26,42,64,68,88,90〜92,94,100
――性の力　　　　　　　　　26
――性要素　　　　　　　　　42
否認　〜複眼の遠近法・交差・志向(語彙)図
　　　式・事実存在・実存　⇔是認(容認)
　　　　　　　　　　　　　7,8,42,68
批評家　　　　　　　　　　　　99
比喩(-的表現)　　　　　　　90,100
――語　　　　　　　　　　　90
評価　　　　　　　　　　　　　55
――態度　　　　　　　　　　55
表現　　　　　　　　4,18,21〜25,27,
　　　29,30,32〜34,36〜38,41,44,49,
　　　58,62,65,73,76,82,85,94,98,100
――意識　　　　37,38,41,58,73,82
――活動　　　　　　　　　　25
――図式　〜解釈図式・観察図式・志向(語
　　　彙)図式・造形　　4,18,30,73
――(意識)の構え　〜意識・見分け・解釈
　　　の構え・志向(語彙)図式　41,76,83
――変更　　　　　　　　　　73
――類型　　　　　　　　　　34
事実――　　　　　　　　　　98
標識　〜有標・無標　　18,42,44,78,98
標準入れ子型図式　→(標準)入れ子型図式
標準ブリッジ型図式　→(標準)ブリッジ型
　　　図式
表象　〜仮象・幻像　3,20,21,36,42,47
平句　　　　　　　　　　　　　78

ふ

ファイル　〜選択肢・在庫範列・ラング　100
不安の重荷　→重荷
フィードバック　　　　　　　　73
フィールドワーク　〜生活世界の行為者・
　　　大地・故郷　　　　　　　　90

風雅　　　　　　　　45,47,50,72,73
　——の美　　　　　　　　　　72
　——の誠を責むる(=事実存在と直対応
　　関係を示す述語(真言)を探る)
　　　　　　　　　　　　　50,47
風刺　　　　　　　　　　　　　29
風—姿関係　～取り合わせ・モンタージュ、
　　両価的・逆対称性　　　　　41
敷衍　　　　　　　　　　　　100
不確定・不定(-集合・存在・状況)　～クラ
　　ス・仮象・単語・単用語　⇔確定性・セッ
　　ト・場所・実象・事実存在
　　　　　3,5,21,25,39,42,47,50,58,63,75
複眼(-性)(-の解釈・表現)　～多様性・単
　　眼・多声・対話的遠近法　⇔一点透視・
　　単眼・単声・独話的遠近法
　　　　　　　　　　　18,23,24,35,40,42,62,
　　　　　　　　63,69,71,75,87,90,94,98～100
　——の遠近法　～志向・語彙図式、円環
　　性、マンダラ的思考、パラダイム₂
　　⇔単眼の遠近法　　　　　　90
　(地平・テクスト類型化への)——の分
　　類法　　　　　　　　　　　87
複合(-性・的)　　　　32,35,41,44,45,55,
　　　　　57,59,67,71,76,77,79～81,87,92
　——述定性の(-述語)判断(-命題)　87
　——判断(-命題)　～複眼の遠近法・パラ
　　ダイム₂　　　　　32,35,41,44,45,
　　　　　　　55,57,59,67,71,76～81,87,92
複雑性の(中間的な)意識の構え(=志向
　　(語彙)図式)　→入れ子・ブリッジ型
　　図式
副詞　　　　　　　　　　　　　31
副助詞　　　　　　　　　　　　31
複線(-(-条)化・性)　～複眼の遠近法・パラ
　　ダイム₂⇔単線(-条)性　4,24,96
　——条(-性・的)　　　　　71,96,100
フッサール.E.　　　　　　19,89,94
物象化　　　　　　　　　　　　17

物理学　　　　　　　　　　　　18
舟　～媒介装置、媒介者、場所Ⅰ・間・特殊媒
　　介種Ⅰ・両義性　　　　　　40
部品　～選択肢・ラング、非実体的差異の関
　　係体　　　　　　　　　　　96
　——(の)範列(=在庫範列)　　96
(志向図式・文化装置の)普遍性　27
(語彙論の)不毛　　　　　　　　99
浮遊(-体)　～仮象・単用語・公開性空間　25
フランス　　　　　　　　　　　95
　——革命　　　　　　　　　　95
　——構造主義(-人類学)　　　95
　——脱構築派　　　　　　　　95
ブリッジ型(志向・語彙)図式
　　　　　　　5～9,12,14,17,27～30,32,
　　　　　　35,37,52,54,57～59,61,62,65～
　　　　　67,70,71,73,81～85,87,88,90,99
　入れ子——　　　37,58,61,71,85,88
　標準——　　　　　　　82～85,87,88
(志向(語彙)図式が持つ意味解釈・表現
　　の)フレーム(=準拠枠・概念枠・枠
　　組み)　　　　　　　　　　　2,
　　　　　17,23,42,50,51,53,56,58,62,64,
　　　　　75,83,85,90,91,93,94,97,98,100
　意義(関心焦点・着眼点)の——　～志
　　向(語彙)図式　　　　　　　56
文化　　　　　　14,20,18,25～28,36,51,
　　　　　57,76,77,79,83,87,93,94,98,100
　——装置(=志向(語彙)図式)
　　　　　　　　　18,25～29,35,36,93,94,98
　最小の——装置(=志向(語彙)図式)
　　　　　　　　　　　　　　28,36
　——パターン　　　　　　　18,93
　——的基調(=台・風)　　　　57
　(固有種Ⅳ、Ⅱ間の)——的支配と被支
　　配(従属)関係　　　　　　　45,
　　　　　51,57,59,65,76,79,80,83,87
　——的(-存在)拘束と被拘束関係
　　　　　51,57,65,70,76,77,79,80,83

310　索引　ふ—ま

　　——的包摂と被包摂関係　45,79,83
　　——的優越(優位)と劣性(劣位)関係
　　　　　　　　　　　51,57,76,77,79
　　——的内(帰)属　　　　　　65,83
　　——的等位関係(=並立関係)　　76
　　——的並立関係(=等位関係)　　76
文学　　　　　　　　　　　94,98,99
　　——活動　　　　　　　　　　80
　　——研究　　　　　　　　　　98
文芸作品　　　　　　　　　　28,36
文章　　　　　　　　　　　　　19
分身　　　　　　　　　2〜17,23,25
文法　　　　　　　　　　22,99,100
　　——的文　　　　　　　　　100
　　——論　〜シンタグム・単用語　22,99
文脈　〜脈絡・場面-状況、場・場所　100
　　——情報　〜(場面-状況の)意味　100
分野横断　〜統一科学、知的統一手段
　　　　　　　　　　　　　　94,98
(言語共同体成員間での、志向(語彙)図
　式・間主観性・解釈学的基底・文化
　装置の)分有　　　8,25,93,100
分類基準　〜判断基準・弁別基準・意義特性、
　　　視点・着眼点・関心焦点・意義・語義　5

へ

並列(並立)関係　　　　　　　　79
ペーソス　　　　　　　　　　　34
β入れ子型図式(=未名入れ子型図式)
　　　　　　　　　　　　　　　61
ベルト・コンベア(-的発想・思考)　〜シ
　　ンタグム・選択肢・在庫部品(範列)・ラ
　　ング・製品(言語作品)・パロール
　　　　　　　　　　　　　　90,96
(パラダイム₂とシンタグム間の)変圧器
　　(=選択肢の範列としてのラング)
　　　　　　　　　　　　　　　97
便益(-体)　　　　　　　　　　100
偏価(-性・的)(-の見分け(=認識))　〜近

接項関係・両義性　⇔両価性
　　　　　　　　　　　　　5〜8,29,
　　　38,40,44,48,49,55,69,70,85,90
　　——的な鈍い斥力(鈍い引力)　70
　　——的な両義性　〜ミニマムな差異・マ
　　　キシマムな同一・近接項関係　⇔両
　　　価的逆対称性・遠隔項関係　5,29
　　——的な類義性　〜ミニマムな差異・マ
　　　キシマムな同一・近接項関係　⇔両
　　　価的逆対称性・遠隔項関係　　6
(表現図式の)変形　　　　　　83,87
偏見　　　　　　　　　　　　　64
変風　　　　　　　　　　54,82,83

ほ

(事実存在の)忘却　〜連関喪失・認識の欠
　　如、単眼の遠近法・エピステーメー・シ
　　ンタグム　　　　　　9,17,100
方言語彙　　　　　　　　　　　90
細き　　　　　　　　　　　　　73
　心ある——　　　　　　　　　73
　口——　　　　　　　　　　　73
ほそみ　　　　　　　70,72,73,85,87
　　——の構え(=複雑性の構え・入れ子ブ
　　　リッジ型の志向(語彙)図式)
　　　　　　　　　　　　　　　73
母胎　〜派生・発生　⇔派生体　　88
没落　〜場所Ⅳ(台)・失意の放浪者　⇔場所
　　Ⅱ(姿)への頽落・読書人　⇔超越・場所
　　Ⅲ(底)への超越・巨影　9,15,17
(存在者の)本質存在(=仮象)　〜名・単用
　　語・一般化され、標準化された存在、
　　シンタグム　⇔事実存在(=実象)　4
　真の——(=事実存在)　　　　　4
本来の自分(自我)　〜実存・超越的自我
　　　　　　　　　　　　　　　42

ま

間(=場所Ⅰ)　〜媒介種Ⅰ　⇔固有種Ⅱ(姿)、

索引　ま―め

固有種Ⅳ(台)　⇔超越的媒介種Ⅲ・場所Ⅲ(底)　2,4～6,8～10,12～17,20,21,23,26,28～30,32～35,38,41,42,44～60,62,64～69,71,74～78,80～82,84,87,91
前句　35
マキシマムな差異性　～ミニマムな同一性　⇔ミニマムな差異性　→(マキシマムな)差異性
マキシマムな同一性　～ミニマムな差異性　⇔ミニマムな同一性　→(マキシマムな)同一性
真言・誠　42,47,50,56,63,71,75
――を責む(め)る(=単眼の眼差しを複眼に図式化して、言事一致を見出す)　42,47,56,63,71,75
眼差し　～関心・関心焦点・意義
　　4,13,14,21,23,24,35,42,51,53,56,63,64,66,71,73～75,87,88,96
　単眼の――　～単眼の遠近法　42
　複眼の――　～単眼の遠近法　42
　内向きの――　～地平・テクスト・廓の内　51
　外向きの――　～地平・テクスト・廓の外　51
マンダラ的発想・思考　～生活世界・パラダイム　⇔コンベア的発想・思考　90

み

ミディアム(=媒体)　～媒介項・媒介者、ラング　→媒体
ミニマムな　29,55
　――差異(-性)　→(ミニマムな)差異性
　――斥力　→(見分けの)力
　――同一(-性)　→(ミニマムな)同一性
未名入れ子型図式類型　37,88
(存在間有意連関の)脈絡　～文脈　100
三宅嘯山　40
宮崎此筋　73

ミルズ　～文化装置　18,25,93
(差異性・化への)見分け　5,29
　――の構え　～意識の構え・志向(語彙)図式　→意識の構え
　――の力(斥力)　→(見分けや見做しの)力　29
民族　90
　――精神　100

む

無(非在)　～パラダイム₂・存在／無　⇔真／偽　～非在
無意識　～直観・暗黙　18,64,87
向井去来　40,61,72
無限　97,99
(地平・テクスト・象徴世界構成の)――の可能性　97
(複眼の遠近法の)――の反復　99
矛盾(-概念・関係)　2,8,18,92,98
　――概念　8,34,92,98
　――排除　42
　――複合(-命題)　8,18,42,92
　――命題(-文)　18,92
むすび(=舟・橋・継ぎ目)　～媒介装置、媒介者、場所Ⅰ・間・特殊媒介種Ⅰ・両義性　40
無秩序　～混沌・質料的世界　100
無標(=無名)(-化)　100
　――のランガージュ(=狭義のランガージュ、パラダイム₂)　100

め

名詞(-述語)句　29,31,77～79
名称　～名・呼称・単語・単用語・仮象
　　3,18,19,29,42,98
命題(文)　3,35,44,45,57,65,67,79
　――内容　35
メッセージ　～言述・パロール　⇔コード・ラング　95,100

も

網状組織(=ネットワーク) →ネットワーク
(可能性の)網羅　　　　　54,91,100
(存在可能性の)網羅　　　26,63,71,90
目的=手段・合理(-性・化)　～シンタグム・産業社会　⇔価値=理念・合理性
　　　　　　　　　　　　　97,100
文字　　　　　　　　　　　　　100
物語(り)　　　　　　　　　　4,35
モノローグ(=独話)　→(一点透視・単眼・独話的な)遠近法
森川許六　　　　　　　　40,61,72,73
文言　　　　　　　　　　　19,20,98
モンタージュ　～取り合わせ・掛け合わせ、遠隔項関係・逆対称性　⇔共約・取り持ち・取り囃し　10,16,24,25,29,34,35,38,39,53,66,71,74,82,87,100

や

野明(氏姓不詳)　　　　　　　　72
山本健吉　　　　　　　　　　　62

ゆ

(事実存在の)有意(-性)　2,4～7,12～14,16,17,24,26,29,32,36,38,39,41,42,46～49,52,53,55,68,69,71,74,77,78,81,88,90～94,100
　(事実存在間の)――連関　2,4～7,12～14,16,17,24,26,29,32,36,38,39,41,42,46～49,52,53,55,69,74,77,88,90～94,100
　――連鎖(ネクサス)　　　　78,81
(文化的)優越性　　　　　　　　76
幽玄　　　　　　　　　　　　　73
(地平の)融合　　　　　　　　90,91
有標(有名)(-化)　　　　　　　　5
(判断・選択の自己)猶予　～脱自の弧・円環性・複眼多声の遠近法・パラダイム2　⇔専断・単眼単声の遠近法
　　　　　　　　　　　　8,26,71,96,100

よ

用具(道具)(-的存在)　3,17,20,25,42,47,100
　――化　　　　　　　　　　　20
　――的存在　　　　　　　　3,47
用言述語句　　　　　　　　　　29
容認(-性)　　　　　　　4～7,10,38,68
(未来の経験への)予期　～先行了解・予断　⇔想起　　　　　　　　　　93
(台・風／姿・貌取り合せの緊張)、(志向図式拡張の)抑制(=緩和)　40,41,60～62,67,70,73,82,83,85,87,88
　――的態度　　　　　　　　　73
予期・予見・予断(=予知・見当)　～先行了解・志向(語彙)図式　⇔想起
　　　　　　　　　2,25,31,37,42,48
予断装置　　　　　　　　　　　25
(良心・媒介種の)呼び声　～叫び声・実存・実存的事実存在・超越的自我
　　　　　　　　　　　　2,3,5,8,15
寄合(よりあひ)すくなき　　　　73
ヨーロッパ産業社会　　　　　　90

ら

ラムジー,F.P.　　　　　　　　　92
ランガージュ(=言語活動・広義のランガージュ)　～狭義のランガージュ・ラング・パロール　　　　　　　97,100
　狭義の――　～広義のランガージュ　⇔ラング・パロール　　　97,100
　広義の――　～狭義のランガージュ・ラング・パロール　　　　97,100
ラング　～ランガージュ・パロール、媒介装置・在庫範列・選択肢　⇔パロール⇔狭義のランガージュ　20,95～97,100

り

リアル・リアリティー・リアライズ(ゼーション) →現勢化
　53,58,63,72,74,75,80,88,93
リアルな意味　～意味特性・生きられた意味・意義化していない意味　→(リアルな)意味
理解　26
李均洋　19
理性　94
──知　94
リセット　～(場・地平・現象世界、選択の)初期化・原点回帰・帰郷 ⇔頽落・没落
　4,10
理念=価値・合理性　～パラダイム₂・生活世界・狭義のランガージュ ⇔目的=手段・合理性　100
流失　100
──的線条性　100
両価(-性)(-の見分け・連関)　～遠隔項関係・反義語・逆対称性連関 ⇔偏価・両義的近接項関係　9,10,23,29,38～40,49,55,57,60,68,70,84,85,90
──の(-鋭い)斥力　～遠隔項関係、エコー型図式 ⇔鈍い斥力、近接項関係、入れ子型図式　70
(遠隔事実存在間の)──的逆対称性　～ブリッジ型図式・エコー型図式(-の連関)　23,29
(目下の)(-地平・意味連関の)凌駕　～回心、地平・テクストの拡張　64
(事実存在と、連関の)了解　～場・場所・事実存在・存在連関・間存在連関 ⇔忘却・棄却　2,4,10,14,15,19,22,23,25～27,36,39,42,45,47～49,64,69,93,96,100
量化詞　100
(存在間の偏価的)両義性(-連関)　～入れ子型図式・近接項関係 ⇔(両価的)逆対称性連関・エコー型図式・遠隔項関係　3～7,14,17,25,29,34,35,60,61,69,85,99,100
肯定的──　100
否定的──　100
──のウデ・紐帯　～近接項関係・入れ子型図式(連関)　55
(逆対称)──の連関・構造　→逆対称両義性
良心　～(故郷・大地・実存の)呼び声　8
隣接(-項-関係)　～近接(-項-関係) ⇔遠隔(-項-関係)　7～9,17

る

類(=言表・言述上の仮象としての「類₁」、事実存在としての「類₂」) ⇔(事実存在としての)種
　5～8,15,17,18,21,26～29,34,36,37,50,87,89,90,97,98,100
──₂概念 ⇔(事実存在としての)種概念　21
(言表のための、種の)──₁化　～言表・選択肢(-化)・仮象(-化)　29
(経験の)──₂型(-化)　～志向(語彙)図式・想起・予期・先行了解
　26～28,89,93,100
──₂的人間　～(類的)実存 ⇔社会的人間・個的人間　100
──₂縁関係　7
──₂縁語　～類語・類種連関用語・志向(語彙)図式　18,91
──₂義(-性・的)　～近接項関係・(ミニマムな)差異、偏価(-性)・両義(-性) ⇔反義(-性)・遠隔項関係
　5～8,15,17,18,27
──₂義関係　6,7
──₂義語　～類語・類-種連関用語・志向(語彙)図式　18,27,91

314　索引　る—わ

──₂義的近接項関係　5
──₂義のウデ　17
──₂義の弧(-の紐帯)　17
──₂語(-関係・語彙)　～類-種連関用語・志向(語彙)図式
　　18, 27, 36, 37, 50, 98, 100
──₂語語彙　～類-種連関用語・志向(語彙)図式　36, 37
──₂語語彙図式　～類-種連関用語・志向(語彙)図式　36, 37
交差──₂語語彙　37
──₂語連関　90
(事実存在間の)──₂・種連関
　　18, 27, 36, 37, 91, 97, 98, 100
──₂種連関用語(語彙)(=類語語彙・類語)　～類義語・反義語・類縁語、語彙図式
　　18, 27, 36, 37, 50, 97, 98, 100
(解釈・表現図式の)──別化　87

れ

(述語の伝達遂行的な使用者にとっての)レシピ　～ラング　20, 25
(仮象の)裂開　2, 4, 5, 9, 10, 15～17, 22, 23, 25, 26, 39, 55, 64, 68, 71, 83
レトリック　100
連関(=事実存在間の連合関係)　～パラダイム₂
　　2, 4～9, 11～14, 17, 25～28, 42, 44, 46, 47, 52, 53, 55～60, 63, 64, 66, 68～71, 74, 84, 87, 88, 91, 94, 95, 99
──(=地平)構成(-様式)　～交差・志向(語彙)図式　7～9, 14, 53
──(=地平)構成(-様式の) 3 類型　14
──システム　100
──の腕　97
──の弧(輪)　25
──類型(-化)　14
意識──　14, 36, 87, 88

図式──　88
存在──　13, 52, 87
配意──　87
有意──　→有意連関
類語──　90
類種──　→類種連関
(シンタグマティックな)連結(-性)　79
連語関係(=シンタグム)　→シンタグム
連合関係(=連関・パラダイム₂)　→連関・パラダイム₂
連鎖(=ネクサス)　→ネクサス
　大──　→(大-事実事項—叙述)ネクサス
　小──　→(大-事実事項—叙述)ネクサス
　項／叙述──　65
連体修飾(-表現)　～装定　⇔述定　23

ろ

ロシア　95
──・フォルマリズム形態学　95
──・フォルマリズム詩学　95
魯迅　1～4, 6～10, 12～16
「(魯迅)」　3～10, 12～15, 17
　超越的な──(=実存・「魯迅」)　8
　本来の──(=実存・「魯迅」)　5, 7, 16
「魯迅」(=大文字の「魯迅」・「魯迅」・実存)　～巨影・超越的自我　4, 17
論理学　92

わ

惑星運動　～円環性・マンダラ的発想・複眼の遠近法、志向(語彙)図式、パラダイム₂　17, 90
(志向(語彙)図式のフレームの)枠目　19
話者　100
罠　→トラップ

謝　辞

　わたしは、この一書を、何よりも先に、二人の恩師に捧げたい。
　一人は、故　宇城信五郎（うしろのぶごろう）先生で、もう一人は、常安　孝先生である。
　宇城先生は、北九州市の「東筑紫短期大学（現 同短大・九州栄養福祉大学）」の初代学長・理事長、創設者だった方である。常安先生は、同市の「台町医院」の院長だった方だが、今なお、非常勤で、診療に携わっておられる。
　1950年から、60年にかけては、わが国の運命が、大きく左右された時代と言ってもよい。その時代に青春を重ねたわたしは、大学を捨てて、北九州地域を放浪した。その"窮鳥"を懐に抱き取り、「学びの道」につれ戻してくださったのが宇城先生である。その折りのわたしの「疾病」を診て、「健康」を取り戻してくださったのが常安先生である。このお二人の先生との出会いがなければ、現在のわたしはなかったと思う。おそらく、この書も生まれなかっただろう。

　宇城先生は、明治22年、紀州東部の海浜の村、井田村（現紀宝町）の貧農の子として生れた。丁稚奉公、木樵をしたのち、海軍へ入隊。遠洋航海で、海外を見聞、開明思想に目覚めていく過程は、近代化日本の農民の息子の生きざまを映した挿話に満ちている。
　大正9年、先生は、新造戦艦「長門」の主砲2番砲塔、右砲射手として、土佐沖で、世界初の16インチ（口径40サンチ）砲の公試発射をおこなった。退官後は、「平和」を念じて、京都府綾部の大本教へ入信。以後、15年余、全国各地、旧「樺太」、旧「満洲」、旧「南洋群島」、……を回遊して、布教活動や農地開拓、……などに専念された。
　大本教団は、大正10年、昭和10年と、2回にわたり、「不敬罪」で、官憲の弾圧捜索を受けた。昭和10年の事件後の先生は、北九州小倉の地に移り住み、

学校を開いて、子女の教育に挺身したが、昭和57年の初冬、93年の生涯を閉じて、他界された。

当時、宇城先生は、わたしに、自らの生涯を語って聞かせるのを日課にされていた。わたしもまた、そのお話しをメモにとり、伺うのを楽しみにしていた（→野林正路1980『野と森と海の讃歌──宇城信五郎の生涯──』秋山書店、同1987『風と光と雲の讃歌──同前──』同前）。

先生の語りの中には、宗教的幻想めいた、ちょっと耳には、"荒唐無稽"とも思える類いのものが少なくなかった。大方の人が耳を塞ぐような話である。

だが、わたしには、それが、人間にはあり得る心の思いと聞こえてきた。事実への強い関心と、可能性への強い期待とが結びつけば、人には、意識の膨張や、その現実への全身の投げかけがあり得るからだ。先生の可能性への夢の膨らみと、それを事実や現実に実現させずにはおかないとする実践力の強さには、並々ならぬものがあった。先生は、教育面でも、「実学」を目指された。先生の言う「実学」とは、「ハウ・トゥー」レベルのものではなく、深い理念につながるものだった。わたしは、それを、今では、"大地の学"だったと思っている。

先生は、故郷をはじめ、各地を訪れたときには、きまって、その土地の産土神（うぶすながみ）や、氏神の社を訪れては、祝詞（のりと）を口ずさみ、拝まれたものだ。わたしは、いつも、その後方にあって、先生の背中を見ているだけだった。

先生の後押しで、〈言語研究〉に携わるようになったとき、わたしは、自らの関心を〈言語〉の「連語関係」（シンタグム）の背後に隠された、存在の「連合関係」（パラダイム）脹む空間へと募らせていく自分に気付くようになった。その背景には、先生からの話の分厚い蓄積があったように思われる。先生は、わたしが「言語学を専攻した」と言ったとき、即座に、「言霊学（げんれいがく）じゃな！」と言われた。

だが、先生の厚意で、東筑紫学園に雇用されたわたしが先生のお傍で、話しをうかがうことができたのは、3年にも満たない。そんな頃のある朝、先生は、わたしを呼ばれて、「あんたは、いつまでも、ここにオッたら、アカンのヤ！」と言われた。ポカンとした態のわたしに、「東京へ行って、学んできては、ど

うか？」と言うのである。……先生は、海軍時代の「軍人恩給」をはたいて、上京後のわたしの学費、奨学金、……のいっさいの面倒を見てくださった。

　常安　孝先生には、わたしは、「命」を助けていただいた。宇城先生による、わたしの「東京就学」への後押しがあったとき、当のわたしは、「肺結核」を再発させて、喀血を繰り返していた。「東京行き」を渋るわたしを、宇城先生は訝しんで、「何をぐずぐすしトル?!」と叱咤された。だが、いかんせん、わたしには、痩せ衰えた体に、東京三間での勉学生活は、無理としか思えなかったのである。
　当時、九州大学医学部出身、開業そうそうの青年医師、常安先生は、学園の校医もしておられた。事情を知った先生は、わたしに、「そんな機会は、もう、２度とないよ！」と言われた。「僕が薬を送って上げるから、向こうで、医者に打ってもらいなさい！」と言うのである。わたしは、「東京行き」を決めた。
　ブルー・トレインの寝台特急「あさかぜ」の乗客となり、関門トンネルを過ぎ行く"暗い音"を聞いた日のことを、わたしは、今も、忘れない。
　常安先生は、その後、１年ものあいだ、おてづから包装のストレプトマイシンとパスの小包を、郵便局から送り続けてくださった。不思議なもので、わたしの「病」は、嘘のように寛解した。以後、再々発もないまま、今日に至っている。だが、わたしには、その折りのお薬の代金や郵送料金をお払いした覚えがないままである。
　先生は、すでに、「米寿」を越えられた。しかし、いまも、お元気でお過ごしでいらっしゃると聞く。わたしは、拙い研究ではあるのだが、この一書を、先生の机下へお届けして、ともかくの健在と、その証しをお見せしたいと思っている。

　わたしの学問上の直接の恩師は、芳賀　綏先生と平山輝男博士である。
　芳賀先生には、〈言語研究〉と「人間」の関わりについて、啓発していただいた。先生は、「ラング」に傾く、「構造主義」の言語研究が顧みない「人間不

在」の暗部と、「パロール」に傾く、「人間主義」強調の言語研究が曝す「体系不在」の空洞という"奇妙な逆理"を、いかに超えるか？ について、心底から悩み抜かれていた。当時のわたしの、多少は多感だった感性は、問題の深刻さを窺い知って、解決への道の探索を研究課題として、永く、わたしに引き付けさせた。その折りの先生との対話がなければ、今のわたしの研究もなかったものと思えば、感謝せずにはいられない。

平山輝男博士からは、実証主義的研究の、潔癖な手法を直伝していただいた。とくに、フィールド・ワークにもとづく研究の重要性を学び取らせていただいた。この書でも、考察手段のキメテとして全面的に用いた「語彙（志向）図式」、「図式語彙」の発見は、フィールド・ワークの貴重な成果である。

わたしは、平山先生からは、もう１つ、さらに大きな"知的遺産"を受け取った。それは、「意味論研究会」である。先生は、晩年、〈方言語彙〉の集大成に集中された。当時、〈語彙〉研究には、〈意味〉の問題が深く関わっているという点で、見方を共有した先生とわたしは、東京都立大学と國學院大學の院生を集めて、「意味論研究会」を発足させた。1979年３月のことである（→酒井恵美子「意味論研究会」〈『日本語学』1984年１月号、明治書院〉）。

以後、原則、毎月１回開催の、この会は、25年間続いたが、2004年３月６日、東京芸大美術館第二会議室で開かれた第263回研究会で、ピリオドを打って、休会となった。

この間、東京都立大学、法政大学、早稲田大学、東京文化短大、東海大代々木キャンパス、立教大学、東京芸大、……など、当番校の回り持ちの運営で続けられた。初代事務局長・酒井恵美子氏（現中京大教授・日本語教育）、２代目・田中優子氏（現法政大教授・総長・比較文化史）、以下、徳安 彰氏（現法政大教授・理論社会学）、新関八紘氏（東海大教授・彫刻家）、成田康昭氏（立教大教授・メディア論）、……らの、並々ならぬ献身をいただいた。お話しいただいた方々、参加して、会を永くお支えくださった方々もふくめて、ここに、厚くお礼申し上げる。

謝　辞

　この研究会の終盤になる2002年2月のこと、麗澤大学大学院のわたしの研究室で、〈研究会〉が発足した。「野林ゼミ」のメンバー、浅田満智子氏（現トルコ在住日本語教師）らの熱心な要請でである。わたしが大学を退いた後も、「ゼミ」を「研究会」として継続してほしいというのであった。

　2回目以降は、都内で、毎月1回、無名のままの「研究会」がスタートした。第16回以降、野林靖彦氏（麗澤大准教授・文法学）の参加を得て、会場が西新宿「アイランド・タワー・ビル」4 F.の「麗澤大学東京研究所」に固定した。

　無名の、この会にも、故 熊谷悦郎氏（元NHKプロデューサー・日本美術史）や、海野阿育氏（幼児画研究・画家）、常深信彦氏（日立製作所技師・機械工学）、塩田安佐（現アルゼンチン在住・日本語教師）、三瓶弘子（日本語教育）、劉捷（関東学院大准教授・中国文学）、柳生じゅん子（詩人）……ら、前「研究会」メンバーの参加もあって、第100回を迎えたのを機に、「意味論研究会第Ⅱ」を名乗ることになった。いきおい、第一世代の「意味論研究会」は、「意味論研究会第Ⅰ」と呼び、その衣鉢を継ぐかたちとなった。通算すれば、現在までに、35年、408回を数える。海野阿育氏、野林靖彦氏らが中心となって、会は、いまも開き続けられている。この書の公開とともに、平山先生の墓前に、ご報告申し上げる。

　わたしは、平山先生の「遺志」や、芳賀先生から投げかけられた「課題」を引き継いで、この2つの「研究会」に投企してきた。自らの立場に即して言えば、「第Ⅰ」からは、個別科学の領域を超える学際的視野を学び取らせていただいた。「第Ⅱ」からは、存在間の「連合関係」を考察する上で、領域を超えた、生活世界の〈基盤学〉の統一的手段の側壁を、いよいよ、感じ取ってとっているところである。「存在」を成り立たせている「場所」を画定する〈境界（成立）条件〉を明らかにするような、それこそ、「（現）実学」、"大地の学"をめざす迂路を、これからも、この研究会を通じて、辿り続けたいと思っている。

　最後になったが、何にも増して、篝火をたいて通路をお示し下さった国内外の、数多くの話者の方々に、感謝の意を捧げたい。

この書にも、和泉書院の廣橋研三社長のご高配を得ることができた。時代は変わり、学術書の出版状況は、厳しさを増している。感謝申し上げなければならない。

2013年12月13日
枯れ葉走る　多摩の自宅にて
著　者

■ 著者紹介

野林 正路 (のばやし まさみち)

1932　台湾 旧「台北州」基隆(キールン)市生まれ。
1968　東京都立大学大学院人文科学研究科博士課程修了。
法政大学助教授、ハワイ大学客員講師、茨城大学教授、北京大学客員教授、麗澤大学教授、中国首都師範大学客員教授などを経験。茨城大学名誉教授、文学博士。

主著　『意味をつむぐ人びと』（海鳴社 1986）、『山野の思考』（海鳴社 1986）、『認識言語学と意味の領野』（名著出版 1996）、『語彙の網目と世界像の構成』（岩田書院 1997）、波多野完治と共著『ことばと文化・社会』（汐文社 1975）、野元菊雄と共編『日本語と文化・社会』全5巻（三省堂 1977）、『意味の原野』（和泉書院 2009）、『生活語彙の開く世界1　いじめの構造』（和泉書院 2014）、評伝『野と森と海の賛歌』（秋山書店 1980）、『風と光と雲の賛歌』（秋山書店 1987）他。

研究叢書 448

詩・川柳・俳句のテクスト分析　語彙の図式で読み解く

2014年7月25日　初版第一刷発行

著　者　野　林　正　路
発行者　廣　橋　研　三
〒543-0037　大阪市天王寺区上之宮町7-6
発行所　有限会社　和　泉　書　院
電話 06-6771-1467
振替 00970-8-15043
印刷／製本　亜細亜印刷

© Masamichi Nobayashi 2014 Printed in Japan　ISBN978-4-7576-0716-3 C3381
本書の無断複製・転載・複写を禁じます

───── 和泉書院の本 ─────

研究叢書
文化言語学序説 世界観と環境　　室山　敏昭 著　　13000 円

研究叢書
意味の原野 日常世界構成の語彙論　　野林　正路 著　　8000 円

生活語彙の開く世界
いじめの構造
語彙の図式で読み解く　　野林　正路 著　　3500 円

生活語彙の開く世界
地名語彙の開く世界　　上野　智子 著　　2800 円

生活語彙の開く世界
屋号語彙の開く世界　　岡野　信子 著　　2800 円

生活語彙の開く世界
育児語彙の開く世界　　友定　賢治 著　　2800 円

いずみ昴そうしょ
「ヨコ」社会の構造と意味
方言性向語彙に見る　　室山　敏昭 著　　3500 円

いずみブックレット
小さな地名の調べかた
メディモリで調べ、アカレンで踊り、ダテマエで待つ　　上野　智子 著　　1000 円

いずみブックレット
近代文学のなかの"関西弁"
語る関西／語られる関西　　日本近代文学会関西支部 編　　1100 円

いずみブックレット
「ノラ」と「ドラ」
怠け者と放蕩者の言語文化誌　　室山　敏昭 著　　1200 円

（価格は税別）